U0856580

百年现实主义文艺创作佳作巡礼、评论实践与理论探索

——首届全国文艺评论领军人才培训班论文集

中国文艺评论家协会
广东省文学艺术界联合会　编
中山市文学艺术界联合会

中国文联出版社

图书在版编目（CIP）数据

百年现实主义文艺创作 ：佳作巡礼、评论实践与理论探索 / 中国文艺评论家协会，广东省文学艺术界联合会，中山市文学艺术界联合会编 . -- 北京 ：中国文联出版社，2024.1

ISBN 978-7-5190-5373-4

Ⅰ．①百… Ⅱ．①中… ②广… ③中… Ⅲ．①文艺评论—研究—中国—当代 Ⅳ．①I206.7

中国国家版本馆 CIP 数据核字（2024）第 006333 号

资助项目

编　　者　中国文艺评论家协会
　　　　　广东省文学艺术界联合会
　　　　　中山市文学艺术界联合会
责任编辑　曹艺凡
责任校对　秀点校对
装帧设计　爱吉骏文化

出版发行　中国文联出版社有限公司
社　　址　北京市朝阳区农展馆南里 10 号
邮　　编　100125
电　　话　010-85923025（发行部）010-85923091（总编室）
经　　销　全国新华书店等
印　　刷　天津和萱印刷有限公司

开　　本　710 毫米 ×1000 毫米　　1/16
印　　张　33
字　　数　422 千字
版　　次　2024 年 1 月第 1 版第 1 次印刷
定　　价　88.00 元

《百年现实主义文艺创作：佳作巡礼、评论实践与理论探索

——首届全国文艺评论领军人才培训班论文集》

编委会

目录

农村家庭伦理剧的女性形象建构与问题反思

丁莉丽

浙江传媒学院电视艺术学院

随着《都挺好》《三十而已》等都市女性情感剧的热播，女性题材电视剧引发了全社会的关注，这不但是“她力量”崛起深入社会经济、政治、文化等各方面的映射，也体现了当下女性题材电视剧在现实主义创作上的深化和突破。都市女性情感剧所具有的现实感、当下性以及关联度，包括围绕“女性主体意识”的话题讨论，依赖于新媒体得以展开和传播，引发大众关注和共鸣的同时，也以其对女性人生观、婚恋观的深刻思考对观众达成引领与启示。值得注意的是，与之对应的以农村为背景的女性题材电视剧创作风潮也正在兴起，尤其是2018年至今，出现了《初婚》《岁岁年年柿柿红》《春暖花又开》《麦香》《刘家媳妇》等多部以塑造农村女性为主的农村题材电视剧。因为“农村”题材相对边缘化，目标观众又局限于农村中老年群体，因此一直处于“隐秘的角落”。这一类型创作可以定位为“农村家庭伦理剧”[1]，从市场角度而言，它以展现女性跌宕命运起伏为主要内容、家长里短日常生活状态为辅，是目前流行的“大女主戏”的当代农村版，另外，主创者出于对“乡村振兴”背景中农村题材的热度及国家对于主旋律电视剧大力扶持等政策优势的敏感，选择从女性这一独特的角度来书写新时代农村故事，以期达成市场策略和主旋律题材优势的融合。事实上，这一策略也确实获得了成功，因为部分电视剧进入了国家广电总局的百部重点剧目名单，并得以在央视一套、八套等高规格平台播出，也获得了较好的收视率。如《岁岁年年柿柿红》在央视播出后，CSM52 收视率一路领跑，市场收视份额最高达 6.103%;《麦香》以平均收视率 1.31% 和平均收视份额 5.57% 位列 2019 年上半年央视黄金一套首位，并获得主管部门和宣传系统的嘉奖。不容否认，这些剧作之所以获得成功，在于主题深度、形象塑造以及艺术表达上均有可圈可点之处。但是，令人遗憾的是，这些电视剧在网络上的关注度和评分都不高，核心原因在于豆瓣用户基本不认同其中的女性观念和女性形象，进而影响了它们的网络口碑，与 2018 年《娘道》所引发的争议非常类似，显示出当下电视端与网络端收视市场的深度割裂。当然，作为“女德传奇”的《娘道》定位非常清晰，是拍给“今天还愿意坐在电视机前的中老年人看的”（导演语），故事本身也以民国为背景，一定程度还映照着旧社会女性的真实生存境况。但当前这类农村家庭伦理剧与此不同，不但追求为新农村女

[1] “农村家庭伦理剧”这一说法来自戴清《以艺术匠心提升影视原创力》，《人民日报》2019 年 6 月 6 日。

性“立此存照”，而且还承担着引领农村女性新风尚的导向功能，目标观众也不限于“中老年妇女”群体。但在我看来，这些农村剧建构的女性形象整体略显陈旧，既悬浮于现实语境，也背离创作初衷。探究这些陈旧而刻板的女性形象是如何在银屏上被建构的，不但有益于对当下这一流行的电视剧创作类型和表现模式做出恰当的评估，也能为动态把握当前社会作为文明重要指标的女性观念和女性意识提供一个特别的视角。

一、励志传奇中的“花木兰”角色

“铁姑娘”是“20世纪60年代到80年代中国一个独特的象征性符号，成为论述妇女角色变迁、描述妇女解放运动、解构集体化时代一个重要的工具”[1]。“铁姑娘”作为迎合当时政治形势的产物，最早源于大寨。因为缺少男劳力，同时，也是为了响应毛泽东鼓舞妇女斗志、“使全部妇女劳动力一律参加到劳动战线上去”的号召，陈永贵组建了大寨“铁姑娘队”。“铁姑娘”成名之后，国家将其树立为典型，采取了政治动员的方式在全国推广。自此，“铁姑娘”作为一种革命符号被建构，成为“十七年”至“文化大革命”时期女性审美的风向标。

“铁姑娘”以“妇女能顶半边天”“男女都一样”等政治化口号作为自我进步的目标，将和男人一样去战斗作为女性自我激励和褒扬的资本，在特定的年代有其价值，体现了女性对于传统角色设定的反叛，对于女性走

[1] 周大鸣、郭永平:《性别、权力与身份建构——以大寨“铁姑娘”为考察对象》,《青海民族研究》2013年第1期。

出性别桎梏，追求自我价值的实现产生了积极的意义。但是，这种“去性别化”的表层地位抬高，在当时现实中也演变成了抹杀性别差异、不顾女性生理特点，强迫女性在生产劳动中完成和男性相同工作量的无差别的“平等”，因此，其时的“铁姑娘”只是通过“去性别化”的“花木兰”角色转变，把自己重新约束在以“革命”名义替换的男权话语之中，而女性自我的身体则处于缺席状态。

20 世纪 80 年代初以来，随着“现代性”思潮的兴起，“铁姑娘”的审美风范遭到文化界的大力批判，“铁姑娘”被认定为那些擦去了性别标记，不受男性欢迎的女性。至此 ，“铁姑娘”被定格为一个历史性的称号。但值得注意的是，在当前农村家庭伦理剧中，“铁姑娘”这一形象正在借助于女性的“励志”故事卷土重来，显现出强势的男权话语逻辑在这一领域重新入场的趋势。

无论是 20 世纪 90 年代以来的农村家庭伦理剧，如《篱笆、女人和狗》等“农村三部曲”，还是当前如《怪你过分美丽》《三十而已》等都市女性情感剧，都致力于对女性自我精神空间的开掘和弘扬。剧中的女性通过自己的努力摆脱了男权的“魔咒”，或选择并肩和男性站在一起，或果敢地挥别他们，彰显出当代女性鲜明的自我意识。但是，在当前农村家庭伦理剧中，女性却往往缺少和她们并列站在一起的男性，男性基本处于缺席或者完全矮化的状态，而她们以代替男性承担责任，或者作为男性的拯救者形象存在。《岁岁年年柿柿红》《麦香》《初婚》等剧中的女主都是替死去的丈夫承担家庭责任的“女汉子”;《春暖花又开》《刘家媳妇》中的窗花和梁三朵，则是在和男性兜兜转转的关系中拯救了男性和家庭的传统女性。这些女性身上的自强色彩，体现为一种被现实激发出来的力量，虽然具有强烈的励志意味，但是，因为缺乏女性自我意识的注入，因而在气质上更接近于20世纪五六十年代的“铁姑娘”。

深入探究农村家庭伦理剧中“铁姑娘”的自强叙事模式，发现本质上和中国古代传统戏曲中女人作为“苦情”符号历经苦难的煽情模式别无二致。“苦情”之路是女性在父权制格局中获得救赎的形象演绎，一直是传统家庭伦理剧赚取观众眼泪的不二法宝。当前农村家庭伦理剧借用这一屡试不爽的收视法宝，为新时代“铁姑娘”的成长布下了无尽的苦难，仿若为她们开启了“比惨”大赛。《初婚》中任喜爱婚后第二天就失去了丈夫，留给她的是一个破败的家庭：婆婆生病、两个小叔子年幼，而家中一贫如洗，每天还有人上门要债。《岁岁年年柿柿红》中的杨柿红先是被迫和青梅竹马的男友分开，然后是丈夫王长安车祸离世，她需要独自面对整个大家庭的生计：两个年幼的孩子和日益年老的婆婆、外出打工而失去一条胳膊的小叔子一家、小姑子丢下的私生子等。连绵不断的苦难在虐足观众的同时，也为女主的自我拯救提供足够的表现空间。而这些自我拯救方式，基本逃不脱去工地做苦力，最后连男人也甘拜下风的套路。神奇如《初婚》中的任喜爱，不但在鱼塘、工地做苦力，还无师自通地修好了导致丈夫出车祸的拖拉机，并学会开拖拉机为村里拉货。“铁姑娘”在男性专属的场域中证明自己的劳动能力，本质上是一个性别置换的仪式化场景，体现了男权社会对女性自我意识的归驯。这也可以理解为什么面对已经在当下生产格局中有了更多主动选择机会的新女性，当前众多农村家庭伦理剧依然喜欢通过这些仪式化场景来彰显她们的自立、自强，这些脱离现实语境的剧情设置，本质上是男权惯性思维延续的结果。

而进一步得以验证的是，剧中这些女性最终无一例外地从小家走向大家，承担起引领村民走向发家致富的道路，从而以形象的符号化呈现完成了主题的升华。如任喜爱到城里后成为一位服装设计师，之后回到村里规划棉麻种植基地成为致富的引路人；杨柿红被选为村长，开办了柿饼工厂，把村里的经济搞得红红火火；麦香从养鸭场起步成为落雁滩的致富领头雁，并作为丽水市的优秀女企业家得到政府嘉奖；《刘家媳妇》中的梁三朵、《春暖花又开》中的窗花等也都成为新时代的致富能手。显然，这些女性步调一致的人生走向是剧作为了呼应“乡村振兴”时代主题做出的必然选择，但问题也正在于此，她们只是作为“铁姑娘”式政治符号参与主题的宣传运作，在她们的成长和奋斗过程中，从来只着意于代替男性承担家庭和集体的责任，自我情感的需求乃至于重建家庭的意愿被刻意排除在她们的人生追求之外，身体/个人归宿等话题始终处于缺席状态，尤其是剧作的后半部分，“求生”的苦难叙事已经基本结束，但是宏大叙事的主题阐发再次压倒了对她们命运的深层次开掘与关注，也成为这些剧作共同的弊病。这一问题症候，与“十七年”的电影十分类似，“不约而同地将家庭在女性的生命中悬置，其意义是只有走进社会，承担和男人一样的社会角色，才能实现真正的男女平等。这一时期女性的身体遭到侵害的程度是空前的，但是又完全被人们心照不宣地漠视，因为在一个巨大的乌托邦梦想笼罩下，身体不值一提”[1]。无疑，“身体缺席”的励志叙事导致“铁姑娘”在农村家庭伦理剧中的复活，源于这类剧在创作理念上对“十七年”意识形态宣传思路的沿袭，因为“身体不仅仅是一种肉体的、生理性的存在；更是意义的载体，是人与自己周围世界和文化进行交流的重要媒介……我们对身体理解方式的变化，不仅仅是因为生理学研究的推动，还伴随着对社会历史发展理解方式的变化。当我们叙述身体的历史时，实际上是在再现每个社会对人类身体的理解方式，是理解身体如何按照特定的

[1] 陈晓云主编：《中国电影的身体政治》，北京：中国电影出版社 2012 年版，第 185 页。

社会框架演化成‘正常’的身体，特定的社会理解框架与身体再现方式，意味着知识与权力的身体塑形与主体生产过程”[1]。一言以蔽之，对于身体问题的认知，暴露了这类农村家庭伦理剧的创作主体在历史与现实认知上还停留在20世纪五六十年代。正如《人民日报》指出：“2019年农村家庭伦理剧《麦香》《绽放吧，百合》《春暖花又开》等表现了逆境中的善良和坚守，带给人们朴素的美感，但存在叙事套路化、历史表现随意化等不足……现实题材承担着重要的时代使命。创作者需要保持与时代积极热情的对话关系，深入开掘生活、进行有效的艺术转化与提炼，以艺术匠心夯实创作全流程。”[2] 这类农村家庭伦理剧要在女性形象塑造上摆脱传统的套路模式，除了需要深入生活，更需要主创者在社会历史认知上拥有与时俱进的现代理念、女性观念，保持与时代、现实的同步对话。

二、“劝世寓言”中的“空洞能指”

在女性主义者看来，“女性所领受的空洞赞赏，事实上也是男性对女性回归父系象征秩序的声声呼唤”[3]。因此，贤妻良母、纯真善良的女性样板作为男性视角下的固化形象，实质上是一个被“抽空了内容，简约成一

[1] 王玉珏：《西方社会批判理论“身体转向”的深层逻辑探析——基于马克思政治经济学批判的视角》，《南京大学学报（哲学·人文科学·社会科学）》2019年第3期。

[2] 戴清：《以艺术匠心提升影视原创力》，《人民日报》2019年6月6日。

[3] 丁莉丽：《她们：变动社会系统中的修辞能指——对新时期小说中部分女性形象的解读》，《浙江学刊》2000年第4期。

个被父权制预定了功能的能指”[1]。在电视剧市场中，随着近年来“腹黑大女主”的不断涌现，观众开始反思早期琼瑶剧中紫薇、新月格格等女性形象，并将她们追授为“圣母白莲花”的代表人物。而近年的“大女主戏”，无论是《甄嬛传》《延禧攻略》《如懿传》等“宫斗戏”，还是诸如《欢乐颂》《都挺好》等都市剧，女主角均呈现出所谓的“反白莲花”化的倾向。从“傻白甜”女主到“腹黑”大女主的形象转变，剧作正是借助“去道德化”的设置破除了传统男权话语的性别圈套，并通过女性自我拯救力量的彰显，显现出女性意识上的长足进步。但这一类美丽空洞的形象时至今日并未完全绝迹，依然在电视剧中若隐若现，部分也源于主题表达上的需要。尤其在农村家庭伦理剧中，这一类女性形象被当作主流模式批量生产，不仅仅源于家庭伦理剧先天较为滞后的女性观念和形象生产机制，更重要的还在于需要通过这些作为真善美的代表形象来承担农村英模人物的角色功能，以实现宣传主题阐释的主观意图。但是，主题先行的创作却往往使得她们的道德光环越出了父权制的范畴，进而在道德伦理层面也显现出其偏离世俗人情和现代价值观的一面。事实上，因这一主题缺乏合理阐释而引发的问题在当前众多都市类电视剧中表现也较为普遍，诸如《安家》《完美关系》等男女主角也屡屡被观众吐槽为人设过于虚假空洞。

这些善良的女主感召世人的套路，在当前农村家庭伦理剧中往往表现为将中国传统文化“惩恶劝善”的理念单一化为“劝善寓言”，将道德诉求凌驾于一切之上，无视当下社会基本的法治氛围和商业契约精神，让个体的命运和尊严、自我及家庭幸福追求等价值逻辑都为营造女主的主角光

[1] 阿里逊・莱特：《女权主义和文学批评家》，见［美］玛丽・伊格尔顿编《女权主义文学理论》，胡敏、陈彩霞、林树明译，长沙：湖南文艺出版社 1989 年版，第 313 页。

环让道，善恶正邪的区分系统彻底失灵。如《麦香》中麦香在帮扶他人的过程中不断被村民群体伤害，村民有盈利时争先恐后集资建养鸭场，一旦遭遇失利，则无视合同、协议，要求麦香承担全部损失，而麦香面对这些不合理也只能委曲求全，照单全收。《刘家媳妇》中梁三朵的极品亲戚数次设局对她加以陷害，但梁三朵始终以德报怨，而面对竞争对手，也是毫无保留地帮助他们。剧作以"圣母"般的光辉烛照世间的叙事程式展开，意在"描画着重建道德体系的美好愿景，并以承担苦难的命运许诺她的观众：对道德的坚守和苦难的忍耐可以通向对自我心灵的救赎"[1]，这不但切中传统苦情戏的审美套路，同时也悬置了现实。而在主题表达层面，这些道德模范的塑造也只是达成了对主题的机械诠释和表层呼应，但同时也是以现实精神和现代文明理念的失落作为代价的。

在豆瓣、知乎等网络平台上，可以看到大量观众对这类问题的批判。以《麦香》为例，众多观众对麦香拿丈夫抚恤金为初恋的儿子交罚款，导致曾为"学霸"的女儿因此走上辍学、做女工等坎坷人生命运这一情节表示不满，认为麦香牺牲自己女儿前程帮助一个坏人，甚至为了军功章任由女儿在胡胖子家里遭受虐待等情节，偏离了观众对一个好母亲的基本认知，从而形成了"利他性成为一种精神本位，超然于一切之上，感性个体又一次被道德理性压抑与放逐"[2]的符号化角色，这正是相当多观众对于这一正面光环形象产生不满的重要原因。

反观近年来的都市情感剧，其中来自农村的母亲形象已开始"由仙入魔"，从《欢乐颂》中的樊母，到《都挺好》中的苏母、《安家》中的房

[1] 王玉玊：《从〈渴望〉到〈甄嬛传〉：走出"白莲花"时代》，《南方文坛》2015 年第 5 期。

[2] 尹鸿：《当前中国电影状态》，《当代电影》1998 年第 1 期。

母，《完美关系》中马邦妮的母亲，等等。这些漠视女儿幸福，或视女儿为赚钱机器，“吸血鬼”般的“坏母亲”形象集中出现，一定程度上固然是大众文本模式化生产的结果，但其所引发的关于“原生家庭”问题的强烈社会共鸣，也彰显出当下社会“重男轻女”这一封建沉疴之严重、女性观念进步之任重道远。即使如《都挺好》中的苏母，身处城市环境，拥有护士的职业，但她身上依然负荷着沉重的封建女性观念，她给苏明玉所造成的难解“心结”，构成了苏明玉和原生家庭和解的巨大障碍。这部爆款剧所引发的关于“原生家庭”对于个人性格命运影响的探讨，以及苏大强式父母银屏形象的出现，正是触及了当下社会家庭伦理关系上的痛点。苏明玉的“创伤记忆”所引起的社会共情，正是当前都市女性日益冲破男权藩篱以及自我生命意识苏醒的现实投影。随着剧情进一步深入，观众进一步发现苏母也是一个“扶弟魔”的角色，这个失败的母亲，本质上也是一个深受传统男权观念荼毒的悲剧女性。苏母卖掉女儿的房间、安排女儿去读师范为儿子出国留学扫清道路，和《麦香》中的麦香为了帮云飞交罚款、弟弟上军校而让女儿失学的选择，虽然出发点不同，但由此引发女儿个人命运的不幸以及在女儿成长中刻下的内心伤痕没有本质上的不同。它们的不同在于，《都挺好》借助失败的母亲形象引领观众反思、批判，而《麦香》却试图通过女儿命运的坎坷来达成对麦香尽善尽美形象的塑造和赞美，这正是导致两剧在豆瓣等社交媒体上形成完全不同口碑的重要原因。

董慧敏曾在《农村题材电视剧女性形象塑造“圣母白莲花”现象批判》一文中指出：“这些兼具苦难经历和道德典范的女性被塑造成乡村大地上令人景仰的‘圣母白莲花’形象，不过是为了满足了人们在道德失范现实下的道德想象与心理寄托。从女性形象所承载的价值意义、审美特质和文化反思而言，电视剧对于农村女性形象的建构承担着远大于它自身的现实责任和历史使命，故不应在彰显她们传统伦理道德的同时遮蔽女性的个体生命价值。”[1] 其实，这一论断不仅仅针对女性形象，对当下主旋律影视剧中所有道德模范形象的建构也具有启示意义。刘小枫曾在《沉重的肉身——现代性伦理的叙事纬语》一文中指出叙事中的“媚俗化”倾向，即“在人民伦理的理想意识形态中，个体身体的亲在被抹去了。人民伦理的网是用历史发展的必然性铁丝编织起来的，缠结在个人身上必使个体肉身血肉模糊”[2]，在经历了“现代性”启蒙之后，再以“肉身”的血肉模糊去谱写时代颂歌的话语生产模式，早就不合时宜，他认为理想的是“自由的叙事伦理学”，“不提供国家化的道德原则，只提供个体性的道德境况，让每个人从叙事中形成自己的道德自觉。伦理学都有教化的作用，自由的叙事伦理学仅让人们面对生存的疑难，搞清楚生存悖论的各种要素，展现生命中各种价值之间的矛盾和冲突，让人自己从中摸索伦理选择的根据，通过叙事教人成为自己，而不是说教，发出应该怎样的道德指引”[3]。作为大众叙事的电视剧文本，尤其不应让干瘪的意识形态理念悬浮于世俗生活之上，而应该在叙事中融入时代现实的价值建构，嵌入普世众生的世俗生存现实，让每一个观众在体验和共情中形成自己的道德自觉。事实上，优秀的剧作无不如此，都是通过对个体命运休戚与共的感悟、人性悖论的展现以及个体与时代冲突悲剧的呈现，达到了润物细无声的伦理教化。如前几

[1] 董慧敏：《农村题材电视剧女性形象塑造“圣母白莲花”现象批判》，《当代电视》2019 年第 4 期。

[2] 刘小枫：《沉重的肉身——现代性伦理的叙事纬语》，上海：上海人民出版社 1999 年版，第 85 页。

[3] 刘小枫：《沉重的肉身——现代性伦理的叙事纬语》，上海：上海人民出版社 1999 年版，第 6—7 页。

年播出的农村电视剧《索玛花开》，塑造了一个充满人性魅力的扶贫“第一书记”形象。王敏是一位博士刚毕业的机关干部，她一开始带着大龄女性的“恨嫁”心理逼婚未婚夫周林，指责他过于全身心投入扶贫而影响了两人对于未来人生的规划。之后王敏为了早点结婚，代替受伤的周林前去参加扶贫，却慢慢爱上了这一片土地，为了扶贫一次次推迟婚期。当周林以身殉职后，王敏主动申请去周林工作过的地方担任“第一书记”，这不仅是为了承担爱人未竟的事业，也是她自我生命价值理念的重构。王敏的选择，始于对日常生活意义的追求，但在广阔的人生舞台中更新了对人生意义的理解，进而完成人性的自我升华。该剧从女性个体叙事的角度出发，达成对“扶贫”理念的阐发和奉献精神的诠释，有着相当的思想深度和引领意义，值得当下农村家庭伦理剧，以及主旋律影视剧参考。

三、男性视域下的女性角色桎梏

这些女性家庭伦理剧，在演绎“励志”主题、构建道德颂歌的同时，还往往喜欢讲述一个好女人“从一而终”的故事。这一吊诡的剧情设置，恰好暴露出剧作背后较为腐朽落后的创作理念和审美格调。从审美心理而言，观众比较喜欢大团圆的结局，这也是大多数农村家庭伦理剧采用“从一而终”爱情故事的原因。如《春暖花又开》讲述女主被丈夫抛弃之后，通过自己的奋斗逆袭成功，最终又接纳了落魄丈夫，一家人得以破镜重圆的故事。《麦香》讲述的是一对青梅竹马的恋人如何经历重重波折最终相守的故事。但是，这一“有情人终成眷属”的结局并非双方主动抗争的结果，而是通过双方对象的去世为两人的复合扫清了道路，这种依靠不断的巧合达成的大团圆叙事，带着强烈的人为编排痕迹。

《刘家媳妇》是一部极为露骨地讲述了“娃娃亲”修成正果的传奇故事。梁三朵从小与刘大海订了“娃娃亲”，长大后的刘大海有了正牌女友，但梁三朵依然以其“未婚妻”自居，一次意外让梁三朵误以为怀孕，不明就里的男主刘大海为承担责任决定与她结婚。这一情节不但极不合现实逻辑，其中还潜藏着梁三朵的道德污点，即以道德绑架的方式拆散了一对真心相爱的恋人。但这一剧情设置显然隐含着编剧的叙事逻辑：和刘大海订了“娃娃亲”的梁三朵才是合法的“刘家媳妇”。吊诡的是，该剧以“刘家媳妇”为剧名，通过对梁三朵美德的竭力赞颂为这桩婚姻正名的同时，也以“刘家媳妇”之名讳成功地抹去了梁三朵自己的名字。

《初婚》讲述了任喜爱丧夫之后为婆家重振门庭的故事。任喜爱在结婚第二天丧夫，婆婆视之为“克夫”灾星，打骂并施，将其赶回娘家。但在婆婆突发脑梗，留下全身瘫痪的后遗症后任喜爱选择回到婆家，无视婆婆每天对她恶语相向，不离不弃地服侍她，并且和要债的村民签下了欠条，走上了为夫还债的道路。虽然任喜爱一心为夫家还债，心无旁骛，但年轻漂亮的任喜爱还是招来了很多追求者，除了邻居天明婚前就暗恋她，后面又有陈增强、骚怪，以及小叔子门墩的追求，而任喜爱在一次次风波的经历中都守住了自己的“贞洁”名声。但是，“冰清玉洁”的完美形象是被过滤了人性和欲望、经历了美德提纯的符号化角色。面对小叔子的任喜爱只有“长嫂为母”的责任，完全没有青年男女面对时该有的尴尬甚至敏感。任喜爱和陈增强、骚怪的两段感情经历也十分诡异。当任喜爱被陈增强执着的追求打动决定与其结婚，但结婚那天陈增强却因为救火成了一具烧焦的尸体，之后喜爱决心嫁给骚怪，骚怪却又得了骨癌晚期。接连不断发生的意外不但一次次坐实了任喜爱“克夫”灾星的身份，也让她加剧了自我的原罪意识，最终她选择离开家乡来逃避自己的不祥身份。当然，囿于当下现实，编剧最终因为她的坚守奖赏给了她一个幸福的归宿——嫁给天明。而该剧以“初婚”为剧名，无疑也蕴含着对她的期许和赞美，即虽然已是“二婚”，但是依然如同“初婚”一样纯洁，背后的陈腐意味不言自明。该剧通过对任喜爱一次次被动接受感情的经历，消解了她作为一位年轻女性固有的情感需求与欲望，但显然“这样的女性只是作为一个道德符号而存在，失去了主体性的行为和文化生产的可能，从自觉或不自觉地填充、负荷了特定的（男权的）意识形态内容”[1]。

《岁岁年年柿柿红》中的杨柿红则没有如此幸运，她被编剧以“爱”的名义禁锢在男权桎梏中，始终无法摆脱“守寡”的命运。杨柿红在丈夫去世后曾经遇到过两位男人：唐一刀和吴郎中。名厨唐一刀通过给予杨柿红帮厨的机会、带给孩子肉夹馍等现实恩惠来换取杨柿红的感情，但始终不能被杨柿红接受，原因在于俗气的唐一刀根本配不上干练纯情的杨柿红。城里来的吴郎中则不一样，他给孩子们带来电视机，为他们打开观看世界的窗口；他帮助杨柿红打赢了小叔子王长全的官司，陪伴杨柿红走过了人生中最艰难的岁月；他们在精神上的契合，以及吴郎中的城市人身份，决定了吴郎中是将杨柿红从现实苦难中拯救出来的最佳选择。但是，最后编剧还是以杨柿红忘不了王长安为理由，匆匆结束了这一段感情。让杨柿红以“爱”的名义继续坚守“寡妇”身份，显然并不契合杨柿红在剧中展现出来的个性，也不符合当下社会的女性价值观念，究其原因，最大的可能还是编剧内心里将“从一而终”认作是女性美德观念的下意识流露。

无论是套路化的创作手法使然，还是潜意识精准投射的结果，这类

[1] 贺艳：《试论家庭伦理剧的性别建构策略》，《西南政法大学学报》2008 年第 6 期。

陈旧女性被不断赞美的叙事套路，作为当前农村家庭伦理剧的一种创作动向，正与现实中的“女德”教育遥相呼应，成为当下一种新的文化风景。虽然，借传统文化名义灌输陈腐女性观的“女德班”曾引发社会舆论声讨，并屡屡被政府相关部门取缔，但“女德班”的此起彼伏，说明这些封建陈腐的女性观念还具有相当深厚的文化根基，在社会整体性的文明根基没有完全夯实，传统文化和现代价值理念缺乏接轨的当下，极易乘着复兴传统文化的东风卷土重来。尤其在当下广大的农村，传统封建女性观念还存在着相当深厚的土壤，这也正是这些传统的女性“苦情”叙事往往能收获较高收视率的根本原因。正基于此，我们才要对当前农村家庭伦理剧的女性形象生产保持警惕，警惕它们借着“女性励志剧”“主旋律农村剧”等外衣来讲述“娘道”式故事的商业企图，需要我们去在打碎剧中传统男权中心视域下营造的“审美幻象”，揭示这些被赞美的女性形象所蕴含的陈腐本质，以免更多女性被引向歧路，重新陷入封建意识形态的囹圄之中。

四、结语

当前部分农村家庭伦理电视剧，一方面试图借助被抽空了人性内涵的虚假道德话语来完成对于主旋律意识形态的诠释建构，另一方面则通过迎合腐朽落后的传统女性观念和审美趣味来获取收视率的高扬作为口碑的证明，但两者的合谋是以放弃当代女性形象的真实呈现和现代女性观念的弘扬作为代价的。马克思曾经指出:“艺术对象创造出懂得艺术和能够欣赏美的大众……因此，生产不仅为主体生产对象，而且也为对象生产主体。”[1]这正是值得警惕的地方，因为就目前这类农村家庭伦理剧的主要受众——中老年农村妇女群体而言，她们长期浸淫于此类蕴含陈旧男权话语和道德体系的影视剧中，极易导致封建主义幽灵在家庭生活中死灰复燃，母女关系、婆媳关系等家庭伦理问题进一步加剧，非但不利于和谐家庭关系的建构，也不利于农村女性的“精神脱贫”，进而影响全社会女性意识的提升和女性社会地位的进步。从这一角度来看，近年来都市家庭剧中模式化农村母亲形象的出现是一个极有意味的话题。母亲形象“由仙入魔”所引发的都市女性的共情感，表明陈腐的女性观念确实具备丰茂的现实根基，体现了都市剧对现实的深刻洞察力和批判精神。另外，都市剧中母亲形象的塑造和农村家庭伦理剧的女性形象也恰好形成了一种“互文”，有助于我们了解、探究这些陈旧而腐朽的女性观念如何得以传承和延续，进而提醒当前农村家庭伦理剧的创作方，如何以更具时代眼光和现代立场来塑造丰富的女性形象，这不仅仅是为了弥合中老年观众和年轻观众、城乡观众之间严重的价值撕裂，更是为了促进包括农村在内的全社会的女性意识和女性观念的进步。

当然，作为一个社会文化症候，农村家庭伦理剧的刻板化女性形象生产，也为我们提供了一个把握当前社会女性意识和社会认知的视角。正如戴锦华教授所指出的，“妇女解放运动 200 年，风起云涌 100 年到今天，女性仍然没有创造自己社会性的模板。一旦进入社会性表述的时候，女性要么就是花木兰式的处境，要不然她就必须在她的社会表达当中，退回

[1] 马克思、恩格斯:《马克思恩格斯选集（第 2 卷）》，北京：人民出版社 1979 年版，第 207 页。

到女性的模板，或者女性的规范之下”[1]。都市情感剧和农村家庭伦理剧的不同女性形象呈现，也从不同侧面印证了当前女性在前行路上的困境和悖论。作为“第二性”，女性进步之路漫漫，但是，无论如何，农村家庭伦理剧不应主动退守到对女性传统模式的全盘沿袭，而是应该和都市情感剧一样走向现实主义深耕之路，在新的时代语境中探索新的女性的社会生命的模板，为时代留下更真实更富有理想意味的女性镜像。

[1] 戴锦华：《互联网时代女性的自我想象：是落入陷阱再度迷失，还是打开新的逃逸之路？》，“造就”公众号，2010年7月17日。

百年戏曲从“现实”走向现实主义的升华

高红花

太原市文化旅游事业发展中心

在百年的戏曲发展进程中，戏曲现实主义创作是不可或缺的力量。它与百年戏曲进程相扶相守，在习近平新时代中国特色社会主义前进征程上展现了独特风采。它既是百年戏曲与社会主义文化相结合发展的产物，走出了一条属于自身独有的适应时代发展的道路，又与现实题材、现实主义精神相融相生，反映社会生活现实，推动了各个时期的发展和进程，在中国百年戏曲探索发展过程中发挥了极其重要的作用。

一

“文章合为时而著，歌诗合为事而作。”戏曲的现实主义创作是以《诗经》《楚辞》为开端的文学艺术获得的，反映了一定的社会的现实需要或者现实生活。是人类为自身审美需要而进行的精神生产活动，是一种独立的、纯粹的、高级形态的审美创造活动。社会生活给人们提供了取之不尽的创作源泉。先辈们在农耕文明中即兴创作、即情即景随口编唱的一些剧目充满了趣味性，深耕民间，口传心授，表达情感、浸润心灵，农作之余增添情趣，成为广为流传的“现实”写照。例如太原秧歌《换大米》中刘三唱：“刘三俺出门来心儿里欢喜，家住在太原县汾河西。种了二亩河湾地，年年打稻谷三百大几。”短短四句词，就把“我是谁，住哪里，干什么，怎么干”描述得清楚明白。“因事以造形，随物而赋象”，强调了戏曲作品可以真实反映生活，是现实主义对塑造人物形象的基本要求。如古典戏曲《清忠谱》《牡丹亭》《琵琶记》等一些由舞台行动再现，实现对生活真实反映的剧目，在历史的长河里始终沿着现实主义的轨道前进[1]。

百年来，在各个历史时期的进程中，戏曲艺术不断汲取中华优秀传统文化养分，在摸索中前进，在前进中精进。推动了戏曲现实主义创作，以时代精神激活了中华传统戏曲的强大生命力。新民主主义革命时期，戏曲现实主义创作在不断的新剧目创作探索中发展。1919 年，五四新文化运动以后，戏剧改良运动吸引了有现实主义戏剧观的新文艺工作者和汪笑侬、刘艺舟、田际云、梅兰芳、周信芳等有创新意识的戏曲艺术家的参与，他们尝试用现实主义话剧的思维来改造戏曲，并倡导和实践排演了一批改良新戏[2]。如成兆才创作的评剧剧目；赵熙、黄吉安创作的川剧剧目；范紫

[1] 参见张庚、郭汉城主编《中国戏曲艺术大系·史论卷·中国戏曲通论》，北京：中国戏剧出版社 2010 年版。

[2] 参见李伟《现实主义与新中国 70 年戏曲现代化》，《戏曲研究》第 111 辑，北京：文化艺术出版社 2019 年版。

东、李桐轩、孙仁玉创作的秦腔剧目；樊粹庭创作的豫剧剧目；等等，改变了当时的演出市场格局[1]。这些新剧目以反映当时的现实斗争或社会问题为特点，一定程度上改变了古老戏曲与现实的不相适应，以及演出市场格局[2]。在辛亥革命前后，这种改良新戏推行开来，开创了戏曲现实主义创作的先例。民国年间各剧种新剧目不断出现。1927 年 6 月，北京《顺天时报》称，“京中名伶排演新剧者，逐渐加增，别开生面……”荣膺“五大名伶”最佳新剧的都是能针对性、有效性地发挥演员自身表演才能，以满足演员表演需求为基础的现实主义创作代表剧目。其中，溥绪（清逸居士）编创的《摩登伽女》让尚小云从当时众多名角中崭露头角。罗瘿公为程砚秋编写的《红拂传》发挥了程派艺术流派特色和独特风格。齐如山为梅兰芳编写的《太真外传》等契合梅兰芳的创新需要和演唱特长。陈墨香为荀慧生编写《丹青引》等使其在舞台上能尽情发挥。徐碧云根据《旧唐书经籍志·绿珠篇》编写并主演的《绿珠》展示了其多才多艺的艺术造诣和功底。此举扩大了影响吸引了观众，以演员需求为中心的现实主义创作初战告捷。

任何新生事物都有其自身的发展规律，戏曲现实主义创作也不例外。1927 年，以第一部红色革命现实主义戏曲剧目《老祖母念金刚经》为始的红色革命现实主义戏曲创作拉开了序幕。这出戏在 1927 年 7 月 1 日“南昌起义”次日的军民联欢会上，由军事参谋团的几位女兵排演。1938 年 7 月纪念抗日战争一周年时，延安鲁迅艺术文学院所属实验剧团排演的王震之由传统京剧《打渔杀家》改编的新剧目《松花江上》，开启了红色区域

[1] 参见傅谨《20 世纪中国戏剧史：上》，北京：中国社会科学出版社 2016 年版。

[2] 参见傅谨《20 世纪中国戏剧史：上》，北京：中国社会科学出版社 2016 年版。

的戏曲演出。陕甘宁边区民众剧团组建的"民众娱乐促进会"编演了秦腔《一条路》《好男儿》《回关东》，后眉户艺人李卜的加入又编排了眉户戏《两亲家》《十二把镰刀》，这些具有时事题材的戏曲，取得不错成绩。尤其是秦腔《血泪仇》《穷人恨》深受民众喜爱。《十二把镰刀》短时间内迅速推广，各地剧团搬演，还促使民众剧团由民间剧团改由中央宣传部和边区政府直接领导。

1936 年，太原的救国剧社排演了晋剧现代题材戏《毒祸鉴》《汉奸大失败》等反映当时社会现实。翁偶虹编剧的京剧《锁麟囊》直到今天还是最受欢迎的剧目之一；黄吉安编创了川剧《江油关》《柴市节》等大量剧目；黄鲁逸的粤剧《自由女炸弹迫婚》《周大姑放脚》等作品深受好评。《雷雨》等话剧不仅奠定了曹禺在中国话剧史上杰出的现实主义剧作家地位，同时也迅速掀起《雷雨》改编热。1937 年，刘荫庭和常月樵重组的复兴社改编了曹禺的《雷雨》《日出》、张恨水的小说《啼笑因缘》《金粉世家》。用现实主义创作手法把"中国人的事、中国人的思想感情"表达了出来。"一时，剧中人的命运得以与'各阶层小市民发生关联，从老妪到少女，都在替这群不幸的孩子们流泪。而且，每一种戏曲，无论申曲、越剧或文明戏，都有了它们所扮演的《雷雨》'。"[1]

新民主主义革命时期，虽然随着中国社会文化领域的深刻变化，戏曲创作受到影响，但这一时期无论是基于有现实主义戏剧观的剧作家，还是有创新意识的名伶，无论是红色革命现实主义，还是反映社会现象和现实生活，戏曲现实主义创作在不同思想、环境、需求下碰撞前行。

[1] 傅谨：《20 世纪中国戏剧史：上》，北京：中国社会科学出版社 2016 年版。

二

1942 年 5 月延安文艺座谈会上，毛泽东同志指出“应该在文艺界的特殊问题——艺术方法艺术作风一点上团结起来，我们是主张社会主义的现实主义的”。根据指示，延安平剧研究院排演了京剧《难民曲》《上天堂》、新秧歌剧《回头是岸》、眉户戏《张学娃过年》《边区自卫军》、河北梆子《醒后》、秧歌剧《刘二起家》《张丕谟锄奸》等[1]。京剧《逼上梁山》则将历史故事融入现实的色彩。毛泽东称其为“旧剧革命的划时期的开端”。从此，类似题材的历史题材剧目也有了演出市场。[2]

各地剧社、剧团也纷纷排演现实主义新剧目。如晋剧《血泪仇》《小二黑结婚》《刘胡兰》等，这个时期现实主义戏曲创作成果丰硕[3]。1943 年，根据当地的生活实事创演了《十六条枪》《上冬学》《反对买卖婚姻》《送郎参军》《送军粮》等。1945 年 8 月日本宣布无条件投降，举国同庆。而时重庆第一川剧院正在演出《十三太保》的斌良国剧社中断了正常演出，特别加演了《得胜回朝》来庆祝。1946 年，排演的小戏曲《新小放牛》、秧歌剧《兄妹开荒》《牛有贵受伤》《纺花状元刘四嫂》《送布》等新剧目均来自现实生活，表达了民众的真情实感。

---

[1] 参见傅谨《20 世纪中国戏剧史：上》，北京：中国社会科学出版社 2016 年版。

[2] 参见傅谨《20 世纪中国戏剧史：上》，北京：中国社会科学出版社 2016 年版。

[3] 参见太原市艺术研究所编写《太原戏剧史》，太原：山西古籍出版社 1999 年版，第 241 页。

三

新中国成立后，各地开始纷纷上演深受解放区民众喜爱的新剧目，也称“解放新戏”。1949 年 5 月杭州解放后，杭州大剧院演出了新型京剧《闯王进京》《三打祝家庄》《逼上梁山》《花木兰》等，每场有 3000 多名观众，连演 40 天。1949 年上半年，天津市军管会的戏曲部门负责人推广新戏《三打祝家庄》、《白毛女》（评剧）等在七家戏院上演的成绩。天津正风剧社受东北解放军剧团到天津演出《九件衣》得到热烈欢迎的启发，模仿排演了《九件衣》连演 42 场，场场满座。后连续排演了《王贵与李香香》《刘巧团圆》《王秀鸾》《一贯道》等新戏，激活了市场。楚剧、汉剧等也都排演《九件衣》并受民众好评。

1949 年前后，关注妇女解放问题的现实主义剧目开始涌现。评剧《刘巧儿》、吕剧《李二嫂改嫁》、沪剧《罗汉钱》、评剧《小女婿》、眉户戏《婚姻要自由》等都是比较有代表性的剧目。评剧《刘巧儿》取材于延安地区的真人真事，家喻户晓、脍炙人口的唱段“巧儿我自幼儿许配赵家，我和柱儿不认识我怎能嫁他呀”至今广为流传。吕剧《李二嫂改嫁》取材类似《刘巧儿》，也是同期较有影响的剧目。沪剧《罗汉钱》根据赵树理的小说《登记》改编，为适应沪剧表演特点和南方观众的审美情趣，把原著的故事发生地改为江南。这类婚恋戏是 20 世纪 50 年代初以翻身为主题的时代背景下，关注妇女解放问题的现实主义戏曲剧目。

1950 年 11 月召开的新中国成立之后的第一次全国戏曲工作会议，提出了“百花齐放，百家争鸣”的方针。在此方针指引下，各地戏曲获得空前的解放与发展[1]。1951年抗美援朝战争爆发，广大艺人积极响应并创演了如晋剧《救急包》《汉城烽火》《四姐妹参军》《唇齿相依》等作品来宣传抗美援朝保家卫国。1952年，在第一届全国戏曲观摩演出大会中，现代戏评剧《小女婿》、沪剧《罗汉钱》、淮剧《王贵与李香香》获剧本奖。1955年，在甘肃省的剧团登记中记录有："民间职业剧团争先上演现代戏和新编历史题材剧目，如《白毛女》《血泪仇》《穷人恨》《一贯害人道》《小女婿》《小二黑结婚》《糖衣炮弹》《北京四十天》《红娘子》《三打祝家庄》等，这些新戏的上演，不仅有力地宣传了中国共产党的各项政策，配合了中华人民共和国成立初期的各项工作，而且也展示了戏曲艺人为发展新中国戏曲事业奋斗的热情和积极性。"1956年新改编的昆曲《十五贯》进京演出受到周恩来高度评价。"《十五贯》有着丰富的人民性，相当高的思想性和艺术性，它不仅使古典的昆曲艺术放出新的光彩，而且说明了历史剧同样可以很好地起现实的教育作用。"至此，《十五贯》在全国各剧种中移植演出，影响广泛。

戏曲的现实主义创作是一个潜移默化，逐步演变的过程。1958年的《文化部关于大力繁荣艺术创作的通知》指出，"现在急需创作反映我国当前的和近十年来的伟大变革、歌颂我国伟大社会主义建设者的英雄业绩的艺术作品"。时逢"大跃进"热潮，各地新创剧目遍地开花。豫剧《朝阳沟》就是那个时代反映社会现实，并超越那个时代流传至今的经典剧目。豫剧《朝阳沟》体现了当时的社会现实，至今留下了如"亲家母""人也留来地也留"等脍炙人口的经典唱段。1958年，全国戏曲表现现代生活座谈会上周扬提出必须通过现代戏创作"完成戏曲工作的第二次革新。只有

[1] 参见傅谨《20世纪中国戏剧史：下》，北京：中国社会科学出版社2017年版。

这样，戏曲艺术的革新才算是彻底完成”。同期，京剧《白毛女》在北京的演出受到各剧团的关注。1959 年，太原市新新剧团排演的晋剧《红旗下的花朵》反映了当时学校的现实生活。同期颇具影响力的现代戏曲还有豫剧《翠云岭》《尹灵芝》、晋剧《阳春姐妹》、京剧《红色交通线》等。

1960 年 4 月，文化部举办了现代题材戏曲剧目观摩演出。“现代题材剧目显著增加。……这些剧目大都反映了社会主义建设和革命斗争历史，有的还反映了当前的阶级斗争和塑造了先进人物的形象。其中有《李双双》《雷锋》《杜鹃山》《白毛女》等。”[1] 在 1963 年以后的戏曲现实主义创作中，以国内现实生活中阶级敌人的破坏以及“革命人民”如何与之斗争并且最终粉碎阶级敌人破坏的现代戏如《箭杆河边》等大量出现。1964 年 6 月在北京举行了京剧现代戏观摩演出。有报道说“这是全国瞩目的京剧现代戏观摩大会，是解放以来京剧工作者演出现代戏的一次新高潮”。“就题材看，反映革命斗争历史的剧目有《杜鹃山》《洪湖赤卫队》《红灯记》《芦荡火种》《智取威虎山》《红岩》《节振国》《六号门》等，有反映新中国成立以来，社会主义革命和社会主义建设时期现实生活的剧目《柯山红日》《苗岭风雷》《黛诺》《李双双》《耕耘初记》《战海浪》《柜台》《草原英雄小姐妹》等。全国陆续有湖南、广西、江苏、辽宁、宁夏、甘肃、陕西等多个省市相继举行了现代戏会演。1965 年 5 月 20 日，东北区京剧现代戏观摩演出会在沈阳举办；5 月 25 日，华东地区京剧现代戏观摩演出在上海举行；7 月 3 日，华北地区京剧现代戏观摩演出在太原举行；7 月 1 日，中南区戏剧观摩演出在广州举行；7 月 16 日，西北地区现代戏演出大会在兰州举办。从 1949—1966 年的 17 年里，革命现实主义戏曲取得了长足发展。”

[1] 太原市艺术研究所编写：《太原戏剧史》，太原：山西古籍出版社 1999 年版，第 241 页。

20世纪50年代，曾经占据主导地位的“革命现实主义”被“革命的现实主义与革命的浪漫主义”两结合的创作方法取代。而真正突出地提出“两革”创作方法的，从那时的样板戏评论中可以觅得。“革命文艺主要是通过英雄形象感染人、教育人的。革命样板戏运用革命的现实主义和革命的浪漫主义相结合的创作方法……”1967年5月，为纪念《在延安文艺座谈会上的讲话》发表25周年，京剧《智取威虎山》《奇袭白虎团》《沙家浜》《红灯记》《海港》、舞剧《红色娘子军》《白毛女》和交响乐《沙家浜》八个“革命样板戏”在北京举行了长达37天218场的盛大演出。《人民日报》发表社论《革命文艺的优秀样板》加以赞许。20世纪60年代末70年代初，移植样板戏在戏曲界风行。1974年，“四省、市、自治区文艺调演”，参加会演的辽宁、上海、湖南和广西代表团，演出了用本地剧种移植的样板戏。如湖南花鼓戏《沙家浜》、辽宁评剧《龙江颂》、淮剧《人老心红》、京剧《瑶山春》等，这些剧目在创作思想上均受样板戏影响。

四

“忽如一夜春风来，千树万树梨花开。”新时期的中国戏曲对历史与现实题材的深度挖掘，孕育了戏曲现实主义创作的繁荣前景。1978年至1989年，十一届三中全会让剧作家对现实生活的思索转化为创作实践。从1979年1月—1980年2月举办的“建国三十周年献礼文艺演出”可见一斑。有论者认为新时期的社会问题剧敢于直面现实，反映弊病，说真话，表达人民的心声，真正显示了现实主义文学的光彩[1]。1988年京剧《曹操与杨修》脱颖而出，表现了创演者对历史故事的拿捏和对艺术美感的追求，也让戏曲现实主义创作有了争论焦点。

1990年至1999年是现实主义创作的新高潮。戏曲《油灯灯开花》等立足时代审美童趣，以崭新的创作理念和艺术风格开创了戏曲艺术新局面。1993年，越剧《西厢记》再次脱颖而出。郭汉城评价“小百花演出的《西厢记》的突出成就在于‘把古典名著与现代审美意识和谐地结合起来，赋予了时代的新风貌’”。从而又使得传统剧目融入现实主义引发了争论和思考。京剧《司马迁》、淮剧《金龙与蜉蝣》、川剧《巴山秀才》等，反思传统并立足现实的现实主义精神颇具影响[2]。由老舍小说改编的京剧《骆驼祥子》和由小说《红岩》改编的京剧《华子良》，现实生活用戏曲化表达受到好评。如《骆驼祥子》中的“洋车舞”、《华子良》中的“下山”。还有京剧《粗粗汉、靓靓女》中的“电脑踢踏舞”、汉剧《弹吉他的姑娘》中的“电话圆舞曲”等，都在戏曲式地表达现实生活。1998年，黄梅戏《徽州女人》表现了一位无名的徽州女人的生命与情感历程。

2000年至2008年，涌现出一大批反映现实主义戏曲现代戏作品。如上党梆子《赵树理》、眉户剧《父亲》《山妹》、蒲剧《山村母亲》，生动地把现实融入了舞台，塑造了生动的人物形象。新编历史剧晋剧《傅山进京》《晋文公》、京剧《走西口》、豫剧《裴寂还乡》等，将历史与现实观照完美结合，使作品具有强烈的人文精神和时代内涵。2011年，由陈彦编

[1] 参见太原市艺术研究所编写《太原戏剧史》，太原：山西古籍出版社1999年版，第241页。

[2] 参见李伟《现实主义与新中国70年戏曲现代化》，载《戏曲研究》，北京：文化艺术出版社2019年版，第40—55页。

剧的“西京三部曲”秦腔《迟开的玫瑰》《大树西迁》《西京故事》获“中国戏曲现代戏突出贡献奖”，颁奖词这样说：“三部作品在舞台上塑造了乔雪梅、孟冰茜、罗天福等一批具有典型意义的艺术形象，弘扬了讲奉献、重责任、维护群众尊严的价值观，体现了关注社会现实、关注人民生活的创作思想。”

新时期的戏曲现实主义创作，显现了一批优秀当代戏剧家对历史与现实题材的深度挖掘，孕育了戏曲现实主义创作的繁荣前景。

五

习近平总书记指出“我们所要提倡的现实主义与西方传统的现实主义不同，是体现唯物主义世界观、历史观、实践观、人生观和价值观的现实主义，体现在文艺上，就是以人民为中心”。新时代戏曲现实主义创作成为主流。《2018 中国艺术发展报告》显示，在戏剧领域，秉承现实题材与现实主义精神的现代戏在新剧目中成为主流。诚然，2018 年，广东、云南、福建、山西、河北、吉林等省份把艺术创作工作重点放在了现实题材文艺精品创作生产上。与此同时，伴随着“戏曲进乡村”，农村现实题材得到进一步强调，涌现出一批精准扶贫题材剧目。脱贫攻坚题材上党落子《第一书记》、晋剧《暖冬》、花鼓戏《桃花烟雨》、蒲剧《春暖蒲子山》、京剧《市长与柿长》等为决胜全面小康、决战脱贫攻坚营造了浓厚的社会氛围。豫剧《重渡沟》、河北梆子《李保国》等反映了共产党员的先进事迹。评剧《母亲》、上党梆子《太行娘亲》描写了农村妇女平凡而又伟大的母亲形象。沪剧《挑山女人》全剧真切贯穿了一位为孩子负重而百折不挠的母亲形象[1]。吉剧《黄大年》歌颂为祖国建设和发展做出贡献的劳动者。淮剧《小镇》描写了人间真情等等。晋剧三部曲《上马街》《起凤街》《迎新街》主题贯穿百年。《上马街》描写的是战争年代的故事；《起凤街》叙述的是改革开放之后的故事；《迎新街》描写了新时代市民生活发展变迁的故事。三部曲以小喻大，以写实的风格，从几条街的变迁看百年进程。

“坚持与时代同步伐。”2019 年的第十六届中国戏剧节是党的十九大后我国戏剧艺术最新创作成果的集中亮相。当代剧作家从中华传统文化深厚底蕴的积淀里，厚积薄发，以现实主义的视角，创作的戏曲剧目更加符合时代特有的精神气质和艺术审美。如潮剧《红军阿姆》、河北梆子《人民纪念碑》、京剧《陈毅回川》等都体现了革命中国的现实表达。2020 年，全国舞台艺术优秀剧目网络展演反映了舞台艺术现实主义创作传统的回归。如革命历史题材作品京剧《红军故事》、儿童剧《火光中的繁星》、秦腔《王贵与李香香》等；现实题材作品豫剧《重渡沟》、滑稽戏《陈奂生的吃饭问题》等，勾勒出一批先进人物形象。2021 年，第十七届中国戏剧节聚焦“建党百年”主题，有半数剧目再现了真实历史。如京剧《母亲》《楝树花》《双枪惠娘》《锦绣女儿》、川剧《烈火中永生》、壮剧《黄文秀》、楚剧《向警予》等再现了革命先辈以及先进人物的真实事迹。这些剧目传承民族文化，弘扬中国精神，体现了守正创新的艺术精神和当代价值。

[1] 参见孙虹江《“现实主义”是戏曲表导演艺术的基石》，《戏剧文学》2014 年第 8 期。

结 语

综上所述，文化与艺术的发展都是一种从积累渐进到量变升华的过程，对于百年戏曲艺术的现实主义创作的研究同样归于这一过程[1]。如果说原生态的戏曲创作是“现实”有趣味性的，那么现实主义创作则把时代背景、思想、题材的选择、创作的态度以及对历史、社会、生活和人的整体认知与审美表达都融入其中[2]，有了思想性、艺术性、观赏性的升华。习近平总书记在文艺工作座谈会上的重要讲话中指出，“应该用现实主义精神和浪漫主义情怀观照现实生活，用光明驱散黑暗，用美善战胜丑恶，让人们看到美好、看到希望、看到梦想就在前方”。百年来，人民群众从吃不饱穿不暖，到能满足精神文化生活需求，再到对美好生活的向往，经历了从站起来、富起来到强起来的历史飞跃。戏曲在这期间起到了鼓舞人、引导人和启迪人心的作用。它与现实题材和现实主义精神既有区别，又有联系。它历经困惑、改良和低潮，更经历了旗帜鲜明的政策扶持和引导。从而在创作上有了更深刻的思考，表达上有了更深刻的内涵。“在戏曲现代戏的艺术实践中，更经常碰到现代生活与传统程式的矛盾，解决这个矛盾，尤其需要从现代生活出发，对传统程式进行鉴别，做剔除、加工、改造的工作。”[3]坚持现实主义创作原则，才能在严格的程式规范中，寻求到表现人物思想、性格的更完美形式，创造性转化创新性发展，增强

[1] 参见廖奔《中国戏曲史》，上海：上海人民出版社 2004 年版。

[2] 参见马也《查明哲导演艺术论——“00 后现实主义”的崛起与“导演时代”的到来》，《文艺研究》2014 年第 4 期。

[3] 张庚、郭汉城主编：《中国戏曲艺术大系・史论卷（中国戏曲通论）》，北京：中国戏剧出版社 2010 年版。

戏曲反映生活的现实能力，拓宽戏曲现实主义创作的道路。百年戏曲进程充分证明，戏曲现实主义创作充分迎合时代赋予民众的精神文化需求，以更接地气的方式，满足了人们对美好生活的向往，从而成为推动时代进步和社会发展的精神力量。

李可染、“河山画会”与“祖国河山”山水画的当代拓展

郝　斌

重庆大学艺术学院

改革开放新时期以后，新中国美术既迎来了新的历史契机，也频繁遭遇新课题的严峻考验，正如邹跃进评论：“其中最重要的就是怎么回应西方文化的影响和冲击。”[1] 尤其对于作为中华优秀传统文化代表的中国画创作发展而言，在新的历史语境下，如何“推陈出新”？如何实现现代转型？甚至如何认识、定位其当代价值？都成为持续引发争论并亟待解决的重要问题。1985 年，李小山提出“中国画到了穷途末路”之说，进而将这场论争引向顶点。[2] 激烈的话语交锋也真实反映了当时人们对于中国画及其未来发展的困惑、矛盾乃至焦灼的复杂心境。面对这场民族虚无主义的思

[1]　邹跃进：《新中国美术史：1949—2002 年》，长沙：湖南美术出版社 2002 年版，第 226 页。

[2]　参见李小山《当代中国画之我见》，《江苏画刊》1985 年第 7 期。此外，1992 年，吴冠中提出“笔墨等于零”的论说也对中国画发展产生了巨大冲击。

想激荡，作为当时最具代表性的国画家——李可染强调中华优秀传统文化是我们的“主心骨”和“东方文化的核心”，旗帜鲜明地提出了“东方既白”和“为祖国河山立传”的著名论断，产生了广泛影响。其中特别是，在李可染的支持下，以张步、李宝林为代表的一批中青年画家成立“河山画会”，接续推进山水画创作发展30余年而不衰，在新时期以来尤其当下强调“文化自信”和传承发展中华优秀传统文化的时代语境下，体现出特殊重要的文化意义。

一、作为新中国山水画新传统的“祖国河山”

早在新时期伊始的1977年，在结束了一段特殊历史时段之后，作为中国传统艺术形式并紧密接续新中国社会主义艺术传统的山水画，既未犹豫徘徊，也未背负过重的浓郁“伤痕”情绪，而很快即坚定地走出了一条独具特色的创作新路——朝向“祖国河山”山水大踏步前进，构建起新中国山水画从20世纪50年代至60年代的“祖国建设”山水、“革命圣地”山水、“山河新貌”山水到新时期“祖国河山”山水彼此衔接的清晰艺术文脉。[1]

为推进山水画的“推陈出新”，1977年7月，《美术》杂志特邀李可染、关山月等部分国画家“就山水画推陈出新问题举办座谈”（以下简称“座谈会”），国画家们以舒畅的心情提出了他们的新思考和新意见：提出“祖国河山”新课题，倡导创作多样化；提出山水画深入生活写生，推动

[1] 相关讨论可参见郝斌《“祖国河山”与1970—80年代之交山水画创作转型》，《文艺理论与批评》2021年第6期。

创作方式的回归和变革；提出山水画创作苦练基本功，促进艺术性和艺术感染力的提升。“座谈会”最后，“大家一致表示：‘祖国的好山河寸土不让！’山水画是大有文章可作的。山水画要推陈出新，有大量的工作正等待着我们去做”[1]。尤其在这次座谈会中，正式提出了“祖国河山”山水画创作主张，力图使得山水画彻底摆脱“‘文化大革命’美术模式”的束缚，努力推进山水画创作的“推陈出新”，达成了重要的艺术共识。

所谓“祖国河山”山水画，顾名思义，即指代使用山水画语言描绘“祖国山河”的壮丽风景。座谈会上，国画家们对“祖国河山”的含义也作了一定说明：“山水画反映革命圣地、祖国建设是一个重要任务，但是也不能排斥以祖国大好河山为题材的山水画创作……看到风景优美的黄山、漓江，会感到祖国山河壮丽，十分可爱。劳动人民的精神生活需要是很丰富的，优美的风景他们也是十分喜爱，欣赏这些画也是一种爱国主义教育……华侨看到祖国的山水会倍感亲切、温暖。”[2] 可见，“祖国河山”山水画主要描绘既往“革命圣地”“祖国建设”山水画所未能涵盖的“祖国大好河山”的“优美的风景”的崭新领域，并追求其所具有的“壮丽”“优美”“可爱”“美好”等独特审美特质表达。

与此同时，“祖国河山”山水并非单纯描绘或再现“优美的风景”，而是希望满足“劳动人民的精神生活”的丰富需要，并实现“一种爱国主义教育”或者爱国主义思想感情表达的艺术目的。因此，正如座谈会上提及毛主席诗词多采取“借景抒情”的创作手法，“祖国河山”山水画创作也主要借助“借景抒情”这一创作手法进行创作和抒发——将人民“喜

[1] 成威：《山水画大有文章可作——山水画创作座谈会记略》，《美术》1977 年第 6 期。

[2] 成威：《山水画大有文章可作——山水画创作座谈会记略》，《美术》1977 年第 6 期。

爱”“亲切”“温暖”的爱国主义思想感情寄寓“祖国河山”的“优美的风景”之中。如李可染在20世纪80年代创作了大量以黄河、漓江、三峡、江南、井冈山、昆仑山等为题材的“祖国河山”作品，他曾明确指出这类作品“反映出极其广阔宏伟的内容，如……千岩万壑、层峦叠嶂、千里江山、万里长江，同时出现在一幅画面之中，使人站在这样的画幅面前，感到祖国河山的壮丽伟大，引起热爱祖国的感情”[1]。在此，李可染将各地“祖国河山的壮丽伟大”与“热爱祖国的感情”明确地联系在一起。为何前者可以引发观者“热爱祖国的感情”呢？1984年，李可染在其山水画《钟灵毓秀》题画诗中作了进一步解释：“祖国地域广阔，山水壮丽，孕育炎黄子孙灵秀智慧。”[2]即是说，由于“祖国河山”蕴含着中华民族“灵秀智慧”的精神品质，那么通过山水画对于“祖国河山”的描绘，继而可以激发人民对于中华民族优秀精神品质的向往之情。不仅如此，“祖国河山”山水也寄托着画家对于祖国发展建设最新成就的持续关心。正如此时另一位重要画家关山月，他晚年曾提出一个“祖国大地组画”创作计划，并坚持创作20年，他表示要描绘“从‘长城内外’到‘大河上下’，从‘塞外江南’到‘大洋海疆’”的壮丽河山，继而表现“改革开放以来的实际”和“各地山河的新貌”。[3]可见，“祖国河山”山水画创作体现出丰富的创作维度，既涵盖了国家建设实际的题材内容，也包含着深刻的思想感情和丰富的文化内涵，以至将山水画进一步转化为中华民族文化和精神的表征。

但区别于“‘文化大革命’美术模式”，上述“祖国河山”丰富创作

[1] 李可染：《谈学山水画》，《美术研究》1979年第1期。

[2] 李可染：《李可染论艺术》，北京：人民美术出版社1990年版，第216页。

[3] 关山月：《赢来难得晚晴天——我的自白》，载关山月著，陈湘波、梁慧鸣编《乡心无限》，南京：江苏文艺出版社2008年版，第60页。

维度的表达也必须源自“真山水”和画家的真情实感，因而强调采取现场写生和深入生活的创作方式。那次座谈会结束后不久，李可染等许多国画家似乎都迫不及待地奔赴“祖国河山”开展创作，以投身艺术创作的新阶段，进而在1978—1980年兴起了一股三峡写生的热潮，国画家们“怀着对祖国河山的无限钦慕和热爱，纷纷来到长江寻幽探胜，乘兴挥毫，创作了大量才情横溢的山水风景画”[1]。如李可染通过三峡写生而创作《万重山》《巫山云图》等作品。“祖国河山”对于写生和深入生活的强调，也表明了其“对祖国河山的无限钦慕和热爱”的爱国主义思想感情和“寻幽探胜”的深刻文化内涵的表达，必须要建立在对于自然山水的真实体验之上，努力构建起个人情感与民族精神的有机统一，进而使其体现出更加深切而真切的历史思考和时代意义。此外，座谈会还提出“祖国河山”创作必须要苦练基本功，不断提升艺术性和艺术感染力，并不断探索新的艺术表现方法、发展新笔墨语言，进而继承和发扬优秀艺术传统。

由上，“祖国河山”创作课题的提出，不仅使新时期中国画创作的“推陈出新”有了更加明确的艺术进路，而且呈现出多重创作潜能和艺术意义。通过李可染、关山月等老一辈艺术家在新时期伊始对于“祖国河山”山水的卓著探索，发挥了重要的创作引领作用，进而持续影响和启发着一批中青年国画家循着这一进路积极开展艺术探索。如周韶华的“大河寻源”系列作品对于中原和西北山河的描绘，代表作品有《黄河魂》；贾又福对于太行山之崇高壮美风景的刻画，代表作品有《太行丰碑》；等等。其中特别是在李可染的支持鼓励下，以张步、李宝林为代表的一批中青年

[1] 长江航运管理局编：《〈长江〉中国画选集》“前言”，上海：上海人民美术出版社1980年版。该画集收录了70余位作家的85幅作品，其中即包括了上述画家的三峡主题创作。

画家成立“河山画会”，致力于中华优秀传统文化的传承和发展，积极团结全国山水画家，努力推进“祖国河山”山水画创作，持续发展30余年而不衰，产生了持久而广泛的影响。经由这一大批国画家的卓越创作探索，新时期“祖国河山”山水实际已构成新中国山水画创作发展中一个不容忽视的新传统，体现出重要的艺术价值和学术意义。

二、“为祖国河山立传”：李可染的探索和期待

新时期以后，李可染的国画创作尤其山水画创作又进入了新的阶段。此时，他以新镌“为祖国河山立传”印为志向，不遗余力地推进“祖国河山”课题探索，又创作出一大批山水画精品，代表作品有《江南喜雨图》《清漓天下景》《树杪百重泉》《黄山云海》《无尽江山入画图》等，取得了令人赞叹的艺术成就。这些作品虽然主要意在刻画“祖国河山”的“优美的风景”，但李可染却较少作小景画，而喜作“千岩万壑、层峦叠嶂、千里江山、万里长江”之“壮丽伟大”的山水风景，继而期望“引起热爱祖国的感情”。因此，我们看李可染新时期的作品，他往往采取全景式的构图，通过对于平远、深远、高远法的采用而着意刻画咫尺千里的山水意境，并配以厚重的笔墨和浅淡的设色，以表达画家个人爱国主义情感的无限和热烈，也由此表达民族文化、民族精神的无限。

虽然李可染非常强调写生和体验生活，但到了晚年随着年龄的增长，他已无力再像20世纪五六十年代那样十分自如地奔赴祖国各地的山河进行写生创作；时至八九十年代，他开始更多地将过往的生活经历、写生经验的深切记忆转化为山水画创作灵感和素材的有效来源，并将这些带有强

烈个人记忆的情感体悟注入山水画创作之中。如 1981 年《泼墨云山》有题画诗曰："吾历年遍游黄山、九华、峨眉、雁荡，饱览岩壑岚气烟云变化奇观，兹用泼墨法写我胸目中云山也，以未落前人窠臼为快"；再如，1987 年《烟江夕照图》题画诗中曰："看似三峡不是三峡，胸中丘壑笔底烟霞。"可见，李可染此时所画"祖国河山"山水画，已并非单纯对于自然山水的写实呈现，而是将其做了进一步的艺术提炼，开展了新山水意境的创造，由此创作出来的山水画就已经与所刻画的山水对象产生了较大距离，而升华为一种新的山水意象，也即李可染所谓"胸中丘壑"。对于李可染的这种创作方式，王朝闻曾作过分析："他以水墨（间有着色）所作的中国画，似乎由在印象的追忆过程中，以记忆改造着印象……增加了他对美的创造。"[1] 王朝闻所言的"对印象的追忆"及"以记忆改造对象"，亦即李可染所言"胸目中云山""胸中丘壑"之谓也。这种"对印象的追忆"在李可染创作中有许多体现，典型的代表如 1982 年作《树杪百重泉》，有题画诗曰："余昔年居蜀中，巴山夜雨，万壑林木葱郁，青翠欲滴，奔流急湍，如奏管弦，对景久观，真画中诗也。此情此境，令人神驰难忘，故一再写之，以赞颂祖国河山之美。"显然，这幅作品的创作并非李可染真的再次来到现场体验"巴山夜雨"，而是根据昔年（抗战时期）久远却"神驰难忘"的记忆而创作出来的，此类作品还有很多。总体而言，李可染新时期的山水画仍体现出其迥异于他人的鲜明个人风格特征，但也是在这个人风格中却正寄寓着艺术家内心极具个人体验的真切思想情感和艺术体悟。

尽管多凭借"对印象的追忆"开展创作，但李可染新时期的"祖国

[1] 王朝闻：《东方既白》，载杜滋龄主编《李可染书画全集·山水卷》序，天津：天津人民美术出版社 1991 年版。

河山”创作仍经历了艰苦的探索历程。1985 年，李可染在北京见到其于 1943 年作的《仕女图》旧作，对照这幅作品，慨叹曰：“年来眼昏手颤，不复能再作此图矣”（题画诗）；1987 年，题《清漓烟岚图》曰：“昔年吾曾多次泛舟漓江，觉江山虽胜，然构图不易，兹以传统‘以大观小’法写之，因略得其意。”这些创作的艰难和苦恼，也正体现了李可染晚年对于自我创作尤其“祖国河山”山水创作的极高要求。李可染晚年还将其著名的“师牛堂”改为“识缺斋”，并镌“识缺斋”“白发学童”“七十始知己无知”印，以示其不断求索的精神。

李可染晚年不仅在创作上继续悉心刻苦探索，也在理论上开始认真思考总结当代中国画创作发展相关问题。在 1979 年《谈学山水画》一文中，他强调要“做基本功，勤学苦练”，并“必须遵循艺术的特殊规律”；强调要对“古今中外的作品都要下一番研究功夫，好的、有用的都要吸收，促进民族艺术的发展”[1]。在 1980 年《生活・传统・修养》一文中，他更加明确地提出“深入学习传统，深入认识生活，全面的艺术修养”三要素之于中国画创作的重要性。[2] 李可染从他长期的艺术实践出发，对于自身的艺术经验及中国画创作规律进行了认真梳理，以期“对学画的青年同志有所帮助”。这反映了在新时期伊始，李可染对于中国画“推陈出新”以及青年画家成长的殷切期盼。

正基于这样的认识和期盼，李可染在 20 世纪 80 年代初积极支持张步、陆一飞等 10 位中青年画家在北京举办“河山如画图”山水画展（展览于 1981 年 10 月 1 日在中国美术馆举办），并亲笔题词“河山如画图”，

[1] 李可染：《谈学山水画》，《美术研究》1979 年第 1 期。

[2] 参见李可染《生活・传统・修养》，《美术》1980 年第 5 期。

以示对中青年后辈画家的鼓励。这次画展也为后来成立“河山画会”作了准备。对于这次画展的举办，李可染曾热情地表示：

“看了十人画展，感到很兴奋。这确确实实是个很好的画展。好在什么地方呢？好就好在这些画都是有传统的，同时又是有生活的，既是传统的又是现代的。每个人有自己不同的意境，与古老的画不一样，但又不是西洋画。大家创作态度比较认真，比较严肃，没有现代那种叫人百思不解的画。这些画表现了祖国的壮丽河山，给人以爱国主义情思的感染。我感到中国画后继有人，看到了中国画发展的前景。”[1]

不仅如此，李可染还针对相关创作问题与十位画家深入交谈（相关谈话后来形成文稿发表在《文艺研究》1982 年第 2 期）。从这次谈话中可见，李可染特别肯定了素描、解剖、比例、透视、明暗等西画元素对于中国画变革发展的积极意义，热情鼓励支持青年国画家开展艺术创新探索。这都体现了至少在 20 世纪 80 年代初期，李可染对中国画发展以及相关西方现代艺术思潮还持有一种十分乐观包容的艺术观点。

三、“东方既白”：李可染与“河山画会”的成立

然而，1985 年以后，随着西方现代文艺思潮尤其 85 美术新潮的猛烈冲击，包括李小山“中国画到了穷途末路”之说在中国画界的持续激荡，这些“新潮”言论及其对于中国画的非难，例如将原本作为中国画语言的

[1] 李可染：《传统、生活及其他——与〈河山如画〉画展十位中、青年山水画家的谈话》，《文艺研究》1982 年第 2 期。

“水墨”单独提取出来而作为中国画现代化探索的方式（即试图以之取代中国画传统创作方法和艺术追求）等主张，都给予李可染深刻的文化危机感，促使他更加旗帜鲜明地阐明立场、表达主张，以为中国画界尤其青年画家指明道路。

是时，李可染镌“东方既白”印，提出了“立足东方”的论断，并明确反对艺术激进主义者和民族虚无主义者。在 1987 年《雨后夕阳图》题画诗中，他谈道：“余作画，扎根祖国土壤，广收博取，岁为外来，而立足东方，此语不足与邯郸学步者流道也。”在此，他将当时艺术激进主义者和民族虚无主义者称之为“邯郸学步者流”。当时，曾有很多人评价李可染山水画为“国画印象派”，以为是对李可染艺术的“赞美”。如若将此类评价放在 1985 年之前，李可染或许会欣然接受；但在 1985 年后新的艺术语境下，他却对于此类说法表达了严厉的拒绝态度，在其 1989 年《崇山茂林源远流长图》题画诗中曰：“世人谓吾画为国画印象派，吾不能然其说……但吾终觉我国自有光辉文化体系、独特表现形式，学习外来，首在借鉴，丰富自己，若因此妄自菲薄而鄙弃传统，吾深以为耻。”对于李可染这一艺术态度的转变，王朝闻也评论说：“他既尊师重道，尊重中国艺术传统，又不盲目崇洋；他既看到中国画现状停滞方面的缺点，又和咒骂中华文化者的立场观点对立。”[1] 可见李可染艺术态度的断然转变，而这也正体现了他强烈的民族文化的使命担当意识。

李可染的这种转变即明显地体现于他 1985 年前后对于“创新”态度的不同。在 1982 年同“河山如画图”展览画家的谈话中，他积极鼓励支

[1] 王朝闻：《东方既白》，载杜滋龄主编《李可染书画全集·山水卷》序，天津：天津人民美术出版社 1991 年版。

持艺术的“创新”，谈道：“创新就是在生活中发现了古人没有发现的东西，通过艺术表现出来。”[1] 而四年后的1986年，当他在北京参加主要由中青年山水画家参与的理论研讨会时，他则谆谆告诫他们要慎重地看待“创新”，创新“太难了”，不要急于“形成自己的风格”；他也不再过于乐观包容地强调“全面的艺术修养”，而是竭力告诫中青年画家们“要有分寸，有主心骨”。最后，他十分坚定地表明了自己的立场和信心：“我们文化是东方文化的核心，东方文化有过光明的时代，我可以预言和西方文化抗衡，并能和它并驾齐驱的就是东方文化。”[2] 通过这样的话语，李可染希望能够及时地提醒、指导和鼓励中青年画家坚守传统文化的立场，以免遭受西方现代艺术思潮的不良影响。曾亲历这次座谈会的孙克记述说：“老人家还讲到‘东方既白’这句名言。李先生的这次讲话语重心长，给了大家极大的鼓舞的力量。”[3] 可见在当时特殊的文化语境下，李可染的讲话对中青年国画家们确实产生了巨大鼓舞，使他们因而重新树立了对于传统中国画尤其山水画创作的艺术信心。

正在李可染这次讲话七个月后，即1987年元宵节，也在他的倡导下，张步、李宝林、孙克等共计20多位中青年山水画家在汕头正式宣布成立“河山画会”。画会名称即取自李可染此前的题词“河山如画图”，可见他们继承李可染志向而不断推进山水画发展的创作意图。“河山画会”的首任会长是张步；1997年7月，因张步旅居海外，李宝林接任会长，继续推

---

[1] 李可染：《传统、生活及其他——与〈河山如画〉画展十位中、青年山水画家的谈话》，《文艺研究》1982年第2期。

[2] 温瑛记录整理：《传统、创造和东方文化——李可染1986年3月会见“河山画会”成员时的谈话纪要》，《美术》2000年第4期。

[3] 孙克：《“河山画会”的时代》，《美术》2008年第2期。

进画会建设及创作发展；2007 年 6 月，“河山画会”获批正式成为中国美术家协会直属单位，并更名为中国美术家协会河山画会；此后举办了成立二十周年展览（2007）、三十周年展览（2017），集中展示了画会创建以来的创作成绩；2020 年 6 月，李庚接任第三任会长，也标志着画会进入了新的发展阶段。对于“河山画会”的成立，孙克评述说：其“酝酿着充分的实力，如鹤立鸡群般崛起，树立起自己继承传统，深入生活的旗帜”[1]。回顾画会 30 年发展，前会长李宝林谈道：“30 年来河山画会以可染先生‘东方既白’及‘为祖国河山立传’的学术教诲为宗旨。重人品、重画品、重友谊、重学术，把画会打造成为一个宽松自由、和谐的山水画艺术交流平台……近年来，我们不断地吸纳山水画的新秀加入，他们给画会带来新的生机和活力。”[2] 正因为“河山画会”在李可染影响下始终抱有的强烈文化使命及明确的艺术宗旨，进而使其凝聚了当代最优秀的一批中青年山水画家，持续发展 30 余年而不衰，取得了不容忽视的艺术成绩和探索经验。

四、绘制“河山如画图”：河山画会的当代探索

“河山画会”成立后，积极继承李可染等老一辈艺术家的艺术思想和艺术传统，立足弘扬中华优秀传统文化，抒发爱国主义思想感情，不断推进当代“祖国河山”山水创作的新进展。

其一，继续坚持将写生作为山水画创作探索的重要路径，创作更具地

[1] 孙克：《“河山画会”的时代》，《美术》2008 年第 2 期。

[2] 李宝林：《前言》，《国画家》2017 年中国美术家协会河山画会三十周年专刊。

域特色的"祖国河山"山水。在李可染的影响下，"河山画会"对于当代山水画发展一直持有十分清晰的认知——坚持"到生活中去"，坚持写生的创作方法。对此，画会成员张仁芝说得明确："变化万千的大自然永远是山水画家研究的对象和创作灵感取之不尽的源泉"；他的艺术生涯"走的基本是沿着前辈山水画家开启并卓有成效的路，即通过写生获得大自然中的鲜活素材与新鲜感受，进而提炼、概括、笔墨处理的创作之路"。[1] 正如张仁芝的个人艺术历程，30 余年来，河山画会持续组织成员赴全国各地写生，如湖南衡山，广东汕头，江苏无锡，四川成都、峨眉山、乐山以及贵州贵阳，安徽滁州，江苏苏州等地，甚至多次远赴海外开展写生和交流活动，这都不断提升画会画家对于自然和生活的体悟广度与深度，并引导画家在各地山河中扎根下去。

因之，画家们纷纷找到了自己的"艺术故乡"，努力发掘各地山河的特质和新貌，继而将当代"祖国河山"山水画创作引向更加细腻、更具底蕴的艺术层面。其中，如张仁芝着重画三峡，代表作品有《峡江征帆》等；李宝林着重画西部高原山水，代表作品有《圣山图》等；苗重安着重画"黄河"系列，代表作品有《壶口飞瀑》等；以及王振中画贵州山水；等等。具体而言，如王振中画贵州山水，即在创作中深入发掘了贵州山水那种奇特的山石结构、多样的林木形态、湿润的气候条件以及独特的梯田风景，进而在山水画中塑造出既氤氲又奇伟，还充满生活气息和民族风情的独特艺术面貌，这在他的《梯田如镜图》等作品中都有十分鲜明的体现。他曾感慨地说："贵州有 80 多个县（自治区、直辖市），我先后到过 70 多个县，贵州地形地貌复杂，高原丘陵、喀斯特地形更能入画。每次到

[1] 张仁芝：《砚边随想》，《国画家》2017 年中国美术家协会河山画会三十周年专刊。

山里去，奇特的山石结构、茂密的松杉杂林、瀑布流水、新鲜的空气使我激动，贵州那么美，画贵州欲望油然而生。”[1] 这也体现了画家们对于创作更具地域特色的“祖国河山”山水画的自觉创作意识。他们的探索不仅进一步丰富和发展了“祖国河山”山水创作，也体现了他们强烈的在地意识和文化担当。

其二，努力继承中华优秀传统文化，并加以创造性转化和创新性发展。山水画本身就是中国传统形式之一，“河山画会”始终秉持李可染“东方既白”的艺术主张，并以虔诚的态度认真研习传统艺术，力图从中汲取艺术创新探索的有益滋养。其中，张仁芝提出“借鉴古人总结出的从章法到笔墨的程式”，而他在创作中即强调“以书入画”，强调“写”，强调“笔的优劣”，强调“中锋笔线做骨架”[2]，如在其《峡谷清溪》对于“峡谷”岩壁的刻画中，那繁密精细的用笔清晰可见，虽然这幅作品尺幅很大，但笔与笔之间气息贯通、笔调统一、一气呵成，体现出强烈的整体气象。此外，李宝林也积极探索将对于金石书法的研究融入山水画创作中，他谈道：“为了画出更好的线条，我一直对金石书法有很浓厚的兴趣，看了大量的拓片，也下了很多功夫……我学书法主要是思考线条本身的韵味、组合、呼应和表达能力，以线来营造画面。”[3] 体现在他的创作中，如在《傲立》中，那坚实有力的线条及其所构造出的坚凝山体，都能够清晰地体味到与青铜器铭文、石鼓文、汉代画像石砖等金石书法的艺术渊源，进而使其作品体现出更加幽远高古的艺术气象。这都体现了“河山画会”立

[1] 王振中：《我的中国画之路》，《国画家》2017 年中国美术家协会河山画会三十周年专刊。

[2] 张仁芝：《砚边随想》，《国画家》2017 年中国美术家协会河山画会三十周年专刊。

[3] 李宝林：《谈谈书画同源及骨法用笔》，《国画家》2017 年中国美术家协会河山画会三十周年专刊。

足倡扬中华优秀传统文化的坚定文化立场，画家们努力研习传统艺术并将其作为推进当代山水创作探索的关键因素，并为中华优秀传统文化的创造性转化和创新性发展探索了许多可能性和有益经验。

其三，强调山水画的“主观意象”表达，追求创作的精神高度。所谓山水画的“主观意象”表达，在张仁芝看来，即指代对写生进行“提炼、概括、加进主观意象”而开展新的艺术创造，尤其“加进主观意象”成为艺术创作过程中不可或缺的重要环节。不仅如此，他更明确地提出了“心中营造”的主张，即指代山水画创作要“从景物给自己的感受出发，经过酝酿、提炼，决定采用适当的艺术手法”。[1] 可以说，张仁芝“心中营造”的艺术主张也构成了对于李可染“胸中丘壑”思想的继承和发展，并更加强调了画家的主观感受和真切情感之于创作的重要性。

尽管如此，“河山画会”的创作并未局限于个体表达，仍力图从个体出发又突破个体而更深入地表达民族文化、民族审美和民族精神。正如李宝林所言：“浑厚华滋、苍润并济是中国画笔墨语言的最高境界……蕴含着中国独特的审美取向和审美趣味……笔精墨妙是我们追求的目标，要达到这样的目标，不从思想深处对自己有要求是不行的。精神高度决定作品高度。”[2] 在此，李宝林即特别强调了山水画笔墨语言背后的思想内涵和精神高度。然而，这“思想”和“精神”是什么？虽然李宝林并没有明说，但苗重安却说得很明确：“我在看西部山水时就想到了汉唐时的雄风，汉唐是中华民族历史上的盛世，也是向西部开拓、发展最辉煌的时期，这也召

[1] 张仁芝：《砚边随想》，《国画家》2017 年中国美术家协会河山画会三十周年专刊。

[2] 李宝林：《谈谈书画同源及骨法用笔》，《国画家》2017 年中国美术家协会河山画会三十周年专刊。

唤着我们这个时代应该重振汉唐雄风。”[1]他将这“思想”和“精神”明确指向以“汉唐雄风”“汉唐盛世”为标志的辉煌民族文化和雄健民族精神。也因此，他很早就为自己树立了一个座右铭——“为黄河立传，写华夏之魂”，确立了从“黄河颂”系列到“丝绸之路”艺术工程的创作脉络，并坚守创作数十年，取得了丰硕的创作成果。由此，“河山画会”在强调山水画“主观意象”表达的同时，又有意将这一“主观意象”与民族文化、民族精神相融合，进而提升作品的文化品质和精神高度。

其四，体现出深刻的当代现实思考，努力创作与时代共鸣的作品。20世纪90年代以后，中国画在经历了民族虚无主义的冲击后，又持续遭到了商品经济的严重干扰。在这样的时代语境中，“河山画会”的画家普遍都怀有强烈的现实问题意识，但并非简单地迎合商品市场，而是努力秉持自身的艺术立场和时代担当。如李宝林谈道：“在当代强调‘生死刚正谓之骨’的原则非常重要，因为在重视经济效益的商业社会，在书画之外有许多诱惑，你是否能坚持你的追求和原则，坚守一个艺术家的节操，对于所能抵达的艺术高度是非常重要……我们这个时代，无论大环境还是小环境，对书画家创作都是非常好的。创造更加完美、更加有时代特征的作品来丰富人们的精神生活，陶冶情操，开阔眼界，是艺术家的历史职责。”[2]李小可也谈道：“由于社会商业化的开发，很多具有美感和历史感的东西会随时变迁或消失，同一个地方即便有机会再来，怕是再也找不到曾有的描绘的感动了。因此，我们必须要具有一种艺术家的责任感和紧迫感。”[3]

---

[1] 苗重安：《沉雄博大 气势磅礴——苗重安访谈录》，《国画家》2017年中国美术家协会河山画会三十周年专刊。

[2] 李宝林：《谈谈书画同源及骨法用笔》，《国画家》2017年中国美术家协会河山画会三十周年专刊。

[3] 李小可：《〈艺术备忘录〉节选》，《国画家》2017年中国美术家协会河山画会三十周年专刊。

等。李宝林、李小可都强调了艺术家对于时代、对于现实的责任，并提出更重要的是要“创造更加完美、更加有时代特征的作品来丰富人们的精神生活，陶冶情操，开阔眼界”，这都体现了“河山画会”所抱有的积极而强烈现实关怀态度。新时期持续发展 30 余年的“河山画会”，其绝非倡导“为艺术而艺术”，而是仍期望像李可染、关山月等老一辈艺术家一样，通过山水画履行其相应的时代使命。

概之，纵观新时期以来中国画尤其山水画发展历程，其不断经历着破除“‘文化大革命’美术模式”、西方现代艺术思潮、民族虚无主义思潮以至商品经济等时代课题的接续冲击。面对着新时期极具挑战性的崭新文化语境，以李可染为代表的一批国画家并未展现出过度的犹豫、彷徨、感伤甚至悲观，而是展现出高度的“文化自信”，并很快寻觅到一条“祖国河山”山水的崭新艺术进路。经过李可染等诸多国画家的着力探索，“祖国河山”山水已经构成新中国山水画发展中的一个不容忽视的新传统。不仅如此，由李可染支持成立的“河山画会”继续秉持老一辈艺术家的艺术志向，历经建会 30 余年的创作探索，进一步将当代“祖国河山”创作推向紧随时代的崭新艺术境地。特别需要提及的是，中共中央办公厅、国务院办公厅印发了《关于实施中华优秀传统文化传承发展工程的意见》明确指出中华优秀传统文化的新时代意义，强调积极实施中华优秀传统文化传承发展工程。正在这一新时代文化语境下，由李可染等老一辈国画家发起、“河山画会”接续探索迄今的新时期“祖国河山”山水画艺术文脉，更凸显出其在坚守“文化自信”和传承发展中华优秀传统文化方面所具有的特殊重要的文化意义，值得继续对其进行认真审视和研究。

流变与生成

——媒体融合视域下的文艺文本

侯李游美

成都大学·中国东盟艺术学院

一、重新定义作为文艺作品的文本

“文本”是西方文学理论或批评中较为活跃的一概念。从词源上看，指编织的东西。这与中国古代关于“文本”的概念颇为相似。“文”取象人形，指文身、花纹。《说文解字》：“仓颉初作书，盖依类象形，故曰文。”[1]“文者，物象之本。”[2]《周易·系辞下》载“物相杂故曰文”,[3]《说文解字》解释“文”为“错画也”[4]。中国

[1] （东汉）许慎撰，（宋）徐铉等校：《说文解字》，上海：上海古籍出版社 2007 年版，第 1 页。

[2] （东汉）许慎撰，（宋）徐铉等校：《说文解字》，上海：上海古籍出版社 2007 年版，第 1 页。

[3] 潘雨廷著，张文江整理：《潘雨廷著作集·周易表解》，上海：上海古籍出版社 2017 年版，第 209 页。

[4] （东汉）许慎撰，（宋）徐铉等校：《说文解字》，上海：上海古籍出版社 2007 年版，第 440 页。

古代涉及文之方方面面，此举不过是其荦荦大端而已。直到后来，文本的概念指：由书写所固定下来的信息或语言内容。其实，具有完整、系统意义的句子、段落、篇章、图像、影像都可以是一个文本。此处所谓的文本，指一切文艺作品本身，除了文学、舞蹈、戏剧、音乐、影视等形式，包括游戏、剧本杀、短视频、直播、弹幕、vlog、脱口秀等，都可以看作一种文本。正如《文心雕龙·札记》所指出的“文章之事，形态蕃变，条理纷纭”[1]。至于文本的形式、完整度、吸引力、表现特征等，就因文本而异，因人而异了。

从“书于竹帛”到“铸以代刻”，再到数字技术与网络技术的出现和发展，当描述和表达大千世界和人类社会存在、运行状态的文本基因被改变，文艺作品的文本性存在，也相应地经历着前所未有的流变。从文艺作品载体、内容，再到形式、语言等，我们获得了关于文本记录、编辑、传播、使用、表达的全新方式，开辟出了文本创造与生成的无限空间。我们之所以要重新定义文本，是为了从中寻找文本的价值。当今天文本已经变得无处不在的时候，我们需要重新审视文本的内涵与外延。每次技术领域的变革，都带来传播空间的变革，也带来文艺世界的变革。

对文艺文本而言，数字和网络技术使其从封闭走向开放。文艺作品出现了形态各异的媒介形式与载体内容，那些建基于数字技术之上的创作与传播，更是深度嵌入个体与群体的日常生活之中，初创之时就被打上“数字基因”的烙印。技术介入文艺文本，几乎以我们无法回避的方式强硬又无声地作用于文艺生产、传播、接受和消费诸环节，一改文本预成的模式为生成的形式。“预成论”视域下的文本，一切都已经完成，皆有某种本

[1] 黄侃撰：《文心雕龙·札记》，上海：上海古籍出版社 2006 年版，第 2 页。

质性的东西“是其所是”。“生成论”视域下的文本，一切都趋向于当下性，甚至未来性，关于文本的个体存在方式与社会系统的存在方式，都是生生不息、变动不已的生成性、开放性文本。

今天的文艺文本从创作到接受，都竞相追新逐异，这不难理解，毕竟在商品经济社会，“产品”需要以持久的更新性吸引更多人的注意，博得认同，因为人们的视听趣味与消费观念都在持续更迭。以文字为例，自有人类历史以来，作为一种抽象意义的表达交流方式，由于技术文本的介入，数字文本如网络交流、弹幕等复制人与人面对面的现场感，虚拟空间替换了现实空间，信息交往的“凝固语言”进行重新书写和表达。纸张传统文本的“阅读方式”，仓颉造字，夜有鬼哭。文字的力量，可见一斑。文字的表达是任何图像、照片、视频代替不了的，在传统文本世界，人类文明的延续很大部分只靠文字，它尊重每个个体的想象力。今天的电子文本，以快于口头交流的速度传播，改变了往日单一化的、接受式的“阅读方式”，还可以对接收到的文本进行修改、补充、删减，再传播。原本的文本接受者，可变成新的传播者。电子交流的文本时代，激活了人人参与的状态，其间潮流化的文艺特征与表达不断增殖和往复。如果说文艺作品在本雅明时代的文本，呈现为物理上的批量复制，那么当下的文本则进入到生物学层面的几何性繁殖，俯就公众的姿态衍生出新的表达。

二、新媒体融合对文本的影响

（一）新媒体融合让文本赋能创新

文艺文本，特别是文学文本，因为新媒体融合导致其内容、形式、传播、受众的改变已经让严肃文学的传统文本在多元文化空间中，无法“躲进小楼成一统”。在互联网技术支撑下的5G，更新了我们的交流模式，赋予了文艺作品一种更急速、分散、活跃、碎片的文本形式，我们对文本本身的时间和空间的感知也相应发生了变化。文本内容因技术发展变得多样丰富，针对文本海量信息处理的各种应用被大量开发，我们获得文本内容的渠道、文本表达的赛道、文本呈现的载体，都在发生着重大变化。新媒体融合之下的文本具有反文本性，它能无限扩大，又能无数次进入，甚至被无限性改写。“媒体融合不是抑制和同化个性信息需求，而是培植和满足个性信息需求，不是排斥传统媒体，而是优化传统媒体的功能；不是一个定态目标，而是一个动态进程。”[1]

我们所处的社会是一个景观社会（德波）还是个模拟社会？这点尚有待辩论，但毫无疑问，我们已经进入了一个屏幕社会。这个屏幕不是一个呈现信息的中立媒体，它具有主动性，通过筛选、屏蔽、接管感知，营造出画框以外世界的不存在感。从交互式电影到抖音，数据库的文本世界已经成为一个涵盖图像、声音和其他数据信息的无限度集合体。有些作品不是纯粹的文艺，但是它与文艺有着一种“互文本”的关系。罗兰·巴特在他的名篇《作者已死》（*The Death of the Author*）中认为，作者并不是作品内容的独立创立者。他说，“文本（text）就是一组从不计其数的各种文化中心抽取出来的引用”[2]。艺术家经常从历史上伟大的文化文本中创造出独一无二的“一组引用”，在过去，这些文化文本深藏于人类意识之

[1] 高钢：《传播边界的消失——互联网开启再造文明时代》，北京：中央广播电视大学出版社2016年版，第108页。

[2] [法]罗兰·巴特：《罗兰·巴特随笔选》，怀宇译，天津：百花文艺出版社2005年版，第307页。

下，偶尔冒冒小泡，闪闪微光。而现在，他们已全然外化，只要艺术家接触到数据库的文本世界，他们就可以使用这些效果。新媒体融合甚至到了这样一种趋势：它鼓励使用网上已有的文本来创造新文本。质言之，从现有的总库中做出一个新的选择，任何人都可以成为创造者，“可塑性”变成了“多变性”。正如德国观念艺术家波伊斯曾说的——“人人都是艺术家”。

今天图像、视频对于文字的冲击越来越大，越来越震撼人心，如果文本还停留于“说文解字”的阶段，忽视声音的魅力和图像、视频的力量，注定会对文本本身的急剧变化和巨大嬗变失望。当 ACG（动画、漫画、游戏）专门“捕获”青少年，不同年龄层的人对短视频来者不拒，虽既不像雷神之锤般的力拔千钧，又不像后羿射日般的吞噬天地，但却仿佛是划过指尖的流水，无法完完全全地掌控于手中，却又无孔不入，无处不在。视频文本把深奥文字变成直观画面（便利的乐趣），文字文本以认知基础上的文字素材帮助受众幻化出属于自己的画面（再创造的乐趣）。二者各有千秋。前者的直观性、冲击性及通俗性使其在当下大行其道。后者在内容抽象表达与深层次解读方面，则有先天优越性。文字文本可以抽象，记录自然现象和人的感受和想法，把事物提速成信息，接下来就是信息的存储、传播、复制、共享。新媒体融合下的文本，其中共享与生成是影响最大的方面。以电影文本为例，传统文本的生态正在改变，也改变了其生产和消费的基本途径。以前的演员，露脸途径少，只能靠拍电视或拍电影。电影是导演一帧一帧磨的，有个绝美的镜头就够其粉丝吹嘘一辈子。今天则颜值高人气高的演员占优势，随便一个品牌活动就能出神图，就能“出圈”，甚至能给艺人带来后续代言。再加上影像传播技术的进步，传播渠道的丰富，剧里的某个绝美画面被做成动图，或者修图，铺满相关热搜，“大出圈”是常有的事，观众并不一定需要特意去看某部电影才能看到绝美画面。质言之，文本的传播内容趋向个性化即时性，传播形式更加融合性，表达方式千变万化，犹如风雨雷电，立体至极。

（二）新媒体融合与文本如影随行

技术的更新让文本创作者、接受者都拥有了权力。数据、信息、载体、渠道是权力的集成式基础，技术是文本权力的放大器。从人文性出发，我们需要警惕技术的负面性。传统文本特别强调文本在生产方面的权威性，非常看重自身在社会系统中独一无二的社会地位，包括创作者和评论者。过去当大众接触到作家、编剧、摄影师、评论家这样的职业时，会感到距离他们自己的现实生活尚有一段距离。今天丰富的信息选择、急速更新的硬件器材、日渐优渥的基础设施，人人都可以身体力行，自发地从事书写和记录、评论这种实践活动。借用福柯援引边沁的“全景敞视主义”（panopticism）[1]监狱蓝图说明，技术的随行如在文本“牢笼”的空间对面设立了高耸的瞭望塔，借用塔的广阔视野，与文本相关的任何人，可在全景式的任一角度将自身视域内的文本尽收眼底，这种方式一改传统文本中心式传播，趋向一种散点式接受和传播。文本虽身处一定空间，但与之相行的技术介入，却可让它暴露在开放的、无限的观看和传播系统之中。福柯的全景式监狱，身处其中的犯人只能时刻恪守规矩，每日如临大敌，久而久之，在权力的监控之下，自然产生了“被规训的身体”。这里的文本则在全景式观看和前所未有的互动中，实现了“全方位的生成”。

以龙平平《觉醒的年代》为例，一经播出圈粉无数，在年轻人心中引

[1] ［法］米歇尔·福柯：《规训与惩罚 监狱的诞生》，刘北成、杨远婴译，北京：生活·读书·新知三联书店2003年版，第219页。

起强烈的反响。电视剧播完以后，文本的传播看似结束，但其实还可以有后续的社会效应与经济效应，甚至还可以有更深层的文化影响力在背后。年轻观众们在微博求剧组售卖官方周边。呼声最高的是鲁迅请辞教育部时手里拿着的那块“不干了”的木牌，另外还有《新青年》及其他剧中提出的杂志报纸及台词册。由于官方并没有发布周边计划，网友们在旧书网上购买影印版的《新青年》创刊号，还有人去博物馆或小众景点打卡，寻找那个年代的痕迹。电商平台印有《新青年》杂志封面的T恤、帆布包和纪念徽章的月销量都超过1000件。由于技术带来的互动性增强，文本不再是一次性消费的，其传播结束以后可以投入其他行业里，文本效用及影响在跨媒体后还可继续发酵。有年轻人呼吁把《觉醒年代》改编成游戏，至于怎样处理革命题材的内容，是另外一个层面宏大的问题，此不赘述。但游戏作为小众文化，其产生的经济价值与文化影响力，不容小觑。当一个文本成功传播引起强烈反响，再幻变到其他文本崛起，可以说既难又不难。难的是放下快餐圈钱的功利思想，重拾创作，用心打磨文本。不难的是国人不乏优秀的人才和文本，比如写出《三体》的刘慈欣，作品畅销全球，优质的电视作品《长安十二时辰》等，可以看出来很用心。放眼望去，有传播力量和影响力的文化文本，几乎都与媒介迭代的周期同步并行。媒体融合下的文本，在这个平台可否化成为更大层面上的文化认同与文化输出的力量，这值得我们思索。

伴随媒体融合这种“网络数字化技术推进的信息传播的技术手段、功能结构和形态模式的界限改变及能量交换”，[1] 多元文本在现今世界变得更

[1] 高钢：《传播边界的消失——互联网开启再造文明时代》，北京：中央广播电视大学出版社2016年版，第101页。

加复杂，与全球化（globalization）和全球在地化（glocalization）等趋势互相交织着。透过媒体化、数字化、资本化、消费化、全球化城市的兴起等现象，文本的多样性与交互性在今时今日更为显著，并不断以新的形式出现。借用 Jan Nederveen Pieterse 在 *Globalization and Culture* 一书中的生动说法，我们正见证着“全球性的大杂烩”的诞生。我们更可进一步以“文本的巴尔干化”（balkanization of text）和“文本的克里奥化”（creolization of text）的概念来理解这种最新的发展：前者描述一个本来具有权威地位的文本分裂成各式各样的文本版图，甚至文本分众圈层，其间充斥着技术、市场、审美等多重因素的互动，后者则描述一个个突破自然选择的界限由媒体融合等外来因素影响而生成的文本。一言以蔽之，“文本的混杂化”（hybridization of text）已成常态。我们要学会的是，如何跟多元、差异和混杂的文本世界共处，爱上它的缤纷，探索它的深刻。

三、新媒体融合使文本裂变生成

媒介融合使得文本的传播方面打破了传统单一的呈现形式，文字、图片、声音、视频等多个媒介，极大地丰富了文本的表现力和感染力。今天的技术，呈现为云内核云资源云呈现，在新媒体平台有“政务云”“融媒云”“安全云”“民生云”“智能云”等一系列云功能。其间的数据、信息、影像，甚至语言本身都在发生裂变与生成。手机给现代人的生活带来了颠覆性影响，仅作为信息传播与接收载体而言，它可能没有那么大的意义，但实际上每个人的手机几乎成了自身延伸的电子器官文本。电子文本上的任何因素都能够“以一种无顺序方式与其他页面连接”，[1] 当自己手机更新换代的时候，最麻烦的其实是转移文本数据。华为云备份功能，可使个体手机里的照片、文件、备忘录等各种内容都能得到安全保护，在哪里都能轻松存取，而且一切都会自动进行。当我们把照片、文稿、备忘录都传到云端，随时随地都可以重新进入，制作新的文本，正如其同类产品竞争对手的广告语：不管海角天边，你所爱的总在身边。“编码也好，解码也好，它们都是关于意义的生产或接受。”[2]

传统叙事由文本、图画、动画、影视等具化的载体得以呈现，互联网则将这些叙事方式融通，形成信息时代独有的叙事形式，即数字叙事。传统文艺作品的文本由文字、图像、动画、声音、影视等具化的载体得以表达，媒体融合将这些叙事方式融通，形成一种泛文本叙事，其间涉及的是文本的打开与边界的消匿。当我们用互联网技术、现代传播技术、影视创新性手段，甚至游戏技术等不同媒体的新型手法去表达某一种经典文化，新生的不仅是这种文化，更多是文本本身，甚至产品本身。其间能实现文本的商业价值、实际利益和人文温度。以传统文化为例，新媒体融合能以生动性、交互性的方式为其提供一种沉浸式、当下式的体验场景，从而让传统的经典文本走向流行文本。新媒体技术彻底改变文化的感知方式与体验方式，给予了文化数字式新生。两者相互激活，相互赋能，产生良性互动。网络游戏文本是这类典型，在文化的呈现与表达上，它能同时使用文字、绘画、音乐和影像四类不同的文本。随着 AR、VR、MR 等技术的发

[1] ［美］罗杰·菲德勒：《媒介形态变化：认识新媒介》，明安香译，北京：华夏出版社 2000 年版，第 37 页。

[2] 周宪主编：《当代中国的视觉文化研究》，南京：译林出版社 2017 年版。

展，人机接口技术、传感技术、交叉技术逐渐进入前沿学科和研究领域，不仅颠覆了人对世界的存在感知状态，改变了视觉感知，增加了体感知，甚至多感知和无处不在的语音交互，还让所有文本的指涉更加多元，呈现更强烈的浮动，在不同媒介当中穿梭摆渡，以断续不连的姿态跑出华丽的舞蹈。现实像后现代意义者詹姆逊所断言的：后现代文化生产“（人们）再也不能通过自己的眼睛直视现实世界，而必须像柏拉图的洞穴那样，追随投射在墙上的、关于世界的心理图像”[1]。朱迪·麦立是美国计算机协会计算机绘画专业组网络艺术评委会成员，他希望网络作品具备本文和视觉冲击力，“我期望将互联网视为一种公众艺术空间，无论从视觉上还是口头语言上，我们都能在此理解网络超文本的性能、内容、深度、创新和影响力”[2]。

要了解当代文艺状况，对技术及技术产业不能视而不见，对技术与文艺的敏感关系不能无所洞察，它已经是当代文艺的重要土壤。当代文艺生态正在发生巨变，文艺生产与消费的基本途径也正在经历嬗变。媒介融合包含多种叙事文本的形式和内容的深度融合，充斥期间的是一个新的实践场域，涉及同一媒介上的能量互补；各类媒介之间的信息交换；信息传播者与接受者之间的信息交互等。在这样的媒介融合视域下，某种程度上被束之高阁的文本需要某些转化式生成，需要大众性、生活性、时尚性、品牌性、世界性的转化；不仅要有高度、有内涵、有深度，还要有传媒方面的文本升值空间，有文旅方面的创新升值空间，可能还须有经济方面的

[1] Jameson F，Postmodernism and consumer society，*The Anti-aesthetic: Essays on Postmodern Culture*，1983，p. 111.

[2] http://www.siggraph.org/artdesign/gallery/S98/jury/jury.html.

消费能力升值空间，毕竟“愉悦感在本质上是一种经济价值”[1]。充分利用新媒体融合相关技术，将遗产性、历史性、故纸性的文本主题得到活态呈现、活态效应，通过媒介融合手段提升其表现度、接受度和颜值度。

媒介融合给不同文本带来的影响，充满了变数的创变与重构。从目前情况来看，是计算机、手机以及互联网的大规模普及融入改革开放的历史进程，造就了中国社会独特的屏幕文本，这文本几乎涵盖了社会层面中数字世界的所有领域——从工作到休闲，从学习到商业，从自娱自乐到社会交往，都可以在屏幕平台完成。技术造就了文艺作品从被动的“给定一接受”，向主动的“搜寻一生产”模式转变。在这个过程中，技术逻辑是逐渐增强的，人的主体性似乎在逐渐退位。这给我们带来了某种警示。我们说一切文艺作品都关涉人，没有人，无所谓文艺作品。不管未来虚拟人、人机接互，脑机接口、数字虚拟世界，如何发展，其间万物可在内无缝穿越、进行沉浸式的经历、体验、书写、传递等，但其中离不开的维度仍然是人。因此，我们需要注意两点：

（一）坚持在众声喧哗的技术世界“人的主体性”

新媒体融合中技术是不可或缺的重要维度，可以说技术正在刷新着人类的生活和人类本身。一方面，一种新的技术经济学改变了我们关于自己的理解，同时使我们能够以新的方式介入我们自身。另一方面，文艺表达、接受已经向着选择、个体化开放了。技术是一种社会和人类关系的组合。技术与人的关系可从具身关系、解释学关系、他者关系等角度来理

[1] ［法］奥利维耶·阿苏利：《审美资本主义：品味的工业化》，黄琰译，上海：华东师范大学出版社 2013 年版，第 137 页。

解。在具身关系里，技术是人身体的体现技术甚至作为人身体一部分而存在，人体器官的延伸。解释学关系则涉及人和技术的一种存在样态，文本、意义构建的基础源出于此。他者关系则将技术完全视为外在于人的一种存在，由于技术介入构成他者关系，与人形成无限张力，引发人们对技术的关注和反思。技术悲观主义在对技术的反思中，往往从他者关系出发，揭示了技术发展的内在缺陷和工具理性的局限性，具有自觉的社会批判意识，蕴含着深厚的人文情怀。科普作家马特·里德利说，“在大脑的硬件之中隐藏着一种叫心灵的软件”[1]。于心脑关系的观念一直以不同方式发展。它们由脑显像、神经科学、精神药理学和行为遗传学中的发展决定。许多人已经讨论了生命科学和生物技术中的进展正在增强人类改变其生命过程的能力的各种方式。但是当自我被以生物医学为主导的技术改变时，当认知、情感、意志、情绪和欲望向着技术介入敞开时，会怎么样呢？

人的主体性在技术主导的境地，特别是在虚拟世界有被消解的危险。他在技术世界里往往只作为某个节点而存在，在人—机共生模式，甚至可能异化为一个“物”。今天因技术支撑的视觉消费世界如此发达，不可避免地导致了视觉“奇观”的出现，诚如德波在分析奇观社会特征指出的那样：“奇观乃是积累到如此地步的资本，即它已成为形象。”[2] 当人沉浸在虚拟视觉世界，这种“物”可能会成为他的自我认同。当人与“物”变得可替换时，主体性就被消解殆尽。

相对于技术的强大塑形力量，人们掌控自己行为和取向的能动性遭

[1] ［英］尼古拉斯·罗斯：《生命本身的政治：21 世纪的生物医学、权力和主体性》，尹晶译，北京：北京大学出版社 2014 年版，第 223 页。

[2] Guy Debord, *The Society of the Spectacle*, London: Black and Red, 1977, p. 33.

遇了前所未有的挑战。这就暗示了一种危险的可能性，即作为文本主体的人，会不会从主动驾驭形象，发展到与形象共存，最终进入被形象宰制的境地？而更值得注意的是，在数字技术的背景下，所有的形象背后都源出于某种程序和算法，是这些算法控制着大多数人的视觉体验、认知和判断。有学者指出，"'算法'成为社会交往的技术基座，它促使与之共同成长的'Z世代'更易聚集同类，倾向简洁，缺少好奇和耐心，更加重视结果而非过程。这一技术倾向的美学结果是审美出现圈层化，进而可能产生社会分化与公共性消失的危险"[1]。新媒体融合的确越来越贴近普泛的人性，愈加深入人心。如果说，此前的技术是外在于人的"冷技术"，那么新媒体视域下的技术与文本，则是无微不至、贴心贴肺的"知心"技术。如今的传播技术让文本越来越"入心""走心"。算法这种"知心"技术深广地走进人性和人心的腹地，深刻地影响人的内宇宙活动，也涉入人性和人心的幽暗世界。说到底，不同媒介之间再怎么融和跨，技术还是要人去驾驭。可以有无人驾驶技术，但技术不能无人驾驶。人的主体性活动依赖于受动性，是在受动性活动基础上形成的，更是能动性与受动性的统一。不但人文能反映天地万物成为文本作品，就是自然的万千事物也都具有自己的文本作品，有其"能动性"。所谓"傍及万品，动植皆文"。世间一切"声文""情文""形文"，都通过人的作用，在"人文"方面的表现也就是"心之文"。《文心雕龙·序志》："夫文心者，言为文之用心也。"[2]"人（圣人）通过自己的'心'创造了艺术美"，"'文'产生于'心'"，故"心"这一概念是最根本的主导因素。《文心雕龙·原道》："心生而言立，言立

[1] 林玮：《"算法一代"的诞生：美育复兴的媒介前提》，《教育研究》2021年第7期。

[2] （南朝梁）刘勰撰，范文澜校注：《文心雕龙》，北京：人民文学出版社2006年版，第7页。

而文明，自然之道也。”[1]《文心雕龙·丽辞》“夫心生文辞”，[2] 审美创作构思活动是由“心”到“文”的过程。人有心理活动，心即性灵，故而人是有性灵的，高于宇宙万物。无论媒体形态如何演进，文本永远是基石。在技术主导世界里，我们需要重拾人的主体性。媒介融合下的文本，须恪守“文”的要旨是“人”的初心。

很长一段时间，诸如“人文”与“技术”何者先行的问题，仍将拷问着学界。和平栖居，互惠互利，相互赋能，共同成长是理想，也是基本态度。不盲目乐观也不绝对悲观地共存共进，让二者推动“虚实共生”发展，当科学理性与技术工具能在软性世界做出调节与纠正，保证人对技术的主导权，维持现实的人的主体性，重视心灵本体，蕴含人文情怀应该是在众声喧哗世界里保持文本感性与理性平衡之道的不二法门。

（二）坚持在意义电子化世界里提升舆论引导

在过去的几千年里，阅读和写作相互作用并以特定的方式造就了人类世界。到了数字时代，信息传播技术动摇了文本的语词及其意义的稳定性。最初的书写和阅读阶段，人的手眼运动及其局限规定了“自然的”时间，而随着印刷术的发明，人类社会开始加速，不过，在这个阶段，我们的身体似乎还能与其保持同步。但现如今，人类已经步入了网络社会，不断提速的网络时间让文化、社会和经济因素都不断加速，使得文本意义的再现以一种持续加速的节奏跳跃与流动，它放逐了停顿、迟滞、专注。文本生成与意义电子化都进行得太快，快到即使我们偶尔停下脚步，也依然

[1] （南朝梁）刘勰撰，范文澜校注：《文心雕龙》，北京：人民文学出版社 2006 年版，第 16 页。

[2] （南朝梁）刘勰撰，范文澜校注：《文心雕龙》，北京：人民文学出版社 2006 年版，第 55 页。

会被裹挟着往前走，要是固执地站在原地，就会被风刃割破皮肤。连短视频都能倍速播放的时代，也许我们需要的不是所有渠道的自说自话，而是一种对社会对国家对时代而言有利的舆论引导。这样的信息生产和交流的过程中，需要有意识地塑造新媒体融合视域下文本的文化秩序。

媒体融合已步入深水区，内容与科技双轮驱动是时代的选择，这不仅单纯地关乎文本的质感打造与情感唤起这类传统性的文本价值，还应考虑到当下的技术语境。技术爱好者马斯克意欲通过基因剪辑技术实现长生，人脑接机技术让身体死去，思维意识留存，身体死了之后还可以思考，还可以在网络浏览世界和参与网络社会活动。只要一个握手，图片就能从手机经由身体传输至大屏幕，无须无线信号。很难预测网络世界最终面貌，但可预言的恰是采取新的解决方案为之准备，最终，我们就是网络。

《导演请指教》是腾讯视频推出的影视导演竞技真人秀节目，梁龙导演的作品产生了强烈的大众与专业之间的分歧，一面是因“看不懂”而愤怒的观众，一面是疯狂夸赞的影评人。大众和专业之争永远都会是文艺圈存在的话题，这种争论在现实之中可能没有任何意义。但当放置在一定文本的空间之中，不管这文本是电影作品，还是视频节目，抑或网络本身，都涉及舆论引导、思想引领、文化传承、服务人民、提升审美力等丰富而驳杂的问题。在专门的视频APP快手上，从官方推送的热门作品可看出来，炫富、软色情，甚至类似于自残行为也经常能发现，这不仅是对一个人身体的伤害，久而久之这种畸形的发展会成为网络社会的病态。舆论引导时机不佳导致舆论引导失语，众声喧哗加大了社会主流媒体声音进一步弱化，深度评论不被重视。

任何一个文本，都有不同的维度，包括思想性、艺术性、观赏性，甚至社会性，意识形态性。从生活境像走向艺术审美，需要让文本更好展现

“行进中的中国与时代个体”，着力提升在激变环境中文本的创造能力与传播能力，加大主流传播引导能力。身处百年未有之大变局，我们比以往任何时候都更加迫切地需要用文艺当下最适合的文本和最有引导力的话语，向世界讲述、阐发真实、立体、全面的中国和社会中的个体，通过导向的力量对非同类的文化产生吸引力，这就要求精心构建不同文本的话语体系，主动加强媒介之间合作，润物无声、潜移默化、有力传递有效的声音和当代的主张，尊重从技术话语体系到文本表达的现实。

结　语

在媒介融合与文本中，文本本身是一个物理客体，同时也是一个表达空间；是载体，同时又是信息。物质性曾经传统地揭示了书籍持久性的铭写，也同样地表示过我们作为具身生物的生命体验。从这种密切关系中，产生了由当代文艺、生产当代文艺的各种媒介技术，以及生产文本和技术的具身接受者构成了复杂的反馈回路，重构了文艺文本生产与接受的生态。媒体融合强化了文字作为图像的感觉——一种生成在像水一样流动的、可变的媒介中的图像。信息技术不仅仅改变文本的产生、储存和传播、接受方式，从根本上转变了能指与所指的关系。将拉康的浮动能指理论所隐含的不确定性推进到更远，创造了“闪烁的能指”，其特征是无法预料的变形、流动和扩散倾向，让文本重新获得了表述空间。当我们热衷于“英雄不问出处”的流行时，也要去追问“天地玄黄，宇宙洪荒”。

相声剧："相声"，还是"剧"？

——由近年来的几部相声剧作品谈起

蒋慧明

中国艺术研究院曲艺研究所

这几年，陆续观摩了不少相声剧。观后，着实感慨良多。何出此言？以下拟从三个层面简要陈述一二。

一、"相声剧"之由来及发展

对于今天的年轻人来说，对"相声剧"的了解和喜爱大多源于台湾导演赖声川执导的系列舞台剧。尽管随着媒体与大众越来越频繁地使用"相声剧"这一名称，近年来各曲艺团体也相继排演了名目众多的相声剧作品，但在学术界对"相声剧"的属性始终没有定论，仍在持续探讨中，观众的反馈也是众说纷纭。

诞生于台湾剧场、由赖声川执导的"说相声"系列剧目，因其形式新颖，手法独特而广受关注，不过这种戏剧新品种的出现若称之为赖氏“首创”，似乎不妥。

不得不承认，近年来各地演出市场中频繁上演的大量相声剧作品，与赖声川执导的“说相声”系列作品在海峡两岸的风靡确实有着密切联系。而在相声界内部，一般则认为：相声剧与20世纪三四十年代流行于京津地区的“文明戏”密切相关，更与兄弟剧团定名并演出的“笑剧”有着直接的联系。

据《相声大词典》记载：

> 20世纪三四十年代，兄弟剧团定名并演出了《孝子》《前因后果》《前台与后台》《活僵尸》《一碗饭》等多部笑剧；北京启明茶社也表演过一出颇受欢迎的小戏《福寿全》。该剧源于以表演哭丧见长的天桥八大怪之一孙丑子的一段表演，1956年北京曲艺三团曾将此剧重新搬上舞台，引起观众强烈反响。由于大多数角色均由相声演员担任，“相声剧”的名称由此产生。之后以相声剧命名的剧目《皮包政府》（1955）、《百丑图》（1957）、《魔椅》（1958）、《跃进中的小镜头》（1958）以及中央广播说唱团编演的《仓库访问记》（1960）等，在当时都有一定的影响。“文革”结束后，自1978年开始，北京曲艺团编演了《您看像谁》，天津市实验演曲艺杂技团编演了《路灯下的宝贝》等剧，极受好评。此后全国多个曲艺演出团体相继推出了《太平间里的笑声》《一桩糊涂案》等。一般认为，相声剧和化妆相声的区别有三点：一、相声剧的演员是以化妆的角色形象直接出场的。二、相声剧有简单的布景、道具、音响效果。三、相声剧演员众多。而相声剧与话剧的区别则在于：相声剧的台词具有明显的相声语言特

征，并以此产生笑料，有别于话剧注重的行为表演、追求意境的故事结构以及作为戏剧生命的矛盾冲突。[1]

可见，作为舞台艺术实践，相声剧的存在已经持续了相当长的一段时间，但作为学术名词的定义，却始终不曾明确，尤其是近年来关于相声剧的归属问题和概念内涵，理论界常有学术论争。已故的著名相声作家何迟先生早在20世纪80年代初就曾指出："所谓相声戏，就是用相声的语言和表现方法写成的小戏。"[2] 有学者则从文献中整理出较早有关"相声剧"的记载：

上海文艺出版社1978年出版的《相声集》中收录了周嘉陵、郭海彬的作品《接小林》，并在剧目下明确地标识出该作品为"相声剧"，以示与文集中一般相声作品的区别；1981年出版的《中国文艺年鉴》中将"相声剧"列为了词条……[3]

进入21世纪以来，随着各地文艺演出市场的日益繁荣，为了适应观众日趋多元的欣赏需求，特别是由于台湾相声剧作品在青年观众中的影响不断扩大，无论是国有曲艺院团还是体制外的相声社团，纷纷开始排演相声剧。限于篇幅，本文中仅以近几年京津两地的各两部作品为例，予以简要的分析。

[1] 薛宝琨主编：《相声大词典》，天津：百花文艺出版社2012年版，第29—30页。

[2] 何迟：《何迟相声创作集》，北京：中国戏剧出版社1982年版，第171页。

[3] 何明燕：《基于文化地理学的中国相声剧研究》，上海：上海三联书店2017年版，第5页。

相声剧《后台之何去何从》（天津谦祥益文苑出品，2017年1月10日首演），于2017年9月20日在天津第八届相声节开幕式上演出。该剧由青年相声演员盛伟编创并导演，采用了时下较为流行的“穿越”模式，让2017年的相声演员穿越到谦祥益百年前开业的1917年，以说书人作为串场，以闪回的手法穿插传统相声段子的片段展示，舞台空间则充分利用谦祥益现场[1]的上下两层。整个剧情由穿越回百年前的名角引出，以沉渣泛滥的低俗相声大量出现终于导致百年后相声失传的虚拟情节，传达一个深刻的道理：好好说相声，说好相声，才是相声发展的正途。

时隔两年之后，第十届天津相声节开幕式上演出的是谦祥益文苑出品的另一部相声剧《似曾相识的人》（2019年2月3日首演，许健执笔编导）。创作者将经典相声中的人物形象[2]集合到了同一个小区里生活，用普通民众家长里短的生活细节贯穿剧情，经典人物，经典台词，经典的性格特征，逐一通过夸张重复的手法予以放大，碰撞，从而产生了“既熟悉又陌生”的艺术效果，自然而不做作。这也是这部剧“讨巧”的地方，因为相对熟悉的人物形象，以及性格语言本身已经具备了相当的喜剧因素，所以能给观众带来别样的欣赏预期。据媒体报道，该剧除了在剧场演出外，还配合《天津市文明行为促进条例》的宣传，深入社区巡演，很受当地百姓的欢迎。

上述两部相声剧作品，可以用一句“相声人演相声事儿”简要概括。诚如天津社科院文学所所长、天津文史馆员张春生先生对《后台之何去何

[1] 谦祥益文苑在迁入新址前，位于天津红桥区估衣街64号，全国重点文物保护单位百年绸缎庄“谦祥益”旧址内。

[2] 剧名来自马三立的同名相声《似曾相识的人》，剧中人张二掰（伯）、万能胶、坐地炮、马大哈、丁文元、二他爸爸、开会迷等皆为观众耳熟能详的经典相声中的人物。

从》一剧的评论："人无远虑必有近忧。全剧对相声历史、相声艺术以及相声人所表现出来的忧患意识非常令人敬佩，把对当代相声艺术的忧虑与思考反映在相声舞台上，这很让人感动。"[1] 确实，天津谦祥益文苑出品的这两部相声剧最令人称道的便是"情怀"二字。在观剧的过程中，我读懂了今天的相声从业者的困惑、疑虑，但更重要的是对相声难以割舍的爱，令人解颐的同时更能引人深思，也更具有精神层面的价值。

不过，若从艺术表现的角度略加分析，《后台之何去何从》尽管现场效果相当热烈，但从剧本的结构来看，还略显粗糙和松散，在情节设置、矛盾冲突方面都还不够突出，虽然运用了不少舞台手段，但大多还是"外插花"的包袱。整个剧的构思多少还有些简单的非此即彼的"二元法"思维模式，没能展示出现实环境的复杂性和多元化，表演手法相对也还比较"拙"。而《似曾相识的人》较之前者则明显有很大提升，充分利用了相声擅长的"以小见大，知微见著"的特点，这样就不用一句说教，而是用人物形象来立体地传达出主题立意，让观众在开怀大笑、会心一笑的同时还会觉得余味无穷。更难能可贵的是，从这些堪称相声长廊中经典人物的言谈举止中，我们可以清晰地看到曾经创造经典的相声前辈与今天向前辈真诚致敬的年轻人之间的心灵纽带，他们热爱相声的初心完全一致，"好好说相声，说好相声"的信念始终同步。

2021 年，北京的文艺团体也为观众奉献了两台相声剧作品。

由中国广播艺术团出品的《正月里来正月正》（王宏坤编导，2021 年 5 月演出）以 2020 年春节新冠疫情突发为背景，讲述了主人公老马一家被迫隔离在一起发生的啼笑皆非的故事，主演是郑健、方清平、宋宁、李

[1] http://www.sohu.com/a/124036064_355450.

丁、董建春等。

由北京宣传文化引导基金资助，北京曲艺家协会推出的《依然美丽》（编剧林蔚然、回想，导演李伯男），是北京市文联“回天题材”创作项目之一，以北京市政府2018年发布实施的《优化提升回龙观天通苑地区公共服务和基础设施三年行动计划（2018—2020年）》（简称《回天行动》）为背景，反映了新老北京人观念的碰撞，情感的共融，主演是于谦、许娣（第一轮演出）、闫学晶、李伟建等。

上述两部相声剧作品的共同特点，一是在题材的选择上紧扣时代的主旋律，关注民生，反映民情，笑声中有感动，有思考；二是当红笑星的加盟，对观众而言具有一定的票房号召力。

关于相声剧的题材，在观众的既有印象中，多是以讽刺、幽默为主，以往的作品较少在主旋律题材上着力。而中国广播艺术团继2019年创演了反映乡村脱贫致富内容的《风吹水面层层浪》后，再次将创作的重心投向老百姓关注的抗疫题材，这种不拘泥于既往窠臼而勇于尝试探索的创新精神，尤为值得嘉许。同样，在长期“蹲点式”采风的基础上，北京曲协不仅排演了“回天题材”的系列曲艺节目，深受回天地区居民的欢迎，还集结了众多明星演员，倾力打造相声剧《依然美丽》，生动讲述了一个有着完整剧情的关于城市建设和社区改造的当代北京城市故事。诚如创作者所言：“……运用相声的语言、剧的手法，讴歌时代，讴歌抗疫英雄，讴歌默默奉献的你、我、他……”[1]就作品的社会效益而言，显然，上述两部作品都显现出了曲艺人高度的社会责任感和文化自觉与担当。

以上例举，仅仅是近年来笔者现场观摩过的印象比较深的四部相声

[1] 张悦：《让观众在泪水中微笑，在温暖中思考》，《中国艺术报》2021年6月23日，第2版。

剧作品，此外，据不完全统计，近年来先后上演过的相声剧还有《明春曲》（1994年首演，2002年修改后演出），《夺宝熊兵》（潇湘电影频道出品，2008年）、《唐伯虎点秋香》（德云社出品，2008年）、《嘻哈包袱屯之山了寨了》（嘻哈包袱铺，2009年）、《六里庄艳俗生活》（至乐汇北京文化传媒有限公司、论语剧社出品，2010年）、《桃花巷枪案》《抗日大侠》（黑龙江省曲艺团，2012年和2016年）、《子曰》（上海田耘社，2016年）、《四人行，必有我师》（大逗相声社，2018年），等等，其中由各民营相声社团推出的剧目，其共同特点是：通常多在重要节庆期间演出，作品大多由团队内部的演员们集体创作而成，总体风格都偏于搞笑，突出现场的欢乐气氛，表现形式上则多借鉴台湾相声剧的结构手法，内容多为根据传统相声改编等等。

二、“相声”，还是“剧”亦或“相声＋剧”？

尽管，“相声剧”这一称谓在观众中已日渐被认可，且在演出市场中也逐渐占有了一定的份额，但，我们仍是有必要弄清楚：相声乃属于说唱艺术范畴的一种表演艺术类型，而“相声剧”则属于戏剧，即便不少广受观众欢迎的相声剧作品多由相声演员主演，甚至有些剧中人物的身份也直接设定为相声演员。

笔者一直坚持认为：相声剧——实质上可以说就是“相声演员演的剧”。为什么这么说呢？很简单，这是由两种不同艺术形式的表演特质所决定的。

曾经参演过多部相声剧的台湾著名演员李立群，在《如何让你笑》一文中就明确写道：“相声剧”当然是用“相声”组合成的一种剧，是靠大量精练过的语言完成的一种戏剧形态，语言节奏表现了这类戏剧形式的风格。[1] 在他看来，《那一夜，我们说相声》就是“以相声的方式说出来的语言戏剧”。[2]

台湾学者同时也是系列相声剧参与编演者之一的冯翊纲先生，在其论文《相声剧：台湾剧场中的新品种》中，就明确表示过二者绝非同一类型，并通过详细论证总结了这一相声与戏剧的交集产物“相声剧”，具有如下几项特征：

> 喜剧。
>
> 相声形式。
>
> 演故事。
>
> 演员扮演角色及保留高度自觉。
>
> 明确的时空观。
>
> 核心议题。[3]

这里暂且不去分析“相声剧”是如何将相声艺术巧妙融入其中的，只从表演形式及创作方法来作一对比，可知，二者绝不可等同视之，更不可将“相声剧”简单地理解为数段相声的组合，实际上它仍属于舞台剧。至于在台湾，因为此类系列“相声剧”的大受欢迎从而促使一度几乎销声匿迹的相声艺术重回观众视野，与其说是赖声川们和“相声剧”的功劳，毋

---

[1] 参见李立群《李立群的人生风景》，上海：复旦大学出版社 2012 年版，第 36 页。

[2] 李立群：《李立群的人生风景》，上海：复旦大学出版社 2012 年版，第 6 页。

[3] 冯翊纲：《相声剧：台湾剧场中的新品种》，载《戏曲研究》（第 55 辑），北京：文化艺术出版社 2000 年版，第 75—94 页。

宁说是相声本身的魅力使然，“或者准确的说是传统说唱艺术的功劳，即传统说唱艺术中既表且扮的原则”。而且，赖声川们在制作此类“相声剧”的过程中，“将这种原则纳入了现代‘叙事体戏剧’的美学体系中，并进行了现代化的再造和运用”[1]。

冯文中还提到大陆20世纪60年代出现的“化妆相声”，认为“在根本上，化妆相声仍是相声”[2]。确实，之所以认为“化妆相声”仍包含在相声的范畴中，是因为尽管演员有按照角色形象的适当装扮，比如北京曲艺团曾经上演过的《看电影》《两个理发员》和《资本家与洋车夫》（根据上海独脚戏改编）等，但无论是叙事语言还是结构手法，都还是相声的，而且相声演员在这时仍是第一人称为主体。

曾经参与编演过化装相声的陈涌泉先生根据自己的舞台实践和表演体验，认为化装相声“是综合了相声的语言艺术和多种喜剧、滑稽戏的表演艺术特点，把这两样综合了，形成了一种新的表演形式”。他认为二者的区别“主要是加大了表演，人物有妆扮……”但演员在表演时还是像表演相声一样“出来进去，翻包袱儿”。[3]

其实，传统相声中，“像《训徒》《窦公训女》《珍珠衫》《学四省》等等很多段子，也都是当场化装表演的”。当年，北京曲艺团“吸取并学习了上海独角（脚）戏的表演特点，把它运用到相声中，使之动作性更夸

[1] 夏波：《“相声剧”是一种什么样的戏剧？看〈千禧夜，我们说相声〉兼说“叙事体戏剧”》，《中国戏剧》2002年第5期。

[2] 冯翊纲：《相声剧：台湾剧场中的新品种》，载《戏曲研究》（第55辑），北京：文化艺术出版社2000年版，第75页。

[3] 陈涌泉口述，蒋慧明整理：《清门后人——相声名家陈涌泉艺术自传》，北京：文物出版社2011年版，第79—80页。

张、闹剧性更强烈，而又不失掉相声原有的传统风格，通过简单的化装，更增加喜剧气氛”[1]。由此可见，当时在创作编排这些被称为“新品种”的化装相声时，演员们是力图在保持相声的固有特征基础上增加更多的表演成分和喜剧气氛，而并非把相声演成戏剧。

当时的观众及评论界对这一尚在尝试阶段的新的表演样式也存在截然相反的两种观点，有的认为“它把‘说’和‘演’结合了起来，更有真实感”[2]，“化装相声具有火炽、生动的特点，在一定程度上丰富了相声艺术形象的表演”[3]。也有的认为“化妆相声则接近了戏剧，演员‘角色化’了，就很难再‘跳出’人物，进行侧面叙述，这就减弱了相声艺术中语言的表现力”[4]。

正反两种意见的交锋，不仅反映了观众及评论界对化装相声这一新形式的不同认识，实际上也折射出创作者在编、演过程中的难度，多一分，就成了戏，而少一分，又显喜剧效果不够强烈。如何准确把握相声与戏剧这二者之间的界限，遂成为化装相声急需解决的主要课题之一。可惜，北京曲艺团的这一尝试，在经过一段时间的巡演，取得较大反响之后，没有再继续下去，当时演出过的有限的几个作品，也由于种种客观条件所限，音像资料几乎阙如，不能不说是个遗憾。

但是，化装相声这种形式，在其后的相声舞台上，仍时有出现。至于当代相声中的一些作品，比如央视春晚中冯巩等人表演的部分节目，大大

---

[1] 见北京曲艺团 1962 年 6 月赴津演出的节目单“前言”部分。

[2] 李孟贤：《看化装相声“两个理发员”》，《张家口日报》1962 年 7 月 28 日。

[3] 《天津市曲艺界议论“化妆相声”》，《天津晚报》1962 年 6 月 29 日。

[4] 《天津市曲艺界议论“化妆相声”》，《天津晚报》1962 年 6 月 29 日。

增加了表演成分，并扩充了表演空间，实际也可看作化装相声的延续。

刘梓钰先生在《〈应该补拍的镜头〉浅析——兼探系列相声之概略》一文中，将天津红桥区相声队演出的系列相声《应该补拍的镜头》与天津曲艺团演出的《群迷闹喜》和台湾的《那一夜，我们说相声》做了一番详尽的比较和分析。该文中提出这三个作品的共同之处在于：

（1）它们都由相对独立的几段相声组合而成。

（2）它们都是成组成套的相声。

相异之处则是：

（1）联结相声的依据以及具体方式不同。

（2）《闹喜》《镜头》的戏剧特色浓于《那一夜》，而《那一夜》的相声色彩则比《闹喜》与《镜头》鲜明得多。[1]

文章中所探讨的关于演员“现身中说法”、“出出进进”、戏剧冲突以及创作方式等，其实仍可归结为相声与戏剧这两种艺术形式的不同属性问题。文中涉及的三个作品，前两个创演于 20 世纪 60 年代中后期，如今已不再演出，而台湾的作品因有音像制品流传，了解的观众相对较多。

1994 年，由梁左主笔创作的“相声剧”《明春曲》问世，2002 年经过重新加工后，由姜昆先生率多位相声演员倾力打造《明春曲》再度公演。有意思的是，该剧的宣传材料上曾相继出现“相声剧”“大型叙事剧”等数个不同的名称，是一时无法归类的权宜之计，还是透露出编创者对这一有别于传统的相声表演形式的模糊定义，不得而知。不过，依笔者之见，《明春曲》和台湾的系列“相声剧”一样，尽管冠以“相声剧”这样的称

[1] 参见刘梓钰《艺林思罔》，呼和浩特：远方出版社 1999 年版，第 66—75 页。（原文刊于《曲艺》杂志 1987 年第 9 期）

谓，剧中也有多段相声贯穿剧情，但由于是以戏剧的方式结构，人物也主要以角色的身份出场，因此，已经属于舞台剧的范畴。

毋庸讳言，虽然“相声剧”这一名词概念模糊但却影响广泛，自台湾戏剧人赖声川等人排演的《那一夜，我们说相声》（1985）系列相继以音像制品或现场演出的方式进入大陆以来，其作品的认同度不断增强，不仅在观众尤其是年轻观众心中留下了深刻的印象，而且直接或间接地对大陆的舞台剧包括“相声剧”的创作演出产生了极大的影响。

关于“相声剧”这一名词的定义，特别是它究竟是“相声”还是“剧”的争论至今未决。赖声川认为：

“相声剧”是传统相声与话剧的融合，二者的不同在于它有明确的背景和完整的故事，它突破了说唱艺术的框架与格局，但又与传统的相声一脉相承。相声不是相声剧的全部，相声只是其中的表演形式之一。[1]

也有论者将之理解为“由演员扮演角色，通过说讲，当众表演情节、显示情境的一门综合艺术”。或曰“通过相声来构筑戏剧性的综合艺术”[2]。

在《相声剧：台湾剧场中的新品种》一文中，作者冯翊纲认为：它“是个新剧种，与传统描述的化妆相声并不真正相同，在根本上，化妆相声仍是相声，”而它却“不是曲艺，不是戏曲，是‘戏’”[3]。大陆著名相声演员大兵则以其主创并主演的《夺宝熊兵》为例，直言：相声剧就是一个

[1] 参见《赖声川：相声不是相声剧的全部》，《文汇报》2008 年 3 月 10 日。

[2] 参见王林军论文《赖声川的相声剧研究》，转引自邓珊《隔岸观戏——赖声川对中国大陆地区戏剧创作影响及观演关系的分析》一文，刊于毛振华主编《社会学与和谐社会》，北京：社会科学文献出版社 2007 年版，第 522—535 页。

[3] 冯翊纲：《相声剧：台湾剧场中的新品种》，载《戏曲研究》（第 55 辑），北京：文化艺术出版社 2000 年版。

“放大了的相声”，属于“戏剧和曲艺的结合”，“以剧情取胜”，但又“绝不仅仅是一个喜剧，是在相声的基础上附加了许多相声演员的发挥”[1]。陈涌泉老先生日前接受笔者专访时，谈到相声剧，认为：“相声剧”虽然是“剧”，但一定要有“相声”，从台词到表演，要有相声的味道、相声的思维，否则，就和一般的喜剧没什么差别了。[2]

可见，尽管“相声剧”一词的界定迄今仍未确定，但综观两岸相继出现的这些以“相声剧”命名的舞台剧作品，有一个显著特征便是——相声是其中重要的而且不可或缺的表演方式。赖声川的一系列“相声剧”作品之所以影响深远，正如有论者指出的“赖声川的相声剧不同于传统的相声形式，却汲取了相声中最重要的艺术元素，当相声的传统元素再现于赖声川的相声剧中时，却具有了非常鲜明的现代特征”[3]，于戏剧作品中创造性地借鉴曲艺元素，并以此拓展戏剧的表现能力，增强与大众审美习惯的沟通，同时，使传统艺术语汇适应当代文化语境的表达，无疑可以视作当下以“相声剧”冠名的一系列舞台剧的最佳追求。

无论是化装相声还是相声剧，尽管看上去与相声有许多相似之处，而且确实也有不少千丝万缕的联系，但是，只要从它们各自的表演实质来分析，还是能够很清楚地区分前者属于戏剧的范畴，后者则属于曲艺。

一言以蔽之，笔者以为：所谓的“相声剧”，是创作者用戏剧的结构来“演”相声，与相声表演“以说为主”的本质特点有着根本的区别。

---

[1] 《夺宝熊兵：这是一部放大的相声》，《新快报》2009年8月18日。

[2] 参见蒋慧明《清门后人 为民求乐——访相声表演艺术家陈涌泉》，《中国文艺评论》2021年第9期。

[3] 林婷：《传统的现代转换——赖声川相声剧的启示》，载董建、荣广润主编《中国戏剧：从传统到现代》，北京：中华书局2006年版，第323—336页。

三、相声剧能走多远？

正如前文所言，相声剧的出现一方面是编导演们不断探索，努力创新的结果，另一方面也是为了满足观众不断增长的欣赏需求。这其中，还有一层因素在很多学者的讨论中不曾过多涉及——与相对独立、简化的相声创演不同，排演一台相声剧，可以整合院团内部的大部分自有资源，并且有机会申报相关文艺基金的资金扶持。而民间相声社团在节庆期间排演一台相声剧，热闹喜庆，也是向观众集中展示团队成员综合实力的有效途径。因此，从这层因素考量，对于目前不断出现的相声剧作品，我们大可不必过分指责，或可多一些理解。

不过，从相声艺术自身的发展来看，暂且不论作品的质量优劣，相声剧的纷纷上演，是否就是相声未来的发展方向，这倒是值得我们认真梳理和研讨的重要论题。

有学者认为："相声剧对传统相声有着复兴，也有着革新。相声剧创作，一方面保留了传统相声的基本体裁，一方面则在西方现代戏剧美学的导引下产生了强烈的形式自觉，开发出一种新的多元艺术。这些技术手段使得相声剧突破了传统相声的单向度叙事模式，在多维对比中表达出深广的历史文化内涵。可以说，正是这些技术手段的成功运用，使得相声剧得以超越传统相声，成为一种文人化的高级艺术形态。"[1]

对上述观点，笔者表示不敢苟同。如前所述，相声与相声剧本就是两种有着不同艺术属性的表演样式，并非递进更迭的关系，因此，何来"超

[1] 何明燕：《基于文化地理学的中国相声剧研究》，上海：上海三联书店 2017 年版，第 155 页。

越”“高级”之说？

诚然，相声目前的现状确实存在着不少的问题，表面的“繁荣”其实难掩内在的“虚空”，优秀作品的匮乏，优秀人才的短缺，特别是屡屡引发争议的不良事件和现象，都令相声这门艺术在观众中的地位和影响受到了一定程度的冲击与削弱。

相声剧的不断出现，固然反映了相声从业者们努力拓宽表演场域，勇于尝试新的表现形式，竭力争取更多市场份额的迫切心情，同时也或多或少有着跟风、盲从的可能。热闹只能一时，不可能长久。作为两种有着不同艺术属性的品种，相声与相声剧二者之间既有相互交叉的部分，更有各自发展的广阔空间。倘若一窝蜂地都去排演相声剧，而不是塌下心来认真处理关于当下相声如何继承与创新的时代命题，那么，试问相声的未来将会怎样呢？况且，假设没有扎实的剧本、丰满的情节和精当的结构，以为只要演员自带流量便可以立足文艺市场，同样也是自欺欺人的想法。

故而，笔者认为，相声演员的多才多艺当然有能力驾驭相声剧的演出，但不断充实自我，积极创演更多具有时代精神特征和丰富的文化内涵的优秀相声作品，努力改善相声当前的尴尬处境，恐怕才是我们应该投入更多精力、付出更多实践的当务之急。

新时代中国古典舞的基本学理与审美之思

金　浩

北京舞蹈学院

中国特色社会主义进入了新时代，这是我国发展新的历史方位。世界经历着百年未有之大变局，在这个大发展大变革大调整的时期，文化艺术领域也表现得尤为明显。可见，新时代的中国古典舞正日臻完善，它既具有传统的稳定性和凝固性，又被赋予了时代风采的可变性与创新性。

我们通常认为“古典”是一种美学倾向，是贯穿于不断变化的历史图景中的美学潮流之一。它以适度的传统观念、均衡稳定的章法，饱含着经典意味和典雅格调的审美情趣，受到了喜爱严肃艺术、高雅艺术人们的推崇。而对于“古典舞”的认识，则是在世界范围内、各个国家在其本民族的历史发展长河中逐渐积累和形成的，具有“古典化”内在精神与“民族性”外部特征的一个国字号舞蹈雅文化种类。那么，应该承认每一个国家的历史和文化背景都不尽相同，同时又受到当时社会、政治、经济等因素的制约与影响，所以“古典舞”不应完全套装在全球一体化的模式里，也不能拘囿于特定历史年代的刻度中。换言之，要尊重一个国家的国情和民众身处这个时代的审美取向。因此“古典舞”也和中外艺术领域中的其他流派一样，实为体现艺术形态流派审美特性之称谓。可见，“古典舞”不是表现某个历史阶段的艺术，而是一种特殊的创作方法。因此，要想矗立于世界民族艺术之林成为有特色的舞苑奇葩，那就必须要具备本民族精粹文化的独一性与持久性的特质。

一、舞种的范式与基本学理

中国古典舞作为中华优秀传统舞蹈文化的代表，其表现形式具有结构程式化和语言韵律化的艺术特征。诚然，中国古典舞这一舞种创建时不是既得了广为流传的经典剧目，而是先成立了专业学校，从抓教学训练开始为入径，这与其他古典艺术表演样式如中国戏曲、西方芭蕾都不尽相同。站在新时代文化发展的观测点上，我们发现任何一个艺术门类在实践中都会有一种模糊的可能，为了使这种模糊性逐渐地清晰起来，须紧紧抓住荦荦大端，进行理论化的梳理与证实，使之艺术实践活动不至于漂移、起伏不定。

中国古典舞作为一个舞种，它必然具有舞蹈艺术的共同特征，因而它也是一种范式，也是人类满足情感需要并将这种情感需要对象化传达的艺术形式。中国古典舞的表现形式，是舞蹈自身所具有的区隔于音乐、戏剧、美术、诗歌等艺术门类的根本属性，我们称之为“舞蹈本体性”。同时，中国古典舞还具有区别于其他舞蹈表现的艺术个性。对于它的认知必须基于对舞蹈外部征象和标志的研究，也就是舞蹈特征的总体把握。

关于中国古典舞本体研究，就是采用最切合舞蹈要表现的根源的、实在的具体内容，遵循着该舞种自身的运动规律，包括它的动作语言、语汇、语法及语境。抑或这一舞种的探路者无意于细研“舞蹈的特性”，但却在建构中国古典舞进程中充分理解了舞蹈本体的含义，认识到了人体动作是舞蹈的根本属性这一特征——“舞蹈着”的古典舞蹈艺术。因为，舞蹈是人体动作作为传达情感对象化的形式，而人体动作的根本属性是运动。所谓动作，就是人体运动。动的意思是改变原来的位置或状态，其反义是静；作的意思是在进行，其反义是止。人体动作的反义是人体静止。舞蹈动作的运动属性，具体表现为动作形态是在时间的延续与空间位置的不断转换中进行的。舞蹈动作不是指那一瞬间凝固静止的造型姿态，而是指由无数造型体态构成的连续变化过程。舞蹈作为一种人体动作为主要表现手段的艺术，正是由一个个动作姿态、造型画面的联结、变化、更迭来表现出舞者思想感情的发展和变化。其动作性决定了观众对舞蹈的欣赏，只能在完整的动作过程中把握舞蹈的情感内容和审美风格，而不能把连续变化的动作形象肢解开，求其某一动作的具体含义。此外，舞蹈的形式和内容就存在于人体不停顿的流动和变化之中。舞蹈过程中暂时的停顿，是一个舞段的结束和一个新舞段的开始，如果再也静止不动了，就意味着舞蹈的终结，或是舞蹈的消失。

中国古典舞以人体动作作为艺术形式的特征同样体现在“舞蹈”二字的原意上。《说文解字今释》中“舞”的释义：“舞，乐也。用足相背，从舛，无声。意思是：舞是乐的一种形式。用两足左右交错踩踏。不是歌声

(唱)。"[1] 蔡邕的《月令章句》卷上也说:"舞者，乐之容也；歌者，乐之声也。"[2]《说文解字今释》中"蹈"的释义:"蹈，践也。从足，舀声。意思是：蹈是用足踩踏。"[3] 古时"乐"是对艺术的统称。舞蹈作为艺术形式中的一种，以人体动作作为表达情感的手段，正是舞蹈的特征。《诗经·大序》中说:"情动于中，而形于言。言之不足，故嗟叹之。嗟叹之不足，故咏歌之。咏歌之不足，不知手之舞之，足之蹈之也。"此处将手舞足蹈的人体动作作为传达情感信息符号的舞蹈特征，区别于"言""嗟叹"和"咏歌"等形式，这与舞蹈的定义及其普适特征具有同宗同源的认识和理解。

关于中国古典舞本体属性的认知，应从研究舞蹈姿态这一机杼来进行。舞蹈姿态，是舞蹈外部形式的标识，分为舞蹈动作姿态和舞蹈静止姿态，简称舞蹈"动态"和"静态"。"动态"是舞蹈动作"运动变化"的姿态，是动作呈现的走势状态，是一种经艺术加工了的、便于人们把握动作本质的动作外形。"动态"既是动作的姿态，又是动作本身，它是构成舞蹈特征的唯一条件。所谓"姿正势美"，姿即静止，势即运动。也就是说，"动态"是动作外部呈现的直观形式，而动作内在的根本属性是运动，这就使舞蹈艺术在表现功能上区别于同是造型性的绘画、雕塑等静态空间艺术。我们说舞蹈是"活的雕塑"和"动的绘画"，既指出了它们之间的区别，又道出了它们之间的联系。"静态"则是指舞蹈动作静止的姿态。动作静止的姿态，就是不动作的姿态，是动作的停止，是舞蹈姿态动作的反意。"静态"一般在舞蹈中断或终端时经常出现，我们称之为舞姿造型

[1] （东汉）许慎原著，汤可敬撰:《说文解字今释》，长沙：岳麓书社 2002 年版，第 731 页。

[2] （东汉）许慎原著，汤可敬撰:《说文解字今释》，长沙：岳麓书社 2002 年版，第 731 页。

[3] （东汉）许慎原著，汤可敬撰:《说文解字今释》，长沙：岳麓书社 2002 年版，第 290 页。

而非动作。进而在舞蹈姿态的范畴中，中国古典舞呈现出点、线、面交织的运动关系：点——动作中瞬间停顿或重拍，是中国古典舞舞姿造型的塑形原点，以最简洁的形式来展现最大容量的内涵；线——动作中连绵不断的过程，是点的移动轨迹，是中国古典舞肢体语言的线条流动；面——有点、有线、有穿插也有咬合，当点线碰撞汇合在一起时所形成的立体空间状态，才能体现出中国古典舞视觉语意面的飞扬。因此，我们须建立中国古典舞身体语言体系与本体专属的“语料库”，明确动作间的过渡关系实质上是一个“子午相”到另一个“子午相”的图像过程，寻找中国古典舞动作语汇中的“关键词”，并在此基础上提炼新的训练元素，明晰它的定义与价值，以增强表演者的艺术素质。

艺术范式是一种特殊的表达方式，任何一种艺术门类都必须通过一定的形式来达到创作目的，这种形式也就是一切艺术形成的规律。中国古典舞的范式是一个特定的动作单元，具有特指的含义与词语的组合。它有相对固定的韵式和形态，由中国古典舞业内所共享与传承，并反复与持续出现在该舞种的训练和表演之中。因此，像中国古典舞这类的表演范式，就是民族美学观的集中凝现，也是创造舞台形象表现力的一种特殊形式，制约着表演的随意性并放纵有规律性的自由，同时它的表现力、感染力和思想性都寄寓在这种既有规律又相对自由的艺术范式之中。我以为，中国古典舞始终在规范与创造之间寻找着自己的坐标，它所遵循的范式也不是一成不变的，而总是处于发展变化。任何一位舞者在学习动作时，都会遵从一定的规格要领，在做到动作的规范性之后就会自觉或不自觉地进行自己的个性化处理。真正优秀的中国古典舞演员都能做到“从心所欲不逾矩”，舞出一种极致的无可替代的古典神韵。

二、现实之问与方法论意识

身处新时代，关注文化的人既兴奋又应接不暇，多元文化的发展趋势带给我们文化的厚度，同样留给我们文化反思的莫大压力。因此，对各领域文化的反思必然成为拓研文化的动力，同时也让我们强烈地意识到中国古典舞的文化建设将是一片亟待开垦的土地。现实中少的不是热闹，亦不是舞种流派形式上的门户之争；缺少的是标志着中华文明的久远的东方情怀。我们应将其置身于中国文化精神的瀚海中予以审度，方能使之不流于疏阔或拘于褊狭，以具备高屋建瓴之感，这也是推动新时代中国古典舞艺术实践进一步提升的捷径和必由之路。

根据史料记载、民间风俗、古代绘画、壁画留存及文化考古等，进一步加强这些素材的系统深入地探究，这是新时代中国古典舞在艺术上趋于成熟、在细节上臻于完善的转捩点。从某种意义上讲，舞蹈本身就是仪式的重要组成部分，也是行为传统的重要构成。对于仪式感的阐释离不开对神话的分析，自然就离不开对史料、民俗、绘画、壁画、考古等一切皆有可能成为行为传统在传承过程中的深入开掘。雪泥鸿爪，不一而足，而对这些文化碎片搜集的越深入，历史材料存在的逻辑关系整理的越清晰，行为传统的当代化艺术呈现才越有可能性发生。它似乎打通了观察历史的另一个舞蹈视角，让古典文化的温度和脉搏触手可及。中国古典舞或许没有历史真实性，却有历史的真实感，这是艺术创造的理想境界。因此，广博而深厚的中华优秀传统文化才是我们民族共同、共通的集体记忆，执守文化精神的复归才能引起国人的审美共鸣、唤起文化的自信力，这也是引领新时代中国古典舞焕发生命力的重要手段。

新时代中国古典舞的确发生了深刻的变化，许多编创者带有实验性的大胆创新，曾一度超出了我们对于中国古典舞的惯性理解与审美旨趣。其妙处被慢热的学院派专家教授接纳时，将会更多地涉及经验主义的范畴，但值得庆幸的是从业者们始终积极地在为中国古典舞的艺术张力注入更多的可能性。我们通过观察中国古典舞的当代嬗变，以直观或反观的方式诉求这个舞种的文化定位及审美取向。守住传统，还要唤醒传统。因为我们眼界很高，现实中能力却没那么高。我以为，真正的艺术创新有一种唤醒作用，要知道中国古典舞的生命力和感染力究竟在哪里？

新时代中国古典舞的发展形成了如此强盛的文化品位和艺术价值，如果将它放置在一个更宏观的、多层面的视野之下来研究，或许很多问题比较容易获得清晰的认识。譬如：中国古典舞对于当代舞蹈艺术的作用与影响，是不能跳过“古典”这一中介层级的，“古代”仅仅划定在一个时间的范围，而“传统”又标明了其历史地位，时间指向性比较模糊，都不如“古典”一词，能同时准确体现这两方面的特征。然而以往的理论认识长期忽视这一名词表述的存在，缺乏对统摄于文化领域深层次的覃思凝虑，似乎中国古典舞只要有高难度的技术技巧就算是完成了艺术使命，结果却消解了中国古典舞自身存在的文化旨归。又如中国古典舞经常争辩的当代性与民族化的问题，这种嘈杂实际上遮蔽了本质的虚弱，它是由古典艺术这一系统的内部矛盾运动的规律所决定的，倘若硬将它纳入范围更小的教学训练体系里来讨论，又怎能不陷入纠缠不清的困境和维谷之中？总之，更新新时代中国古典舞的认识观，这就需要方法论和实践上的活跃与探索。

诚如“非遗”保护的当代意义，中国古典舞在当下也应有其传承谱系。虽然，中国古典舞的艺术之树本应生长于浓厚的民族文化土壤及气候条件下，而一旦被不加分辨地挪移到当代性土壤里，就可能发生根朽叶枯的危险。中国古典舞有古典艺术所适应的文化环境，而这种环境一旦发生当代性转变，它的自身危机也就接踵而来。然而问题在于，今天的当代文化与古典文化并非完全断绝，而是在断裂中承续下的来自民族精神的某些基源性血脉。同时，中国古典舞并非全然不切合当代、并非完全与当下隔绝，它与古今文化存在某种似断实连的微妙联系，这在诸多方面都能寻觅到其踪迹。由此可见，今天面临的不应是改弦更张如何使中国古典舞焕然一新的这类问题，而是中国古典舞中的哪些传统基因活移到当代的问题。当下，“古典化”已经不是流于形式，而是真正的如臂使指，为我所用了。我们应将中国古典舞置于当代舞蹈艺术走向与中华优秀传统文化的交汇处加以观察、论证与阐释。试问：中国古典舞是闭合体系？还是开放体系？或是召唤体系？乃至是激发体系？从现实的方法论来看，都可以。

三、古典也流行的审美趋势

2021年国庆节期间，走出象牙塔的北京舞蹈学院联合B站、河南卫视拍摄《上下舞千年》以时间为轴线的中国古典舞艺术片，这是继年初河南卫视“春晚”上亮相，由郑州歌舞剧院创作的舞蹈《唐宫夜宴》大获成功之后，再次掀起的舞蹈风潮。我们细研河南文化战略“棋走三步”的重磅出击，在春节、端午、七夕等重要的时间节点、中国传统节日里推出的一系列精心制作的网络综艺节目，“出新而未出格”的让科技为中国古典舞“出圈”赋能，技术手段的加持，强化了舞蹈的视觉效果，打破了原有的中国古典舞表演时空，让中国古典舞在经典与流行、传统与现代之间找到平衡点与契合点而广受好评。其中最具亮点的几部舞蹈作品，如：《唐宫夜宴》《祈》《龙门金刚》等，更是成功地“破壁”，在B站、微信、微博等新媒体地带展开了裂变式的播布。据统计：舞蹈《唐宫夜宴》仅播出10天，微博单支视频的播放量便达到5000万，阅读微博话题#河南春晚总导演回应节目出圈#达到10.5亿人次，参与讨论17万人次。从这些数据可以看出，这类现象级的舞蹈作品，之所以能够激发出这样的活力，没有须臾离开古典文化自身而是以现代思维进行还原，并经过新的技术手段将二者合二为一的展现，同时现如今发达的媒体传播，让人们在任何地方都能具有沉浸式的艺术体验，使这一文化热度持续不减，在舞蹈业内以及传媒行业中引起了广泛的关注。因此，新时代的中国古典舞并不缺少传统文化的内容，而是缺少阐释传统的当代能力。

《唐宫夜宴》用绰约多姿、飘逸娴雅的蕴藉之美呈现了大唐盛世下的乐舞缩影，让观众能跨越千年的时光，在“云端”欣赏到“鬓云欲度香腮雪，衣香袂影是盛唐”的舞姿舞容。通过这样的方式让观众感受到更为真切的历史文化厚重感，并通过细微之处的精准还原以及新媒体技术5G+AR来实现。《唐宫夜宴》中，每个憨态可掬的宫女，就像从唐三彩中走出来的一般，舞者穿的是唐朝服饰“对襟齐胸衫裙”，红绿辉映的色彩表现轻薄鲜丽的衣衫，宽大飘逸的衣裙用丝带系在胸线上，舞动之间呈现出锦带飘舞、妙舞绮罗的风姿。“丰肥浓丽、热烈放姿”是唐代当时社会主流的审美情趣，为了努力还原唐舞俑感的真实外形，服饰的色彩以唐三彩的绿色、黄色为主色调。体现盛唐时期女子的丰满肥腴，编导特意将海绵垫放入服装中来衬托饱满的体态之感。舞者的两腮也为了呈现质感使用了口含棉花球来填充，以此营造出了肉而不胖的逼真形象。妆容上则采用了唐代常见的斜红妆，在太阳穴以笔描出月牙形状；酒窝点缀有胭脂，蝴蝶唇妆让唇部玲珑有致，眉毛狭长、眉心有莲瓣。作品的原型“彩陶坐姿伎乐女俑”中，每个乐俑都是手执乐器，作品完整真实地还原此场景，琵琶、箜篌、排箫、手鼓、箫、横笛、铜钹等乐器作为演员们手中的道具，充分彰显了民族开放融合的大唐气度与繁荣昌盛的气象。

《唐宫夜宴》试将古典文化作为舞蹈传播的内核，把传统历史作为中国古典舞的纵轴，引起人们的文化认同感。以舞蹈为媒介，也是借助该门类艺术实现了传统文化的再现和创新性表达，构建起古今沟通的桥梁，将古典文化的凝重感和历史的后坐力通过中国古典舞传递出来。采用 AI+VR 的新科技，升级视听拍摄手法，把舞蹈放进情景交融的环境之中，这是主体的无限时空和编导的创作思维，将虚拟场景和现实舞台相结合，使观众审美直观折射创生出了更加震撼的视觉效果，为艺术作品的完美输出提供更多的可能性。它通过对新技术 5G+AR 的应用，完成了四大类 10 余件国宝文物，大量的数据图片与现实的舞台相融合，用数字技术实现了固定舞台的动态化转变，全方位拓展了舞蹈表演的载体、场域、时空等多维度，使演员与观众完全沉浸在古老画卷般的意境之中。舞蹈的成功，除了传递媒介的变化以外，也离不开媒体传播，观众即使只能通过屏幕观看，也可享受通过 5G 技术 4K 超高清拍摄、制作带给人们的审美愉悦。此外，XR、云技术、自由视角拍摄、交互式摄影控制等技术，也是《唐宫夜宴》取得竞争力的硬核。同时，新技术将大众媒介分割的身体通过技术再次整合起来，媒介技术使人的感知与行为能力得到了提升，使身体与技术在时空中共生。《唐宫夜宴》实现了舞蹈艺术与舞台科技的完美结合，原生态场景与现代化表达的和谐统一。因此，发挥舞蹈影像的优势，融入现代化的、多元的技术手段，实现有效传播是新时代中国古典舞创新发展、易于观众接受的重要途径之一。

《唐宫夜宴》的舞蹈结构：第一段是博物馆中文物的“定格”；第二段

是乐俑“复活”后，穿梭嬉戏的场景；第三段是夜幕降临，少女们路遇一弯湖水，纷纷以水为镜敛起了妆容，有的举起手中的笛子吹奏，有的在平缓的乐声中昏昏欲睡；第四段是当庄严的号角声响起，众人顷刻间平复情绪、仪态优雅严肃，在夜宴上呈现了一场精美绝伦的演出；第五段是悦纳自己的少女们逐渐安静下来，背向观众，回到最初的定点造型上，化作静止不动的乐俑，仿佛一切都没有发生过似的。舞蹈之美展露无遗，充满了编导的巧思，有时并不需要以理服人，需要的是以情感人、以趣动人。正是基于对艺术精益求精的锤炼，对细节的精心打磨才有了《唐宫夜宴》成功“破圈”的基础，也全部融汇在华夏血脉中的乐舞精神上。在短短五分多钟的画面里，出现了唐乐舞俑、唐三彩、《簪花仕女图》、《千里江山图》《侍马图》、《备骑出行图》、《明皇幸蜀图》、《树下美人图》、妇好鸮尊、莲鹤方壶、贾湖骨笛等多种文化符号，从文物、画卷等古风今韵中探寻中国传统文化的当代审美呈现。而中国古典舞的一招一式，一颦一笑，在虚空中摇曳生姿，在崇阿渌水间羽衣蹁跹。鸢飞戾天，鱼跃于渊，是舞者自由飞旋的灵动，是古典美学意象的汇通化转。

新媒体舞蹈脱离了传统舞蹈表演场所的约束力和束缚感，即与舞蹈表演的内容保持一致，但表演的场所却发生了更迭。具体而言，新媒体舞蹈的表演场所不再受到现实环境的制约，而拥有了艺术创作的无碍性和无限性。原本在剧场中的表演，被移置到AI合成的名画或博物馆中，除了舞者之外一切都被剥离而重新配置，结果发现这竟是一场对既有认知的颠覆之旅。在中国古典舞《纸扇书生》中，原本表达了文人的风趣、雅致和狂放，后巧妙地将舞台空间置换为少林寺、嵩阳书院、嵩岳寺塔等展现中华传统文化的标志性建筑，从而唤起了观众对于国家、民族的历史记忆。《纸扇书生》这个作品的名称是笔者给编导的启发，但“书生”在此处已不再是原剧中个人风格的表达，而是被提炼为赞叹祖国美好河山的形象。在群舞《龙门金刚》中，敦煌壁画的“飞天”，不再是舞台上以长绸道具营造的飞动之感，而是以抠像和慢放等技术使其长绸真正的如带系当风。洛阳龙门石窟的360°沉浸式高清景观，则在频繁的场景切换中赋予了观众视觉层面的审美冲击。影像的历史感与现场感在这种强烈的时空张力与结构中碰撞。但同时，我们也发现这种新媒体对于中国古典舞创作的介入应避免技术与文化的简单堆砌，应寻找相互成全的衍生与派生。在女子独舞《唐印》的开篇，幕旁标注为“傀儡戏”，易让观众将《唐印》的认知等同于“傀儡戏”。《唐印》虽取材于傀儡戏，但二者终究有所不同，应当进行相应的严谨标注并加以解读，使之生动地讲述中国故事，深耕细作故事内容，更好地读懂中国古典舞。

四、创建古典舞的中国智慧

“中国古典舞”是当代中国舞坛最重要的舞种之一，也是一个在名称和概念上引起争议最多的舞种，原因即此舞种并不是祖先流传下来的，而是根据国家文化事业发展的需要，由几代舞蹈工作者呕心沥血创立的新舞种，它是“当代构建”的文化产物。单从艺术内涵和审美旨趣上来说，它又深深地继承了中华民族博大精深的文化传统。进而，在“古典审美”的旗帜下发生与发展的“中国古典舞”，不仅有源远流长的历史性，又有其选择与确立的必然性，它始终与所处的时代紧密地联系在一起，从根本上体现了独特的时代特征，同时也不断面临着时代性的抉择、共时性和历时性的交织。因此，中国古典舞应当是优秀舞蹈艺术品位和审美追求的集成，从某种意义上说它的实践更像是一部中国舞蹈的当代发展史。

新时代中国古典舞追求的是一种能与人类生活息息相关，贴近生命、感知生命、表现生命的情怀，而且是一种不断变化发展的具有永恒意味的古典情怀。这种情怀只有在一种流动的时空里，才能体现出它过往的活力，以及它对未来应该有的助力。中国古典舞不仅要存留在历史中，还要立足于当代，不仅要“维他命”还要“续他命”，使之成为随历史长河一直流淌的舞蹈。这是新时代的舞蹈意义，更是中国古典舞的价值所在。固然，天人合一、和谐平衡的民族审美意识不能变，所反映出不同时代的差异，也恰恰体现在了与时代脉动相连的中国古典舞自身的转化和创新。

舞蹈现已愈来愈成为人们关注的领域。类似“古典也流行”的文化现象，就充分印证了古典文化的当代生命力，也进一步展示中华传统文化的勃勃生机。未来，中国舞蹈发展进程中，需要对目前存在的舞蹈体系和语言进行系统的整合，在此基础上进行必要的总结和概括，用现代艺术的手法呈现无限趋近于古典艺术之美，使中国舞蹈的古典风格更适合现代人的审美需求，这是艺术创作中应把握的方向。中国古典舞的真正魅力就是我们民族的文化和历史的根基，只有进一步挖掘和整理一切可能的历史元素，将传统文化精粹用新时代的艺术理念呈现出来，才能获得国人更加深刻的认同和共鸣。诚然，中国古典舞在新时代发展所呈现的古典韵味，不仅仅是艺术表现的形式，而且是具有强大传播力的审美创意，更是增进新时代文化自信力的重要载体之一。

近年来，针对中国古典舞的教学体式、舞种风格等，其质疑、否定、重估价值的倾向在中国舞蹈界浪潮迭起。我想，这是一种自觉的变相，一种无终的更新。辨析中国古典舞的角度与其说为了从技术层面推及到文化属性，倒不如说是要在当代的文化语境中重新审视中国古典舞本体。身处新时代，中国古典舞进入了一个更为崭新的发展空间，在坚持民族性、舞蹈性和时代性的指导理念的同时，又面临着各种机遇和挑战，因此领悟中国传统文化其中的高见和智慧，以我们这代人的努力和创造，赓续并丰富中国古典舞的当代建设。我们应更加考虑到该怎样紧跟新时代发展、紧扣新时代主题、为当代人所接受、为当代人所稔知的舞蹈样式，在日益频繁的国际文化交流增添民族智慧的光彩，让中国古典舞在世界舞蹈中创造属于中国的舞蹈世界。

探寻艺道　服务人民
——王朝闻的文艺理论探析

李昌菊

北京林业大学艺术设计学院

在新中国成立之时，王朝闻从雕塑家转型为理论家，他深耕六十余年终以三十六卷本的丰盛著述卓立于文艺理论、文艺批评和美学等多个领域。这其中，文艺理论份额尤重，它与文艺评论和美学互融共建，形成三足鼎立之势。王朝闻的文艺理论研究运用马克思主义基本原理，结合中国文艺现实，继承发扬本土文化传统，推动了马克思主义文艺理论的中国化，为建立中国气派的文艺理论体系发挥了重要作用。本文拟对王朝闻文艺理论成果加以分析，以深入探知其文艺理论成就的独特性和内在动因。

一、“所谓独创性，在方法，也在生活”

文艺理论体系大致包括文艺的本质、文艺的发生和发展、文艺创作、文艺作品、文艺种类、文艺欣赏、文艺批评、艺术教育和不同艺术的表现语言、手法和特征等，王朝闻的文艺理论研究几乎涉及以上所有方面，其中以艺术创作、艺术欣赏和艺术审美特征最为突出。

艺术创作规律是王朝闻文艺理论最初的研究对象，它们以一系列书信写作方式面世，发表后广受社会好评，包括当时国家领导毛泽东主席的称赞。这得益于长期的学术准备，王朝闻虽主攻雕塑创作，但一直重视学习理论知识。20 世纪 30 年代，他曾反复研读曾觉之译的《罗丹美术论》，以及鲁迅译的《苦闷的象征》《出了象牙之塔》和《近代美术史潮论》等著作。20 世纪 40 年代初期在延安，王朝闻认真学习了毛泽东的著作如《实践论》《矛盾论》以及整风文献。1945 年 11 月，王朝闻进入华北联合大学艺术学院任美术教员，教授素描和创作，其间他集中阅读了不少中国传统画论和文论。不同时期对中外理论著述的研读，无疑开拓了王朝闻的学术视野，提高了其理论素养。

从创作走向理论，并非王朝闻预定的设想，而源于一些特殊机缘。1947 年 2 月，时任华北联大美术系主任的江丰要王朝闻编写美术创作方法的讲义，王朝闻极为重视，他结合群众审美需要深入浅出地讲解艺术创作规律。这些先行的理论研究与教学实践，加之 1937 年离开杭州艺专投身抗日救亡运动十余年间广泛的雕塑、木刻、连环画、壁画、漫画创作经验，为其第一本文艺著作奠定了实践与理论的基础。

1949 年 2 月，北平解放后不久，江丰又嘱王朝闻多支持《进步美术》，半年间，王朝闻 52 篇关于美术创作的文章以“致友人书”的形式发表在天津《进步日报》副刊《进步美术》上，后合为《新艺术创作论》出版，探讨主题包括：艺术创作与生活经验、艺术创作与题材、主题、艺术与政治、艺术形象塑造、美术创作方法（繁简、夸张、比拟、对比与照应)、典型形象、艺术性、形式感、多样统一、变化与和谐、含蓄、矛盾、继承与创新、风格的共性与个性等，以及当时艺术创作中的共性问题：概念化、公式主义、自然主义等，可谓极为广泛，涉及创作实践的方方面面。“书中的一篇篇短文，多角度地阐述生活、思想和艺术特征在艺术创作中的作用。”[1] 对于艺术来源于生活、典型化、继承与创造等马克思主义文艺理论观点，王朝闻没有生搬硬套，而是采用活泼亲切的文风，通过创造性的理论阐发，使之延展到美术创作领域，成为可参照、可依循、可运用的艺术规律，对美术创作实践发挥切实的指导作用。

作为王朝闻文艺理论研究的开篇，《新艺术创作论》丰富和发展了现实主义创作理论，它既非传统绘画技法理论的延续，也非马克思文艺理论一般原理的重复，具有明显的突破与创新色彩。认可和赞誉声中的王朝闻并未止步，自1950年出版第一本理论集后，《新艺术论集》(1952年)、《面向生活》(1954年)和《论艺术的技巧》(1955年)接连问世。作者一方面深入探讨创作规律与技巧，一方面扩展研究对象，不仅美术样式，其他艺术门类如戏曲、戏剧、电影创作也一一论及。前者如《论艺术的技巧》《创造性的构思》《艺术的概括》《主题与题材》，后者如《透与隔——谈戏剧怎样表达思想》《班门弄斧》等。

在艺术创作规律方面，艺术与生活、思想性与艺术性等是王朝闻最关注的主题。第一本《新艺术创作论》“就是企图解决如何深刻地生动地反映生活并教育群众的问题”[2]。“著者认为艺术创作最基本的因素，是生活、

[1] 简平:《王朝闻传》，银川：宁夏人民出版社2009年版，第88页。

[2] 王朝闻:《初版自序》，载简平编《王朝闻集》(第1卷)，石家庄：河北教育出版社1998年版，第3页。

思想和创作技巧这三者的统一。”[1] 该书开篇即关于艺术创作与生活的系列文章，而后探讨创作技巧、思想性等。对于三者王朝闻有许多精辟论述，他指出独创与生活的关系，“所谓独创性，在方法，也在生活。……任何富有创造力和说服力的形象，都有赖于作者韧性地不怕艰苦地从生活实际中去探求”[2]；他强调“为了创造具有高度思想性和艺术性的作品，美术家必须深入群众生活和深刻理解生活”[3]。不过，艺术不是抄录自然，他反对不加选择地对待生活现象，指出应概括形象，以艺术形式去表现，也即艺术性，“艺术性是把深刻认识生活的结果，给予巧妙的处理”[4]，他总是将生活、思想性、艺术性联系起来加以观审，“艺术和政治、思想和创作方法以及表现技法是一种辩证的关系。我们十分看重艺术性，是为了更充分更真实更有说服力地反映生活，表达作者的思想感情”[5]。思想性与艺术性不是对立的，而是密不可分：“对于现实反映地真实不真实、典型不典型、概括性强不强，是一篇作品的艺术性问题，但同时也就是思想性问题。”[6] 他

[1] 简平：《卷首语》，载简平编《王朝闻集》（第1卷），石家庄：河北教育出版社1998年版，第1页。

[2] 王朝闻：《想像、创造与生活经验》，载简平编《王朝闻集》（第1卷），石家庄：河北教育出版社1998年版，第9页。

[3] 王朝闻：《再论生活经验与创造》，载简平编《王朝闻集》（第1卷），石家庄：河北教育出版社1998年版，第15页。

[4] 王朝闻：《艺术性及其他》，载简平编《王朝闻集》（第1卷），石家庄：河北教育出版社1998年版，第81页。

[5] 王朝闻：《端正我们的创作态度与提高创作的思想、艺术水平——中央美术学院同学红五月创作运动总结报告（第二部分）》，载简平编《王朝闻集》（第1卷），石家庄：河北教育出版社1998年版，第295页。

[6] 王朝闻：《文学作品的思想性和艺术性》，载简平编《王朝闻集》（第5卷），石家庄：河北教育出版社1998年版，第7页。

道出生活与技巧的关系“对于生活的感受与理解，是决定作品内容好坏的重要条件，也是发展技巧的重要条件”[1]。

《新艺术创作论》是一个突破性的开端，但并非全部，它与后续著述共同构成更为完善丰富的文艺理论整体，其创作理论特色主要体现在：一、结合艺术创作现实，将马克思主义文艺原理延展到具体门类艺术尤其美术创作中。若说此前马克思主义文艺原理更多体现为一般性或总体指导原则，在文学理论中转化较多，少见于其他艺术理论，王朝闻则将之引入不同艺术（尤其美术）领域，创造性地实践两者的对接。作者既考察美术创作的一般规律，也探讨具体门类如宣传画、年画的特殊创作规律[2]，更逐步涉及戏曲、舞蹈等，从而总结出艺术创作的一般性与特殊性规律，为马克思主义文艺理论中国化开拓出艺术分支理论。二、艺术创作论扩充和丰富了马克思主义文艺理论，将后者精细化、深化和具体化，为新中国文艺体系建构了本土特色的艺术创作理论，如《矛盾的魅力》《接近高潮》将马克思主义哲学中的矛盾论观点引入艺术创作表现方法加以阐发，如《艺术性及其他》在坚持政治性的同时始终强调艺术性的重要，如《论传神》《含蓄与含糊》将传统推崇的传神论、含蓄观引入形象塑造和内容表现等，如对具体创作技巧包括比拟、夸张、对比、表情、姿态、背景等的探讨[3]，如《谈尚小云歌舞剧〈墨黛〉的结构》《歌舞剧的布景及其他》等对戏曲

---

[1] 王朝闻：《面向生活》，载简平编《王朝闻集》（第 2 卷），石家庄：河北教育出版社 1998 年版，第 87 页。

[2] 如《想像、创造与生活经验》《题材与主题》《再论形象》《再论典型》《美术的特殊性》《宣传画与政策》《年画的装饰性与现实性》《祖国遗产不容轻视》等，均载简平编《王朝闻集》（第 1 卷），石家庄：河北教育出版社 1998 年版。

[3] 如《夸张与思想》《比拟与造型艺术》《姿态的倾向》《表情的现实根据》等，均载简平编《王朝闻集》（第 1 卷），石家庄：河北教育出版社 1998 年版。

创作规律的探讨，这些艺术创作观点与见解，加强了马克思文艺理论与新中国创作现实的联系，率先从文艺理论方面承接了一个全新时代的到来，发前人之未发，为新中国文艺理论开启新声。

二、“欣赏，再创造”

1957年，王朝闻的研究重点从艺术创作转向艺术欣赏及两者关系，这既是理论家个体学术上的创新，也意味中外文艺理论研究疆域的拓展和突破。此前，在新中国成立后五年间，王朝闻的文艺理论主要聚焦于艺术与生活、艺术性与思想性等艺术创作规律问题。随着艺术欣赏理论的提出，一个新的文艺理论专题领域被打开了。

欣赏再创造，标举了一种原创性文艺理论观点的提出，此前并未见于中外文艺理论，其研究价值意义非同寻常。它非凭空出现，而是理论家前期反复思考艺术相关问题的逻辑结果。该观点最先见于《再谈齐白石的画》（1957年），该文指出：“齐白石的国画，和不化装的说书、相声、耍龙灯都不一样，可是却都一样突出了对象的值得突出的特征，刺激和诱导观众进行‘再创造’的心理活动……以有限的东西表现了不受这有限的东西所限制的东西，这是不只有技术而且有技巧的艺术家，对生活有独特感受的结果。”[1] 生活是艺术的源泉，但艺术不必完整再现一切，若如此，“不

[1] 王朝闻：《再谈齐白石的画》，载简平编《王朝闻集》（第3卷），石家庄：河北教育出版社1998年版，第73页。

能诱导欣赏者进一步认识生活，观众似乎没有多大必要欣赏艺术”[1]。正是基于对艺术如何反映生活，艺术如何为人民服务等文艺理论命题的思考，王朝闻有了重大理论发现。

所谓欣赏再创造，是指欣赏者介入了创造。王朝闻曾生动地表述：“人们当然不能和去世的齐白石一道作画，可是他在取材、构图、用笔、题字以至盖章等一系列的措施中，都能够启发欣赏者相应的脑力活动，使本来没有出现在这画上的事物，无形的‘出现’在眼前，欣赏者也似乎成了艺术的创造者。”[2] 至此，欣赏者不再消隐和隔绝在创作活动之外，而从创作幕后走向了前台，他们不复是长期被忽略的无足轻重的群体，或单纯的受动者、承接者，而是潜在或显在的参与创造。

在《欣赏，“再创造”》中，王朝闻结合多种艺术类型如说唱、绘画、文学、电影和戏剧作品继续探讨欣赏的创造特性：“艺术欣赏的特点，其实不过是借有限的但也是有力的诱导物，让欣赏者利用他们的那些和特定艺术形象有联系的生活经验，发挥想象，接受以至‘丰富’或‘提炼’着既成的艺术形象。无形的音乐是给人听的，可是听音乐的人能够觉得看见了其实不在眼前的什么，有形的绘画是给人看的，可是，例如画出了汹涌的水势的马远的《水图》，能够使人觉得仿佛听见了什么。我一时找不到适当的词句来说明这种精神活动，姑且把它叫做‘再创造’吧。”[3]

[1] 王朝闻：《再谈齐白石的画》，载简平编《王朝闻集》（第3卷），石家庄：河北教育出版社1998年版，第74页。

[2] 王朝闻：《再谈齐白石的画》，载简平编《王朝闻集》（第3卷），石家庄：河北教育出版社1998年版，第76页。

[3] 王朝闻：《欣赏，“再创造”》，载简平编《王朝闻集》（第3卷），石家庄：河北教育出版社1998年版，第99页。

欣赏再创造意味着欣赏是创作的一部分，两者关系不是截然分开而是紧密联系。在《宽与不宽》中，王朝闻指出："艺术创作完成的时候，也就是欣赏者的思索开始的时候。"[1] 在《一以当十》中，他强调艺术在反映生活时应联系欣赏者的需要和影响。"艺术家的本领之一，在于适应广大欣赏者的生活经验，情绪记忆，欣赏要求、习惯、理想和愿望，塑造出容易了解，同时又能够唤起相应的'再创造'和'再评价'的心理活动的形象，让人们获得审美享受，受到健康的思想感情的影响。"[2] 王朝闻始终以辩证、发展的观点阐发艺术创作与欣赏的相互作用，如"创作是欣赏的对象，没有欣赏就没有创作。欣赏的需要推动了创作，同时创作又创造着欣赏的需要。提高了的创作提高欣赏水平，提高了的欣赏水平又反过来促进创作水平的提高"[3]。

《喜闻乐见——纪念毛泽东同志〈在延安文艺座谈会上的讲话〉发表二十年》堪称探讨两者关系的阶段性代表作。该文为纪念毛泽东《在延安文艺座谈会上的讲话》发表20年而作，是刊登在1962年5月23日《人民日报》上的一篇重量级专论。正如简平（王朝闻夫人）所言："《喜闻乐见》这篇长达4万字的文章，可以说集王朝闻自新中国成立以来文艺理论研究之大成。文章采用辩证方法对文艺的社会作用以及创作与欣赏的关系进行分析，既结合了《在延安文艺座谈会上的讲话》的精神，又进行了理

[1] 王朝闻：《宽与不宽》，载简平编《王朝闻集》（第3卷），石家庄：河北教育出版社1998年版，第143页。

[2] 王朝闻：《一以当十》，载简平编《王朝闻集》（第3卷），石家庄：河北教育出版社1998年版，第285页。

[3] 王朝闻：《适应为了征服》，载简平编《王朝闻集》（第3卷），石家庄：河北教育出版社1998年版，第329页。

论探讨，而且充实着大量的具体例证。”[1] 笔者以为，《喜闻乐见——纪念毛泽东同志〈在延安文艺座谈会上的讲话〉发表二十年》不仅继承和发扬了《在延安文艺座谈会上的讲话》的观点，强调和开掘了艺术与生活、思想性和艺术性的主题，还深入探讨了艺术欣赏的规律，尤其心理活动机制。文中指出，“欣赏活动也是一种认识活动”[2]，这种对作品所反映的生活的认识，包括了感觉、体验、想象、理解、判断、评价等精神活动，它们相互联系相互作用，并共同作用于欣赏活动的认识作用。如此一来，欣赏的内部心理活动的层次、结构以及相互联动关系便得到更深入的揭示，欣赏活动的感性与理性并存的思维特征得到辨析确认。该文既是对王朝闻十多年文艺理论研究的总结和集大成，更是对欣赏专题的深度阐述和研究推进。

此后，王朝闻不断表达新见，深化对两者关系的理解。尤其在 1980 年 12 月 27 日面对高校教师美学进修班的讲话中，他将欣赏与创造视为不同形式的审美活动，两者具有相互作用、相互创造的辩证关系。王朝闻认为，“关于理解欣赏与创作主体与客体的同一性，马克思在《〈政治经济学批判〉导言》中论生产与消费的关系，给我们提供了指导思想。……马克思说：‘生产直接是消费，消费直接是生产，每一方直接是它的对方。’艺术创作与艺术欣赏，也是互相创造，即你中有我，我中有你的关系”[3]。作者指出，“关于创作和欣赏的关系，也像生产和消费的关系那样，双方之

[1] 王朝闻：《端正我们的创作态度与提高创作的思想、艺术水平——中央美术学院同学红五月创作运动总结报告（第二部分）》，载简平编《王朝闻集》（第 1 卷），石家庄：河北教育出版社 1998 年版，第 295 页。

[2] 王朝闻：《喜闻乐见——纪念毛泽东同志〈在延安文艺座谈会上的讲话〉发表二十年》，载简平编《王朝闻集》（第 4 卷），石家庄：河北教育出版社 1998 年版，第 321 页。

[3] 王朝闻：《知音——谈艺术的创作与欣赏》，载简平编《王朝闻集》（第 9 卷），石家庄：河北教育出版社 1998 年版，第 178 页。

间是互相成为对象的，也就是在互相创造着的。如果没有创作也就没有欣赏，如果没有欣赏也就没有创作”[1]。“创作与欣赏的关系一旦成立，双方都要作用于对方，并且互相创造。”[2]

对艺术欣赏与艺术创作关系的探讨，无疑是王朝闻文艺理论中最具新意与价值的部分。该观点将艺术欣赏视为整个艺术创作过程的组成部分和重要环节，使欣赏者获得前所未有的重视，大大提升了其在文艺理论体系中的主体地位。其后，接受美学在20世纪60年代末的德国兴起，也已晚于王朝闻提出十多年。可见，王朝闻这一原创性学术思想，既拓展了研究对象，也拓宽了文艺理论研究的维度和空间。自此，关于艺术的本质、功能等文艺理论问题，便可在艺术创作者、艺术作品和欣赏者的联系和相互作用中得以动态考察。这不仅是本土的全新成果，更领先于国际，其推进文艺理论研究的开创性学术价值不言而喻。因种种原因，王朝闻的欣赏再创造理论未及西方接受美学那样广为人知，但其理论价值并不因此而逊色或减少。如今，这一学术成果已充分体现在文艺理论与美学理论领域，它或是研究专题或是理论体系的重要组成部分。

三、“这种艺术的特点是什么？”

除艺术创造、艺术欣赏以及两者关系，在王朝闻卷帙浩繁的文艺理论著述中，有很大一部分探究艺术特征和规律。不同艺术门类与同种艺术不

---

[1] 王朝闻：《知音——谈艺术的创作与欣赏》，载简平编《王朝闻集》（第9卷），石家庄：河北教育出版社1998年版，第175页。

[2] 王朝闻：《知音——谈艺术的创作与欣赏》，载简平编《王朝闻集》（第9卷），石家庄：河北教育出版社1998年版，第173页。

同样式有其特殊规定性，同时相互联系，相互渗透，相互影响。研究各门艺术的差异和共性，对文艺理论意义重大。美术的特征是什么？国画、雕塑、工艺美术、摄影的特征是什么？戏曲、文学、曲艺、电影、舞蹈、美术之间有什么共性与个性？对艺术特殊与普遍规律的思考和把握，贯穿王朝闻文艺理论研究的始终。

他往往通过深入细致的专题研究揭示对不同艺术的特性，如在《门外谈舞》这篇长文中，王朝闻不仅谈到舞蹈与雕塑、绘画、建筑、书法的联系，指出“动与静的关系是舞蹈艺术的重要特征”[1]。他说“戏曲和评书等与其他艺术一样，包含着许多有待我们去发掘和整理的规律性的知识”[2]。他分析昆曲：“从形式上讲，我觉得昆剧有两个最重要的因素：一个是唱，一个是舞。”[3]他敏于新艺术如舞台艺术纪录片：“作为一种特殊的艺术品种，作为一种特殊的艺术体裁，给舞台纪录片冠上了‘艺术’二字的原因，是指一般艺术还是指服从记录任务的特殊艺术？这种艺术的特点是什么？是不是一般的电影艺术与戏曲艺术的相加（拼合）？”[4]

在探求艺术特殊规律过程中，王朝闻对本土戏曲和曲艺倾注了极大热

---

[1] 王朝闻：《门外谈舞》，载简平编《王朝闻集》（第9卷），石家庄：河北教育出版社1998年版，第439页。

[2] 王朝闻：《生活不就是艺术——记面娃娃谈川剧〈打红台〉的表演心得》，载简平编《王朝闻集》（第1卷），石家庄：河北教育出版社1998年版，第428页。

[3] 王朝闻：《昆剧琐谈》，载简平编《王朝闻集》（第12卷），石家庄：河北教育出版社1998年版，第94页。

[4] 王朝闻：《戏剧——电影——戏剧》，载简平编《王朝闻集》（第5卷），石家庄：河北教育出版社1998年版，第110页。

情[1]。他关注戏曲的继承与发展，“很多旧戏的人物、情节、化装、舞蹈、唱白、伴奏都取得了教育性与娱乐性的统一，装饰性与现实性的统一，主题的明确性与形象的丰富性统一，自然、合理、巧妙的变化与和谐，一切对照、照应、明确、暗示等等技巧的适当运用，可以供我们参考的东西很多”[2]。他批评违背戏剧规律：“更不像某些违反戏剧规律，缺少冲突、平铺直叙、借舞台讲材料以至将道理的‘剧本’。”[3]他认为表演既是创造，又是评价，在塑造角色时，“不能光凭感性与感情，总得也有理性与理智活动”[4]，他比较不同剧种“从唱词来讲，与京剧的唱词比，好像昆曲要高雅得多。或者说，文学因素的表现力要高得多”[5]。他强调戏曲要保持曲折性、间接性和假定性，认为“无中生有、一点概面、从局部见整体，是中国戏曲艺术的重要特征”[6]。

---

[1] 如《戏剧中细节描写的一种倾向》《关于接受遗产》《谈尚小云歌舞剧〈墨黛〉的结构》《优美的喜剧——川剧〈评雪辨踪〉观后》《川剧艺术》《透与隔——谈戏剧怎样表达思想》《戏曲与观众》《班门弄斧》《“一座大山装得下”——漫谈川剧改革》《继承与创造》《虚实相生——舞台美术随想录》《达则变——看阳友鹤表演艺术散记》《川剧艺术观赏》《昆剧琐谈》等文章。

[2] 王朝闻：《关于接受遗产》，载简平编《王朝闻集》（第 1 卷），石家庄：河北教育出版社 1998 年版，第 428 页。

[3] 王朝闻：《优美的喜剧——川剧〈评雪辨踪〉观后》，载简平编《王朝闻集》（第 2 卷），石家庄：河北教育出版社 1998 年版，第 238 页。

[4] 王朝闻：《昆剧琐谈》，载简平编《王朝闻集》（第 12 卷），石家庄：河北教育出版社 1998 年版，第 75 页。

[5] 王朝闻：《昆剧琐谈》，载简平编《王朝闻集》（第 12 卷），石家庄：河北教育出版社 1998 年版，第 72 页。

[6] 王朝闻：《假定性的魅力——〈他山集〉读后》，载简平编《王朝闻集》（第 10 卷），石家庄：河北教育出版社 1998 年版，第 352 页。

我国曲艺历史悠久品种繁多，20世纪40年代末才定名，整体或专题研究较为匮乏，王朝闻对之关注颇多，典型文章如《听书漫笔》《开心的钥匙——吉剧和二人转观感》《台下寻书》《寻书偶谈》《你还保他呀——讽刺艺术谈》《我绕不过他——读扬州评话〈康文辨罪〉》等。在《听书漫笔》中，他对评弹或其他曲艺的文学因素、表演等加以探讨，强调说唱技巧对于形象的再创造具有决定性的重大意义，其表演是“在于只求形象鲜明而不求做得实在”[1]，其“塑造形象的重要长处是细致入微，惟妙惟肖”[2]。他分析“评书这样的艺术样式，顾名思义，它的特点和优点之一，是‘评’，是叙述、描写、比喻等艺术手法中的论证”[3]。他指出“唱和白作为语言艺术，判断它的艺术性的高低，要看它是不是对冲突起着推动作用”[4]。对于曲艺，王朝闻的探讨涉及创作、表演、民族性、地方性、风格、流派、传统、创新、欣赏、批评，以及曲艺本质、美学特征、审美主客体的关系等。以至于曲艺研究专家认为，在研究曲艺的文论中，“其最好、最科学和最优秀以及更加符合曲艺艺术本质规律的便是美学家王朝闻先生这方面的理论著述”[5]。

---

[1] 王朝闻：《听书漫笔》，载简平编《王朝闻集》（第4卷），石家庄：河北教育出版社1998年版，第115页。

[2] 王朝闻：《听书漫笔》，载简平编《王朝闻集》（第4卷），石家庄：河北教育出版社1998年版，第118页。

[3] 王朝闻：《等到挨耳屎》，载简平编《王朝闻集》（第7卷），石家庄：河北教育出版社1998年版，第336页。

[4] 王朝闻：《开心的钥匙——吉剧和二人转观感》，载简平编《王朝闻集》（第7卷），石家庄：河北教育出版社1998年版，第205页。

[5] 贾德臣：《为“好像一台大戏”的艺术立论——王朝闻论曲艺艺术的美学特征》，载张晓凌主编《高山仰止：王朝闻百年诞辰纪念集》，北京：文化艺术出版社2009年版，第534页。

除了不同艺术门类，王朝闻对美术的不同样式几乎均有分析，如对摄影，指出其和绘画、雕塑相似，其特点在于“如何选择适当的拍摄时机，抓住对象最富于表现力的瞬间的关系、动作、姿态和表情，是很重要的步骤”[1]。关于工艺美术，则应该注意它与其他艺术的区别，“不能不分种类地向它们提出不适当的要求。特别是日用工艺品，如果可以向它提出教育群众的要求，那么，教育的内容必须和适用、经济、美观的原则相结合”[2]。

探查不同艺术种类的本质规律，目的是为了把握艺术的总体面貌与本质规律。正如王朝闻所言：“只有了解了构成艺术整体的个别，才有可能认清艺术的整体。”[3]“如果不去研究不同的艺术门类的特殊点，也就无从真正了解它们的共通点。”[4] 在总结普遍性规律方面，王朝闻经过反复观察、分析、比较后指出：“对立统一是一切艺术的根本法则。”[5] 他处处观测这一法则在具体艺术中的体现，“不论不同艺术的具体表现形态有什么显著的差别，都不能没有正与反、直与曲种种对立统一的构成因素”[6]。“塔、桥、

[1] 王朝闻：《把握时机》，载简平编《王朝闻集》（第 3 卷），石家庄：河北教育出版社 1998 年版，第 123 页。

[2] 王朝闻：《美化生活——关于工艺美术的创作问题》，载简平编《王朝闻集》（第 4 卷），石家庄：河北教育出版社 1998 年版，第 150 页。

[3] 王朝闻：《艺术理论的新开拓》，载简平编《王朝闻集》（第 12 卷），石家庄：河北教育出版社 1998 年版，第 162 页。

[4] 王朝闻：《艺术理论的新开拓》，载简平编《王朝闻集》（第 12 卷），石家庄：河北教育出版社 1998 年版，第 161 页。

[5] 王朝闻：《门外谈舞》，载简平编《王朝闻集》（第 9 卷），石家庄：河北教育出版社 1998 年版，第 455 页。

[6] 王朝闻：《似曾相识》，载简平编《王朝闻集》（第 12 卷），石家庄：河北教育出版社 1998 年版，第 10 页。

亭、阁，一切建筑都是适用价值与审美价值的对立统一。”[1] 他认为体现在传统画论与艺术实践里的常与变、阴与阳、有与无，“是理解中国传统美学对立统一观的关键”[2]。

见树木也见森林，成为王朝闻的研究特色，他运用唯物史观，结合实践辩证地探究艺术规律，提出新颖独到的观点，其研究一方面极大地丰富了中国现代文艺理论研究范畴和对象，另一方面，开创性地建立了一种统观的理论研究视野与路径。就前者而言，本土传统文艺理论对某些艺术现象研究颇丰，但很不全面，如美术中画论、书论偏多，但对雕塑、摄影就极少甚至缺乏。20 世纪上半叶，一批学人对文艺理论开展相关研究，美术方面如鲁迅对美术本质、特征和功能，蔡元培对美术起源与美育，黄忏华对艺术本质、美术创作，丰子恺对绘画特征，林文铮对艺术本质、建筑与雕塑的特征，汪亚尘对艺术本质等均发表过理论观点，他们为中国现代文艺理论奠定了一定基础，但理论范畴尚需扩充，研究主题有待深化。王朝闻接续了这一文化命题，他结合中国实际和具体艺术门类和样式探索不同艺术特殊本质。60 余年中，他不仅研究了戏曲、舞蹈的审美特性，美术同戏剧、戏剧与电影相互区别的特殊性，还研究了美术中的雕塑、年画、漫画、宣传画、连环画、插画、速写、工艺美术等样式的特征，其涉猎之多，探讨之深入（如雕塑、评书等），远远超过前人。

就后者而言，跨越多种艺术样式寻求共性，以统观的高度与视野，通过比较、鉴别在特殊性中发掘、揭示普遍性，无疑开启了一种新的文艺理

[1] 王朝闻：《其中有物》，载简平编《王朝闻集》（第 19 卷），石家庄：河北教育出版社 1998 年版，第 421 页。

[2] 王朝闻：《无之以为用》，载简平编《王朝闻集》（第 18 卷），石家庄：河北教育出版社 1998 年版，第 421 页。

论研究路径与方法。这需要通晓多种艺术，有难度且非常必要，唯此才能更好地揭示艺术普遍规律。无论探求艺术共性，抑或解析艺术特性，均展现了王朝闻文艺理论研究的独特性。正如著名美术理论家邵大箴评价："朝闻先生在理论建设上的过人之处，正是在于他能清醒地认识文艺的特殊规律，尊重它、揭示它和宣传它。"[1]

四、"如何为人民服务是我所要探索的理论的重点"

文艺理论研究对象众多，为何王朝闻却主要着力于艺术创作、艺术特征和欣赏者（接受者）？对此，其自序或许能够提供一些线索："如果说艺术为人民服务是我一贯的信念，如何为人民服务才是我所要探索和追求的理论的重点。"[2] 可见，其理论研究与为人民服务的信念有密切关联，那么，后者影响了其研究主题么？有哪些话语表征？

众所周知，文艺为人民服务在本土明确提出，源于1942年5月23日毛泽东《在延安文艺座谈会上的讲话》，讲话指出文艺的中心问题是"一个为群众的问题和一个如何为群众的问题"。这其中，为什么人的问题，是一个根本的问题，原则的问题。讲话特别强调普通人民大众是文艺的服务对象，大大提升了其在艺术活动中的主体地位。置身讲话现场的聆听和

[1] 邵大箴：《在群众中，又在群众的前面——重读〈一以当十〉和〈喜闻乐见〉》，载张晓凌主编《高山仰止：王朝闻百年诞辰纪念集1909—2009》，北京：文化艺术出版社2009年版，第561页。

[2] 王朝闻：《自序》，载简平编《王朝闻集》（第14卷），石家庄：河北教育出版社1998年版，第505页。

学习，“使王朝闻明确了自己的文艺观。如果说，以往持有的‘艺术为人生’的信念偏于笼统模糊，那么自此之后，他的文艺观和人生观完全明确到服务于人民大众的方向”[1]。

文艺如何才能为人民大众服务成为王朝闻经年思索的对象，或说一生探求的目标。该文艺观点对王朝闻最大的影响是，他始终将群众或人民作为研究出发点去思考、探索群众与文艺的关系，在此基础上确立了艺术创作、艺术欣赏和艺术审美特征的研究主题。对于王朝闻，文艺为人民服务意味着，从文艺方面需要作品以艺术性达到教育群众的目的，从群众方面需要文艺尊重和满足其审美需求，在愉快中接受教育。两者密不可分，无论哪一方面，都对艺术创作、艺术性提出了要求，因此，艺术创作、艺术审美特性必然地成为王朝闻的研究主题。

前者在其理论中表述得极为充分，如第一本著作《新艺术创作论》便是集中解决艺术如何反映生活，以达到教育群众的目的。王朝闻从服务人民的视角，指出了当时美术创作中的多个问题，如选择题材方面，不抓住现实的本质特征，平板地表现生活，“就可能违背以艺术为群众服务的本旨”[2]，从而达不到教育群众的水平。王朝闻批评自然主义表现，“为了帮助群众理解生活，提倡描写手法的写实也是对的；但不能因此就承认无条件地抄录现象是正当的创作手法”[3]。针对年画过分强调热闹、丰富、鲜艳的倾向，指出它不应该现实性、装饰性主次不分，“不能和反映现实和教

[1] 简平：《王朝闻传》，银川：宁夏人民出版社 2009 年版，第 93 页。

[2] 王朝闻：《略论选择题材》，载简平编《王朝闻集》（第 1 卷），石家庄：河北教育出版社 1998 年版，第 28 页。

[3] 王朝闻：《自然主义不容庇护》，载简平编《王朝闻集》（第 1 卷），石家庄：河北教育出版社 1998 年版，第 69 页。

育群众的基本任务游离”[1]。在他眼里，“所谓高度的技巧，应该是能够正确地深刻地生动地报答人民大众的思想感情，表现现实生活并使作品受群众欢迎，发生教育鼓舞作用的能力”[2]。在《新艺术创作论》文集的收官之作《向群众学习》中，王朝闻结合自己在延安创作年画的经验，再次强调人民群众的重要性，指出艺术应该站在群众立场，适应群众需要，学习群众意见，“不断提高作品的内容和创作方法、创作技巧，才能创造人民大众喜爱的艺术品”[3]。如何才能达到好的服务效果？他认为艺术性非常重要，“为群众喜闻乐见的文艺作品，必须具备有文艺审美的特性的东西”[4]，这是文艺为人民服务的根本问题。他强调喜剧的教育作用“是通过魅人的真实的艺术形象而体现出来的……而不是借人物的嘴巴枯燥乏味地喊出来的”[5]。

有别于本土传统文论和《讲话》之前的文艺理论，王朝闻认为，将群众作为出发点意味着必须尊重群众需求，充分考虑文艺作品对欣赏者的影响，努力提高艺术性，“那些好像很为观众着想、其实很不了解观众要求

[1] 王朝闻：《年画的装饰性与现实性》，载简平编《王朝闻集》（第 1 卷），石家庄：河北教育出版社 1998 年版，第 95 页。

[2] 王朝闻：《祖国遗产不容忽视》，载简平编《王朝闻集》（第 1 卷），石家庄：河北教育出版社 1998 年版，第 251 页。

[3] 王朝闻：《向群众学习》，载简平编《王朝闻集》（第 1 卷），石家庄：河北教育出版社 1998 年版，第 262 页。

[4] 王朝闻：《喜闻乐见——纪念毛泽东同志〈在延安文艺座谈会上的讲话〉发表二十周年》，载简平编《王朝闻集》（第 4 卷），石家庄：河北教育出版社 1998 年版，第 314 页。

[5] 王朝闻：《优美的戏剧——川剧〈评雪辨踪〉观后》，载简平编《王朝闻集》（第 2 卷），石家庄：河北教育出版社 1998 年版，第 234 页。

的夸张法，是夸张的浪费”[1]。关于创作风格，“丧失了创作个性，也丧失了群众对他的需要，不能适应各种不同的欣赏需求”[2]。关于中国画改革，不是抛弃传统，向西洋画看齐，“不要忽略创作是给中国人民大众看的”[3]，他谈工艺美术，“它不仅必须符合群众的审美需要，而且必须相应地表现群众的审美经验和趣味”[4]。

总之，“文学艺术创作，归根结底是为了满足人民的审美需要”。不过，“艺术适应群众是有原则的，不能一味地去迁就他，讨好他”[5]。与此同时，文艺适应了群众的需要，也为其创造了新的需要，这推动创作的提高，“作品和欣赏者就在这一关系中不断得到提高”[6]。因深知艺术性的重要，王朝闻特别注意研究不同艺术的审美特征，“为了发挥不同艺术种类的特长，也有必要研究各种艺术在差别中的联系。如果不了解评书为什么以语言艺术作为它的基本特征，让评书向戏曲看齐，结果难免丧失评书艺术固有的特性，岂不意味着取消这门艺术的独特性和独立性？正

[1] 王朝闻：《夸张与思想》，载简平编《王朝闻集》（第1卷），石家庄：河北教育出版社1998年版，第107页。

[2] 王朝闻：《风格的改变》，载简平编《王朝闻集》（第1卷），石家庄：河北教育出版社1998年版，第247页。

[3] 王朝闻：《祖国遗产不容忽视》，载简平编《王朝闻集》（第1卷），石家庄：河北教育出版社1998年版，第251页。

[4] 王朝闻：《美化生活》，载简平编《王朝闻集》（第4卷），石家庄：河北教育出版社1998年版，第154页。

[5] 王朝闻：《隔而不隔》，载简平编《王朝闻集》（第5卷），石家庄：河北教育出版社1998年版，第161页。

[6] 王朝闻：《喜闻乐见——纪念毛泽东同志〈在延安文艺座谈会上的讲话〉发表二十周年》，载简平编《王朝闻集》（第4卷），石家庄：河北教育出版社1998年版，第313页。

是为了适应人们审美需要的多样性，艺术理论必须论证某一艺术种类的特长和局限性”[1]。

到此，若将满足群众审美需求视为为人民服务的起点，将教育群众发挥社会效应视为其终点，两级的问题与解决方法已十分明朗。但中间环节即文艺如何通过欣赏活动发挥教育作用，却尚待探讨。以往的中外文艺理论更多关注创作和艺术本身，对欣赏活动少有论及。以群众为视点的王朝闻认识到，“为了联系群众和教育群众，文艺创作必须适应欣赏规律”[2]。观众之所以受到艺术的感动，是观众和艺术家通力合作的结果。“只有通过欣赏，艺术才有可能实现它的社会功能。”[3] 以此推理，研究欣赏的规律非常必要。他开始追问思考，“文学艺术怎样实现它那为人民服务的崇高使命？文学艺术凭什么可能发挥它的社会作用？对待这些问题，不只应当研究文艺作品自身的特殊形态，还必须结合文艺欣赏的过程和效果的特点来考察”[4]。最初感悟到欣赏的特殊价值，是通过分析齐白石的作品。王朝闻发现画家十分懂得欣赏者的兴趣和接受能力，其绘画往往以概括的艺术形象予人想象空间，能够找到“让欣赏者自己去发现，去补充，”[5] 如此一来，

[1] 王朝闻：《艺术理论的新开拓》，载简平编《王朝闻集》（第 12 卷），石家庄：河北教育出版社 1998 年版，第 163 页。

[2] 王朝闻：《喜闻乐见——纪念毛泽东同志〈在延安文艺座谈会上的讲话〉发表二十周年》，载简平编《王朝闻集》（第 4 卷），石家庄：河北教育出版社 1998 年版，第 319 页。

[3] 王朝闻：《隔而不隔》，载简平编《王朝闻集》（第 5 卷），石家庄：河北教育出版社 1998 年版，第 156 页。

[4] 王朝闻：《隔而不隔》，载简平编《王朝闻集》（第 5 卷），石家庄：河北教育出版社 1998 年版，第 155 页。

[5] 王朝闻：《再读齐白石的画》，载简平编《王朝闻集》（第 3 卷），石家庄：河北教育出版社 1998 年版，第 77 页。

欣赏者似乎成了艺术家的创造者与合作者。

经由解读作品，王朝闻开启了一个全新研究专题——艺术欣赏理论，并很快将其作为重点研究对象，理论家本人并未意识到，他开辟了领先于世界的研究，会取得前所未有的理论成果。他只是凭借一种使命感将研究继续延伸至创作与欣赏的关系。“研究工作的任务之一，在于研究形成艺术特性的社会原因，即艺术欣赏怎样历史地反作用于艺术创作，从而加强艺术家怎样为人民服务的自觉和自信。”[1] 在这个领域里，他孜孜以求并收获丰硕成果。对于欣赏者这一主体，王朝闻不仅论证了其在艺术活动中发挥的重要作用，更探讨了其在欣赏过程中的心理结构层次，如审美经验、期待、趣味、能力、理想和审美愉悦等，他揭示了欣赏活动的本质，认为它是一种包含感觉、体验、想象、评价等的认识活动。如前所言，中外传统或近代文艺理论大多重视艺术创作、艺术家和作品研究，极少关注欣赏者，或仅将其视为被动的接受者。王朝闻发现并揭示了欣赏者的主观创造性，确认了其在艺术创作中的主体价值，挖掘了其对于整个艺术活动的价值和意义。王朝闻的欣赏理论无疑是极具创新色彩的重要成果，贡献与价值是空前的。可以说，他不仅研究和解决了艺术如何为人民服务的问题，还解决了艺术为什么可以为人民服务的重大理论问题，他深刻揭示了欣赏与创造的艺术规律，做出了超越前人的理论贡献，不仅推进和发展了马克思主义文艺理论，更丰富了中国乃至世界的文艺理论。

---

[1] 王朝闻：《艺术理论的新开拓》，载简平编《王朝闻集》（第 4 卷），石家庄：河北教育出版社 1998 年版，第 167 页。

结 语

为人民服务，赋予王朝闻新的文艺研究视角，从而生发出不同以往的创新理论成果。王朝闻坚持认为理论是创造性的，不要盲目崇拜西方。“很好的研究理论，不是别人的事情，是我们自己的事情。”[1] 他从为人民服务出发，运用马列主义、毛泽东思想的观点研究文艺问题，针对新中国成立以来的文艺发展状况，提出了许多正确的指导性的见解。他将多样艺术现象作为自己的研究对象，从具体到抽象，从个别到一般，从微观到宏观，由此及彼观审比较，阐述揭示艺术创作、艺术欣赏、艺术本体的规律。他运用唯物辩证法，承接本土传统文艺理论，发展出独树一帜的中国化马克思主义文艺理论。可以说，王朝闻的文艺理论研究，携带着独特的语言与思想魅力，既是新中国成立以来我国艺术实践的经验总结，也是马列主义、毛泽东思想一般原理在艺术理论上的创造性运用，其理论成果为中国艺术理论乃至艺术学理论奠定了重要的学科基础。时至今日，其着力探究的艺术创作、艺术欣赏、艺术本体依然是艺术理论研究的重要对象，其艺术理论联系现实、指导创作、直面问题、强调功能的实践方式是当下理论研究的重要参照，其尊重艺术规律、提倡理论创新、推崇建立本土艺术理论的态度与信念是艺术理论发展需要坚持的方向，由此可见，王朝闻的文艺理论研究不仅深刻影响新中国成立以来的文艺理论建设与文艺创作，也必将对未来的文艺理论研究发挥持续而深远的学术影响。

[1] 王朝闻:《艺术的个性与民族性——在 1982 年 8 月延边文联召开的座谈会上的讲话》，载简平编《王朝闻集》（第 10 卷），石家庄：河北教育出版社 1998 年版，第 540 页。

语言与生存之间的张力

——以贵州三位女作家艺术语言为例

李　晶

贵州省文联

一、杨打铁：一种诗话与片段叙事

在贵州文坛，杨打铁无疑是一道独特的风景线。要走进杨打铁的世界，领略她的艺术风景，我们必须先排空先入为主的阅读经验，搁置固有的传统小说观念。排空的目的不是为了不顾一切，而是为了更好地获得杨打铁文本中的创作信息，搁置固有观念，也是为了更好地理解与传统叙事不同的杨打铁的叙事风格。杨打铁一直以来给人一种追求诗意写作生涯的状态，她的作品并不多，但她的影响却并不小。有人认为杨打铁是当下贵州文学不可忽略的一个符号。自 1989 年以来，杨打铁发表了《远望博格达》《无人落水》《全家光荣》等为她带来声誉的作品。但似乎是必须经受时间的磨琢，她的小说创作到了20世纪末期才真正实现质变。从《铁皮屋顶》开始，到《碎麦草》《老狼来了》《黄菊》《桑塔·露琪亚》等，从语言到架构，从字词到句段，从貌似平实简单的凝重到偶尔间禁不住的神思的小小飞翔，她的作品中展现出坚定的风格，挣脱出技巧与审美的陷囿，进入对存在的诗性沉思。

在杨打铁看来，精神具有无限的层次，每个人物都是各自精神层面的代表。杨打铁笔下的人物构建总是遵循着一种逻辑理性的原始之力。她的小说总是充满诗性的美感，是由高度的哲理性与浓缩的诗性深度化合而成的。在这种诗化叙事中，作者总是用一种奇异的叙事将内心最隐秘的东西展现给读者，并带领读者一起进入一种新奇的体验。《远望博格达》《无人落水》《全家光荣》的丰富紧凑，《雨中序曲》《他们在阳台上》《桑塔·露琪亚》的富于张力和弹性，《铁皮屋顶》《黄菊》《碎麦草》的张弛自如、空灵明净。杨打铁用一种突围的方式在做一场冒险之旅，在“诗”与“思”的寻找中，获得艺术走向成功的必要途径。从杨打铁作品的文本分析来看，她的小说叙事并不指向社会学、历史学的层面，而更多的是其艺术观念在文本内部的延伸。这种特殊的小说叙事模式，并不是借助符号化人物对自己的创作观念进行解读，而是作家本人对艺术生存本质的深层次探究。以作品数量而言，尽管写作已有多年，她的作品却不是很多，原因之一就是她竭力追求一种完善的叙事。贵州评论家王黔在《〈碎麦草〉序》一文中引用过的弗吉尼亚·伍尔芙那句话：“一个作家灵魂的每一种秘密，他生命中的每次体验，他精神的每一种品质，都赫然大写在他的著作里。”[1] 王黔认为，这句话用在杨打铁身上是“如此适宜”。在如今五光十色

[1] 转引自杨打铁《碎麦草》，贵阳：贵州人民出版社2004年版，第2页。

的当代文坛，如此的突围的确让人有一种另类的感触。

每一个场景每一个主人公都只是生活中的一个片段，没有故事发展的脉络，没有背景中的历史必然，就在每一个人的生活中截取一个片段，然后叙述。这种叙述方式与很多男性作家逻辑性思维的思考方式有很大不同，与许多女性作家也不同。有人会说，是不是因为杨打铁写的都是短篇，所以呈现出这种片段式的叙述方式。即使是短篇，常规来讲，作家们都会在这个短篇中描写一个完整的故事，交代清楚故事的背景，或者没有背景只有故事，但故事仍然是具有完整性的。但杨打铁的叙述方式完全不顾及故事、情节、章法，就将众人生活中的片段一下拿来，写哪算哪。用片段式的书写证明生命的无常，人生的无奈虚无、无意义。这种写作方式有一点马原元小说叙事的意思，但又比元小说叙事多了一些女性对世界的感知方式。马原的元小说叙事，故事的凌乱和琐碎只是为了结构服务，但最终仍然是要通过结构的安排呈现一种他想获得的对写作方式的新思考，也就是在无序中建立另一种秩序。而杨打铁的片段式叙述方式，则是为了呈现人生的真实状态，任何人的一生不都是被无数片段堆积而成的吗，这些生活场景中的意义要如何获得，我们为什么不能正视这种片段式的生活和生存方式。

文中多次描写到“飞”的意境。《铁皮屋顶》中，出现了蝙蝠、老虎长翅膀、老鼠长翅膀、白蝴蝶等能飞的意象，而文中也多次提到“做梦就会飞”，“人忘不掉从前长着一对大翅膀，所以要做梦飞起来”。[1]《碎麦草》中，李小丽带着傻弟弟逛街时，“她紧紧地抓住他的手，突然想和他一起轻飘飘地飞起来。……走着走着他们又飞起来，飞在一片鱼鳞一样发亮

---

[1] 杨打铁：《碎麦草》，贵阳：贵州人民出版社2004年版，第8页。

的灰瓦屋顶的上空，找寻一座铺了一地碎麦草的小院”[1]。《短期旅行》中，“我”做梦会飞，“其实我在梦里很难痛痛快快地飞行，基本上都是处于危机四伏的境遇里，被极其恐怖的什么人或者什么东西追赶着，从未有过身轻如燕的快感”[2]。我不能自在飞翔是因为世俗的各种牵绊，而我又是一个不按常理出牌的人。这种多次出现的飞翔意象，是一种不愿意与世俗同流合污的挣脱，因为世界上“我想只有傻瓜才会这样，他老想抓住这个世界不可能让他抓得住的任何东西。其实你唯一能做的是，回过头找一找自己，别让他老是毫无长进地奔跑下去”。“你会觉得连自己也毫无价值，甚至一切存在都无真实可言。”[3]

“美国女作家埃伦·莫里斯在《文学妇女》中详细讨论了妇女文学中鸟的意象对于妇女的特殊意义。她说：‘在所有的动物中，唯有鸟能飞向蓝天——可它们被装进了笼子。唯有鸟的歌喉比人的更动听——可它们遭到忽视、被压制。’她认为笼鸟这一比喻与女性的生活有内在的联系，从玛丽·沃尔顿利克弗特的《玛利亚》，到夏绿蒂·勃朗特的《简爱》，再到白朗宁夫人的《奥萝拉·莉》，一代一代的女作家们用它们特有的象征——笼中鸟，比拟女性不自由、遭压抑的生活。”[4]

奥斯特洛夫斯基《大雷雨》中备受凌辱的劳动妇女卡杰琳娜盼望像鸟儿一样自由飞翔：“人为什么不会飞？”张爱玲笔下，妇女甚至成了绣在屏风上的一只鸟的图案：“她是绣在屏风上的鸟——抑郁的紫色缎子屏风上，

[1] 杨打铁：《碎麦草》，贵阳：贵州人民出版社 2004 年版，第 26 页。

[2] 杨打铁：《碎麦草》，贵阳：贵州人民出版社 2004 年版，第 34 页。

[3] 杨打铁：《碎麦草》，贵阳：贵州人民出版社 2004 年版，第 40 页。

[4] 林宋瑜：《文学妇女：角色与声音》，桂林：广西师范大学出版社 2010 年版，第 153 页。

织金云朵里的一只白鸟。年深日久了，羽毛暗了，霉了，给虫蛀了，死也还是死在屏风上。”（《茉莉香片》）白微在《炸弹与征鸟》中，将未婚姑娘彬比喻为“自由的飞鸟”，她渴望挣脱婚姻的枷锁，自由飞翔高空。

人类受到压抑的状态应该是与历史的变迁、政治环境的更替、人性的自由发展与否息息相关，把自己比作鸟儿，渴望展翅高飞的意象，并不会随着妇女地位的获得而逐渐消除。人类对自由的向往时刻都摆在面前，而这种不能自由飞翔的牵绊就像《短期旅行》的“我”一样，总是想逃离，却无法自由。

《碎麦草》里，李小丽的生活并没有宏大叙事中的因果关系，也没有传统叙述模式中的故事发展脉络，一切就是李小丽生活中的琐碎片段，疯子的出现、老妖婆的家庭情况、后妈刘玉凤的出轨、傻弟弟的固执，一切的发生都没有前因后果。疯子怀孕了，之后的生活如何，没有交代，老妖婆一家只是简单地介绍了一下家庭成员，至于这里面会有什么伏笔，读者尽可能自己去想象，反正杨打铁就像忽然想说一句就说了，并不为了什么故事情节服务。后妈刘玉凤出轨，李小丽纠结着要不要告诉爸爸，但最终就只是纠结着，然后不知道为什么全家就搬家了。这一切的叙述在杨打铁这里都变得很片段化，作者只是为读者呈现了一个场景，场景中的因果缘由、内在关系、情节安排都没有体现。《短期旅行》中，“我”犯了法，警察来抓“我”，而“我”打了警察逃跑了，其间，“我”为什么犯罪，交代不明，却反复提到妈妈对“我”的担心：打电话给“我”，为“我”寄来衣物，姐姐照顾“我”，“我”为姐姐出头，姐姐怀孕了，梦见蛇，这些毫无逻辑联系的片段描写，让整篇文章像是拼凑而成的。但我们别忘了，这种片段式描写的背后，隐藏着的是作者对于人生无奈的恐惧，对人生不自由的反叛，她就是要用这种自由的方式来表达自己需要的自由，不愿意受制于传统方式，也不愿意受制于各种“必须”，她就是要写出自己的所思所想，而这一点让杨打铁就这样脱颖而出了，她的写作是那么与众不同，那么“另类”，她没有给我们塑造一个可感可知的形象，她只是通过片段式的叙述方式，为我们呈现了一个自己心目中的自由世界，尽管这种自由还是有很多的束缚，但却让我们看到了一种理解，一种努力，一种不一样的世界观。

杨打铁的想象力是惊人的，故事没有情节，却生动感人，是因为所有的一切随时被想象力掀开，冲击你的神经，直达你的心灵——《铁皮屋顶》中老校长家被窝里的兔子，《短期旅行》中梦境中的蛇，《远望博格达》中玫瑰色的博格达和一去不回头的天使，《心作良田》中能吃掉鬼的憨改，《老狼来了》中打扮成妖精的女人的疯狂号叫，《槐下》想变成丑小鸭的人们。她的文字简洁，但很到位，驾驭语言的能力很强，文字在她手里很像是熟练工，信手拈来，不费功夫，显示着她优秀作家的潜质。因为她的敏感，所以她感知到了现实的脆弱，却不肯丢失梦想，一路走来真切可感。在现实生活中，她是良师更是益友，她总是将别人照顾得很好，所以许多新生代的贵州青年作家都愿意和这位大姐姐做朋友。不过近年来，她的步伐有些慵懒了，没有很劲爆的作品问世，不过这种停留也给她留下了更广阔的发展空间。如果开拓另一种叙述的可能性是她沉寂的借口，那么现在是时候可以爆发了。

二、王华：生态书写中的女性意识

跟所有的小说形式一样，“生态书写”不是凭空产生的自在之物，仍然是作家对自然的表述，对心灵的表现。说王华的书写是一种生态书写，是因为她的作品中时刻表露出工业文明发展后，对农村生态文明的破坏，这种物质上的破坏更引起了人们心灵的扭曲。作为少数民族作家，王华的写作体现了少数民族艺术的生态审美性，少数民族在大山深处的朴素自然和审美情调都是植根于土地的，生态意识渗透在他们的生活中。《傩赐》中傩赐庄不散的雾气和阴冷的环境，田里小得像老鼠般的玉米，村民们因矿难而造成的身体残缺。《桥溪庄》里深受厂矿污染之苦的村民所承受苦难折磨的悲剧命运。《天上种玉米》描写了乡村文明在城市化转型中所遭遇的尴尬，没有了生态环境的依托，从农村走向城市的人们只能选择在屋顶的空隙栽种玉米。文中描写的屋顶那一片片“生机逼人的玉米林”既透露出了乡村人的城市梦，也表达了城市人的田园梦，在作家的笔下，这两种梦获得了一种完美的融合。

不仅自然生态环境的恶劣导致了农村生活的改变，社会生态环境的恶劣更是无情地摧残着王华笔下那些曾经美丽的村庄和人们脆弱的心灵。傩赐庄存在着不符合人伦常理的“一妻多夫”的婚姻形式，这种形式的存在既有传统因素，更多的则是现实因素——贫困的现实。娶不起妻子的三兄弟就用了这种娶一个媳妇过一妻多夫的办法，将外乡女秋秋娶进了家。不知情的秋秋得知实情后，拼命挣扎，不惜付出生命，只为求得正常的一夫一妻的身份和生活。《傩赐》都属于“三农”题材的作品。有评论家评论《傩赐》时说：“作家以人文精神关怀走进农村农民的生态现实，作品以敏锐的触觉直抵社会底层，深刻揭示并敏锐把握、理解现实生活，字里行间，处处体现出作者对当代农民和农村的关怀和关注。近些年来，我国写农村题材的作家显得少了些，除了陈忠实、刘庆邦等人还在苦苦经营这一块以外，就是少数的曾经做过知青的作家了。像王华这样一个新星作家，能始终坚守农村这块阵地，寂寞地去写，呕心沥血地去写，真是不容易。”[1]《桥溪庄》中的雪是上天赐给地上生灵万物的最圣洁的礼物，上天要是不给桥溪庄雪了，就说明上天是要抛弃桥溪庄了。恶劣的生态环境彰显着桥溪庄诞生之时便笼罩在末世的阴影里。文本中得了矽肺病而苟延残喘的李作民的女人本来就是一个自然生态环境污染的受害者，但她同时又是一个社会生态环境污染的作孽者。雪果和雪朵爱情的不幸乃至人性的迷失，与其说是受到了雪果的不育症这种来自生态环境污染的威胁，不如说更是来自李作民的女人世俗观念的直接迫害。《桥溪庄》的末世语境正是在这种自然生态环境污染和社会生态环境污染的双重挤压下完成的。王华的小说还侧重写半封闭山区的人的生存状态，写人性在艰难生存现实面前的扭曲以及扭曲之后的人性。秋秋本可以走出那个非人性的生存环境，在她法定丈夫雾冬躺倒之后，却没有选择自己喜欢的蓝桐（三兄弟中的弟弟），而是和蓝桐的两个哥哥一起过，这是出乎蓝桐意料之外也是出乎读者意料之外的。所以有评论说：“蓝桐在文本中是一个叙述者，是一个傩赐半封闭生活的观察者和当事人，他的眼中的现实其实就是作家艺术想象的临界点，由这个临界点出发，王华的小说就充溢着浓重、深遂又灵气忽现的傩文化的气息。”[2]

文学创作一个较高的境界是将深刻的内涵融入一个普通人物的心灵或命运之中，而这种融入不仅需要文学思想上的高度，更需要文学语言上的专注。王华的作品不只文学思想得到肯定，其文学语言也是有独特风格的。她的语言精美而细腻，作品带着浓郁的诗的气息，以至于读者从她的

[1] 赵帅红：《仡佬族女作家王华的小说研究》，《北方文学》，2105年。

[2] 文静：《苦难中的爱情挽歌——小说〈傩赐〉中秋秋与蓝桐的形象分析》，《中国民族博览》，2016年。

作品中得到的是故事和语言的双重感染。《傩赐》《桥溪庄》《天上种玉米》《家园》等作品，记录了中国农村现代化进程中人们的命运浮沉，通过王华波澜不惊的日常生活描写，为读者打开了一幅超越阅读经验的画卷。

当下，女性写作很多时候都以个人生存体验来呈现女性生命体验的自觉。但王华是个例外，王华笔下的故事、人物、环境都是虚构出来的，现实生活中既不存在不下雪的桥溪庄，也不存在“天上种玉米”的碧绿森林。这样的书写，让王华的作品除了社会中心价值之外，还多了一种诗性的表达，她从自己的独特话语出发，寻找到了女性个体生存的可能与局限。王华的小说，在生态书写的话语中，从生命本体的角度出发，完成了女性对于爱情和性的透视，通过各种苦难的描述，淘洗出人性深层次的亮度。这种书写也许并不是最舒适的姿势，但却表达了王华内心深处保有的对文学的坚持和对女性美好人性的坚守。

生态主义中的女性主义批评产生于20世纪70年代末。批评家们在讨论生态女性主义的时候往往会将女性作者的作品与其种族、阶级、生存境遇等联系起来，当然讨论得最多的也会是：男性与女性关于自然生态的书写有什么不同。一般的生态主义认为，生态环境的破坏导致了生态危机的出现，而造成这种危机的是人类对于自然的无休止的开发。但生态女性主义则认为，生态危机的主要根源仍然是以男性为中心的父权制二元对立引发的。因此，我们在王华的作品中，很容易发现这种女性意识。例如《傩赐》中，遭受了生态破坏的傩赐庄，雾气终年的围绕，像极了女性无法摆脱的命运，挥之不去。文中写到的傩赐庄，终年不见阳光，只有极少的时间才能感受到阳光的温暖。王华以女性的敏感、阴郁和孤独，透视出了一种内心的焦灼，生态环境的恶劣更是来自人文环境的恶劣。秋秋的一生，无法达到女性的自我救赎，她执着于自己的内心情感，不愿意依附于男性，即使怀孕了也要到矿上劳动，并因此导致了流产。王华的小说流露出一种对男权地位的怀疑。经历了情感、身体多重伤害的秋秋，本希望和蓝桐一起私奔，但最终却因为雾冬的受伤而选择留在两个哥哥身边，并告诉蓝桐，原因是“蓝桐并不属于这里”。秋秋曾经试图拥有的爱情和逃亡就在这样的选择中结束了，男性的不可依赖只是源于女性本真的自我体验，这样的选择或者说这样的结局，有一种女性天生的无力感，无法摆脱的命运支配，无法抹去的女性的母爱情结。即使显得很无力，但王华在文本中描写出的女性的坚强、细腻、倔强、悲悯，仍然给了这个世界一抹亮光。

三、汪洋：女性在异质文化中的突围

汪洋在最新的作品《洋嫁》中表现了女性如何在异质文化中获得突围。《洋嫁》讲述了一个女主持人留洋海外的情感、生存经历。文中一反惯例，女性不再是被动的角色。在描写谢桥与萧雨山缠绵恩爱的场景时，男性萧雨山成了被欣赏者，女性谢桥成了欣赏者。这一传统角色的置换，让女性在长期的性压抑过程中获得解放，从而获得生理和心理的愉悦。女性也可以作为“看者”，凝视和关注男性的身体，这样一来，传统二元世界中，男性作为唯一“看者”的位置被替换，男性也不再是两性关系中占有与施与的一方，这时候的女性认真地审视男性的身体，驱离被动的、隐忍的、自卑的情绪，以一种主动的、开放的、自信的姿态重新界定两性关系中的角色定位。“这完全在谢桥的经验之外。在这之前，她从不认为男性有美的。她的注意力完全在自己身上，她只在乎自己留给对方的印象是否完美，只在乎被欣赏被关注被喜爱，第一次她忘了自恋，而把欣赏和审美的目光投向了对方。却原来，男色也诱人。”[1] 文中描写谢桥对萧雨山的欣赏：“面色依然那般清白无辜，甚至忧郁动人，汗濡湿的头发搭一缕在额上，五官俊美得不像样，如童话里的小王子。她舍不得不看他，他的眼眸、弧度优美的嘴唇、挺直的鼻梁，每一个眼波的流转，每一声低吟浅析，他是婉约的，他是强硬的，他在她的身体上演奏，他把每一个动作做成了舞蹈，他把这爱做成了诗。”[2] 这一段描写，用一个女性的眼光来审视男性，用女性的体验来感知男性，这种描述在男性作家的笔下只会出现在对女性的描写中，或者说在很多女性作家的笔下都只会出现在对女性的描写中，而这里却成了谢桥对萧雨山身体的感受。不得不说汪洋的这种一反常态是“成功”的，她给予了我们另一种视觉，另一种对男性的探求，女性也可以大胆地欣赏男性，大胆地将自己的感知倾泻而出，不需要只把女性看作是美的、柔的、婉约的，男性也可以，可以浅吟低唱，可以强壮无比，可以忧郁动人，也可以力拔山兮。感受与感知的多元，汪洋提供的就是这样一种对待两性关系的多元可能。

谢桥的身份还是一个异域文化的探求者，从她的感知、感触、感受中，让曾经无数人心目中的“美国梦”有了新的展现，这种展现可以让人冷静，可以让人思索，但绝对不会再让人盲目。几个看似可以帮助女性完成“美国梦”的男人都不靠谱，女性的救赎只在自己。秦淮的软弱无能，萧雨山的摇摆不定，田二麦的人格低下，端木婷婷认识的美国小帅哥，苏棉理想中的丈夫艾伦，他们在美国不如意的遭遇让他们变得麻木、自私。

文中多次描写了饭局中 AA 制的情景。一次是谢桥和苏棉去见端木婷

[1] 汪洋：《洋嫁》，北京：北京出版社 2013 年版，第 131 页。

[2] 汪洋：《洋嫁》，北京：北京出版社 2013 年版，第 132 页。

婷的美国小男友，吃完餐后，小男友一面大言不惭地说AA制，一面又让端木婷婷为他付账。一次是谢桥和端木婷婷去见苏棉的男友艾伦，艾伦同样很没有绅士风度地重复了这种恶习，一面AA，一面又让女人为他付账。再一次是谢桥和苏棉去见端木婷婷的美国富二代老公，不过这个有钱人也并没有表现出大方、慷慨的一面，仍然要求端木婷婷的两个好友自己买单。在中国人看来，美国文化里的AA制本来是一个比较理性、比较自主的消费观念，但通过这一描写，不得不让人反思，这种观念中，究竟是理性比较多还是自私比较多。按道理，端木婷婷已经结婚的美国富二代老公如果真心将端木婷婷看作自己的家人，就不可能时时刻刻不忘记分得如此清楚，婚后也没有将没能力赚钱的端木婷婷照顾得很好，人性很自私的一面都在这几次吃请中得到体现。我们在这里并不是想将中国文化与美国文化分个高下，只是从各种细节中发现并体验真正的美国文化和美国生活，也许并不一定都是美好的。但是作者也发现了这种理解的多元差异，在谢桥看来种种不好的美国，仍然是别人眼里向往的天堂："谢桥不吭声了，她无法再说什么，她真心实意坦诚在洛杉矶的每一样不好都被否决，反而都变成了炫耀。连她的落伍衣着都变成刻意追求，独特品味。她有些理解为何很多美籍华人忍受着在美国的一切苦楚，只为回国时那一份风光与荣耀，真的，人们对美国那份不由分说的赞美和向往，对你的艳羡和仰慕让你很难拒绝。如果你还要捡几样风光的事来说，美国就快成天堂了……"[1]中国的发展让北京显得热腾腾，而洛杉矶显得凉津津，作品中不止一次通过谢桥的感受写出洛杉矶就是一个中国的大农村。物质上的发达却仍然没有让中国人真正地自信起来，一个一个留洋人士，都仍然将去美国看成一

[1] 汪洋：《洋嫁》，北京出版社2013年版，第132页。

件无比荣耀的事情，就连端木婷婷在网上认识的王台，都将与端木婷婷的见面说成已经结婚，并将自己骄傲地称为美籍华人。中国物质的飞速发展为什么没有带来文化上的自信与自强的确值得我们反思。

汪洋曾经这样描述她自己：最倒霉落魄的女人，少年丧父，高考落榜，离婚，失业，抱着脑瘫的女儿绝望奔走。如今，被美国媒体誉为极品女人，成为跨国集团的总裁夫人。被美国国会授予“华人作家成就奖”，成为美国上流社会的宠儿。她告诉陷于困境的人们，要获得与生活博弈的勇气。鉴于这样的人生经历，汪洋更看重一个女性通过坚持和努力所换来的成功。所以她的作品，往往带有自传的色彩，描写经历了伤痛过后苏醒的女性，通过自己的努力获得了人生的另一种境遇。女性的成功不是依赖于男性，而是依赖于自己的自强自立。这样的描写多少让汪洋的小说带有一种女性自恋的倾向。她笔下的女性对男性从充满幻想到逃避远离，完成了女性对受伤心灵的自我慰藉，这样的创作有助于女性欲望叙事的建立，也表达了女性对自我魅力的肯定。

以上三位女作家用各自不同的叙事方式获得了属于女性创作的叙事面貌，让人物独立自主，让人物自己说话，成为一个个主体，既成就了人物塑造的主体性，也成就了作家创作的主体性。三位女作家从贵州这片古老的土地上汲取灵感，由民间走向现代，展现了一种文化回归意识：是向人类文化深层意识中寻找生命动力的回归，是对艺术真谛的深层探索。她们用独特的语言描写了人类生存的种种际遇，这种具有张力的现实精神和民间因素，让她们的写作具备了“生存”着的无限魅力。对于文学来说，创作不能只局限于对个人经验、个人体验的忠实勾勒。小说与诗一样，都应由“他者”向“自我”提升，打破狭隘的自我规避，超越个人现实进入自由境域，获得语言与生存之间的张力。

从“流动”到“震动”

——当代中国电影中的城乡关系及其物质批判（1978—2010）

林　玮

浙江大学影视艺术与新媒体学系

在全球化日渐成为人文社会科学研究重要语境的今天，人口流动的社会文化现象也日渐得到重视，尤其以国际间移民的研究为典型。不过，这项研究长期“受人口统计学家主导”，而“社会学之关切，往往聚焦于新移民的调适与同化”，“往往从功能主义或发展主义的角度，假设迁移能够平衡资源与劳动力的需求，有利于输出地与接收地双方”。自 20 世纪 80 年代以来，一种新的研究取向开始兴起，即“将移出与迁入的过程置于更广阔的脉络之中，显示其属于世界资本主义体系相互关联的一部分。这一取向来源于马克思主义，其贡献在于将许多形式的人口流动视为资本主义发展逻辑下的产物”[1]。事实上，中国城市化进程同样也伴随着人口在城乡间的大规模迁徙和流动，而在改革开放以来的电影中多有显现。若以这一视角来考察中国电影所表现的城乡关系，当对其有新的理解。

前言：以“物”为分界的影像生活美学

城乡之间本是社会地理学上的空间关系，但现象学告诉我们，所谓“空间”就是“开放诸位置”以供物显现自身和人的栖居。在诸位置中，“物得以依其各自的何所向并从这种何所向而来相互归属”。先哲海德格尔曾特意提醒道：“我们必得学会识别，物本身就是诸位置。”这就是说，物构成了除“空虚”之外的空间，而空间可以通过物来确认。物与空间（诸位置）的关系在于，前者占据了后者并据以形成一套“空间设置”，通过“容纳”和“安置”来调控物的显现与人的栖居[2]。以此来考察电影中的城市生活，空间话题就转化成了“物”的差异。

就城—乡关系而言，城市意味着物的生产，它“是产品和物品的总集所占有的一般场所，也是这些物品的子集”[3]。而作为城市的对立面，乡村

[1] Bonacich, Edna,Lucie Cheng, “Introduction: A Theoretical Orientation to International Labor Migration”, in Lucie Cheng and Edna Bonacich (eds.), *Labor Immigration under Capitalism: Asian Workers in the United States before World War II*, Berkeley and Los Angeles, California: University of California Press, 1984, pp. 1-2.

[2] 参见海德格尔《艺术与空间》，载孙周兴编《依于本源而居：海德格尔艺术现象学文选》，北京：中国美术学院出版社 2010 年版，第 87—88 页。

[3] [法] 亨利·勒菲弗：《空间与政治》，李春译，上海：上海人民出版社 2008 年版，第 29 页。

在城市化和工业化进程中则表现为物的丧失和匮乏。换言之，资本主义秩序君临城—乡所带来的物的效果是迥异的。[1] 这在经济学上可以简单转化为城乡居民收入值。

另一个与人口城乡流动密切相关的概念是“城市化率”，即城镇人口占总人口的比重。由于生育政策和传统观念，中国乡村人口出生率远高于城市；这就意味着城市化率的提升基本等同于人口从乡村向城市的流动。人口社会学的推拉理论（Push and Pull Theory）认为，“在市场经济和人口自由流动的情况下，人口迁移和移民搬迁的原因是人们可以通过搬迁改善生活条件”，而我国的研究也同样证明“城乡之间巨大的经济差异和收入差异是人口向城市流动的最主要原因”[2]。这就是说，人口从乡村向城市的流动在很大程度上是朝着物的丰盈方向“进军”的，而人口越往城市流动，城乡居民收入差距就越大（如图 1 所示）。[3] 因此，城市化率的提升在某种程度上其实暗示了物在城市的日趋繁盛及其在乡村的日益凋敝。改革开放以来，我国的城市化进程骤然加快，尤其 20 世纪 90 年代之后，一

[1] 威廉斯以大量失地农民和被迫“偷猎者”指认 18—19 世纪英国乡村物的凋敝景象。参见威廉斯《乡村与城市》，韩子满等译，商务印书馆 2013 年版，第 252—259 页。

[2] 李强：《影响中国城乡人口的推力与拉力因素分析》，《中国社会科学》2003 年第 1 期。

[3] 该图城市化率的数据来自国家统计局编《中国统计摘要 2011》，中国统计出版社 2011 年版，第 41 页；城乡居民收入差距比例数据来自谢培秀《城乡要素流动和中国二元经济结构转换：可计算一般均衡模型分析》，中国经济出版社 2008 年版，第 102 页。虽然从图上可以看出两者有相同的变化趋势，但其相互之间是否存在显著相关，还需要相关分析加以检验，而本文只呈现其现象。另外需做说明的是，我国暂无人口乡城转移情况的数据统计，一般对农业剩余劳动力转移情况的统计是根据相关数据做进一步计算的粗略结果（如谢培秀《城乡要素流动和中国二元经济结构转换：可计算一般均衡模型分析》第 82 页），计算方法为农业户籍人口数（农业篇）－农村常住人口数（人口篇）＝迁移至城镇或非农产业的人口数，而并不能完全代表从乡村转移至城镇的人口，因为其中还包括居住在农村的非农人口，故而本文不采信。

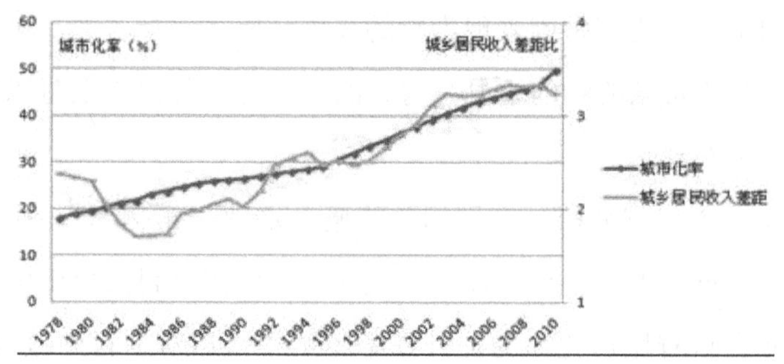

图 1 新时期以来中国城市化与城乡居民收入差距变化

路攀升的城市化率也说明了城市生活的繁盛与乡村物的凋零。

如果以中国城市电影为例，不同阶段的电影中的“物”之表现，可以显现出不同的城市生活经验及其文化特征。如果以 20 世纪 90 年代开始登上影坛的第六代导演为中心，可以看出城市生活在“20 世纪 80 年代—20 世纪 90 年代—21 世纪头十年”三个阶段中的不同变化。这一变化打破了城市生活的既有节奏，使人口在城乡间自由“流动”，成为一种无从迁徙的共时性“震动”。

一、流动：20 世纪 90 年代之前的进城故事——以《二嫫》等为例

“乡下人进城”的故事自《陈奂生上城》（1982）开始就被新时期文艺反复演绎，在第六代导演之前已形成了一整套关于“城乡二元”的影像叙

事手法[1]。城乡在“物”的层面被分为截然不同的两个空间：城市是物质的丰盈与新潮，乡村是物质的匮乏与落后。尽管两者间有着明显的层级关系，但这组对立的空间却以道路（公路、铁路、轮渡等）为纽带而相连，乡村居民的日常生活可以经由道路而通往城市，又可以由城市退回农村，形成了一个进退有据的差序结构。

第五代导演周晓文《二嫫》（1994）[2]中，“物”就是区隔城—乡二元生活空间的关键元素：城市以电视机为中心，点缀着白衬衫、防皱霜、文胸等表征现代的“物”，乡村则是二嫫手工制作的麻花面、筐和暗示她丈夫老村长性功能缺损的药、擀面杖等。麻花面在城里卖得快，制作麻花面的手艺能给二嫫在“国际大饭店”找到一份挣钱多的工作，就连筐在城里的价钱也比农村供销社收购价高出不少，更遑论在县城还可以卖血。二嫫当然是被这些物（钱）吸引进城的，但她的愿望却很简单，就是把全县最大的电视买回家。为此，她甚至“忤逆”了丈夫延续“祖祖辈辈有钱了就盖房”的传统观念。这一看似物质欲望的背后却是一套身体和物质相纠葛的情感逻辑——因为丈夫腰痛，她被邻居秀儿他妈讥为“守活寡”；儿子小虎更是被秀儿家的电视吸引，总去她家看电视。因此，二嫫必须通过自己的努力，把城里最大的电视买回家来，以全其颜面。这是一套典型的在物质匮乏语境中所产生的乡村情感逻辑。然而，尽管城—乡对立如此明显，但《二嫫》并没有叙说进城者在城市安居落户的愿望。相反，城和乡

---

[1] 参见郝延斌《想象的村庄：中国当代电影中的乡村空间与农民身份（1978—2006）》，北京：北京师范大学博士学位论文，2009年，第104—114页。

[2] 《二嫫》对日常生活的切近表演使其“拟象层面”尤为突出，“演员尽量按实际生活的真实行动方式去演出，以便使观众觉得真实，好像是生活的本来情形一样”。参见王一川《如实表演、权力交换与重复：周晓文在〈二嫫〉中的话语历险》，《电影艺术》1994年第5期。

在电影中都被表现为有缺陷的空间。城市里有“婊子后边跟着地痞”的诈骗、会压断人手的和面机，以及流传着她被秀儿他爹“养着”的闲言碎语，而在农村，不但没有象征现代生活的物，还有一个同样使二嫫蒙羞的、在身份（下台村长）和身体（腰痛）上双重去势的丈夫。因此，相比城、乡这两处都不如意的生活空间，那辆比城里人的轿车差、比乡下人的驴车好的“破卡车”和连接城乡的那条公路成了二嫫唯一能暂时舒心且得以自由流动的空间，她与秀儿他爸在车里发生了关系。 在第六代导演之前，这种进城、返乡前后相继的叙事让进城者在镜头中进行着城—乡之间的“流动”，城市不是理想的，更非必然的归宿，他们仍有农村可为“家”。

第六代导演之前城乡叙事的“流动”还表现为农村在地的城镇化进程。这在当时暗含的意味是农村也可以变为城市，只要发展乡镇企业，乡下也可以获得物的丰盈（致富），“乡下人”根本无须进城。[1] 电影《黄山来的姑娘》（1984）通过三种手法表现这一意义：在影像意义上，乡村被呈现为城镇化的进行时，如农村姑娘在北京街头谈论家乡面貌的改观；在叙事意义上，迫使玲玲进城打工还债的哥哥通过不断寄来的家书，述说自己戒掉赌瘾、劳动致富的历程，并劝其返乡，说明乡村也开始焕发“物”

[1] 这一物质分配的文化预设或称“社会理想”是与当时全国范围内普遍兴起的集体经济性质的乡镇企业密切相关的，而进入 20 世纪 90 年代中期之后，乡镇企业又纷纷转为民营企业，使“离土不离乡”成了过往的文化记忆。参见樊纲、陈瑜《“过渡性杂种”：中国乡镇企业的发展及制度转型》，《经济学（季刊）》2005 年第 4 期。 但值得指出的是，“离土不离乡”作为中央政策，与小城镇的大量出现密切相关。1982 年，万里在中央农村工作会议上对“离土不离乡”进行了归纳，指出：“在我国农业专业化、社会化的过程中，农业以外的各种专业生产和经营也会逐渐集中到农村中的适当地点，因而将会形成许多新兴的小城镇，成为农村经济、文化、教育、科学技术的中心。”这一说法于 1986 年进入“七五”计划而成为国家方针，这意味着“小城镇”长期被看作农村发展的前景，这迥异于 20 世纪 90 年代中后期兴起的以大城市为主体的城市化。

的诱惑；在象征意义上，片末城市姑娘周星星与农村姑娘玲玲一起返乡创业更是显现了带有前工业时期的城—乡逆向流动。这种逆向流动在一定意义上彰显出后工业化时代“逆城市化”的某种认识论基础，即在工业化进程中的乡村并非处于病态，不需要专家诊断和治疗，重要的是“尊重乡村自身发展活力中的再生以及创造性转化”的“嫁接”和“化学反应”[1]。

二、震动之一:“城郊”的生活美学——以《任逍遥》为例

从第六代导演登场的20世纪90年代中后期开始，城乡的流动叙事出现了变化。城市生活电影中的乡村，开始逐渐从有待城市化的背景退至彻底缺席。与这种没有任何乡村背景的“纯粹城市生活电影”出现相对应的是，中国城市化率在1996年前后超过30%。[2]这一数据可以说明中国城市生活经验已经足以支撑“纯粹城市生活电影”，城市可以作为“独立”的物理空间，而无须乡村的衬托；进了城的“乡下人”也逐渐认同城市生活经验，变成了“城里人”。在这一时期的城市生活电影中，“进城者”返乡的可能与乡村的电影形象一并消失了。从现实中国城市化和户籍制度改革

---

[1] 赵旭东:《乡村文化与乡村振兴：基于一种文化转型人类学的路径观察与社会实践》,《贵州大学学报（社会科学版）》2020年第4期。

[2] 1996年前后的城市化率为：1993年27.99%、1994年28.51%、1995年29.04%、1996年30.48%、1997年31.94%。参见国家统计局编《中国统计摘要2011》，中国统计出版社2011年版，第41页。

发展史来看，这一变化是从县城／ 集镇开始的。[1]

摄于21世纪初的《任逍遥》即一部纯粹的城市生活电影，乡村空间在片中彻底付诸阙如，甚至大同早先作为生产型城市的产业经验也没有被加以重视和述说。即使有论者指出贾樟柯意图“追踪像大同这样一个几十年来依赖国营工厂而获得经济稳定的工业城市，在后计划经济时代会有怎么样的发展”[2]，但影片并未渲染“工业城市”色彩，仅有的工厂是郭斌斌母亲下岗前所在的“纺织厂”和发生爆炸案的“国棉三厂”，而这两家工厂都是城市生活震动经验的象征物。

“纺织厂”在影片中出现三次。前两次是斌斌在回答按摩女朱姐和警察问及家庭住址时的答案——与其说它是“工业”，毋宁是充满生活色彩的地理位置（家庭）概念。它两次呈现于紧张的人际交往氛围中（第一次接受按摩、第一次被警察训问），都显现了郭斌斌手足无措、无家可归的“震动”感。另一次出现在“纺织厂”，是斌斌的母亲吴桂枝被买断工龄后，自述“我和纺织厂没有关系了”。“20年，4万块”，她一边抽出百元大钞对着灯光看，一边对儿子说：“这些钱全是你的，妈给你装修房子。”这“房子”原是隶属于纺织厂的职工宿舍，是斌斌与这座城市有关系的唯

---

[1] 1984年10月，国家放宽农民进入集镇落户的限制；此后全国各地以缴纳一定数额的建镇费、城市建设配套费、增容费以及等方式将农村户籍迁入市镇的做法开始出现，1992年开始，“城镇非农业户口被正式当做一种商品，并以十分惊人的速度波及全国”，1994年这一行为“改由省级政府统一布局与安排”。参见徐德鹏《城乡社会：从隔离走向开放中国户籍制度与户籍法研究》，济南：山东人民出版社2002年版，第370—384页。另外，20世纪80年代在沿海发达地区还有农民通过经商致富之后，将乡镇规模扩大建成城市的案例，即其城市化并非通过人口迁移，而是就地将农村改建为城市，典型例证是浙江苍南龙港镇。参见王汝亮《中国农民第一城》，北京：当代中国出版社1994年版。

[2] 白睿文：《乡关何处：贾樟柯的故乡三部曲》，连城译，桂林：广西师范大学出版社2010年版，第116页。

一证明——这从他在母亲下岗之前（发廊）与之后（派出所）两次回答住址时的反应可以看出来，而当母亲与纺织厂在身份上“划清界限”（买断工龄）之后，这一关联也随之中止。郭斌斌面无表情地对母亲说：“你自由了”，而事实是他自己从此由“工厂子弟”沦为在卖盗版光碟、行无定踪的城市游民。也可以想见，吴桂枝独自面对买断工龄的那一饭盒钱、等待儿子回家时，其灵魂也处在无厂可归的“震动”之中；尽管她还住在纺织厂宿舍，她曾是这家工厂长达20年的“主人”之一。这对母子的“震动”表现都在同一时空中，可视为失却了乡村可为归宿之后的城市生活“震动”经验。

而将这种经验推至极端的是“国棉三厂”爆炸案，这是影片另一条叙事线索的转折。爆炸案造成了46人死伤、11人失踪，还使小济陷入赵巧巧与黑势力乔三的不正当情感关系之中，这意味着它不仅使整个城市发生物理意义上的震动，也使人物内心处在震动之中。更为重要的是，这场爆炸引出了乔三的“枪”——这一与“炸弹”同样使人紧张、畏惧的“物”，也显示出整座城市的焦躁和不安，而片末，小济与斌斌胸挂假“炸弹”去抢劫银行，正是为了凑钱去西宁买支“枪”。

无论“纺织厂”还是“国棉三厂”，都只是轻工业，而非奠定大同“工业城市”身份的矿业。大同位于汾河谷地边缘，并非山西棉的主要产地，计划经济时期在这里设立纺织、国棉厂，只是出于平衡煤矿区工人性别比例的需要——而这恰暗示了城市人身体或生理需求上的缺失，同样可以导致震动性经验。电影中斌斌母亲与小济父亲都是单身，一个参与邪教活动，一个想花钱购买赵巧巧的身体。这种性别、身体、情感乃至精神需求的明显不平衡感，就是城市生活在失去乡村依托又遭城市资本盘剥之后的震动表征。事实上，以大同为代表的中国三、四、五线城市，在20世纪 90 年代中后期到 21 世纪初，大都处于这一状况之中。

《任逍遥》中还有一处细节值得分析。斌斌与小济总是骑着摩托或自行车在城市里漫无目的地徘徊，唯一的一处离开城市的镜头是抢劫失败后，小济逃上了一辆依维柯客车。而电影在此之前有两组与之相关的镜头，为小济的逃离埋下了伏笔——他并非要逃回乡村，而是要逃亡至另一座同样充满震动的城市：张家口。一组镜头是小济在抢劫前去剪发，发廊女孩自述来自张家口。她说："高速公路修好了，我也就一个多小时就回家了"，小济笑着说："那得坐依维柯哦。"另一组镜头是在小济逃亡后，被扭送到派出所的斌斌恰好看到了北京—大同高速公路开通的电视新闻。两次出现的"依维柯"和"高速公路"，让观众不难想象小济的逃离指向张家口。而那是另一座同样充满震动、迫使发廊女孩出走大同的城市——这可以参见导演郝杰以张家口为背景拍摄于 2010 年的电影《光棍儿》。从《二嫫》到《任逍遥》，电影中的道路已经从暗示连接城乡间的流动，变成了连接两座同样震动不安的城市的象征，并且从县道发展成了高速公路。

无论是大同，还是张家口，都是介于城—乡之间的城镇，在文化身份上可以认为是都市的"城郊"。 卡斯特尔认为，"当资本认为它无利可获或无法将人们留在城里，又因城市劳务需要而无法将其塞回乡村时，一个新的中介的空间就此被打开了——城郊（suburb，或译为'边缘'）。……人们被迫离开乡村后，又被迫或被诱导而迁出他们曾以为可居的城市。现在，他们的的确确失去了对城市的权利"[1]。一如《任逍遥》中的大同，走过了煤炭工业辉煌的城市顶峰时期，最终没落在后工业与后计划经济的

[1] Manuel Castells, "Urban Sociology in the Twenty-first Century", in *The Castells Reader on Cities and Social Theory*, ed. Ida Susser, Malden:Blackwell Publishers, 2002, p. 392.

语境中。[1] 从这个角度来说，它与贾樟柯的另一部城市电影《二十四城记》（2008）一里一表，都说明了旧有的、计划经济时代的“城市”由于无法契合中国城市化自 1992 年之后进入高速发展的都市化阶段，而沦为文化意义上的“城郊”，那里的城市生活经验典型化为“震动”体验。

三、震动之二:“都市”的生活美学——以《十七岁的单车》等为例

21 世纪以来，中国电影的城—乡影像从县城转向了都市，贾樟柯一类的粗粝摄影风格也有所减缓，但影像中进城者的生活经验依旧是无处可归的“震动”状态，“乡村”的失却使城—乡流动难以成为叙事焦点，进城者只能徘徊。

以王小帅《十七岁的单车》（2001）为例。电影一开始就以北京某快递公司经理的西装革履与快递员的一身制服标明了城乡间“物”的对立在都市语境中被转化成了阶层之间的对立。经理说:“你们这些从农村来的孩子，能够代表我们公司，融入这个社会，你们的形象就是公司的形象。”看似赋予了进城者（如快递员小贵）以市民（员工）身份，但失去了回归

[1] 贾樟柯之所以在大同拍《任逍遥》，是因为“传言大同要搬走，因为那里的煤矿已经采光了，矿工都下岗了，然后正好是开发大西部，说要把所有矿工都迁到新疆去开石油。传说那里的每个人都在及时行乐”。有意味的是，白睿文认为贾樟柯的《任逍遥》是在追踪大同在“后计划经济时代的发展”，可贾樟柯自述的拍摄缘由却显然是计划经济思路，如“把所有矿工都迁到新疆”云云。参见贾樟柯《任逍遥》，山东画报出版社 2010 年版，第 4 页；白睿文：《乡关何处：贾樟柯的故乡三部曲》，连城译，桂林：广西师范大学出版社 2010 年版，第 116 页。

空间的他们，在面对都市各种繁华之“物”时，却显出极度的拘谨。这种拘谨在“吃饭工具”高档山地自行车被盗之后，变成了焦虑、担忧；发现自行车行踪，并与从小偷手里购买到自行车的小坚几次抢夺不成功，甚至被打之后，拘谨又变成委屈、愤怒——亦即“震动”。

随着故事的演进，观众们会发现，这种委屈、愤怒、焦虑与担忧相互交织的震动体验，不仅是进城者小贵所特有，也表现在城市底层小坚身上；后者也可以被认为是文化身份上的“城郊”。这两位少年并不相同却又时时交叉的生活轨迹，显示出是一种共时性的“震动”。小坚在家庭经济困难需要理解和初生的爱情需要“有面儿”之间挣扎，偷了家里的钱去买赃物自行车。开始时，进城者（小贵）与城市底层（小坚）面对象征他们理想城市生活的物（自行车）进行的是身体追逐与较量（斗殴），但同处共时性“震动”的情感体验中，又使两人基于同情而达成了相对的一致，即共享物（自行车）。不过，这种基于物的匮乏而产生的“同情心”在一个物质充盈的城市语境中，很快就被打破。可以想象，如果共享发生在物质匮乏的乡村语境中，它能持续的时间会更长，如《二嫫》中全村人对同样代表现代生活的物（电视机）的长期共享。正是主体（代表乡村的小贵和代表城郊的小坚）“物的匮乏”与周遭（代表都市的北京）“物的充盈”之间极度不平衡，才造成了悲剧。这种城—乡或都市—城郊文化二元对立，且前者对后者构成压迫的叙事逻辑，在《十七岁的单车》中转化为小坚的爱情被流氓大欢夺走——大欢显然占有更多、更现代的“物”（比如自行车）。于是，故事以共时性“震动”的极致（打群架）结束。电影的最后一个镜头是背景虚化的中景，小贵扛着被大欢踹烂的自行车缓慢走过满是各式汽车的街头，他仍是一个内心在不断震动却从未想过回乡的“进城者”，他知道，一旦进了城，便没有回头的路。

除了进城者与城里人因“物”上的杯葛而导致的震动之外，都市内部不同阶层也因这一原因而也共享着“震动”性的生活经验。如张扬的《无人驾驶》（2010），开篇就用私家车、代驾车和地铁三种不同的“物”区分出不同的阶层，但他最终都因物或身体，而走向了“震动”的另一种极致——连环车祸。电影还多次使用紧急刹车的音效，将“震动”体验予以传递，说明了都市内部的焦躁与不安。

四、震动之三:“乡村”的生活美学——以《租期》为例

虽然进入城市化高速发展的阶段以来，乡村在中国城市电影中已逐渐淡出，但重要的不是其身影的缺席，而是乡村即使在生活经验上也已不复具有独立性，它只能承接溢出城市的生活经验。以《租期》（2005）为例，可以看出“乡村”生活美学已经成了城市生活的某种延伸。虽然电影仍试图营造某种世外桃源的氛围，但生活美学意义上的乡村却已经成了笼罩在“城市”巨大阴影之中的“乡村”。

电影《租期》讲述了一个北京创业失败青年郭家驹为逃债而回到闽北农村，他租了从事性工作的“小姐”王莉扮作未婚妻一并返乡，以慰藉病重的父亲。那个在民俗、医疗、建筑、服饰、家居等“物”的层面都与都市相去极远的乡村，看似治愈了郭家驹的性障碍和“爱无能”，但“租妻返乡”却无疑将城市的“震动”引入了乡村。骗局穿帮直接导致了父亲的去世；债主从北京追到山村，在一派田园风光间对郭家驹进行殴打，更是城市生活“震动”经验的赤裸延伸。

影片中还有一处富于象征意味的细节。在王莉到来之前，村里已有一

个返乡的“小姐”。“村里人说她在城里当破鞋，钱来得不干净。家里人想要她的钱，可是又嫌她丢人，就把她的钱给留下，逼她嫁给一个老光棍。她不干，就跟一个不三不四的男人私奔了。一年后自己回来就疯了。”从这段由一心想要进城的乡村姑娘香草告诉王莉的话中可以看出，“物”的城—乡流动已经取代了人的流动，或者说，人已经物化成了钱。虽然这种叙事显得过于简单，但却鲜明地揭示了“返乡”作为一种人口流动，造成的结果是使城乡并处共时的“震动”之中。“试图逃离乡村的香草（乡村）——从城市返乡的女疯子（城郊）——被迫而来到乡村的王莉（城市）”，这一由三位女子组成的序列，同时打破了观众对“乡村生活宁静”和“城市生活富足”的两种想象。城市化进程高速运转之后，“震动”的生活经验几乎无所不在。另外还值得指出的是，乡村对进城者的接纳功能一旦失效，他们的身份认同也随之出现问题。正如金琛导演《被风吹过的夏天》（2007）中，进城者罗衣所发的感慨：“在这里，我们是外地的打工者；回到家，我们已经是客人了。 回不去了，再也回不去了。”

结语：划分电影代际的城乡关系

威廉斯在讨论城乡关系时指出：“关于乡村的观念产生的拉力朝向以往的方式、人性的方式和自然的方式；关于城市的观点产生的拉力朝向进步、现代化和发展。‘现在’被体验为一种张力，在此张力中，我们用乡村和城市的对比来证实本能冲动之间的一种无法解释的分裂和冲突。”[1] 这

[1] ［英］雷蒙·威廉斯：《乡村与城市》，韩子满等译，北京：商务印书馆2013年版，第402页。

一张力模式近似上文所引人口社会学的“推拉理论”，却深刻地揭橥了处于城市之中的人的生活美学经验。

以这种张力为标准，可以将中国电影的城乡关系划分出不同代际。最早表现中国城市的电影出现于20世纪30年代。据论者所言，那时候的中国电影“尽管从数量而言，反映‘进城’的影片远较‘返乡’为多，但城市并没能因此掌握话语权优势，进城不得而迫于返乡，是当时电影中一种颇具普遍性的话语形态”[1]。在中国城市化进程尚处于起步阶段的当时，城乡之间对比差距之大，使乡村是作为一个进城者可以回返却不愿回返的空间而存在的。而进入20世纪80年代以来，以市场主导的城市化进程再度展开，城市与乡村都被形容为具有某种片面缺陷或某种优势。亦如论者所言，其时“第五代（导演）对乡土和都市的发现是中国当代历史演进的产物。……人们面对的已不仅仅是政治灾难的创伤，而且还有中国社会的迅速工业化和商品化的发展，还有在这一潮流中近于原始的农业社会的解体”[2]。不过，在这一时期的电影如《黄土地》《孩子王》中，乡村仍有象征性的“土地”可供“城里人”寻求生命的力量。而如上文所分析的，20世纪90年代之后，乡村或者彻底缺席，或者被视为城市生活经验的延伸，已不复具有任何推或拉的文化意义，乡村作为城市文化“子宫”的意义正在逐渐消散。

中国电影中的城乡关系从“进城不得被迫返乡”到“既可进城亦可返乡”，尤其是再一度跃入“只能进城无乡可返”的第三阶段，正是以20

[1] 高山：《城乡之间：空间流动与流动空间——对30年代中国电影的一种解读》，载傅红星主编《中国早期电影研究》（上），北京：中国广播电视出版社2013年版，第440页。

[2] 汪晖：《当代电影中的乡土与都市：寻找历史的解释与生命的归宿》，《电影艺术》1989年第2期。

世纪 90 年代中期中国城市化率超过 30% 为分界线的，第五代与第六代导演也正是在此分道扬镳。而刚过 21 世纪头十年，中国城市化率就超过了 50%，物的丰盈愈演愈烈[1]。这意味着新的都市电影又将与第六代导演分割界限，城市生活美学又将迎来新的变化。

[1] 牛文元主编:《中国新型城市化报告 2012》，北京：科学出版社 2012 年版，第 3 页。

新主流舞剧中的审美创作特征
——以红色题材舞剧《永不消逝的电波》为例

刘　妍
青年文艺评论工作者

一、中国舞剧创作的中华历史文脉

党的十八大以来，习近平总书记对文艺工作作出一系列重要论述和指示批示，深刻阐明了党对文艺工作的正确导向和价值遵循。习近平总书记指出，要以马克思主义文艺理论为指导，继承创新中国古代文艺批评理论优秀遗产，批判借鉴现代西方文艺理论，要求文艺者运用历史的、人民的、艺术的、美学的观点评判和鉴赏作品，在艺术质量和水平上敢于实事求是。习近平总书记强调，要坚守中华文化立场、传承中华文化基因，彰显中华审美风范。“不能套用西方理论来剪裁中国人的审美”，不能“以洋为尊”“以洋为美”“唯洋是从”，不能把作品在国外获奖作为最高评价标准，不能热衷于“去思想化”“去价值化”“去历史化”“去中国化”“去主流化”那一套。[1]

在全党全国庆祝党的百年华诞之际，颇具“生命力”的红色经典题材持续火爆，彰显中华艺术美学精神。一票难求的中国原创舞剧不再局限于“舶来物”，中国观众的视野不再受限于西方大众文化的主流传播。一出红色经典题材主旋律的舞剧《永不消逝的电波》（以下简称《电波》）不但是“爆款”，而且是现象级的作品，吸粉年龄层“破圈”、扩容，50后至00后，受众不分性别年龄，红色经典作品的持续火热，符合中国观众“中国的”审美新范式正在成型。它是中华优秀历史文化传统，饱含中华民族基因的新时代新宠儿。

（一）审美特征

中华文明是典型的农耕文明。古人眼中的“天圆地方”，皇城、都城是世界乃至天下宇宙的中心。他们崇尚自然，讲究“天人合一”。古人所谓的“乐”，实为乐与舞。中国古代第一部“乐”美学专著《乐记》中明确记载，应着有规律的声乐和器乐，手持干（盾）、戚（斧）、羽（鸟羽）、旄（牛尾）等各种表演道具，跳起“文舞”和“武舞”。[2] 舞蹈、音乐皆由心而发，肢体语言或歌咏形式表现，在舞蹈叙事和音乐叙事中呈现。舞剧在中国，2000多年前已有之，侧重在舞蹈和音乐，着力点在乐和舞合一的形式载体。继而掌握话语权的统治阶层们，对“乐”有了不同层次的阐

---

[1] 2014年10月15日习近平总书记在文艺工作座谈会发表重要讲话。

[2] 《乐记》：“凡音之起，由人心生也，人心之动，物使之然也。感于物而动，故形于声；声相应，故生变；变成方，谓之音；比音而乐之，及干戚羽旄，谓之乐。”

发。以经史子集为代表作品的儒家及儒家学说是中华文脉中的主流。先秦儒家认为，“乐之末节”“非备乐也”[1]。宋代理学则认为“乐”是“礼”的体现，是最接近本质的。现存古人的文论中，清晰可见诗歌、音乐、舞蹈三位一体，诗歌兼有记事和叙事的功能。

红色经典题材的艺术作品伴随着中国共产党的历经百年岁月，一路风雨兼程，如影随形。如“革命舞蹈”萌芽的苏区歌舞，长征路上作为“红军宣传队”的歌舞，井冈山、抗日根据地等，舞蹈和音乐一直承担着艺术的多重赋能。美国著名记者斯诺对红色歌舞《丰收舞》《统一战线舞》《红色机器舞》仔细观察后有了侧重审美的表述。“民族化”与革命文艺创作手法紧密结合的三部重要舞蹈作品《东方红》《红色娘子军》《白毛女》，是特殊时期的音乐舞蹈史诗作品。改革开放四十年，“摸着石头过河”的中国舞蹈作品出现《希望》《天山深处》《红旗颂》《黄河魂》等，偏重舞剧中的“舞”，凸显舞剧中的“乐”及“剧”较少。近十年，中国主流舞蹈创作路径基本遵循一个规律，在艺术和国家政策之间找到某种平衡。近年创作的热点集中在“中国梦”“长征”“一带一路”倡议上。[2]

（二）创作特征

《电波》取材于20世纪的抗日战争时期，中共地下党员及平民小人物为党舍身奉献，绽放人性光芒的故事。它是中国首部谍战题材的舞剧，开创谍战题材的先例，将戏剧、舞蹈、音乐三者巧妙地结合在一起。通过创

[1] 《乐记》：“乐者，非谓黄钟、大吕、弦歌、干扬也，乐之末节也，故童者舞之。”“干戚之舞，非备乐也。”

[2] 参见慕羽《中国舞蹈批评》，上海：上海音乐出版社2020年版，第205页。

新的叙事方式，充满现代感的视觉表达，大量的空间变化、舞美设计等，突破了传统舞剧创作的形式，表现了当代舞剧创作的美学新精神。剧作家歌德认为，艺术需要一个完整体从而向世界传达。舞剧《电波》正是这样一个完整叙事体。主创团队利用舞蹈演员的肢体动作作为客观主要物质媒介，借以音乐、舞美等，以相关历史文化背景构成故事情节，承载舞剧表达的思想和情感，建构可供人们品鉴和审美的舞剧作品。舞剧是综合艺术表现形式，完整性需要通过语言、艺术形象以及艺术意蕴多个维度实现。具体为，通过骨骼和肌肉，形体和肢体的双重建构表达；通过塑造典型环境中的典型人物表现艺术形象，具体可分为视、听觉形象；艺术意蕴较为抽象，指作品中蕴含的隐喻或象征的伦理内涵及折射出普遍性的道理，建立在个体人的主观思维之上。

（三）叙事特征

舞剧《电波》除了肢体语言“讲述”情节的独特形式外，视觉、听觉形象对艺术意蕴的直观表达不可或缺。《毛诗·大序》中提道：“情动于中而行于言，言之不足故嗟叹之；嗟叹之不足故咏歌之；咏歌之不足，不知手之舞之足之蹈之也。”[1] 舞剧中的音乐用以表达肢体语言的不足，烘托极致的身体表达。《电波》中约分为 17 个舞蹈片段：集体亮相、男女主人公展开地下工作、编辑部工作场景、家中传电波、上海市井生活、蒲扇舞、秘书是敌人、大搜捕、伞中舞、裁缝店地下党传电码、黄包车夫遇匪、裁缝店学徒替李侠遇害、追忆裁缝与学徒、男女主人公经历回忆、李侠裁缝店找电码、夫妻诀别、李侠传出最后电波。

[1] 彭锋：《关于舞蹈的一次哲学之旅》，《北京舞蹈学院学报》2015 年第 4 期。

传统舞剧拙于叙事，但该剧初始，九位主要人物在台中一列排开，对人物设置逐一交代。地下工作者李侠和兰芬、报社社长、女秘书与记者、裁缝店掌柜与学徒、卖花女与黄包车夫。当其余七位演员散去，舞台上只留下主演李侠和兰芬，一左一右互相握手。这一握手礼传递的不光是电波密码，还是友情、爱情、革命战友情，后续的阴阳相隔、生死相依，无声无息无形中表达着爱情与信仰的力量，矛盾的统一。

二、音乐刻画表情

中国舞剧音乐大致有两类分法。按舞蹈的参加人数可分为独舞音乐、双人舞音乐、三人舞音乐、四人舞音乐以及集体舞音乐。若按戏剧情节分可以分为序曲、叙事性舞蹈音乐、抒情性舞蹈音乐、性格舞蹈音乐以及终曲等。红色革命历史题材舞剧本身就属于叙事性舞蹈音乐，为了突出舞蹈与戏剧的异同，笔者重点放在叙事性舞蹈音乐分析对象上，试图探寻舞剧中音乐的共性化特征。作曲家杨帆在开篇的序曲配合电码，循序渐进，由弱渐强。这段音乐揭示着戏剧内容、全剧音乐风格基调，表现乐曲风格等作用。17 个舞蹈片段的“转场”中，采取片段与片段，场景与场景的过渡段，具有承上启下的作用。终曲作为作品结束时的音乐，讲究戏剧情节的高潮和圆满，此处音乐具有悲壮、总结性和热烈等特点。

叙事性舞蹈音乐大多用在双人舞、三人舞、四人舞及群舞中，这类舞蹈音乐通常较为简单，不会编排复杂且高难度动作的舞蹈，以生活化、写意化的舞蹈为主。叙事舞蹈音乐以表现戏剧内容、营造气氛而存在，音乐往往具有不规整性和不完整性，或根据多个主要人物主题发展而形成。抒情性舞蹈音乐大多数用在独舞和双人舞，重点在刻画人物内心的心理活动和情感。此处的舞蹈动作概括性和技术性较强，它能入木三分地刻画典型人物的典型性格和个人情怀。独舞的音乐旋律音调富有特色，常常采用主要人物的音乐进行发展，结构较为整齐统一，大多采用乐段或单一主题的单三部曲式。《电波》中大部分音乐都是作曲家杨帆完成。两首乐曲《渔光曲》《葡萄美酒》的加入，为舞剧整体意境和人文气质营造增加了色彩。

（一）“喜”的表情刻画

男女主人公李侠和兰芬之间的情感线是这部舞剧的主线，为后续的剧情铺垫埋下伏笔。该剧第四个舞蹈片段“讲述”李侠结束编辑部一天的工作后，回到家中与兰芬短暂小憩，欢快的音乐响起，脱衣换服，抒情细腻的双人舞，翩翩而起。旋律的抒情性“叙事”，反衬男主人公李侠托举、借力、平移的有条不紊。男女主人公此时心境如抒情的音乐，紧张中的片刻安宁，肢体语言越发有张力。水乳交融的双双起舞，或分或合，始终保持着身体的形影不离，双目注视着对方。欢愉的音乐刻画，将爱人之间的无限爱意描绘得入木三分。李侠低头看腕表，固定发报时间已到，李侠爬上阁楼，搬运电台秘传电码，兰芬蹑手蹑脚上台阶观望情节，“望”是对爱人的牵挂。女主人公的扇子独舞，叙事在抒情的音乐中悄无声息地结束，场景完成转换。上海方言一声叫卖“栀子花，白兰花”夹杂在音乐中，观众瞬间有了代入感和身临其境的感受。老上海的味道，爱情的滋味，夹杂在急促的电波声中。

（二）“怒”的表情刻画

大搜捕场景中，李侠双手捧着报纸，咬牙切齿，愤怒的神态写在面部，全身颤抖，怒目四射。同志在大搜捕中壮烈牺牲，却还要隐忍，装作若无其事。牺牲同志戴着镣铐，鲜血湿透衣襟舞蹈时，音乐顿时沉痛、凝重，爱与痛交织，生与死交错，怒发冲冠，怒到音律都在颤抖。这段音乐中，无一例外是强奏、快速、和声，频繁地多重合奏，着力点在刻画戏剧人物愤怒的情绪。在速度上音乐快捷，在拍号上随着独舞李侠面部表情、肢体语言，高涨着的节拍也有所变化，从力度上讲常为强奏、重音多。伞中舞，越柔越凸显李侠内心的痛苦愤怒。

黄包车夫遇匪、小裁缝遇害这两段背景音乐坚定有力、紧张急切，无法用言语形容车夫的强烈反抗情绪，给观众紧张、激动，无比愤怒感。匪不过是乔装打扮的敌人，与女特务嚣张得意的神情，形成强烈反差。

（三）“哀”的表情刻画

单纯的裁缝店学徒为了保护李侠而遇害。李侠追忆学徒的双人舞场景中，极力想捉住，却怎么捉也捉不住。俏皮可爱的学徒，牺牲前的一个敬礼，悲伤的音乐将观众情绪推向高潮。生者比死者还要悲哀，因为仍然要坚守。李侠和兰芬夫妇回忆着两人相遇、相知、相爱的风雨兼程，音乐刻画了痛失战友的哀，面对生与死抉择的哀。李侠最终将生存下去的机会留给了妻子。这段音乐中多为慢速或中速，力度上多为弱奏；拍号上多为四三、四四、四五。调式和调性上常常为单一调性，伴有小调性的色彩。

（四）“乐”的表情刻画

上海市井生活舞段中，晨起慵懒的小市民，刷牙、发呆、伸懒腰，生活形态百态百出。这段音乐旋律俏皮、短促，将男女主人公、小裁缝、包租婆、女学生各自的心情和神态恰到好处地刻画出来。卖花的小姑娘四处张望，白色恐怖笼罩之下的弄堂，街头巷尾，板凳上的蒲扇舞呼之欲出。这段舞蹈的音乐是著名的《渔光曲》。曲调委婉惆怅的旋律，鲜明悠长，小提琴丝丝入扣。该曲的创作年代是20世纪30年代，和《电波》发生的时代背景相近。作曲家不同的是以柔滑悠扬的小提琴作为主要乐器，加入许多类似交响乐的现代音乐元素，给《渔光曲》赋予了新的定义，为观众呈现优美、安逸、平凡且自足的听觉形象。扣的不光是讨海人的心，还有寻常人家对美好生活的向往，地下党员对生死未卜前途的坦然。这一舞段表现上海底层女性朴实且精致的日常生活。蒲扇舞由16名舞蹈演员组成。她们身穿素色布质旗袍，从幕条后优雅而端庄地挪出。一手拎着小板凳，一手持蒲扇遮阳，步伐轻盈，体态婀娜。弄堂女子的安逸神情，女性的温婉，或刺绣或生炉子，上海底层女人的精致和朴素一览无遗。女主人公兰芬远远地就闻到了花香，或远或近，或近在心尖。音乐恰到好处地对海派文化、弄堂文化中的各式人物进行了“乐”的表情刻画，讨海虽苦，仍每天能见到第一缕光，这是希望，是光明。这段舞乐给观众留下了极其深刻的印象。

三、音乐与情节结合

舞剧中，用音乐来叙事，这是对舞剧的挑战。叙事场景音乐是与戏剧情节高度结合的舞蹈音乐段落，在舞剧中的地位中越发凸显。在叙事场景音乐的写作上作曲家往往通过对具体的节奏、音色、音强、音速的处理来烘托特定的情境，同时也常常通过某几个人物音乐主题，表现某几个人物的对话，让音乐和戏剧情节完美融合，将抽象的音乐形象化。以《电波》

作曲者杨帆为代表的创作者常常从结构、肢体、调式调性、配器等方面切入，充分显示舞蹈、音乐、情节相结合的三位一体的艺术创作。中国古典舞蹈中可分为“跳”“转”“翻”等类型，在民族音乐的配合下，大大凸显了红色经典舞剧的民族性。中国古典民族舞的技巧难度较大，一般会用在情节发展的高潮部分，同时也常常用在独舞、双人舞等舞蹈段落中，较少出现在整齐划一的集体舞蹈中。

（一）叙事音乐与戏剧情节的结构不规整性

音乐中常常会出现不同的音乐主题，用以表现不同人物的对话，充分展示中国舞剧音乐叙事性较强的特征。叙事场面的音乐以揭示戏剧情节为主，戏剧情节变化较为丰富。叙事场景音乐与戏剧情节紧密结合，音乐随着戏剧情节的变化而变化，使得音乐忽略了自身的曲调、曲式结构，当叙事场景音乐随着情节的发展而常常呈现不完整、不规则的特点时，音乐整体结构也会出现不完整的现象。如《电波》中，男女主人公的感情线，地下党员舍生取义的主线，双线并举的叙事，因此音乐自然而然地受到舞剧情节和角色感情发展的影响，所以使这一段音乐形成了极不规则的曲式结构。《渔光曲》部分为三段曲式结构，A、B、B1 和 C 组成，对音乐结构有所扩展，小提琴的悠扬和颤音，对音乐结构扩展，结构和情节紧密结合。戏剧情节的突进和进展，音乐呈现出不规则的特点。各个段落不仅在结构上形成对比，而且在情绪、情节上也形成了鲜明的对比。用音乐刻画人物，用音乐表达人物的性格，这是中国舞剧音乐叙事性较强的体现。

（二）不同主题音乐表达类型人物间的对话

正面人物李侠、兰芬、裁缝、学徒，反面人物女秘书等，在不同主题音乐下表达着人物之间的对话。《电波》由不同段落的音乐构成，这些舞蹈段落中，人们都会发现很多段落的音乐主题相同，主要人物主题音乐的频繁出现是舞剧音乐创作的最大特点。在舞剧中，每个主题音乐与剧中的主要人物相对应，通常是为了表达人物之间的情感交流，如编辑部工作场景、大搜捕场景、伞中舞场景等。

男女主人公经历回忆的场景中，三组男女主人公不同阶段的生活、工作记忆，构成了一组连续叙事。此处较为连贯的音乐与男女主人公的爱情线相适应。夫妻诀别场景中，丈夫李侠把生的希望和机会留给了妻子和她腹中未出生的孩子。音乐烘托出离愁别绪，烘托了依依不舍，反衬出共产党员舍生取义的诀别。

《电波》第 15 个舞段中，李侠返回裁缝店，在面目全非的裁缝店中寻找为他留下的电码机密。当反派角色秘书柳妮娜出场时，背景音乐中出现了《葡萄美酒》的四句唱腔。《葡萄美酒》本意在于描绘老上海歌舞女的婀娜之美，而此成为反派角色女秘书柳妮娜，竟如此地阴险残忍，配此音乐使观者留下对反派角色较为深刻的人物印象。

（三）音乐创作技法的梳理

在《电波》的音乐创作中，作曲家除了应用合头、合尾以及头尾合等方法将主题分布、贯穿全曲外，还通过主导主题的原型进行倒影呈现。有时或会将音色、节奏、和声等进行改变，但采用倒影方法的尤为多见。这一创作手法与早前的中国芭蕾舞剧《魂》《杨贵妃》以及《玄凤》等有异曲同工之妙，都采用了倒影的手法。《电波》中多处从材料发展手法上借鉴西方舞剧音乐的创作手法，但在音阶和调式上还是以突出民族特色为主，采用民族性的五声音阶的创作手法来表现，使中国民族性音阶与舞剧创作技法相结合，使音乐更好地表现戏剧情节，丰富了叙事性的内涵和外延。

（四）舞剧音乐的交互性

《电波》中音乐以单旋律为主，并重视戏剧情节的发展，具有较强的音乐叙事性特征，呈现“中国式”的特征。舞剧是“舶来物”，中国的舞剧吸收了西方芭蕾舞剧交响化的特点，不仅填补了中国舞剧的交响化音乐的空白，还打破了中国古典舞蹈与音乐之间的传统界限，有了新的审美价值。《电波》的音乐是建立在不同乐器相互交织，多层次多节奏、和声、主题表现、变奏以及复调、对位、对比以及再现等创作方法和原则展演“舞蹈音乐”。而舞剧音乐的交互性，借鉴交响乐思维逻辑的音乐模式，其与交响乐有着结构、形式相似的“舞蹈音乐”。

（五）现代创作技法和表现的运用

中国舞剧音乐走过了一段摸索的道路。舞剧在百多年时间里，经历了探索时期、发展时期和繁荣时期三个阶段。这三个阶段各自呈现不同的特点。舞剧音乐民族化过程，是一个自我认识的渐进过程。这个过程始终围绕着题材、音乐素材、曲式结构和音乐发展手法等多个方面。这些元素不但实现了舞剧音乐的民族化，而且是中国舞剧音乐发展的基石。五四新文化运动的百年间，新中国成立 70 多年后的今天，中国舞剧音乐的创作者始终坚守民族性的发展要求，《电波》就是最好的例证。它始终以突出民族化为大前提，再吸收西方舞剧音乐创作的方法和成功经验，坚持走中国道路记忆符合新时代的要求，人民群众对日益增长的物质文化需求的要求，将中国的民间音乐元素和谐地融入舞剧的创作中。

从全盘接受现代西方音乐创作技法，到逐渐将民族的、中国的、本地的音乐融入其中。中国舞剧音乐对于作曲技法的应用离不开戏剧内容的表现，它与单纯的中国音乐有所不同，纯粹的中国音乐常常不会有如此突出的叙事性特征。将中国古典的、民族的音乐元素应用到现代创作技法和表现形式中，为舞剧增色。《电波》中的音乐创作除了传统的音乐技法，还采用了自由调性、无调性等现代技法。现代音乐创作技法在舞剧，尤其是红色经典舞剧中运用是大势所趋，更能被观众接受和认可。

综上，音乐作为舞剧中的一个方面，要为舞蹈编排者提供舞蹈讯息，将音乐中存在的舞蹈律动一一展现。《电波》的音乐部分主要有三个特点，首先突出了音乐的民族性特点，其次音乐叙事性较强，最后是对西方音乐创作技法和表现的借鉴和提升。作曲家们为了突出红色经典舞剧中矛盾冲突的戏剧情节，往往通过音乐表现正面人物的善良与正义、反面人物的邪恶与狡诈。正、反的人物刻画上，音乐通常表现出某些共性化的特征。舞蹈中跳类技巧需要音乐给予舞蹈者足够的爆发力。

四、结语

习近平总书记指出，“江山就是人民，人民就是江山”。社会主义文艺从本质上讲就是人民的文艺，这是习近平总书记关于文艺工作重要论述的核心要义。人民的需要是文艺存在的根本价值所在。能不能搞出优秀作品，最根本决定于是否能为人民抒写、为人民抒情、为人民抒怀。人民创造历史的活动，是文艺创作和评论的丰厚土壤和源头活水。舞剧《永不消逝的电波》深受人民喜爱，甚至一度一票难求，并非空穴来风，而是归功于其对党带领中国人民开展磅礴的革命伟业的深情敬畏，严谨认真地打磨剧本、生动细致地刻画人物形象，使得这部舞剧成为新时代文艺创新表达的典范之作。

马克思说，“人民历来就是作家‘够资格’和‘不够资格’的唯一判断者”。文艺评论坚持以人民为中心，就要牢牢坚守人民立场，把人民作为文艺审美的鉴赏家和评判者，不能以自己的个人感受代替人民的感受，而是要虚心向人民学习、向生活学习，从人民的伟大实践和丰富多彩的生活中汲取营养，不断进行生活和艺术的积累，积极扶持那些为人民需要、被人民喜爱的优秀作品，深刻观照人民的生活、命运、情感，准确表达人民的心愿、心情、心声，经常听取人民群众对文艺的意见建议，俯下身来对作品进行细致的解读，坚决反对脱离人民、脱离生活的创作倾向和思想倾向，以正确的导向促进文艺繁荣兴盛。

红色经典的图像建构：论石鲁《转战陕北》的形象聚焦

刘艳卿

西北大学艺术学院

新中国成立初期，面对中国画的转型和革新，傅抱石、李可染、叶浅予、方增先、周昌谷等一批艺术家开始了对中国画推陈出新的路径和方法探寻。此时，在西北广袤的黄土高原上，石鲁带领长安画家展开写生创作、临摹探讨、理论研究等多种形式的探索与实践，发现了黄土高原特殊的审美韵味，挖掘出西北人民丰富的生活趣味，并找到了充满情节性和故事性的艺术表达方式，创作了《变工队》（中国画，1950）、《巡山放哨》（中国画，1950）、《王同志来了》（中国画，1953）、《幸福婚姻》（中国画，1953）等作品。1955 年，因《古长城外》（中国画，1954）在第二届全国美展中颇受争议，石鲁被推上了新中国画的舞台。面对褒贬不一的评论，石鲁在克服图解政治的努力中，清楚地意识到“情感”在中国画创作中的重要性。他提出“绘事绘情”的观点，认为中国画要“由事及情，由情及义……事须明，情须真，义须隐”[1]，并提倡“对自然做诗化的表现”[2]。这种对“感情”的强调在创作实践中逐渐清晰化，于是在之后的《高山放牧》（中国画，1957）、《山区修梯田》（中国画，1958）、《击鼓夜战》（中国画，1959）等作品中，人物的具体动作和细微表情等变得越来越概括，甚至只勾勒侧面和背影，大面积的环境描绘更加衬托出人物的精神气度、情感的真挚细腻和意境的辽阔深远。由此，石鲁在不断探索和反复思考中，对中国画人物形象和精神意境的关系有了新的认识和理解。

1959年，石鲁应邀赴京，为新建的中国革命博物馆创作以“转战陕北”为主题的革命历史绘画。凭借转战陕北的亲身经历和对中国画革新的思考，石鲁将这一被动的“命题”画，转变成了一次主动的艺术探索和情感表达。可以说，《转战陕北》的创作以一种大胆的笔墨语言和图式建构，给石鲁带来了一次由情节叙事向抒情达意的飞跃性转变。这种飞跃性转变集中表现在毛泽东的视觉形象塑造和黄土高原的文化符号表征两个方面。

一、毛泽东的视觉形象塑造

对于毛泽东视觉形象的塑造，早在延安美术时期就已经形成了较为成熟的图像范式。无论是林军的《毛泽东主席》（版画，1943），还是莫朴

[1] 叶坚、石丹主编：《石鲁艺术文集》，西安：陕西人民美术出版社2003年版，第105页。

[2] 叶坚、石丹主编：《石鲁艺术文集》，西安：陕西人民美术出版社2003年版，第44页。

的《毛主席》（版画，1944、1946），都是以正面肖像的形式展现出了革命领袖的精神气度，在延安美术中产生了重要的影响。新中国成立初期，领袖的视觉形象得到进一步完善和强调，其与文字表述中的“旗帜”“救星”等意象在内涵指向上互为阐释，共同建构起了民众对新政权和新制度的政治认同。罗工柳的《毛主席在延安作整风报告》（油画，1951）、高虹的《毛主席在陕北（1947年）》（油画，1957）和靳之林的《毛主席在延安生产》（油画，1959）等一批作品，围绕某一历史事件展开“讲故事”式的叙述，将毛泽东置于画面的中心位置进行重点刻画，再现了具体历史情境中的典型人物，代表了当时盛行一时的情节性叙事策略。

面对转战陕北这一中国历史上具有重大意义的革命事件，石鲁进行了深入的思考和透彻的理解。在将历史真实与领袖形象进行艺术化处理的过程中，石鲁突破了具体情节的叙事和革命战争的描述，转而在情感的积蓄和想象的拓展中不断升华主题。因此，如何将革命历史题材转化为震撼人心的视觉图像？如何把中国革命的斗争智慧和精神力量通过有限的画面传达给人民群众？如何表现革命领袖的大胸怀与大气度？这些问题，成为40岁的石鲁迫切需要解决的创作难题。面对同一题材的处理，石鲁敏感地意识到油画和中国画各自的优长短缺。他认为，相比较于油画的叙事性，中国画的优势更多地在于抒情，其可贵之处在于“反映现实的形象思维过程中包括了直感、印象、想象和理性认识的过程。所以它的表现方法更加不受有限空间的局限，更可能排除偶然性的因素而达到本质的艺术表现，更可以从自然真实、生活真实提高到艺术真实”，“它的审美要求是雄浑、有力、苍劲、潇洒、大方……其中渗透着人民性和民族性”。[1] 甚至在与同时

[1] 叶坚、石丹主编：《石鲁艺术文集》，西安：陕西人民美术出版社2003年版，第47—48页。

参加中华人民共和国成立十周年美术创作的其他艺术家的讨论中，石鲁亦直言：“国画在情节与写实上无法跟苏联油画比，还是要发挥国画自己的特长。”[1] 因此，在石鲁的《转战陕北》中，毛泽东的形象一改“高大全”式的正面描绘，摆脱了众人环绕的视觉中心，在极尽压缩的叙事情节中，于崇山峻岭之间巍巍而立，饱含气吞山河之力量。与同时代的领袖形象塑造策略不同，石鲁《转战陕北》中的毛泽东形象具有以下三个方面的特点。

其一，侧立像造型，大轮廓勾勒。在《转战陕北》中，石鲁放弃了对毛泽东表情动作的正面描绘和细节刻画，采取侧后面全身造型的方式，使得领袖的精神气度跃然于纸上、超乎于画外。马改户清楚地记得石鲁当时的创作状态：“有一天他（石鲁）兴冲冲地回来，对我说，昨晚喝了很多酒，非常激动，半夜里爬起来一口气只几笔画上毛泽东形象，完成了我的任务。”[2] 石鲁凭借这寥寥数笔，勾勒出了一个有智慧、有谋略的革命引路人的形象。正如郑工所言“绘画作品中的‘背面’形象往往在观者的心理上产生‘引领’的作用”[3]。石鲁《转战陕北》中的毛泽东侧立像背靠坚实的黄土塬梁，面向宽阔的高原山谷，凝聚着中国革命最核心的力量，引领着中国革命走向决定性的胜利，既满足了大众对领袖形象的审美预期，又传达了画家对表现对象的精神寄托。可以说，石鲁笔下的毛泽东侧立像创造了一个经典的领袖形象，在兼具叙事性与抒情性的同时，对人物特点高

[1] 据杨之光回忆，关于毛泽东的形象塑造问题，王朝闻与石鲁曾经有过争论，并提到石鲁在与杨之光关于创新问题的讨论中提道“国画在情节与写实上无法跟苏联油画比，还是要发挥国画自己的特长”。杨小彦：《与杨之光老师的谈话》，《画廊》1995 年第 4 期。

[2] 马改户：《忆石鲁创作〈转战陕北〉的情况》，载《石鲁逝世三周年回忆文集》，中国美术家协会陕西分会内部资料，1985 年 8 月 25 日，第 60 页。

[3] 郑工：《“父”之为父——石鲁〈转战陕北〉一画的图像学分析》，《美术观察》2008 年第 9 期。

度概括且极度传神。

其二，雕塑般造型，点景式站立。谙熟中国画独特魅力的石鲁，深知人物形象所赋予画面的精神和灵魂。因此，石鲁对毛泽东形象的塑造是深思熟虑后的精心创作，是认真考量后的神来之笔。据马改户回忆，为了达到理想的效果，石鲁对着毛主席半身石膏像和侧面浮雕像仔细观察，又让马改户照着他说的形象塑了一尊背着双手的毛泽东小型全身石膏像，“他就对着石膏像和小泥稿用毛笔画了很多写意性的侧面速写……他是全神贯注的来反复推敲这位伟大的‘点景’人物形象的”[1]。因此，这样一个经过艺术想象和雕塑造型的毛泽东形象，既含力量感又具体积感，尤如宝塔一般屹立于群山之间，积蓄着黄土高原的磅礴气势，爆发出峻拔山脉的浑厚伟力，成为整幅画面的点睛之笔。相比较于山体的面积，人物所占比例虽小，却以极为凝练的语言传达出领袖的精神力量和转战陕北的军事智慧，稳稳地压住了全局。在如虹的气势和崇高的意境中，达到了“以简化繁”的艺术效果和“以少胜多”的题中之义。

其三，跨年代造型，情感化处理。石鲁《转战陕北》中的毛泽东形象具有20世纪50年代后期毛泽东的典型特点，而并非1947年至1948年转战陕北时的真实写照。对比1947年转战陕北的新闻照片，我们发现，高虹的《转战陕北》(油画，1957)、丁一林的《转战陕北》(油画，2001)和刘文西的《毛主席转战陕北》(组画)(中国画，1978)等作品的写实性较强。而石鲁在《转战陕北》中塑造的毛泽东形象，无论是头像身材，还是精神风貌，均体现出超越时代的特征。这个毛泽东背着双手的侧立像，

---

[1] 马改户:《忆石鲁创作〈转战陕北〉的情况》，载《石鲁逝世三周年回忆文集》，中国美术家协会陕西分会内部资料，1985年8月25日，第60页。

是石鲁在现实基础上的艺术想象，是他带着浓厚情感的艺术再加工。仲呈祥指出："把握领袖形象……要求发自内心深处的一种自然而然的真情流露，一种在准确理解基础上水到渠成、不发不快、自然而然的流露，这是一种整体性的精神把握。"[1] 石鲁塑造的毛泽东形象，凝结了延安的革命精神和领袖的军事智慧，融入了人们对新中国、新社会和新生活的向往。在创作中，石鲁将国家的"昨天、今天、明天"[2] 植入领袖形象的艺术符号中，"使人不仅沉浸于对过去岁月的回忆，对眼前生活的思索，还想引导人们对未来生活的憧憬"[3]。因此，在石鲁看来，《转战陕北》中毛泽东的形象已然跨越了年代的标识，成为一种革命历史、国家形象和民族未来的表征。这种大胆而合理的艺术探索，不仅丝毫没有违和感，而且营造了一种超时空的审美想象，产生了广泛的受众认同和情感共鸣。

以上三个特点均以艺术的语言突显了毛泽东在转战陕北中的冷静与沉着，体现了胸中自有百万雄兵的领袖风度和坚定不移的革命信念。正如华夏所言，"石鲁在进行创作过程中，始终以表现领袖的精神为前提，而不以说明领袖在作什么为目的，这是作品达到较高水平的重要原因"[4]。石鲁重精神传达，强调意在笔先，其塑造的毛泽东形象既符合历史真实，又具有开阔的艺术想象空间，创作了新中国美术史上独具特色的领袖形象。事

---

[1] 仲呈祥：《关于塑造革命领袖艺术形象的思考》，《中国电视》2000 年第 11 期。

[2] 石鲁在谈及《转战陕北》的创作时，曾言："我在创作《转战陕北》《东方欲晓》《延河饮马图》《宝塔葵花》《秋收》等作品时，大约都遇到昨天、今天、明天互相碰到以其所迸发的火花。这种火花燃起强烈的创作烈焰，熔炼出了一些虽不十分成熟，但总算自己心血凝成的作品。"石鲁：《昨天·今天·明天——创作〈南泥湾途中〉断想》，载叶坚、石丹主编《石鲁艺术文集》，西安：陕西人民美术出版社 2003 年版，第 309 页。

[3] 叶坚、石丹主编：《石鲁艺术文集》，西安：陕西人民美术出版社 2003 年版，第 309 页。

[4] 华夏：《胸中自有雄兵百万》，《美术》1961 年第 4 期。

实上，《转战陕北》中毛泽东伟岸形象和博大胸怀的充分展现，除了石鲁的精心刻画和精准阐释外，苍莽浑厚的黄土塬梁和沟壑纵横的高原山体亦起到了重要的烘托作用。

二、黄土高原的文化符号表征

西北黄土高原苍莽浑厚、雄伟奇峭的自然风光具有博大的涵育力，丝绸之路沿线厚重的历史文化和多元的民族文化散发着持久的神秘魅力。20世纪三四十年代，延安革命根据地的星星之火，吸引了一大批仁人志士蜂拥而来，使得红色文化深深地扎根在了这片土地上。可以说，西北黄土高原积淀着的美学因子和历史养料，承载着几千年的文化根脉，成为一座有待挖掘的艺术宝库。从赵望云西北旅行写生的拓荒之举，到延安美术创作的兴盛浪潮，再到“长安画派”集体探索的有力推进，黄土、窑洞、宝塔、延河等极具鲜明地域特色的意象逐渐进入大众的视野。

1939 年，石鲁带着对革命圣地的向往和对新生活的期盼，从四川成都一路北上，于次年元月抵达延安。20 多年后，石鲁追忆他的这份革命情感时，仍激动不已：“记得我第一次带着满脚的血泡进入延安看到宝塔的时候，激动得连脚痛也忘掉了。”[1] 在延安生活的近十年间，石鲁系统学习了马克思主义和毛泽东思想，又亲身经历了转战陕北的过程，并且组建了家庭。在朝夕相处的革命岁月里，石鲁对延安、对黄土高原产生了一种难以

[1] 石鲁在 1961 年西安美协中国画研究室习作展座谈会上的发言，王朝闻：《新情新意——西安美协中国画研究室习作展座谈会记录》，《美术》1961 年第 6 期。

割舍的生命情感。他曾坦言："我们爱西北，爱西北风物的雄伟，西北人民的雄伟，革命的雄伟，社会主义建设的雄伟，刚健、雄伟、纯朴就成为我们艺术情趣的主要特色。"[1] 石鲁的这种情感自然而然地融进他的绘画作品，凝结于他对黄土高原山川地貌的描绘中，倾注于他对革命故事的讲述中。因此，他对国家、对人民、对领袖、对黄土地有一种从骨子里流淌出来的深沉热爱和由衷赞美。石鲁正是怀着这种真诚朴实的情感，竭力探索美术史上从未有过的表现黄土高原的笔墨语言和赋色方式。

然而，绵延数千年的传统中国画没有留下任何关于黄土高原的表现技法。这里没有重峦叠嶂的山石树木，也没有阴雨霏霏的小桥流水；这里是干旱的黄土高原，有堆积上达百米的风化土层，有水土流失严重的贫瘠土地。在石鲁的深入思考和不断探索中，一种拖泥带水的皴法恰如其分地表现出了黄土高原的苍莽，一种赭石、朱砂和墨色的混融渲染淋漓尽致地描绘出了黄土高原的厚重。"黄土高原"就这样在沉寂了数百年后，以独特的美学风貌登上了现代中国画的舞台。吕澎认为，石鲁"在对黄土高原的山体结构有充分的认识与理解的情况下，使用自由而没有章法的水墨——多少让人想到拖泥带水皴这样的笔法——完成了对陕北环境的表现"[2]。石鲁在《转战陕北》中以独特的阔笔大墨塑造出黄土塬梁的崇高壮阔，虽没有一草一木，却在群峰簇拥中充盈着一种大风吹宇宙般的气势，一种"欲与天公试比高"的豪迈。

《转战陕北》近景部分是断崖壁立的大团块构成的主体，线与皴擦交

[1] 石鲁：《艺术·意识·情趣》，载叶坚、石丹主编《石鲁艺术文集》，西安：陕西人民美术出版社 2003 年版，第 128 页。

[2] 吕澎：《石鲁 in/as 历史上下文》，载广东美术馆编《石鲁与那个时代》，石家庄：河北教育出版社 2008 年版，第 175 页。

织呼应，赋色效果充满如凿如刻的刚烈。一方面，厚实的赭石和朱砂混融热烈，以浓墨重彩的手法塑造出俊俏挺拔、朴实雄浑的黄土高原的地貌特征，营造了沉雄与伟岸的气势。另一方面，竖直的墨线苍劲有力，显示出直冲云霄的势头，而这种势头又被长短不一的横线多层次地截断，遏制了视觉上的冲击感。墨线与色彩的相互挤压，使得山体中积聚了一股沉厚的待发之力。位于中心位置的毛主席侧立像与山融为一体，可视为一条未被截断的竖线。因此，所有蓄积于山体中的上冲力在毛泽东侧立像上找到了爆发点，无形中赋予人物形象以惊天地、吞山河的气魄。顺着毛泽东的视线，观者的视角被引向苍茫辽阔的远方，色淡景虚，天际线明显，使得画面空间得到了充分的拓展和无尽的延伸，增加了视觉的扩张力和表现力，极具抒情性和想象性。这种墨与色关系的处理，将传统笔墨的韵味和力量展现得淋漓尽致，以黄土高原山体特有的色彩和气势衬托出毛主席雄才远略、高大伟岸的领袖形象。

事实上，在墨色分析的背后，是石鲁对山水与人物表现技法的大胆革新和绘画思想的深刻理解。石鲁主张以神写形、以神造型，画山如人、画人如山。[1] 在石鲁看来，“山水画跟人是怎么回事呢？你要把它当作人来画：有的是高大的，有的是坚强的，有的是优美的；要把它当成个大人来画。山水画就是人物画。如果只把山水画当成山水，你就不见了，对象也就只是那个样子。山水画要画得有气魄。什么气魄呢？人的气魄。它预感

---

[1] 1959年，石鲁在西安创作草图观摩会上的发言中明确指出：“风景画可以通过曲折的关系表现人的伟大，描写山的雄伟，就有人的存在，有时代感情。有时，它比直接描绘人物的画还有独到之处。”（石鲁：《创作杂谈——在西安创作草图观摩会上的发言》，《美术》1959年第6期）另据李世南回忆，石鲁在讨论人物画时曾说过：“画山水的时候，要把山水的神情气态当人来看，画人物时，要把人的神情气态当作山水来观照。”李世南：《狂歌当哭——记石鲁》，西安：陕西人民美术出版社2016年版，第42页。

着，表演着，或者是象征着人的精神……画山水画，它本身是人化了的！你的人伟大，你的人坚韧，你的人雄浑，你的人沉着，这都必然注入到山水画里面。通过笔，通过笔法、布局，就要达到这个目的”，[1]“对自然作诗化的表现，也同样可以发挥可视形象对人的影响作用”[2]。正是基于这种对山水与人物关系的认识，才有了《转战陕北》中领袖形象与黄土高原的熔铸一体，有了精神气度与笔墨语言的互为映衬。从这个角度而言，石鲁打破了传统山水画与人物画的界限，使得山具有了人的精神、人彰显出山的气势。

可以说，石鲁以雄浑有力的笔墨语言，解决了如何用中国画语言表现黄土高原的课题。黄土高原苍莽峻峭的美学风貌凝练为石鲁笔下纵横交错的刚健线条，朴茂雄浑的精神气度幻化为朱砂和赭石混融皴擦的厚重色块。因此，这里的黄土高原不仅是一种崇高俊美的视觉符号，而且包蕴着丰富的文化内涵。它是父辈的山，是革命的根，是民族的魂。以石鲁书为代表的一批艺术家发现了黄土高原的特殊美学风貌，尝试从文化的高度审视黄土高原，以艺术的语言表现黄土高原，并结合其深厚的历史文化底蕴和红色文化资源，将黄土高原人格化、象征化、崇高化。刘骁纯指出，石鲁的《转战陕北》“在美术史上第一次揭示了一向被人视为黄秃秃而难以入画的黄土高原特有的气势风神，以此展开了毛泽东博大的心理空间，从而使作品获得了鲜明的抒情色彩和象征色彩”[3]。这种在《转战陕北》中形成的黄土高原表现语言和文化符号，在石鲁之后的作品中呈现出越发强劲的生命力，《高原放牧》（中国画，1960）、《南泥湾途中》（中国画，

---

[1] 石鲁：《谈国画》，《社会科学战线》1980年第3期。

[2] 叶坚、石丹主编：《石鲁艺术文集》，西安：陕西人民美术出版社2003年版，第44页。

[3] 刘骁纯：《在历史的转折点上——论石鲁》，载广东美术馆编《石鲁与那个时代》，石家庄：河北教育出版社2008年版，第123页。

1961)、《赤岩映碧流》（中国画，1961)、《秋收》（中国画，1961）等一系列富有诗情和寓意的经典作品，都延续和发展了《转战陕北》中的笔墨语言和创作思想，甚至在《东方欲晓》（中国画，1961)、《宝塔葵花》（中国画，1961）等作品中，人物已经完全被隐匿，而情感和精神却得到了空前的升华。蒋文博认为，石鲁由此开启了“革命圣地山水画的创作方法”，改变了传统中国画中人物与山水的视觉关系。[1]

需要指出的是，虽然石鲁《转战陕北》中的毛泽东形象和黄土高原表现均有不同的寓意，但这幅画的精妙之处恰恰在于二者的合而为一。碑塔般造型的毛泽东是黄土高原上最硬朗的一笔，层层累积的黄土高原是中国革命最坚实的根，领袖提升了山的气势，山衬托出领袖的精神。石鲁认为，“艺术处理要求从看来是有限的描写中使人联想到更宽广的内容”，“要求在有限中表现无限”。[2] 这种对“无限”的追求，体现了中国画的永恒魅力，给不同时代的受众留下了宽广的想象空间和阐释路径，也铸就了石鲁《转战陕北》中的毛泽东形象和黄土高原符号。

在历经了60年的时间洗礼后，《转战陕北》仍以丰富的意象和磅礴的气势散发着熠熠光辉。石鲁运用革命现实主义与革命浪漫主义相结合的手法，基于历史真实，将图像叙事的对象聚焦于领袖形象的塑造和黄土高原的表现，融崇高、壮美等审美意向于毛泽东的精神气度表达和黄土高原的文化符号阐释，把人当山画、把山当人画，人与山气脉相通、精神相连，突破了传统中国画的语言体系和视觉范式，拓展了革命历史题材绘画的艺术想象空间。

---

[1] 参见蒋文博《石鲁革命圣地山水画的语法分析》，《中国书画》2020年第12期。

[2] 石鲁:《创作杂谈——在西安创作草图观摩会上的发言》，《美术》1959年第6期。

当代篆刻边款创作的研究与反思
——兼论“铭刻学”构想

刘　镇

暨南大学艺术学院

一、技术与风格：当代印款创作的两种倾向

从整体上看，当代印款大多承袭历代以来书法入款传统，多以正书（先秦文字、魏碑）、行草简要记载印章内容出处、刻制时间、收受人姓名等。边款内容大多文辞简约，详略得当，不少边款除了文字之外还穿插金石、绘画元素，表现出当代印人对于边款历史传统的追溯与思考。如第十届国展徐明春“亦复如是”印款内容与印文内容相同，印款的表现手法采用了汉代砖文风格，莽莽苍苍，与其印面所追求的古质典雅一路风格非常契合；张钧的篆刻印屏中，分别使用金文、简牍、楷书、行书等众多书体书风刻制印款，整体效果丰富、和谐，如楚玺风格的印面内容与楚简风格印款相搭配，显示出作者对篆刻创作的深入思考与努力探

寻。再如，林李阳印屏中“人间正道是沧桑”一印印款采用宋元版刻书体，“君子藏器”印款吸收了汉代画像砖元素，其他印款也有少量国画山水、花鸟等题材，在众多的印屏中别具一格，展现出作者敏锐的艺术触觉与洞察力。以上三例，展现出当前边款创作的三种取法维度，即印款统一型、印款互补型与印款各表型，以上几种皆能与时代同频共振，堪称当代边款创作中较有代表性的作品。

但从另外一个层面上讲，当代展览中也存在一些印面风格十分成熟乃至个人面目凸显的印人，但对印款创作却缺乏足够的重视，印面与印款之间的差距比较明显。要么风格多变，缺乏统一，没有清晰完整的表达体系；要么印款文辞与印面内容毫不相干，印款成了一种丰富印材、印屏的装饰手段，没有其自身内在的文化意蕴；要么印面表现形式与审美原则与印款相冲突，在风格与表现方式等方面缺乏内在理路的统一。[1] 总之，大多数在渊源与题材选择上未突破明清束缚，未能充分利用当代考古学、图像学的研究成果。

从具体的取法路径来看，当代篆刻边款的创作取法视野还不够开阔，如所用楷书、行书的取法渊源大多局限于晋唐楷书与行书，篆书、隶书、草书则较少。至于篆书、草书一路风格，甲骨、先秦金文、秦汉金文、汉魏砖文较多，章草、唐宋大草等较少。因此，从当代工稳、写意两大类型的印风及其边款创作来说，内容、书体、风格以及相关艺术元素的攫取，是探讨这一艺术方向甚至学科门类的重要内容。

当前的边款创作已经如同书法一样走向一种较为明显的“展览体”倾

[1] 刘洪洋：《立足传统 着眼当下 博采众长 勇于求变——从当今印坛创作现状看“国展”中的篆刻投稿》，《书法报》2019 年 6 月 12 日。

向。毋庸赘言，“展览体”是把双刃剑，从艺术发展的本体规律看，它制约、限定了艺术表现的方式与范畴，但从当下时代审美的角度看，它的积极意义正在于它的局限性——修正了艺术的发展方向与表现方式。

（一）工稳型。历史地看，严格说来，边款的刀法无非单刀、双刀两种，印款的刻制亦以阴刻、阳刻为主。而可供入款的文字则从甲骨文、金文、陶文开始，书史上但凡出现的各种书体皆曾被世人用以刻款，可见作为载体的字法表达方式已经十分丰富。

在以展览为中心的创作模式中，工稳型印款着重于内容、形式的设计与制作，作者试图在有限的印屏空间中营造出无限的繁复与精巧。它们的印款内容十分丰富，而且章法安排亦“功夫”见长，这种追求匠心独运的创作无疑源自技术表现为目的的创作心理。因此，工稳型印款对“法”的强烈追求，在展厅视野下“炫技”“制作”的倾向十分明显。它们在追求技法“娴熟”的同时，也使得当前印款创作陷入无限“繁复”的趋同势态。长此以往，篆刻创作的标准也势必会面临单一化的境地，印人对篆刻内容、审美层面的表达终究会流于一种形式，内容渐趋单一。

（二）写意型。与工稳型印款相较，写意型印款更加追求刻制过程中刀法的自由表达，追求各种“偶然”因素。我们认为，在先秦古玺、魏晋将军章、唐宋官印等相对粗放一路的创作中，与之匹配的印款首先要考虑印章材质、印面内容、印文风格等多方面的因素，或与之风格上互补以达到协调的目的，总之这类印款创作更加强调独特的个人面目。

与书画作品一样，印款的作用其实是对印文（主体）的补充说明抑或深入阐释，进而营造出一种与正文交相辉映的艺术效果。这种表现形式，不仅从技法层面上看是一种延续了金石学中碑刻一类的传统，其实还是印面艺术效果的进一步衍化、补充。以此反观当前印款创作倾向，展览中的文字叙事功能逐渐消退，代之而来的是印款已经成为一种仅供丰富、点缀印屏而使用的“图像”。

当然，从中国传统主流色彩观看，印屏中间或穿插的乌黑光亮的印款拓片与朱红印面之间显然存在着一种需要调和的视觉“差异感”。因此，题签、跋文似乎成了当前印屏设计中不可或缺的重要组成部分。第十届国展中，马景泉甚至将印款形式予以放大，充斥整个印屏的三分之二，入款文字为《岳阳楼记》全文，已多达数百字，如此可见印款创作与刻字之间的界限已经十分模糊。从这个角度讲，印面与印款二者之间的鸿沟越来越大，印面作为有限的“形式”已经无法满足印款的时代审美需要。实际上，印款似乎还没有做好充分准备，没有形成较为完整的刀法、字法、章法体系，边款的时代特征与完整语汇的构建依旧值得我们深入思考。

辩证地看，印面与印款内容、印面章法与印款章法、钤印与印款拓制风格、印面审美与印款美感类型都应存在一个统一的标准之上，它们之间又能有机地统一在一个完整的印屏之中，这才是时代审美主流的应有之意。以此反观当前展览中的各种印屏，能实现这种程度的统一的作品并不多见。从其本身所应具有的内涵与价值来说，这是一种倒退，但从整个时代篆刻审美（印屏设计）的视角看，印款的地位已经被前置，也即篆刻审读的顺序已经置换为印屏题签、印款拓片、印蜕、其他书法题款。这种强调“制作”倾向的出现，并不是偶然，它显然遵循了展厅时代下观众欣赏的需要，甚至承认了印款刻制过程中已经涵盖了印面设计与刻制的全部。如果从金石学的传统看，印款拓制与碑刻法帖的历代流传一样，都是书印作者技术效果的最终呈现形式，因此拓款本身囊括了“拓工”对于款识的多元审美。

展厅视野下，印款的创作，或许更应该如同书法一样尽量祛除“炫技”的意味，走向一种基于“充实”之上的个性之美。展览作为一种导向，显然已经成为当代篆刻生存、发展的重要语境，因此，如何在有效把握技法纯熟的同时深入思考创作倾向、叙事功能的当代意义，应是当前印款创作的重要命题。我们认为，这种思考存在两个基本前提，即当代印人个性泯灭与自我知识素养体系的不健全，是导致边款式微的根本性原因；当代物质文化极度富庶、精神文化层面崇尚“快餐”式文化的时代语境是影响印款及个人篆刻语言走向消解的直接性原因。因此，从当代印款创作技法体系构建的角度看，亟须当代印人个性语言体系的构建。

二、当代印款研究的学术回顾与学理反思

如上所述，印款作为一种“开放性”的展示空间，其定位必然在逻辑上从属于篆刻艺术的整体性表达。因此，塑造印款风格所需要的技法手段等是否必须与印面保持一致呢？答案是肯定的，即印面与印款内容、风格选择、刀法体系高度统一：文辞内容与印蜕、钤拓风格，甚至印屏设计、题签风格等都要在内在要求上“统一”到同一种层次上。这需要在处理印面、印款时，必须将印章整体“统一”放在首位，文辞内容、表现手段、审美视角等诸多方面统一到更深层次的人文思考之上。

如果将印款创作置放于古代传统人文语境中来看，边款中的技法与风格，如同书法、绘画跋款一样，都应是对正文抑或主体的补充说明，印文与印款二者理应统一。单纯从印款技（刀）法的角度看，其与印面并无二致，因可供施刀的范围比印面要大，因此呈现的效果自然可以更加丰富。从第五届至第六届兰亭奖、第十届至第十一届国展等来看，不少印款内容文意过于浅白，要么则大段誊录唐诗宋词，与篆刻的整体性、统一性关联

并不是特别紧密。甚至在不少印屏中，印款及其墨拓仅充当填补与丰富印屏的角色，其文字内容、表现手段、艺术风格并未给予充分的重视，最终忽略了印款本身的价值。

从印款内容与风格的角度看，长款变少，图像增多，指向了“叙事”功能的逐渐消退。由此言之，基于刀法的当代边款风格体系、话语体系的建立，需要印人提升自己文化素养，健全丰富个人的艺术语言。当代边款创作所遭遇的“苍白”以及印款二者的“割裂”，或许也是包含篆刻、书法、绘画在内整个人文艺术领域所面临的突出问题：扁平化、碎片化特征在当下人文思想承传的脉络中越发明显。

历史地看，中国悠久的“铭刻”传统自从商周就已肇始，“甲骨文”“金文”“陶文”以及各种碑刻、青铜纹饰全面展现出古人精湛的雕刻工艺。中国印章，作为其中的一个分支，参与了金石铭刻传统的构建，自古至今扮演了权力、身份乃至凭信的角色。依附于其上的印款，所说出于从属为之，但亦不可小觑。在印章史中，印款的产生与流变也经历了一个转捩，以隋代为分水岭，之前以“印面”铭刻为主，印款极少；之后渐多，明清发展至鼎盛：诗书画印在印款中得以综合呈现，“一体化”现象突出。

具体来说，在明清时期大量文化精英的积极参与下，印款经历了自身印文内容、印材、刀法，以及审美观念、社会思潮的侵染，“日常化”“生活化”倾向明显。印款与印面内容、风格及其所使用的刀法、钤拓走向一统，文学、金石学、书学、画学等元素大量融汇。[1] 关于此点，最为显著的代表是浙派陈豫钟的“澄碧珍赏”印款，款文直言文彭、何震为“署款之最著者。然与书丹勒碑无异，若不书而刻，乡先辈丁居士为，然其用刀

[1] 参见陈国成等《明清印章款识文献研究》，北京：社会科学文献出版社 2018 年版。

之法，余闻黄小松司马，云握刀不动，以石就锋，故成一字，其石必旋转数次”。而此时，篆刻印材除了石料之外大大拓展，印款文字之外也增入浅浮雕、线刻等形式的绘画题材，博古纹样，人物花鸟与山水题材，比比皆是。可见，最为制款炽热的当时，篆刻家之于印款的目的在于对印面内容的阐释，其“做法”与意义与书画作品的“题跋”相同相通，是一种基于作品本身而面向作者之外敞开的“召唤”性结构。

基于篆刻史的发展线路，从当代学科视野来观照边款的研究趋向，可以发现以20世纪90年代为界，印款研究主题经历了由关注技法到学术性探讨的转变。其转折点在于书法学专业的设置，致使篆刻逐渐成为一专门的“研究方向”。

20世纪70年代，邓散木《篆刻学》以篆刻理论与技法兼顾的特色，于下编第三章专辟一节简论“款识”理论、技法流变。在梳理明季文彭、何震，清代西泠诸家之后，对阴识、阳识及拓款细节作了阐说，虽然言语稍略，但皆为经验之谈，弥足珍贵。[1]20世纪80年代，韩天衡站在学术研究的高度将印款置放于其中，观照渊源、技法、流派以及印人、印史、印论、印话研究的多重维度，极大地拓展了印学研究的空间。依次从考证印人生平与交友、勾稽印论与创作观念、保存诗文及逸事、佐证印章真伪等诸多方面，几乎形成了一个“在深度、广度、高度诸方面均无懈可击的完整体系，使印款艺术成为篆刻艺术里举足轻重的门类”[2]。

---

[1] 参见邓散木《篆刻学》，北京：人民美术出版社1979年版，第62—63页。

[2] 韩天衡：《五百年印章边款艺术初探》一文堪称当代系统研究印款的代表成果之一，是文将印款置放于“一个长时期被忽视的印学课题”的视角中，较为系统地叙说了印款渊源于“绘画题记”、隋唐之发端、花乳石材质“引进”与印款“勃兴”，印款与技法流派，论印诗、印学思想以及在印章真伪鉴定中的辅助作用等。《印学三题》，武汉书协编印，第25—41页。

20世纪90年代，书法方向在全国高校中如雨后春笋，遍地发芽。印款研究逐渐转向学术、艺术价值层面的探讨。丁正连发二文专论印款渊源及其价值，围绕印款审美以及与文学、金石之关作了阐发，重点突出其学术研究的重要意义[1]。21世纪以来，边款相关的学术研究呈现细化趋势。朱文琼[2]、彭作飚[3]、张云龙[4]、陈道义[5]等关注吴昌硕、赵叔孺等具体篆刻家印款创制手法，讨论风格渊源与价值取向；卢康华[6]、朱琪[7]则从印款文学价值的角度予以检讨，认为印款内容中的叙事功能与文献价值渐次消解。孔品屏《试论边款创作的当代特质》[8]一文讨论“建国两谱”、《养猪印谱》《鲁迅笔名印谱》和“时下两集”《全国第七届篆刻艺术展作品集》《当代创·意印风精品集》所收印款文字风格与印文的匹配方式，研究款印二者之间的互动关系。与之相似，蔡泓杰[9]对西泠印社、中国书协主办

[1] 丁正：《印章边款源流略论》（《佛山大学学报》1995年第3期）、《略论印章边款的审美价值和学术价值》（《佛山大学学报》1996年第1期）。

[2] 朱文琼：《从吴昌硕为闵泳翊所刻印章边款看中韩印学交流》，《书法赏评》2012年第2期。

[3] 彭作飚：《赵叔孺印学思想管窥——以其边款为例》，《艺术品》2014年第2期。

[4] 张云龙：《齐白石印章边款艺术略识》，《辽宁教育学院学报》1999年第2期。

[5] 陈道义：《童大年篆刻边款研读三题》，载《近现代海上篆刻学术研讨会论文集》，上海：上海书画出版社2014年版。

[6] 卢康华：《“微型碑刻”：明清以来印章边款的文学性及文学史料价值探讨》，《文学与文化》2013年第4期。

[7] 朱琪：《维度的消解——当代篆刻边款叙事功能的式微及其他》，载《西泠印社当代篆刻学术研讨会论文集》，杭州：西泠印社出版社2015年版。

[8] 西泠印社编：《西泠印社当代篆刻学术研讨会论文集》，杭州：西泠印社出版社2015年版。

[9] 《进退之间——从两大篆刻专项展作品集看新时期边款创作》，载西泠印社编《西泠印社当代篆刻学术研讨会论文集》，杭州：西泠印社出版社2015年版。

全国展作品中印款字体、内容、幅式等进行研究，认为虽然字体、幅式越发丰富，但技法、语言内容浅薄，缺少对书法、文学等因素的涵养。

在近年涌现的书法篆刻类教材、专著中，印款所占比重越来越大，将其置放于学术视角进行解读的倾向越来越明显。如《篆刻教程》沿袭邓散木的《篆刻学》构架，“理论篇”专设一章讲述“边款艺术”，“实践篇”再设一章讨论“边款的刻制与传拓”。围绕“边款内容与功用”，强调了印款的学术价值。[1] 顾琴《海派篆刻研究》第五章讨论海派篆刻的“风格学观照”，论证吴昌硕“明月前身”印款“魏碑体”与“章氏夫人背面像”，着力挖掘印款文字、图像背后“佛教虔诚、企盼的祝愿”，将其与碑刻之“纪念碑性”的研究并列起来。[2] 在印谱等出版物中，《赵叔孺印存》[3]《中国印章——历史与艺术》[4] 等认为印款与印文的篆法、章法、刀法“共同构成中国篆刻艺术技法体系的基本内容”。尤其指出，印款技法与书法相通，镌刻方式、意义、价值几乎完全相同。

尤为重要的是，陈国成在《历代印学论文选》《历代印谱序跋汇编》《印章边款艺术》《中国印论类编》的基础上，整理汇编《明清印章款识文

[1] 参见赵宏《篆刻教程》，北京：华文出版社 2006 年版，第 188 页。

[2] 参见顾琴《海派篆刻研究》，北京：荣宝斋出版社 2012 年版，第 112 页。

[3] 舒文扬编：《赵叔孺印存》，上海：上海辞书出版社 2002 年版，第 45 页。“序文铭心之品”之印，朱文，六面款。“序文喜集印，而于名人印谱搜之尤专，近得其外祖传节子太守延年室旧藏《宝印斋印式》二册，印为汪尹子关一手所制，前后题跋皆明贤真迹。内以倪文节、文文肃、缪文贞三公遗翰尤为墨林鸿宝，故序文珍之重于头目，属于刻此印以施册首。而拙印竟附名迹以传，何幸如之。壬戌大雪节，尽一日之力，习心静气，略参尹子刀法，博方家一笑。叔孺并记于仆垒庐。近日序文游沪，复于荒摊中得谱印残帙，细审之，亦尹子所制，约百余印。足补前谱之阙。海上为文人荟集之区，佥未之见。独为序文所得。岂神灵默为呵护，留此以畀之欤，越月又记。”

[4] 孙慰祖：《中国印章——历史与艺术》，北京：外文出版社 2010 年版，第 303 页。

献研究》一书。上编为印人、印学、印技等研究内容，下编为“款识文献集成”，卷帙浩繁，蔚为大观，全书近70万字。全面整理了明清印章边款文字，为当下边款研究奠定了重要的文献基础。[1]

技道并进，心手双畅，我们应当致力于构建具有时代特征的印学范式。对当代边款的集中研究，其实指涉的不仅是篆刻作品、篆刻家，甚至是当代整个文化史的发展进程。从学术史的宏观视角来看，其所昭显的是整个时代对于传统文化的认知与理解。明清文人篆刻传统中，印款体现出来的是书法、碑刻、文字、金石、诗歌、绘画等多个方面的素养，整体呈现出篆刻家以印章作为载体而展示出来的各种文化信息。因此，某个层面讲，边款的文字功能与有宋以来《集古录跋尾》《金石录》，甚至《东坡题跋》《山谷题跋》等诸多文人金石书画笔记异曲同工，以此展开印学观念与思想的解读空间巨大。譬如，在印学理论文献史料的搜集整理方面，不能局限于文字、图像本身，还应关注二者背后所依托的时代背景与立论基础。也就是说，看似琐碎而又支离的印款文字，理应从关注史学和美学的“学理”宏观视野与格局中予以审视，从历史的、整体的、发展的审美嬗变过程出发展开具有思辨性的探讨。

比如，印款创作的题材不仅可以采用明清主流行书、楷书，还应有佛像、汉画像，甚至夏商周三代族徽、青铜纹饰图案，还可以充分吸收文献学领域中的集古印谱、宋元版刻书体等式样，广泛借鉴国画、版画中的各种题材与表现手法，等等。当代印款创作的取法渊源与视野有待进一步拓展，考古、科研的最新成果还未能大范围的在印款创作中得以充分体现，印人的独特篆刻语言亦未形成。因此，我们清晰地看到当代边款整体上继

[1] 参见陈国成等《明清印章款识文献研究》，北京：社会科学文献出版社2018年版。

续沿袭明清传统，展现出传统的一面，但在文辞内容、表达机制、审美层次等方面与时代要求相去甚远，总之曰文化属性正在逐渐消逝。

我们认为，这种倾向不仅要从印款创作的取法渊源、视野等方面展开思考，更有必要上升到学术史的层面来进行讨论。这种追问与批评，实际指向了印款的目的与价值是什么，也即印款创作的当代意义何在？这或许是当代每一位篆刻家在刻制印款时首先需要思考的一个重要命题。

故而，当我们将印款上升到当代篆刻史、印学理论、篆刻学术史、篆刻文献学等层面的时候，印款文字就成为印论、印学的史料渊薮。基于此，我们认为，边款的重要性理应得到充分重视，尤其在以展览为导向的当下，印款技法、内容、形式都应置放于篆刻学术史的高度来审视。以此观之，每位篆刻家在努力汲取时代审美特征、弘扬时代主旋律的前提下着力于个性语言的塑造。同时，我们还要对印款内容、风格源流、表现形式、拓制手法等进行重新审视，系统梳理，做好当代篆刻承传的各种充分准备。

引领时代，弘扬正大气象。自古以来的书画篆刻发展史告诉我们，艺术的发展无不与社会经济、政治紧密关联，尤其是元代以来篆刻印材的拓展、观念的嬗变、印人身份的逐步确立。因此可以说，艺术风格、流派的形成，各种印学思潮、观念的出现与嬗变正是建立在社会发展与经济繁荣的基础之上的。因此，当代篆刻的审美应当建立在正大气象的时代气象之上，自始至终将个人篆刻语言与时代审美标准进行对话，将自我面目的塑造建立在深入了解时代主旋律的宏观视野之中。

此外，新时代背景之下，当代印人还必须以此为基点尝试构建具有时代特征的印学研究与审美体系。在当下与未来的印学研究范畴中，不仅关注技法、学术层基础知识构建，还应从时代审美维度的层面系统思考印人、印史、印论、印谱等诸多方面，以期全面构建新时代印学研究的新局面。

三、铭刻学的学科构想及其时代意义

宋代以来，诗书画印之间的交互影响渐次加深。它们外在表现所需要的文辞内容、表现方式、审美要求等也存在着高度一致性。从技法看，边款的刻制、钤拓手法与书画之碑帖完全相通，只不过表现空间、题材方面更加狭促，受到一定程度的限制而已。从内容以及审美要求方面看，边款与诗歌、书法、绘画存在着相通性，印款内容中对创作取法的设定、刻制过程的叙述、刻制细节的描述、交游始末的咏赋等，皆与诗文评点、书法题跋、题画诗词相同，是对创作过程相关内容的一种补充与“二重表达”。更为重要的是，刻制印款的内容（论印诗）需要良好的文学功底；印款的刀法与印款不仅是诗文书画等传统文化元素的集中体现，更应成为呈现个人综合修为的一种重要渠道。

但在现代学科意义的考古学中，目前国内的研究体系中并未过多触及“金石学”，遑论“铭刻学”了。其实，金石学与文字学、文献学等之间的关联十分紧密，它们关注、研究的对象相互重叠，研究范围大面积覆盖，方法、路径基本一致。概括地说，大都以历代吉金文字、砖瓦铭文等“铭刻”类材料。而在当前有关高校中，只有吉林大学等在硕士阶段设置“铭刻学”，挂靠历史学之下，成为与“书法文献”等并列的研究方向。概括地讲，“学科”一词译自英文的discipline，实际上具有知识分类、教学体系、科研机构等多重意义。铭刻学起源于西方文艺复兴之后，主要关注古典时代（即希腊、罗马时代）的遗迹、遗物及其铭文。目前，铭刻学在国内从属于考古学，与文字学一样皆专注于遗迹和遗物上的铭刻文字、意义与字体。因此，铭刻学的建立，必然触及古文字学、古文献学、历史学、文学等有关基础知识。

国务院学位委员会所设定的学科划分原则，是一级学科、二级学科（专业、方向），而二级学科必须拥有相对独特的必修课程体系。按照这样的原则，“铭刻学”应当作出如下学科体系设置方案：文字铭刻学，着重从多层次、多角度的研究文字与铭刻之间的关系，主要研究文字特征的形成与铭刻之关系、二者间的相互作用，字体形成与铭刻，铭刻方式与文字风格等；文学铭刻学，着重从多层次、多尺度研究文学及其与铭刻之间的关系，主要研究早期文学文本的生成、发展和传播过程，文学传播与铭刻之间的关系，铭刻在文学发展中的作用，以及环境因素对铭刻（书籍刊刻、石刻题名等）的影响等；文献铭刻学，着重研究遗迹层面的相关研究，主要关注石刻与纸本文献的多样性和功能，时空分布，遗迹生成与传播环境的形成等；书法铭刻学，着重研究书法传统的结构、功能及其动态发展过程，古今碑帖生成、发展和传播的动态演变过程，重点研究环境变化和人类活动对书法铭刻的影响等；考古铭刻学，着重研究古器物修复与治理的理论、技术和方法，主要研究内容包括青铜器、古墨、名砚以及铭刻类文物的修复与改造，关注由此衍生的各种话语体系。文创铭刻学，着重研究支撑可持续发展和生态文明建设的铭刻学理论、方法和实践，主要研究经济社会发展中的文创生态、资源约束，强调支撑经济社会可持续发展的铭刻学原理和实践等。

不难看出，铭刻学在学科体系构建方面，应当尊崇“历史学”的方法与视角，那么，当下印款研究所涵盖的块面应当包括印人、印作、印史、印论等诸多方面的内容与成果。因此，从铭刻的角度审视印款内容与创作方式，显然就有了考古学视野中的重要意义。显然，当前边款创作合理吸收当代考古成果的倾向在延续，从技法、观念再到学术层面的有关“铭刻学”的学科构想也势必值得期待。

粤港澳大湾区戏曲传播路径演变
——以粤剧的“存在空间”为例

罗　丽

广州文学艺术创作研究院

随着2019年中共中央、国务院《粤港澳大湾区发展规划纲要》的出台以及共建人文湾区设想的提出，粤港澳大湾区这一概念备受关注。共建人文湾区，粤港澳大湾区区域文化融合的前景实际上源于其历史本身。尽管在时下通用语境中，粤港澳大湾区更多是作为区域经济发展概念被描述，而并非讨论区域文化常用的概念。这既是新的区域经济概念，同时又不是架空历史、凭空而来的，而是建立在珠三角地区传统的区域历史、经济、文化积淀之上的概念。

从地理位置来看，粤港澳大湾区所在的珠江三角洲地带，位于珠江中下游出海口，是广府民系的核心区域，而广府民系文化是岭南文化中影响最大的亚文化。广府民系文化特征以珠江三角洲最为突出，既有古南越遗传，更受中原汉文化哺育，又受西方文化及殖民地畸形经济因素影响，具有多元的层次和构成因素。历史上，这个地区形成保持着广府民系文化各方面的特色和传统，在方言、风俗习惯、民间信仰、亲缘观念、市井风情等方面都显示出其一致性，构成相对完整独立的珠三角文化区域[1]。而本文即将讨论的粤剧及其传播形态的演变，正是在此文化区域及地理空间中展开的。

一、粤剧的“存在空间”

粤港澳大湾区文化传统根植于广府文化，粤剧正是浸润于这种文化之中重要的优秀传统文化。粤剧在其萌芽、发生、发展的历程上都与广府民系文化紧密相连，无论是艺术形态的演变，或者是演出形制的变迁，都呈现出鲜明的艺术特色和独特的文化内涵。

一方面，粤剧孕育于广府文化的传统土壤，成长中不断汲取广府地区的民俗文化和民间文艺的养分，在广州、香港等城市中接受近代文化变革的滋润得以新变，成为广府地区雅俗共赏的娱乐文化，流淌着广府文化的民俗文化血脉，是广府族群共同的文化印记。另一方面，广府文化特质对粤剧也产生着深刻的影响，广府文化中的包容、创新、务实、重商、多元等精神特质，使得粤剧在发展道路上不断新变，例如20世纪初以来不断上演新剧目，引进西洋乐器，大量借鉴电影、文明戏的表现手法，等等。

粤剧就是使用粤语并在广府族群中流布最广的戏曲剧种，从而也成为传承其文化审美传统最重要的载体之一。粤剧由外省声腔演变而来，又经

[1] 参见李燕《港澳与珠三角文化透析》，北京：中央编译出版社2003年版，第21页。

本土音乐曲艺的改造，最终成为民众喜闻乐见的艺术形式和娱乐活动。在粤剧身上，能够一一检索出粤港澳大湾区区域传统文化审美。自汉唐至明清，由于广州是中国通商口岸，是中国对内对外贸易的中心，经济的繁荣和商业的发达，使南北的歌舞伎艺随之来到南粤，民歌、民乐、舞蹈、说唱文学等十分普及，乃至出现“粤俗好歌”的说法，这对粤剧在明清时代形成奠定了坚实的基础。到了 17 世纪中叶，弋阳腔、昆腔等外来剧种流入岭南，这里出现了成熟的戏剧形式。18 世纪后期，本地艺人借鉴外地剧种经验，成立本地班，使梆子、皮黄等剧种的音乐与粤语语音融合，逐渐形成地域韵味浓郁的粤剧音乐。中华民国（1912—1949）期间，粤剧已完全使用粤语方言。粤剧的形成过程，反映出其兼容并蓄、多元互通的特性。

粤剧兼容并蓄、世俗市井的地域文化特性，形成了其传播形式与手段的多样可能。在粤剧发展的历史长河中，在粤剧舞台艺术本体之外，观看粤剧表演的空间、记录粤剧的物质载体和传播媒介一直在不断发生变化。任何一种艺术门类自诞生之时起就离不开传播载体，与此同时，任何一种艺术的传播载体也不可能一成不变，而随着传播载体的改变，艺术内在的本体形式又将注入新的活动。

粤港澳地区在第二次世界大战以后有着中国最为发达的电影制作基地，香港制作的电影成了文化符号走向世界。20 世纪 40 年代到 50 年代，香港粤剧演出兴盛，有着东南亚和北美的巨大市场，为了迎合观众的需要，大量资金进入电影工业，一大批粤剧演员置身于电影当中，白天影棚拍戏，晚上剧场演出成了常态，红线女、芳艳芬等粤剧演员成了剧影双栖的明星。这也导致香港电影的故事片的制作对戏曲或戏曲元素情有独钟，如妙趣横生，演唱悦耳上口的黄梅调电影，由于其通俗顺耳，风靡全球华语地区。

随着新的戏曲电影拍摄热潮，《小周后》《小凤仙》《传奇状元伦文叙》

《柳毅奇缘》《花月影》《刑场上的婚礼》《白蛇传·情》《南越宫辞》等粤剧电影的陆续拍摄上映，以电影传播实现对传统戏曲文化的挖掘和阐发，戏曲魅力与当代价值通过电影展现，体现新时代粤剧鲜明的实践品格。一方面，粤剧电影赋予了粤剧传统舞台艺术以新颖的电影元素，促使传统粤剧艺术和新兴电影工业之间互相渗透影响；另一方面，粤剧剧目、演员借助电影，促进粤剧舞台艺术的广泛传播，特别是通过粤剧电影这种手段，延伸了粤剧艺术的表现领域，从电影角度展示了粤剧艺术的独特魅力。《传奇状元伦文叙》《柳毅奇缘》摒弃静态单调的舞台背景，实现了电影化手段与戏曲美学原则的融合。《白蛇传·情》将奇幻的电影表现手法和戏曲的抽象表达有机结合，以充满想象力的视听效果给观众带来惊艳，是3D数字化时代的粤剧电影在拍摄技术运用上的重大突破。

从传播学角度看来："中国戏曲发展史就是戏曲艺术使用不同媒介进行传播的历史。"[1] 因此，粤剧艺术的传播发展并不单纯是传播形态的更替或取代的发展历程，而是新兴的传播形态不断叠加与相互兼容的发展历程。在粤剧舞台艺术本体之外，借由观演空间、传播媒介的新变，粤剧的传播路径不断演变，由此生成了粤剧的"存在空间"。

二、粤剧观演空间的演变

从舞台、书刊、唱片到银幕，粤剧一步步从最初的乡间走进城市的公

[1] 刘徐州：《传播视角下戏曲形态的流变》，载杨燕主编《中国电视戏曲研究》（上），北京：广播学院出版社 2002 年版，第 38 页。

共和私人空间，并为适应新的演出场合而调整自身、不断变化。粤剧最早的本地班，是以红船为交通工具游弋于珠三角地区河道的水上网络中，在乡村的宗庙神社前演出。而后才进入城市，在街头演出，接着在剧场上演。

民族音乐学从宗教功能角度出发，把在神庙宗祠前的演戏活动为“神（作）功（德）”作为戏曲演出的“原始”（primitive）或“原本场合”(native performance context)[1]。各种在都市里形成的演出场合，都是随着戏曲的发展而产生的“转换场合”或“移换场合”（adapted context）。而每一个演出场合又包括有：演出地点之环境、出场地之物质结构、演出者与观众界限之划分、在演出进行中之其他活动、观众的口味及期望、观众的行为模式等元素。这些场合元素间的交互影响和复杂关系，又反过来直接影响着粤剧（戏曲）的演出风格及习惯。“粤剧及粤曲的传统经长时间累积成一些风格特征、概念、习惯及行为，目的是为回应因演出场合及环境所引起的问题。脱离了它的演出场合，我们将很难理解某些风格、概念、习惯及行为所扮演的角色。”[2]

在粤剧所依附物质媒介的分析中，毫无疑问，舞台是原初的、传统的，即惯例的、协定的（conventional）：“所有的艺术形式通常是包含着基本的——且隐含着传统的——方法与意图。”[3] 实际上，舞台演出与戏剧所寄宿的文本之间天然就存在悖论：“戏剧是一门悖谬的艺术。人们还可以更进一步，从中见出悖论艺术自身，因为它既是文学产品又是具体演出；既永恒常在（可无穷无尽地再现和更新）又稍纵即逝（从不能再生出一模

[1] 参见陈守仁《香港粤剧导论》，香港：香港中文大学音乐系粤剧研究计划 1999 年版，第 63 页。

[2] 陈守仁：《香港粤剧导论》，香港：香港中文大学音乐系粤剧研究计划 1999 年版，第 64 页。

[3] [英] 雷蒙·威廉斯：《关键词：文化与社会的词汇》，刘建基译，北京：生活·读书·新知三联书店 2005 年版，第 89 页。

一样的来）。演出的艺术只是当天的，次日再不相同；概而言之，它正如阿尔托所期望的那样，只是一次性的、仅有一种结局的演出艺术、'今日'的艺术。因为明日演出进行时，即使想与昨日的一样，也因表演人员已经改变、面对的观众已经变换而不一样。"[1] 在舞台演出向平面媒体转换的过程中，戏剧（戏曲 / 粤剧）作为戏剧本质的"扮演"，已经从本质上发生了改变。

随着书刊和唱片媒介的进入，同时发生变化的还有其传播模式和感知途径，从单个兼具视听经验的公共舞台演出，成为散落在多个不同私人观赏场所的视觉或听觉体验，"时间和空间发生了压缩"[2]，并随物质媒介发生了流动和传播。而当这些单独进行欣赏活动通过公共交流社会化后，便形成了新的言谈空间。如通过《真栏》《伶星》等小报的发行，粤剧观众间获得了更多观剧以外的话题，伶人逸事趣闻、剧坛新动向一再被谈论，而唱片也通过茶楼、凉茶铺里的留声机和广播，突破了私人阅读体验的局限，回归为集体活动。在粤剧的演出场合和物质媒体的不断转换中，观众的感知体验也随之变化，从集体参与到私人观赏，再回到群体性的放映场所，人们可以选择接触粤剧的方式越来越多。且粤剧演出场合和物质媒体的转换并不是取缔性的，而是多样并存的，也正是通过不断出现的转换，观众的感知体验得到多样性的尝试：集体—个人—集体—个人。

更为关键的是，粤剧已经从一种在农村演出的集体活动，摇身一变，成为粤港澳城市文化的一部分。谈论粤剧，观赏粤剧已经不再局限于乡间的祭祀、节庆演出。常规性的剧场演出，随心所欲的唱片播放，以及公关

[1] ［法］于贝斯菲尔德：《戏剧符号学》，宫宝荣译，北京：中国戏剧出版社 2004 年版，第 1 页。

[2] 容世诚：《粤韵留声》，香港：天地图书 2006 年版，第 8—28 页。

舆论中常新常有的谈资，使粤剧身上披上了一件城市的现代的外衣。同时，寄居于不同媒介的粤剧开始隐约呈现了两种“现代性”（modernity）的特征：“资本主义文明客观化、社会性可测量的时间（时间作为一种多少有些珍贵的商品，在市场上买卖）”“个人的、主观的、想象性的绵延，亦即‘自我’的展开所创造的私人时间”。[1]

三、粤剧传播媒介的演变

传播学家麦克卢汉认为，媒介即讯息。在他看来，媒介不仅仅是传播工具，也可以产生新的行为标准和方式。同时，媒介创造的新环境又反过来影响着人们的生活和思维方式。媒介之间是互相关联的，一种媒介注定是另一种媒介的内容。麦克卢汉的“媒介即讯息”理论在指导大众传媒的实践中具有重要意义，他提出的媒介分期思想：“口语时代、文字时代、印刷时代、电子时代”[2]，也在很大程度上影响着后世。从粤剧传播媒介的演变过程来看，大体经历着现场演出传播—剧本传播—大众传媒传播。其中，大众传媒传播包括了报刊、唱片、广播、电影、电视、影碟、互联网等诸多传播媒介。

20世纪初，在社会风云变幻之下，粤剧舞台艺术本体的表演语言、唱腔、伴奏乐器、演出剧目及承传方式、演出机制等各方面所发生的变

[1] ［美］马泰·卡林内斯库：《现代性的五副面孔》，顾爱彬、李瑞华译，北京：商务印书馆2002年版，第11页。

[2] ［加］马歇尔·麦克卢汉著，［加］理查德·卡维尔编：《指向未来的麦克卢汉：媒介论集》，何道宽译，北京：机械工业出版社2016年版，第162—173页。

化，比其形成以来的任何年代都要来得急剧。随着现代科技发展、西方文化冲击，以及珠三角地区两大文化中心广州、香港先后启动城市化进程，粤剧演出场所、物质媒介、传播途径均与往日不同。粤剧进入城市戏院、剧场演出，并先后与出版业、唱片业、电影业结缘，通过小报、剧本、留声机、唱片和电影、电台广播传遍珠三角地区，并随着旅居异地的广府籍华人漂洋过海来到东南亚、美洲。自提纲戏蜕变，粤剧出现了印刷的单行本剧本，同时成为娱乐报刊的主要谈论对象，然后唱腔和音乐又被灌录在黑胶唱片上，随后与电影、广播联姻，开花结果。到20世纪下半叶，粤剧转投电视、录音带、录像带、LD、CD、VCD、DVD、MP3 等，甚至是互联网上的在线放映。这些物质载体或传播媒介，均给予粤剧这一舞台艺术更多展现的空间，形成了粤剧的多重传播窗口。书刊是粤剧在舞台以外的第一种传播媒介，第二种是唱片，第三种是电影，再到后来的广播、电视、互联网等。在电影与粤剧联姻前，从立体的舞台表演到平面的剧本、报刊、宣传资料的阅读，则通过物质媒介的改变，使粤剧的观演关系、感知接受方式、观赏（阅读）场合、传播途径均发生了变化。故银幕上的粤剧，也必然受到其存在依附的物质媒介的制约。

从书刊的介入开始到唱片、银幕，粤剧开始被复制，并需要借助一定的媒介而存在。而这种媒介物必须具有物质性，能够作为一种“中间物”，并受具体的技术情况约束，且通过这一媒介的转换，“粤剧”作为舞台艺术所具有的原本意义，已经被暗中替换，可视作另一种的形式。纸张、剧本、报刊、印刷业、出版业使粤剧生产制作得以重复批量生产，且产品定型后便不能改变。媒介物的介入完全改变了其原来在舞台上现场实时演出过程中的灵活可变，原来通过观演两者之间互动而共同构成的演出场合便完全改变。舞台上寄托于演员唱做念打的表演，成为文字、图案的平面表达，读者只能在想象中完成观赏体验。

演出场合与物质媒介的差异，均使得粤剧的本体艺术风格和产业运作体制发生适应性的变化。正如前面容世诚在论述粤曲唱片工业时谈到的："新生的戏曲载体带来相应的商业和文化建制（institutions）。这些建制（例如唱片公司、唱片刊物、电台广播）的运作，又反过来左右近代戏曲艺术的生产传播和出版业对当时小说戏曲的影响，则留声机和唱片工业之对近代戏曲曲艺所带来的改变幅度，更是有过之而无不及。"[1]

粤剧既被制成剧本、刊物、唱片出售，又被观赏者在不同私人观赏场所体验。直到电影的介入，粤剧的传播模式和感知途径又再次发生了改变——影院的银幕放映真正使得观众从私人空间重新回到公共的观赏场所，集体完成一次单向的视听观赏体验。虽在经历了时空的压缩、即兴演出和场合的消退后，在影院的集体幻觉里，粤剧观赏体验似乎得到了另一种意义上的回归，粤剧从过去乡间宗族祭祀节庆的仪式场合的目光焦点，转换成"去看电影"这一城市文化仪式中的凝视对象。另外，承载着同一影片的胶卷，又在多个场所被重复放映，甚至漂洋过海传播各处，使粤剧一度被压缩的时空在另一种意义上延展——不同时空之外的观众能从另一处得到同样的观感体验。在此处，粤剧不再为城市化卖力，而反过来成为乡土文化、"乡愁"的代言人，填满了漂泊在外的广府人的心灵。最诡异的是，电影承载着粤剧，在20世纪后期又随着电视、影音制品进入家庭，又再次成了私人的观赏体验。

以在广州、香港等城市演出的粤剧为例，建构戏曲的存在空间和状态，如果把这种思路延伸，把戏曲舞台看作其传统的存在方式，那么影视

[1] 容世诚：《粤韵留声》，香港：天地图书2006年版，第8页。

与戏曲的结合是不是戏曲存在空间的一种现代延伸。虽然戏曲存在空间在不断变换，传播方式和媒介也在不断改变，但其最后终被接受。输出者与接受者之间无论历经多少，始终也必须达到，所传播的内容其实就是“表演”。传统的舞台演出并不是被新的形式消解了，也并不是一个装饰性的布景，戏曲演员的表演始终是真实存在的参与要素，贯穿在戏曲存在空间之内，参与生产、传播、再生产。不难看出，过去，粤剧表演艺术自身的发展和传播载体的发展是动态并行同时迈进的，无论是广场演出还是剧场演出，虽然粤剧演出的原始场合发生着转变也促使粤剧表演艺术不断发展但其本质都是对戏曲本体的舞台传播的传承。直到20世纪初，粤剧的大众传播形态逐渐以更高的加速度推进着粤剧进入不同媒介传播的领域。

现代大众传播是近代经济、科技高速发展之后，依赖光电技术，以大批量信息的快速传递为特征的媒介传播。现代大众传播包括报纸、杂志、通讯社、书籍、广播、电影、电视网络等。戏曲的大众传播中有别于传统传播形态的主要是广播戏曲、电影戏曲、电视戏曲、网络戏曲。[1]在现代大众传播的框架下，广播、电影、电视对于戏曲的传播都产生了批量生产、复制、加工和输出的过程，有着深刻的后工业时代和大众文化的烙印。对于重视观演关系互动的舞台演出传播而言，大众传播中的审美公共空间也产生了转变，渐渐脱离了原来演员和观众能够实时交流的场域。在戏曲与现代媒介的融合发展过程中，又逐渐产生了基于二者各自特点的新的戏曲形态特征。

媒介必须具有物质性，才能够作为中间物被传播。从书刊到唱片、影碟，粤剧被复制，并借助媒介而存在。剧本、报刊的印刷、出版，唱片、

[1] 参见杨燕、徐翠主编《戏曲电视剧创作新论》，北京：中国广播影视出版社2016年版，第5页。

电影的制作和播放，使粤剧得以批量生产传播。粤剧随着不同媒介，或在私人观赏场所被反复体验，或通过影院的银幕放映使得观众又从私人空间重新回到公共观赏场所，集体完成了可重复的单向度的视听观赏体验。

四、传承与重塑：作为区域文化血脉的粤剧

在百余年的粤港澳大湾区文化脉络中，如果把粤剧舞台艺术本体、粤剧电影、粤剧电视剧、粤剧相关纪录片、粤剧动画片，等等，在不同时期、不同载体上继续保存粤剧表演技艺与延续区域文化记忆的影视作品视为一个有机的整体，并把以影视拍摄制作为制作记录传播手段的媒介称之为区别于粤剧舞台艺术本体的戏曲影视。

这种舞台艺术在不同载体上的“存”与“续”是百余年来粤港澳大湾区的戏曲（粤剧）通过传播媒介的变化而实现存在空间延展的手段，也关系到近一个世纪以来、伴随着科技发展从没停息过的人类社会激烈的媒介演变。就戏曲而言，其存在的空间正是在其传播、接受的过程中实现的，或许时空的转变会导致其传播媒介发生变化，媒介变化同时也导致了接受方式的多样化，以上种种交织在一起构成了戏曲存在的空间。戏曲传播空间也不是单一的地理区域概念，更多的是作为一种文化在社会实践构成中所担当的角色而言的。戏曲如是，粤剧同理。

任何一种艺术的传播路径都不可能一成不变，更重要的是随着新变，艺术内在的本体将注入新的活力。虽然粤剧的传播路径不断改变，但传统的舞台演出并没有被新的形式消解。粤剧表演艺术本体，始终是传播的核心内容，在粤剧的“存在空间”之内被生产—传播—再生产。粤剧舞台艺

术在影视媒介上的存与续，使得粤剧影视除记录保存表演艺术外，还获得了舞台之外的生存空间及传播便利。粤剧影视是舞台艺术的创造性转化和创新性发展，也是优秀传统文化传承与重塑的有效路径。粤剧传播路径（观演空间、传播媒介）的发展历程，不单纯是更替与取代，而是新兴传播形态的不断叠加与相互兼容。

在电影传入之前，粤剧是珠江三角洲地区最为重要的娱乐形式之一，也承载着这片土地上鲜活的文化基因和悠久的审美传统。电影是一种舶来品，从欧洲到美洲，再传入亚洲，每到一地都必然和当地文化结合，从放映到制作，当电影在新土地上萌芽的时候，第一步便是将舶来品本土化，使之在新文化土壤中落地生根，确立一种新的表达方式，在银幕上实现地域文化的认同。在电影放映业发展到电影制片业建立的过程中，粤剧为电影在珠三角地区的生长提供了足够养分，滋润着新生的电影业。粤剧电影，就是电影在珠三角地区落户时，在其实现本土化过程中的产物，不但见证了外来电影是如何拥有了新的表达形式，也同时影响着在珠三角土地上原有的传统娱乐——粤剧。粤剧电影不是孤立产生和存在的，在其发展过程中，始终交织着电影和粤剧的影响。

20世纪初，随着电影在珠三角地区生根发芽，必然对粤剧带来影响。本着兼容并蓄的特性，粤剧又一次向初生的电影靠拢，不但在本体艺术上吸取电影声光电的舞美设置、自然生活化的表演，还联姻诞下粤剧电影。从舞台到银幕，粤剧的基因得到再一次的延续和嬗变。粤剧电影的生产基地香港，其电影产业从开始便遵照市场商业规律发展，迎合观众审美口味是必然的。于是粤剧电影继承了粤剧的基因以商业性、平民性、通俗性、娱乐性为特长，被迅速制作，并在粤剧流播区域广泛发行，并随着广府华侨的市场需求在东南亚、美洲等地放映，东南亚资金还一度是粤剧电影制作的投资主体。粤剧电影的拍摄热潮是外部商业驱动和内在文化传承在共同作用。与地域文化认同心理密切相关的，涉及影片题材、形象、故事、主题、影像等各方面。粤剧电影通过其与粤剧的审美传统之间密切关系，通过传统的叙事方式、观念意识、语言音乐等，使广府族群通过粤剧电影获得地域文化的认同感。而粤剧电影中寄托的乡情乡音，更极大地满足了海外粤语族群的地域文化认同感。因此，粤剧电影能够形成商业大潮。从更深层的集体无意识来分析，是因为其满足了广府人对宗族观念、审美传统的渴求，通过粤剧、粤语亲切的表达形式，享受到属于粤语族群特有的满足和愉悦，同时也表达了广府文化兼容并蓄、世俗实务的特性。因此，粤剧电影是早期香港电影借用粤剧在寻找自身区域文化身份过程中的一个必由之路。

作为粤港澳大湾区优秀传统文化的粤剧，百余年来通过不同观演空间以及不同传播媒介的新变与传播，例如以粤剧影视的样式，既记录下粤剧表演技艺的传承与发展，也赓续着粤剧作为区域文化的血脉，实现了优秀传统文化的守正与创新。林岗认为，粤剧是粤语最后的堡垒和阵地。[1] 粤剧最能反映粤语族群群众的生活和思想感情，充满着世俗的平民色彩。在广府地区的演出中，逐步培养出为数众多的深受广大群众欢迎的演员，创作出大量具有鲜明地域特点的剧目。不少剧目题材来自木鱼书等民间曲艺，反映了从古至今粤语族群的历史和现实生活及各种民间习俗。在祭祀、节庆等活动中，在春社大典、秋季丰收之际，粤剧又成为祭神拜祖的重要手段，成为人神之间互为沟通的桥梁，其地位之重要，其影响之大，是本土其他艺术形式难以比拟的。

[1] 中山大学林岗教授于 2019 年 11 月出席广州市文艺评论基地成立活动时的现场发言。

在人类审美深度模式中，有某些共同的原型，或者说是某种共同的欲望。在人的审美心理机制中，潜藏着非常深厚的文化传统基因。一种娱乐活动，一种文化形式能够得到广泛认同，必定是其中蕴藏了一种能够得到民众普遍认同的文化精神。粤剧对于粤港澳大湾区和广府籍粤语族群的意义，不只是一种娱乐活动和文艺样式，更重要的是以此建立起符合区域文化认同的文化审美模式。粤剧由最初外来声腔的传入到扎根再到流播海外，首先得到了广府民众审美传统的认同，然后渐渐地融入成为传统的一部分，最后又以审美传统的姿态影响着其他——粤剧电影就是受其哺育的最好实例。

今天，当粤港澳大湾区的概念成为区域经济富有创造力和竞争力的代名词时，也千万不能忘记正是世俗化、平民化的珠三角地区文化传统滋养出粤港澳大湾区民众共有的精神家园，正是鲜活的文化赋予这片土地上的民众强烈的身份认同感。与中原文化强调的精英、高雅不同，粤港澳大湾区的广府文化落到实际，往往显现出一种常态的生活式文化氛围，强烈要求民众的参与，本质上是世俗的务实的。在与生活水乳交融的不断拓展和没有阻隔的地域空间中，各式各样显示出大众姿态和通俗面孔的文化样式出现在社会的各个角落，根植在平民的日常演绎中，成为流淌在这一方民众血液里的深层认同。

因此，以粤剧的存在空间为例，描绘粤港澳大湾区戏曲传播的发展路径，把粤剧唱片、粤剧电影、粤剧电视剧等全部视为粤剧舞台艺术本体在粤港澳大湾区的一系列传播媒介演变成果。在这样的一个文化空间内，粤剧舞台艺术成为“本体”，而粤剧电影、粤剧电视剧、粤剧相关纪录片、粤剧动画片都成为其“演化”“承传”“转型”的结果。具有极大兼容能力的互联网传播，为戏曲提供了新的生存土壤和广阔的发展空间，可以预期的是利用互联网平台，以网络电视、戏曲网站、博客、微信公众号为依托，通过文本、图片、音频、视频等形式来传播戏曲的方式，将会为戏曲的传播带来更巨大的变化。粤剧身在其中，也是如此。

传播媒介的不断转变，存在空间的不断拓展，使得粤剧在不同载体上得以保存技艺与延续记忆，从而赓续广府文化血脉，激活传统的生命力，在新时代重新焕发风采。

当代文学的文本流动与变异

——围绕《白鹿原》版本修改与文本演变的考察

罗先海

湖南大学文学院

一

1988 年 4 月，陈忠实为创作《白鹿原》，用近八个月时间完成了一份 40 余万字“草拟稿”，搭建作品框架，规划人物命运，设计重要情节，积累大量素材，为创作《白鹿原》做了精心准备。1989 年清明节前后，陈忠实开始动笔写作《白鹿原》正式稿，1991 年年底完成。1992 年春节后开始对手稿进行修改，是年三月定稿，并将手稿交付人民文学出版社组稿编辑。出版社内部审读时一致看好该作，对其中语言、性描写和一些经不起推敲的地方提出了修改意见，并决定先后在《当代》1992 年第 6 期和 1993 年第 1 期分两期连载刊发，是为作品初刊本。初刊本限于杂志篇幅及编辑意见作了诸多删节，除了大段性描写外，还对手稿本中不太影响情节展开的内容进行整章压缩和删节，初刊本是为作品尽早面世，迎合杂志版面要求和编辑意见而进行肆意删减的“不完全本”，更是编者出于对形势担忧而面向市场预期推出的“检验本”。尽管作者十分尊重杂志修改意见和版面要求，但此次改动也并非完全符合作者本意，随后作者又在检验本基础上做了大量修改和恢复原貌工作，在“过了一遍手”的基础上，不仅对全篇进行“通文”处理，涉及大量字、词、句及标点符号修改，段落调整更是贯穿全篇。同时，还对初刊检验本中压缩、删减的章节及包括性描写在内的情节内容予以恢复，于 1993 年 6 月由人民文学出版社出版单行本，首印 14850 本，即为初版本，这也是最能代表作者创作初衷和主旨的“意图本”。1997 年 12 月初版本《白鹿原》入围第四届茅盾文学奖评审，获得一致好评的同时，专家评委也对文中大量性描写及涉及革命、政治叙述内容提出了修改意见，并征得作者同意后，揭晓了尚未出笼的《白鹿原》（修订本）获奖信息。陈忠实原本也有借再版之机进行适当修订意图，在遵从茅盾文学奖评委评审意见基础上，迅速对初版意图本进行内容不多但却是至关重要的微调修订。全文对涉及性、革命、政治等相关内容删改 2200 余字后，1997 年 12 月底由人民文学出版社加急付印了《白鹿原》（修订本），即为作品修订（微调）本，并于 1998 年正式荣获中国长篇小说最高荣誉——茅盾文学奖。此后，不仅人民文学出版社内部以不同名目出版了多种不同形式、不同版本的《白鹿原》，其他出版社也都积极策划和出版，但无一例外都是以初版意图本或修订微调本为底本，作者再未进行大的改动。各种版本《白鹿原》不仅畅销至今，且还以秦腔现代戏、话剧、电影、电视剧等多种艺术途径进行改编，传播至今。

目前，《白鹿原》作为中国当代文学的重要收获已引起研究者广泛重视，《白鹿原》的版本变迁与重要修改至少涉及初刊检验本、初版意图本和修订微调本三个版次，且不同版本因作家、编辑或出版者等主动或被动介入修改，不可避免地造成了文本细节出现差异，在作品版本变迁过程中形成了具有阐释差异的修改型“变本”。[1] 文本变本的出现，说明当代文学文本也存在着演化流动与变异特质，但在海量研究成果中，目前学界对其版本修改及由此生发的当代文学文本流动与变异问题却关注不够。本文即以“文本流动”作为视角和方法，切入《白鹿原》的历史生成与修改场域，通过对文本生产与修改的历史语境和物质文化环境的考察，呈示出《白鹿原》版本变迁过程中的文本序列及异文，并挖掘文本演化流动背后的政治、经济、文化、出版体制等因素对文本意义生成的影响，探寻和发现文本的修改变化及阐释差异，打开当代文学文本研究的多维空间。

二

《当代》杂志初刊本较作家创作手稿而言，是做了诸多删节的不完整形态，是编者出于对形势担忧而面向市场预期推出的“检验本”。从目前所见材料来看，这次删减并非作家本意。评论家白烨当年曾受陈忠实之托，帮忙了解《白鹿原》在《当代》杂志的连载及刊出情况，得知《白鹿

[1] 这里不同的版本可能就是不同的文本，出现这种情况的主要原因是“变本”（version）的出现。在西方校勘学中，version 指“同一个文本的几个变体，比如作者出于新的表达意图，将自己以前作的一首诗略加改动，所形成的就是一个新的‘version’，但这个新的‘version’的出现并不取消原来的‘version’的合法性”，version 译为“变本”更切合。在中国现代文学中，“变本”指一个文本在主动或被动情境下改变正文本和副文本而形成的不同文本。见金宏宇《现代文学的史学化研究》，武汉：长江文艺出版社 2018 年版，第 96—97 页。

原》的连载发表主要是酌删有关性描写文字后，陈忠实在信中曾说，“因为主要是删节，可以决定我不去北京，由他们捉刀下手，肯定比我更利索些”[1]。如信所言，《白鹿原》在《当代》杂志的初刊删节乃编者及出版方所为，作家本人并没有参与。这一论断是否真实可信？笔者又从《当代》杂志编辑部有关《白鹿原》的审稿及签发意见中，发现相关材料也可印证。

《白鹿原》的连载刊发，曾历经《当代》杂志洪清波初审，常振家复审，何启治终审，及时任人民文学出版社副总编辑、《当代》杂志实际工作主持者朱盛昌的审读签发。他们在一致认可《白鹿原》创作成就的同时，也对作品中的不足提出了审读意见，洪清波认为“个别地方有枝蔓（和）不合理的问题”[2]，常振家觉得“笔墨过于均匀，变化较少，‘浓淡相宜’注意不够，有些性的描写应虚一些”[3]。何启治更是签署了长篇审读意见，对《白鹿原》表示出欣喜和赞同之情外，还格外指出“作品还有一些比较弱的或经不起推敲的部分（如 922 页写白灵发动学潮，1218 页鹿兆鹏让鹿兆海送白灵到张村，1427 页反反复复讲白孝文买鹿家门楼等等），应在编辑时或删或作适当改动处理。陈忠实迄今最重要、最成功的小说就是这一部……赞成适当删节后采用，刊《当代》今年第 6 期和明年第 1 期。请发稿编辑把文字加工做细一些（大约可删去五万字）”[4]。最后负责签发的

[1] 白烨:《文坛新观察》，北京：作家出版社 2017 年版，第 220 页。

[2] 叶咏梅编著:《中国长篇连播历史档案》（上卷·作家作品卷），北京：中国广播电视出版社 2010 年版，第 79 页。

[3] 叶咏梅编著:《中国长篇连播历史档案》（上卷·作家作品卷），北京：中国广播电视出版社 2010 年版，第 80 页。

[4] 叶咏梅编著:《中国长篇连播历史档案》（上卷·作家作品卷），北京：中国广播电视出版社 2010 年版，第 81 页。

朱盛昌则同意“按何启治同志的意见处理”，并表示“不要因小失大”。[1]从稿件审读和签发意见来看，尽管组稿编辑、责任编辑及杂志社签发领导都对《白鹿原》给予高评，但也明显指出了创作中的不足，尤其是何启治的终审意见，在《白鹿原》的刊发问世中起到了重要作用。[2]朱盛昌虽同意按何启治意见处理，但一句“不要因小失大”，也道出了杂志对当时刊载《白鹿原》的潜在担忧。总之，《白鹿原》初刊本较作家创作手稿而言，是作了诸多删节的“不完全本”，这显然并非作家本意，乃出版方顾虑所为，是编者出于对形势担忧而面向市场预期推出的“检验本”。深究其因主要有二。

一是出版社、杂志社背后所担负的意识形态责任使然。尽管编辑和相

[1] 叶咏梅编著：《中国长篇连播历史档案》（上卷·作家作品卷），北京：中国广播电视出版社2010年版，第81页。

[2] 何启治在《白鹿原》的孕育和诞生中承担着重要的“助产婆”和“把关人”角色。早在1973年何启治因读过陈忠实在《陕西文艺》发表的短篇小说《接班以后》，就认为这部小说具备了长篇小说的架构和基础，便鼓励当时并不知名的青年作家陈忠实从事长篇小说创作。20世纪80年代初，何启治再一次到西安组稿，在与陈忠实的见面中又问及作家有没有长篇小说创作考虑。在何启治的关心和催问下，陈忠实自此便有了《白鹿原》创作的朦胧想法，并将这一想法告知了对方。用作家自己的话说“还是有压力产生”，因为已经将想法透露给了何启治，觉得自己最终要是写不成，会愧对这个期待已久的老朋友。在后来的几年里，何启治或自己或叮嘱前往西安组稿的其他编辑同人带去对陈忠实的关心和问候，尽管没有催稿的意思，但无形中对作家陈忠实坚定《白鹿原》的创作还是起到了鼓舞和催化作用。直到《白鹿原》初稿完成前后，虽然先后有其他两家大出版社向陈忠实邀约长篇小说稿，但作家鉴于何启治长达二十年的关心和支持，觉得与何启治有约在先需守友道而辞谢了其他出版机构。在《白鹿原》手稿完成之际，何启治已是《当代》杂志的常务副主编，他不仅派了高贤均、洪清波两位同志亲自去拿稿子，而且为《白鹿原》的刊发连载签署了重要的终审（保护）意见。1992年9月，何启治由《当代》杂志常务副主编调任人民文学出版社副总编辑后，又为《白鹿原》的初版面世签署了终审意见。由此，也造就了何启治编辑生涯中的“唯一”现象：他既是《白鹿原》的组稿人、终审人，还是它的责任编辑。

关审稿领导都对《白鹿原》予以高评，但在审读书稿过程中，内部还是注意到作品潜在的可能引起争议的问题。何启治在《从古船到白鹿原》一文“永远的《白鹿原》”回忆性文字中，记录了当时可能引起争议的问题主要有三个：一是对小说情节涉及的中国现代革命史上几次重大事件的评价和提法；二是白嘉轩与鹿三这种地主与长工的和谐，甚至亲如家人的关系描写；三是如何掌握小说创作中两性关系描写的尺度和分寸感问题。[1] 结合初刊检验本实际刊发情况，主要是删除了原稿中涉及性描写和性心理叙述的七处内容。当时编者们基本赞同小说中性描写是对传统文学所压抑生命力的张扬和展示，是人物性格刻画和命运描写所需，虽然爱情与性的叙述在 20 世纪 90 年代初期的文坛不再成为文学表现禁区，但基于国情和读者等复杂因素考虑，对文本中过度性描写掌握一定分寸仍有必要。编者在初刊本中对原稿部分性描写进行删除处理，既体现了作为纯文学刊物立场的严肃性，同时也体现了作为国家大型刊物，在意识形态及大众教育引导功能方面的导向性。何启治在终审意见里指出要拿掉其中两章，大概四五万字，具体到初刊本删减实际，则是拿掉了整整三章内容，即第十一章、第二十一章、第二十二章，这三章内容在初刊本中均被删去，仅以两百字内容概要作为替代。拿掉的部分有些是与情节发展关联不太密切的内容，也涉及部分关于中国现代历史上重大事件的评价和提法问题，副总编朱盛昌对此的意见是“不能因小失大”，其实就是顾虑可能潜存的意识形态问题，故初刊检验本中将上述潜在“小”问题悉数删减。

二是文学期刊市场化转轨行为驱使。中国当代文学期刊总体格局及体制特性对当代文学的生产具有深刻影响，对其重要性的认识，有学者甚至

[1] 参见何启治《文学编辑四十年》，北京：人民文学出版社 2001 年版，第 42—43 页。

认为“当代文学期刊在某种意义上是当代文学史的草稿”[1]。中华人民共和国成立后诞生的一大批国家及地方文学期刊，是当代文学一体化的产物，伴随国家及地方文联、作协等文艺、文学组织机构的建立而产生，有的本身还是机关刊物。“十七年”至“新时期”初，其办刊经费来源主要是国家资助，职责和功能是通过各级文艺机构和组织管理文学事业，是国家意识形态在文学领域的反映。1984 年 12 月 29 日，国务院发布了《关于对期刊出版实行自负盈亏的通知》，在弱化图书杂志意识形态功能的同时，对其市场适应和生存能力也提出了更高要求。20 世纪 90 年代经济体制市场化变革后，文学期刊更是遭遇着“生存还是毁灭”的艰难抉择。一般杂志、期刊多以发中短篇小说、散文等为主，意在以有限版面展现更多作品，长篇小说因篇幅多、容量大，刊物版面很难满足其需求，所以很多刊物多以“增刊”或“长篇专号”形式另刊。作家陈忠实在创作《白鹿原》时期也面临着这一重要问题，他曾在“我与《白鹿原》”为题的演讲中有过回忆：

> 还有一个严峻的问题是，当我快写完《白鹿原》时，新时期的文学第一次面临低谷状态，从热到冷的过程。像我们陕西的文学杂志《延河》，改革开放初期文学热的时候，发行量是八十万，此时掉到只有几千册。已经出现出书难，作家写的书没人出的情况。那时，计划经济刚刚转入市场经济，作家的压力、出版社的压力都很大……[2]

---

[1] 黄发有：《文学期刊与当代文学环境》，《社会科学》2014 年第 5 期。

[2] 陈忠实：《我与白鹿原》，天津：天津人民出版社 2017 年版，第 10 页。

陈忠实的回述复现了当时图书出版市场的萧条状态，《当代》作为一本大型纯文学期刊，能在头条登载《白鹿原》（正式稿大约有50万字，相当于普通长篇小说篇幅的三四倍），也是兑现杂志社和出版社答应要给《白鹿原》最高礼遇的承诺。但为了有效利用刊物版面，杂志在1992年第6期和1993年第1期跨年度连载刊登的同时，还额外对原作进行了诸多“不重要内容”的删减。而编者及作者均未在公开场合提及这些删减内容，至今仍深藏在原文本之中，这些在编者看来的“不重要内容”，主要涉及对白鹿原地理地貌刻画、民风民俗描绘、旱灾细节叙述、鹿兆鹏逃婚及对战乱描述、黑娃出逃农协的纠结心理等。

分析删减内容后可知，一是因为这些地理、风景和事件叙述占用大量篇幅，删减后可节省版面，这也是编者为提升刊物容量，适应市场竞争力的顺势行为及表现；二是因为这些内容在编者们看来，与作品整体情节推进关联不紧密，甚至有些过于冗长的叙述还会影响情节紧凑感，故加以删除。由此可见，《白鹿原》初刊本主要是编者基于出版机制及刊物市场行为，对原作进行删减后的“不完全本”，也是一个不能完全体现作家创作意图的删节本，更是编者基于维护作家、保护作品之心态，面向社会和市场预期推出的“检验本”。初刊检验本中诸多出于意识形态顾虑及节省版面要求所作的删改，实质上对文本阐释也产生了一定影响，这些删减的所谓“不重要内容”，恰恰在细节上对文本的阐释和意义发现具有重要作用，“《当代》出于版面及其他考虑所做的字数压缩，一定程度上削减了小说的艺术完整性”[1]。

在删减态度上之所以遵从编者和出版意愿，乃是源于作家对作品命运仍抱有担忧心理，陈忠实曾说，“作品写完以后，我有两种估计，一种是这个作品可能被彻底否定，根本不能面世。另一种估计就是得到肯定，而一旦得到面世的机会，我估计它会引起一些反响，甚至争论，不会是悄无声息的，因为作家自己最清楚他弄下一部什么样的作品”[2]。可见，作品能否顺利面世是作者最为关心和担忧的问题，在这样的心态下，作家已然是将创作完成后的作品命运完全交付了编者。也难怪陈忠实诚惶诚恐地将自己的第一部长篇小说交给取稿编辑时，甚至会说出“这是将我的生命交付了出来”[3]的话语。而实际结果亦验证了编者的“检验”心理，《白鹿原》在《当代》初刊连载结束后，在学界和民间迅速产生了强烈反响。

三

《白鹿原》连载刊出后，编者、作者等又合作进行了复原性修改，使《白鹿原》初版单行本成为最能体现作家创作初衷的“意图本”。《白鹿原》的改动曾引起不少学者注意，但关注的重心似乎都偏向因评奖（茅盾文学奖）而引发的修订本修改问题。关于初刊本内容大量删减和初版本的复原

[1] 王鹏程：《马尔克斯的忧伤——小说精神与中国气象》，北京：生活·读书·新知三联书店2018年版，第282页。

[2] 陈忠实：《关于〈白鹿原〉的答问》，《小说评论》1993年第3期。

[3] 白烨主编：《共和国文学记忆：1949—2019》，长沙：湖南电子音像出版社2019年版，第104页。

性修改，以及背后隐藏的《当代》出版机制的意识形态顾虑和市场考量心理，编者、作家的艺术心态等问题却一直被人忽视。其实就修改内容多寡而言，修订本的修改量远不及初版本较初刊本内容的改动。

笔者对初刊本到初版本的修改异文进行了仔细汇异校勘，发现初版本的复原性修改贯穿全文始终。不仅恢复了初刊本中被删减的第十一章、第二十一章、第二十二章以及第九章结尾处黑娃上门寻找并提出要娶小娥经过的内容，此外，以“泛句”（即凡有标点符号即为一句）为单位统计，发现初版本通篇复原性修改数达1900余处，其中改动较多的是第四章（127处）、第五章（126处）以及第六章（133处），改动最少的第十九章也有15处。各章节详细改动数可见下表：

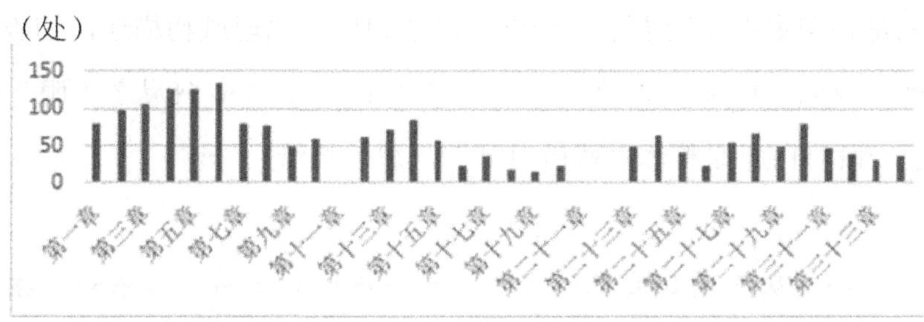

初版本各章节改动数目统计图（其中恢复的三个章节因为量大未纳入数目统计）

另外，初版本涉及段落调整的还有380余处，主要包括段落合并及拆分。以上统计不包括通篇标点符号修改，若计算在内，则修改量会更大甚至翻倍。

就修改内容而言，初版本的复原主要包括以下几方面改动：

一是对初刊本中修改删减及压缩内容的恢复、增写。其中变化最大的是初版本第十一章，对“白腿乌鸦”兵流窜到白鹿原后，实施一系列扰民及镇压与反镇压斗争描写内容的恢复（初刊本第59页仅用200余字进行概括）；第二十一章对黑娃投靠土匪，并与大拇指郑芒同病相怜并结为莫逆之交描写内容的恢复；第二十二章对国共合作破裂后，鹿兆鹏投奔三十六军并被叛徒诱骗以致全军覆没，后只身逃回白鹿原与岳维山、白孝文狭路相逢并使计逃脱描写内容的恢复（初刊本第 80 页对第二十一章、第二十二章分别仅用 100 余字进行概括）；以及第九章结尾处对黑娃讨娶小娥经过内容的恢复（初刊本第 53 页仅用 90 余字进行概括）。而初版本以上增写、恢复的内容涉及篇幅总计在 33000 字以上。

二是初版本恢复了初刊本中因编辑意见作出删除处理的部分内容，主要涉及七处性描写和性心理叙述，涵盖多个主要人物，如小娥与黑娃之间、小娥与鹿子霖之间、孝义与新媳妇之间以及鹿兆鹏媳妇的性心理描述等。

三是初刊本中还删去了不少地方民俗和历史地理风物描述，初版时均予以恢复改回。如初版本第二十三章第 411—412 页借白灵之“眼”恢复增写了一段对白鹿原整体“残破丑陋”景象的描绘：

> ……从原顶到坡根的河川，整个原坡自上而下从东到西摆列着一条条沟壑和一座座峁梁，每条又大又深的沟壑统进几条十几条小沟，大沟和小沟之间被分割出一座或十几座峁梁，看去如同一具剥撕了皮肉的人体骨骼，血液当然早已流尽枯竭了。一座座峁梁千姿百态奇形怪状，有的像展翅翱翔的苍鹰，有的像平滑的鸽子；有的像昂首疾驰的野马，有的像静卧倒嚼的老牛；有的酷似巍巍独立的雄狮，有的恰如一只匍伏着的疥蛙……没有谁说得清坡沟里居民们的始祖，何朝何代开始踏入人类的社会，是本地土著还是从草原戈壁迁徙而来的杂胡？抑或是土著与杂胡互相融化的结果……（对应初刊本第二十三章第 83 页）

四是除已删内容回改外，作者借初版之机还进行了必要通文工作。包括将初刊本中不便于读者理解和接受的方言，或是将文言词改为较为规范和通俗的普通话，如将“两料”改为“两季”，“圪梁”改为“垄梁”，“执县”改为“知县”，“咥饱”改为“吃饱”等；将初刊本中的误字（词）进行订正，如将“侍候”改为“伺候”，“提笔”改为“捉笔”，“修寺”改为“修祠”，“臭哄哄”改为“臭烘烘”等；对初刊本中少许繁体字进行简化更正，如将“镴枪”改为“蜡枪”，“县誌”改为“县志”等；对初刊本中较为敏感或带歧视意味的词进行修改，如将“身俸”改为“薪俸”，“白连指儿”改为“白兴儿”等。除了字词修改订正外，初版本还对初刊本语句进行润色加工，以避免语义重复或歧义，如初刊本第27页有一句叙述语“白嘉轩的两个儿子白孝文和白孝武自然坐在里面”，而初刊本中该句前后文并未提及起学名之事，一直是用马驹、骡驹称呼白嘉轩的两个儿子，此处叙述就显得很突兀。初版本则通过修改予以交代，改为“白嘉轩的两个儿子也都起了学名，马驹叫白孝文，骡驹叫白孝武，他们自然坐在里面”[1]。修改之后前后文的语意就更明晰，也不会造成读者混淆。由此可见，初版本通过对初刊本中压缩、删节部分内容的恢复，语言文字规范化及润色，故事冲突及细节修改，保证和维护了《白鹿原》艺术上的完整性。修正了由于校对时间仓促和疏忽而导致的错讹和粗糙，减轻了由于细节问题而造成对《白鹿原》艺术形式的损耗。

总体而言，这次复原性修改对《白鹿原》是一次艺术的完善和提升，初版本是比初刊本艺术上更为精良的一个版本，也是最能代表作家创作

[1] 陈忠实:《白鹿原》，北京：人民文学出版社1993年版，第66—67页。

初衷和主旨的“意图文本”。关于这一点，人民文学出版社编审汪兆骞在《独自掩卷默无声——陈忠实违心修改又再度复原〈白鹿原〉》的回忆性文章中曾有评价，“我看过《白鹿原》的原稿。《当代》编辑部以‘应有节制，或把过于直露的性描写化为虚写、淡化’的‘审稿意见’，让陈忠实忍痛割爱，删去了不少揭示人性的性描写。我以为这是不尊重文学规律、不尊重作家的行为，对《白鹿原》造成了伤害”[1]。作家本人虽没有直接就发表作品的删改效果表态，但他在给何启治去信时表示“希望他能派文学观念比较新的编辑来取稿看稿”[2]，可见作家本人对作品所持有的护佑心态，也希望自己集十年之力精心创作的作品能够得到最大限度包容。当时，尽管作家完成了《白鹿原》手稿，但并不能确定是否该把这部书稿投出去，对能否顺利出版并没有抱有十足信心，“如果不是作品的艺术缺陷而是触及的某些方面（社会）不能承受，我便决定把它封存起来，待社会对文学的承受力增强到可以接受这个作品时，再投出书稿也不迟……如果仅仅只是因为艺术能力所造成的缺陷而不能出版，我毫不犹豫地对夫人说，我就去养鸡”[3]。由此，我们也可反观作家创作与作品发表、出版时的心态。《白鹿原》的成功除了作家本身的艺术积淀及生活体验外，改革开放以来社会时代的进步及文艺政策的及时调整，尤其是邓小平同志《在中国文学艺术工作者第四次代表大会上的祝辞》所带来的编辑及作家的思想解放，都为《白鹿原》的诞生提供了适宜的气候、土壤和生存环境。陈忠实曾坦言，“1992 年初，我在清晨的广播新闻中听到了邓小平南方谈话的摘录。思想

[1] 汪兆骞：《往事流光：见证文学的光荣年代》，重庆：重庆出版社 2015 年版，第 78 页。

[2] 周明、王宗仁主编：《2012 年中国散文排行榜》，南昌：百花洲文艺出版社 2013 年版，第 324 页。

[3] 陈忠实：《凭什么活着》，长春：时代文艺出版社 2007 年版，第 53 页。

要再解放一点，胆子要再大一点等等。我在怦然心动的同时，就决定这个长篇小说稿子一旦完成，便立即投出去，一天也没有必要延误和搁置。道理太简单了，社会具体到对一部小说的承受力必然会随着两个'一点'迅速强大起来。关键只是自己这部小说的艺术能力的问题了，这是需要检验的，首先是编辑”[1]。由此可理解，作家之所以对《白鹿原》初刊本大刀阔斧的删减没有劝阻，对作家而言是基于希冀作品顺利面世的心态，而对编者而言，则是基于对作品和作家的双重保护，以验证当时社会和读者的接受力与包容度。而当《白鹿原》在《当代》杂志 1992 年第 6 期仅刊出上半部时，作品就引起了海内外读者的争相追捧。[2] 所以 1993 年 6 月发行出版的初版单行本，基于读者和社会的良好反响，初刊本中被删改的内容基本给予了恢复。作者在与评论家李星的对话中，问者也曾提出“《白鹿原》在性描写方面如此大胆（杂志发表时删了一些，据说出书时将恢复），甚至没有回避最肮脏最丑恶的性生活”[3]。某种程度上，编者对初版本的复原性回改以及作者借初版之机进行的通文工作，都说明了这才是符合作者创作初衷和主旨的“意图本”。《白鹿原》从初刊检验本到初版意图本的回改动因，截至目前也一直未有研究者进行反思探讨，学界因已习惯当代长篇小说的“先刊后出”现象，无意中就忽视了这种修改及其背后承载的复杂意义。

---

[1] 陈忠实:《何谓益友》,《作家》2001 年第 9 期。

[2] 据何启治回忆，人民文学出版社前总编屠岸在《白鹿原》的前半部分刊发于《当代》1992 年第 6 期后，便应音乐家瞿希贤之请为他寻找《白鹿原》的下半部。原来，瞿的女儿在法国学美术，一批海外学子在《当代》杂志看到《白鹿原》的上半部分后，便迫不及待地寻找它的下半部。见叶咏梅编著《中国长篇连播历史档案》（上卷·作家作品卷），北京：中国广播电视出版社 2010 年版，第 83 页。

[3] 陈忠实:《关于〈白鹿原〉的答问》,《小说评论》1993 年第 3 期。

四

从初版本到修订本虽只微调改动，其修改量并不大，但因涉及茅盾文学奖，修订微调本的改动反而更引人注目。修订本的修改类型主要是删改，据笔者汇校统计，修订本较初版本而言只删减了2200余字，230余个标点符号。从何启治最新披露的书信来看，陈忠实也确实针对这些方面进行了必要改动，“总的是删了不少，有的是重复，有的是罗索（啰唆），有的是多余的‘性’，对已经产生误读的某些细节，有的做了删节，有的做了弥补”[1]。修改删减内容主要是茅盾文学奖评委产生争议，即涉及革命、政治与性的内容以及少许作者认为不妥之处。

首先删减了关学大儒朱先生关于国共两党政治斗争是“翻鏊子”的见解。初版本中有三次提到关于“鏊子”的说法。第一次出现的第十四章中并没有删弃，修订本中仍得到保留。第二次出现是田福贤在黑娃三十六弟兄家属会上训话，并在单独对小娥的讲话中，修订本删除了一句“甭把咱这白鹿原真个弄成个烙人肉的鏊子！我佩服朱先生……”“鏊子”说第三次出现是在第十六章，初版本第275页叙述白家遭到土匪洗劫，白嘉轩腰杆也挨了致命一击，躺在炕上向朱先生叙说土匪白狼就是黑娃后，修订本删除了如下一大段：

> 白嘉轩听着姐夫的话，又想起朱先生说的“白鹿原这下变成鏊子啦”的话。那是在黑娃的农协倒台以后，田福贤回到原上

[1] 何启治：《陈忠实致编辑的十五封信》，《新文学史料》2017年第4期。

开始报复行动不久，白嘉轩去看望姐夫企图听一听朱先生对乡村局势的判断。朱先生在农协潮起和潮落的整个过程中保持缄默，在岳维山回滋水田福贤回白鹿原以后仍然保持不介入不评说的超然态度，在被妻弟追问再三的情况下就撂出来那句“白鹿原这下成了鏊子啦”的话……白嘉轩说：“黑娃当了土匪，我开头料想不到，其实这是自自然然的事。”

前两处“鏊子”说讲的是以“农协”为代表的共产党和以田福贤为代表的国民党，两种势力互相倾轧、报复在白鹿原轮番登场，同时又牵涉不少并没有政治立场，也没有革命信仰却只知跟着形势转的百姓无辜受罪。用“鏊子”形容显示出朱先生作为关学大儒，站在国共两党斗争之外的超然态度。而第三处则将以黑娃为代表的土匪势力（而且黑娃原先所在的“农协”也代表着共产党的势力）与国共两党对立，并将共产党也说成正烙烤着白鹿原的老百姓，“虽然只是从一个人物之口说出，但采取客观角度表现之，可能引起读者误解”[1]。而修订本无疑是要强调政治性，通过“鏊子”说表现出来的没有是非正误观念的看法显然不妥，故“鏊子”说第三处出现时便删去了一大段。

其次，修订本中还删减了朱先生关于“国共之争无是非”的一些见解。初版本第 329 页，叙述被冷先生和鹿子霖联手合救的鹿兆鹏，在师母朱白氏精心调养下身体逐步恢复。临走道别时与朱先生的对话中，初版本原为：

[1] 胡平：《我所经历的第四届茅盾文学奖评奖》，《小说评论》1998 年第 1 期。

兆鹏做出一副轻松玩笑的样子问："先生，请你算一卦，预卜一下国共两党将来的结局如何？"朱先生莞尔一笑："卖荞面的和卖饸饹的谁能赢了谁呢？二者源出一物嘛！"兆鹏想申述一下，朱先生却竟自说下去："我观'三民主义'和'共产主义'大同小异，一家主张'天下为公'，一家昌扬'天下为共'，既然两家都以救国扶民为宗旨，合起来不就是'天下为公共'吗？为啥合不到一块反倒弄得自相戕杀？公字和共字之争不过是想独立字典，卖荞面和卖饸饹的争斗也无非是为独占集市！既如此，我就不大注重'结局'了……"鹿兆鹏忍不住痛心疾首："是他们破坏国共合作……"朱先生说："不过是'公婆之争'。"鹿兆鹏便改换话题，说出一直窝在心里的疑问（略）。

修订本删去了上述初版本中下划线处文字。除了这些被删内容，修订本第327页还作了部分增写（下画线处），增写后的修订本内容为：

兆鹏做出一副轻松玩笑的样子问："先生，请你算一卦，预卜一下国共两党将来的结局如何？"朱先生莞尔一笑："算什么卦嘛。"便竟自说下去："我观'三民主义'和'共产主义'大同小异，一家主张'天下为公'，一家昌扬'天下为共'，合起来不就是'天下为公共'吗？为啥合不到一块反倒弄得自相戕杀？鹿兆鹏忍不住痛心疾首："是他们破坏国共合作……"朱先生说："不过是'公婆之争'。"鹿兆鹏节制一下自己的情绪，做出平静的口吻，说："先生，'天下为公'是孙先生的革命主张。眼前的这个民国政府，早已从里到外都变味变质了。蒋某人也撕破了伪装，露出独裁独夫的真相咧。”朱先生没有说话。他向来不与人争辩。鹿兆鹏仍然觉得言犹未尽，说：“你没看见但肯定听说过，田福贤还乡回来在原上怎样整治穷人的事了。先生你可说那是……翻鏊子。”朱先生不觉一愣，自嘲地说：“看来我倒成了是非不分的粘浆糊了。”兆鹏连忙解释：“谁敢这样说哩！日子长着哩，先生看着点就是了。”朱先生再不说话。鹿兆鹏便改换话题，说出一直窝在心里的疑问（略）。

如果“翻鏊子”的说法还只是表现朱先生站在传统儒家文化立场，对国共两党政治斗争处于一种超然世外的圣人立场，容易引起读者误解外，那么，现在一删与一增，朱先生这种“国共之争无是非”的观点就很明确，不仅可能引出误解，而且还是很明显的政治不正确。所以修订本中先是删去初版本中部分朱先生的见解，为强调修订本的政治正确，继而添加了学生鹿兆鹏间接批驳朱先生，揭露国民党投敌卖国独裁的丑陋面目言论，防止读者可能产生的误解，维护修订本参评茅盾文学奖的立场。但美中不足，原文朱先生的观念是一种民间比喻的类比，是白鹿原上乡党间（或师生间）的一次谈资，而修改增写后兆鹏的观念显得有些生硬，仿佛是两个不同政见的政客之间在辩论，不仅破坏了文本的整体乡土氛围，且与情理也不吻合，这样改动也未必算得成功。

修订本根据茅盾文学奖评委会意见，对初版本中“与表现思想主题无关的较直露的性描写”删改最多。虽然作者自己认为小说中的性描写坚持了“不回避，撕开写，不是诱饵”[1] 这几条准则，但由于初版本性叙述的细

[1] 陈忠实：《陈忠实文集》（伍），广州：广州出版社 2004 年版，第 397 页。

节问题，还是引起了不少批评。有些评论家认为“《白鹿原》在性描写这一方面似乎投入了过分的热忱，赋予了过多的篇幅”[1]。因此关于“性”叙述的删改成了修订本重要的修改内容，主要表现在对黑娃与小娥间过度性描写和鹿子霖诱导小娥后二人性关系内容的部分删改。

总体而言，修订本的修改内容虽不多，属于小范围微调，但却是影响着能否最终获评茅盾文学奖的重要修改。修改后虽然对作品整体意义和内涵没有太大影响，但对其中涉及的人物形象塑造及其表现力度无疑有着不可小觑作用。而且由于媒体和学者参与修改讨论，无形中也扩大和拔高了修订本的影响和意义。总之这种修改是媒介、学者、评奖等综合多方外因介入的结果。随着社会和时代思想解放的进一步推进，学者、读者及整体思想解放观念的变化，出版商和市场对于这些修改问题和底本又有了新的认知和看法。从笔者对近几年出版情况的了解来看，有些版本虽然标明了第2版，但是内容却与初版本并无二致，这种现象[2]也体现了社会观念和大众审美心理的微妙变化。

1995年中国作家协会启动第四届“茅盾文学奖”评选工作，评选年度因特殊原因延伸为1989年至1994年，跨度达六年。此次评奖是历届评奖中用时最长、波折最多、最富戏剧性的一次，甚至“第四届茅盾文学奖困难的症结在于《白鹿原》”[3]。对于《白鹿原》参评“茅奖”的曲折过程，学者樊星曾有文记述：

---

[1] 傅迪:《〈试析白鹿原〉及其评论》,《文艺理论与批评》1993年第6期。

[2] 如2002年出版的教育部全国高等学校中文教学指导委员会指定书目《白鹿原》，虽标明1997年第2版，但与1993年第1版除封面和版权页外，内容上并无二致。

[3] 胡平:《我所经历的第四届茅盾文学奖评奖》,《小说评论》1998年第1期。

记得当年陈忠实的长篇小说《白鹿原》一出版就蜚声文坛，参评“茅盾文学奖”的呼声也一直很高，可奇怪的是，那一届“茅奖”迟迟不见揭晓。有一次我去北京开会，遇到前辈蔡葵先生，就问“茅奖”为什么“难产”。先生答曰:“僵住了！”又问:“为什么僵住了？”曰:“专家们极力主张《白鹿原》上，但有‘领导’不同意，说《白鹿原》有政治问题。专家们坚持自己的意见，认为《白鹿原》不能上，就都不上好了——就这么僵住了。我至今还记得蔡先生谈及此事时的愤怒与无奈的表情。后来，那僵局终于被打破，《白鹿原》还是获奖了，只是在获奖公告上，《白鹿原》的后面有‘（修订本）’三个字，提示着耐人寻味的妥协。”[1]

可见，初版意图本《白鹿原》参评第四届茅盾文学奖既是众望所归，又遭遇着“难产”尴尬，其症结就在于对初版本政治问题的判断与甄别。专家们的意见其实倾向肯定《白鹿原》，茅盾文学奖评奖办公室工作人员胡平曾回忆，“讨论中人们发现大家的观点其实颇有接近之处，起码表现在两个方面：第一，都承认《白鹿原》是近年来少有的厚重之作；第二，都同意《白鹿原》不存在政治倾向性的问题。值得一提的是，一些享有威望的老评论家，老作家的意见是很公允的，为创造实事求是的学术氛围起到了重要作用”[2]。专家们坚持审美与艺术立场，自然其中也有争议，

[1] 樊星:《主持人语》,《新文学评论》2012 年第 4 期。

[2] 胡平:《我所经历的第四届茅盾文学奖评奖》,《小说评论》1998 年第 1 期。

比如关于朱先生的一些观点及文中过度的性描写。但同时也非常明确，从文本所描绘的客观生活，其呈现的历史发展趋势并不存在政治倾向问题，正是这种“小”的争议却成了主管部门的担忧之处，最终二者意见的僵持其实就是寻求最佳方案的解决过程。最后达成的统一意见即如何避免《白鹿原》这样“厚重”的作品因“小”争议而落选，“修改”便成了最佳折中方案。“后来多数评委以为对作品适当加以修订是一个可以考虑的方案，前提是作者本人也持相同看法。若作者表示反对，评委会自然会尊重作者意见继续完成一般的程序。”[1]雷达也回忆了评委会征求作家意见的细节，“当时就由评委会副主任陈昌本在另一屋子里现场亲自打电话征求陈忠实本人的意见，陈忠实在电话那头表示愿意接受个别词句的小的修改，这才决定授予其茅盾文学奖”[2]。评委会给作者传达的具体修订意见则是，“作品中儒家文化体现者朱先生这个人物关于政治斗争‘翻鏊子’的评说，以及与此有关的若干描写可能引出误解，应当以适当的方式予以廓清。另外，一些与表现思想主题无关的较直露的性描写应加以删改”[3]。虽然作者最终还是按照评委会意见进行了完整修改，以消除可能的误读和意识形态上的潜在风险。《白鹿原》也成为第二部以修订版获得茅盾文学奖的少数个案[4]，但却是第一部也是迄今唯一一部修订版还未出笼就获奖的作品。

从市场发行和大众接受实际范围来看，修订后的《白鹿原》微调本其

[1] 胡平：《我所经历的第四届茅盾文学奖评奖》，《小说评论》1998 年第 1 期。

[2] 雷达：《我所知道的茅盾文学奖》，《兰州大学学报（社会科学版）》2009 年第 1 期。

[3] 本报讯：《文艺报》1997 年 12 月 25 日第 152 期。

[4] 第一部是第二届茅盾文学奖获奖作品《沉重的翅膀》的修订本。

实也并没有占有全部市场份额，而是出现了修订本与初版本并行传播和接受的状况。人民文学出版社冠以茅盾文学奖出版发行的《白鹿原》自然皆为修订本，但该社除此之外的发行版本，以及其他出版社以各种名目（如作品集、小说自选集等）发行的《白鹿原》，大多是以初版意图本为底本出版。[1] 可见，修订微调本算是为茅盾文学奖而作的一个新版本，而初版意图本的市场接受及作家主观认可程度其实并不亚于修订本。

五

“检验本”—“意图本”—“微调本”呈现的不仅是《白鹿原》物质形态的版本变迁，也是《白鹿原》修改变化过程中文本序列的流动呈现，《白鹿原》在繁复修改导致的文本演化过程中，固然体现了作者、编者的思想情感与艺术心态变化，但文本流动过程中带来的文本变异及阐释差异问题，更应该引起研究者注意。

先看初刊检验本因刊物版面原因所删“不重要内容”是否完全无碍文本意义表达？尽管初刊本整章内容删减并不影响作品整体框架及情节发展，但从文本内在肌理来看，还是削弱了作品整体氛围的表达效果、情节的紧凑以及部分人物来龙去脉的衔接和交代，破坏了作品完整性。比如初刊本第十一章删去的有关“白腿乌鸦”兵流窜到白鹿原后的情况，初版本恢复了其强行征粮征税的扰民行为叙述，明显可见这种恶行不但打破了白

[1] 如 2008 年由北京十月文艺出版社发行的《白鹿原》，在封面上就赫然醒目地印有“权威未删节版”，这里所说的未删版其实指向的就是初版本。

鹿原千年以来“纳皇粮”的老规则，更是前所未有地激发了国军与百姓之间的矛盾，是较为合理且贴近真相的历史叙述；初刊本删去白鹿镇初级小学校长鹿兆鹏发动组织黑娃和韩裁缝纵火烧粮台的激烈反抗，初版本恢复叙述后可见为鹿兆鹏有计划地将黑娃扶持培养为“农协”负责人作了铺垫，也是白鹿原上头一次国共两党的隐秘斗争。还有初版本第九章结尾处恢复的黑娃上门讨娶小娥的经过也很重要，初刊本删减后情节就变得非常干瘪，是黑娃与小娥有染，遭郭举人算计离开，不得不被迫带着小娥回了白鹿原，这样的简单略写就看不出作品主要形象所体现出的人性深度及情感因素。初版本对情节内容予以恢复后，从细节处就可看出黑娃带小娥及小娥愿意回家，不仅仅是因为见不得人的性关系，还体现出二人富有情感色彩的人性光辉等。可见，这些所谓“不重要内容”的删减其实对文本细节及情节肌理仍起着非常重要的阐释作用。

再看稍显重要的涉及人物形象及性格心理的修改变异。创作伊始，田小娥就是作家精心设计和塑造的核心人物，甚至有评论家认为“《白鹿原》中的人物形象最成功的是田小娥”[1]。陈忠实为准备《白鹿原》创作，在翻阅 20 多卷《蓝田县志》过程中，发现竟有五六卷专门记录着贞妇烈女之事迹，且这些妇女都没有自己的名字，仅以某某氏代之，用作家自己的话说，“有一件事对我影响很大”[2]，这引起了他强烈的颤动与逆反心理。“田小娥的形象就是在这时候浮上我的心里，在彰显封建道德的无以数计的女性榜样的名册里，我首先感到的是最基本的作为女人本性所受

[1] 杨光祖：《现代性的颤栗：在文学与电影之间》，上海：上海人民出版社 2018 年版，第 195 页。

[2] 吴义勤主编：《名家讲文学创作》，石家庄：河北教育出版社 2015 年版，第 115 页。

到的摧残，便产生了一个纯粹出于人性本能的抗争者叛逆者的人物。”[1]甚至何启治在其《当代》杂志终审意见中写道，“为田小娥这个复杂的妇女形象和小说的性描写辩护时，更是不吝惜笔墨”[2]。由此可见，作家、编者及评论家都对田小娥这一形象的塑造给予了厚望及肯定。但在作品的实际刊载及出版过程中，对关涉小娥的叙述，尤其是对小娥与黑娃及鹿子霖间的性描写，初刊本中删去了很多细节，虽然达到了编者所要求的稍显含蓄和委婉效果，其实从这些所删较为直接的性描写中，可以明显看出，同样是性描写，但小娥在与黑娃之间的关系中占据主动，甚至扮演着引导角色，这是因为小娥既是本着原始生命欲求，又是本着内心对黑娃的认同及情感因素，所以在双方关系中较为主动。与鹿子霖间则明显处于被动，是因为在黑娃离去小娥陷入孤立无援境地时，鹿子霖借着小娥有求于己便趁机引诱，所以在心理乃至情感上，小娥并不愿主动委身鹿子霖。甚至小娥不惜以身体作为“武器”，向鹿子霖求助的表面行为也是对黑娃情感的一种心理表达。而初刊本中将这些细节描绘删除后，文本中所呈现的小娥形象及给读者的印象便是：小娥是一个寻求生理欲求的荡妇角色。这其实与作者在原初手稿中所要呈现的，小娥作为一个敢爱敢为妇女形象的初始意图并不相符。

关于创作过程中对性描写的态度，作者也曾在初刊本连载结束后答《小说评论》杂志执行主编李星同志问时说道，“我决定在这部长篇中把性撕开来写。这在我不单是一个勇气的问题，而是清醒地为此确定两条准

[1] 陈忠实：《寻找属于自己的句子——〈白鹿原〉写作手记》，《小说评论》2007年第4期。

[2] 叶咏梅编著：《中国长篇连播历史档案》（上卷·作家作品卷），北京：中国广播电视出版社2010年版，第82页。

则，一是作家自己必须摆脱对性的神秘感羞怯感和那种因不健全心理所产生的偷窥眼光，用一种理性的健全心理来解析和叙述作品人物的性形态性文化心理和性心理结构。二是把握住一个分寸，即不以性作为诱饵诱惑读者”[1]。可见作者对原稿中的性描写很有分寸，甚至认为这些性描写都有必要。尽管作者在构思之初甚至直到作品发表后，仍对其中设计的性描写一直抱有重重心理障碍，既担心出版社的审读者能否容忍，又担心昔日在读者中所留下的严肃作家良好印象因此而被破坏。而实际创作原稿中作家所塑造的田小娥这一艺术人物也显得更加饱满，甚至是作者精心塑造并要为之歌颂的艺术形象，对小娥的性描写和性刻画，作者甚至认为“是重要的一个部分而不能或缺”[2]，某种程度上，这也是关涉中国在走向现代化过程中性文明的进化和发展问题。对此，何启治曾在1992年6月30日对长篇小说《白鹿原》的终审意见中写道：

……首先，我赞成此类描写应有所节制，或把过于直露的性描写化为虚写，淡化。但是，千万不要以为性描写是可有可无的，甚至一定就是丑恶的、色情的。关键是：应为情节发展所需要，应对人物性格刻画有利，还应对表现人物的文明层次有用。自然，应避免粗俗、直露。试想，如果《静静的顿河》去掉了阿克西妮亚会成个什么样子？如果《子夜》删掉了冯云卿送女儿给赵伯韬试图以美人计刺探经济情报这段情节，又会如何？（这情节不但写活了赵伯韬的狂傲，冯云卿的卑鄙，也写出了冯女的幼

[1] 陈忠实:《关于〈白鹿原〉的答问》,《小说评论》1993年第3期。

[2] 陈忠实:《关于〈白鹿原〉的答问》,《小说评论》1993年第3期。

稚和开放）《白鹿原》的小娥就是个很重要的形象。她在鹿子霖挑唆下拉白孝文下水这一段性情节，就很能表现鹿子霖的卑鄙，白嘉轩的正直、严厉以及小娥和白孝文的幼稚和基本人性、为人态度等等，是不可少的情节。要删也只能动其中某些粗俗直露的性行为描写。[1]

可见，编辑出版者对田小娥这一艺术形象也持有高度认可态度，只是最终还是出于种种外部因素删去了一些较为直接的描写，从而造成了小娥形象的误读及初刊本的残缺。类似的修改还有修订本中对关中大儒朱先生有关言论及形象的改动等。

结 语

《白鹿原》因作家、编者主动或被动修改而导致的文本流动与差异，在新时期以来的长篇小说中还有大量存在，只是作家、编辑或出版者在公开场合很少提及，也未被学界引起重视并加以汇校、整理和发掘，因而一直久藏于不同版本的文本叙述中。如张扬的《第二次握手》中苏凤麒就是改写幅度较大且较为成功的主要人物，作为苏冠兰的父亲，初版本中苏凤麒是一位独断专横的学阀，虽然长期留学国外，但这样一位“洋”教授骨子里却有着根深蒂固的封建伦理思想。他能用尽一切国外、国内影响、权力和手段强行干涉儿子苏冠兰的恋爱自由，并最终导致苏冠兰和丁洁琼之

[1] 何启治：《文学编辑四十年》，北京：人民文学出版社 2001 年版，第 439 页。

间的爱情悲剧。初版本对苏凤麒身上体现的极端矛盾性格和行为并无过多解释，因而苏凤麒呈现出一副概念化、脸谱化，刚愎自用的封建家长形象，并不符合常理和生活实际。重写本则修改增加了大量苏凤麒的篇幅，使其形象叙述得到很大改观，成为一个不仅睿智博学，还重承诺、守信用，甚至还增写了苏凤麒在抗战中的贡献，将其负面的封建家长形象修改为积极正面的抗战功臣形象。重写本的处理策略塑造了苏凤麒作为知识分子的饱满形象，也为我们还原出近代以来一个经世忧国的优秀知识分子形象，在21世纪文学的形象谱系上也就对接了“五四”以来的传统。张洁在《沉重的翅膀》（修订本）中对郑子云、田守诚等人物形象的改写；余华《活着》初版本中对“家珍死后”情节的修改及其形象塑造；麦家《暗算》修订版对黄依依和安在天之间的情感补写及形象再造等，都体现了当代文学版本修改导致的文本流动与阐释差异。

当前，一大批新时期重要长篇小说（甚至包括网络文学作品）都已经有了版本修改与文本流动事实，只是时间距离太近，作者、读者和研究者暂时还没有意识到其重要性。新时期长篇小说已经出现修改频繁、修改量大且修改动因复杂的客观存在现象，其版本生产导致的文本流动与变异已经成为亟待引起重视的学术现象。对这些因修改而导致文本演变的重要作家及作品，及时进行文本序列考证、异文汇校整理及文本流动分析，理应成为当代文学研究的重要环节和支撑工作，具有独立的学术价值。“文本流动”视角下呈示出修改作品多会产生文本变异，与作者意图文本间会出现微妙裂隙，从而导致文本歧变及阐释差异，应引起学界关注。

脉络、现状及叙事问题：对我国生态题材电影的一种观察

邱振刚

《中国艺术报》社理论副刊部

一、生态题材电影的历史脉络

人与自然之间的关系应该如何定义，人类的繁衍生息与人类社会的膨胀发展如何影响了自然环境，自然环境的变化又如何反作用于人类生存，是一系列开放性的哲学命题，对于不同社会、不同历史背景、不同宗教信仰的人们都有着高度的不可知性，对这一命题从不同层面、不同角度进行艺术化解读、呈现，是中外生态题材文艺创作的主题所在。围绕这一主题的电影，世界各国都不乏佳作，如日本故事片《熊》，美国故事片《未来水世界》《与狼共舞》《人鱼传说》、动画片《里约大冒险》《马达加斯加》《海底总动员》，法国纪录片《迁徙的鸟》《帝企鹅日记》《地球四季》，英国、澳大利亚合拍的故事片《小姐弟荒原历险》等。

因为生态环境保护在我国成为人们普遍关心的社会性话题，还是20世纪80年代中后期以来的事情，直接关注生态问题的电影在我国的创作历史并不长。在那之前，虽然也有不少电影对生态环境、人与动物的关系等话题有所涉及，但因为中国的经济发展刚刚进入快车道，人与自然之间的关系尚未出现紧张态势，人们的生态保护观念尚未充分建立，对这一问题的呈现在电影创作中并不占有重要位置，如80年代初的《应声阿哥》《小刺猬奏鸣曲》等，只是以间接的方式关注了人与自然的关系。这些影片中所流露出来的生态观念，也和当前有着明显不同。如在《小刺猬奏鸣曲》中，“爷爷”要求孙子豆豆把小刺猬送给两个外国小孩，原因是“人家大老远来中国，咱们是主人，得懂礼貌”，也就是说，原本野生的小刺猬在片中是作为实现某种现实需要的工具而存在的。在影片结尾，小刺猬被三个孩子恋恋不舍地放回大自然，原因是孩子们的暑假即将结束，他们要回到各自的国家或者城里上学。这显然意味着，回归自然只是小刺猬的次优选择，继续被人类主人喂养才是最优选择。在这里，人物与作为自然环境象征物的小刺猬，地位显然是不平等的，小刺猬带有强烈的工具属性。尤其是小刺猬是带着人类捆绑在它身上的丝带返回自然的，这一意象的象征色彩更加明显，回归自然的小刺猬被打上了人类的痕迹，而这种痕迹似乎赋予了它某种高于普通野生动物的特殊地位。《应声阿哥》也是如此，作品中有大量呈现人物所生活的山区环境的镜头，但在这些镜头里，几乎都将环境客体化了，将其视为“风光”加以展现。而且大量镜头都是从人物对自然风光的“观看”开始，以长镜头对山岭、森林等以游客视角进行呈现。由此可见，对于影片创作者而言，自然环境仍然是作为某种缺乏自身独立属性的资源而存在的，与人类之间，是利用与被利用、观看与被观看的关系。该片结尾处，从城里来到山区的孩子把电动玩具送给了山区孩子，这一情节也有着山区需要城市文明来提升的寓意。

进入20世纪90年代，随着环境污染等问题的出现，我国银幕上逐渐出现了《大气层消失》等作品。《大气层消失》直接聚焦于如果生态环境发生重大灾难，也会给人类生存带来巨大威胁的主题，在我国灾难片、科幻片的创作历史上都有着重要地位。但总体而言，生态题材电影在我国电影创作的总体格局中仍不占有重要位置。而且，从该片的剧情来看，是犯罪者无意中造成的意外才造成了生态灾难，言下之意是只要人类审慎地对待自然生态，灾难就不会发生，人与自然的关系就是科学的、和谐的。这部作品并未对人类活动本身与自然环境之间的复杂关系进行思考，其结尾也是通过动物的自我牺牲来拯救人类，说明在创作者看来，人的主体地位仍然是不容置疑的，自然环境也是因为和人类生存密切相关，才值得关注、保护。该片将足以导致地球上一切生物毁灭的原因归结为气罐车所储存的毒气泄漏，但创作者并未给在影片中为这一设计在科学上建立起足够的合理性和说服力，片中的剧情发展也就缺乏足够的逻辑性和推动力，无法唤起观众充分的代入感，在影片的后半部分，几乎完全是通过人物紧张急切的表现，而不是剧情本身的紧迫性来完成叙事过程。当然，尽管有上述稍显粗糙之处，这部影片仍然不失为我国生态题材电影的开山之作，其开创性是首要的，作品中一波三折、悬念不断的情节设计，主人公千方百计寻找污染源、消除污染源的剧情框架，都有着明确的强情节叙事特征，为后来的同题材创作提供了经验。

进入21世纪后，我国的环境保护问题进一步凸显，《可可西里》《天狗》《季风中的马》等作品持续涌现，这些影片开始明确地聚焦于野生动物保护、森林和草原资源保护等话题，这些作品的共同之处在于善恶对比强烈、创作主题明显，在强烈的剧情冲突中蕴含着浓郁的悲剧精神，电影人在以影像的力量向社会传递着环保观念，批判人类对自然环境的破坏，逐渐摆脱了将自然环境进行“物化”的传统思维，逐渐形成了不再强调“改造和征服外界、使自然界适用于人类”，而更趋向于“改造人类的内心世界和行为、生活方式、使人类适应于自然界，而与之保持和谐”[1]的生态伦理。这一生态伦理的调整，带来了创作思路的调整，极大深化了这一时期生态题材影片的思想内涵。例如《天狗》中，森林并不是因为有涵养水源等功效才需要保护，而是作为生态系统的组成部分，人类本来就应当以生命家园的眼光来看待森林。《可可西里》中，完全没有任何剧情、台词涉及藏羚羊这一物种对于当地的价值，整部影片中将藏羚羊视为生态环境的象征，巡逻队所保护的不仅仅是藏羚羊种群，更是整个生态系统。正如片中台词“在可可西里，你留下的脚印，有可能就是地球诞生以来这里的第一个脚印”所言，自然生态系统本身就有着明确的主体性、实在性，而不仅仅是某种供人类观看、使用的外部资源。创作者的生态观念、影片的生态伦理观已经发生了显著变化，自然与人类，终于站到了同一个天平上。《图雅的婚事》也是如此，主人公图雅的命运和草场的退化直接相关，观众的心态随着对图雅的命运以及她所背负的生存压力的关注而起伏，这种关注也在无形中投影到对草原生态的关注上，由此建立起草原与人是命运共同体的认识。

二、我国生态题材电影创作的趋势及现状

党的十八大把生态文明建设纳入中国特色社会主义事业“五位一体”

[1] 何怀宏主编：《生态伦理——精神资源与哲学基础》，保定：河北大学出版社2002年版，第3页。

总体布局，明确提出大力推进生态文明建设，努力建设美丽中国，实现中华民族永续发展。近年来，随着我国生态文明建设的稳步推进，各地生态环境明显改善，在此基础上，众多文艺作品对生态文明建设成果进行艺术化再现，生态题材电影创作也迎来崭新机遇，焕发出丰富多彩的艺术风貌。这类影片在我国电影创作格局中的重要性也获得提升。对于生态题材电影的创作成果和发展变化趋势，应及时分析，并对其今后的发展路径提出思考。结合近年来所出现的生态题材影片，这种变化趋势体现在以下多个方面。

一是，从叙事主题来看，早期生态题材影片创作者往往直接指出人类活动对生态环境、自然资源的挤压和破坏，以此呼吁人们对生态环境进行保护。《可可西里》《黑骏马》《天狗》等影片的创作状态显而易见是在呼唤、呐喊。作品的影像语言，往往倾注于对原始森林、草原等自然环境的奇观化赞美，对栖居于原始自然环境中人们的生活的传奇式讲述，并进而将上述内容与当代现实生活形成对比。简单地说，这些影片旨在通过渲染某种陌生化经验，激发人们对破坏自然生态的行为进行反思。

近年来我国对生态文明建设的高度重视，带来了生态环境的改善，使得经济发展和环境保护原本的紧张明显化解。近年来涌现的电影作品中，对经济发展和生态保护也不再持非此即彼的二元对立态度，体现在影片中的创作姿态趋于温和，对人与自然关系的思考不断深化，更多地把生态保护话题由具体的生态事件向外拓展，将事件放置于更广阔的社会现实和历史时空中，使作品内容的覆盖面大为延伸。近年来的生态题材作品中，开始用多样化表达方式来展现丰富立体的情感，展现良性生态环境带给人们生活品质和精神面貌上的积极作用。作品中人的生存、发展与生态环境的关系也从对立变为协调、统一，更具深层内涵的生态伦理得到了普遍建立，很多作品也开始在生态叙事中重视融入多学科知识，更加全面系统地还原生态环境获得改善、科学生态观念建立的过程。如2021年在第十五届青年影展中亮相的《水草长生》，没有单纯渲染过往的自然生态环境的纯净和人们生活方式的淳朴，而是更加强调对生态环境的保护不应是孤立的，应该与改善人民群众生活、扎实推进基础教育等民生举措紧密联系起来。

有的作品还和多样化的社会话题相结合，带给读者更具现实认同感的欣赏体验。如《海洋天堂》《我和我的伙伴》并非纯粹的生态题材电影，但这些作品将人与动物的关系这一主题和自闭症儿童的治愈、回归等社会话题深度融合，这一创作思路完全应当带给生态题材创作更多启发。当然，如果将动物视为生态环境固有的组成要素，那么这些电影都将动物视为人类现实生活之外的某种启示性力量，那么将其视为较广义的生态题材电影也是合理的。

将生态环境的变迁和各种社会话题加以融合的情况还出现在更多影片中。如《旺扎的雨靴》，通过两代牧民在不同历史时期的感受，呈现当前经济政策在保护草原生态、提高牧民生活水平方面的积极作用。《寻找那达慕》《春江水暖》也是将生态环境的改善和人们生活水平的提高相互关联，在潜移默化间传递出二者相辅相成的良性关系。

二是，从叙事结构和美学呈现来看，以往的生态题材影片往往用二元对立的矛盾冲突作全片结构，保护或破坏生态的两方，构成了影片中壁垒分明的对立力量，生态资源是否得到保护，是影片剧情发展的核心动力，这样高强度的矛盾冲突，也对作品最终的美学基调有着根本性的塑造作用。如《天狗》中，主人公李天狗是战斗英雄，伤残复员后被分配到偏远的国有林场当护林员。为了守卫国家的森林资源，他和在当地称霸多年、靠滥砍滥伐发了横财的孔家三兄弟展开了殊死搏斗。《可可西里》的剧情则更是早以为人们所熟知，影片讲述了记者尕玉和巡逻队员为了保护可可西里无人区的藏羚羊种群和生态环境，与藏羚羊盗猎分子顽强抗争甚至不惜牺牲生命的故事。因为剧情有着强劲的艺术张力，加上特写镜头的密集使用以及粗犷硬朗的画面语言、快节奏的画面切换，这些作品也普遍呈现出悲壮激昂的美学品格。

而在近年来的生态题材影片中，弱情节已经成了普遍选择，作品中通篇难以觅得带有冲突意味的情节，生态环境的保护被置为故事的远景、背景，人物关系和剧情演进置虽然仍依托于生态环境来设置，但创作者并不直接抒发自己的生态观和环保意识，纷纷将剧情冲突由外部转入人物内心，更加侧重于相对间接的方式，用大量的长镜头和广角镜头，以更加细腻精致的影像语言来阐述自己对故乡，对地球家园的密切关注，以及对人与生物、人与自然的关系的深度思考。作品的美学品格相较以往，更加丰富多元。

三是，从叙事主题的属性来看，较早的生态题材影片基本都具有强烈明确的公共属性、集体属性，普遍在关注较大时空范围的生态话题，作品从整体上呈现明确的批判性。而较为晚近的作品，如果深入到作品的内部肌理来看，则高度私人化、小众化，强调抒发生态话题与人物内在心理空间的交织互渗，作品呈现内省性。作品即使是在关注生态事件，事件的起因也往往是较为纯粹的自然原因，而非人为结果。

尤其应当看到的是，当前即使是其他题材、其他类型的电影作品，也经常将生态主题纳入故事脉络和主题结构中，这更加了凸显了关注自然生态、守护地球家园已经成为电影创作者乃至全社会的普遍心态。如科幻灾难片《流浪地球》、体育竞技片《攀登者》等近年来的爆款影片，均将人类与地球家园的关系、人在自然生态系统中的位置作为探讨对象，并以之作为推动剧情发展的重要叙事动力。

三、当前生态题材电影的缺陷及成因

当前生态题材影片在创作整体上呈现良好的发展态势，最突出的成就就是将我国生态文明建设的成果和人民生态观念的变化在银幕上进行了广泛展现。但是，同时也存在一些不足。一个显而易见的事实是，我国当前的生态题材电影创作，和生态文明建设本身的重要性和成就相比，和国内外经典性同类作品相比仍然还有差距。这些不足主要体现在以下各个方面。

一是，最显著的体现是头部作品、爆款作品还比较缺乏，大量作品在低成本、低传播率、低票房的圆圈中循环，未能形成广泛的社会影响，未能带动产业资本对这一题材的广泛投资。当前的生态题材影片，无论是和《与狼共舞》《未来水世界》等国外优秀作品相比，或者和我国较早的《大气层消失》《可可西里》等作品相比，水准还不过硬，即使是艺术品质较高的作品，往往也普遍存在口碑好、票房差、传播效果不佳的情况。

以影片《狼图腾》为例，该片有着强大的主创阵容，取材于成熟的文学作品，文学原著的思想性和故事性，以及知名度都颇为可观，但改编后的影片并未取得较好的口碑效应和市场表现。从影片的叙事内容来看，该片似乎只是侧重于选取文学原著中冲突性较强的片段，对原著中草原民族特有的生态伦理并未进行细腻到位的展现。实际上，如果抽离了原著中对人类活动与草原生态的关系的审视，剧情的发展衍进也就缺失了逻辑基础和核心动力。另一部值得注意的是《美人鱼》。该片看似关注生态话题，但是片中所有的喜剧性噱头都和主题无关。人物也是高度脸谱化的，如贪婪成性的开发商、纯朴善良的海洋智慧生物，人物的性格、行为完全是“贴标签”式的，剧情更是夸张扭曲，只是为制造笑料服务，并没有涉及生态保护过程本身。虽然因为该片的喜剧特征较为明显，观众不会将其视为真正的生态题材作品，但该片在客观上的确有可能导致观众对生态保护的复杂性、艰巨性产生误解。

二是，生态题材创作尚未形成较大范围的创作自觉。有的相关创作者只是希望把握住生态保护的“风口”，在创作前期并未建立起完备的知识体系，对生态保护的工作实际缺乏深入细致的把握，其源头在于创作者尚未对生态文明建设成果充分消化吸收。还有创作者将创作视为外部任务而非内部自觉，有些作品显然是依托于具体的扶持政策才得以诞生，创作者目的性明显，是在用制作风光宣传片的方式来拍摄生态题材剧情片，在外部影像上，用唯美化的影像语言展示被精心选择过的局部环境，在内部构成上，用假想、模仿代替踏访、调查，其后果就是作品的说服力受到伤害，非但没有引发人们对生态保护现实情况的关注和思考，反而弱化了人们对生态保护实践的科学性、艰苦性的认知。

三是，当前有众多生态题材电影，基本可以归入“作者电影”的范畴，这一现象也应引起业内的重视。具体而言，在生态环境显著改善后、人们生态环保观念取得显著进步后，生态电影无须像以往作品那样表现破坏与保护生态两种观念、两种行为之间的尖锐对立，对剧情的发展并未及时寻找到新的发展动力，视角开始向内转，将外部自然环境视为人物心理机制的外化，“作者电影”也就大量出现了。这类影片的特征是强调以主要创作者的价值取向和审美意愿作为影片从题材、主题、格调到剧情、节奏各方面的标准，对市场和观众是否认可并不做太多考量。

“作者电影”当然也是一种重要的电影形态，但问题在于，当前众多生态题材的“作者电影”，无论是从整体来看，还是就具体作品而言，在电影市场和观众当中均未能引起较大关注。这类作品更像是一种无奈的产物，即创作者并没有成形的生态伦理，也未能寻找到明确的视角来探索人与自然生态的关系，只是将外部生态环境抽象化、私人化、概念化。创作者甚至无意在叙事过程中唤起观众的代入感，只是希望通过影片把自己的某种精神体验展示出来。以我国影片《家在水草丰茂的地方》和英澳合拍的《小姐弟荒原历险》为例，两部作品都有着极具张力的故事框架，即两个孩子如何在极端恶劣的荒野环境中挣扎求生。但前者把自然环境都置换为人物的心理活动，原本波折不断的故事变成了人物的内心戏，所有的生存难题似乎都只是人物对现实命运的不安感的心理投射，剧情始终以一种近乎旁观者的冷静、近乎记事簿的平稳来徐徐进行。而后者则是以人物的冒险经历为剧情主线，叙事节奏随着人物境遇的安危转换而变化，这也是一种较为经典的冒险片的拍摄手法。面对自然环境时，前者中人物的姿态是迷惘的，后者中则是恐惧、紧张的，这一情绪显然更符合人们在极端化自然环境中的真实表现。

就“作者电影”这个概念而言，其实涵盖了多个题材，爱情题材、历史题材、科幻题材的“作者电影”都为数不少。但就当前生态题材电影创作而言，“作者电影”所占的比例是相当可观的。甚至可以说除了《狼图腾》这样有着明显商业诉求的影片，大量生态题材电影都有着“作者电影”的痕迹。这一情况的原因显然是多方面的，但最直接的原因显然是我国电影观众尚未对生态题材电影形成稳定的观影习惯，这类影片缺乏核心观众群体，难以获取可靠的票房回报，从而导致电影投资者缺乏足够的意愿来注入大量资金。这种情况下，创作者为了降低拍摄成本，只能通过弱情节的叙事方式和尽可能少的演员队伍来完成影片。于是，“影片定位模糊，市场空间狭窄，题材同质化严重，有效供给率低，艺术层面存在文化认同缺失及价值取向不清晰”[1] 等文艺片的常见特征就在生态题材影片中反复出现。

值得注意的是，近年来的众多生态题材影片，尤其是“作者电影”痕迹明显的影片，很多都是由青年导演来执导的。如 23 岁执导《阿娜依》的丑丑、27 岁执导《牧牛童》的荀伟平、29 岁执导《扎旺的雨靴》的拉华加、29 岁执导《春江水暖》的顾晓刚、30 岁执导《家在水草丰茂的地方》的李睿珺。这也正如学者所指出的，“艺术电影更是新生代导演初试身手的必然选择”[2]。还应当看到，很多生态题材影片是自编自导的产物，如万玛才旦同时担任了《静静的嘛呢石》《寻找智美更登》《五彩神箭》《塔洛》等影片的编剧和导演，拉华加是《扎旺的雨靴》《太阳总在左边》的编剧和导演，丑丑是《阿娜依》《云上太阳》的编剧和导演，刘杰是《碧罗雪山》的编剧和导演，姜运民是《傣乡童话》的编剧和导演，李睿珺是《家在水草丰茂的地方》的编剧和导演，《季风中的马》《额尔古纳河右岸》《格桑梅朵》《诺日吉玛》《草原上的承诺》《伊犁河》《香巴拉信使》等大量影片也都是如此。虽然某部影片的编剧和导演由同一人担任，在世界范围内也是常见现象。但在当前生态题材影片创作中，这一现象的比例是相当高的。同时，《阿娜依》《扎旺的雨靴》《春江水暖》《水草长生》《季风中的马》《静静的嘛呢石》等影片的拍摄地就是编剧、导演的故乡。上述现象，都不同程度隐含了降低拍摄成本方面的考量。这也从一个侧面说明，生态题材影片尚未成为成熟的题材类型，对电影产业而言也没有形成较大范围的产业自觉。

---

[1] 何怀宏主编：《生态伦理——精神资源与哲学基础》，保定：河北大学出版社 2002 年版，第 3 页。

[2] 陈旭光：《存在与发言：陈旭光电影文章自选集》，保定：北京大学出版社 2015 年版，第 67 页。

四、生态题材电影的发展路径

当前，虽然我国城乡各地的自然环境已经有了普遍改善，但人与自然之间的关系仍然是多形态的。生态文明建设的广泛推进，在特定地域也必然呈现不同形态。纵观中外较为成功的生态题材影片，如《天狗》《可可西里》《熊》《与狼共舞》《野性的呼唤》等影片，其主题并不复杂，但都是创作者将某种有说服力的生态观念与特定的故事背景、历史习俗和地理环境进行有效融合的产物。这提醒今天的生态题材电影创作者，应当把作品主题和具体地域的文化传统、发展现状进行更加深入的融合，发掘出更具代表性的故事结构。生态文明、生态哲学本身的深度意蕴，虽然值得反复思考、深入展现，但必须和叙事过程的具体化结合起来，要通过可信度高、感染力强的剧情加以表达。否则，作品主题的抽象化、情节的模糊化就难以避免。

除了要建构明确的主题，创作者还要善于讲述出有着充分逻辑基础的故事，塑造出典型的人物形象。只有故事和人物有了足够的说服力，作品才能具有足够的感染力。当前，极端化的人与自然的对立虽然不存在了，但生态环境变迁过程的复杂性、艰巨性，本身仍然蕴藏着故事的生长空间，“一切电影表现形式的出发点应当是情节，是一系列事件。动作是构成思想的基石……因此对于电影而言，只能通过动作展现和跟踪一个思想”[1]。从改革开放以来我国生态电影的发展历史以及我国电影观众的审美

[1] ［匈牙利］伊芙特·皮洛：《世俗神话——电影的野性思维》，崔君衍译，北京：中国电影出版社 1991 年版，第 11 页。

习惯来看，《天狗》《可可西里》等强情节影片、人物形象生动鲜明的影片更能够激发人们的观影热情。如果能够创作出一批立足各地生态建设的成果和经验，又能带给观众优质观赏体验的此类影片，完全可以大幅度提升生态题材电影在我国电影创作格局和电影市场中的地位。

总之，任何一种艺术类型的发展都不是孤立的，生态题材电影也是如此，它在思想性、艺术性方面取得的发展，和生态环境的改善、人民生态观念的变化息息相关。我国生态文明建设的生动实践和丰富成果，为生态题材电影创作繁荣发展提供了取之不竭的创作资源。生态题材电影创作的使命就在于把生态环境的发展变化更立体、更全面、更深刻地展示在观众面前，在全社会建立起更加科学的生态观念，为人们勾勒出更美好的未来图景，从而为生态文明建设提供更加充足的精神动力。就我国已经拥有的这类电影的人才储备和创作经验，以及创作者和全社会已经具备的生态观念而言，只要在政策扶持、创作观念等方面不断优化、积极调整，这一使命一定能更加及时有效地完成。

近年来谍战剧的类型突围与主题衍变

——由《风起陇西》引发的若干思考

苏妮娜

辽宁省文化艺术研究院

一

历史剧《风起陇西》于2022年在中央八套首播，随后在爱奇艺热播。该剧脱胎自《三国演义》结尾处诸葛亮二次北上伐魏的故事，其收视的起起伏伏，可见改编四大名著往往是风险与光环并存。此剧改编自影视化十分成功的历史题材网络作家马伯庸同名小说，由号称新武侠电影导演的路阳执导。该剧制作已达同类影视作品中的较高水准：美学风格朴拙中见华贵，影像语言沉稳严谨，情节节奏紧凑且交代清晰，情节演进大开大合，演员表演与角色贴合程度极高，可谓出品精良、一时之选。

《风起陇西》应归置于谍战与历史的类型交叉地带。它赢得的收视与热议，又一次证明了四大名著作为我国最大 IP 的持久魅力。无须赘言，对于这段“大江东去，浪淘尽，千古风流人物”的讲述已历经千年：从口头文学—话本—文学经典—影视，百转千回。这世上的故事总数有限，讲法却可以不断翻新，取胜之道不在故事，而在于讲法。对此类题材的衍生、改写甚至覆盖，在当今这个格外渴求故事的时代势必更加频繁。不过，据对过去 20 年的影视剧内容改编的观察，尽管文学经典的衍生无穷无尽，对于《三国演义》本的戏仿、翻拍、颠覆等游戏式的言说欲望，却要弱于《西游记》《水浒传》《红楼梦》。究其原因，大概在于，在情感方面，人们对于托生于正史的“三国”故事多了一份郑重与敬畏。对于那段“白骨露于野，千里无鸡鸣”“将军百战死，壮士十年归”的乱世传奇的感怀、对于那段蕴积了魏晋风流的文化盛世的向往、对于在民间故事中经久不衰的诸葛武侯与刘关张不变传奇的景仰，这种种真挚严肃的情感都包括其中，见不得太多的轻忽戏谑。尤其作为文学经典，四大名著已经沉积为民族集体记忆、公共经验的一部分“从《诗经》《三国演义》《红楼梦》到《阿 Q 正传》……这是一些声名卓著的文学经典。对于提供引导性的文学选本，维持文学研究学科的制度性知识，汇聚一个社会共同的文化经验乃至民族身份的认定、生产，文学经典拥有举足轻重的意义”[1]。今天的观众既迷恋历史叙事，又时不时指责影视剧架空历史、“消费历史”，原因也在于这些剧情与观众建立的情感关系，既包括了积极正面的共情和提升，也不乏对经典“下行”的迎合与狎昵。这就再次提出经典如何重述、改编如何发力、创新的深度与角度等问题。

[1] 南帆：《文学经典、审美与文化权力博弈》，《学术月刊》2012 年第 1 期。

二

以类型对照总结一部剧的特征，只能在剧作完全符合规定题材、形式、语言等范畴时有效，但却无法尽数创作者如何在情节演进中施展变化。故事的讲法总是受生活中形成的观看需求与表达意愿牵引，一次次被改写与刷新。谍战题材近年来大热，是中国成长最快的通俗文艺类型。谍战与历史，谍与武侠，谍战与职场（曰架空历史者，还是在历史中衍生嫁接）这诸般类型的融合、共生或曰彼此借力，是类型本身嬗变生长的必然，也可帮助重新认识和界定这些类型本身。

置于中国古典传统叙事的坐标系中，武侠与谍的接近甚至重合，并非仅存在于文学中，而是实有其事。在《史记》等正统叙事中，两国交战，“刺客”是专门执行刺杀任务的间谍，其在历史评价中是“侠”，刺杀的政治任务在各类书写中都被视为义举，《史记·刺客列传》便是一部慷慨悲歌的英雄谱。“侠”，后来甚至与“士”并列，所谓“士为知己者死”。更有研究表明，汉之后，游侠与氏族日益趋近，士是内化了的侠[1]，侠是士的阶层的延伸，所谓“权行州里，力折公侯”，是举足轻重的一支力量。后来又发展为，侠与氏族时而依傍、共生，时而又是对峙、监视的关系。总之“侠”虽然相对松散而自由，但也是一种不容忽视的社会存在。

在我国，这种观念流传较广，影响深远，迥异于西方电影中对于“刺客”“谍”的形象塑造。——较早出现在好莱坞银幕上的希区柯克电影《第三十九级台阶》《西北偏北》，以及20世纪90年代之后大热的《碟中谍》

[1] 参见余英时《侠与中国文化》，载《中国文化通史》，北京：生活·读书·新知三联书店2012年版，第237—319页。

系列、《007》系列等。对比一下，中国当代电影导演作品中的《刺秦》《英雄》《影》《十面埋伏》等同类题材作品，多沿用上述中国古典叙事中“侠”这种观念的塑型。上述西方诸影片中，“刺客”与“谍”的情报与暗杀行动，均受政治势力驱使或雇佣，因此只有输赢、得失、成败的考量，而不涉及正义或“侠义”等道德伦理之评价，所以主角在觉醒成为生命真正的主体之前，只是工具人而已。中国的这类作品则相反，不论刺杀还是防卫，都需要首先占据在国族大义的制高点上，仿佛在取得道义上的上风之后，再运用智谋心机就理直气壮，谓之“师出有名”。诸如张艺谋的《英雄》《影》，陈凯歌的《赵氏孤儿》等影片为了使得观众接受这理念上的高度，在情节上大费周章。《英雄》整个故事的几个部分都穿插在刺客无名与霸主秦王对于“天下”的论辩之中。《英雄》试图由刺客无名讲清楚，刺客们为什么最后放弃了刺杀任务，甘于失败？是因为认识到统一六国是结束杀戮拯救世人最好的方法，也就是服从于秦的大一统霸业，是比雪洗灭国仇恨更重要的大业，应该放下武器，拥抱强秦，忘掉武者的姓名。由此，刺客终于成了义士。在此，我们姑且不论这能否成为强国侵略弱国、而弱国必须原谅的理由，也不论该史观能否成为故事中人的思考，我们只从讲故事和看电影的效果上来看，如此能否塑造真实可信的人物是非常可疑的。这一认识拔高的结果，相当于抽离了观众的情感基座，彻底成了笑场不已的吃瓜群众。如此抽象的宣讲，往往是把人物演化成了导演所理解的某个理念的牵线木偶而已。《赵氏孤儿》试图使人接受一个人杀死自己的孩子救护别人的孩子是一种更高尚的善良，这种伦理意义上，谁比谁更高尚的讨论其实也超出了观众能接受的情感范围。这几部电影塑造赞颂的人物，如片名所说，是《英雄》——英雄、霸主才能推动历史，这是比较典型的英雄史观，或者叫超人哲学。由此比较看来，《叛逆者》塑造的青涩的林楠笙、女学生朱怡贞作为情报人员的成长经历，《潜伏》当中空降的“干部”余则成在天津站步步高升、升官发财的逆袭经历，以及《风起陇西》当中一系列身处任务当中被己方高层几度利用、放弃、出卖的陈恭、荀诩、高堂秉，则更贴近底层处境下——也就是闾巷之侠，而不是高居庙堂者——如何完成政治任务找到心理依据与情感出处。

三

历史的记载和论述能有助于我们了解《风起陇西》中陈恭、荀诩背后各自的力量。陈恭虽然一出场就是司闻曹老大冯膺一力培养多年潜伏曹魏的顶级特工白帝，但是他另一重身份是蜀汉内部诸葛亮的政敌李严将军的故人，而李严将军代表的正是蜀汉内部反对北伐的蜀中土著。如剧中所言，李严背后是荆州、西川两地门阀，他们宁可以讨伐东吴为理由抵制北伐，其原因并不是表面上的为了保护一方百姓的安宁，而是权势地位之争。本剧故事主体的发端处，诸葛武侯下令清查司闻曹，但他从一开始就反对并一再警告杨仪等人预防内察成为抢班夺权的工具，提出“相忍为国，合则两利”为原则尽量缓和拖延内斗，但是事态一旦真正恶化到军前喧变的程度，诸葛等于默许了杨仪等人以党政手段剪除李严势力。另一个例子是关于杨仪的，杨仪是本剧中唯一一个为达结果不择手段的枭雄式的人物，而结尾处，杨仪尽管已经抓到了李严破坏二次北伐的证据，可以亲自为此事落下最后一子，但是他仍然踌躇不愿下令，可见他也并不那么情愿成为清除异己的操刀者。以上这些情节都游离于主体情节之外，但是都帮助塑造了诸葛、杨仪、李严作为灰色人物处于中间地带的某种不彻底、不确定性，增添了这部剧所表达的世态与人心的复杂程度。

而《风起陇西》中蜀汉最大的大义是“光复汉室”，就在故事开端不久之处，就由专门负责结尾说明剧情的孙令道出：“一切都是为了光复汉室。”杨仪迫于为街亭案立刻结案的压力，一力向冯膺说明，了结了白帝是此刻的“大局”。彼时，冯膺刚刚派出荀诩去调查白帝反水的真假，事实上，冯膺是派荀诩为白帝谋一条生路，因为冯膺并不相信白帝叛变，不愿枉杀在前线屡立奇功的自己人。其实剧中还有另外一段关于“何为光复汉室”的讨论，出现在陈恭回忆陈翟婚礼的时刻。“何谓光复汉室？”探讨全剧最高的大义、大局，三个一线工作出生入死的年轻人，一致认为光复汉室的理想其实是百姓安居乐业的“民生”，也就是开头诸葛亮传达给幼年荀诩的价值观，即诸葛出山时候的政治抱负，不是为了哪一个利益集团，而是为民。

而杨仪、李严等所说、所持守的“大局”，就是孙令劝说姐夫赶紧了结了白帝、陈恭的说辞，同样是这句“光复汉室”——这个小段落的收尾是，冯膺反问孙令，从哪学的这些个东西？这是此剧中对于之前很多大人物口中“大局”真实的反讽。从侧面说明了此剧的立场，已经脱离了讲述天下的历史剧的宏观道理，落脚在具体人的身上。

四

导演路阳一直以武侠片为专长。他异常地坚执于自己熟悉的地带，在《绣春刀》系列之后，驾轻就熟地操刀了有二次元色彩的电影《刺杀小说家》，沿用的仍是武侠或是动作电影的根底。他捍卫的不仅仅是题材的边界，更是电影语言上的简劲、质朴、有效，从而确立起一种动作戏的实感和题材的严肃性，这一次，他把电影视觉语言应用于网剧拍摄，加之分寸感严苛的优越审美——没有溢出的多余的美，也没有情绪上的撩拨，姿态兀立，以正史的格调与氛围完成这个传奇故事。

路阳与徐浩峰素被称作“新武侠”的电影导演，二者导演方式都并非源于之前的武打片。徐浩峰绕过徐克和吴宇森这些香港成功的动作片大导，学习20世纪60年代著名的武侠电影大师胡金铨，向外学习日本大师黑泽明。对于路阳来说，对其影响最大的类型片，不是血缘相近的其他国内电影，而是来自美国的《谍影重重》和某些香港动作电影。简单说来，《谍影重重》以拳拳到肉的格斗实拍与最普通个体的人物形塑，结束了之前谍战电影的浮夸、自恋、商业化氛围，一跃而具备了主体的深度与当代的命题：个体如何选择命运，以及身份迷失与找回。《谍影重重》对于路阳的影响不止于电影语言，也在于电影内核方面。例如，《谍影重重》开辟并且深化了间谍类型电影的主题，就是自我身份的迷失[1]。这无疑使得同类型影片包含了一种存在主义的追问。我们看到《风起陇西》中的陈恭也是一个身份成谜的人物，从外在看来，白帝与烛龙——蜀魏两国的最高间谍凝聚一身，这本身就使得究竟“他是谁”的疑问深埋于司闻曹抓内奸与朝堂党政的外在情节之中，成为人物成长和观众悬心的一条暗线。而从内在角色心理的塑造看来，陈恭最后赴死的选择，现实地看，固然是对各方来说牺牲最小的方案，但毕竟是个体毁灭的悲剧，陈恭真能理性至此？如果不是理性地各方考虑的结果，那么其死志何时萌发？应该是他当一再意识到自己服膺于多重身份之下的选择终不免伤害至亲至爱之后，决定以死

[1] 参见宋敏、马瑞贤《论〈谍影重重5〉中的身份叙事》，《电影文学》2017年第20期。

跳出这个纵横交织的棋局——而这萌生一死求解脱的意愿，本身就是身份迷失与价值选择错乱的表征与结果。这一点我们也可以看到《无间道》当中人格分裂、如入无间地狱的刘健明，这里人物行事的心理逻辑是与陈恭如出一辙。只不过刘健明的精神分裂症状是剧情的显性表达，而陈恭内在的迷失与放弃隐藏在人物积极行动的面具之下。

无论是《谍影重重》中的伯恩，还是《无间道》中的陈守仁、刘健明，他们最理想的命运都是摆脱命运尤其是权势的拨弄，从谍回归到普通人。《风起陇西》的落脚点是“大时代中的小人物”，大与小不成比例的对峙，棋子对于棋局的无奈与挣脱，在原著马伯庸的创作中也是常用的一种模式，它突出主要人物身上知其不可为而为之的一腔孤勇。而路阳对这个内核既有吸纳又有转化。由此《风起陇西》的内核与《绣春刀》一、二和《刺杀小说家》形成接续，而且渐次清晰：专注于小人物在官僚机制、权力斗争等庞然大物面前如何保有自身，不被吞噬。《风起陇西》中的游枭与《绣春刀》中的厂卫一样，如果放下这把绣春刀、扒下这层飞鱼服，还能不能有一番新的天地？如果不想卑微如尘土被一指掸去，那就不计代价、奋力一搏。正是这些使得谍战题材激起了当今社会以社畜命名自己的观众中“热血”与“孤愤”的回声。

五

如此，史／侠客传奇的传统话语，与谍／个体生存的现代表达，在《风起陇西》中完成一圆融的混合。

职场拼搏与谍战反间戏码常常配对出现，《潜伏》《叛逆者》，以至

《无间道》中都以此为重点。反间计中最重头的是情节的不断反转，而支撑起反间戏的是人物既要经得起当下情境中人的信任测试（间谍在敌方阵营中的潜伏角色能骗过所有人，甚至深受敌方高层信任），又要在反转回己方阵营时仍有饱满的信念感。剧情反转似乎不难，在任何情境下都能应付裕如、始终让观众不起疑的坚定信念感才是这类剧难度最大的地方。“死间”这类角色的命门就在于，如同《无间道》中的陈守仁所说，“我们是靠出卖自己身边的人活着”——完成死间任务的间谍是否随时随地都能明晰理性地要求自己认清“敌我”，而丝毫不为自身处境中的情感所动？“无间道”的主题是内线生涯中善与恶的终极价值感的混淆，其无间地狱的痛苦就来自无时无刻不怀疑自己。《风起陇西》中，陈恭作为白帝潜伏在天水时最好的朋友是当地主将郭刚，郭身为魏国将领却时时护着他，而回到本国却被迫失去妻子和被迫诛杀挚友，陈恭在个人与家人的生命不受尊重的前提下，岂能不产生分裂与质疑？此外，柳莹与荀诩之间的几分情，荀诩与高堂秉、黄预对翟悦，都在不辨敌我之时已经投入真情。陈恭“死间”任务完成得太出色，他底色太复杂，不仅骗得了别人，更像是骗过了自己。他与冯膺一样，以玩转一切的个人才智与心态，撑起这部冷兵器时代的谍战大剧。一直反转到最后观众才明白他内心早已出离他的规定角色，早已卸下角色所需要的城府与算计。

《风起陇西》刻画了优秀的群像，总的说来，这部戏的主场是司闻曹这个职场机构。司闻曹的权谋是内斗，李严、杨仪、冯膺、李邈的顶层争斗，戏比较足，涉外的是情报的刺探和争夺，涉及魏国几个层次的官员，如糜冲、郭淮、郭刚、柳莹等人。中间剿灭五仙道，涉及五仙道首领黄预和卧底陈恭妻子翟悦作为穿插。《风起陇西》是当今剧作类型中“入世最深”的一类戏，拥有非常多的观众。从《潜伏》《叛逆者》到《风起陇西》，对于职场的刻画有丰富生动的笔触和清晰复杂的多个层次。其中，杨仪、李严、李邈这些身居高位者的刻画十分写实而到位，他们身上既有高位者的傲慢、自负，牺牲底层时的自负、伪善、冷酷，同时也不时流露出某些时刻的复杂人性。当然最具魅力的上位者是冯膺，得益于聂远日渐精湛的演技，一个双面，甚至是多面的官员形象在银幕上呼之欲出。其精彩程度大概可以跟《潜伏》中的天津站站长相媲美。此外，小人物序列中的众生相也都很精到。尤其是被牺牲掉的一系列游枭、战士，如果不是各有牺牲的无奈和各自的情由，乱世中人如棋子、命如草芥的悲凉感便不会如此真切。

六

还必须要强调的是，这里有一个从历史叙事到谍战叙事情节模式上的转化。曾经有研究者指出，我国影视剧情中常见一种家／国模式[1]。家／国模式可以分为若干种，比较常见的是《一江春水向东流》《小城之春》《家·春·秋》这类战乱、革命背景下的家国同构模式。但是家国同构模式在谍战剧中不得不面临考验。陈恭的小家庭一度破碎，对他来说，去完成一个惊天的任务不难，但是保有常人的温情幸福却很难。司闻曹交给自己的任务，几次都使得至亲之人被牺牲或被误杀，甚至最后索性冷血地要求他干掉视为至亲的荀诩，由此，亲情或私情受到匡扶汉室等大义的毁灭性打击，引以为傲的职业信仰与职业身份已经摇摇欲坠。家／国同构模式让

[1] 参见陈林侠《家国模式与中国电影建构国家形象的话语修辞》，《中州学刊》2014 年第 11 期。

位于个体／权力集团对峙模式。 这里十分接近《谍影重重》《无间道》，而远离了《三国演义》，远离了诸葛武侯“鞠躬尽瘁，死而后已”的正统伦理与体制秩序下的生存模式与文化理想，将一个个游走江湖只求在夹缝中求生的乱世小人物推到银幕前方，所谓人如棋子的主旨在这里再次浮现。

“家／国同构模式”是一种情感伦理模式：诉诸于信仰和感情，最终塑造的是明知其不可为而为之的大写的人，以及将对于国家的情感落在个人／家庭的情感包裹之中，是孔孟儒家之后被汉室确立为正宗的传统理念。而个人／权力集团对峙是一种权斗／竞争模式：诉诸理性，表现的是不管如何纷繁复杂的情境中总能上位／升级／谋算的功利现实，更是现代之后的进步主义话语——这里已经没有什么保卫山河之类的壮怀激烈，只余作为棋子的无奈。结局是要么个体被碾碎，要么个体成为权谋上位者的同谋，参与新的利益分配。在近些年诸如《甄嬛传》等宫斗剧中以及表现职场竞争的当代戏中，后者更是常见的内在模式。由此看来《风起陇西》中陈恭的一心赴死确实远离了对于上位者的迎合，尽管陈恭也没有坚挺职业精神的荀诩的斗志，而是貌似壮烈，实而萎顿、逃离，是一种消极的选择。

陈恭、荀诩、翟悦走上游枭这条道路是该剧前半段家国同构叙事有效发挥了情感驱动作用，到后半段，翟悦之死、冯膺等人的各种谎言和妥协，使陈恭的情感与信仰备受打击，故事转而走向前述个体与权力集团的对峙模式。这也是剧中，诸葛亮斥责杨仪的党争没有底线或不择手段之处。从剧作创作的角度来看，多类型杂糅，因其多重叙事的内部发生机制不统一，以及间杂的故事模式的变化，造成的毛病是叙事动力不足，或者说叙事动机的一再改弦更张导致后继乏力。从结果看，这部精彩剧集在交代了陈恭与冯膺的几次反转之后，很难再以饱满的叙事张力带观众去领受陈恭之死带来的震撼和心碎，而是相反，观众还在摸不到头脑时，陈恭就上了断头台，以至于结尾时人们还在期待，陈恭死后是否还有终极反转。这个期待与其说是对于人物美好结局或者续集的痴心妄想，倒不如说是观众并未被真正说服，个体被权谋所碾轧的悲剧感没有如期而至，倒让观众本该抵达的悲壮慷慨的情感强度大打折扣，这是该剧结尾令人生憾之处。

网剧《风起陇西》如同之前大热的网剧《长安十二时辰》，在尊重观众审美的前提下，按照对待正剧的姿态、以电影般的优质影像语言以及与当代观众相通的情感模式重新讲述了一个老故事。只不过，不论人物是跟随内心真实想法远遁山林，或是自戕以主动结束游戏，或是甘当棋子继续职场争斗，都不算是对死间困境的真正解决，在一个大众叙事的语境中，如渲染“游侠”所敞开的精神自由度与自我的超脱，则难免引领剧情从“史”走向了“神话”——这只是一个想象性的结局。

现实题材舞剧的表意研究

——以云南舞剧创作为例

唐白晶

云南省民族艺术研究院

现实题材的艺术创作一直是中国文艺创作中大力倡导的，同时也是舞剧创作中最难表现的题材。习近平总书记在党的十九大报告中指出："要繁荣文艺创作，坚持思想精深、艺术精湛、制作精良相统一，加强现实题材创作，不断推出讴歌党、讴歌祖国、讴歌人民、讴歌英雄的精品力作。"[1] 在舞剧创作中的所谓"现实题材"，于平教授认为"指的是中国共产党作为执政党以来，带领广大人民群众'艰苦奋斗''团结奋斗'，特别是'追梦奋斗'的事象……虽然'非现实'的题材也具有一定的'现实性'，但现实题

[1] 习近平:《习近平：决胜全面建成小康社会 夺取新时代中国特色社会主义伟大胜利——在中国共产党第十九次全国代表大会上的报告》，2017 年 10 月 27 日，新华网。

材的‘现实性’给读者或观众的感受往往更具感染力和启发性”[1]。“‘现实题材’的‘现实’，不仅仅关涉到一个实践区段，更意味着对一种认知体系和价值体系的倡导。我们倡导‘以人民为中心’的创作导向，就要在现实题材的真实性、典型性和正向性上下功夫。”[2] 冯双白研究员也指出：“现实题材的舞蹈创作，是整个当代舞蹈创作的大难题。”“现实题材舞蹈创作必须包含时代命题的积极关切；必须完成现代审美的创造性转化。”[3] 改革开放以来，云南作为祖国西南边陲的多民族省份，其舞剧创作多以少数民族题材见长，尤其展现民族神话传说、风情文化的作品居多且影响力大，但梳理云南的舞剧发展历程，在进入 21 世纪以后，涌现了很多现实题材的舞剧作品，如《云海丰碑》《聂耳》《桃花源记》《孔雀》《铜鼓姑娘》《云水传奇》《腊·景迈》《幸福花山》《流芳》等。云南的舞剧创作在深入挖掘民族文化资源的同时，也在积极寻求现实题材表意的突破，于平教授提出：“‘表意优先’是现实题材舞蹈创作的绿色通道。”[4] 罗斌研究员也提道：“表意缺失一直是中国舞剧的瓶颈。”[5] 如何解决现实题材舞剧创作的瓶颈问题，不仅是云南舞蹈界探索的难题，也是中国舞蹈界一直积极面对并作出有效回应的挑战。

---

[1] 于平：《改革开放以来十大现实题材舞剧述评》，《南京艺术学院学报（音乐与表演）》2020 年第 3 期。

[2] 于平、王小京：《现实题材也是舞剧创作的一条“天路”——国家大剧院原创民族舞剧〈天路〉观后》，《舞蹈》2019 年第 3 期。

[3] 冯双白：《现实题材舞剧创作的重大突破——评新版舞剧〈草原英雄小姐妹〉》，《中国艺术报》2019 年 5 月 29 日。

[4] 于平：《“表意优先”是现实题材舞蹈创作的绿色通道——由第十一届中国舞蹈“荷花奖”当代舞、现代舞评奖引发的思考》，《当代舞蹈艺术研究》2019 年第 1 期。

[5] 罗斌：《表意缺失一直是中国舞剧的瓶颈》，《中国艺术报》2013 年 12 月 18 日。

一、舞剧的表意

“表意”，即“表情达意”。“表意”在语义学中主要是指用来表现概念或事物的语言符号与它所表现的概念或事物之间的关系。这种表现与被表现关系就是表意的过程，进行表现的方面就具有了表意功能。二者可以是有形的，也可以是无形的。《表意学原理》中指出：“作为学科名称，（表意）指人类基于生存、沟通及发展的需要，利用一切有效的显意性符号媒介传送自身思想、感情与意念的过程。有关这一动态进程的特性、动力、结构、符号、手段、技能、意图实现比值、工具系统等等范畴，都是‘表意学’研究的对象。”[1]

在表意学范畴中，舞蹈属于一种“时—空结构”的表意语言，同时也是一种人体语言的传统表意形式，具有意会性、保真性、整体性等特点。“表情达意虽然包含传意语言、传艺过程以及技巧，但深层的东西仍然归属人类心理范畴。”[2]这正与于平教授认同胡尔岩提出的关于舞蹈“表意”的主旨相一致，“把人、人情、人性、人生哲理作为舞蹈表现的中心”[3]。同时，这也是吴晓邦先生倡导的“舞蹈表意”而非“某种舞蹈形式的表现”，特别强调的是“贴近生活、反映时代声音”的“舞蹈表意”。[4]于平教授提出的“表意优先”反对“风格至上”的创作习惯，提倡从“形式思维”转

[1] 汤书昆：《表意学原理》，合肥：中国科学技术大学出版社1992年版，第1页。

[2] 汤书昆：《表意学原理》，合肥：中国科学技术大学出版社1992年版，第30页。

[3] 胡尔岩：《两届全国舞蹈比赛得失之比较》，《舞蹈艺术》1986年第17期。

[4] 于平：《“表意优先”是现实题材舞蹈创作的绿色通道——由第十一届中国舞蹈“荷花奖”当代舞、现代舞评奖引发的思考》，《当代舞蹈艺术研究》2019年第1期。

向“形象思维”;“表意优先”坚持“内容决定形式”的艺术创作规律，注重“舞蹈叙事”能力的提升;“表意优先”以“人民为中心”的创作本质符合新时代的文艺创作导向;“表意优先”将会创新舞蹈编创技法的新思路，实现“既定风格”的“图式解构”;“表意优先”会坚定编导对“现实题材”创作的文化自信和文化自觉。可以说，“表意优先”与舞蹈创作中强调“形象思维”先行的理念如出一辙，这正是现实主义创作的主旨核心。

二、云南舞剧现实题材的表意取向

云南舞剧的现实题材作品中，主要呈现出以下几种表意取向：

（一）从《云海丰碑》到《铜鼓姑娘》：革命历史的真实性与正向性表意

在舞剧创作中，“我们往往将‘现实题材’和‘革命历史题材’一并加以申说。正如我国近代史以来并非所有带有正义性的‘反抗’题材都是‘革命历史题材’（比如舞剧《小刀会》《沙湾往事》《红高粱》等），‘现实题材’也并非指所有处于‘现在时’事象的题材。一般说来，这两类题材都与中国共产党领导下的中国人民的‘奋斗’和‘追求’相关”[1]。因此，在舞剧的现实题材创作中，通过对革命历史题材故事的演绎，能更有利于“真实性”与“正向性”的现实表意，例如舞剧《永不消逝的电波》《骑

[1] 于平:《改革开放以来十大现实题材舞剧述评》,《南京艺术学院学报（音乐与表演）》2020年第3期。

兵》《努力餐》等均属这一类型的成功之作。而在云南的舞剧作品中，《云海丰碑》[1] 和《铜鼓姑娘》[2] 均属革命历史的真实性与正向性表意取向的代表作。

《云海丰碑》和《铜鼓姑娘》都选取了中国人民解放军在云南这片民族地区浴血奋战的革命历史故事，前者表现的是解放军连长与医护队护士为边疆的佤族、哈尼族等民族带来“解放”，矗立“新中国民族团结第一碑”，实现民族团结和进步的主题；后者表现的是对越自卫反击战中华人民共和国的军人前赴后继奔赴老山战役，“为了祖国不惜血染战旗”讴歌了一曲《再见吧！妈妈》的感人英雄事迹。同样是有真实历史背景对照的故事，由于发生在民族地区，民族与现实的融合就是舞剧结构的核心关键，所以两部舞剧都异曲同工地采用了“回旋曲式结构”。《云海丰碑》设置了两条故事主线：一条是佤族少女“黑珍珠”与哈尼族青年“白鹇鸟”的爱情线；另一条是解放军连长与医护队为边疆民族带来“解放”，为人民“献身”的故事线。“为使舞剧语言表现功能得以开掘的同时，又保持语言风格的统一协调，编导采用了以解放军战士为主题形象的‘回旋曲式结构’……可以看到，这是一部始终贯穿着戏剧冲突的舞剧，而消弥冲突力量正是‘回旋’出现的解放军战士。”[3]《铜鼓姑娘》也同样设置了两条感情线：一条是19 岁解放军战士王建与妈妈、与战友的亲情、战友情；另一条是壮族铜鼓

[1] 《云海丰碑》（2000/ 思茅地区民族歌舞团）是由陶春总导演的舞剧，2001 年参加第二届全国少数民族文艺会演，作为当年会演中 42 台节目的唯一一部舞剧，荣获创作、演出、舞美 3 项金奖。

[2] 《铜鼓姑娘》（又名《老山颂》）（2016/ 文山州民族文化工作团）是由门文元总导演的舞剧，作为中共云南省委宣传部文艺扶持项目，也获得了国家艺术基金的专项资助。

[3] 于平：《中国现当代舞剧发展史纲要》，博士学位论文，中国艺术研究院，2003 年，第 189 页。

姑娘与解放军战士的“军民鱼水情”。“舞剧（《铜鼓姑娘》）《老山颂》成功地将《再见吧！妈妈》和《踏着硝烟的男儿女儿》两个优秀舞蹈作品融为一体：告别妈妈的‘儿子’和踏着硝烟的‘男儿’便是剧中的男首席王建；前述女首席侬凤妹（壮族少女）在剧中的另一个身份便是自告奋勇、随军前行的‘卫生员’。这是一部以王建为核心来结构人物关系的舞剧。”[1]

这一类型的舞剧通过塑造解放军战士作为核心人物，在“回旋曲式”的结构中穿插，既可以表现革命历史的“真实”，又可以有效插入“民族风格性”的舞蹈，例如《云海丰碑》中“动作节律强、动态幅度大的佤族舞蹈（特别是由点种、舂谷而形成的甩发动态），在舞剧中不仅以群体的气势见长，而且被编织成情感细腻的双人舞；不仅是特定情景中的特色舞蹈，而且具有以舞造境、以人拟象的新颖创意”[2]。同时，最为重要的就是对舞剧“正向性”的表意：《云海丰碑》中医护队女护士的牺牲唤醒了当地民族固守的传统观念，从而改变民族陋习，接受进步和实现民族团结的精神主旨；《铜鼓姑娘》中当司号兵、团长、19 岁战士王建乃至铜鼓姑娘英勇捐躯，烈士们内心的信念——“亏了我一个，幸福十亿人”的豪言壮语让人潸然泪下，这种舍小我、为大家的精神成功实现了这类作品正向性的表意取向。

（二）《聂耳》：地域名人的典型性表意

中国舞剧长期以来就有为历史名人“背书”的传统，在党的十九大之后，舞剧中的历史名人更多倾向于现当代的英雄人物或优秀楷模。现实

---

[1] 于平：《军人的血性安宁的梦——大型舞剧〈老山颂〉观后》，《光明日报》2016 年 2 月 29 日第 15 版。

[2] 于平：《中国现当代舞剧发展史纲要》，博士学位论文，中国艺术研究院，2003 年，第 189 页。

题材表现地域性的历史名人或是优秀楷模有其优势，在运用现实主义手法进行表现时，更容易刻画人物的内心，表现人性的光辉。在中国舞剧的现实题材创作中，《铁人》《朱自清》《歌唱祖国》用不同的艺术手法对王进喜、朱自清、王莘等人物做了典型性表意，而云南的这类舞剧数量不多，但创作时间较早，可以说开了这一类型题材的创作先河。2004 年创作的舞剧《聂耳》[1] 曾引起热议，在北京召开的专家研讨会中，贾作光首先肯定了这部现实题材舞剧的意义，指出：“人民大众需要多样化的作品，特别是现实题材作品。”赵国政认为：“全剧运用现实主义、浪漫主义等手法，有很多精彩的舞段设计。舞剧在揭示聂耳短暂而光辉的一生的同时，也给众人一种启迪：一个有作为的艺术家，只有扎根社会生活，与群众同呼吸共患难，才能创作出真正有生命力的作品。”[2] 资华筠指出：“这部舞剧的质感朴素、结构简练、虚实相映，人物的成长过程铺陈有序。其中不乏有意味、有感染力的舞段，如：码头工人、卖报歌……编创人员思想解放、不拘一格、量力而为。”马跃认为：“《聂耳》是一部具有开掘度的，在艺术上注重情感渲染的舞剧。它在艺术手法上比较朴实，追求本体而不是追求华丽，不像有些作品在追求没有根基的外延。剧本的思路也比较符合聂耳的性格发展，而不是人为地去追求舞剧的形式。”罗斌认为：“尽管这个创作始终与朴素、单纯相伴，但真诚却能维持到永远大写意、片段化，典型情境的提取，以音乐作品结构全篇，追求气质的高洁与表现手法的诗意……”[3]

[1] 《聂耳》（2004/ 玉溪市红塔区文工团）是由钱东凡总导演的舞剧，荣获 2004 年云南新剧目展演综合金奖和 4 个单项奖，2005 年晋京演出参加文化部第三届舞剧观摩大赛获三等奖。

[2] 玉玺：《高歌共待惊天地——大型舞剧〈聂耳〉在京专家座谈会纪要》，《中国文化报》2005 年 8 月 27 日，第 4 版。

[3] 源于舞剧《聂耳》专家座谈会侧记，内部资料。

编导们在处理用现实主义手法表现这类人物的典型性表意时，需要着墨于如何把人物的“外在世界”转化为“内在心灵”。《聂耳》在舞剧结构上做了大胆的尝试，用一种“新双人舞”的观念结构人物关系，即以聂耳为主体，每一幕变换一个叙述对象与之推动情节发展。“舞剧的编导也并不罗列其人生的每一个关键场景，而是通过若干关键场景的设置，艺术地表现聂耳由一名热爱音乐的进步青年，成长为一名革命音乐家的人生历程。”[1]《聂耳》的人物典型性离不开群舞舞段的精彩衬托，其功用性成了舞剧构成的突出亮点。“序幕中，化作‘狂涛’的聂耳英魂返回了故乡云南云溪，此时比拟成‘狂涛’的舞群幻化成故乡的‘菜花’。在蓝湛湛的‘狂涛’幻化成金灿灿的‘菜花’后，聂耳与母亲在做告别故乡的叙谈。”[2]无论是外化人物内心，还是沟通情节线索，抑或是渲染环境意蕴，突出造型功能，群舞的使用都达到了淋漓尽致的程度，极大地开拓了舞剧表现空间中的表意作用。关于这一类型的创作，云南在近几年的舞剧中，可以发展的空间还很大，比如杨善洲、高德荣、张桂梅等模范人物事迹的宣传，偶见一些戏剧作品和舞蹈小作品呈现于舞台，对于舞剧创作乏善可陈的因素很多，如今的编导在面对地域名人的典型性表意时可以运用的艺术手法不多，编导如何处理把“命题作文”转化为“主观表达”，如何把“表扬人”转化为“表现人”，如何把“宣传品”转化为“艺术品”等问题时，还得不断深化表意的典型性问题，从不同的人物内心出发，刻画鲜活的、有生命力的人，而不是贴了“名人”标签的“模式套路”。

---

[1] 于平:《英魂应化狂涛返 好与吾民诉不平——看大型舞剧〈聂耳〉》,《中国文化报》2005 年 8 月 13 日，第 4 版。

[2] 于平:《英魂应化狂涛返 好与吾民诉不平——看大型舞剧〈聂耳〉》,《中国文化报》2005 年 8 月 13 日，第 4 版。

（三）从《孔雀》到《云水传奇》：以虚喻实的社会性表意

现实题材强调的是源于生活中的真人真事，但是在中国传统舞台艺术的创作中，我们擅长和追求的往往是以虚喻实的具有写意性、隐喻性的艺术审美，而所喻之“实”正是现实题材所要表现的内容，所隐之“喻”也正是现实题材所倡导的社会性的表意取向。在中国的舞剧创作中，2002年陈惠芬、王勇编导的《藏羚羊》用动物的视角隐喻保护野生动物的环保主题；2003年张继钢编导的《野斑马》用寓言故事的形式，通过非现实的动物关系，歌颂现实世界的和平、礼赞现实的人类生命；2014年佟睿睿编导的《朱鹮》借一根朱鹮的“羽毛”穿越古今，探讨人与自然环境的生态问题。这一类型的舞剧用拟人、夸张的艺术手法，通过自然界的虚拟关系来结构剧情发展，但所反映和表现的往往是现实生活中具有社会性的表意内容，其中云南的舞剧以《孔雀》[1]和《云水传奇》[2]表现尤为突出。

舞剧《孔雀》围绕“生命”和“爱”两个永恒的主题展开，讲述了关于成长和人性的故事，富有诗意和哲理。剧中分别用四季作为四个篇章表现时间的轮回，其中“春”与“冬”表现的是生命；“夏”与“秋”表现的是爱情。由杨丽萍扮演的雌孔雀“萨朵”是“美神”的化身，雄孔雀“嘎雅”为了爱付出爱，而乌鸦“路斑”为了爱攫取爱，在人类的道德标准中，歌颂的是雄孔雀的为爱付出，而不是乌鸦的为爱索取。“剧中的孔雀是‘鸟’，亦是‘人’，那是一个生命的命题，发芽、鼎盛、成熟、死亡，每一次的表演都是对生命的致敬。”杨丽萍如是说，“那两个小时，我走完

---

[1] 《孔雀》（2012/云南杨丽萍艺术发展有限公司）是由杨丽萍总编导、领衔主演的舞剧。该剧副总编导：高成明；总策划：王焱武；总顾问：张苛；编导：李宏钧；执行编导：念云华。

[2] 《云水传奇》（2017/昆明市民族歌舞剧院）是由张守和总导演的舞剧，编剧：妮南；执行导演：姜洋。讲述了梅里雪山与三江并流的传奇故事。

了一生。”[1] 于平教授也认为:“舞剧《孔雀》灵、恋、哀、殇的生命呈现,是一个已失‘本真’却希冀重建‘本真’的文化命题。雌雀萨朵的际遇无疑体现出杨丽萍本人的纠结——‘失乐园’的人类只能不断地‘失去’。当我们不断‘失去’并且不患‘失去’之时,我们也许就置身于我们曾经失去的‘乐园’之中……杨丽萍称这一过程的终结为‘涅槃’!”[2]《孔雀》作为杨丽萍个人表演生涯的收官之作,融汇了太多艺术家的主观表达,她借“孔雀”而言说个体对于时间、爱情、生命的思考,引起了很多观众,特别是都市人的观演共鸣,这种人生哲理的命题具有强烈的社会性表意。

舞剧《云水传奇》围绕着男主“梅里”和三位女主“金沙江”“澜沧江”“怒江”之间的相互依存关系,以序、尾声和四场无主题的结构,诗意化、象征性地表达了天地人间大爱的故事,当罪恶的“瘟疫”席卷人类,“梅里”与“三江”牺牲自己护佑这方生灵的壮举可歌可泣。剧中的人物命运流转,高度凝练地塑造出云南人纯朴、善良的性格,为了芸芸众生最终“三江并流”的结果,隐喻着中华民族共同体意识“美美与共”的伟大象征,同时,呼唤生活在这片土地的人民要更加珍惜大自然的眷顾,要保护生态环境。在“三江并流”申请《世界遗产名录》的历史背景下,《云水传奇》这部舞剧立足于云南的民族文化与当代社会发展的基础上,表现人们对“三江并流”生态环境保护的社会性关注。

这两部作品在面对现实题材的创作时,均以虚喻实,充分利用舞蹈“长于抒情”的优势,营造了“象外之象”的意境,用写意、诗意的手法进行社会性的表意,特别在挖掘人性和人物心理动机方面,做了全新的尝试。

---

[1] 施广智:《孔雀收屏 向生命致敬——杨丽萍收官舞剧〈孔雀〉剧评》,《城色》2013 年第 9 期。

[2] 于平:《舞剧〈孔雀〉的“灵”与“殇”》,《艺术评论》2012 年第 11 期。

（四）从《幸福花山》到《流芳》：脱贫攻坚的时代性表意

中国从新时期到新时代，我们正在经历百年未有之大变局，广大文艺工作者坚持与时代同步伐，把握时代脉搏，聆听时代声音，从当代中国的伟大创造中发现创作的主题、捕捉创新的灵感，努力成为时代风气的先觉者、先行者、先倡者。在舞剧的现实题材创作中，编导们聚焦于时代变革的表意是主要方向之一，用舞剧作品的方式记录和书写中国社会快速发展的奇迹，深刻反映我们这个时代的历史巨变，描绘我们这个时代的精神图谱，为时代画像、为时代立传、为时代明德。其中，在 2019 年至 2020 年期间，全国涌现了一批表现脱贫攻坚的艺术作品，如《花一样开放》《大地颂歌》《宾弄赛嗨》《幸福花山》《流芳》等，这场波澜壮阔的脱贫攻坚战，也催促我们的舞剧编导到人民中去、向人民学习，去把他们的奋斗及时用文艺形式表现出来。云南作为打赢脱贫攻坚战的“主战场”，向党和人民上交了一份满意的答卷，也涌现出很多感人的事迹，舞剧《幸福花山》[1] 和《流芳》[2] 就是根据发生在云南苗族地区和拉祜族苦聪人地区的感人故事而改编的作品。

《幸福花山》通过一个退伍外乡人“郭龙”的视角，以完成战友的遗愿来到文山西畴这一贫困苗乡，在苗妹和老支书的温情下，郭龙与乡亲们携手搬山开路，用自己的双手勤劳开创幸福生活的故事。全剧紧扣“等不是办法，干才有希望”这一精神内核，弘扬了当代愚公移山的“西畴精神”，

---

[1] 《幸福花山》（2019/ 文山州民族文化工作团）第一版由谢晓泳总导演，第二版由马文静、董华兴总导演的舞剧。荣获第十六届云南省新剧（节）目展演“优秀剧目奖”；全国少数民族文艺会演“圆梦奖”优秀剧目奖；第十三届全国舞蹈展演“优秀剧目奖”。

[2] 《流芳》（2020/ 红河州民族文化工作团）是由张珅总导演的舞剧，表现的是云南“直过民族”拉祜族苦聪人在脱贫攻坚进程中的现实变迁。

从序幕《铁血情浓》、第一幕《尽孝情真》、第二幕《帮扶情纯》、第三幕《开山情坚》、第四幕《扎根情深》、尾声《守望情长》这一舞剧结构中，表现了脱贫攻坚的艰辛历程，以苗乡的巨变印证出“幸福都是奋斗出来的”道理！

《流芳》通过扶贫女干部“刘亭亭”的视角，在她扶贫路上遭遇车祸后失忆的经历，通过寻找回忆的方式将脱贫攻坚的点点滴滴如日记般娓娓道来。全剧紧扣“让流汗流血牺牲者流芳”这一主题，结构出舞剧的八个情境：《关注》《初心》《执念》《逆流》《茶歌》《困境》《圆梦》和《流芳》，表现了扶贫干部在工作和生活中面临的艰辛困难，也从侧面描写了苦聪山寨如何从原始社会直接过渡到社会主义社会的历史背景，在脱贫攻坚的伟大战略下，苦聪山寨通过种茶、制茶和网络营销，改变了山里人懒惰守旧的观念，通过产业带动脱贫的生活现状。于平教授认为“用一部舞剧将‘直过’和‘脱贫’两个理念生动、鲜活地表现出来，其实是有着相当难度的。这种难度，从表面上来看是它的时间跨度，而从内质来看是它的性格升华和形象转化能否弥合圆满”[1]。

两部作品在处理脱贫攻坚的时代性表意方面各有千秋。《幸福花山》通过道具的运用，如背篓、背架、马灯、脚架等，赋予其文化符号的表征意义，在剧中当老支书遭遇意外，全村人手持马灯在黑夜中寻找，一盏盏马灯就如“脱贫攻坚”的信念，“星星之火，可以燎原”般带动了全村人继承老支书的遗愿，“撸起袖子加油干”，终于实现了开山修路脱贫的壮举。这盏马灯的使用，前期是苗乡山村贫穷落后的文化符号，后期则是

[1] 于平:《让流汗流血牺牲者流芳——大型民族舞剧〈流芳〉观后》,《中国艺术报》2020 年 10 月 28 日，第 3 版。

"灯塔"希望的象征符号，在剧中起到了时代性表意的作用。《流芳》则是通过上半场、下半场的整体色调突出时代性的表意。上半场整体色调呈暗黑色系，树林的布景、苦聪人的着装以及醉酒的情境等；下半场整体色调呈绿色系，茶树、苦聪人鲜艳的着装和茶叶飘香的场景等。黑色象征过去，绿色象征希望，二者的对比也体现出脱贫攻坚的时代性表意取向。对于这一类型的现实题材舞剧作品，在舞剧叙事上难免出现"同质化"的趋势，编导们在进行"命题"创作时，更要深入人物的内心世界，强化剧本讲述逻辑的诗意，塑造有血有肉的人物形象，打造诗化的舞台时空，表达更深层次的有诗意的情感哲理。

结　语

舞剧的表意体现出一种整体化、完形化、深层次的形式，这与舞剧作为一种综合性的艺术样式息息相关，尤其在现实题材舞剧的表意中，除了舞蹈叙事、舞蹈语言以外，舞美、道具、音乐以及伴随性文本的文字等，都与舞蹈相配合形成不同模态的表意取向。在云南的现实题材舞剧创作中，体现出革命历史的真实性与正向性表意；地域名人的典型性表意；以虚喻实的社会性表意；脱贫攻坚的时代性表意等表意取向。总体来讲，云南在民族舞蹈资源极其丰富的基础上，一直积极摸索现实题材舞剧的创作出路，虽有成效，但面临的困难也是显而易见的。"现实题材表现是舞剧创新的'第一推动力'。"[1] 首先，如何将云南有优势的民族舞蹈语言与现

---

[1] 于平：《表现现实题材是舞剧创新的第一动力》，《光明日报》2018 年 3 月 16 日，第 16 版。

实题材很好地结合？在表现现实生活时，如何开掘出符合民族人物形象的舞蹈语言？其次，现实题材舞剧的成功创作还是要坚持从“舞剧特性”出发，我们需要熟悉、掌握舞剧的创作规律，塑造典型的人物形象，安排合理的人物关系和矛盾冲突，营造有可舞性的情境空间，不要将现实生活的“哑剧化”表演作为舞蹈手段来简单处理，而应该用舞蹈的语言进行贯穿；最后，现实题材的舞剧创作可以运用多样化的艺术手法，除了现实主义以外，还可以采用象征主义、浪漫主义的方法进行艺术创作，现实既包含着波澜壮阔、大开大合，又有着幽暗深邃、暗流涌动，需要注意的是，“现实”不等于现实题材，更不等于现实主义，云南丰富多彩的舞蹈资源，完全可以走出一条独具特色的云南现实题材的舞剧之路。

纪实摄影在中国

汪素芳

河北省文联

一、关于纪实摄影的研究

关于纪实摄影概念的梳理与廓清，早在2003年年底，广东美术馆举办“中国人本”摄影展的展览图册中就有批评家鲍昆的文章《在历史、文化、政治、伦理中的中国纪实摄影》论及。2012年7月4日，鲍昆又在《人民摄影报》发表《纪实摄影的本质是人文关怀精神》一文，在前文基础上认为，纪实摄影利用了摄影这个媒介最本质性的功能，把摄影这个媒介当作了一种社会话语力量，而且是直接和社会进行良性互动。此文把揭露和批判现实并且能动地改变社会现实，作为衡量纪实摄影的标准，并举以解海龙、卢广、王久良等为典型。两篇文章将纪实摄影的概念追索到它由西方舶来之前的本意“社会纪实摄影”（social documentary photography），并还原了它的翻译过程。

对此概念的如此规定，与近几年流行的另一个摄影概念“行动主义摄影”更为接近，但同为揭示社会问题，二者区别在于，“行动主义摄影”更侧重摄影师作为行动派、活动家，主观上更积极寻求社会互动，而“社会纪实摄影”更侧重其摄影在客观上产生了社会效果。

第二篇文末鲍昆还提到，在中国当下提倡纪实摄影，仍具有现实意义。他认为，改革开放以来，中国由农业社会向工业化、城市化转化过程中，社会高度物质化，缺少相应的制度与文化的改革，造成不公平不合理，社会伤害事件频出，社会矛盾越来越多。纪实摄影对这些社会问题进行揭露和批判，进行社会理论探讨和监督体制运行，从而促进社会改良以避免代价惨重的暴力革命现象爆发。这种提法可谓用心良苦。

鲍昆在文中将纪实摄影看作最具公民意识的摄影、最具知识分子品格的摄影，其本质是人文关怀精神。此两篇文章有着明显的承继关系，且都透露出写作当时的时代气息。

又十年后的今天，我们的工业化、城市化进程仍在进行中，且正在深化，社会各层面也出现了不少变化，纪实摄影的社会功用和规模不仅没有削弱，相反，更得到了社会普遍共识和加强，纪实摄影本身随着社会发展也在不断发展自身。

除鲍昆外，摄影界对“纪实摄影”也多有研究。顾铮对纪实摄影的反思也尤为可贵，比如他反思纪实摄影的真实性问题，虑及纪实摄影中的代表性照片被“圣像化”之后对整体问题和根本问题的结构性原因的掩盖；担心经过社会传播后对被摄对象的个人和处境的再伤害；反思纪实摄影中的权力关系和过度审美化等问题。此外，徐勇等对纪实摄影也做过概念澄清，认为应称之为“社会记录摄影”，对它的理论探讨总体而言否定多于肯定，认为它“误导中国摄影三十年”。孙京涛、司苏实等，也都曾对中国纪实摄影的历程做过概括性描述，但大多侧重1988年“艰巨历程”展览以来的社会纪实摄影。

但直到今天，“纪实摄影”作为一个概念在摄影界仍然界定模糊，众说纷纭。历经几十年无法定义，这只能说明这一概念并不是一个适合作为概念的概念，而是一个“范畴”。正如同样作为“范畴”的“人”“文明”“文化”等概念一样，“纪实摄影”是无法简单定义的。

因此，不妨放下定义一个概念的妄想，将这一概念还原到更久远的历史土壤中，来勾勒其由来、轨迹和面影，可能更有助于了解其本质。尤其，纪实摄影本就庞大无界，登陆中国后，其面貌更是发生了很大的本土化变异，这变异与中国人、与社会发展、与摄影在中国的遭遇都有着难以割舍的历史渊源。

本文对纪实摄影的梳理，充分尊重纪实摄影在中国不可回避的本土化、历史的约定俗成和既成事实。为了对摄影中最重要的“纪实”一维作全盘观照和整体分析，本文主要是在广义上使用它，既包括狭义的人文、人本意义上的“社会纪实摄影”，也包括一切具有“纪实性”的摄影。

二、纪实摄影在中国

（一）晚清时期的纪实摄影

1839年8月19日，摄影术宣告在法国诞生，次年，第一次鸦片战争爆发，这是中国与西方的第一次大规模军事冲突。中国这片土地上第一次摄影事件记录，当是1842年7月16日英国战舰“ HMS康沃利斯号”号随舰翻译实习生巴夏礼在中国的旅行记录。这位英国男孩在日记中写道：

“马尔科姆（Malcolm）少校和伍斯南（Woosnam）医生用达盖尔银版在此处摄制了一张草图。我完全不明白它的原理：借助透镜和其他东西让一块高度抛光的金属板在阳光下曝光就能让你眼前的景象呈现在板上，然后再用一些溶液处理，这景象就能在这块金属板上保存许多年。无论我怎样描述都没有用，这简直太神秘了。”[1]

此战舰是英国首席特使璞鼎查爵士（Sir Henry Pottinger）的坐舰，时值第一次鸦片战争结束，他正率领整支英国舰队，上溯长江前往南京，8 月 29 日，清廷代表钦差大臣耆英、伊里布，英国代表璞鼎查，代表中英双方，就在英军旗舰“皋华丽号”正式签订了中国历史上第一个丧权辱国的不平等条约中英《南京条约》，从此，五口通商，割让香港岛，赔偿白银，中国丧失了关税自主权。

两年后，1844 年，到中国参加中法通商条约《黄埔条约》谈判的法国海关总检察官于勒·埃及尔，作为和中国进行“贸易谈判”的代表，乘坐西来纳号战舰，于 1844 年 10 月抵达澳门。然后又换乘阿基米德号船到黄埔港。在中国期间，他参加中法贸易协定的签字，用达盖尔银版法摄下了两个国家的代表：拉萼尼和中国总督耆英，还拍下了码头和城市的实况，以及其他一些肖像及其家庭的照片。于勒·埃及尔在澳门拍摄的照片被认为是现存在中国拍摄的最早的照片。这批银版照片和他本人亲手写的附注文字，至今仍保存在法国摄影博物馆里，以其珍贵的史料价值受到人们的珍视和收藏。

1856 年，第二次鸦片战争又起，四年间，外国摄影师随着战局由南方沿海诸省进入中国，尤其进入京津地区纪实拍摄中国。1860 年 10 月 24

[1] ［美］巫鸿：《聚焦：摄影在中国》，北京：中国民族摄影艺术出版社 2019 年版，第 1 页。

日，中英《北京条约》签订现场，意大利人、英籍摄影家费利斯·比托，随时准备用影像记录这一历史时刻。他把沉重的照相设备置放于签约现场大门正中，用偌大的镜头对准了脸色阴沉的恭亲王胸口。由于室内光线不好，此次拍摄并未成功；11 月 2 日恭亲王回访，费利斯·比托再次抓住机会，终于为恭亲王补拍了一张非常成功的肖像照片。照片上的恭亲王面容清癯，表情肃穆，双眉紧锁，悲凉而忧郁，遂成为其传神的标准像。此照之“纪实”，不仅在于纪录了当时摄影现场、人物之“实”，更是记录了当时整体的国之面貌之“实”。

由以上中国摄影史上最早的三个关键性节点，可以说，相机伴随着坚船利炮而来，摄影伴随着一个个不平等条约而来，世界通过镜头记录中国，了解中国，充满着历史的隐喻。

对中国摄影史而言，清代晚期，中国基本是作为被拍摄对象存在的。那时的纪实，是天然原初意义上的摄影纪实。拍摄目的有猎奇、有研究、有商业，当然有侵略，但也不乏悲悯，其实是很多元的。无论如何，他们，比如著名的社会纪实摄影先驱约翰·汤姆逊的《中国和中国人》，作为向西方全方位介绍中国的四册本皇皇巨著，为我们留下了非常珍贵的晚清中国社会各阶层生活影像的真实纪录，让我们能够“真切”看到我们并不久远的历史是怎样的面貌。

开始的时候，国人大多不敢被拍照，怕的是被摄去魂魄。但见多不怪，先是部分权贵和时尚先锋人士乐意尝稀罕，愿意到照相馆拍摄呆板的人像照，很快，戏装照、化装照流行，尤以慈禧太后化装成观音菩萨的照片最为著名。

因有利可图，照相馆便在中国大地上遍地开花，先是外国人开办，后来又有更多的中国人跟进。彼时的照相馆业务，除了室内拍人像，还应邀去用摄影记录社会事件。以直隶地区为例，中外摄影师们就拍摄过开滦企业（唐山开平矿务局）、承德避暑山庄、长城、京张铁路、正太铁路、“庚子之难”、慈禧回銮、沧州博施医院，以及植物、建筑等专题，这些都是有目的、有计划、完整而自成体系的影像系列，重视现场记录和过程记录，为中国留下了珍贵历史影像。

（二）民国和抗战时期的纪实摄影

进入民国，以北京光社等为代表的民间摄影团体如雨后春笋般纷涌，他们以诗情画意拍摄风光、静物、花卉、风土人情，注重设备更新，潜心研究用光、构图、造型等拍摄技巧及暗房技术，并以出影集、办展览来扩大影响，此时摄影在中国本土获得长足发展。随着摄影器材的改进、感光材料性能和摄影技术的不断提高，追求摄影的“艺术化”渐成风尚，以郎静山为代表，具有强烈东方色彩的中国式画意摄影领一时风骚。但也有个别摄影师关注社会生活和民间疾苦，如生活在北京的张印泉、上海“华社”的胡伯翔，就是最早把镜头对准普通劳动人民的摄影家，他们是当时摄影界东方诗意主流中的一股难得的纪实潮。

1934 年至 1942 年间，庄学本以个人之力进行的中国边地少数民族调查影像，更是当时中国罕见的规模化纪实摄影。他在四川、云南、甘肃、青海四省少数民族地区进行了近十年考察，拍摄了万余张照片，写下近百万字调查报告、游记以及日记，并于 1941 年举办西康影展，20 万人前去参观。这一壮举为中国少数民族史留下了一份可信度高的视觉档案与调查报告，并成就了一位中国影像人类学的先驱、纪实摄影大师，虽然他的影像直至 20 世纪末才被逐步发觉引起重视，在摄影史上的贡献和地位被重新定义。

其后，可与之媲美者，还有20世纪50年代至70年代另一边地摄影代表人物蓝志贵，他作为人民解放军第十八军的随军摄影记者入藏20年，不仅是西藏民主改革的影像见证人，也是西藏社会20年历史巨变的记录者，他用自己的摄影作品生动纪录了人民解放军进军西藏、康藏公路建设、平息叛乱、民主改革、西藏自治区成立等一系列重大历史事件，真实再现了西藏社会的历史性变迁。

应该说，直到抗战前，规模化纪实摄影并不多，个别摄影组织如上海“黑白影社”更多关注社会题材——而他们其中的优秀代表之一就是沙飞（那时他的名字还是原名：司徒传）。正是他，连接起中国摄影的历史、中国的历史，并为这双重历史作注，他本人也成了中国摄影的里程碑式人物。

1942年7月，在河北省平山县碾盘沟村，在聂荣臻等晋察冀军区领导关怀下，沙飞和他的战友们创办了《晋察冀画报》，编织起了中国红色摄影的摇篮。那一批摄影师奉行并倡导“摄影作为武器”，就是以摄影的记录功能为武器，来揭露日军暴行、唤起全民抗战。正是因为那一代摄影人艰苦卓绝的奋斗与牺牲，使得中国纪实摄影得以奠基、夯实、定性，在记录历史的同时，他们自己也永垂青史——深情记录者，也被深情记录。他们是：沙飞、石少华、吴印咸、徐肖冰、罗光达……那一代摄影人中，牺牲者也太多，方大曾、雷烨、赵烈……他们留下的影像有：《鲁迅与青年木刻家在一起》《八路军战斗在古长城》《白求恩给八路军伤员做手术》《太行山上》《号声》《毛主席和小八路》《白洋淀上的雁翎队》《地道战》《卢沟桥抗战记》……都是中国摄影史上的标志性影像，也是党史、国史、军史上的重要影像纪录。

抗战期间，沙飞、石少华等一代革命摄影人，除了拍摄照片、创办画刊，还在战时极其简陋的条件下举办摄影展览，更用举办摄影训练班的方式，培养了当时的主要摄影力量及其后备军，日后他们成长为新中国摄影的中坚力量，赓续红色血脉，发展“摄影作为武器”的理念，成为纪实摄影尤其是其中新闻摄影的主力军。

（三）新中国和新时期的纪实摄影

新中国成立之初，纪实摄影，尤其是新闻摄影，继承抗战时期形成的红色摄影传统，轰轰烈烈地投入为社会主义改造和社会主义建设留史的社会责任中去。

然而，“十七年”后的“十年”，摄影也遭遇了窒息，幸而没有被“打倒”的纪实摄影人用影像记录下了时代现场。比如李振盛对当时“政治运动”的摄影记录工作，对纪实摄影在中国的发展因其对中国历史的真实记录而功不可没。

再漫长的冬天也会过去。摄影与文学一样，作为时尚，颇得时代风气之先。1980 年年初，《北京日报》举办了摄影比赛“北京一日”，以聚焦一日的特殊纪实摄影方式，首开“文化大革命”后摄影比赛之先河，其形式颇似今天的“快闪”。

而当代中国纪实摄影或者说当代中国摄影更重要的里程碑，当属更早的 1976 年“四五运动”摄影，以及作为其延续的“四月影会”。这个“文化大革命”后首个组建的民间青年摄影组织，在 1979 年、1980 年、1981 年连续举办了共三届“自然 · 社会 · 人”摄影展。此时正是社会破冰之际、春风苏醒之时，摄影人对艰难痛苦的拨乱反正过程真实而又激情的记录，同时也是青年摄影人对正在发生变化的世界的清新和倾心的打量。以“四月影会”中的李晓斌、金伯宏等为代表，开启了真正具有“人本精神”和“人文主义”色彩的摄影“纪实”。

展览方面，1986 年“十年一瞬间——现代摄影沙龙 86 展”，从新闻摄影角度对社会“纪实”作了 1976—1986 年的十年回顾。

与“纪实”相关的是“摆拍”。“文化大革命”时期，“摆拍”较为盛行。随着文艺领域的“拨乱反正”，“摆拍”又成为摄影界矛盾和论战的焦点。这场论战的一个重点节点，也是中国纪实摄影史上的重要节点是，1987 年，陕西纪实摄影群体发起策划了“艰巨历程”全国摄影公开赛。1988 年 3 月，“艰巨历程”在北京中国美术馆共展出 10 天，观众达 10 万人，成为那些年观众反应最强烈的影展。此展除了将纪实摄影与艺术摄影分开，更将新闻摄影与纪实摄影分开，强调了纪实摄影的社会问题意识，突出了纪实摄影的当代性和批判价值。这一理念正是当时思想上追求主体自觉、艺术上进行本体追索的时代思潮在摄影界的体现。

虽如此，大潮已无可阻挡，20 世纪 80 年代以后，国家意志上的现代化追求、社会及其意识上的“未完成的”现代性追求、人的觉醒及其意识上的主体性追求，这国家、社会、人三位一体的时代追求合力一处，摄影领域“纪实”的观念已深入人心，大量具有原生性中国特色、但毕竟具有了纪实精神实质的摄影师为世人所知，纪实摄影真正在中国各地铺展开来。侯登科（后有以他的名字命名的纪实摄影奖）、胡武功等人拍摄的陕西，安哥拍摄的改革开放桥头堡广东，朱宪民拍摄的《中国黄河人》为代表的河南，徐勇的北京《胡同 101 像》，王玉文的东北工业，林永惠的《东北人》，吴家林的《云南山里人》，陈锦的《四川茶铺》，杨延康的《藏传佛教》，吕楠的《四季：西藏农民的日常生活》，姜健的《主人》，陆元敏的《苏州河》，武强的《中原饭场》，胡杨的《上海人家》，黎朗的《凉山彝人》，王征的《最后的西海固》，等等，都将镜头长期对准了某一个地域普通民众的生活及其社会历史变迁。

20 世纪 90 年代比之 80 年代，纪实摄影在“纪录”之余，介入现实，从而推进社会进步的程度进一步加深。1991 年，解海龙靠一双“大眼睛”，借中国青少年基金会“中国希望工程摄影纪实”展览获得社会广泛关注和支持，大大推动了中国农村儿童教育，改变了以苏明娟为代表的农村千万中国孩子的命运，并开启了中国摄影可以直面社会苦难以推动社会进步的“新时代”。以解海龙的摄影作品为视觉象征的“希望工程”，反映了 12 个省 30 个县农村孩子因为贫穷而艰难求学的故事。“希望工程”摄影展在国内外产生了巨大影响：到 1999 年年底，共收到捐款 16 亿元，建希望小学 7111 所，210 万孩子重新回到学堂。

除解海龙和希望工程，另有侯登科的《麦客》、杨延康的《麻风岛》《民间天主教》、袁冬平的《精神病院》、吕楠的《被人遗忘的人：中国精神病人生存状况》、卢广的《艾滋病村》、张新民的《包围城市》、赵铁林的《另类人生》（反映都市边缘的女孩）等，都不同程度地推动社会对拍摄对象群体的关注和生存状态的改善。

值得一提的，不少纪实摄影人往往数十年深耕一个题材，以一个领域的无数横断切面长镜头式组合成历史长卷，来记录整个国家社会转型期的巨变和人民百姓的生活面貌及其时代之变。王福春《火车上的中国人》是为典型。

某些肖像摄影，以其更便于“凝视”的影像，雕塑般地凸显着人物的社会众生态，寄托着摄影师的人道关怀和人文理念，同样也发挥着纪实摄影的社会功能，因此也未尝不可看作更广义上的纪实摄影。如黑明采访拍摄的“100 个肖像”系列：知青、右派、藏民、僧人、农民、边民、老兵、天安门前的影像对比……连同大量随笔、访谈和田野调查等文本，更是一起构成了丰富多彩的各行各业各类社会人物的影像群落。

“2003年12月12日，《中国人本——纪实在当代》大型摄影展在广州广东美术馆举办，这对于中国的纪实摄影史来说，又是十分重要的事件。”[1]

此展可谓新中国以来纪实摄影的概括总结，无论对当时还是未来，其意义都重大而深远。摄影理论家、批评家鲍昆在《在历史、文化、政治、伦理中的中国纪实摄影》一文中对此展给予高度评论和史学性定位：“之所以这样说，是基于如下几个原因：首先，这是继20世纪80年代的北京‘十年一瞬间’和陕西‘艰巨历程’两个大型纪实主义的摄影展览后，时隔近15年的又一个大规模的此类展览。其间巨大的历史跨度之中所蕴含的社会、经济、政治以及中国文化的变异，都给这个展览赋予了历史的色彩。尤其是策展人用半年多的时间，对中国大陆的纪实摄影人进行的拉网似的征稿，颇有几分影像田野调查的意味。中国的纪实摄影到底现状如何？这显然是中国摄影同人们共同关心的，大家显然期待这次展览能够给人们某种回答。其次，这届展览告别了传统的组委会、评委会制度，采用了目前国际上普遍流行的策展人制。这不啻是一个巨大的含而不露的历史进步。策展人制度的最大特点在于能够突出此次展览的立场、主张和表现风格，将这个世界越来越庞杂的，有时甚至是混乱的理念条理化和明晰化，强调更为个性的声音。再次，此次展览的主办方广东美术馆将对所有的展品进行收藏，开创了中国大陆美术馆规模性收藏摄影作品的先例。一方面，它预示了传统美术馆收藏展示的视野终于向现代艺术媒介的全面开放。一方面，说明影像文化在当代中国文化史上的地位终于又获得一个角度的确认，和再次肯定影像对当代中国视觉文化不可缺少的支柱作用。”

[1] 见鲍昆《中国纪实摄影的历程》一文。

（四）21 世纪以来的纪实摄影

进入 21 世纪，面对急剧转型期的社会矛盾激荡，背负社会责任的纪实摄影，在经过 20 世纪 90 年代纪实摄影的异军突起及其大量积累的基础上，在关注社会成为社会思潮的背景下，纪实摄影走上了宽车道和快车道，可以说是从 20 世纪 80 年代的“绿皮车”时代，经 20 世纪 90 年代的“动车”过渡，很快进入了 21 世纪大面积普及的“高铁”时代。这个摄影高铁时代的火车头便是观念摄影。

观念摄影对纪实摄影的一大贡献，就是使它摆脱了题材依赖，摆脱了千人一面的影像共性，突显出强烈的个人风格从而呈现出“艺术性”。比如侯登科和胡武功的作品的雷同可能，在刘铮和王庆松的作品中是不会出现的，尽管二者在“思想性”层面有着相近之处。

不同于一般纪实摄影只是以摄影为手段进行记录和传播，观念摄影很难在“作为观念艺术分支”与“作为摄影艺术分支”之间作出明确区分。20 世纪 90 年代中后期出现的“新纪实摄影”，以刘铮、荣荣等人为代表，既是对传统纪实在观念与手法上的创新，更是观念摄影的先导。经过他们实践之后的观念摄影，不啻是在纪实摄影出现疲态之时为其注入了一剂强心针，不仅在各大摄影奖、赛、节上成为领跑者，还被从美术界“提纯”出来的“艺术界”尤其当代艺术界侧目，并被推崇为新宠，使它越过摄影边界跻身“艺术”现场，并与视频纪录类一起，合称为“影像艺术”，以更为“高雅”的姿态进入美术馆、博物馆等艺术展览、传播的体制空间。尤其近几年，纪实摄影与观念摄影二者的交集与叠加，再加上互联网传播场的放大效应，使摄影整个系统也逐渐获得了比以往都更多的视觉占有率、大众关注度和社会话语权。

从“新纪实”到观念摄影，发展到今天，已经可以列出一个长长的名单序列。刘铮、荣荣、孙京涛、凌飞、莫毅、洪浩、洪磊、王庆松、邢丹文、施勇、张大力、王劲松、杨福东、海波、缪晓春、邵逸农、慕辰、张晓、张克纯、骆丹、蔡东东、邵文欢、魏壁、孙彦初、塔可、陈哲、朱岚清、卢彦鹏、王国锋、杨泳梁、戴翔……相信这是个“未完成的”名单，与“现代性”这个概念一样。而且也相信，就如他们离开纪实摄影的主道一样，也将和尚未列出的“他们”一道开辟出新路。

三、结语

如果对纪实摄影在中国的经历做一个粗线条勾勒，大致可分为四个阶段。

第一，从晚清至民国再到抗战爆发前，纪实摄影之“风云初记”。开始是外国摄影师进入中国，其后中国摄影师跟进，对中国当时普遍落后的社会现实与图新图强的少数反抗和努力的真实记录，同时也是摄影术在中国的小试牛刀。

第二，自抗战始，至抗战胜利，再到“文化大革命”，“摄影作为武器”。先是揭露日本侵略者的残暴、展示我抗日军民的苦难与抗争，之后是对火热的社会主义改造、社会主义建设和“无产阶级文化革命”的社会现实进行宣传。

第三，“文化大革命”结束到20世纪末，纪实摄影之“一波三折”。摄影先是和文学一起，对社会进行短暂的“伤痕”与“反思”性质的纪实，继而为20世纪80年代激情澎湃的理想主义做时代纪录，及其很快折翼未及舔舐，纪实摄影就在90年代的入口遭遇了图片市场的强烈刺激。“纪实”的同时，纪实摄影本身也随着社会思潮由低沉而高昂，之后迅速被卷入整个社会市场经济狂欢的大潮中去了。

第四，21世纪纪实摄影大众化的“汪洋大海”与专业领域的“观念新流”。世纪之交起，蓬勃兴起的旅游业对纪实摄影的冲击和刺激，大量旅游纪实摄影冲决了专业摄影与非专业摄影的界限。近十多年，一方面是已成规模的中国消费社会天然包括对图片的消费，互联网自媒体等传播平台对图片有着巨大需求；另一方面智能手机普及、社交平台的膨胀，所有人的纪录生活纪录时代的摄影欲求被激发出来，于是，在科技支持下，消费社会和媒介时代一起促成了纪实摄影无所不在难以计数的汪洋大海。声势浩大的大众纪实摄影逼迫专业纪实摄影走向以观念摄影的艺术化方式来传达社会诉求与价值追求。

可以看到，摄影总是站在近现代、当代中国历史的潮头浪尖上去“纪实”，它与每个时代的社会生活须臾不分，它随社会思潮及其变革一同起伏，它用“缩影”记录变化，它本身在中国的曲折发展，也几乎就是对社会急剧变化的一连串应激反应和缩影。因此，《世界摄影史》作者内奥米·罗森布拉姆（Naomi Rosenblum），把Documentary Photography前面加上Social ，突出其社会学意义，汉译为“社会纪实摄影”，是非常严谨准确的学术行为。

自审与感通：建构文论话语的两个基点

汪余礼

武汉大学艺术学院

如果说“建设具有中国特色的文艺理论与评论学科体系、学术体系和话语体系”[1]是当前文艺理论与评论事业向前发展所面临的重要问题，那么毫无疑问，解决这个问题是需要很多人共同参与的一项系统工程。必寸积铢累，方可成其事。现拟仅就建构“文艺理论与评论话语”的基点问题谈一点粗浅的看法，以就教于方家。

一般而言，文论建构主体需兼具“现实感”与“艺术感”，才能选好合适的基点，进而建构出有生命力的文论话语；否则，建

[1] 参见中央宣传部、文化和旅游部、国家广播电视总局、中国文联、中国作协等五部门在 2021 年 8 月联合发布的文件《关于加强新时代文艺评论工作的指导意见》。

构出来的文论话语要么不太切合当今时代的深层需要，要么与文艺本体相隔甚远。那么，基于什么建出的文论话语才既切合现实需要又贴合文艺本体呢？这是一个非常复杂的问题，不同的学者基于不同的立场、视角必然会有不同的看法。以笔者目前的浅见，基于“自审”与“感通”[1]，将有可能探索、建构出一套“双合”话语。

一、自审：当前文化建设与文艺创作的客观需要

《说文解字》：“审，悉也。”[2]《新华大字典》：“审：知道；仔细检查；反复分析、推究；审问；审讯。审的本义指详尽而周密的了解。”[3]而“自我”，含义亦比较丰富，小我是自己，大我是人类。据此，所谓“自审”，其含义包括逐渐延展的四层：一是了解自我，对自我有比较清醒、充分的意识；二是对自己的言行、灵魂乃至所处情境（人与情境缘发构成，难以

[1] 这里之所以提出两个基石性概念而不是围绕一个核心概念来建构话语体系，是有考虑的。我国著名哲学家苗力田先生曾说：“人类思维的运转轨迹不是哥白尼式的，而是开普勒式的。它是种具有两个焦点的椭圆形。我们最早的宇宙论集成《易经》系辞：‘一阴一阳之谓道’……这个理就是开普勒之理，属人的事物大都是二。两种能力，两个本原，两种原因。”（参见苗力田《亚里士多德〈形而上学〉笺注》，《哲学研究》1999 年第 7 期）我国著名美学家李泽厚先生在谈及美学问题研究方法时，曾多次提到要研究 DNA 组合结构的“双螺旋”（double helix）假设，他认为这将大大有助于促进美学研究（参见达布尼・汤森德《美学导论》，王柯平等译，北京：高等教育出版社 2005 年版，第 219 页）。因此，在寻找建构文论话语时，不妨运用“开普勒”思维，借鉴“双螺旋”假设。

[2] （东汉）许慎撰，汤可敬译注：《说文解字》，北京：中华书局 2018 年版，第 237 页。

[3] 《新华大字典》（第 3 版），北京：商务印书馆 2020 年版，第 818 页。

二分）进行周密考察、审视与反省；三是对自我所处的社会、国族及其历史文化、现实状况进行仔细考察、审视与审思；四是对自我体验到的一切（含人类共同体）进行反省、审视与审思。

把“自审”作为文论建构的一个关键词，不仅是由于它在中国有着深厚的文化渊源，而且是因为它非常契合中国当前文化建设的客观需要。在古代，孔子曰：“见贤思齐焉，见不贤而内自省也。”[1]可见他是非常看重“自省”的，善于“自省”在孔子看来是成为“贤人”的一个关键要素。曾子曰：“吾日三省吾身——为人谋而不忠乎？与朋友交而不信乎？传不习乎？”[2]也是强调一种内省、自审精神。孟子曰：“反身而诚，乐莫大焉。”意谓通过反躬自省达到诚实无欺、诚明无蔽状态，便是最大的快乐，其强调的仍然是“反躬自省”。在近现代，龚自珍、梁启超、康有为、鲁迅、胡适等文化名人都极为重视自我反省、自我批判。毛泽东同志在 1945 年就提出要把“批评与自我批评”作为党的“三大作风”之一确定下来。在当代，邓晓芒先生提倡“自否定哲学”与“新批判主义”，认为“深入到个体灵魂最深层次的集体无意识层面，代表全民族和全人类而进行忏悔，这是需要当代中国知识分子共同来从事的一项艰巨的精神事业”[3]。习近平总书记在《牢记初心使命，推进自我革命》一文中说：“做到不忘初心、牢记使命，并不是一件容易的事情，必须有强烈的自我革命精神……关键要有正视问题的自觉和刀刃向内的勇气。无论什么时候，问题总是客观存在的……要在自我净化上下功夫，通过过滤杂质、清除毒素、割除毒瘤，不断纯洁党

[1] 孔子等撰，杨伯峻译注：《论语译注（简体字本）》，北京：中华书局 2006 年版，第 43 页。

[2] 孔子等撰，杨伯峻译注：《论语译注（简体字本）》，北京：中华书局 2006 年版，第 3 页。

[3] 邓晓芒：《新批判主义》，北京：北京大学出版社 2008 年版，第 18 页。

的队伍，保证党的肌体健康……要在自我革新上求突破，深刻把握时代发展大势，坚决破除一切不合时宜的思想观念和体制机制弊端，勇于推进理论创新、实践创新、制度创新、文化创新以及各方面创新，通过革故鼎新不断开辟未来。”[1] 这些话无疑是振聋发聩、令人警醒的。习近平总书记在此提出的“自我革命”理论，渗透着强烈的“现实感”和“自审精神”，其核心思想提醒我们，无论是从事文化建设活动还是其他建设活动，都需要有“强烈的自我革命精神”；只有在自我净化、自我完善、自我提高上下大功夫，才能不断“推进理论创新、实践创新、制度创新、文化创新以及各方面创新”。我们当代社会确实存在一些问题，亟须认真反省、尽快解决。“人如果不意识到他现在的状况和他过去的局限，他就不可能塑造未来的形式”[2]，一个人是这样，一个单位、一个民族也是这样。在某种意义上可以说，面对问题能反省、能自审，那就是“有文化”；如果始终不能反省、不能自审，在错误道路上越走越远，那就是“没文化”。而且，人类大多数文化创造活动，都是始于反省与自审：文学、艺术、历史、哲学等领域的创造是这样，经济、政治、法制、管理等领域的创造也是如此。总之，“自审”在中国既有深厚的历史文化渊源，也非常契合当前社会现实的需要。

“自审”也是中国当代文艺创作的客观需要。一般而言，文艺创作起于“自审”，或者说起于自我觉知、自我意识；由此进一步，文艺创作可以像鲁迅写小说那样展开深入的自剖自审[3]。当今社会存在的种种问题，实

[1] 习近平：《牢记初心使命，推进自我革命》，《求是》2019 年第 15 期。

[2] ［德］恩斯特·卡西尔：《人论》，甘阳译，上海：上海译文出版社 1985 年版，第 227 页。

[3] 基于自审，既可能写出现实主义的主旋律作品，也可能写出批判现实主义作品或现代主义作品。

现中华民族伟大复兴的历史使命，也客观上要求作家、艺术家深入自审，或以社会化、历史化、艺术化的自我为标本代表全民族进行深入的反省与忏悔。鲁迅作为“民族魂”，其最可贵的地方在于他不仅“时时解剖别人，然而更多的是更无情面地解剖自己”[1]。鲁迅最好的作品，如《狂人日记》《阿Q正传》《野草》，在很大程度上是其“自审自剖”的结晶。唯其自审，仰之弥高，钻之弥深。中国当代作家残雪说：“伟大的作品都是内省的、自我批判的。”[2] 诚如其言，只有将审视的目光朝向自我内部（尤其是本民族一般文化心理结构内部）并展开真诚的反省、批判，创作者才能切入本质，写出较有生命力的东西。就读者或观众来说，他们最希望看到的，往往也是“自审”的作品。因为我们一般人，对于当前的现实生活，以及生活中的各色人等，尤其是对自我灵魂的层次结构，其实是不太了解的，往往只停留在表层，甚或如盲人摸象一般只知道局部之现象；我们很想知道生活的真相，很想知道人心的本相，很想了解一个人的灵魂在不断变化的情境中究竟会如何运动，很想知道如何立足当前塑造未来的形式，但苦于缺乏足够的洞察力与感通力，往往只能活在暗昧与混沌之中。缘于此，我们需要有强烈的光芒照亮我们的内心。而“自审”的作品，正是这样的强光。当卡西尔说“艺术使我们看到的是人的灵魂最深沉和最多样化的运动”[3]，其所谓“艺术”主要指的是“自审”的艺术。尤其是对于中国当代文艺来说，其最需要的正是“自审”的艺术。“瞒”和“骗”的艺术，绝无再生产之必要；“骂”与“夸”的艺术，多半成过眼之烟云；而“剖”

[1] 鲁迅：《解剖我自己》，武汉：崇文书局 2019 年版，第 216 页。

[2] 残雪：《残雪文学观》，桂林：广西师范大学出版社 2007 年版，第 123 页。

[3] ［德］恩斯特·卡西尔：《人论》，甘阳译，上海：上海译文出版社 1985 年版，第 189 页。

与“审”的艺术，则代表未来发展之方向。刘再复、林岗两位先生曾专门研究过中国传统文学的局限，并呼唤自剖自审、忏悔自救的文学。在《罪与文学》一书中，他们在论证了中国传统文学缺乏忏悔意识与灵魂维度之后，说：“我们希望自己和具有同感的作家，能够放下本来不必背负的‘国家兴亡’的包袱，掉转身来审视自己的灵魂与他人的灵魂，把灵魂打开给读者看，然后让灵魂发出‘旷野呼告’，让灵魂发出不同声音的论辩。”[1] 如果说作家的自我绝不局限于“自己”的话，那么完全可以说他们是在提倡一种“自审”的文学[2]。邓晓芒先生在谈到他对21世纪中国文学的展望时，曾提及两点：“一是有更多的作家通过自己的反思去突破中国几千年来最根深蒂固的、最不可动摇的极限，用全新的眼光来看待现实人生……二是在拥有全人类的期待视野后再反过来考察本民族的文化传统，对之进行全面的价值重估。”[3] 这里他讲到的“两点”，本质上都与“自审”密切相关。只是他的观点，已不只是主张通过自审来创作“民族的文学”，而且是通过自审来创作“世界的文学”了。

“自审”还是人类文艺继续向前发展的根本需要。无论世界文艺如何变幻，都离不开“认识自我、完善自我”这一总主题。人自身、人的无机的身体（自然界）、人的本质力量的对象化（社会界），作为文艺探索、表现与反思的对象，最终都是如镜子一般映现人的多样性、多面性、丰富性与微妙性。现实社会日新月异，人的内心千变万化，要求文艺与时俱进，表现出新时代新情境中“灵魂的深”。只需回顾过去我们就知道，一部作品的

[1] 刘再复、林岗：《罪与文学》，北京：中信出版社2011年版，第16页。

[2] 汪余礼：《易卜生的“自审诗学”及其当代意义》，《戏剧（中央戏剧学院学报）》2020年第6期。

[3] 邓晓芒：《论21世纪中国文学的前景》，《大家》2000年第3期。

价值，跟作者“自审”（灵魂自审、艺术自审或陌生化自审）的深广度是成正比的。我们在很多世界级的经典作品中，都能看到主角对自己的反省、审视或审判。比如在莎士比亚的《哈姆莱特》中，被人尊为“时流明镜、人伦雅范”的丹麦王子哈姆莱特自述“我很骄傲，有仇必报，富于野心，我的罪恶是那么多，连我的思想也容纳不下，我的想象也不能给它们形象，甚至于我都没有充分的时间可以把它们实行出来，像我这样的家伙，匍匐于天地之间，有什么用处呢？”[1] 又比如在易卜生的《建筑大师》中，广受尊崇的建筑大师索尔尼斯承认自己身上既有“好妖魔”又有“坏妖魔”，而且在盖了一辈子房屋之后意识到自己“并没有真正盖过什么房子，也没有为盖房子费过心血，完全是一场空！”[2] 易卜生甚至还提出了一种“自审论”艺术观：“我写的每一首诗、每一个剧本，都旨在实现我自己的精神解放与心灵净化——因为没有一个人可以逃脱他所属的社会的责任与罪过。因此，我曾在我的一本书上题写了以下诗句作为我的座右铭：生活就是与心中魔鬼搏斗，写作就是对自我进行审判。”[3] 对于易卜生来说，“自审”既具有一定的艺术本体论意义，同时也是渗进其全部作品的一种内在精神。托尔斯泰的《安娜·卡列尼娜》《复活》《忏悔录》均体现出深刻的自审精神与忏悔精神。所有这些让人想起哈罗德·布鲁姆的一句话：“自由反思的内省意识是所有西方形象中最精粹的，没有它就没有西方经典。”[4] 可以说，

---

[1] ［英］莎士比亚：《哈姆莱特》，朱生豪译，北京：人民文学出版社 1997 年版，第 55 页。

[2] ［挪威］易卜生：《易卜生文集》第 7 卷，潘家洵译，北京：人民文学出版社 1995 年版，第 91 页。

[3] ［挪威］易卜生：《易卜生书信演讲集》，汪余礼、戴丹妮译，北京：人民文学出版社 2012 年版，第 190 页。

[4] ［美］哈罗德·布鲁姆：《西方正典》，江宁康译，南京：译林出版社 2005 年版，第 53 页。

内向自审、自由反思，乃是经典之为经典的一个重要因素，能不能进入这个层次，在很大程度上影响到作品的品质与境界。如果说“在一个人与人息息相关的社会里，一切苦难与悲剧都与我相互关联”[1]，那么，对一个真正的艺术家而言，本民族以至全人类中每个人的勇敢与卑怯都是我的勇敢与卑怯，每个人的善良与邪恶都是我的善良与邪恶，因而艺术家的反省与忏悔几乎是没有止境的。这也就是为什么很多艺术大师在其作品（尤其是晚期创作）中会展开深刻的自审与忏悔。没有一个人可以逃脱他所属社会的责任与罪过，作家艺术家尤其需要代表全民族、全人类进行反思、忏悔。

总之，“自审”不仅是我国当代文化建设的客观需要，也是我国当代文艺创作的客观需要，还是人类文艺继续向前发展的客观需要。我国目前正处在一个大转型时期，最需要的文艺正是自审的文艺。在当前环境下，作家艺术家们能不能超越表面的现状描写，克服瞒与骗、骂与夸的艺术，进而以自我为标本，从个体灵魂的通道进入民族文化心理结构乃至人性的深层结构，把“自审”进行到底，在很大程度上决定着新时代民族文艺的生命力，决定着有多少作品能进入“世界文学”的园地，并进一步决定着文艺高峰能否到来。

二、感通：当前文艺创作及其实效发挥的关键所在

所谓“感通”，含义亦有四：一是虚己受人，充分感受他者之心，让他者在自心充分显现（这一点包括理解历史精魂，接通历史文化命脉）；

[1] 刘再复、林岗：《罪与文学》，北京：中信出版社 2011 年版，第 15 页。

二是以同情心推己及人，与人感觉、感受、感情相通[1]；三是以感性形式传情达意、联通人心；四是“极深而研几，通天下之志”，“以追光蹑影之笔，写通天尽人之怀”[2]。对于艺术创作来说，第一义、第二义的“感通”是基础，第三义、第四义的“感通”是关键。换言之，深入自审、感通他者，是创作的基础，但把自审、感悟到的内容以恰切的形式传达出来，引起他人的共鸣，则是创作成功的关键。

把“感通”作为当前文论话语建构的另一个关键词，既是由于“感通”在中国文化传统中有着深厚的根基，也是由于“感通”特别契合文艺创作、鉴赏与接受的真谛。“感通”一词，源于《周易·易传·系辞》：“《易》无思也，无为也，寂然不动，感而遂通天下之故。”[3]《系辞》据传为孔子所作[4]，因而“感通论”可以说是由孔子提出。孔子所谓“感而遂通天下之故”，是说不经过理性思考，由直觉感知、通晓天下之事及其变化之理。这显然是一种超乎寻常的能力或现象。这与文艺创作由“感”通“理”稍有类似之处。从“感”到“通天下之故”看似很快、仿若顿悟，但其实在“感”之前需要下超乎寻常的功夫。在《易传·系辞》中，孔子实际上还提出了虚寂感通、至诚感通、相遇感通、研几感通等重要命题，指出了感通

[1] 参见汪余礼《苏姆链条与感通思想——兼论“日常冲突”向“审美戏剧”转化的关窍》，《信阳师范学院学报（哲学社会科学版）》2021年第2期。

[2] （明）王夫之著，李中华、李利民校点：《古诗评选》，上海：上海古籍出版社2011年版，第161页。

[3] 杨天才、张善文译注：《周易》，北京：中华书局2011年版，第589页。

[4] 司马迁、班固、孔颖达、朱熹、王龙溪、李学勤、刘大钧、金景芳、蒙培元、唐明邦、杨义、赵法生、廖名春、郭沂等诸多学者均认为《周易·系辞》的思想源于孔子。

的多条路径[1]。此后，自先秦至今，关于“感通”的解释非常多：从子思、孟子、荀子、王弼、刘勰、孔颖达、周敦颐、程颢、程颐、张载、朱熹、苏轼、王阳明、金圣叹、王船山到朱光潜、宗白华、钱锺书、陈寅恪、唐君毅、牟宗三等人，都有不少关于“感通”的论述，实际上构成了中国美学思想发展的一条重要线索。而且，中国传统感通思想，体现着中华美学精神，在一定程度上代表了中国人关于艺术问题的独到智慧，是今天从事文论话语建构的宝贵资源。在国外，倡言“感通论”者亦不乏其人，比如，马克思提过“实践感通论”，英伽登提过“人神感通论”，著名作家易卜生也提出过一种独特的“感通论”。1874 年 9 月 10 日，易卜生在对挪威大学生的一篇讲话中指出：“当一名诗人意味着什么呢？我过了很久才意识到，当一名诗人从本质上意味着去看。不过请注意，要以一种独特的方式去看，以便看到的任何东西都能确切地被他人感知，就像诗人自己所看到的那样。但只有你深切体验过的东西才能以那种方式被看到和感知到。现代文学创作的秘密恰好就在于这种基于个人亲身体验的双重的‘看’。最近十年来我在自己作品中所传达的一切都是我在精神上体验过的。但任何一个诗人在孤离中是体验不到什么的。他所经历和体验到的一切，是他跟所有同胞在社会共同体中体验到的。如果不是那样的话，又有什么能架设创造者与接受者之间的感通之桥呢？”[2] 在这里，易卜生所谓“当一名诗人

[1] 马克思在《1844 年经济学哲学手稿》（人民出版社 2014 年版）中说：“感觉在自己的实践中直接成为理论家”（第 82 页），指出“实践”是感觉直接成为“理论家”（意味着通天下之事及其变化之理）的关键，这实际上是提出了一种“实践感通论”。马克思的实践感通论有助于我们站在实践唯物主义立场来看待感通现象。

[2] Henrik Ibsen, *Letters and Speeches, Edited by Evert Sprinchorn*, Clinton: The Colonial Press, 1964, p.150.

从本质上意味着以一种独特的方式去看，以便看到的任何东西都能确切地被他人感知，就像诗人自已所看到的那样”，其核心要义即创作的关键在于感通人心：不仅自己能深切地感知到，同时也让他人确切地感知到。把情思转化为意象并让他人见之如同己见，感之如同己感，此即感通人心，亦即文艺创作之核心关窍。

综合前人关于“感通”的种种论述，可以说：对于创作者来说，“感通”不仅意味着以虚空之心充分了解他者，感受他者的内在生命，而且意味着把内心感受到的东西以恰切的感性形式传达给他者；“感通”不是一般性的传达，而是以诗性智慧说不可说，即一种真正的艺术传达（“以追光蹑影之笔，写通天尽人之怀”）；“感通”不仅意味着“感字当头”，即对所写对象有真切深刻的感受，而且意味着“由感通理”，由感性形式通到背后的理念、思想乃至某种规律[1]。对于接受者来说，“感通”不仅意味着“披文入情，沿波讨源”，而且意味着“重新创作”所感对象，即站在作者立场重新创作该作品，深入体悟作者的创作思维与情感活动；不仅意味着对某一作品有深刻通透的感受与理解，而且意味着进入阐释学循环，对该作家的其他作品乃至文艺史上的相关作品（与之构成互文关系的作品）都有比较真切的了解；不仅意味着能够通解“作品”，而且意味着从“作品”通到作者所处的“世界”（生活世界、精神世界）；不仅意味着感通作者之心，而且意味着感通读者之心（这不仅是因为读者的审美趣味会影响作家的创作，而且是因为批评家的文字同样需要感通读者之心才能发挥作用）。

这样的“感通论”对于文艺创作可以提供什么样的新视野呢？“感通”不只是“以感性形式传情达意、联通人心”，而且意味着在天、地、人、

[1] 参见汪余礼《朱光潜的“文艺感通论”及其当代意义》，《艺术学界》2018年第1期。

神的四重整体中探索、传达某种神秘之境，带有“通天尽人”的文化基因在里头。它不仅意味着由此通彼、由显通隐、由残缺通圆满、由黑暗通光明，而且意味着从有限通无限、由人情通天理、由形下通形上，从某个确定的作家作品通到背后的历史文化命脉或民族精神星空。简言之，“感通”意味着以创作 / 作品为基点，把作品、作者、读者、世界、历史、文化都打通，从根本上追求一种“圆通之境”。对于接受者、研究者来说，“将感通进行到底”事实上意味着：由感通理与重新创作相结合，直觉感悟与实证思辨相结合，整体洞察与微观透视相结合，内部研究与外部研究相结合，审美阐释与理论建构相结合，审美感通与人格重建相结合。这样一来，“感通”也就成了文艺作品实现其积极效用（特别是育人效果、社会效益）的重要路径。

在当前时代，不仅人与人、集团与集团之间存在种种矛盾、隔阂，而且在民族之间、国家之间也难免有这样那样的分裂、冲突。总有一些个人或集团，为了自身利益，公然违背全球规则，做出种种伤天害理之事，严重损害着其他个体的尊严权益、集体的和谐发展乃至人类社会的和平稳定。这一切凸显出感通他者、建构共同体是异常艰难的。怎么办？各行各业的仁人志士都在想办法。对于文学艺术家来说，他（她）能做的，以及做得最好的，乃是穷尽种种艺术智慧，想方设法感通人心，在感通中成人之美，在感通中自救救人，在感通中造成人与人、人与群体的团契。文艺当然不是万能的，其作用有时候甚至非常微渺，但“知其不可为而为之”是它的宿命。绝望之为虚妄，正如希望相同。一部作品，只要能感动一个人，或引起一部分人的共鸣，使之有所感悟、有所反省，便是有意义的。何况，单纯美本身，或超越现实利害和种种概念的美感本身，也足以联通许多人的心。因此，即便只有一部分作家艺术家愿意设法感通人心，即便只有一部分人相信“人类命运共同体”有可能形成并持续为之努力，那么“星星之火，可以燎原”，最终人类和谐共居的蓝图依然有可能变成现实。

三、自审与感通相结合，生成文论双螺旋结构

把“自审”与“感通”作为文论话语建构的两个关键词合在一起，不是随意的“拉郎配”，而是经过深思熟虑的“融合”。从形式上看，两个关键词的结合更有利于思维本身的展开。从内容上看，“自审”与“感通”这两个词既有各自比较深厚的现实土壤，又各自能切入艺术本体，与艺术有着天然的亲缘性。而且，它们各有侧重，合在一起才能支撑起文艺理论的基本构架——如果说“自审”侧重于选择重要的内容，主要解决“写什么”的问题，那么“感通”则侧重于选择合适的形式，主要解决“如何写”的问题。此外，这两者合在一起还可以循环相生，进一步解释如何创造精品、生成经典的问题。

首先，自审与感通的结合，不仅可以揭示文艺创造之秘，而且是造就优秀作品乃至经典作品的关键。很多作家在讲创作经验时，都提到一条：写自己深刻体验过的生活。这实际上意味着“自审”是文艺创作的重要法门。易卜生说：“对于那些你没有在一定程度上或至少是有时候在自己身上看出雏形或根芽的东西，你是不可能富有诗意地再现出来的。”[1] 残雪说：“自我反省是创作的法宝。”[2] 他们实际上已揭示出“自审”与文艺

---

[1] ［挪威］易卜生：《易卜生书信演讲集》，汪余礼、戴凡妮译，北京：人民文学出版社 2012 年版，第 368 页。

[2] 残雪：《残雪文学观》，桂林：广西师范大学出版社 2007 年版，第 121 页。

创造之秘有着紧密的关联。而文艺创作本身即感通人心的过程，这一点上文已经论述。因此，“自审”与“感通”，在文艺创作过程中往往会交融在一起，尤其是随着层次的提高会逐渐靠拢、扭合在一起。具体来说，文艺创作的过程，一方面是对自我、同胞、民族的了解越来越深入的过程，另一方面是运用诗性智慧感通人心的过程。而自审越是深入，便越是能理解他者、感通他者；感通越是深入，便越是能够从不同人物的立场、心理与视角看人看事，从而越能够全面、深刻、准确地理解人。而理解了他人种种苦衷或不得不如此的种种根由，最后往往能够引发更加深邃的自审。比如，一个特别能感受他者之痛的人，往往能够很好地反省自己。而越是能反省自己，往往也能推己及人，感通他者。自审与感通，或感通与自审，彼此促进，螺旋上升，最终指向人类命运共同体的形成；它们亦犹如DNA双螺旋结构，昭示着艺术经典之奥秘。如果说“艺术本质上是一个在异化社会趋向和促进着人性同化的因素……凡是不朽的艺术作品，都是深刻地表现和反映了人性的普遍本质并使各种不同的人类都对之怀抱向往或理解的作品”[1]，那么经典的艺术作品一定能够以其创作过程中的“深入感通人心”引起接受过程中的“人心普遍感通”。如果说“伟大的作品都是内省的、自我批判的”（残雪），“向内开掘得越深，大家会觉得越有共同点，越熟悉，越亲切”[2]，那么内向自审不仅是通向普遍感通的重要路径，也是通向“伟大作品”的重要路径。内向自审对于艺术创作的价值，不仅在于提升作品的思想深度与艺术境界，更在于增强作品的艺术感染力。因为当

[1] 邓晓芒：《艺术作品的永恒性——马克思、海德格尔和当代中国文学》，《浙江学刊》2004年第3期。

[2] [俄]列夫·托尔斯泰：《托尔斯泰散文选》，刘季星译，天津：百花文艺出版社2005年版，第122页。

主角深入反省的时候，往往是作品特别感动人心的时候，这一点是为许多经典作品所反复证明了的。而作为创作过程的审美感通超越一般性的艺术传达，其“通天尽人”之处可以为作品留下巨大的阐释空间，从而超越时空引发无数人的兴趣。因此，自审与感通确实是造就经典作品的两大要素，对小说创作、诗歌创作是这样，对于戏剧创作、电影创作也是如此。

自审与感通的结合，可以更好地发挥文艺作品的内在生命力与积极作用。即便是经典作品，要发挥出内在生命力与良好效益，也需要接受者的感通与自审。作家作品是很容易被误读的，其中创造性误读自有其意义（可能给作品带来增值），但很多低级误读则是降低、减小甚至消解作品的价值。作家艺术家苦心孤诣创作出优秀作品，非常需要读者、观众用心感通，并把自我投入进去深入反省，这样才能实现作品的积极价值。因为优秀作品、经典作品写的实际上是我们每一个人，是我们每个人内在的心理或人性结构，如果观者只把书中所写看成是别人的、与己无关的故事，不能反躬自省，则无法促进其自身精神的进化（或净化），也无法将自我精神与人类伟大精神联通起来，从而也就无法实现作品的精神价值、社会效益。朱光潜说：“艺术的价值之伟大，分别地说，在使各个人于某一时会心中有可欣赏的完美境界；综合地说，在使个人心中的可欣赏的完美境界浸润到无数同群者的心里去，使人类彼此中间超过时空的限制而有心心相印之乐。”[1] 而实现这一点靠的是“心灵感通”：“在这种心灵感通之中，人与人可以结成真挚的友谊，作者与读者也可以成立最理想的默契”[2]；“在这种

[1] 朱光潜：《谈文学》，北京：中华书局2012年版，第254页。

[2] 朱光潜：《谈美》，北京：中华书局2012年版，第257页。

心灵感通中，可以见出宇宙生命的联贯”[1]。简言之，正是“心灵感通”使得艺术作品的伟大价值实现出来。如果说朱光潜着重强调的是“感通”对于实现艺术价值的重要性，那么易卜生则进一步强调了“自审”对于理解、实现艺术价值的重要性。鉴于读者们对其作品的“隔膜与误读”，易卜生在其 70 岁生日那天曾经说过一段语重心长的话：“只有把我所有的作品作为一个持续发展的、前后连贯的整体来领会和理解，读者们才能准确地感知我在每一部作品中所力求传达的意象与蕴含。因此我吁请读者朋友们，不要把其中任何一个剧本抛在一边，不要忽略剧中的任何一个部分，而按照我写作它们的先后顺序，真正把自我投入进去，深切地去体验，这样才能理解、消化它们。”[2] 这段话的核心意思，就是强调阅读易剧时既要感通，又要自审，这样才能消化它们、产生积极作用。易卜生特别强调要“真正把自我投入进去，深切地去体验”，这意味着读者需要跟他笔下的人物一样踏上“自审”之旅，深入地反省自我，这样才能既理解作品，又真正看清自我。不触及自身的阅读基本上都是无效阅读。比如，对于《玩偶之家》这个作品，如果张三只是匆匆看过，认为那里面写的只是几个挪威人的故事，与己无关，那么这个作品对于张三是不会产生积极作用的。如果李四通过反复阅读、欣赏该剧，对娜拉有非常深入的理解，同时从娜拉、海尔茂等人物身上看到自己的影子（或潜在可能性），就可能对自我的心性进行反思，从而促进自我精神的成长。可以说，没有“自审”，就不会有深层次的“感通”，更不会有“精神的成长”。

[1] 朱光潜：《谈美》，北京：中华书局 2012 年版，第 68 页。

[2] ［挪威］易卜生：《易卜生书信演讲集》，汪余礼、戴丹妮译，北京：人民文学出版社 2012 年版，第 410 页。

此外，笔者强调“自审与感通相结合”，还有另外两层意思：一是基于“自审”与“感通”所构筑的“自审感通论”可以回答文艺学的三个元问题，构成一种文艺原理论；二是由这种文艺原理论可以推出一种文艺批评论，为具体的文艺批评提供理论支撑。限于篇幅，此不赘述。

综上可知，“自审”与“感通”作为文论话语建构的两个关键词，不仅在中国古代文化元典中有深厚的根基，而且在中国当代现实语境中有深切的需要；不仅体现出一定的“现实感”，也体现出一定的“艺术感”，而且它们合在一起可以循环相生，因而完全可以尝试将它们作为建构文论话语的基点。

新时代现实题材电视剧的叙事策略与审美价值研究

王晓玉

中国电视剧制作中心

现实题材电视剧在中国电视剧历史上源远流长、硕果累累。聚焦现实，讴歌时代，关注社会变迁，书写人间冷暖，历来是中国现实题材电视剧创作的优良传统。新时代新征程，现实题材电视剧凝聚着大众的集体记忆再次登上多元化、多样化的创作主舞台，由量变到质变，唱响时代主旋律的最强音。

随着电视剧行业整体减量提质，现实题材作品比重持续攀升，由2013年全年产量的54.88%上升至2021年的74.2%，呈现出精品化、年轻化、类型化的特点。近两年，涌现出《山海情》《装台》《扫黑风暴》《我在他乡挺好的》《人世间》《亲爱的小孩》《开端》等一大批与时代同频共振、与人民精神文化需求高度契合的现实题材电视剧精品。作品中蕴含着浓厚的家国情怀与清朗的时代风骨，着力以艺术的方式为时代画像，为时代立传，为时代明德。

这些作品敢于观照现实、直面人生、洞察社会，充分展示出中国社会发展的历史性成就与历史性进程，用真实的力量实现情感传递，贴近当下观众的生活状态，尝试用镜语的方式贴近人性之暖；以温暖现实主义的创作关注新时代新话题，在新的叙事语境中讲述新时代的新故事，不仅在播出时取得了较高的收视率、话题度和影响力，还产生了可持续探讨的观众反响与业界口碑。

一、现实题材电视剧的创作现状

当前现实题材作品更加注重挖掘社会现实与时代精神内涵，题材行业领域日渐丰富，主题表达具有开拓性与创新性。盘点近年来热播的现实题材电视剧作品，不难看出曾经一度出现的“伪现实主义”（悬浮于现实生活之上，为粉饰现实而导致的创作失焦，以放大镜甚至是显微镜聚焦家长里短和一己悲欢，造成脱离现实的虚假叙事）和“批判现实主义”（过度挖掘展现社会痛点和人性黑暗，为追求所谓的戏剧张力而强行引入负面信息、负面情绪以及负面价值观，以现实生活中的暗角获取观众的猎奇审美体验）这两种创作方式已逐渐摆脱桎梏，走向以温暖向阳为主体基调，关注普通人对真善美、光明和人情冷暖的追求，多部现实题材电视剧作品再次回到主流叙事语境的舞台中央。

纵览近期播出的现实题材作品，具备如下特征：题材创作深耕挖掘社会现实与时代精神内涵，题材行业领域更加丰富，主题表达愈加富有创新性。其中重大现实题材剧目精品迭出，既有讲述社会发展变革、决战脱贫攻坚的时代故事，如电视剧《山海情》《经山历海》《花开山乡》等作品，有讲述“共和国勋章”获得者的人生故事，描述新中国发展史的电视剧《功勋》，也有紧扣社会变迁、民族复兴等宏大叙事主题讲述小人物奋斗历程的电视剧《大江大河》《人世间》等作品。

讲述涉案刑侦类、法治检查类作品垂直深耕内容，聚焦公检法英雄形象，依据当前社会新型犯罪现象深入探讨人性复杂、需要全民惩恶扬善主题的电视剧，如《扫黑风暴》《巡回检查组》等作品；行业剧、都市剧深入聚焦新领域新群体，涉及如航空行业、机车工业、建筑行业、公关行业等电视剧，如《理想之城》《逐梦蓝天》《号手就位》《装台》等作品。同时，还有描绘新时代女性生活状态、变化与成长、自我意识觉醒等当代女性在职场环境、家庭生活中遇到的新情况新矛盾，如电视剧《我在他乡挺好的》《流金岁月》等作品。

这些作品集中描绘了当前火热生活和百姓奋斗历程，坚持现实主义的创作道路，体现出电视剧创作与时代主题有机结合，实现历史叙事与现实价值的辩证统一。在以人民为中心的创作观的引领下，深入生活，敢于表达、讲述普通百姓自己的故事，反映大众的所思所想，所爱所恨，以创新的艺术实践为新主流电视剧的进一步繁荣提供强大的艺术原动力。

与此同时，现实题材电视剧创作还存在以下三点值得提升的空间与具体问题：

（一）作品是否能把握“以人民为中心”的创作导向

习近平总书记围绕做好新时代文艺工作的系列重要论述中，强调文艺作品要“虚心向人民学习、向生活学习，从人民的伟大实践和丰富多彩的生活中汲取营养，不断进行生活和艺术的积累，不断进行美的发现和美的创造”。这是现实题材电视剧创作的核心要求。

随着人民生活水平的不断提高，观众对电视剧作品的审美需求也不断提升，有部分作品中存在的悬浮、虚假及情节模式化、套路化等问题也影响了题材开掘的深度与广度，缺乏对社会生活的准确度及全面性判断，缺乏对社会问题的深度思考及理性反思，在典型化与独特性的创作上明显发力不足。正如电视剧《功勋》开片所说："一个有希望的民族不能没有英雄，一个有前途的国家不能没有先锋。"现实题材电视剧是现实文艺创作的先行军，要担负起现实主义文艺创作的伟大历史使命。

（二）作品是否能遵循现实主义创作的基本原则

现实主义创作的原则到底是什么？总结起来，主要是指文艺家在文艺创作实践中对于客观现实生活的一种忠实反映姿态，以及文艺自身严格反映现实生活的一种根本遵循方法。这就要求创作者既要尊重现实生活，又要艺术地反映现实生活，现实生活作用于文艺家和作品，同时，文艺作品又对现实形成强劲的反作用力。

当下要创作出与大时代相匹配的优秀现实题材作品，就应该走近社会历史变革的重大现场，比如，乡村振兴的现场、脱贫攻坚的现场、经济供给侧结构性改革的现场、"一带一路"的现场、小康社会的决胜现场，等等，优质文艺作品应该来自这样的大时代之中，同时又能够有力促进和推动社会历史的深刻变革，从而在双向互动中走向新的文艺高峰。电视剧《人世间》以 50 年的时间跨度为叙事空间，以"光字片"这一平民社区中的居民和周家三代人的命运为情节主线，描画了从家庭到社会、从农村到城市、从一粥一饭的寻常街巷生活到波澜起伏的中国改革开放、从政治的中国到民间的中国等诸多层面的现实生活，由此构成一幅 50 年的"人世间"图景，写出了历史进步的必然性。剧中的不少情节，写了普通人所遇到的人生坎坷和生活磨难，真实呈现中国改革开放的进程。

目前部分作品存在剧情内容的逻辑性、合理性上有所欠缺，细节真实不足，特别是在故事逻辑、叙事冲突、人物动机的起承转合方面不够合理和充分等问题。现实题材电视剧接下来的创作，既应该突出现实性、时代性和人民性，又要特别强调真实性、艺术性和思想性，可以说，人民性存在于现实性和时代性的土壤之中，思想性植根于真实性和艺术性的血脉之中。以大的时代眼光去表现个体奋斗的传奇故事，将个人成长和时代成长有机融为一体，生动反映具有大历史特征的悲壮变革故事，精心塑造能够彰显社会本质的时代新人，在底层人物的刻画中高扬人民的意志和个性，善于塑造充满豪情壮志的新时代英模人物，敢于表现社会斗争中的复杂矛盾和尖锐冲突。

（三）作品是否能把握人物的真实性与合理性

电视剧人物的艺术，现实题材电视剧更是如此，人物塑造决定了整部作品的高度及质感。要杜绝少数作品中出现的“伪现实主义”，针对人物塑造存在“贴标签”、脸谱化、简单化等倾向，要在作品中充分体现人物性格的鲜明特征，体现人性之复杂，准确把握人物的生存环境与心理状态。

梳理近几年的热播剧目，都体现出人物塑造注重在时代性和当代性中彰显真实性的特征，无论是《山海情》西海固地区急切盼望走出贫困的农民，还是《我在他乡挺好的》在他乡为生活拼搏奋斗的青年；无论是《装台》中生活在大城市角落里的一批舞台装卸工，还是《亲爱的小孩》中因怀孕生子而引发养育孩子风波四起的新手父母……他们真实的生活场景，真实的情感状态，真实的汗水和泪水，真实的收获与喜悦，都在剧中被真实呈现。

这些人物形象在政治、社会、家庭伦理的多重旋涡中艰难挣扎，这样的人物就活生生地生活在所有人身边，具有广谱性及熟悉感。

可以说，人物的真实本质上是社会历史的真实，创作者让人物在命运诉求和现实困境之间来回奔跑，从克难超越的过程和审美视野凝视个体生命的复杂存在，具有洞悉社会历史本质的诗意美感。

二、新时代现实题材电视剧的叙事策略

现实主义是现实题材创作的核心发动力，在创作中实现对现实生活的热切观照、理性思考与人文关怀。“故事是生活的隐喻”[1]，现实题材电视剧变为现实生活的载体，承载着观众去追寻现实，主创们尽最大努力挖掘人生的真谛。热播剧之所以能够热播，源于创作者将作品的主题设置聚焦社会热点及民生焦点，更依托于能够产生共情的、有说服力的叙事策略。

（一）诠释时代精神内涵

新时代现实题材电视剧创作根植于现实生活、反映人民意愿、适应时代发展逻辑、彰显国人奋斗精神的价值追求与精神气质。电视剧《人世间》真诚地讲述了东北一户人家50年的生活故事，形成了一家老小共同追剧的文化景观；电视剧《山海情》题材厚重宏大，用开阔的创作视野开掘出丰富的题材内涵，几乎可以涵盖中国式脱贫攻坚的全部内容和方式，甚至还具备了为世界减贫项目提供的中国式经验。

可以说，这些受欢迎的现实题材电视剧作品以温暖的现实主义亮出故

[1] ［美］罗伯特・麦基：《故事》，周铁东译，天津：天津人民出版社2014年版。

事蕴含的激荡人心的力量，展现了时代的精神风貌与内涵，成为广受好评的创作方向与潮流，并与观众产生共情及有灵魂的共振。

（二）塑造时代人物典型

叙事艺术的核心是通过“人”来展现主创观点，孔子说“仁者爱人”“为仁由己”，既体现出人性的高度自觉，更体现出人与社会、人与万物的有机统一。创作者以真诚的镜头捕捉英雄与平民，在新时代图景中，这些独特的人物，用独特的生活方式、思想观念和情感样式，以及面对挫折和考验，有爱恨、有矛盾，体现出人性的熠熠光辉。

“人创造环境，同样，环境也创造人。”电视剧《人世间》中塑造了各类人物形象，比如周秉义是被着意塑造的知识分子、党的干部形象，他寄托了原著作家梁晓声的“英雄主义”与“浪漫主义”创作理念。他既是长子又是大哥，但也偶尔会陷入情感与理智的矛盾冲突之中。电视剧《装台》再现了现代城市生活的小人物的美好生活，创作者将温暖和关注的目光投射到他们的劳动和生活中，以温暖现实主义抵达了人物的内心深处，触动了人性的勇气与力量。

（三）多元类型化叙事

现实题材电视剧对现实生活的观照，如教育、就业、医疗、养老等民生问题，体现在多元化叙事是否可以直击生活中的痛点与难点，并给予积极温暖的审美观照与引导。同时，多元化类型叙事也体现出艺术创新的价值之永恒，“要让观众有新鲜感，再好的菜吃多了，也会觉得不好吃”。电视剧《开端》制片人侯鸿亮将创新视作内容核心，不重复别人，不重复自己，只有做到对多元类型化叙事的不断探索，才会创作出更多的精品佳作。

（四）硬核现实主义

中国广播电视社会组织联合会副会长李京盛曾指出，“现实题材创作，温暖地描写现实，还是尖锐地展示生活的残酷，都不是主要问题。最重要的是创作者温暖观众，照亮镜头中的社会生活”[1]。在他看来，“不回避现实生活当中的粗粝和人生磨难，因为没有这些生活就不真实；不质疑人性的温暖善良和美好，因为这不仅是人性底色也是社会底色；不放弃为生活拼搏奋斗的努力与信心，因为这是生活中的力量”。这“三条平衡线”是创作现实题材的方法论，由此作品才具备“光”。

在电视剧《人世间》中，有来自硬核现实主义的三束光照亮全剧：第一束光是亲情和家的温暖，贯穿全剧始终，无论剧中人物面临离别、分合、离世、婚丧、嫁娶等等困难，这束光都能照亮所有人物，给予他们战胜磨难、抵御苦难的人生力量；第二束光是剧中人物身上闪耀的普通人性底色的纯朴与善良之光，以温暖现实主义的向上与向善的巨大力量，照亮所有人的内心，以善意化解矛盾；第三束光是作品中传递着所有人为争取美好生活而努力奋斗的勇气之光，给予大家对生活抱有希望的奋斗力量。

总结起来，硬核现实主义创作应该具备以下四个基本要素：发掘现实社会的热点；现实主义原生态塑造；挖掘日常生活的意义；创作回归真情实感。

（五）观照当代青年的情绪

鉴于目前的受众与观赏习惯的改变，现实题材还应当聚焦青年人的生

[1] 李京盛：《在生活真实之上的艺术化和审美化创造（聚焦现实题材电视剧创作）——现实题材电视剧的收获与期待》，《人民日报》2022 年 5 月 5 日。

活，观照当代青年的情绪，表现他们的生活、事业、家庭、情感等，展示真实的个体与情感，从而引发青年观众的强烈共鸣与讨论。

比如电视剧《我在他乡挺好的》体现出现实主义创作的三个维度：不回避显示矛盾和人生困顿；不质疑社会和人性中的温暖、同情、善良等正向价值观和能量；不放弃任何困难面前个人追求价值目标的努力。电视剧《心居》以“房”为起点，扩写时代生活；电视剧《亲爱的小孩》将“真实感”贯穿始终，深挖社会痛点议题，细致展现了女性生育、婚姻家庭关系。

现实题材电视剧创作的话题性创作不应止步于话题。创作者及时、准确地捕捉社会生活中的热点难点、民生痛点，以关怀、理解和疏导的创作视角，在将观众关注的现实转化为戏剧矛盾的同时，还要通过人物和故事，实现文艺作品疏导社会情绪、排解焦虑和抚慰心灵的作用。同时还要关注新职业、新业态、新人群、新观念，让观众产生较强的代入感。对青年“话题性”的关注，是现实主义创作精神对现实生活的积极回应，也让电视剧得以艺术化地介入当下生活，体现电视剧的公共性、观赏性和大众化特征。

三、新时代现实题材电视剧的审美价值

美国哲学家杜威曾提出“艺术即经验”，强调“艺术生活化”的重要命题，他认为，艺术创作过程并不是独立的个人行为，而是一种充满生活化、参与感和体验性的创造性活动。因此，“优秀的电视剧往往善于打通、融会镜语的直接意指与含蓄意指，能够在有限的创作空间中有意识地强化造型的表意性，形成作品的风格，并营造出诗意葱茏、灵动飘逸

的审美意蕴”[1]。

时代精神在现实题材电视剧的创作实践中不断濡化、淬炼、涵育。在现实题材作品中所要探索的时代精神内核包括：时代精神、行动力量与精神指向。“传承与弘扬中华美学精神”是这个时代的美学命题，其精神内涵也有如下体现：

一是人物形象与叙事空间的关系——托物言志、寓理于情

二是精神内核与故事架构的关系——言简意赅、凝练节制

三是时代特质与现实脉搏的关系——形神兼备、意境深远

热播剧目有一个共通的创作规律，即作品较好地处理了生活之真、思想之善与艺术之美，创作者们用艺术的方式回答了在新的历史条件下如何拓展与深化现实主义精神，共塑中华美学精神之高地，追求作品的思想性与哲理性。正如中国传媒大学教授戴清所说：“优秀的现实题材剧更注重把握审美意蕴的醇度。创作者不满足于发现社会现实与时代生活的浅层真实，更着重透视题材和主题背后的社会脉动与文化肌理，让观众‘知其然’，更‘知其所以然’。”

四、新时代现实题材电视剧精品化之路

在当前现实题材电视剧创作逐步明确选题方向，时刻明确以人民为中心的导向，不断提升原创能力，伴随着一批深受人民群众欢迎喜爱的精品

[1] 陈旭光、戴清：《影视鉴赏》，北京：北京大学出版社 2009 年版，第 190 页。

力作的出现，新时代现实题材电视剧精品化之路势在必行，不断繁荣创作生产，扩大精品供给，全面提质增效，推出更多思想精深、艺术精湛、制作精良的优秀电视剧作品。

（一）坚持原创内容生产

围绕记录新时代、书写新时代、讴歌新时代，注重题材的统筹规划、创新创优，深入实施新时代精品工程，登“高原”攀“高峰”，为主题主线的创作生产创造更良好的土壤环境。不断优化电视剧供给结构，注意提升原创作品的创作水平，通过系列措施，使之涌现出一批思想精深、艺术精湛、制作精良的优秀作品。提升电视剧创作人才的专业化、高素质的电视剧人才队伍建设，为建设电视剧强国提供强有力的人才支撑和原创内容创作智库。

（二）坚持精品化创作之路

精品化创作之路为实现中国梦提供了强大的精神支撑。要注重提升重大现实题材作品的组织策划能力，原创能力、创新水平再上台阶，让中高端内容产品和服务供给日益充足。舆论引导、思想引领、文化传承、服务人民，争取多出新时代扛鼎之作。

对于未来现实题材的方向，一是要进一步拓展现实题材的宽度，社会生活远比传统的都市、情感、职场、婚恋题材更为广阔，创作者一定要放开视野、放开笔墨、放开胆量，容纳更多的现实生活。二是丰富现实题材的创作手法。以电视剧《开端》为例，该剧将个人报复社会的恶性公共事件，改编为“无限流”的讲述方式，转化为年轻人见义勇为、收获成长的故事，从而增加了作品的现实感染力。这种转变，源自对现实题材创作的形式创新，未来还有很大的探索空间。

（三）加强优秀作品传播

坚持以人民为中心的创作导向，聚焦新时代史诗般的伟大实践，聚焦党史、新中国史、改革开放史、社会主义发展史，聚焦源远流长、辉煌灿烂的中华优秀传统文化，聚焦人民群众的生产生活，提高创作生产的规划力、引导力、组织力，登“高原”攀“高峰”，对反映时代新气象、讴歌人民新创造的精品力作加大传播力度、创新传播方式。

（四）建立选题项目责任制

加大主题创作的引导及机制，把握重要节点，围绕党和国家大事要事，以重大现实、重大革命、重大历史题材为重点，完善电视剧选题规划、创作指导、播出调控、组织保障机制。聚焦国家重大战略、新时代人物故事、中华优秀传统文化。坚持把握时代脉搏、彰显家国情怀，走入生活、贴近人民，在生活提炼、精神提纯上下功夫，打造思想性、艺术性俱佳的优秀电视剧集群和永不落幕的中国剧场。反映时代呼声、展现人民奋斗、振奋民族精神、陶冶高尚情操的“高峰”之作接续涌现，形成创作与接受、投资与消费的良性循环。

（五）健全文艺作品评价机制

精品创作模式要找准选题，讲好故事，拍出精品，把政治性、艺术性、社会反应、市场认可统一起来。打磨和健全完善文艺批评这把“利器”，以期能“激浊扬清”，为优秀作品的创作与推广提供更纯净的文艺评论生态。同时，要建立电视剧的综合评价体系，坚持政治性、艺术性、社会反映、市场认可相统一，健全科学的电视剧综合评价机制。加强文艺评论阵地建设，加强舆情分析，在适应互联网发展总体趋势、把握网络舆论规律特点的基础上，积极创新形式、方式、风格、语态、渠道、载体，提高电视剧评论的专业性、权威性、针对性，积极推动电视剧创作与评论的有效互动。

五、结论

文艺评论是推动文艺繁荣发展的重要力量，在“十四五”开局之年，现实题材电视剧将新时代的历史与使命以“中国故事”的多元方式串联、熔铸、建构、升华。当前中国电视剧已经进入新的发展阶段，需要贯彻新发展理念，构建新发展格局，实现高质量发展。聚焦电视剧产业的转型升级和人民群众精神文化生活的需求升级，坚持培育和监管并重，逐步提升现实题材电视剧的产量和质量，优化供给结构和产业布局，延伸和拓展电视剧产业链。

本文力图通过对新时代现实题材电视剧的叙事策略和审美价值分析与总结，探讨类型化叙事的创作视野，并对新时代现实题材电视剧的主流意识形态和当代社会价值做出学术研判与创作展望。探索融通中外的叙事模式，以小切口反映大主题、小人物反映大时代、小故事反映大道理，用电视剧讲好中国的现实故事，创作更多彰显中国审美旨趣、传播当代中国价值观念、反映全人类共同价值追求的优秀作品，向世界展现可信、可爱、可敬的中国形象；彰显中国特色社会主义制度的显著优势和独特魅力，展示中国共产党的执政成就和国家治理成效，讲好中国故事，传播中华文化。“推出更多反映时代呼声、展现人民奋斗、振奋民族精神、陶冶高尚情操的优秀作品”，这是所有电视剧艺术工作者的共同追求。

传承优秀传统文化，构建中华美学体系

——中国传统“言象意”美学体系在现实主义影视作品中的构建研究

温彩云

东北师范大学传媒科学学院（新闻学院）

党的十八大以来，习近平总书记在关于文艺工作的重要论述中多次强调了文艺工作传承中华优秀传统文化的重要性，认为在新的历史环境下，“中华优秀传统文化是中华民族的精神命脉，是涵养社会主义核心价值观的重要源泉，也是我们在世界文化激荡中站稳脚跟的坚实根基”。因此，“要结合新的时代条件传承和弘扬中华优秀传统文化，传承和弘扬中华美学精神”。如何将这一文化建设的精神贯彻下去，是摆在我们面前的重大现实课题。然而，中华优秀传统文化是五千年中华民族的智慧结晶，其博大精深与根触广泛，需要一代代人长期坚持不懈地浸润打磨。目前承担中华民族伟大复兴历史使命的青年一代，受西方文化影响较大，传统文化观念较为淡薄，中华优秀传统文化面临断层的危险。

影视艺术作为传播力最强的大众艺术形式，是文化传播的重要渠道，在传承中华美学精神，弘扬优秀传统文化方面，担负着重要使命。百年以来，现实主义影视艺术是世界艺术中的主流，也是马克思主义思想在中国艺术发展史上的瑰宝。新时代现实主义影视艺术中的优秀传统文化和中华美学精神是其发展的内在动力和核心力量，也是对外文化传播的有效路径。“在视听媒介时代，现实主义影视作品无疑是民族文艺的一支主要生力军，在讲述中国故事、传播民族文化、演绎时代内容方面具有独特的优势和地位。”[1] 近些年来，现实主义创作在影视艺术中获得了巨大的成果，催生了系列优秀的影视作品，但也出现了古装玄幻影视作品的强势挤压，刻意攀附、夸张低级和缺乏内在美学支撑的伪现实主义影视作品混淆视听等现象。即使在传统文化元素丰富的影视作品中，优秀传统文化的表层化、符号化现象以及和当代社会生活脱节的现象也较为严重，对民族文化的传播和民众的审美导向起着反向作用。

弘扬优秀传统文化，构建中华美学体系，既要通过生动的艺术形式来表达，也需要学理层面的梳理提炼，以达成二者相互推进和融合的良好效果。本文从中国传统“言象意”美学观念出发，试图对现实主义影视作品进行中华美学体系建构研究，具有如下意义：从宏观环境看，通过现实主义影视艺术作品传承、发展中华优秀传统文化，构建中华美学体系，有助于提升中华文化的国际传播效果，扩大中华文化的世界影响力，同时也有助于帮助青年群体了解历史，感受中华美学的魅力，确保文化传承。从行业角度看，通过对现实主义影视艺术作品中“言象意”的美学体系进行研究，有助于形成创作共识、评价共识、审美共识，从而对影视艺术创作实

[1] 薛晋文:《现实主义影视创作的可能走向和必然趋势》,《中国文艺评论》2018 年第 10 期。

践形成实际影响。

“言”“象”“意”三字最早共同出现在《易传·系辞上》中，子曰：“书不尽言，言不尽意。”然则圣人之意，其不可见乎？子曰：“圣人立象以尽意，设卦以尽情伪，系辞焉以尽其言，变而通之以尽利，鼓之舞之以尽神。”这里“言”指语言文字，“象”指卦象符号，“意”指语言符号所涉的思想内容。虽然这里的“言象意”主要针对卦象等符号阐释，但是其已经能反映出中国古人对世界的独特认识以及对世界的中国化审美方式。先秦老庄等哲学家对“言不尽意”等问题的论述和争辩，则主要以“言”和“意”作为审美认识的主要对象。至魏晋时期玄学家王弼对“言象意”的美学体系进行了比较系统的论述：

> 夫象者，出意者也。言者，明象者也。尽意莫若象，尽象莫若言。言生于象，故可寻言以观象。象生于意，故可寻象以观意。意以象尽，象以言著。故言者所以明象，得象而忘言。象者所以存意，得意而忘象。犹蹄者所以在兔，得兔而忘蹄；筌者所以在鱼，得鱼而忘筌也。然则，言者，象之蹄也；象者，意之筌也。是故存言者，非得象者也；存象者，非得意者也。象生于意而存象焉，则所存者乃非其象也。言生于象而存言焉，则所存者乃非其言也。然则，忘象者，乃得意者也；忘言者，乃得象者也。得意在忘象，得象在忘言。故立象以尽意，而象可忘也。重画以尽情，而画可忘也。（引自《王弼集校释》）

王弼的这段论述，对“言象意”的美学体系建构起着重大的奠基作用，将“言”“象”“意”作为整体关系进行了审美阐释，又对三者相对独立的递进层次性做了解剖，正式确立了“象”在“言意之辨”中的中介地位，“立象以尽意”的命题为后期“意象”这一重要美学概念的产生奠定了基础。如叶朗对王弼“言象意”论述的评价，“人们对艺术本体的认识已不再停留在抽象的笼统的阶段，而是已经深入到了一个更为内在的层次”[1]。后经历朝历代文论研究者的不断阐释，“言象意”的内涵也在不断发展演变，审美含义逐渐加强。“言”是语言或物质符号层面，“意”既包含“道”“易道”“无极”等抽象的哲学思想，也包含人的宇宙感、历史感、人生感等审美情感，是溢出“言”的范畴不能言传的抽象思想和情感。“象”则在“意象论”和“意境论”兴起之后逐渐与“意”融合，形成介于“言”和“意”之间的蕴含主观情感与思想的“意象”和“意境”。“言象意”审美概念成为中国传统审美体系的三个层次，并将这种层次审美观念化入中国传统艺术中。例如李泽厚就在《美学四讲》中把艺术分为形式层、形象层和意味层。[2] 这种能阐释审美进程的层递性的本文层次观，注重从实在的层面出发，在实现了意义的超越之后进达形而上的层面。更进一步看，这种层分法既符合艺术本文的存在状态，也很符合人们对本文理解——解释的一般进程。[3]

“言象意”审美体系在中国古代文论中起始于作为象形文字的汉字本身所具有的造象性，因此在中国书法、绘画等艺术形式中被广为使用。电影和电视作品作为仅有一百多年的新艺术形式，其审美体验主要依靠视觉符号的传播形式决定了其对“言象意”审美体系的极度契合。在中国电影

[1] 叶朗:《中国美学史大纲》，上海：上海人民出版社 1985 年版，第 192 页。

[2] 参见李泽厚《美学三书》，合肥：安徽文艺出版社 1999 年版，第 566 页。

[3] 参见窦可阳、李小茜《“言、象、意”的本文层次观与中国接受美学本文批评的建构》，《文化与诗学》2015 年第 1 期。

史上，众多具有深厚中国传统文化积淀的导演运用中国化的艺术手法拍出了具有中国独特审美风格的现实主义影视作品。从20世纪二三十年代开始，《小城之春》《一江春水向东流》等电影就以蕴含中华美学风格而享誉世界，改革开放后的《城南旧事》《那山那人那狗》《黄土地》《霸王别姬》《红楼梦》《西游记》《老中医》《老酒馆》等带有鲜明中国传统文化特点的影视剧都给中国现实主义影视作品的海外传播树立了典范。中国百年来现实主义影视作品熠熠生辉，在中国现实主义艺术中占有重要的地位，其并不局限于传统的“言”的物质符号层次的审美传达，更有“象”“意”层面的中国化审美意味表达。

一、言：现实主义影视艺术作品中的物质符号审美层面

“言象意”审美体系中，“言”是最基本的物质符号审美层面，“言生于象”，其作用是“明象”，因而可以“寻言以观象”。虽然王弼也谈到“得象而忘言”，但是，“言”是抵达“象”的最基本途径，如果失去“言”，“象”与“意”也必然失去了依附。于影视艺术作品而言，“言”即叙事的题材和影像符号。富有中国传统审美精神的影视作品，首先要从“言”的层次建立最基本的可识别性，体现鲜明的中国传统文化特点。事实上，世界各地的观众在长期的经验积淀中，已经形成了对各民族文化的基本符号体系的辨别能力，例如看到大熊猫、功夫等符号就会马上联想到中国文化，看到樱花、富士山等符号会和日本文化联系在一起等。在影视的国际传播过程中，利用富有文化标识性的符号也会成为影视作品进行文化传播的重要手段。

一是影视艺术作品要多从中华民族传统题材中选取故事蓝本。中华民

族经过五千年深厚的文化积淀，形成了包含神话传说、寓言故事、历史记载、戏剧戏曲、文学作品以及红色革命事迹等在内的大量文化宝藏，其中蕴含着中华民族独特的思维方式和审美情感，也在世界文化地图上标示了独特的中国符号。在这些典型的传统题材中选取故事，能够直接唤起和迎合中国人的民族记忆和期待视野，也呈现了与西方电影不同的视觉奇观。虽然在这方面浪漫主义影视作品更容易获取艺术灵感，进行传统题材的直接取材，例如《影》《卧虎藏龙》《捉妖记》《白蛇·缘起》《青蛇·劫起》《琅琊榜》等古装影视作品，但是现实主义影视作品也一样可以通过把握这些传统题材和符号进行二次加工和创作，例如《霸王别姬》即通过京剧这一传统艺术形式作为整体的影像符号搭建起程蝶衣的艺术人生与现实人生的交融与冲突的人生故事，并贯穿了从清末到“文化大革命”的近半个世纪的历史时期。《人·鬼·情》也是通过秋芸在从事戏曲表演过程中所遇到的人和事不断陷入女性生存困境并探索出路的过程，其所扮演的钟馗形象也不断介入她对女性困境的思考过程中。在这两部电影中，《霸王别姬》与《钟馗嫁妹》两部戏曲贯穿始终，京剧人物、剧情与现实生活中的表演者、生活经历不断产生交叉与混融，主人公的舞台角色与现实角色相互映射，形成了意味悠长的古典韵味。

二是在影像艺术的符号呈现上使用中国传统的造型符号。中国艺术尤其是绘画、雕塑艺术在传统艺术造型符号的凝聚与传播方面具有重要的作用。因绘画艺术对中华民族审美造型的提取与精练并长期浸润中国人的审美思维，使得许多造型符号已经形成了意义丰富的内涵与外延，契合中国人的审美需求。这些造型符号有京剧脸谱、佛教壁画、民间皮影、阴阳鱼、梅兰竹菊、民族乐器等，每一种造型符号均在长期的历史文化中积淀了特定而丰富的内涵，并在艺术创作中成为中国人表情达意的典型符号。

影视艺术如能从绘画艺术中提取这些典型符号，在表意上会达到事半功倍的效果，在审美风格上也必然能独具一格。例如《黄土地》中就没有紧凑的故事线索，而是使用大量的远景、大远景镜头展示黄土地这个空间造型，作为中华民族的代表。在这部影片中，“黄土地”就是主角，就是导演要重点展示的对象。《活着》中的皮影戏、《老中医》中的中医瑰宝“陈芥菜卤”和针灸用具等也是内涵丰富的造型符号，其既是故事中的道具背景，又是表意符号。甚至有一些特定的名称，也成为一种特定符号，例如电视剧《老酒馆》中老酒馆历经不同的年代的不同名称（“国强饭店”“红旗大食堂”“防修饭店”“环球美食中心”）都成为直接指向那些中国历史上不同的年代的标识符号。另外，色彩也是艺术造型的重要组成要素。中华民族在长期的生活实践中形成具有民族特色的色彩体系和色彩审美心理，不同的时代、地域都有独特的色彩崇拜和色彩审美。影视艺术可以借用色彩符号构建独特的民族艺术造型。例如费穆的《小城之春》就恰当地使用了黑白电影的单调色彩表现了一个没有生机和希望的“春天”，显然比田壮壮的同名彩色电影更为恰当地表现了电影的主题。而张艺谋电影《红高粱》中对中华民族喜爱的红色进行了大力铺陈，结婚喜庆的红色轿子与礼服、漫天遍野的红高粱、夕阳染红的天空、铺天盖地的红色与激情张扬的抗日激情形成和谐自洽的视觉效果。

三是影视艺术作品可以选取恰当的民俗文化符号。全球化语境下，民俗甚至成为民族与传统的代名词。民俗文化经过千百年的传承，是民族心理和情感的表现形式，也是国际传播中的奇观化符号。影视艺术中的民俗符号的运用，如传统婚俗、传统节日习俗等元素的运用，一方面能让本土观众如临其境，另一方面也能塑造奇观效果，给跨文化观众以新鲜的审美感受，建立中华民族独特的符号体系。五四时期，以鲁迅为代表的新文化运动的领袖，以民俗作为文学中的描述对象并对传统文化展开了激烈的抨击，也有一些作家如沈从文等则以民俗为文化底色对理想的田园牧歌式生存方式展开描述。早期的电影人大多出身于文学领域，对民俗文化也有着天然的敏感，在电影中自觉展示特定民俗，例如郑正秋的《难夫难妻》就展示了潮州的买卖婚姻。20 世纪 80 年代，文化寻根浪潮的文学背景下，第五代导演拍出了《黄土地》《红高粱》《盗马贼》等具有中华民族特色的“寓言式”电影。《红高粱》中的“颠轿”“敬酒神”，《黄土地》中的“求雨”，《大红灯笼高高挂》中的“升灯”“封灯”仪式，这些或真实或虚构的民俗仪式，通过影视作品的传播成为外国人认识中国文化的符号。处在东西方文化交汇中的华人导演李安早期的《推手》《喜宴》《饮食男女》等电影，更是有意识采用中国文化中的民俗符号作为故事情节的推动要素，电影里的打太极、听京剧、婚宴仪式、饮食文化都成为李安站在他者视角去观照中国文化的影像形式。

二、象：现实主义影视艺术作品的艺术路径和生态环境审美层面

在“言象意”美学体系中，“象”是核心词汇。虽然王弼认为“象生于意”，并认为审美的最高境界是“得意忘象”，但是“意”之虚无缥缈，只有通过“象”才能把握。作为“言”和“意”的必不可少的中间环节，“象”在中国哲人和艺术家长期的美学思索和文学艺术实践中已经脱离了具体的物象和景象层面，具有了虚实结合的特点。张法认为，“物”“景”与“象”“境”的关系是“物色之动而成景，景之虚实而成象，主客互感

而成境”。“象”之重要特点在于其“虚”。“象彰显物之虚”，“象强调物从客观之物到哲学之卦中之物（卦象）和文学之审美之物（言象）的转换，转换是由虚的关联而来”。由此，“象不仅是对组合中虚的一面和关系一面的强调，更在于对界内之景与界外之境的虚的关联的突出”[1]。“意象”一词是中国美学体系的核心词汇，其既是手段，又是目的，既是“意中之象”，又能“立象而尽意”。从佛学中借用而来的“象外”则更增加了意象的层次性。同时，象外理论也诞生了“意境”一词，“既取疆界之实，又取象外之虚，虚实相生，左右逢源，极有回旋余地”[2]。在影视艺术中，“象”主要体现在影像的镜头语言、技术层面和传播媒介层面。

其一，影视艺术可使用中国文化特色的镜头语言。影视艺术是现代工业技术之后诞生的“第七艺术”，从诞生开始便从其他的传统艺术形式中汲取了丰富的营养，这也是早期学者将电影定义为综合艺术的原因。中国现实主义影视作品也深受中国传统艺术形式和艺术思维的影响，形成独特的中国式镜头语言。中国艺术传统的意象和意境的思维方式铸就中国人的审美方式，宗白华在《中国艺术意境的诞生》一文中就说，“以宇宙人生的具体为对象，赏玩它的色相、秩序、节奏、和谐，借以窥见自我最深心灵的反映；化实景而为虚境，创形象以为象征，使人类最高的心灵具体化、肉身化，这就是‘艺术意境’。艺术境界主于美”[3]。一方面，中国化的艺术境界需要意象的具体化来传达心灵，另一方面，对意象的把握又需要艺术接受者的艺术再创造过程，即叶燮所说“默会意象”。由于中国传统

[1] 张法：《言—象—意：中国文化与美学中的独特话语》，《文艺理论研究》2018 年第 6 期。

[2] 何二元：《言象意的世界——试论中国古代文论系统》，《杭州教育学院学报》1996 年第 3 期，第 21 页。

[3] 宗白华：《中国艺术意境的诞生》，载《艺境》，北京：北京大学出版社 1987 年版，第 59 页。

美学在艺术思维上讲究意象与意境的“虚境”，在表达方式上讲究“言简意赅、凝练节制”，如刘勰在《文心雕龙·物色》中所讲“物色虽繁，而析辞尚简；使味飘飘而轻举，情晔晔而更新”。因而在影像艺术表现手法上偏重于诗意空镜头、留白手法的镜头语言和克制简约的视觉画面，因而让观众可以展开自由联想，对影视艺术进行二度加工和创造。例如《小城之春》和《不成问题的问题》的黑白影调和小空间场景的塑造，体现了水墨画面感的生活场景。还有《黄土地》《地久天长》等电影的缓慢克制的表演风格，《我不是潘金莲》中的圆形画框的叙事风格，都更符合中华民族的审美趣味，也更容易调动观众的想象活动，让观众形成“心物”的双向交流。

其二，影视艺术要适应新技术与新的媒介传播环境。影视艺术本身就是植根于现代工业技术基础之上的年轻艺术形式，从无声电影到有声电影，从黑白电影到彩色电影，电影艺术的每一次变革都伴随着技术的革新。目前来看，人工智能和数字技术对影视艺术的发展影响巨大。生物传感技术和数字技术的发展会让影视艺术的场景更丰富、真实，并能带来逼真的感官体验；大数据和认知神经学的发展让影视创作者对观众心理和情绪更加了解，产生了神经电影学这个新的交叉研究领域；人工智能技术已经被应用到影视素材制作、后期特效制作等领域，并可以使用大数据算法对人类感情进行搜集、分析和模拟。随着新技术的发展，VR 电影、交互电影等新的电影形式出现，一方面给电影观众带来高度的审美沉浸感，另一方面则可能在积蓄着一场巨大的电影观念的革命。目前看来，一些可能还比较稚嫩的技术应用，可能会在未来引发一系列的蝴蝶效应，直至电影本体发生巨大的变化。不管影视艺术的本体和形式如何发展变化，观众的重要性会更加突出，他们会直接参与到影视叙事中来，并且代入更强的情感体验。由此，影视艺术要想产生更好的艺术效果，在制作上需要更加依赖于技术元素，在传播效果上则更依赖于观众审美心理。例如2016年《美人鱼》中的特效投入占比达到37.5%，共制作了近1000个特效镜头，其中600个3D渲染镜头耗时10000多小时才完成。2018年的《红海行动》则达到2200个特效镜头，1000个3D渲染镜头，耗费25000多小时进行渲染制作。另外华为公司为制作公司提供了云计算、存储和网络服务，以满足各种渲染场景的需求。[1]

另外，融媒体时代，电影、电视、网络等传播媒介进行资源整合形成了新的信息传播模式，影视艺术的传播环境也面临着新的挑战，但是也给影视艺术在传统文化的传播上带来机遇。融媒体时代的影视艺术要构建“言象意”的中华美学体系，必然要遵从融媒体环境的新规律，建立立体化的网络式融合传播格局。将传统的媒体与网络新媒体之间搭建网络，在审美方式上建立传统与现代的连结纽带，在广告营销方式上也建立不同媒体路径的联合网，从而将中国传统文化元素与现代传播方式相结合，建立起互联互通的融合传播模式。例如目前网络大电影、网络电视剧的勃兴，以及全球化传播环境下与美国奈飞网站合作，让《媳妇的美好时代》等电视剧在海外引起观看热潮，这是目前中国现实主义影视作品在新的传播环境下走出去，传播中国传统文化和中国价值观的良好路径。

[1] 《〈红海行动〉超燃的背后：让每一个精细打磨的镜头由云来创造》，https://www.huaweicloud.com/cloudplus/thirdphase/detail_19.html。

三、意：现实主义影视艺术作品中的精神内核和情感意味审美层面

王弼的“言象意”审美体系是一个整体结构，三者“互为基础，互为目的”，并且“呈相生相克、不断运动的态势，每一环节都来自前一层次，又超越前一层次，直至达到最高之目的”[1]。“意”是这个体系中的最核心的层次，也是审美的最高层次。“意”又包含“志”与“情”。刘勰在《比兴》篇中所说“拟容取心”，“心”即主体的“意”，容则是客体的“象”，在《诠赋》篇则谈到“睹物兴情”“情以物兴”，都属于“意”的内涵。中国传统美学讲究用凝练节制的“言”去表现蕴意丰富的“意”，从而达到严羽所说的“言有尽而意无穷”的境界。影视艺术中，“意”作为影像语言的最高审美层次，表现为中华民族精神与中华审美情感。

其一，影视艺术作品应对中华民族精神进行深度挖掘与呈现。民族精神是一个民族价值目标、共同理想、思维法则和文化规划的最高体现。中国传统文化中，儒家崇尚“修身、齐家、治国、平天下”的家国情怀，并凝聚成为“仁”“义”“礼”“智”“信”“恕”等儒家精神，道家则有“道法自然”“清静无为”“返璞归真”的道家精神，墨家的“兼爱”“非攻”等以百姓为先的实干精神，都是中华民族宝贵的精神资源。另外，中华民族经过长期的历史发展，形成了系统的理论道德文化，像家国一体、诚实守信、尊师敬业、精忠爱国等都构成了中国人的内在文化品格。这些都可以成为影视艺术应该呈现的价值内核。《老中医》中的翁泉海就是典型的儒家人格，他在个人品格上，既有仁者爱人的道德自律，又有高超的医

[1] 何二元：《言象意的世界——试论中国古代文论系统》，《杭州教育学院学报》1996 年第 3 期。

术，有独立人格和自由意志，可以说具有“仁”“智”“志”三重个人理想人格；在社会品格上，他对家人孝悌忠贞，对朋友肝胆相照，对职业兢兢业业；在民族品格上，他在日寇侵入时表现出“天下兴亡，匹夫有责”的家国情怀和历史大局意识。可以说，电视剧通过翁泉海这一儒家理想人格的塑造展示了中华民族独有的精神标识。

其二，影视艺术作品应展现中华民族独特的审美情感和审美意味。影视艺术用视听影像形式来表情达意，比之文字，是更为直接的形式，如巴拉兹·贝拉所说：“在艺术形式中，诗歌和电影最能体现心理过程，电影尤甚。因为就文字来说，其概念特性是障碍。与此相反，图像表现得更纯粹，更无理性。”[1] 与图像相比，音乐则是无须经过大脑思考直接作用于情感触动的艺术形式，因此，影视艺术在触动观众情感方面具有天然优势。当然，影视艺术的审美情感既包含观众的情感触发也包含创作者或表演者的情感表现。中国传统美学追求艺术情感的表达要符合中和，即“喜怒哀乐之未发，谓之中；发而皆中节，谓之和”[2]。在情感表达上，要讲求克制，达到“乐而不淫，哀而不伤”（《论语·八佾》）的中和之美。对此，朱熹在《诗集传序》中进一步加以解释，“淫者，乐之过而失其正者也；伤者，哀之过而害于和者也”。如果喜悦和哀伤的情绪过于表达，则会失去雅正中和的美学精神。如《小城之春》中志忱与玉纹对炽烈爱情的喜悦和选择分手的痛苦的情感控制，《边城》中翠翠失去爱情却安于现状的生活状态，《那山那人那狗》中父子二人将深厚的父子之情隐藏在淡淡的言

---

[1] ［匈牙利］巴拉兹·贝拉：《可见的人——电影文化　电影精神》，安利译，北京：中国电影出版社 2003 年版，第 231 页。

[2] 朱熹：《四书集注》，长沙：岳麓书社 2004 年版，第 21 页。

行之下，《地久天长》中父母对失去独子的痛苦感情的压抑，都是中国式“中”“和”的感情方式呈现。如此，同样具有中华民族审美情感的观众在观赏影视艺术时，才能感受到影视作品中的“余味”，才能发掘出“言象”所蕴含的无可言说的“妙悟”，从而产生跨越时空的情感共鸣。这种情感体悟方式即中国影视艺术区别于西方电影追逐宏大场景和密集情节的重要特点，体现了一种含蓄悠远的东方艺术之美。

目前，上述中华民族优秀文化中蕴含的民族精神和独特的审美情感在有些影片中得到了良好的呈现，但是却远远不够充分，有的影视作品只是粗糙地运用了中国元素或者中国符号进行营销传播，却对其精神内核缺少深入挖掘和呈现，有的影视作品调侃崇高、颠覆历史、丑化英雄，对中华优秀传统文化存在严重的曲解现象。这是过度商业化和娱乐化带来的苦果，也是影视艺术创作者对本土文化价值缺乏文化自信的必然结果。另外，这些优秀的民族精神和艺术情感要重新赋予新的时代意义，才能焕发光彩和生命力。同时，要达到良好的国际传播效果，还要注意文化折扣和文化框架转换的问题。

总之，在当前古装、穿越、玄幻等影视剧流行并出现传统文化符号扎堆现象的时代，现实主义影视艺术作品的“言象意”审美体系的建构更待影视从业者的重视与践行，需要影视艺术研究者和从业者有深厚的文化素养和媒介素养，结合物质符号层面和艺术路径层面进行立体建构，形成有机循环的影视文化生态系统，才能发挥出良好的传播效果。

基于产业发展视角的中国新时代主流电影内容体系建设分析

吴春集

上海视觉艺术学院文化创意产业管理学院

中国电影市场化改革以来，建设一个怎样的社会主义电影市场？中国电影产业的发展方向是什么？如何建设中国特色社会主义电影产业？这些是摆在中国电影产业面前的重要问题。中国电影产业历经了院线制改革，全面放开市场准入，与香港、台湾电影产业力量的全面融合，国有企业转企改制和上市等重要阶段，取得了长足发展。如今的中国电影，亟待寻找新的产业发展突破口。尽管顶有巨大压力，新时代以来的中国电影，还是让我们看到了中国电影产业发展的转机，这就是已经初现雏形的新时代主流电影内容体系建设。

一、中国主流电影内容体系初现

自 1987 年被提出以后，主旋律电影一直是中国传播国家主流意识形态的主要载体，其间诞生了《开国大典》《开天辟地》《焦裕禄》《离开雷锋的日子》《生死抉择》等精品力作。但遗憾的是，由于主题先行、人物易概念化、改编空间有限等创作问题频繁，主旋律电影一直难以成为中国电影市场的主流。2013 年的全国宣传思想工作会议，习近平总书记提出，必须坚持巩固壮大主流思想舆论，弘扬主旋律，传播正能量，激发全社会团结奋进的强大力量。明确提出了主旋律应该成为主流的要求。党的十九大报告指出，中国发展进入中国特色社会主义新时代。也是在这一时期前后，经过多年努力，中国主旋律电影通过创新改良，以新主流电影的样式，在新时代成为市场主流，得到了市场的广泛认可和接受。

法国学者马特尔把主流界定为“主导”或者“大众”，通常是指媒体、电视节目或者针对广泛受众的文化产品；引申为一种试图引导大众的思想和运动，或者一个目前正处于主导地位的政治党派。[1] 我们认为主流既可以代表着大众，也可以代表统治阶级。在人民当家做主的社会主义中国，中国共产党和人民群众的主流利益诉求是合二为一的。主流价值更多地代表着为了民族、国家乃至全世界未来共同利益的集体理性判断和选择。因此，尹鸿和梁君健把新时代主流电影的核心特点界定为为主流市场所接受、所认可、所欢迎的大众电影，但同时又鲜明地体现了“富强、民主、文明、和谐，自由、平等、公正、法治，爱国、敬业、诚信、友善”的主

[1] 参见［法］弗雷德里克·马特尔《主流：谁将打赢全球文化战争》，刘成富等译，北京：商务印书馆 2012 年版，序言，第 10 页。

流价值观的电影。[1]

新时代的主流电影，在意识形态上主动与党和国家的战略政策高度融合和匹配，在当前市场上表现为重点影片多，票房高、口碑好，专业领域肯定，影响力几乎覆盖全年重要档期，取得了巨大的商业和传播成功。借助这些优秀的主流电影作品，中国主流意识形态和价值观正在开展更为高效的传播。

（一）主题价值观：人本思想和美好生活

表 1 新中国成立历届 10 周年献礼影片

时间	献礼影片	后续重点主旋律影片
10 周年	《林则徐》《青春之歌》《五朵金花》《万水千山》等 18 部	《林海雪原》《红旗谱》
20 周年	《小花》《保密局的枪声》等	《大渡河》
30 周年	《开国大典》《百色起义》等	《开天辟地》、《焦裕禄》、《大决战》系列
40 周年	《黄河绝恋》《冲天飞豹》《国歌》《詹天佑》《春天的狂想》等	《生死抉择》《紧急迫降》《云水谣》
50 周年	《建国大业》《风声》等	《建党伟业》
60 周年	《流浪地球》《烈火英雄》《我和我的祖国》《中国机长》《攀登者》等	《1921》《长津湖》《长津湖之水门桥》《我和我的家乡》

以文艺为人民服务、为社会主义建设事业服务为前提，主旋律电影在中国被要求及时反映党和国家的重大战略、方针和政策，以及亿万人民参与的中国特色社会主义建设实践。比起新中国成立历届十周年的献礼片，我们会发现新时代主流电影的主题与国家战略和党的核心理念结合得更紧密，即使与过去其他有重大影响力的主旋律电影比较，如《焦裕禄》《生

[1] 参见尹鸿、梁君健《新主流电影论：主流价值与主流市场的合流》，《现代传播（中国传媒大学学报）》2018 年第 7 期。

死抉择》等，新时代的主流电影也有更立体的传播效果。过去的主旋律电影在主题上更倾向于歌颂个体对集体利益的无私奉献，难免不顾及个体的价值和需求，从而造成过去部分主旋律电影主角符号化、脸谱化的刻板印象，宣传的价值观难以令人信服。这一点其实与党和国家发扬的主流价值观是相违背的。党的十八大以来，习近平总书记明确提出实现中华民族伟大复兴的中国梦，是民族的梦，也是每个中国人的梦。[1]党的十九大报告中又指出，中国社会主要矛盾已经转化为人民日益增长的美好生活需要和不平衡不充分的发展之间的矛盾。新时代主流电影最大突破，是以党的核心思想为指导，如同《我和我的祖国》所强调的，是把个体的发展和祖国的繁荣昌盛紧紧捆绑在一起，是个体与国家对于美好生活的共同期待和实现。《流浪地球》《烈火英雄》《中国机长》《战狼Ⅱ》《湄公河行动》等电影，都有明确的以人为本的价值理念，把个体对美好生活的向往和渴望与国家利益紧密结合在一起，完成了个体发展的国家表达，这也更符合当前公众的心理期待，从而赢得了观众的普遍认同。

（二）人物形象：扎根于现实生活的“超级”英雄

新时代主流电影让我们联想到“十七年”时期的电影创作，那个时期辈出的银幕英雄人物，大多来自火热的社会主义建设事业第一线。新时代主流电影人物的群像，也不约而同地指向了平凡生活中的“超级”英雄。《湄公河行动》中的高刚、方新武，《红海行动》中的杨锐、顾顺，《战狼Ⅱ》中的冷锋、何建国、卓亦凡，《烈火英雄》中的江立伟、马卫国，《中

[1] 参见习近平《在第十二届全国人民代表大会第一次会议上的讲话》，《人民日报》2013年3月18日。

国机长》中的刘长健、毕男、徐奕辰，《流浪地球》中的刘培强和刘启，不同于美国漫威式纯虚构的超级英雄，我们的英雄没有超能力，但他们更加扎根于中国的现实生活，他们来自中国改革开放和实现中华民族伟大复兴进程中，为国家和民族发展做出卓越贡献的群体，是实实在在有血有肉的人。他们大多拥有热诚的爱国思想、坚强的意志、卓越的个人能力和为人民服务的强大信念。除了《流浪地球》，这几部影片基本上都是改编自现实生活，有很强的真实感，因而对于观众是一种坚实的认知：英雄人物就在我们中间。这无疑比虚构的英雄更加振奋人心！与以往相比，过去的主旋律电影人物更纪实，所以某种程度上我们过去把主旋律电影称为记录“好人好事”的影片，而新时代的主流电影出于剧情的需要，允许合理的虚构和想象；过去由于过份强调个体为国家的牺牲，容易抹杀个体的个性和诉求，从而造成主要角色难以令人信服，影响了主流价值的传播，新时代主流电影中的主要角色，一般都有鲜明的个性和个体生命诉求，在生死抉择中完成个体与国家利益的和谐统一，从而更为令人信服和共情。

（三）故事题材：全球视野 海陆空一体

与过去主旋律电影主要取材于革命历史题材和“好人好事”不同，新时代的主流电影不仅聚焦火热的中国改革开放和社会主义建设事业的现实，而且具备了全球视野和海、陆、空一体的开阔胸怀。随着技术的进步，中国主流电影创作的想象力得到了充分的发挥，几乎没有什么是中国电影无法表现的题材。多元民族文化融合和人类命运共同体的题材是这个时期的重点，如《湄公河行动》把故事的主要场景放在了东南亚，《红海行动》和《战狼Ⅱ》则同时聚焦海外撤侨事件。因为技术的进步，中国主流电影的故事也不局限在日常的生活场景，而是把想象力拓展到了海洋和天空，甚至外太空。我们不仅有《中国机长》还原祖国航空事业真实事件的影片，还有《烈火英雄》坚守城市火场第一线，《攀登者》把“摄影机架上了珠峰”，《流浪地球》更是把视角放在了2075年的全球和外太空，这在过去中国电影的表现题材中，是无法想象的。《流浪地球》也开启了中国电影重工业制作的大门。多元的视角，全新的视野，新时代主流电影以前所未有的题材探索，不仅给中国观众带来全新的异域奇观感受和从未有过的震撼体验，而且让中国观众更全面地感知了中国特色社会主义建设事业的火热现实，从而也对国家和个体在历史和全球的定位上有更为全面客观的认知。

（四）传播方式：市场化运作

关于主旋律电影的市场化运作，其实国内电影企业早就有所探索。从最初的《红樱桃》走市场发行之路，《红色恋人》起用张国荣等港台明星演绎主旋律电影；到2004年上影出品的《邓小平·1928》，以惊险片的样式演绎伟人传记；到《云水谣》呈现大动荡时代背景下的爱情史诗；再到2009年新中国成立60周年之际，中影出品的《建国大业》和华谊兄弟出品的《风声》，以全明星的阵容和类型片创作，获得了市场和口碑的双认可，主旋律电影都在突破原来依靠政府资金支持、主要表现“好人好事”和革命历史题材，尝试以商业化运作赢取市场的青睐。新时代主流电影的产业化运作和市场探索更有蔚然成风之势，既有中影、上影、华夏等国家队强势介入，如2019年《流浪地球》《我和我的祖国》《攀登者》这些电影的主要操盘力量分别是中影、华夏和上影，又有民营企业博纳、北京文化、登峰国际等持之以恒的努力，奉献了《战狼》系列、《湄公河行动》《红海行动》等行动系列和《烈火英雄》《中国机长》等中国骄傲三部曲这些优秀的影片，主流电影创作也因此呈现了多点开花的热闹局面。新时代主流电影大多根据市场需求和观众审美品味进行产品设计，依据观众的观影习惯进行娴熟的档期运作，在春节、暑期、国庆等重要档期都有合理的战略布局，使用成熟的宣发手段开展市场营销，并在市场上取得票房和口碑的巨大成功。主旋律电影也因此成功转型成为市场主流的商业票房大片。

表 2 部分新时代主流电影的票房、档期排名和评分[1]

档期	重点影片	票房（¥）	档期票房排名	猫眼	淘票票
2016 年国庆	湄公河行动	11.8 亿	1	9.3	9.3
2016 年贺岁	铁道飞虎	6.99 亿	2	8.5	8.6
2017 年暑期	战狼 II	56.8 亿	1	9.7	9.5
2017 年 7 月	建军大业	4.03 亿	2	9.1	8.9
2018 年元月	无问西东	7.54 亿	1	8.6	8.6
2018 年春节	红海行动	36.5 亿	1	9.4	9.3
2019 年春节	流浪地球	46.5 亿	1	9.2	9.1
2019 年暑期	烈火英雄	16.95 亿	2	9.4	9.2
2019 年国庆	我和我的祖国	29.8 亿	1	9.7	9.4
	中国机长	28.6 亿	2	9.4	9.3
	攀登者	10.89 亿	3	9.4	9.0
2020 年国庆	我和我的家乡	28.29 亿	2	9.1	9.3
2021 年国庆	长津湖	57.72 亿	1	9.5	9.5
	我和我的父辈	14.76 亿	4	9.5	9.5

（五）观影体验：娱乐感染

商业电影和主旋律电影的全面融合是理想的传播方式。在改革开放和市场的快速发展中，过去部分主旋律电影创作缺乏感染力，流于说教，人

[1] 数据来源：猫眼专业版、淘票票，数据更新至 2022 年 11 月 2 日。

物形象高大全，意识形态宣传简单粗暴，一度与时代脱节，在观影体验设计上落后于观众的需求。新时代主流电影取得高票房的主要原因，是观影体验的重大调整。新时代的主流电影，更新了影片的商业品质，大多有鲜明的类型特点，诉诸于观众的娱乐体验，使影片表达的主题价值观更具感染力，更具振奋人心的效果。明星制是新时代主流电影创新观众体验的重要手段，吴京、张译、张涵予、彭于晏、葛优等明星都在各自的作品中贡献了扎实的演技，很多明星如张翰、吴孟达、黄晓明等在这些主流电影中的表演被认为是其从演以来最具突破性的。类型化是新时代主流电影提升观众体验的重要抓手，如《战狼Ⅱ》采用了战争题材与功夫片的结合，《红海行动》对中国战争片的拓展，《流浪地球》开启了中国科幻片的元年，《烈火英雄》灾难片的样式，《中国机长》是惊险片类型，《智取威虎山》《湄公河行动》则是结合了谍战片等。高度差异化的视听体验也很重要，例如同样是动作片，《战狼Ⅱ》不仅有《美国队长》系列的动作指导加盟，水下打斗也聘请了《加勒比海盗》的拍摄团队，打造出了华语动作电影登峰造极的感官体验。《流浪地球》让观众第一次领略了国产太空片的想象魅力。过去有些主旋律电影虽然打动人，但缺乏传播度，如《美丽的大脚》《张思德》《任长霞》等，新时代主流影片以其全新的观影体验，在以普通观众为主的猫眼和淘票票两大平台，都获得了很高的评分，在专业网站上的评分也不低，真正做到了观赏性、艺术性、思想性的“三性”合一。

新时代主流电影作品在主题价值观、人物设计、故事题材、传播方式、观影体验等方面，较之过去的主旋律电影创作，有了全新的突破空间，初步构建起了中国新时代主流电影的内容体系。为什么说推进新时代主流电影内容体系建设是发展中国电影产业的转机？原因不仅在于其以超强的市场号召力传播了正面的主流价值，满足了社会主义国家对于电影产业发展的期待和要求，而且塑造了良好的产业形象，帮助产业获得了可持续发展的力量，更重要的是，这是世界电影产业发展的普遍规律。在电影业界，仍然有人认为当下的资本退市，是政策过于严苛的结果，而这几年的主流电影蔚然成风，也仅仅只是密集的献礼节点使然。但我们认为，围绕新时代主流电影内容体系的建设发展壮大中国电影产业，是纾解当前中国电影产业困境的核心任务。让我们来比较一下近几年中、美两国承载国家精神的主流电影在各自市场年度票房前十中的比重，可以看到，作为一个成熟的市场，承载美国精神的美国主流电影，不仅是北美电影市场的中坚力量，而且还在中国市场发挥着巨大的影响力。相较而言，中国主流电影发挥的市场中坚作用还任重道远。我认为当下正是中国电影产业转型升级的关键期，推动这一转轨最核心的工作，当推建设以主流电影为主体的新时代中国电影内容体系。新时代主流电影在各个重要档期的强势发挥，正在撑起中国电影产业的市场主体，也让我们看到了中国电影产业未来繁荣强盛的希望。

表 3 中美两国市场票房前十影片主流价值电影占比比较[1]

年份	北美	国产片 / 美片在大陆市场的占比
2021	9	4/2
2020	10	4/0
2019	8	4/2
2018	8	2/4
2017	7	2/4
2016	7	2/3
2015	7	1/3

[1] 数据来源：猫眼专业版、MPAA 历年报告，数据更新至 2022 年。

二、建设以主流电影为主体的新时代中国电影内容体系

美国传播学者帕梅拉·休梅克认为，影响传媒内容的因素，按重要性排列，从高到低依次是社会制度、社会机构、新闻机构、新闻工作惯例和新闻工作者本身的各种素质对内容的影响[1]。延伸到电影产业领域，结合电影产业和艺术的发展特点，我们认为影响主流电影传播内容的因素，包括国家制度和电影管理体制，产业体系与电影企业，行业共识，评论机制、观众选择与审美风尚，电影人才培养等。按照建构以主流电影为主体的新时代中国电影内容体系的重要性原则，我选择前三点，从顶层规制、监管空间、产业体系、行业共识（社会责任、国际视野）这几个方面谈谈中国主流电影内容需要突破的空间。

（一）顶层规制：坚定以主流电影为主体的文化自信

习近平总书记在党的十九大报告中指出，“中国特色社会主义文化是激励全党全国各族人民奋勇前进的强大精神力量。全党要更加自觉地增强道路自信、理论自信、制度自信、文化自信……始终坚持和发展中国特色社会主义”[2]。以主流电影为内容主体的中国电影产业，就是中国特色社会主义的电影文化自信和政治定力。新时代主流电影涵盖的题材其实非常宽泛，并不局限在革命历史题材，而是把视点放在了实现中华民族伟大复兴

[1] 参见陈力丹《美国传播学者休梅克女士谈影响传播内容的诸因素》，《国际新闻界》2009 年第 5 期。

[2] 习近平：《决胜全面建成小康社会 夺取新时代中国特色社会主义伟大胜利——在中国共产党第十九次全国代表大会上的报告》，《人民日报》2017 年 10 月 19 日，第 2 版。

历史进程中所有中国人民的奋斗历程，以积极昂扬的时代精神鼓舞人和激励人。这是我们应该坚定的文化自信，我们应该勇于“亮剑”。

变革管理专家库尔特·卢因认为变革管理的过程是解冻—变革—冻结的过程。[1] 中国主流电影的发展，从中华人民共和国成立十七年到改革开放初期到2000年前后再到现在，我们可以看到一个鲜明的从冻结到解冻再到变革的变化过程，新时代中国主流电影的创新突破，又是一个新的成熟的冻结阶段。新时代主流电影的市场成功，是体制上顶层设计的战略引导，观众市场的迫切需求，社会审美风尚的转变和电影业界的自觉，这为产业的发展指明了方向。新冠疫情发生以来，中国的制度优势得到了充分的体现，党和国家把人民生命安全和身体健康放在第一位的价值观，得到了广大群众的拥护，我们更有理由相信和坚定建设中国特色社会主义道路。加强以主流电影为主体的中国新时代电影内容体系建设，加强对发展和创作主流电影的战略认识，应该成为从政府管理到行业选择的共识。

（二）监管空间：发挥主流电影引领现实的功能

从产业发展的角度来看，美国战略管理专家迈克尔·波特认为，创造与持续产业竞争优势的最大关联因素是国内市场强有力的竞争对手。[2] 尽管中国电影的国际传播一时打不开局面，并不意味着我们要以生产适合国际市场口味的电影优先，各大电影企业首先还是应该深耕本土市场。国际传播的改变不是一朝一夕之功，重要的还是坚持文艺为人民服务，为社会

[1] 参见［美］斯蒂芬·P. 罗宾斯、玛丽·库尔特《管理学》（第7版），孙健敏等译，北京：中国人民出版社2007年版，第335页。

[2] 参见［美］迈克尔·波特《国家竞争优势》（上），李明轩、邱如美译，北京：中信出版社2012年版，第105页。

主义服务的宗旨，立足我们自己的本土生活，重视本土的需求满足，给本土受众以真诚的电影关怀。现实有时是敏感的，但好的价值观、先进的意识形态从来不怕讨论和论战，道理越辩越明，借助电影的传播和社会讨论，全社会才更可能就社会主义核心思想和价值观达成更广泛共识。近年来，《摔跤吧，爸爸》《看不见的客人》《何以为家》等国外电影能够深得中国观众的喜爱，靠的都是可贵的现实主义精神和人性反思力度。文化自信、道路自信当然要有，实事求是、自我批评、艰苦奋斗也是我党的一贯作风。

在发展的道路上，我们仍然要时刻保持警醒，需要坚定地直面现实和发展中存在的问题。电影产业的实践也一再证明，很多现实主义影片的传播，有助于社会情绪的疏导和公众达成对社会问题的理性共识，如《离开雷锋的日子》《生死抉择》《集结号》《人民的名义》等现实题材主旋律影视作品，其实在当时都发挥了缓解矛盾和释放压力的社会功能。近年来我们也欣喜地看到，《我不是药神》《无名之辈》《少年的你》《送你一朵小红花》《奇迹·笨小孩》《人生大事》等影片，以其可贵的“温暖”现实主义价值取向（不局限于呈现现实冲突，更聚焦人文关怀），取得很好的社会效益和影响力，可谓近期中国主流电影引领现实的典范。新时代主流电影并不是简单的传播“好人好事和歌功颂德”，而是把自己投身到火热的社会主义建设事业中，和我们的国家共同成长和发展，共同见证中华民族的伟大复兴。也希望相关的管理和审查部门，给予新时代主流电影直面现实更多的包容和支持。

（三）产业体系：进一步激发产业创新活力

差异化是市场营销的基本策略。新的审美形态只是相对而言，主流电影只有力求创新突破，才能在新时代焕发出强大的生命力。约瑟夫·奈认为："中国在目前最强的应该是文化层面……而中国软实力最弱的是，目前中国还没有完全发挥民间的力量。"[1] 新时代主流电影方向的核心把控，在党的精神、战略、方针、政策的引导，而对新时代精神的弘扬和文化演绎，需要更多鲜活创意的参与。我们的主流意识形态，要进一步深入人心，更需要艺术的表现手段、表现视野和批评角度的多元，正是因为文化的多元化，电影才展现出了艺术的无限魅力，并达成主流价值观的广泛传播。从产业经济学上讲，激发多元创意活力，可以有效降低产业的研发风险，为电影艺术创作带来全面繁荣。

在漫威、迪士尼、开心麻花等国内外著名电影企业的经营成功中，我们看到了垂直一体化和垂直分离[2] 同步演进商业模式的优势。漫威有 5000 多个漫画角色等待迪士尼垂直一体化商业体系的电影开发，开心麻花十几年的舞台实践积累了大量的剧目正在被逐渐搬上银幕，两者都是以垂直分离保持创意研发低成本和产品创新活力，最后借助垂直一体化商业体系取得巨大成功的产业实践案例。相对于好莱坞动辄超级英雄影片，新时代主流电影立足中华民族的伟大复兴和中国特色社会主义建设的伟大实践，有广阔的题材空间和深厚的发展潜力可供发掘。我们应该充分发挥各类基

[1] 黄滢：《约瑟夫·奈：文化是中国最大的软实力》，《环球人物》2014 年第 1 期。

[2] 垂直一体化又称纵向一体化，分为前向一体化和后向一体化。前向一体化就是通过兼并和收购若干个处于生产经营环节下游的企业实现公司的扩张和成长，如制造企业收购批发商和零售商。后向一体化则是通过收购一个或若干供应商以增加盈利或加强控制。电影垂直一体化企业是指在制、发、放等各个电影产业链各个环节都具备掌控力的企业。垂直分离作为一种与垂直一体化相反的过程，是指某些生产环节，主要是制造环节，从原来一体化企业中分离出去的过程。电影企业为了提高某个产业链环节的生产和经营效率，也会积极推动垂直分离。

金、青年影展、大型电影公司尤其是国有电影企业桥头堡的作用，为年轻的电影创意人才提供更多艺术探索和展示的机会。通过进一步激发全产业的创新活力，开拓中国主流电影的内容体系，和艺术创新与探索的支撑体系，为高速发展的中国电影迎来一个“百花齐放，百家争鸣”的崭新局面。

（四）社会责任：规范产业发展，重塑行业主流形象

行业的整体价值取向，实际上对产业的发展影响深远。电影行业是明星行业，是受社会公众广泛关注的行业，这个行业的任何道德和伦理问题，都会比其他行业有更明显的放大效应和影响力。《中国电影产业促进法》出台后，对中国电影行业的法治管理有所加强，而随着中国电影产业的深入发展，内容自律、营销伦理和竞争伦理等目前没有引起普遍重视的问题，都有待产业进一步研讨和规范。2020 年 1 月 1 日起，我国开始施行中央宣传部、国家广播电视总局制定的《国有影视企业社会效益评价考核试行办法》（以下简称《办法》），要求国有影视企业社会效益评价考核，主要考核政治方向、舆论导向和价值取向，作品创作生产，受众反应和社会影响，内部制度和队伍建设等方面内容。《办法》对国有影视企业追求社会效益，实际上有了更明确的要求，相信也会辐射影响到民营影视企业和整个行业。当然，最核心的是，电影行业积极推进中国新时代主流电影内容体系建设，加强行业自律和管理，形成从内容到产业的主流价值取向和氛围，加强社会责任担当意识，重塑自身的良好道德形象，以此给全社会带来更积极的影响。

（五）国际视野：推动构建人类命运共同体

党的二十大报告，提出令人耳目一新的“中国式现代化”概念，指出

中国式现代化是走和平发展道路的现代化，我国不走一些国家通过战争、殖民、掠夺等方式实现现代化的老路，而是坚定地高举和平、发展、合作、共赢旗帜，在坚定维护世界和平与发展中谋求自身发展，又以自身发展更好维护世界和平与发展。实现中华民族伟大复兴的历史进程也是和全世界各国各民族共融合作、共同发展的过程，我们的出发点从来不是只考虑单边利益，我们的电影创作，更应该站在多元共享的角度，与世界各国展开合作，推动构建人类命运共同体。《流浪地球》《独行月球》等电影，在这一点上已经有所突破和探索，新时代主流电影在推动构建人类命运共同体的使命上，也有潜力取得更大的国际传播成功。

这是中国特色社会主义的新时代，是中国主流电影创新突破的新时代，也是中国电影产业高速发展的新时代，每一个中国电影人，都荣幸有机会参与到这个大时代的开创和建设中。我们不仅需要学习全世界电影市场的先进管理经验，我们宝贵的实践经验也将成为世界各国发展电影产业的借鉴和财富。目前中国电影产业面临的挑战还很多，特别是新冠疫情对中国乃至全世界电影产业造成严重冲击，但我们坚信，只有以习近平新时代中国特色社会主义思想为指导，充分发挥我们的体制和制度优势，进一步推进改革，坚决贯彻和传播国家主流价值观，坚持发扬电影艺术的创新魅力，建设完善新时代主流电影内容体系，中国的电影产业终将取得更大的辉煌！

网络文学“无边的现实主义”论

——场域视野下的网络文学现实题材创作 20 年

夏　烈

杭州师范大学文化创意产业研究院

网络文学之于现实题材、现实主义创作，是个终将正面触及的重要命题。20 世纪 90 年代起于青萍之末，21 世纪以来愈益繁荣兴盛、蔚为主流的中国新型文艺之核心区块的网络文学，与自 19 世纪批判现实主义、20 世纪初社会主义现实主义，以及兼容现代派的无边的现实主义甚或魔幻现实主义等流派、定义，此际终于有了面对面的交互——我们必须思考网络文学这般巨大的拥有 20 余年发展历史的时代创作形态，其现实题材写作的状况如何，以及怎样用现实主义的理论、方法看待与评价它的相应部分。类似的遭遇在中国现当代文学史中时有发生，理论干预创作或者政治干预创作，文学书写必须与现实世界的要求律令有更为深刻的交合，越是主流化越是如此、越是大众化越是如此。这也就是

2018 年进行网络文学 20 年纪念时我认为的“一场沉甸甸的成人礼”已经到来的具体表征。[1] 假如我们积极能动地思考这个“后 20 年”的成人礼问题，并且被类似罗杰·加洛蒂所谓“真正的艺术没有不是现实主义的”[2] 说法鼓舞起理论和阐释的热情，乐意寻找网络文学与人生与社会内在关联的那把创造性密钥，那么，理应勇于回答诸如：现实主义杰作是否已在网络文学的腹中？如何诞生？或已经诞生？换个角度讲，我们都曾从网络文学的特征、方法、表现等认为它总体上是在现实之外、互联网中形成了一个“异次元”，恢复和运用了“怪力乱神”的传统，行使着对现实的“逃避”和“补偿”的功能，这是一种敏感而典型的虚构世界与现实世界的关系描述。换言之，把网络文学整体上看作一个镜像，那么它是否就是现实之“我”“我”之现实的全面映射与幻化？如何追认这种异次元化的巨型叙事的现实基因、现实作用、现实价值？而即便追问至此，实际上还没有包括很多作者和论者心目中认为的“现实题材”与“现实主义”并非一回事，完全应该分开来考虑安排，且我们究竟要网络文学成为怎样的现实性叙事，即构成怎样的时代文学“现实”？这些层叠的维度都在昭示，有关于此的既是一个热度不断上升不得不认真讨论的理论及创作实践命题，又是所涉丰富复杂须实事求是地加以研究的动态场域。

---

[1] 参见夏烈《网络文学现实转向的迷与悟——从网络文学入选“中国好书”说起》，《文汇报》2019 年 6 月 17 日。

[2] ［法］加洛蒂：《关于现实主义及其边界的感想》，载《现代文艺理论译从（4）》，北京：人民文学出版社 1965 年版。

一、网络文学 20 年与现实题材创作

自 2015 年国家新闻广电出版总局（今中宣部新闻出版署）推出“年度优秀网络文学原创作品推介”活动暨榜单以来，网络文学的现实观照及其书写现实的倡议逐渐上扬，网络文学现实题材写作的命题成为理论评论界和网文界渐趋自觉的意识。一些学者会认为网络文学的现实题材写作由此开启，或现实主义由此“烛照”网络文学。这在常识上讲，多少是误解。

一方面，网络文学从诞生之初，就没有离开过现实题材写作。从网络文学史料来看，早期常见的网络创作及其传播事件，不少都是现实题材的，比如痞子蔡的《第一次的亲密接触》、安妮宝贝的《告别薇安》、慕容雪村的《成都，今夜请将我遗忘》等。起点中文网创始人之一、资深网文编辑林庭锋回忆道：“作为网络文学诸多类型中最贴近生活、真实还原度最高、最能引发共鸣的类型，现实题材小说一直都是网络文学内容中重要的组成部分，并很快诞生了《裸婚时代》《致青春》等一批深具影响力的优秀作品。”[1]

其中，《第一次的亲密接触》被多年后（如 2008 年、2018 年网络文学十年盘点、二十年榜单等）视作中国网络文学的原点，也就是说，我们依赖记忆与事件所厘定的“中国网络文学元年”实际上是把网络文学历史的首要位置交给了现实题材写作的，其具体的标签大抵是“都市”“网恋”“浪漫主义和现实主义”，即在感觉上认可网络文学这一新兴写作门类是都市文明和互联网媒介的产物，并且具有现实真实性和幻想浪漫性。这么说，并非过度阐释，因为做严格意义的学术考辨的话，网络文学的另一些更早的代表作可以是武侠也可以是奇幻，选择它们作为中国网络文学元

[1] 林庭锋：《网络文学的现实主义写作》，《网络文学评论》2019 年第 3 期。

年的标志亦未不可。[1]那么，选择《第一次的亲密接触》固然有其单部作品在网文史上前所未有的现象级文化影响力的缘故，恐怕也有现实题材网文“最贴近生活、真实还原度最高、最能引发共鸣”的经验在起作用。所以说，现实题材从初始阶段就伴随甚至代表着网络文学，网络文学的现实经验、现实方位一直是强烈的，它和它的创造者们甚至拥有着一种当下和现代的迫切感。

另一方面，网络文学自发形成的现实关怀乃至于现实主义形态我认为是存在的、比较清晰的。那就是一种民间立场的现实主义精神。比如对于时代新媒介生活的体验和拥抱（《第一次的亲密接触》），对于经济大潮下生活压力和理想主义散失的苦闷哀悼（《成都，今夜请将我遗忘》），对于校园青春与人生转折的意绪萦怀和刻骨铭心（《致我们终将逝去的青春》《七月与安生》），对于踏入社会经受职场考验的历练与妥协（《杜拉拉升职记》《潜伏在办公室》），对于失恋问题的疗愈（《失恋三十三天》），对于80后裸婚生活下何为幸福的拷问（《裸婚》），对于高房价和“二奶”等社会现象的民间视角（《蜗居》），对于小镇有志青年踏上仕途的人生指南（《侯卫东官场笔记》）……几乎社会在发生什么典型领域的典型话题，网络小说就有相应的反映及书写。只是这些书写大多是平视的、故事化的、新写实主义式的，其所蕴含的精神立场每每朴素真实，或有批判和痛苦也大多通过成长和消化使其回归到忧乐圆融的传统，仿佛蚌壳般努力将沙砾转化为珍珠。其中，间或有高于平民的、小我立意的作品，比如阿耐的《大江东去》（2009年获中宣部“五个一工程”奖，2018年改编为电视剧《大江

[1] 参见夏烈《态度与方法：略说介入网络文学20年的学术资源》，《中国图书评论》2018年第10期。

大河》热播）展现了国有企业、农村集体企业、民营企业以及外资企业在近二十年的改革开放历程中的发展变化以及置身时代大潮中的人物命运的浮沉，以及崔曼莉的《浮沉》，写国有企业改革过程中市场主体的变化以及商场、职场人生的复杂性，从而勾勒出一幅跌宕起伏的当代生活画卷。这些作品显示了作者较为宏大的历史视野和现实观照，是作家主体精神和创作意识的积极拓展，但总体数量、规模有限——有论者谈到其时的《大江东去》和阿耐："即便曾在2009年以《大江东去》获得'五个一工程'奖的作者阿耐，很长一段时间内也只是'晋江文学城'的一名默默的潜水ID"[1]——这一阶段的现实题材创作所展示的特质总体是民间立场的现实主义，它们感性、抒情、具体，痛并快乐，真实又不乏幻想。很多作者是将浪漫主义和感伤主义的主观性调和到现实题材的客观性之中，构成了网络文学自身的一道现实主义风景。

当然，由于缺乏理论的归纳和指引，网络文学从发轫之初到21世纪第一个十年的较长时间段中，对自身的现实主义特色及其可能形成的新传统是没有明确意识的，其所构成的那么一种朴素的方法、风格、精神并非自觉。那么，我们不妨把这一阶段的现实题材创作及其现实主义特色称之为"自发时期"。

就自发时期的现实题材创作场域而言，构成互动关系、影响关系的要素主要在作者/读者之间，以及商业模式尤其是影视改编的转化和介入。如果以"影响网络文学的基本力量"[2]这样一种场域学分析来看，这一阶段对网络文学现实题材创作直接参与的力量就是：受众（粉丝）和产业与资

[1] 许苗苗：《网络文学：再次面向现实》，《中国文艺评论》2020年第3期。

[2] 夏烈：《影响网络文学的力量》，《人民日报》2014年6月24日。

本（文学网站、图书出版尤其是影视改编）。

首先当然是作者将文学网站、互联网空间视作一种崭新的发表和交流平台，“在网络上写小说是偶然，并非为了证明什么、改变什么或得到什么”，[1]“我写作纯粹是兴趣化的，不功利。用平常心去写，就为了玩”，[2]但读者的喜欢、鼓励促成了小说的完型，“他写这本书（《毕业那天一起失恋》）是因为跟着朋友一起上网吧，因为不想玩游戏，所以，就消磨地写出了开头。后来，何员外把这些片段贴在了网上，受到鼓励，也就陆陆续续地写了下去”[3]。这一时期的现实题材作品主要是自由伦理的个体叙事，描写个体化的生活经历，表达私人化的情感，具有浓厚的民间立场与平民色彩。由于这些现实题材中的优秀作品得到了大量网民读者的追捧，纸质出版随之跟进，加码了这种粉丝经济的雏形。虽然图书的畅销已然说明文学网站的作用，但直接跳到纸质出版建立其赢利模式，使得网站创始人往往辛苦经营、无利可图，维系都成困难就更别说引入资本和发展壮大了。所以 2003 年起点中文网实施的 VIP 收费阅读模式对网络文学界而言是革命性的，成为我们考察任何一种网络文学题材类型的重要节点。至此而后，网络文学的粉丝经济从实体书模式转向网络收费阅读模式，它对网络文学创作也包括现实题材小说的改变在于：一、拉长了小说的篇幅。因为收费阅读模式通常是前 20 万字作为免费阅读，之后欲罢不能的读者开始收费等待作者更新。这样，一种新的读写关系诞生的同时，小说的篇幅必须要有足够的长度以满足新盈利模式。像 2010 年开始到 2013 年完结的在

[1] 蔡智恒：《第一次的亲密接触》，武汉：长江少年儿童出版社 2014 年版，第 179 页。

[2] 慕容雪村：《成都，今夜请将我遗忘》，呼和浩特：内蒙古人民出版社 2003 年版，第 244 页。

[3] 舒晋瑜、何员外：《当何员外告别校园的初恋》，《中华读书报》2003 年 8 月 20 日。

17K连载的骁骑校的《橙红年代》，有276万字；他的另一部警察题材的《匹夫的逆袭》于2013年到2015年在同一网站连载，也有235万字；而更长的比如2010年开始到2012年完结的连载于起点中文网的打眼的《黄金瞳》，413万字——这一特征推进和奠定了网络文学更加工业化、职业化的发展方向。二、现实题材作者由此开始分流。以媒介为分水岭，相对短篇幅的网络小说一部分转为出版方向，作者放弃网络作家身份改为直接给出版社写书，一部分则在非典型收费模式的网站传播，积攒一定粉丝然后转入实体书市场，这两类作者也不在少数。这些都是商业模式和产业资本对现实题材网文文体的改变。

这一阶段对现实题材创作产生决定性影响的另一力量则是影视改编。固然2000年以来网络文学的影视改编已然揭开序幕，但2010年4月徐静蕾执导的《杜拉拉升职记》（李可原著）、10月张艺谋执导的《山楂树之恋》（艾米原著）皆票房过亿，可谓全面拉升了影视资本对网络文学现实题材改编的信心。之后2011年的电影《失恋三十三天》（鲍鲸鲸原著），2012年的电视剧《裸婚时代》（唐欣恬原著），2013年的电影《致我们终将逝去的青春》（辛夷坞原著），几乎每年都有所谓网文现实题材影视改编的“爆款”。此间还包括像2010年的偶像剧《佳期如梦》、2011年的《千山暮雪》（匪我思存原著）等，都在推波助澜现实题材的改编潮即本土影视工业，给我们留下了现实题材网络小说极适合影视改编、更符合大众情感诉求的认知。可以说，此一阶段网络文学现实题材小说的改编堪与网络文学古装（历史、古言、仙侠、宫斗等类型）的改编平分秋色，虽然人们对古装剧改编源于网文的下意识和热闹劲更为明显。总的来讲，这既是网络文学作为头部资源向下游影视工业的“输出”，也是影视工业刺激和改造网络文学现实题材创作的一种“反哺”。

上述21世纪开始逐渐成熟的产业与资本涌入网络文学生产场域的形势，使得现实题材创作转变为市场导向型，但作品借助典型环境与人物所表现出的现实主义特质却保持、延续了无功利创作期的一般内核，依旧呈现出民间立场、平民色彩、个体叙事等特点。因为无论小说还是影视，它们要因应的对象及其娱乐、审美功能始终是一致的。市场也在这一点上一定会满足时代大众所呈现的周期性情感浪潮，提供更多的文艺作品（消费品）。所以，统称为“自发时期”的网络文学现实题材创作从早期的无功利到畅销书市场介入、到收费阅读模式介入、到影视工业介入，其实对作家创作心理和创作态度、职业化程度等而言是有所改变的，只是我们很难细分哪一年、哪一部是具体节点。相对2015年后的另一些场域力量的异质介入，我们依旧倾向于认为此前阶段现实题材网文创作呈现出更多的共同性，它们形成了自身的一套现实主义定位、方法、风格和传统。

2015年以来的一个重要区别是对网络文学现实题材及其现实主义定义、方法等提出了新的要求，提出这个要求的主体则是网络文学场域学中其他两个基本力量：国家意识形态和文学知识精英。我们把这个阶段叫作网络文学现实题材创作和现实主义意识的“自觉时期”。

自发时期的现实题材创作虽然总体上延续了个体化叙事的民间立场，不过还是出现了变调，如《大江东去》具备了主流意识形态对正面描写时代大环境中人民和国家命运变迁的宏大叙事的渴求，但此类立意和叙事方式的作家作品反而是少数。自发时期现实题材创作数量颇丰也不乏优秀之作，但与幻想类题材创作相比，在网文界内部终究还是相对劣势。可以认为，自发时期的现实题材创作的时空结构不可能有太大变化发明，都市或者乡镇的“新人”“新事”也难有出人意料之处。因此考虑市场接受，一种是向深度开拓，比如行业文，像缪娟的《翻译官》（电视剧名《亲爱的翻译官》)，一种则是沦为烂俗的霸道总裁文、甜宠文等。于是，此际的网络文学虽然呈现出巨大的生机与潜力，但也存在着许多问题，比如对时代大环境中人民精神风貌和国家发展变迁缺乏关怀，又如对色情、暴力、历史虚无等津津乐道，有悖于主流社会的伦理道德观。由于影响网络文学创作的主力长期内是读者（粉丝）和商业资本，他们很难修改这些弊端，甚至会在中低端市场中扩大这些病相，造成无视红线、底线的牟利和欲望泛滥，这也对自发时期现实题材写作形成的朴素干净的民间现实主义精神造成了生态性的毁坏。

被允诺成为网络文学生态场域内的另一种力量的文学知识精英，遗憾没有在早期形成太像样的介入式作为，他们因为观念的缘故往往选择放弃（拒绝？）一部分重要的大众文化引导权，对网络文学呈现出的不良特点所做的改造和批判并不理想。如果我们对葛兰西的“文化领导权”理论有所领悟，恐怕就能明白在一种新兴的文艺类型发展崛起至一定程度时，一方面会与既有的占主导地位的文艺发生冲突，但另一方面也是把握和转化话语权，通过新兴的文艺类型贯注思想、文化、价值和美学的契机。然而面对网络文学的迅速发展，主流文学的代表们曾长时间束手无策。除了观念的调整再造其实对知识精英更有一层困难以外，究其原因，还在于网络媒介赋予了网络作家、读者以话语权，打破了职业批评对批评话语的垄断地位，使网络文学自成体系，即其创作、发表、评论乃至盈利的渠道可以脱离主流文学界而存在。在知识精英尚未发展出一套完善的对于网络文学等中国新型文艺样态的解释体系和评价坐标，也缺乏足够数量的“有机知识分子”时，场域中的国家意识形态必须通过政策、奖励、规训、惩罚来申明新兴文艺的边界与底线，同时，在条件成熟的情况下提出改造的要求。这是很容易理解的场域动态与恒态。2015 年以后，新的场域力量矩阵开始形成。

这一时期的现实主义创作理论是有其历史经验和成熟体制的。在新的阶段中，网络文学现实题材创作迅速升温，部分网络作家开始有意识地塑造典型环境与人物，认识历史、认识时代、学习理论、下沉到人民生产和生活实践，致力于讴歌党、讴歌祖国、讴歌人民、讴歌英雄的工作，作品具有浓厚的社会主义特色，逐渐形成了网络文学的社会主义现实主义的叙事风格。由是，网络文学现实题材创作进入自觉，国家新闻出版署和中国作家协会主办的“年度优秀网络文学原创作品推介活动”于2015年启动则成为重要标志之一。

实际上，网络现实题材创作从自发时期向自觉时期的转变，乍看之下是意识形态的要求，其实不过是意识形态把已经显露出萌芽的自觉意识加以巩固发扬而已，这在《黄金瞳》和《匹夫的逆袭》上已有体现。打眼的作品《黄金瞳》既有民间视角，又兼具民族国家情怀，是现实题材创作从自发时期向自觉时期过渡的典型。骁骑校的作品《匹夫的逆袭》中，草根出身的主人公刘汉东具有自强奋斗爱国等品质，传播了浓厚的正能量，而故事情节的精彩又使其赢得了大量读者的喜爱，取得了社会价值和市场价值的统一，而其具有的现实主义内核使其成为从自发时期向自觉时期转变的一部代表性作品。在自觉时期，部分网络作家有意创作具有社会主义现实主义特色的文学作品，几年来为数不少。其中有一些优秀作品，如讴歌新时期女性自立自强精神的《老妈有喜》《全职妈妈向前冲》；表现互联网人精神品格和时代气质的《网络英雄传Ⅰ艾尔斯巨岩之约》《网络英雄传Ⅱ引力场》；书写牢记职业道德、不畏艰险、富有正义感与正能量之记者的《罪恶调查局》；反映改革开放前沿变迁与行业精神的《浩荡》《深圳故事》；歌颂投身新农村建设的《明月度关山》《幸福不平凡》《大山里的青春》；赞美警察的《写给鼹鼠先生的情书》《朝阳警事》；展现地方非遗和工匠精神的《传国工匠》《观音泥》；讲述戏曲曲艺当代传承发展的《相声大师》《戏法罗》《一脉承腔》；写医生职业精神的《全科医生》《八四医院》；而国有企业在时代大环境中的困顿与发展则成为重点，出现了展现中国30多年来工业发展历程的《大国重工》以及描写国有企业走出困境的《复兴之路》等。这些作品多角度、多层次描写了新时代以来国家的发展变化与不同行业的人们的精神风貌，传递出积极向上、昂扬乐观的精神气质，是对社会主义现实主义内核的生动展现。不过，现实题材创作也呈现出一些问题，如对现实的描写流于表象、类型化等，但这是文学发展中的正常现象，因为此类现实题材和现实主义优质作品的出现同样需要作家的调适期和量的积累、时间的沉淀。

二、网络文学现实主义的“无边”和“有边”

网络文学20年取得了它在主流文坛和政治规训之外的一段较为充分的自我养成、自我发展的时长。过去我们习惯说网络文学“野蛮生长”或者成年后告别“野蛮生长”，这个野蛮的用词若不是从不足之处的贬义去理解，而是将之转移到文脉的传承创新、吸收转化的角度去看，是能看出“野”的别致和“蛮”的旺盛的。

一是网络文学可以不用管顾特定的西方现实主义至现代主义这样一种流传有序的纯文学认知体系、价值体系及其技巧训练，而改为杂取中西古今的各种元素来综合出自己的可能性，呈现着某种无法之法和创世界的快感。实际的结果也显示，我们从网络文学丰富混杂的类型、流派和具体的作家作品中发现了很多不同年代学意义的文学特质的拼接、融合，一些标志性的文本庶几可谓创造性转化和创新性发展的经典样本。并且，在网络文学内部的选拔机制中，合乎时宜、富有原创、恰到好处的作品往往会迅速构成遗传链，发展这些典型样本，形成它自身的家族系谱。

二是因为“野”的基因，它们常常把庄严和戏谑、复杂和幼稚、科学和玄学等糅合在一起，以至于写现实不完全是现实，写幻想又处处烙着现实的痕迹。所以我们前面所说的自发时期和自觉时期的现实题材写作是最为窄口径的网络文学现实题材统计。我们其实还需回答，怎么看待运用了一些穿越、重生、异能、金手指等套路技法却大量反映某一类现实生活的作品？怎么看待带有幻想因素（科幻或玄幻）却致力于“四个讴歌”的作品？怎么看待习惯性地打通“虚”与“实”的边界却构成了艺术性和崇高感兼具的一些作品？

在这个意义上，我们有两种选择：一种是坚持认为这类网络书写、网络故事的“野狐禅”“野路子”应成为过去，目前要实现其现实主义的全面改造；另一种意见则是考虑到网络文学20余年所形成的新传统，采用不拘一格的策略，把重点放在解决和加深作者对国家历史、民族复兴、使命担当以及社会主义核心价值观的理解水平上，更为看重艺术真实和艺术创新。

在这个问题上，不同岗位的网络文学研究者、组织者提出过一些值得参考的意见。如中国作协原书记处书记、原副主席陈崎嵘在2018年《关于网络文学现实题材创作答记者问》[1]中，被问及“当下一批网络作家采用穿越、架空、重生、异能、金手指等手法，创作了一大批反映现实生活的网络文学作品，您对此怎么看？”时说，“这些作品因为兼有现实题材的

[1] 陈崎嵘：《关于网络文学现实题材创作答记者问》，《人民日报》（海外版）2018年5月30日。

吸引力和网络文学的表达手法，获得了网民读者的欢迎，成为网络文学中的另一道风景。它的缺点是呈现了现实生活中的矛盾，但却采用非自然、非现实的手段来化解，会使人感觉不真实、不可信。这是网络文学中现实题材创作出现的一个新情况、新现象，我们主张顺其自然、继续尝试，攀登高峰。同时，我们希望有一批网络作家，能开展‘正面强攻’，采用现实主义手法，创作现实题材作品，按照事物的本来面目和发展规律来呈现并解决现实生活中的矛盾及问题，再现典型环境中的典型人物”。可以说，陈崎嵘的回答虽是站在国家意识形态的角度鼓励开展网络文学的现实主义改造，但由于他对网络文学作品和网文自身历史的熟悉，采取了一种“同情之理解”的态度和策略，为网络文学的新传统和现实主义创作的复杂性保留了通路。

而青年学者闫海田在《后玄幻时代的“现实主义”——2018 年现实题材网络小说创作综述》[1] 中所追问的则更显锐气：“网络文学中的现实题材创作到底与传统的现实主义有何区别，是否具有新的本质变化？传统的现实主义精神能否成为网络文学创作的主要审美取向？关注现实的功利性的增强，是否会对网络文学刚被解放不久的想象力重新造成压抑？”为此，他通过解读 2018 年的部分现实题材网文认为，由“玄幻类网络小说对中国现代文学因被不同时期所肩负的各种重任（启蒙、革命、救亡、阶级斗争等等）所压抑的想象力的解放……还没有形成一个稳固的传统。当猝然面对关注当下现实人生与表现民族国家这样的时代命题与宏大主题时，过急的功利性与目的性可能对刚被解放不久的想象力造成了压抑”。而他所

[1] 闫海田：《后玄幻时代的“现实主义”——2018 年现实题材网络小说创作综述》，《中国当代文学研究》2019 年第 2 期。

希望看到的网络文学的现实主义并非传统的“三一律”式的写法，而恰恰是在网络文学特征之上生成的“玄幻现实主义”。

所以说，今天我们面对网络文学的现实题材以至现实主义问题，在理论上是可以多做一些开放性的探索的，比如认为网络文学的现实主义写作不止一条途径，网络文学的现实主义是开放的现实主义——所谓开放，即不断发展和丰富着的，譬如西方马克思主义理论家罗杰·加洛蒂提出的“无边的现实主义”的概念和理论，为现实主义解释和兼容了卡夫卡、圣琼·佩斯与毕加索等现代派大师。我们公认恩格斯在1888年提出的“现实主义的意思是，除了细节的真实之外，还要真实地再现典型环境中的典型人物”的经典论断，然而，“这个定义是在现代派文艺尚未充分发展的时候提出来的。在意识流小说里，没有什么典型环境，有些新小说里连人物都没有，典型性格又从何谈起？由此可见，即使是经典的现实主义定义，也只能适用于某个时代，也就是说不存在、也不可能存在一个永恒的现实主义定义”[1]。加洛蒂在这个意义上说，“现实主义是无边的。因为现实主义的发展没有终期。人类现实的发展也没有终期”[2]。

那么，我们暂时以这种“无边”的开放性思考网络文学20余年创作实践下的现实主义书写，可以看到有三种不同意味的现实主义存在其中。

第一，社会主义现实主义一般称之为“社会主义文学”或主流现实主义。习近平总书记在文艺工作座谈会上的重要讲话中指出：“社会主义文艺，从本质上讲，就是人民的文艺。”人民和社会主义在此具有本质的

[1] 吴岳添：《关于“无边的现实主义”问题》，载柳鸣九主编《二十世纪现实主义》，北京：中国社会科学出版社1992年版，第124页。

[2] [法]加洛蒂：《关于现实主义及其边界的感想》，载《现代文艺理论译丛（4）》，北京：人民文学出版社1965年版。

同一性，从历史的、理论的、时代的角度阐明了人民在社会主义社会和国家源起中的主人翁地位。作家一方面学习中国特色社会主义理论体系，成为具有马克思主义哲学社会科学素养的主体，一方面又能俯身下沉到人民生产生活实践即生动发展的现实中去，自然就会找到各种各样的题材，构架出有高度、有深度、有温度的网络文学作品。但这一过程恐怕要假以时日，并且同时要具备包容力和对网络文学自身传统的理解、尊重，认可其基本形态也是人民创造的一部分。已有的此类作品离理想状态尚有差距，但一些作者显示出较好的创作自觉和一定水准的题材把握力，比如wanglong的《复兴之路》和蒋离子的《老妈有喜》。前者写了时代环境中国有企业红星机械厂面临的困境及其突围，后者反映了时代大环境中女性精神风貌的变化。前者是大写的人民集体的代表，后者是具体的女性个体形象的典范。二者风格、性别不同，却都体现了时代的风云变化，表征了时代与人的深刻联系，塑造了他们笔下的典型人物和典型性格。

此外，以浙江省网络作家协会为代表的组织机构，尝试按主题创作的思路，开展了诸如“红色芳华——网络文学革命历史题材创作工程”“城市记忆——网络作家杭州历史文化创作工程”之类的计划。一批网络作者除了写革命历史外，也对改革开放以来的浙江故事、人物、创新创业以及城市前世今生的现实题材展开创作，促进了网络作家的有关知识、认识和社会主义文学语法。

第二，就是自网络文学发生以来的现实题材写作所形成的一套朴素的现实主义定位、方法、风格和精神系统——我们可以称之为民间现实主义。它们广泛地采取了与生产生活平视的姿态，以感同身受的个体化叙事、民间立场、平民色彩为特征，时而感性浪漫，时而琐屑具体，却重在贴近生活实感，有一定的心理实用性。如《杜拉拉升职记》与《致我们终将逝去的青春》，两者都没有从宏大层面展开叙事，而是从普通人的角度出发，具有浓厚的平民色彩。前者把在外企工作环境中的工作经历描述得活灵活现，后者叙述了从大学生到职场人这一转变历程所内含的复杂丰富的心理体验。

第三，就是借用不少幻想元素（科幻或玄幻等）重述、体验、代入到一段历史真实暨社会发展细节之中，构成了极具网络文学特征、面貌、套路和爽感的叙事氛围、叙事环境，在虚实之间创造性架构现实精神的落脚点，形成了学者称之为“玄幻现实主义”或者我们称之为——网文现实主义的这么一种张力文本。如《大国重工》中重生的主人公具有的见解、知识领先所处时代几十年，因而展现出的判断力与预见力令人叹服，使其在工作中具有天然的优势，往往能结合实际情况提出创造性的见解。例如，小说开端不久主人公就结合历史上引进技术的教训，提出引进技术的注意事项，如考虑从联邦德国引进、请咨询公司推荐等，从而使小说具有明显的反思历史的痕迹，而重生与现实的相悖使小说具有内生性的张力，其结果是建构出更为深刻独特的现实主义。其他小说，如《黄金瞳》中“火眼金睛”式的主人公与《罪恶调查局》中“金钟罩、铁布衫”式的主人公的设置，具有同样的效果。

这种三元并置的网络文学现实主义景观，在很长一段时间将长期并存，互为刺激与糅合，各臻艺术探索与经典作品的发展途径。它们从文化层次、美学层次上各有对应的功能与合理性，同时也是网络文学所代表的新型文化场域内主要力量的作用及合力矩阵的结果。而我以为，无论哪一种现实主义的方法特色，其实都具有“中华性”内涵、任务在其中，网络文学总体上整合与复活了世界范围内很多文化、文学的元素，却都在向中华优秀传统文化、革命文化和社会主义先进文化的本土叙事做创造性与向心力运动。

在这一番对网络文学现实主义“无边”想象后回到其“有边”之界定，恐怕还在于“关键是要有现实主义精神”这一说。“现实主义精神是我们在作品中体现出的对人的一种高度关注，对人的生存状态、精神状态，以及命运的关注。因为关注人的现状，人的发展，所以会对环绕着人的环境的一些问题进行揭露或者批判，所以现实主义精神里一定包含着批判性，抗辩性。”[1]——现实主义归根结底是一套关涉世界、人生、价值的有生命力的观念体系，它使人理性、自觉且富有人道精神，它为自由、民主、平等、解放的目标积极有机地改造世界、介入世界。网络文学的骨子里是有此灵魂和遗传密码的人民的创作，其所等待的，是真正有力的主体在现实主义精神的指引下解脱桎梏，捧出网络文学时代的伟大的经典。

[1] 白烨：《现实题材与现实主义》，《四川文学》2018 年第 9 期。

主题性美术创作展示与国家意识的视觉建构

徐进毅

北京大学　中国美术馆联合博士后

作为人民对历史感悟、国家认同的主题性美术创作，因其具有追溯历史、渗透情感、唤起关注、引发思考、塑造力量的功能，与国家政策、重要事件和人物的关系紧密相连，学界对主题性美术创作的关注始终未曾减少。2017 年党的十九大胜利召开以来，纪念八一南昌起义暨建军 90 周年、香港回归 20 周年、中国共产党与世界政党高层对话会议、改革开放 40 周年、马克思诞辰 200 周年、新中国成立 70 周年、全面建成小康社会、五四运动和新文化运动 100 周年、中国共产党成立 100 周年等重要时间节点，一系列美术创作及展览活动层出不穷，主题性美术创作也再次从艺术史研究中被唤醒。如此一来，探讨主题性美术创作展示与国家意识的视觉建构变得很有意义，成为推进国家治理、文化自信、繁荣文艺不可忽略的话题。

一、主题性美术创作展示的演进

20世纪20—40年代，中国“美术革命”以“文人论画”的姿态出现。陈独秀认为：“……改良中国画，断不能不采用洋画写实的精神……文学家必用写实主义，才能够采古人的技术，发挥自己的天才，做自己的文章，不是抄古人的文章。画家也必须用写实主义，才能够发挥自己的天才，画自己的画，不落古人的窠臼。”[1] 但抗日战争、国共内战制约了中国美术的发展，忧患时代决定了美术创作只能作为救亡的政治宣传工具——倡导为社会、为人生的艺术成为主流，中国美术创作从形式到内容开始更新——一方面抛开文人画的束缚，另一方面，试图贴近时代意识和民众生活。这是因为，内容贴近民众，语言浅显易懂，更能为大家所接受。这期间，产生了诸如徐悲鸿的《愚公移山》、傅抱石的《苏武牧羊》、吴作人的《重庆大轰炸》等作品，镌刻着鲜明的历史烙印。

新中国成立初期的17年之中，中国美术创作始终围绕着毛泽东《在延安文艺座谈会上的讲话》精神来发展。20世纪50年代，在全球两大意识形态与社会制度的阵营处于对立的背景下，中国美术创作也开始了“全盘苏化”，除了连续介绍苏联的艺术家及其美术作品，还包括了马训班[2] 对学生的指导：“没有情节，主题就不明确，主题依赖于情节而生成。情节并非指事情发生过程中的一个任意片段，而是指一种戏剧性的冲突和巧合，

---

[1] 陈独秀：《美术革命——吕澂》，《新青年》1919年第6卷第1号。

[2] 马训班，即中央美术学院马克西莫夫油画训练班。1955年2月，苏联政府指派著名油画家、斯大林奖金两次获得者，苏联苏里柯夫美术学院教授康斯坦丁·麦法琪叶维奇·马克西莫夫（K. M. Maksimov）到中国完成美术教学援助工作。其在中央美术学院任顾问时，开设“油画训练班”，为期两年，后被简称为“马训班”。

一种认为的虚构与编造。”显然，这种方式违背了艺术创作的规律，促使美术创作成为一场戏剧表演，画面风格、人物造型相对夸张，成为政治宣传与更有效的艺术手段的统一。其中，为筹备中国革命博物馆、中国人民革命军事博物馆而开展的革命历史题材美术创作，成为第一次国家组织的主题性美术创作。这次创作设立了专门的委员会，专人负责，取得了很大成就，集中产生了徐悲鸿的《人民慰问红军》、王式廓的《井冈山会师》、詹建俊的《狼牙山五壮士》、黎冰鸿的《南昌起义》、董希文的《百万雄师下江南》、靳尚谊的《红军北上抗日》、王征骅的《武昌起义》、侯一民的《刘少奇和安源矿工》，以及妥木斯的《跨过鸭绿江》、艾中信的《夜渡黄河》、肖峰的《六三罢工》等经典作品。

与此同时，“新年画运动”促使农村题材成为中国美术创作当时的主流，具有文献意义的雕塑《收租院》一时成为榜样作品，立刻受到宣传部门的高度重视，各大媒体纷纷报道，赋予了其前所未有的政治意义，甚至在全国各地出现了大量的仿制作品。到了“文化大革命”的十年，美术创作又发展成一种在政治笼罩下的集体创作的形式，毛泽东的全身雕像更在全国各地树立起来。“文化大革命”后，一部分艺术家不再作为政治的传声筒，开始尝试借鉴西方艺术的手法，积极向着更广阔的现实、更深层的历史和文化层面开掘。艺术开始回归自身，中国美术创作又有了李秀实的《疾风》、肖峰和宋韧的《拂晓》、田黎明的《碑林》、范扬的《支前》、胡伟的《李大钊·瞿秋白·萧红》、沈嘉蔚的《红星照耀中国》等精品力作。不可忽略的是，文化部、中国美术家协会组织的主题性展览不断，吸引着艺术家热情参与其中，尚可成为这一时期认定国家主导美术创作的缘由。

20 世纪 90 年代的全球格局发生巨变，中国美术也随之沛然生长。21

世纪之后，国家经济稳步发展，提升国家文化软实力迅速成为热门话题。在美术界，“正本清源，贴近文脉”成为一时主流，重又强调文化立场与文化态度。2004 年，国家启动“国家重大历史题材美术创作工程”，由中央党史研究室和中国社会科学院近代史研究所的专家拟定，并经中办和中宣部批复同意后，正式公布了百余个重大选题，并分由各个美术院校、画院和解放军以及地方创作团队实施。时隔 5 年，“国家重大历史题材美术创作工程”的成果共 104 件（组）作品在中国美术馆面向社会展览，题材涵盖了从 1840 年鸦片战争到 2003 年神舟五号成功发射等重大历史事件，是近代中国历史的全景式缩影。到了 2011 年，国家经济建设取得的成就也带动了艺术品市场的繁荣，为避免美术创作盲目市场化的倾向，国家又启动了“中华文明历史题材美术创作工程”。5 年之后，一场充满着“史诗”风格的大展在中国国家博物馆如期展出，146 件（组）作品以中华民族五千年文明为结构脉络，涵盖了国家统一、民族团结、社会进步、文化创造的重要历史人物、重大历史事件等内容。

2012 年，文化部艺术司和中央美术学院共同成立了“国家主题性美术创作研究中心”，这标志着“主题性美术”这一概念得到国家文艺体制机制的确认。此后，全国劳动模范群像“时代领跑者”“纪念红军长征胜利 80 周年”“中华史诗——中华文明历史题材美术创作工程”“真理的力量——纪念马克思诞辰 200 周年”、庆祝党的十九大召开“最美中国人”“国家主题性美术创作项目”等一系列主题性美术创作展示活动启动。至今约十年来，推出了一批历史题材、现实题材的优秀美术作品和中青年创作人才，在培根铸魂、立德树人、引领风尚工作中发挥出独特而重要的作用。

二、新时代的国家视觉呈现

塑造国家形象的诸多方面之一，是通过文化推动意识认同和共享，而文化是发展和提升人类才能的过程，这个过程通过吸收学术和艺术作品而得以推动，并与现时代的进步性相关联。从视觉的图像中理解其与国家形象的关系，往往存在一种图像与历史、社会的“反映性”和“想象性”关系。正如让－保尔·萨特所言：“把形象当做形象来直接理解……是一回事儿，而就形象的一般性质建构思想则是另一回事。”[1] 艺术史的研究告诉我们，“图像呈现的不仅仅是一种符号，而更像是历史中的一位演员，被赋予了传奇地位的在场或人物，参与我们所表述的故事并与之相并行的一种历史。然而，“反映”和“想象”并不是一套完整的阐释组合，诸如所有艺术媒介一样，通过文化中的符号、神话和意识形态，并通过媒介特有的表达形式，对现实的图像进行建构和“再现”。就像图像对文化的意义系统不断发挥作用，对其进行更新、复制或评论，而其本身也是由这些意义系统产生的。艺术家们利用文化中的惯例和全部技能，去绘制一些既熟悉又新鲜、既有代表性有富有个性的作品。

图像作为历史或现实的再现，与文化的生产、接受产生了密切关系，并又以某种方式与意识形态联系起来。当然，意识形态并非单一，而是由许多为争夺控制权相互竞争、相互冲突的阶级和利益构成的。在一定意义上，图像既有再现功能，又有叙事功能，因此亦常被拿来作意识形态分析。尽管已经存在了部分关于主题性美术作品的意识形态分析文献，但笔者以为，我们需要审视的不仅包括文本，更应偏向机制的建构。就如同国

[1] ［法］让－保罗·萨特：《 想象》，杜小真 译． 上海：译文出版社 2014 年版。

家种种政策法规，以及指导性意义等等，其来源或许均与历史和现实息息相关。那么，图像如何表述意识，它又如何参与国家话语的建构呢？

以2016年启动实施的“国家主题性美术创作项目”为例，这是继2005—2009年原文化部组织实施“国家重大历史题材美术创作工程”之后，立足2018—2021年举办一系列主题性美术作品展览需求的又一项重大题材美术创作工程。为新中国成立70周年，中国共产党建党100周年“画像”，中国美术馆、中国艺术研究院、中国国家画院、中央美术学院、中国美术学院、国防大学军事文化学院等单位充分发挥各自优势，在2019年年底，基本完成第一阶段创作任务，推出了134件（组）美术作品。其中，如马佳伟的油画《唱响明天——打造千年雄安》就是对当下的叙述。2013年9月，习近平总书记就提出要谱写新时期社会主义现代化的京津“双城记”，此后又提出京津冀协同发展，四年后，中共中央决定设立河北雄安新区。这幅油画正是表现京雄城际铁路建设者们辛劳工作场景的，画面中心以雄伟的架桥机和迎面走来的工人们为主体，在架桥机上可以清晰看到“建设千年雄安”的横幅，以橘红色为主色调，配以桥下千年秀林的建设现场和“华北明珠”白洋淀为点缀，隐喻着一种对未来的期许，并呼唤出中华儿女的伟大奋斗精神——面对挑战，建设未来，脚踏实地干事创业。

自现代化进程开启以来，西方发达国家一直占据着世界舞台，广大的发展中国家长期作为发达国家的原料产地，在现代化进程中处于边缘地位。中国实行改革开放，走强国之路不仅解决了发展的关键难题，而且加快了全球现代化的进程。从现代化的角度来说，新时代社会主义现代化国家建设，由起初的“四个现代化”逐渐拓展到与发展相关的各个领域，包括了交通运输、通信、社会服务、文化艺术、教育、卫生健康、社会保障等，并最终升华为国家治理现代化。党的十八大以来，众多围绕国家建设，反映国家变革的现实题材创作应运而生。孔凡博的油画《远航——中国自由贸易区》，契合着“一带一路”倡议和自贸区建设的核心命题，以三联的形式呈现在观众面前，港口、集装箱、货轮、桥吊、门吊等要素直观地反映出自贸区的繁忙。中间的作品以全景式呈现了城市、港口的联系，左右两幅作品分别以远景、近景的方式强化了新时代国家化、现代化的营商环境。

在新时代的语境中，“讴歌党、讴歌祖国、讴歌人民、讴歌英雄”，自然成为主题性美术创作展示的核心任务。艺术家们通过多元的创作方法，聚焦“中国历史底蕴深厚、各民族多元一体、文化多样和谐的文明大国形象，政治清明、经济发展、文化繁荣、社会稳定、人民团结、山河秀美的东方大国形象，坚持和平发展、促进共同发展、维护国际公平正义、为人类作出贡献的负责任大国形象，对外更加开放、更加具有亲和力、充满希望、充满活力的社会主义大国形象”[1]，无疑增强了文艺对于国家意识的建构与视觉传达。比如马秋实的中国画《走好今天的长征路》是历史与当代的对话，画面中央老红军以欣慰的笑容注视着新时代长征的实践者，在伟大长征精神指引下，能源、航天、制造业、医疗、教育等领域老中青三代人正在风雨同舟开辟明天的道路。柳青的雕塑《时代快递》，从“物”的角度切入，削弱了雕塑纪念性的特点，通过数量夸张的快递包裹与快递小哥不同的工作状态，展现现实中国的飞速发展。堆积如山的快递包裹，是社会化转型，人民物质生活进步发展的表征。搬运快递、驾驶快递车穿梭于大小城市之间的快递小哥，突出了劳动者工作的艰辛和他们对美好生活

---

[1] 习近平：《建设社会主义文化强国 着力提高国家文化软实力》，2013 年 12 月 31 日，新华网（http：//www.xinhuanet.com/politics/2013-12/31/c_118788013.htm）。

的期待并为之奋斗的情感。从抗击埃博拉病毒到新冠疫情防控，中国的医务工作者付出了巨大的牺牲与贡献，他们是这一场场没有硝烟的战争中的中坚力量。张姝的油画《我们一起面对——援非抗击埃博拉》，就着重描绘了中国援非医疗队深入塞拉利昂，为当地医务工作者和民众普及医疗知识、培训防控技能场景中戴口罩的瞬间。可以说，主题性美术创作的内容各有不同，但大都聚焦当下，选取了日常生活中的典型人物和故事，整体上构建了一个正在复兴的国家形象，这些对于国家的视觉表现，正是主题性美术创作展示的重要意义。

三、国家展馆差异化叙事结构

新时代，围绕国家重要时间节点、事件，中联部、文化和旅游部（原文化部）、中国文联、中国美术家协会等单位、机构多次召开了美术主题性创作工作会，组织了一系列相关展览，形成了一轮又一轮主题性美术创作展示的热潮。中国美术馆、中国国家博物馆作为集中反映中华优秀传统文化、革命文化和社会主义先进文化的国家最高的历史文化艺术殿堂，就举办了数场主题性美术创作活动和展览，显然被推至主题性美术创作之成果展示的话语中心。为此，如何理解国家展馆的叙事美学也成为探讨主题性美术创作展示的另一个关键内容。

国家展馆的重要意义在于，公众走进展馆，看到与之相匹配的展览就能够了解一个国家的历史、文明，以及其民族文化的脉络、发展现状和未来。21 世纪，国家展馆与社会互动的关系变得“多维度”起来，不仅仅承担着收藏、保存、陈列作品的功能，更发展成为诠释国家文化，开拓对外交流的沟通渠道和平台。很显然，“国家展馆叙事”开始需要以主题性美术的创作展示为依托，从视觉层面展现国家文化软实力。

那么，就我国而言，中国美术馆、中国国家博物馆从建立之初，就承担了国家主题性展览的策划、组织和研究任务。在现代管理学中，有学者就提出“文化的本质属性就是非强制性的影响力”，“对一种文化要从思想、行为、表象三个层面切入，抓住真、善、美三个主题内容，使用选择排序、表现方式、区别特征三个关键要素来进行认识”。[1] 美术馆（博物馆）展览作为公共文化产品和服务，其永恒的主题就是典藏、展示和传递“真善美”。展览的思想内容和表现形式也必然要求符合社会主义核心价值观，坚持为人民、为社会主义服务的正确方向。

中国美术馆近年举办的“美在”系列展览，呈现出艺术家们在时代演进中的思想碰撞、观念变革，以及由此释放出来的创作活力。如“美在耕耘”展览了以牛为主题的艺术作品，以及表现田园生活的佳作。“美在河山”展览了创作于 1949 年至 2018 年之间的风景题材作品。形式上囊括了中国画、油画、版画、雕塑、水彩粉画、漆画六大类型，分为山川巨变、古都新貌、北国风光、青山妩媚、山川不朽、民族精神六个篇章，共展出齐白石、林风眠、黄宾虹、刘海粟、李可染、傅抱石、吴冠中、关山月、潘天寿、朱德群、朱乃正等 215 位艺术家创作的 251 件经典美术作品。

2021 年建党百年之际，中国美术馆以活化典藏为主，补充全国各省级美术馆和相关机构收藏，以及“国家主题性美术创作项目”完成的党史题材、现实题材美术作品，策划举办了“伟大征程时代画卷——庆祝中国共产党成立 100 周年美术作品展”，由“开辟新天地”“建设新中国”“迈

[1] 张俊伟：《极简管理：中国式管理操作系统》，北京：机械工业出版社 2013 年版。

步新时期”“奋进新时代”等篇章组成，以大美丹青展现了中国共产党百年奋斗辉煌，彰显出广大美术工作者为人民创作的底色。展览期间，中国美术馆不仅在每一件美术作品旁设置了二维码，让公众可以在现场扫码聆听语音讲解，还运用数字化技术搭建了VR虚拟展厅，实现美术作品的高清放大，以便公众在线上观看展览，充分发挥美术作品以美育人、以美化人的积极作用。

与中国美术馆举办展览不同的是，中国国家博物馆更为注重表达历史的厚重质感。同时，借助艺术作品在公众教育中的重要意义，国家博物馆展览的核心叙事和呈现策略从“将阶级斗争作为历史发展主线”，并着重关心“劳动人民的反抗史”和“反映不同历史时代中生产力发展的重要发明”，转向了“全面展现中华文明的生命力和连续演进”。[1]这种叙事的转变，提高了兼具视觉魅力和教育意义的艺术作品在展览语汇中的次要位置，又加强了在特定政治和文化语境中，通过艺术作品阐释过去和展现成就的自我要求。昔日处于边缘地位的美术作品承担起重要的角色，如常设展“复兴之路”的展览中，黎冰鸿创作的油画《南昌起义》，悬挂于三幅黑白照片之间；何红舟创作的油画《启航》置于上海的“一大会址”巷道中；董希文创作的油画《开国大典》，悬挂在复制的天安门城楼中，油画前放置了开国大典时使用的扩音器，这些布置使色彩鲜明的油画占据着一个类似空白的空间，形象地统治着展览空间，形成了超越历史、政治的展览语汇。

中央一号大厅的“屹立东方——馆藏经典美术作品展”进一步支持了这种观点——以超越物质化的审美体验，强烈地支持着国家的政治话语。

---

[1] 陈成军：《“古代中国”基本陈列内容设计与陈列博物馆化》，《中国国家博物馆馆刊》2013年第1期。

新中国成立70多年来，艺术家们创作了一大批中国美术史上的经典作品，“屹立东方”将这些作品与国旗、国徽、国歌唱片和政府木牌、印章、公告等的珍贵文物交相辉映，全景式地刻画了中国共产党领导人民、领导中国革命的历史事实。13件美术作品不仅艺术精湛，更为重要的是，通过题材创作，按照编年顺序回答了“红色政权是从哪里来的、新中国是怎么建立起来的”[1]等问题，叙事侧重政治话语。

结　语

主题性美术创作展示与国家意识的视觉建构，是美术学、美术馆和博物馆学研究中一个时代性的话题，也是一个建设文化强国进程中不可回避的重大问题。在当代语境中，主题性美术创作展示，寄托着国家对艺术作品社会功能与意义的延伸和拓展。因此，将符合历史发展规律的历史叙事、反映现实生活的经验情感、代表真善美的人性追求的艺术创作囊括进来，不断建构属于当代的视觉记忆，并由此获得我们有价值的存在，承担社会责任与历史责任，为人类、为世界提供新的文化价值，这是主题性美术创作展示的时代使命。与此同时，伴随着中国特色社会主义进入新时代和新一轮全球化，在走向民族复兴的宏大语境中，公众能从主题性美术创作展示中获得什么？主题性美术创作展示如何“走出去”？也是当下美术创作展示、美术馆和博物馆研究亟待解决的问题。

[1] 中国国家博物馆:《展览前言》，中国国家博物馆官网（http：//www.chnmuseum.cn/portals/0/web/zt/20190809yldf/）。

文化类型与非虚构写作的理论反思

徐 勇

厦门大学中国语言文学系

一、文学功能变迁及其认识误区

很长一段时间，我们对文学的地位和功能的认识存在偏差，文学的“无功利的功利性”的审美说一度被人们奉为圭臬。但事实上，即使是在推崇文学审美特性的人那里，文学也仍旧是社会启蒙和自我认同的混合物：他们大多从文学的审美角度表达其“去革命化”的政治诉求。简言之，这实际上是一种关于文学的审美意识形态的表现，文学的功能实现始终不可能做到纯粹而自然。

对文学地位的认识不足，还与20世纪90年代以来大众文化的兴起有关。各种通俗文化的勃兴，使得文学很多时候被定位在娱乐功能一途。一方面是纯文学（或小众文学）的边缘化，一方面是大众文化（包括通俗文学、类型文学、电影电视等）的高歌猛进，其结果，文学逐渐分化纯文学和大众文学间的二元分立状态，再也不是此前的主次之分，在此前的格局中，通俗文学仅仅作为陪衬或互补存在。这种状况发展到今天，更是演化为纯文学、类型文学和网络文学三足鼎立的格局（虽然说类型文学和网络文学常常不能两分）。其结果，大众文化受到重视的程度与日俱增，而纯文学却日渐显示出“门前冷落鞍马稀”的落寞。应该看到，文学的小众化和大众文化的分化，带来的是对文学 / 文化功能的认识上的分化，我们常常从分立的角度展开对文学 / 文化的功能的思考。纯文学之于社会主义文化领导权的建设，不可避免地沦落为无足轻重的角色。文学越来越退回到个体认同的层面，更多关乎个人的体验，似乎不再影响社会。其结果是，大众文学与小众文学的距离日趋扩大，其距离之大远超大众文学和电影的距离。

诚然，自 90 年代以来，文学的地位有大幅度的下降，文学越来越被边缘化。但文学的边缘化并不等于文学的功能作用及其影响方式的改变：文学仍能强烈而广泛地影响人们，文学仍能极大程度地凝聚并聚焦人们的情感意向及其动态。文学之于人们的“情感结构”是一以贯之的，其影响作用于人们的方式不会随着文学地位的升降而有根本改变。我们应该看到，不论是大众文学，还是纯文学，其作用于人们的方式都有很多共同的地方。这种共同的地方即表现在，它们都是通过作用于人们的情感影响人们的，都是通过故事的讲述方式以达到对某些价值观念的认同的。换言之，这都是叙事问题。文学力量的强大可以在某些特定时刻（比如说新冠疫情初始阶段的诗歌、日记等文类中）凸显出来，有意把大众文学同纯文学割裂开来对待的做法其实是不合理的。

因此有必要，从两个层面区分文学 / 文化的功能，一个是显层面，一个是潜层面。我们长期以来在雅俗二元对立、纯文学和大众文化的二元对立中，看待纯文学的边缘化现象，并一再感叹纯文学的衰弱，其实，这样的感叹是大可不必，也是没有道理的。因为，若从潜功能和显功能的区分角度观察便会发现，纯文学的边缘化并不意味着文学功能的蜕化或衰退，而只是表明文学发挥作用的方式方法发生了改变，其改变是文学地位的变迁所带来的次生结果。显功能和潜功能的区分，有利于打破文学的雅俗对峙和纯文学与大众文学的二元对立模式；对纯文学和大众文学而言，其区别常常只在于发挥作用的方式不同，而不在功能的不同上。同样，显功能和潜功能的区分，也能有效打破文学与影视艺术的传统对立格局，因为，它们的某些构成部分都属于叙事类文本，其内在叙事机制上的共同之处，使得某些共同的功能表征得以呈现。显功能和潜功能的区分，就方法论的层面看，其意义在于尝试从“社会系统”[1]的层面看待情感、叙事和表达。

一直以来，我们倾向于把文学、影视、新闻、历史、哲学、法律、政治、道德、宗教、传说、神话、笑话、寓言、日记、论文、谣言，以及其他实用文体区分开来，视之为不同的种类和不同的层面。把它们放在一起讨论，会让人有啼笑皆非的感觉。但若从马克思的观点看，这些其实大都属于意识形态。即是说，它们有着某些共同的属性或质地，但我们长期以来的做法是人为地割裂它们，其结果，我们只看到这些不同种类或不同层面的差异，而看不到它们的趋同性。但若从潜功能和显功能的角度着手，便会发现，这些其实都可以视为意识形态的“社会系统”，它们之间有着某些共同的内在机理，其发挥作用的方式也有某些共同之处。

莫顿指出，显功能和潜功能的“区分有助于对许多社会活动进行社会

[1] ［英］安东尼·吉登斯：《社会的构成——结构化理论纲要》，李康、李猛译，北京：中国人民大学出版社 2016 年版，第 156 页。

学的解释，人们在这些活动的显在目的明显达不到时仍坚持它们”，“潜功能概念使观察者不只注意这一行为是否达到了它公开宣称的目的。暂时忽略这些明确的目的，就会使观察者的注意力朝向另一方面的后果”。[1] 就意识形态的“社会系统”而论，其内在机制表现在都是通过一整套叙事上的机制，通过制造真实的效果，以达到情感上的认同与默认。简言之，意识形态的“社会系统”其实就是情感、叙事和表达的系统值。就此而来，可以分区出娱乐游戏功能和情感认同功能两个层面，前者属于显功能，后者属于潜功能，而至于宣传动员功能，和认识功能等等，则属于介于潜功能和显功能之间的中间状态，兼具两种功能的某些特征，求真意志可以在认识功能中加以理解。就意识形态“社会系统”的实际情况来看，其潜功能和显功能常常是彼此依存、互相转换的，各种中间状态的功能的存在即表明了这点。这也意味着，潜功能可以通过显功能得以实现，显功能也可以作为潜功能实现的前提。

二、文类区分与非虚构

近些年来，非虚构的兴盛和方兴未艾已然成为不可忽视的文化现象。很多重量级的刊物，诸如《人民文学》《收获》等都持续间断性地推出非虚构作品。这种热潮之下，一个有症候性的现象值得关注，那就是虚构类之外的其他作品很多都被有意无意地归入“非虚构”这一门类中，“非虚

[1] [美]罗伯特·K. 默顿：《社会理论和社会结构》，唐少杰、齐心译，南京：译林出版社 2015 年版，第 172—173 页。

构”渐渐成为一个同虚构相对立的、无所不包的“箩筐”。“非虚构”这一范畴看似失去了其应有的阐释力。

应该看到，非虚构作为一个概念范畴出现，是近些年——确切地说是在后现代主义文化语境的背景下——才有的事，虽然说非虚构所包括的构成文类一直以来就存在。表面上看，非虚构与新闻文体，诸如特写和报告文学，有着密切的亲缘关系，“非虚构”的出现似乎只是名称更换的表象。但正如阿尔都塞所言，概念的变化所带来的，很多时候常常是“总问题领域”[1]的变迁。如果说“任何事物都不能超越它的时代”[2]的话，那么“非虚构”这一概念的出现及其在中国的勃兴，就不能仅仅看成是名称概念上的改头换面，而应该看成是一整套文学深层机制及其观念的变化的表征。它之所以在“虚构”前面加上一个“非”，其意义在于强调“虚构”的反其动。即是说，它是把“虚构”作为“他者”以显示自己的存在身份的。概言之，它是通过概念名称的表达——“非虚构”——以凸显其所指向的真实性的内涵：这是通过“非虚构”的叙述手法所产生的真实性效果。那么现在的问题是，为什么要做这种名称上的特别强调呢？在经过了后现代主义的“去魅”后，我们都对现实主义所营造的真实的幻觉有所察觉、认识和警惕，我们都知道现实主义之“真”其实是一种叙事效果。但对于读者，特别是普通读者，和具体的文学阅读过程来说，其情况却似乎是：我们常常自觉不自觉地陷入作者所营造的真实的幻觉中不能自拔，因而常常自觉不自觉地误以叙事所呈现出来的真实效果为真实存在本身。对于这种

[1] ［法］路易·阿尔都塞、艾蒂安·巴里巴尔：《读〈资本论〉》，李其庆、冯光译，北京：中央编译出版社 2008 年版，第 14 页。

[2] ［法］路易·阿尔都塞、艾蒂安·巴里巴尔：《读〈资本论〉》，李其庆、冯光译，北京：中央编译出版社 2008 年版，第 83 页。

变假为真的混淆和界限不明，土耳其著名作家奥尔罕·帕慕克将之称呼为“天真的”。

事实上，这种“变假为真”的做法，不仅仅在读者那里存在，在作者那里也存在。这是自古以来就存在的“天真的”混淆，读者相信他们所读的小说皆出于真实，甚至作者也这样看待自己：“有些小说家并没有意识到自己采用的技巧。他们率性地写作，仿佛在执行一个完全自然的行为，并不知道脑海中运行的种种操作和估算，不知道他们事实上正在使用小说艺术赋予他们的各种齿轮、刹车器和挂档杆。”[1] 从集体无意识的角度看，这种混淆背后当有着某种潜在的情感结构：他们之所以会有这种“天真的”“心智类型”，是因为他们相信他们能掌握并揭示真理：“天真诗人毫不怀疑自己的言语、词汇和诗行能够描绘普遍景观，他能够再现普遍景观，能够恰当并彻底地描述并揭示世界的意义——因为这个意义对他来说既非遥不可及，也非深藏不露。”[2] 奥尔罕·帕慕克当然明白其界限和区别所在，因而他特别强调一种“感伤——反思性”[3]，他甚至提请作者和读者注意其中的虚构所在。但有意味的是，帕慕克自己却很陶醉这种“天真”和“感伤”之间的混淆，他认为文学的秘密和趣味正表现在这种似是而非、似非而是的暧昧上，其中平衡点的把握恰是文学的所有奥妙之所在。即是说，帕慕克虽然明白文学属于虚构，是不真实的，但他仍错爱这种虚假性，仍

[1] ［土耳其］奥尔罕·帕慕克：《天真的和感伤的小说家》，彭发胜译，上海：上海人民出版社2012年版，第12页。

[2] ［土耳其］奥尔罕·帕慕克：《天真的和感伤的小说家》，彭发胜译，上海：上海人民出版社2012年版，第14页。

[3] ［土耳其］奥尔罕·帕慕克：《天真的和感伤的小说家》，彭发胜译，上海：上海人民出版社2012年版，第15页。

然沉迷其中。

帕慕克的例子让我们清楚地看到，要想打破这种“天真”的幻想何其之难！而事实上，中国自古以来又有所谓文学的影射之说，文学与现实的“互涉现象”更使得这种“天真”幻象难以破除。从这个角度看，“非虚构”这一范畴的出现，正是意在于破除这种“天真”的幻觉：它通过强调其“虚构”之“非”的“非虚构”特性，而使自己区别于虚构类文本。这其实是一种区别性的确认自身的方式，即通过鲜明地对“他者”的确认，以宣告自己的存在界限：我们是非虚构的，你们都是虚构。

应该指出，“非虚构”范畴的出现，并不是要否定真实性和真实的存在，而只是表明一点，即真实虽不免是一种叙事效果，但它其实是有层次性的和有所侧重的。即是说，虚构中也可以有真实在，真实并不是非虚构的独有属性。这是一种区隔意识的表达。我们只有而且必须在虚构与非虚构的框架下才能谈论真实问题：我们必须首先区分哪些是虚构的，哪些不是虚构的，才能更好地谈论真实问题。这也意味着，可以区分出虚构的真实和非虚构的真实来。可见，“非虚构”这一文类的产生，其实是把真实与非真实的区分问题，置换为虚构与非虚构的区分问题。

“非虚构”之所以要凸显其“虚构”之“非”，意在打破虚构文本的真实性幻觉，它通过把真实的幻觉转变成为叙事效果而达到这一点。即是说，不论是虚构还是非虚构，都是在创造一种真实的叙事效果，其区别只在于真实效果的获得方式上的不同。在非虚构文类中，真实的效果的获得，建基于确定的时空、真实的人物、材料、事件及其结果上；它所要做的是在人物、材料、事件间建立起因果关系链条，以解释结果其来有自。质言之，非虚构突出的是其解释性特征，从这个角度看，非虚构几等同于解释学模式。虚构文本则相反，在它那里，人物、材料、事件和结果都是虚构的；

但通过在这些人物、材料和事件之间建立因果链条，也能产生某种真实效果。在虚构文本那里，事件、人物的虚构是参照现实世界或以现实世界为蓝本的，因此可以说其体现出来的是可以称之为仿生学或模仿律的特征的。

探讨非虚构的盛行，后现代小说的难以为继是不可忽略的背景。后现代小说，不论是在西方，还是在中国，都只是文学史上的“例外状态”。文学史的常态还是各式各类的现实主义作品，甚至现代主义也能构成重要互补，后现代小说却不能。究其原因，或许可以用詹姆斯·伍德的如下这段话加以说明：“在每一本这样的小说里，作者要求我们去思考男女主人公的虚构性，他们就是小说的标题人物，而这时一个绝妙的悖论，恰是这种反思激起了读者想要将其变‘真’的欲望，实际上他们会对作者说：‘我知道他们只是虚构的——你反复暗示我们这点。但我只能把他们当真人对待，这样才能认识他们。’这就是《普宁》的原理。”[1] 这段话的意思是说，人们明知其假，却要当成真的对待。这一悖论现象，至少反映了如下两点。第一，人们普遍有着对“真”的渴求；第二，人们普遍有着对故事传统的永恒期待。这是一种“求真意志”的表征。故事之所以让人念兹在兹，某种程度上是因为它能有效地在孤立的事件之间建立起合乎情理的因果链，这其实是人类的另一永恒的欲望的反映，即对事件之间因果链的重建的愿望。人们总是生活在由碎片化的、孤立的事件构成的此在和当下，人们总是想通过重建事件之间的因果链条，以便更好地了解这个世界和世界中的人类与自然，即所谓“认识他们”；在这当中，真假之辨并不重要，重要的是去能“认识他们”。而这其实也是为了“认识我们自己”。因此可以说，人们求真的欲望所表现出来的其实是认识世界和认识自我的渴望。

---

[1] ［英］詹姆斯·伍德：《小说机杼》，黄远帆译，郑州：河南大学出版社 2015 年版，第 78 页。

但也是从这里，虚构和非虚构开始分道扬镳。虚构常常意在认识功能的发挥，指向米兰·昆德拉所说的对“存在的某种可能性”[1] 的探讨：虚构文本的认识的深度常常体现在“存在的可能性”的拓展程度上，而至于“这个可能性会不会转化为现实，这是次要的问题”[2]；非虚构则因其规定性和情境性的特征，限制并制约了作者的解释方向，非虚构旨在“现实的可能性”的探讨，作者的深度和观察的角度，决定着其解释的深度、力度和广度。

三、叙事学范畴与真实性命题

虽然说，虚构和非虚构有其不同的诉求和指向，但都属于叙事学范畴：它们都是通过故事的讲述的方式起作用。可见，故事乃其核心要素所在，这其实是在暗示我们，故事中可能潜藏着人类文明最为深邃的密码：对人类自身而言，再没有什么比故事的讲述更重要的事情了。传统中国在这方面可能存在误差。长期以来，我们对故事的作用、功能认识不足，相反，西方社会却格外重视故事讲述的象征意义。这也就能理解，当我们沉迷于语录体的《论语》时，西方社会却在《荷马史诗》和《圣经》中不断汲取其故事的版本和原型。爱尔兰哲学家理查德·卡尼曾一针见血地指出：“众多的故事使我们具备了人的身份”，“只有一连串的偶发事件转变为历史，并随岁月流逝变得值得记忆，这样，我们才成为历史的全权代

[1] ［法］米兰·昆德拉：《小说的艺术》，尉迟秀译，上海：上海译文出版社 2019 年版，第 59 页。

[2] ［法］米兰·昆德拉：《小说的艺术》，尉迟秀译，上海：上海译文出版社 2019 年版，第 60 页。

表……没有这种从自然到叙事的转变，没有这种从经受时刻到扮演及阐述时刻的转变，一个只是在生物意义上的生命可否当作一个真正人类意义上的生命，就成问题了。”[1] 若从精神分析学的角度看，“叙事”则不妨可以“界定为消除心理混乱的一种方法”[2]。

对人类来说，故事之所以显得重要，关键不在于构成故事的人物、事件是否真实，而在于叙事背后的机理，即因果链条的建构。当事件和事件之间变得不可解释或无法建立起因果链条的时候，我们就会显得无所适从，就会显示出彼此碎片式的存在状态。加缪《局外人》中主人公的行为之所以显得荒谬或不可理喻，是因为他的杀人行为不能被还原重构为潜在或隐秘的动机作用下的系列事件渐次演进的必然结果。换句话说，他所做的各个事件之间——从母亲去世到杀人之间发生的事件——不能建立起有效的解释圆圈，这些事件之间缺乏有效的因果链。而若不能建立起事件之间有效的因果链，我们就不能有效地对世界、自然和自我进行有效的认识，自然也就谈不上有效地支配与控制。这可以说是我们人类所能面对的最大的恐惧和焦虑。这种恐惧也表现在对新冠病毒的溯源上。我们总想以确诊病例为基础，建立起病毒感染的因果链，确定起点（原始宿主），和中间链条（中间宿主），从而最终达到遏制并有效控制其传播。

可见，事件之间因果链的建构是认识自我、自然与世界的前提，同时也是影响、支配和控制自我、自然与世界的前提。虚构和非虚构，在因果链的建构上各有作为。因此对我们来说，需要讨论的或辨析的，首先应是虚构

---

[1] ［爱尔兰］理查德·卡尼:《故事离真实有多远》，王广州译，桂林：广西师范大学出版社2007年版，第12页。

[2] ［爱尔兰］理查德·卡尼:《故事离真实有多远》，王广州译，桂林：广西师范大学出版社2007年版，第14页。

和非虚构中事件之间因果链的建构方式及其途径，和效果显现的不同方式。

虚构文本中，人为性效果的营造是关键。用有些学者和作家的话说，就是要订立契约，虚构写作，需要读者和作者共同遵守某种约定俗成的成规，以共同致力于特定效果的达成。简单说，就是要读者相信和认同作者的叙事，并能跟随作者的叙事的步伐。这是一种“代入感”：“小说显示了我们生活的多样色彩和复杂性，其中充满了似曾相识的人、面孔和物品。我们在阅读小说的时候，恍若进入梦境，会遇到一些匪夷所思的事物，让我们受到强烈的冲击，忘了身处何地，并且想象我们自己置身于那些我们正在旁观的、虚构的事件和人物之中。当此之际，我们会觉得我们遇到的并乐此不疲的虚构世界比现实世界还要真实。”[1] 简言之，小说的奥秘的全部力量在于“似曾相识”，在于能否激发“想象”。

这种约定下，即使故事的所有要素，比如人物、事件、时间、地点、情节、细节等等，都是虚构的和虚假的，都是想象的产物，但并不影响读者的接受：似曾相识能带来一种“对结尾的期待”。似曾相识形塑某种预期或期待，“突变”和出乎意料则能有效打破这种期待；两者之间的平衡及其最终的叙事效果，正是通过对人物、事件、时间、地点、情节、细节等等要素的选择和配置而达到的。其涉及的问题有：人物的主次之分、情节结构的转折与突变的设置，事件的起点与终点的划定，以及时空背景的选择，细节的细腻刻画等等。这些配置及策略，我们通常称之为文学手法。这一手法，在非虚构文类中也都存在（而也正因其存在，我们才往往从文学性的角度要求非虚构，对其提出要求），但在非虚构中，这些是

[1] ［土耳其］奥尔罕·帕慕克：《天真的和感伤的小说家》，彭发胜译，上海：上海人民出版社2012年版，第1页。

辅助性的，其叙事效果的获得取决于解释的深度、力度和广度。在非虚构文本中，人物、事件，事件之间的转折、节点，起点和终点的设置，时空背景的标定，都是真实的。非虚构文本是在一个相对固定的框架内展开叙事，其操作空间有限，当然也就更具有挑战和创造性。优秀的非虚构作品充满吸引人的力量，蹩脚的非虚构则做不到这点，其原因或在于此。

非虚构一般分为历史素材和现实素材两类。现实素材类非虚构，比如说梁鸿的《中国在梁庄》等，提供了作者对社会事实的观察、认知和判断。这是一种介入式的观察，在文本中，梁鸿是以真实身份——中国人民大学教授——出现其间的，她既是事件的参与者，更是观察者、思考者，她与事件中的其他参与者不同的地方在于，她采取的是有距离的审视的姿态：其既能对事件有感同身受的体验，又能站在这之外去加以观察，但这种观察又并非学者式的冷冰冰的和不介入的，这是一种带有认同感的观察，充满着作者对事件或事态发展的判断和期冀。此类现实题材的非虚构，更接近第一人称视角小说。而另一种现实题材的非虚构作品，如美国的卡波特的《冷血》，则拒绝这种第一人称视角，它更切近一种推测和解释。

历史题材的非虚构，就作者与历史题材的关系论，可以分为两类：一类是非亲历者的历史非虚构，比如宁肯的《中关村笔记》；一类是亲历者的非虚构，比如冯骥才的《漩涡里》《炼狱·天堂——韩美林口述史》。前者有点类似于历史叙事，但事实上并不如此。历史叙事讲求的是宏观和微观的结合，讲求的是历史规律的梳理、概括和发掘，历史叙事重事轻人，历史题材的非虚构则可以不涉及这些。历史题材的非虚构一般具有重人轻物的倾向，即是说，人物才是他们观察的角度和重点，而无意事件的呈现和规律的揭示。它所凸显的是人的鲜活性，这种鲜活性是从作者的观察、体认和判断入手的，是作者所体验中的历史深处的个人。历史题材的非虚构，凸显的是个体在历史转折过程中的微末、渺小、不可化约和个体价值的不可忽略。相比之下，亲身体验的历史非虚构，比如说冯骥才的诸多非虚构作品，则介于历史叙事和非亲历者的历史题材非虚构之间，带有两类特征的特点。

非虚构并不排斥作者的主观性，一个好的非虚构文本，是要有作者的情感体验和表达介入其中的。但情感的表达在其中要以明确的主观性呈现自身。即是说，非虚构中的情感体验是以明确的“虚构性”呈现出来的。情感体验是真实事件和人物之间的润滑剂，是使客观无生气的材料显出生气的因素，没有情感体验的介入，这些客观材料就不会吸引人。这也表明，非虚构不是历史叙事和社会学著述。非虚构终究是要作用于读者的情感及其产生情感上的共鸣的。非虚构的主观性表明，非虚构有其明显的限度意识，即是说，非虚构写作明确其界限所在。它知道或明确哪些是事实，哪些是想象性的补充、分析，哪些是判断，哪些体现了作者的价值观。这是非虚构的限度意识的第一个方面。其限度意识的第二个方面是，非虚构不是上帝式的全知叙事，即使是如客观冷静的《冷血》，作者也十分清楚，他不可能还原杀人事件的来龙去脉，即使他能复原事件之间的时间进程和前后序列，但他也无法还原事件之间内在的精神脉络。他只能是根据某些事件或事实去猜测、判断和推断，非虚构写作拒绝高高在上式的真理在握的姿态。

即是说，非虚构所反对的是那种全知全能的上帝式的视角，那种高高在上的真理在握的姿态和那种本质主义的单线叙事。非虚构推崇的是事件与事件之间的岔开、溢出，情感的波折和内心的幽微。它强调大事件之间或之下的小叙事；它突出的是个人视角，而非公共视角；它突出的是主观性的解释，而非客观的呈现。因为事实上，客观的呈现不可能也无法完成。

应该强调一点，不管是虚构还是非虚构，其所反映的都是人类自古以来就有的对真实的永恒渴求。这点无疑是值得肯定的。虚构和非虚构都是通过故事的讲述来表达对自然、世界和自身的理解，以及对现实和历史的认识。这都是一种求真意志的体现。

一直以来，理论家都在探讨小说的真实性问题。其通常的做法是把真实问题置于现实主义的框架加以理解和把握，真实很多时候等同于“现实感”（actuality）。这种“现实感”建基于叙事上的逻辑连贯性和可理解性，因而更多是与正常人联系在一起：“对于正常人来说，涉及运动或触觉的每一件事，都会使他有意识地表现出一大堆针对身体或对象的意向，它们都来自作为潜在行动核心的身体本身；但病人的情况则与此不同，它们的触觉印象始终含糊不清……正常人可以应付各种可能发生的情况，所以不用移动他的位置，只要立足于可能性，就能产生某种现实感。但对于病人来说，产生现实感的范围仅限于处在实际接触范围内的感觉材料，或者凭借某种明确的演绎过程就可以与上述感觉材料联系起来的东西。”[1] 正因为此，有些学者，比如说詹姆斯·伍德则用“特此性”（thisness）表示这种“现实感”：“所谓‘特此性’，我指的是那些细节能把抽象的东西引向自身，并且用一种触及可见的感觉消除了抽象，把我们的注意力集中到它本身的具体情况。”[2] 不难看出，这其实是把“真实”等同于“真实感”，而“真实感”恰恰又是通过叙事手段所产生的叙事效果，即是说，“真实”在这里其实是以结果的形式出现的。可见，叙事中的真实问题实际上是一

[1] 梅洛·庞蒂，转引自［英］安东尼·吉登斯《社会的构成——结构化理论纲要》，李康、李猛译，北京：中国人民大学出版社 2016 年版，第 62 页。

[2] ［英］詹姆斯·伍德：《小说机杼》，黄远帆译，郑州：河南大学出版社 2015 年版，第 48 页。

个转喻性命题。

就“真实性”效果的层面看，虚构和非虚构的差别，常常表现在文体差异上。即是说，真实在叙事当中是具有层次性的和不同指向的。因此，这里有必要提出如下一些“真实性”命题：手段的真实与效果的真实的分别，片面的真实和整体的真实的区别，情感的真实和材料的真实的分野，逻辑的真实和可理解的真实的异同，以及解释学的真实和本体论的真实的不同。即是说，真实具有具体语境的规定性，真实一旦脱离了具体语境也就失去了其意义。

但真实在两类文体中又是有截然不同的面目和规定性特征的。小说、电影涉及的是情感上的真实性，它们反映的是人们的真实的情感、体验和想象方式，这种情感涉及期望、恐惧、焦虑等。而非虚构所涉及的真实则是事件的真实性，其解释则可以是多种多样的，和因人而异的。小说是通过虚构的人物、事件、情境和时空来表达真实的情感。这是情感的真实。非虚构则是以真实的人物、事件、情境和时空，传递感觉和体认到的真实，这是一种感知上的代入的真实，是感同身受。

结　论

随着影视日益受到社会上的高度重视，导致人们对文学功能的认识出现偏差，文学特别是纯文学则逐渐被忽略。文学功能的两个层次及其相互间的转化告诉我们，纯文学与大众文学 / 文化对社会一样重要。文学两个层面的彼此依存常常会造成我们认识上的混乱，同样，真实性的不同层面也会造成我们认识和感觉上的混乱，这都需要我们有充分清醒的认识。某种程度上，文学功能的实现，常常是借助真实性或“现实感”为前提和基础的。

我们只有区分出文类意义上的真实性问题，才能更好地引导真实性的建设。这里有所谓的文学的四大类——小说、诗歌、散文和戏剧，但事实上，小说和散文的区别，要大于其与电影的区别。而电影很大程度上又同戏剧非常接近。虽然说，小说和散文都包括叙事的成分，但事实上，它们在人物、素材和时空背景等方面的设置上可谓大相径庭，把它们置于一起不加区别地对待，容易产生误导。表面看来，小说和诗歌相隔甚远，但事实上，小说和诗歌的关系，要比小说和散文的关系更为密切。这是因为，小说和诗歌，都属于虚构，而散文很大程度上属于非虚构。这也意味着，与其把小说和诗歌、散文视为一个大类，不如把小说、诗歌、戏剧、影视和日记（而非日记体，日记体属于小说，两者间的差别需要认真辨析）视为虚构类，而散文、报告、特写、通讯等则可以视为非虚构。在这里，还可以把新闻体放在非虚构的层面理解，同样，也可以把谣言放在虚构的层面理解。即是说，谣言，就其内在机制而言，实在是与虚构类的其他门类——小说、诗歌、戏剧、影视和日记——具有同构性。可见，非虚构的范畴，具有极大的包容性和可阐释性。比如说论文的写作和社会科学，也可以放在非虚构中加以理解。虽然这种分类不免带有泛化的倾向，但其指向却是明确的。即是说，非虚构和虚构的分类，有其明确的问题意识，即需要把对“真”的追求还原为叙事问题，而不是本原问题或存在问题。

在虚构与非虚构的区别中，日记和谣言颇具症候性。准确地说，日记介于虚构和非虚构之间，它是一种具有虚构性质的私密文体。日记中有些材料是真实的，有些材料则可以是听闻的甚至是不实的，这些都无关紧要，这是一方面。另一方面，日记又具有虚构文本的特定时空的规定性，即是说，日记有一个现场性和滞后性的差异问题。日记的写作是具有现场性的，但日记的发表和出版——因其私密性——则具有滞后性，它的写作带有自我交流的目的，是“放在抽屉里的”，常常在日记写作之后较长时间发表（一般的通例是作者死后，为后人研究的方便出版。或者像民国时期那样，稍后出版）。即是说，并不是每个人的日记都会出版的。日记有出版和不出版的区别，而作为后人研究的材料，出版和不出版，都并不影响其研究的价值。因此，这里的情况是，日记的出版需要同日记产生时的具体情境保持距离。一旦日记在其产生之初，就公开发表或出版，这已经就不再是日记，不能标明是“日记”了。这时标明“日记”，其实是具有有意混淆非虚构和虚构之间的界限的倾向：这是一种“越界”的游戏。至于说到谣言，同样可以理解为虚构和非虚构之间的中间文类。它与日记（和日记体）相似，具有某些共同的叙事机制，即都是在似是而非中获得一种叙事效果；都有具体的特定的时空语境规定性——谣言必须依托特定的语境和特定的事件起作用。在其中，事件和人物，有些可能是真的，也有可能是虚构的。它们的区别只在于，日记是个人真实情感的表达，谣言则不是。即是说谣言是通过故事的讲述和对事件的有意虚构（日记里的虚构，则可能源于某种漫不经心的随意性），以达到其不可告人的阴谋或目的。

这里之所以要用虚构和非虚构的分类，取代之前的文学和影视、艺术文体与实用文体的二分法，是想突出真实的建设问题。我们向来在这方面注意不够：常常混淆不同层面的真实问题，以至于不能很好地把握现实。而事实上，很多的诗人、作家，甚至民众，都很陶醉于这种混淆。这里需要提醒我们的，不仅要注意真实与否的问题，更要追问真实性的层面问题。

概言之，之所以要区分出虚构和非虚构，是想突出一点，即虚构的虚妄力量。虚构并不提供真相，虚构只关乎游戏。从这点看，非虚构文类的出现，就是为了表达对虚构文类所导致的幻想的抗拒。非虚构意在告诉我们，其关于事件的描述是真实的，是部分真相，而对于事件之间的关联的解释，则有着主观因素包含在内。即是说，这是部分真实。非虚构是真实事件和主观合理推测的统一。这也意味着，虚构文本中，事件是虚构的和假的，但通过其事件之间的关联的重建反映出来的却是人们的真实情感。因此，我们既不能过高肯定非虚构中的部分真实，同样也不能低估虚构文本所反映的真实情感。反之亦然。

政治，美学与资本：中国戏剧艺术节庆的演进及文化再生产

杨　子

上海艺术研究中心

作为定期举办的公开化的艺术展演活动，艺术节体现一个城市或地区的主体形象和特色文化。戏剧节作为专业门类的艺术节庆活动，以戏剧展演的形式集中呈现城市或地区的地方精神、文化特质和人文属性。正如爱丁堡艺术节之于爱丁堡，阿维尼翁艺术节之于阿维尼翁，艺术节[1]的成功经营使得其成为国家或城市文化地标，从而被视为塑造文化品牌，提升文化软实力的文化实践。20世纪80年代以来，国内戏剧艺术节庆激增，如何理解“戏剧节”“艺术节”这种特殊艺术实践的本质特征，本文围绕此议题，聚焦20世纪50年代以来，戏剧节以及以戏剧展演为主体的综合性艺术节的演进历程，及其作为一项重要的文化活动，在从权力

[1]　为便于问题聚焦，本文所指艺术节主要为专业性的戏剧节或戏剧展演占较大比重的综合性艺术节。

到资本的场域更迭中所进行的文化再生产，简言之，本文探讨在复杂多元的社会发展图景中，不同文化政治逻辑下的戏剧节 / 艺术节，其社会价值、功能属性体现在哪里，及其建构了怎样的剧场美学和文化生态，进而形塑社会文化空间。

从历史的角度看，中国古代艺术节庆可追溯到远古乐舞、岁时节庆、祭祀庆典等活动，戏剧艺术作为要素融入活动中得以展示。“更定，鼓铙渐歇，丝管繁兴，杂以歌唱，皆‘锦帆开，澄湖万顷’同场大曲，蹲踏和锣丝竹肉声，不辨拍煞”，明代文学家张岱在《虎丘中秋夜》一文中寥寥数语勾勒出“虎丘曲会”的盛况，或可视为古代戏剧节的雏形，是有史记载的较早以昆曲演剧与唱曲竞赛为内容、集娱乐观赏于一体的群众性文化聚会。1927 年 12 月 17 日至 23 日，由田汉在上海发起，为经济困顿、难以为继的上海艺术大学筹款的“艺术鱼龙会”被视为现代戏剧节的端倪，[1] 周信芳、欧阳予倩、高百岁等名家表演《潘金莲》《名优之死》等剧目，持续七天公演几乎场场观众爆满，“艺术鱼龙会”在某种程度超出筹款意义，成为一次节庆意义上的戏剧会演。现代中国历史上第一次出现以“戏剧节”命名的艺术展演活动，是 1938 年 10 月 10 日由国民政府组织、在陪都重庆举办、“旨在体现戏剧界大团结”的“中华民国第一届戏剧节”[2]，它和同在重庆举办、由文艺界组织的“雾季公演”，以及 1944 年 2 月 15 日会聚西南八省近千名戏剧工作者、在桂林开幕的“西南第一届戏剧展览会”，在抗战时期促进戏剧与民众之间的互动，和各地戏剧团体之间的交

[1] 参见胡志毅《中国戏剧节的源流及特征》，《中国文艺评论》2016 年第 10 期。

[2] 当局把每年“双十国庆节”定为戏剧节，直至 1944 年改为每年 2 月 15 日在国统区各城市举办，“中华民国戏剧节”被“西南剧展”取代。

流，在一定程度上充当鼓动民众的宣传工具，为提升民族凝聚力，迎接抗战胜利做出准备。

距田汉在上海发起“艺术鱼龙会”近一个世纪后，2021 年 1 月，时任北京人民艺术剧院副院长冯远征在北京市政协十三届四次会议提出议案，建议北京打造权威、重量级的国际戏剧节，以丰富首都文化生活，提升公众审美水平，助力北京成为国际化文化大都市。[1] 从冯远征的提案，可预见戏剧节作为方法，在当下开掘城市文化空间的特性和人文内涵，探索城市文化软实力的发展路径中扮演重要角色。改革开放以来，一系列相关因素促成戏剧节数量激增：国家 / 城市文化管理方法的改变、经济生产的结构性变化、文旅融合背景下地方的自我营销和意象工程等，而戏剧节在不同历史阶段，从政治、美学、市场等多维度扮演不同的角色参与社会发展进程，促使我们重新思考和定义“戏剧节 / 艺术节”这一概念。

一、政治的戏剧节：为社会改造塑造新的主体和策略

戏剧节作为国家文化治理手段，由国家最高文化管理部门组织，为社会改造塑造新的主体和行动策略，始于 20 世纪 50 年代的戏曲改革运动及第一届全国戏曲观摩演出大会。1951 年，人民政府从巩固新政权出发，对作为意识形态主要阵地的戏曲艺术进行重点改造，全面展开以“改人、改戏、改制”为核心的戏曲改革运动，这场由政府主导的社会主义文化政治

[1] 参见倪伟、王飞《专访冯远征委员：北京应创办国际戏剧节，不仅来演戏还要共同创作》，《新京报》2021 年 1 月 22 日。

实践，通过艺人改造、传统剧目改编、现代戏创编，以及传统表演形制的现代化，建构新政权领导下的社会主义文艺意识形态和话语体系，以此“改造大众审美趣味，规范对历史和现实的想象方式，从而塑造出新时代所需要的‘人民’主体”[1]。1952 年 10 月 6 日到 11 月 14 日，文化部举办第一届全国戏曲观摩演出大会，这是新政权建立后以国家力量统筹推动的戏剧展演活动，并以评奖、竞赛等方式展现这一时期戏曲创作的主要成就，是第一次真正意义上的全国规模的戏剧会演。在一个多月时间里，京剧、评剧、豫剧、越剧、沪剧、淮剧、晋剧等 23 个剧种 37 个剧团、82 个剧目，共 1600 多位演职员参演，汇聚了全国最优秀的剧目和演员，提供了一批树立在舞台上可供推广的范本，它“不仅是一次大规模的展演活动，同时它也是中国传统戏曲演出进入‘定本时代’的一个转折点”，[2] 这意味着中国戏曲艺术从“幕表制”走向“剧本制”。作为新中国成立三年“戏改”工作成果的呈现与检验，戏曲会演为各地剧种、剧团及艺人提供了交流平台，集中诠释了新政权“如何通过大众文艺实践的‘推陈出新’来创造社会主义的‘新文化’，以此重塑现代民族国家理想和人民主体形象”[3]。

与此同时，由于话剧对现实题材特有的深化与开拓作用，对意识形态的宣传是这一时期话剧的主导功能。1956 年 3 月 1 日到 4 月 2 日，第一届全国话剧观摩演出大会由文化部在北京主办，这是话剧这一剧种在中国的

[1] 张炼红：《历炼精魂：新中国戏曲改造考论》（增订本），上海：上海书店出版社 2019 年版，第 9 页。

[2] 傅谨：《20 世纪中国戏剧史》（下册），北京：中国社会科学出版社 2017 年版，第 116 页。

[3] 张炼红：《历炼精魂：新中国戏曲改造考论》（增订本），上海：上海书店出版社 2019 年版，第 7 页。

第一次独立展演活动，全国有41个剧团参演31个多幕剧和18个独幕剧，其中新创剧目占一半以上。参演的剧目全部都是现当代题材作品，包括“反映社会主义工业建设和以工人生活为题材”“反映农业合作化运动和以农村生活为题材”“反映中国人民对敌斗争，歌颂中国人民解放军、中国人民志愿军保卫世界和平的英雄业绩”“反映兄弟民族生活”“反映新中国的儿童生活”及“描写新社会知识分子思想改造”等题材，目的要“推出一批优秀的、能反映当前政治斗争、祖国建设的真实面目和具有社会主义爱国主义思想的新的剧目，并在导演、表演、舞台、美术等方面交流艺术创造的经验”[1]，具体表现为“演出奖”“创作奖”“表演奖”“导演奖”“舞台美术设计奖”等奖项的设置。1960年2月20日到3月3日，为向中国共产党成立40周年献礼作准备，文化部又一次举办全国话剧观摩演出大会，全国12个演出团体的参演剧目中，有以革命历史斗争为题材的，也有反映工农兵群众斗争生活的；有正剧，也有喜剧，题材及风格多样。[2]

第一届全国戏曲观摩演出大会和第一届全国话剧观摩演出大会的举办，集中展示了新政权建立后戏改运动及话剧创作在这一时期的成果，其文艺实践的主导形态表现为从旧文艺到新文艺的转化，以及对“人民”这一新的政治主体的想象和锻造，而这一想象和锻造的过程也是新的文化政治得以确立的过程，即“文艺为政治服务”的社会主义文艺方向和中国共产党作为执政党的文化领导权，这为此后戏剧创作与发展框定了相应的社会主义文艺意识形态和话语表达体系，也从内容板块到宣传手段为此后我国大部分官方戏剧节设立了运作模板。

---

[1] 《第一届全国话剧观摩演出会定三月一日在首都举行》，《剧本》1956年第2期。

[2] 《文化部举办话剧观摩演出》，《戏剧报》1960年第4期。

二、“人民的节日”：从“文艺为政治服务”向“文艺为人民服务”转化

20世纪70年代末，政府的文艺治理由微观向宏观转变，从之前的严格控制逐步转向引导和服务，并加大对创作的扶持，以1979年10月邓小平发表《在中国文学艺术工作者第四次代表大会上的祝辞》（以下简称《祝辞》）为标志，《祝辞》阐述了文艺和政治之间的关系，调整执政党对文艺的领导方式，给予文艺自由创作的空间。1980年7月26日，《人民日报》社论把“文艺为政治服务”的口号扩展为“文艺为人民服务、为社会主义服务”的“二为”方针，引导文艺创作从紧跟政治逐步转向遵循审美规律和市场规律。

20世纪80年代至90年代迎来戏剧艺术节庆从分布地区到数量的急剧增长，但吊诡的是，话剧、戏曲等舞台艺术在这一时期却面临严重的生存挑战。这种并不合乎艺术生产规律的现象有多种原因：其一，改革开放后电视、电影等大众娱乐产业的快速发展导致大众艺术欣赏与趋向多元化，舞台艺术遇冷，文化部所属的包括国营和县以上集体所有制艺术表演团体的数量、演出场次和收入在20世纪80年代前期经历急剧增长后，在20世纪80年代后期呈下滑趋势。其二，戏剧的体制改革尚处起步阶段，举办各种规模的戏剧节、艺术节成为政府文化管理部门在短时间内刺激艺术生产、繁荣戏剧文艺、改变艺术生态与市场困境的快速路径，其中最重要的一项措施是沿用50年代全国戏曲观摩演出大会的评奖机制，刺激行业竞争，调动文艺工作者的创作积极性。戏剧节评奖活动以获奖作品的评选和传播来倡导某类题材和主题，表达所隐含的意识形态价值，以此达

到弘扬主旋律的思想宣传目的。中国艺术节作为具代表性、权威性的国家级艺术节，于1987年始创于北京，由国家文化部与举办地所在省、市人民政府共同主办，每三年举行一届。“文华奖”作为舞台艺术政府奖，于2004年与于2000年设立的“中国艺术节奖”两奖合一，成为中国艺术节剧目评优竞争机制的重要板块。中国艺术节的办节理念“艺术的盛会，人民的节日”突出“人民”在这一展演活动中的主体性地位，其“人民性”一方面体现在艺术节的民族性和群众性，即凸显全国各省、市、自治区56个民族和群众的参与度，推动艺术节深入基层、深入群众进行演出；另一方面体现为其运作模式由最初的中央主导、地方协办模式（第一、二届）转向中央主导、中央与地方共办模式（第三、四、五届），最终形成由中央宏观调控、地方主办（第六届及之后各届），在各省、市、自治区轮流举办的运作模式。覆盖面广、参与度高及地方主导权构成这一国家级展演活动“人民性”的基本内涵。

中国艺术节“人民的节日”运作模式被20世纪80年代中后期及之后各地涌现的不同级别和类型的官方艺术节、戏剧节沿用。1988年创立的中国戏剧节由中国文联、中国戏剧家协会和主办地人民政府共同主办，以“戏剧的盛会，人民的节日”为办节宗旨，每两年举办一次。作为全国性的戏剧展演活动，除了第一、二届在北京举办，从第三届起，中国戏剧节施行全国不同城市轮办制度，并与当年的中国戏剧梅花奖颁奖活动一起进行。由各地地方政府或文化厅主办的省市级艺术节、戏剧节，如广东省艺术节（1984年）、陕西省艺术节（1987年）、上海艺术节（1987年）、山东省文化艺术节（1987年）、安徽省艺术节（1988年）、云南民族艺术节（1988年）、辽宁省艺术节（1989年）、福建省艺术节（1991年）、浙江省艺术节（1995年）、江西艺术节（1999年）、湖南艺术节（2003年）等地方综合性艺术节，以及区域性戏剧节或专业艺术门类戏剧节，如浙江省戏剧节（1983 年）、安徽省戏剧节（1984 年），结合戏剧节与评奖活动于一体的河南省戏剧大赛（1986 年）、中国映山红民间戏剧节（1989 年）、羊城国际粤剧节（1989 年）、中国秦腔艺术节（2000 年）、中国昆剧艺术节（2000 年）、中国评剧艺术节（2000 年）、黄河戏剧节（2004 年）、中国越剧艺术节（2006 年）等，大多由政府给予全额或部分财政拨款，沿用中国艺术节“艺术的盛会，人民的节日”的办会理念，目的为“展现地方文化艺术事业成果”。

相较于中国艺术节节目主要源于国内艺术院团，创立于 1999 年、由文化部主办，上海市人民政府承办的国内唯一的国家级综合性国际艺术节，上海国际艺术节历届境外演出项目多于境内演出项目。以“艺术的盛会，人民大众的节日”为宗旨，市民参与度依然是其“人民性”的主要衡量标准。“艺术天空”、“优惠票”、艺术节体验计划等惠民项目降低普通市民参与艺术节门槛，其中“艺术天空”板块将在剧场演出的节目引向全市基层社区和户外广场绿地，让市民“零距离、无门槛”地参与艺术节，以此提升市民参与度。[1]

作为官方主办的“人民的节日”，中国艺术节、中国戏剧节及各级地方政府主办的艺术节、戏剧节，是集中观看近两三年官方主流文艺作品，呈现政府文艺观念和主流创作力量的最佳窗口，且从一开始就被赋予政治

[1] 2014 年第 16 届上海国际艺术节新增“艺术天空”板块，把原本在剧场演出的节目引向全市 17 个区县的绿地、广场和基层社区，共推出 26 台 31 场节目，覆盖全市 17 个区县 22 个演出场地，平均出票率达 93%，观众人数逾 5 万。2016 年，“艺术天空”覆盖全市 16 个区 24 个室外和室内场地，举办 41 台 86 场公益演出，吸引数十万市民到场参与。2019 年，第 21 届中国上海国际艺术节“艺术天空”于 10 月 16 日至 11 月 10 日举办，48 台 98 场海内外优秀节目覆盖全市 16 个区 3 个户外场地、近 30 个场馆。

色彩和较强的政治功能，以宣传、强化主流思想意识形态为导向，集中展现国家或地区一个时期内文艺事业所取得的成果。[1] 其“人民的节日”也即“人民文艺”[2] 的定位，借助艺术展演实践，建立国家政治主体的文化想象和民族意识，进而实现一个抽象、宏大的国家民族理念和构想。“人民的节日”对人民意符的坚持和张扬以保持文化的人民性或社会主义属性，轻个人情感宣泄而重宏大叙事，以及主流价值观在展演作品中彻底的彰显，展现出一种“与人民同心、与时代同步、与中华文化同根”的创作审美表达。[3] 在人民—国家的“人民文艺”构建中，艺术节作为文化治理路径，是文化权力改变市场困境，自上而下推动的艺术展演实践，在一定程度上促进院团的艺术生产创作，但也在很大程度上加剧国有院团对国家财政拨款的依赖，以获奖为导向的文化发展战略催生出一批缺乏演出市场土壤根基的获奖作品，加剧戏剧生产创作与演出市场的脱节。

三、剧场美学的转向：小剧场戏剧节

如果说官方艺术节在20世纪八九十年代的增长是文化管理部门促进艺术生产、摆脱市场困境而采取的快速路径，那么低成本、投资少的“小剧场戏剧”则是作为生产与演出主体的戏剧院团或社会个体开掘的一条与

[1] 参见蒋昌忠、杜建国、傅才武主编《中国艺术节实证研究调查报告》，北京：中国社会科学出版社2012年版，第32页。

[2] 毛泽东在1942年《在延安文艺座谈会上的讲话》提出“我们的文艺是为什么人”的问题，即文艺创作要真正为人民大众服务，成为此后中国社会主义文艺实践的基本理论依据。

[3] 王立元：《让优秀作品留得下、传得开》，《中国文化报》2016年10月25日，第1版。

之并驾齐驱，相互区别又彼此补充的戏剧发展路径。20 世纪 80 年代中期西风东渐，新的艺术观念和艺术形式卷入剧场与舞台，长久以来文艺与政治捆绑、被彻底意识形态化的写实主义戏剧独尊的局面被打破，艺术创作回归艺术审美自身规律，与世界文艺价值体系相认同的渴望引发各种戏剧观念、剧场形态和舞台语汇不断涌现。1982 年，北京人民艺术剧院林兆华导演的《绝对信号》以小剧场形式在北京公演，开启了一个属于“探索、实验、先锋”的新戏剧时代。同年，上海青年话剧团导演胡伟民执导上演上海第一部小剧场话剧《母亲的歌》。在“不以经济为中心，却以文化为中心”[1] 的 80 年代，虽然戏剧观众逐渐减少，剧场开始失落，但在 80 年代文化思潮下，探索戏剧、实验戏剧争奇斗艳，剧场困顿与机缘并存，小剧场运动风起云涌：1983 年，北京人民艺术剧院推出林兆华导演、高行健编剧的《车站》；1985 年，上海师范大学青年学生推出话剧《魔方》，“白蝙蝠”剧社推出实验诗剧《生存，还是毁灭》；1986 年，上海“边缘剧社”推出由张献编剧的《屋里的猫头鹰》，这些以“先锋、实验”为核心理念的小剧场戏剧在形式上的反叛、创新，在舞台语汇、剧场审美方面的突破，在话剧演出市场不景气的大环境下，被大众关注与认可。1989 年 4 月 20 日至 29 日由中国戏剧家协会和南京市文化局联合在南京举办的“中国第一届小剧场戏剧节”，上演了北京人民艺术剧院的《绝对信号》、中国青年艺术剧院的《火神与秋女》、上海人民艺术剧院的《单间浴室》、上海青年话剧团的《屋里的猫头鹰》、上海戏剧学院的《亲爱的，你是个谜》、南京市话剧团的《天上飞的鸭子》等 15 台小剧场话剧，为 80 年代的中国小剧场戏剧“作了

[1] 甘阳：《八十年代文化意识・再版前言》，载《八十年代文化意识》，上海：上海人民出版社 2006 年版，第 3 页。

一个意味深长的总结”，“让‘小剧场’这个概念有了特殊的戏剧意义，在严重萎缩的话剧演出市场中给各地话剧院团揭示了一条新的道路”。[1]

随着市场经济的发展和大众消费文化的无限扩张，小剧场戏剧在20世纪90年代发生分化，以林兆华、牟森等人为代表创作的小剧场戏剧作品延续80年代的探索性与实验性，如林兆华导演的《哈姆雷特》（1990年）对莎士比亚的经典戏剧进行大胆解构，牟森导演的《彼岸——关于彼岸的汉语语法讨论》（1993年）、《零档案》（1994年）、《与艾滋有关》（1994年）、《红鲱鱼》（1995年）、《关于一个夜晚的记忆的调查报告》（1995年）和《倾诉》（1997年）等作品，保持小剧场戏剧思想独立性与艺术创造性的本质内涵。与此同时，部分小剧场戏剧开始市场化的探索与追求，以1991年上海人民艺术剧院的《留守女士》为标志，该剧以当时的“出国潮”引发的情感困惑为题材，创下连演168场的纪录，它的成功使得上海的小剧场话剧发生重要转向，形成以城市青年为观众群体的小剧场话剧特色。1992年，上海青年话剧团推出小剧场话剧《情人》，演出获得巨大成功，直接推动上海小剧场戏剧向商业化转向，都市青年情感、生活成为小剧场话剧创作的主要题材，如上海青年话剧团的《大西洋电话》（1992年），上海人民艺术剧院的《美国来的妻子》（1993年）、《陪读夫人》（1995年），上海现代人剧社的《楼上的玛金》（1994年）、《鼠疫》（1996年）等。在北京，中央实验话剧院导演孟京辉凭借自编自导的小剧场话剧《思凡》（1992年）脱颖而出，其后执导的《一个无政府主义者的意外死亡》（1999年）、《恋爱的犀牛》（1999年）等获得极好的市场效果，为小剧场戏剧的发展提供新的可能性，也开启了他“巧妙地将前卫与实验

[1] 傅谨：《20世纪中国戏剧史》（下册），北京：中国社会科学出版社2017年版，第501页。

和商业追求密切结合”[1]的市场化征途。1993年11月23日至30日，中国艺术研究院话剧研究所、中国话剧艺术研究会、天津市文化局和天津市戏剧家协会联合在北京举办“’93中国小剧场戏剧展演暨国际学术研讨会”，14台小剧场戏剧参演，包括上海人民艺术剧院的《留守女士》、中央实验话剧院的《思凡》、火狐狸剧社的《情感操练》、辽宁人民艺术剧院的《夕照》、上海青年话剧团的《大西洋电话》等。这场长达一周的展演活动“进一步推动了小剧场戏剧在中国的普遍与发展，小剧场戏剧成为90年代初话剧领域最令人瞩目的现象”[2]，并开始从80年代的对先锋实验性的探索转向在思想和艺术层面着眼于满足都市观众趣味、颇具商业价值的都市戏剧。

作为小剧场戏剧标志性展演活动的1989年“中国第一届小剧场戏剧节”和“’93中国小剧场戏剧展演暨国际学术研讨会”，以及在90年代末由中国青年艺术剧院举办的“1998 中国青年艺术剧院小剧场剧目展演”、上海戏剧学院和加拿大多伦多大学举办的“1998 上海国际小剧场戏剧展演暨学术研讨会”，为我国小剧场戏剧的创作与实践提供了可行路径，在“人民的节日”以及斯坦尼体系、主流意识形态宣扬剧占主导的戏剧创作背景下，这些小剧场戏剧节的举办，以对旧有的表演模式和创作体制的反判，掀起了在空间形式与表达内容上皆具一定突破性的剧场美学新浪潮，意味着在“人民的节日”主导的总体戏剧生态中，实验、革新为内涵的戏剧新浪潮开始对内与主流意识形态宣扬剧、对外与世界文化价值体系展开对话。

[1] 傅谨：《20世纪中国戏剧史》（下册），北京：中国社会科学出版社2017年版，第504页。

[2] 傅谨：《20世纪中国戏剧史》（下册），北京：中国社会科学出版社2017年版，第501页。

四、反消费文化霸权：边缘戏剧节的诞生

事实上，以迎合都市青年品味，切合他们心理特点的小剧场戏剧，在21世纪的第一个十年以“白领戏剧”为名席卷上海、北京等地剧坛，成为长盛不衰的戏剧类型，带动国内话剧市场逐渐升温。

与此同时，进入21世纪的中国在全球经济格局中崛起，社会主义市场经济的定位决定了经济生产的结构性变化，文化经济和文化产业在市场调整与政府引导相结合下开始进入突破性发展阶段，并在2009年7月国务院出台的《文化产业振兴规划》中第一次被正式纳入国务院产业规划体系，标志我国文化产业战略地位得到进一步提高，具有突破性意义的一项文化政策是非公有制资本被鼓励“依法进入文化产业”[1]，国有文艺院团体制改革在此背景下展开。新的文化政策的颁布使得民营演出团体开始获得合法身份，21世纪的第一个十年见证了演出市场渐趋复苏繁荣，在这期间，“白领戏剧”功不可没，占据市场高点，但题材雷同，思想缺席的特点暴露出剧场娱乐至上、原创力不足的弊病。

戏剧艺术节庆一改官方机构垄断主办的形式，类型样态开始多元化，其中具代表性的有作为文化产业园区展演板块的上海·静安现代戏剧谷（2009年），国有话剧院团上海话剧艺术中心的自有品牌“亚洲当代戏剧

[1] 2000年，“文化产业”第一次在中央文件《中共中央关于制定国民经济和社会发展第十个五年计划的建议》中出现，并在2002年的十六大报告中得到进一步的细化和深化。2006年10月11日党的十六届六中全会通过《中共中央关于构建社会主义和谐社会若干重大问题的决定》，要求发展文化产业，“鼓励非公有资本依法进入文化产业，以重大文化产业项目带动发展，推动集约化经营，提供价格合理、形式多样的文化产品和服务增强文化产品国际竞争力”。

季”（简称 ACT，2005 年）[1]，北京市文联、北京市剧协和中国国家话剧院主办的北京青年戏剧节（2008 年），以及上海、北京两地民间剧场发起主办的上海“秋收季节”（2009—2010 年）、北京南锣鼓巷戏剧节（2010 年）。

根植于上海市静安区历史人文资源丰富、分布剧场多、国际商务氛围浓郁的优势资源，静安现代戏剧谷由上海市静安区政府主导，由区政府提供具体产业引导政策和专项扶持资金，是 2009 年建立的上海首批文化产业园“现代戏剧谷”的展演板块，其定位为“将热门剧院连点成线，将戏剧发达街区勾连成片，追求产业集聚效应，以‘现代戏剧特别是现代商业戏剧’建设上海现代戏剧谷，提升静安商务品质品位、培育文化产业业态、打造城区文化品牌的重要战略”[2]。2009 年首届静安现代戏剧谷演出季共有 16 台剧目参演，其中开幕大戏由孟京辉导演的《恋爱的犀牛》《两只狗的生活意见》《爱比死更冷酷》《空中花园谋杀案》4 台小剧场商业戏剧构成，另有悬疑惊悚剧 4 台，白领职场剧 1 台，足以证明其主打“现代商业戏剧”的定位。从创设之后很长一段时间里，囿于对市场热演商业戏剧的追捧及展演剧目的低首演率，“静安现代戏剧谷”一直未获得良好的市场反馈。随着白领戏剧热度降低，在逐步突破陈旧僵化的策展思维后，静安现代戏剧谷在十年后迎来全新的发展阶段：2018 年，静安现代戏剧谷“名剧展演”板块联合全区六大剧院集中引进体现当今国际戏剧高水准

[1] 2005 年，中、日、韩三国戏剧艺术家小范围交流、执行主办国“轮执承办”制度的“亚洲当代戏剧季”（ACT）移师上海，扎根上海话剧艺术中心，就此跳脱出“亚洲”范畴，将视野投向全球，成为上海话剧艺术中心的自有戏剧节品牌。随着参与国的增加，“亚洲当代戏剧季”于 2008 年更名为“上海国际当代戏剧季”，于 2013 年更名为“上海当代戏剧节”，由喻荣军担任艺术总监。

[2] 伍斌：《造梦“上海现代戏剧谷”》，《解放日报》2009 年 3 月 5 日。

的世界经典及国内精品剧目，聚焦世界级名团名作和剧目高首演比例，在2019年，静安现代戏剧谷继续保持“世界名团名作”品牌定位的同时，首演剧目比例再创新高，来自11个国家的19台剧目中，上海首演剧目达100%，中国首演剧目高达80%，获得良好的社会口碑和市场效应。

不容否定的是，在21世纪的第一个十年里，在明确的市场导向下，上海话剧艺术中心以“白领话剧”的生产制作推动上海话剧市场大幅度增长，[1] 但2005年作为其自有品牌的亚洲当代戏剧季（ACT）一反商业逻辑，以展演兼具“当代性”与“前沿性”的国际戏剧作品为标志，避开商业剧目，“努力推介具有时代精神的原创作品和全新诠释的经典作品”，每部作品在不同程度反映该国或地区当下戏剧发展与创作情况。[2] 如2015年ACT“展中展”板块引进国内读者不甚熟悉的挪威剧作家约恩·福瑟的剧作品，展出多国排演的福瑟的剧目，包括中国的《有人将至》、俄罗斯的《一个夏日》、意大利的《我是风》、印度的《死亡变奏曲》等，不同剧目风格不一，侧重点不同。福瑟在其后不久获得诺贝尔文学奖提名，这一点体现了ACT的前沿性及国际视野。和静安现代戏剧谷以“现代商业戏剧”定位相左，ACT最初的目的就是将上海话剧艺术中心从占主导的商业文化环境中走出，从文化生产的角度体现上海话剧艺术中心主体能动性，遵循“为艺术而艺术”（art for art’s sake）的自律性原则，平衡其在商业与艺术之间的均衡发展，进而重构观众观看和体验剧场的方式，这使得ACT被赋予“边缘戏剧节”挑战与对抗主流商业戏剧的革命性力量。

[1] 参见杨子《在国家与市场之间——上海话剧艺术中心的生产实践与转向》，《戏剧与影视评论》2020年第6期。

[2] ACT艺术总监喻荣军访谈，2017年10月19日。

自我定名为“边缘戏剧节”的是2008年由中国国家话剧院和北京市文联、北京市剧协联合主办的北京青年戏剧节，由孟京辉担任艺术总监，在2010年升级为“北京国际青年戏剧节”（Beijing Fringe Festival）后，主办方将作品征集转向世界各地剧团，其英文名称中的“边缘”（fringe）暗示了青年戏剧节反传统主流戏剧的立场。在“培养青年戏剧创作人才、推出优秀青年戏剧作品”的宗旨下，国内一批具有实验意识与创新精神的青年戏剧力量获得群体性展示，这使得北京青年戏剧节舞台成为诸多当下活跃在华语戏剧舞台上的优秀青年创作者的起点，如李建军、王翀、陈明昊、邵泽辉、杨婷、李凝、丁一滕、孙晓星等，作为中国当代先锋戏剧的中坚力量，他们的作品富于想象和创意，敢于冒险和颠覆。作为边缘戏剧节，北京青年戏剧节以“创意”“先锋”“实验”“前沿”为标志积累的行业影响力辐射全国，为其后市场热度颇高的乌镇戏剧节、阿那亚戏剧节输送青年先锋戏剧力量，并于2017年联合国内13个城市的青年戏剧节和演出季结成“中国青年戏剧联盟”，向联盟内戏剧节输送策划概念及演出项目。

这一时期由民间资本主导的戏剧节，代表性的有由蓬蒿剧场在2010年发起主办的北京·南锣鼓巷戏剧节，下河迷仓于2009年、2010年主办的“秋收季节”。作为北京第一家民间非营利性小剧场，[1] 蓬蒿剧场于2010年创办南锣鼓巷戏剧节作为剧场的自有品牌活动，获得北京市东城区政府支持。虽然第一届只有6部剧目和1场音乐会参演，但第二届的剧目和场次即已形成规模，参演剧目质量大幅提升，被邀请的国际前沿剧场作品融

[1] 蓬蒿剧场于2008年由牙科医生王翔创立，是北京第一家民间投资建设的非营利性独立剧场，被定位为“公益性”“艺术性”和“创造性”。

汇戏剧、肢体剧、舞蹈、戏曲等多种形式的表演艺术。在“公益性”的定位下，南锣鼓巷戏剧节采取低价位票价政策，构建“艺术家，普通人彼此走进，互相滋养的新的空间”，[1] 秉持开放、思辨、批判、实践的精神，为青年戏剧人推出实验性作品提供一个跨领域、跨文化对话的平台。南锣鼓巷戏剧节创立初期的发展得益于政府部门持续四年充裕的资金支持，在政府缩减财政预算后，经济压力一直是蓬蒿剧场与南锣鼓巷戏剧节持续性发展所面临的主要问题，即便在创办人王翔采取个人出资、“众筹”或社会冠名资助等方式下维持至今，其持续影响力和关注度依然被削弱。和南锣鼓巷戏剧节发展初期的“民营资本 + 政府资助”的模式不同，“秋收季节”依托上海独立先锋剧场下河迷仓，在社会个体力量支持下创办，反商业、反雇佣式剧场的乌托邦模式决定了它的不稳定性和不可持续性。下河迷仓由 20 世纪 80 年代上海边缘剧社的核心成员王景国、张献等人于 2003 年创立，对观演关系的重新定义，是下河迷仓着力建构的剧场美学，2006 年首届“迷仓·概念艺术节”[2] 集中聚焦观演关系并对之进行阐释及定义。有学者评价其“消解戏剧文本的价值意义，建构作为剧场性艺术的戏剧‘在场’的功能，进而重新界定‘戏剧’概念本身，这不仅成为话剧再现‘人’的剧场价值的有效方式，而且带来了演剧观念的又一次深刻

[1] 参见第一届南锣鼓巷戏剧节场刊。

[2] 概念艺术节并不进行实际演出，而是以提交、发布、交流各种作品概念为主，具有“概念发生了，已经发生了”的创造思维独立性。首届概念艺术节于 2006 年 6 月 21 日至 9 月 23 日举行。2007 年下河迷仓举办第二届概念艺术节，主题是“自由电影”（Free Cinema），以“影像时代的多元表述”为取向，其宗旨是集约影像领域的原创实验性作品，鼓励影像领域的实验性探索，推动影像时代的表述多元化，并促进影像作者间的多通道交流。2008 年概念艺术节因未完成政府报批手续而中止。

变革，彰显出新世纪以来话剧发展的一种新态势”[1]。下河迷仓共举办两届“秋收季节”，2009 年 9 月 18 日至 12 月 6 日为第一届，2010 年 10 月 8 日至 12 月 9 日为第二届。“秋收季节”延续“边缘剧社”一以贯之的“边缘性”，其英语表述为“Fringe Festival·MECOOON”，即非主流戏剧主题的 Festival 框架[2]，涵盖北京、广州、上海和山东等地民间剧社的展演，参演剧目以原创作品为主，囊括各种不同形态、实验性鲜明的舞台表演，从诸多“个人化”的视角自下而上对中国当代社会的发展给予关注和多维度解读。聚焦“建立个体与世界之间的连接”，“秋收季节”以其先锋实验性、原创性及新型的观演关系，建立剧场空间不同的语义形式，包含了青年戏剧创作者对当下社会消费文化系统的批判[3]，由此，它的“边缘性”也即“非主流”性在 2013 年下河迷仓关张，社会个体乌托邦理想的映照与幻灭下显得颇为悲壮。

从静安现代戏剧谷初设“现代商业戏剧”的定位，到上海 ACT、北京青年戏剧节、南锣鼓巷戏剧节及下河迷仓“秋收季节”的“当代性”“前沿性”“边缘性”定位，可以看到，21 世纪第一个十年在商业戏剧主导的生态环境下，国有院团或社会个体在大众文化生产场域之外，开始转向反经济（anti-economic）逻辑下的“小众生产场域”生产，彰显“前沿性”“边缘性”的革命性内涵：对占主导的社会审美的挑战，重构观众与剧场的关系，进而重构观众与社会的关系。

[1] 黄维若：《关于〈秀才与刽子手〉的创作》，《剧本》2007 年第 3 期。

[2] 参见“秋收季节”场刊。

[3] 参见杨子《表演上海：剧场空间与城市想象》，上海：上海人民出版社 2016 年版，第 139 页。

五、作为意象生产和地方营销的戏剧节

2010年之后，随着社会经济的高速发展，文化繁荣发展问题被提升为国家战略构架方案之一，文化被提升到空前高度，各地新兴的戏剧节/艺术节便是表征之一。这一时期，一批具国际视野，实施策展制运作的戏剧节应运而生。在20世纪80年代即以《绝对信号》开启“探索、实验、先锋”新戏剧时代的先驱导演林兆华，于2010年以个人名义发起“林兆华戏剧邀请展”，其后北京人民艺术剧院主办的“首都剧场精品剧目邀请展演”（2011年）、天津大剧院主办的天津曹禺国际戏剧节（2014年）相继问世。其中“林兆华戏剧邀请展”侧重引进代表世界戏剧新潮流的国际名导名团名剧，尤以德国、波兰系作品为主。和“林兆华戏剧邀请展”形成互补，创办于2011年的“首都剧场精品剧目邀请展演”侧重引进东欧、俄罗斯、以色列等国剧目。值得一提的是，“林兆华戏剧邀请展”的创办源于林兆华“让中国观众每年都能看到一两部世界上最好的戏”的初衷，[1] 而事实上，无论是对中国戏剧生态的发展，还是对国内戏剧节策展理念的建立，林兆华戏剧邀请展都具有一定的方法论意义，“对中国观众、对中国同行戏剧界都是一个震动，对中国戏剧现状有非常大的影响”[2]，其后出现的颇具行业影响力与国际视野的戏剧节，无论是乌镇戏剧节、天津国际曹禺戏剧节，还是2018年之后的上海·静安现代戏剧谷，都在一定程度上借鉴了林兆华戏剧邀请展“引进国际名导名团名剧”的策展理念。

---

[1] 王润:《林兆华戏剧邀请展，是如何一步步走到今天？》，微信公众号“大小舞台之间”，2017年2月26日。

[2] 李六乙导演评价，来源同上。

在当下全球城市竞争的语境中，艺术节庆活动成为城市、地区市场战略的关键要素，当“文化艺术”成为连接创意产业与经济发展、全球化城市规划的关键因素，戏剧节则充当“城市品牌”和“文化创意产业”的关键词，成为城市或地区形象塑造和地方营销的快速路径。[1]2013 年，由浙江文化乌镇股份有限公司主办的乌镇戏剧节开启了艺术节庆与地方营销相结合的文旅融合之路，在结合乌镇本土特有的地缘优势和古镇特色文化基础上，借助戏剧节对客流的吸引和聚拢，带动乌镇酒店民宿、餐饮、旅游业及周边房地产业的发展。虽然全权由文化乌镇股份有限公司出资，但乌镇戏剧节由戏剧界专业人士运作，“企业出资，艺术家操盘”这一模式最大限度保证戏剧艺术的纯粹性和自由度。即使乌镇戏剧节在一开始具有较强的文化导向，[2] 并以打造“文化乌镇”品牌为根本目的，但使用访客数量等经济学方法来衡量戏剧节的成功，很快将其转向依托戏剧节经验和标签效应实现客流与营收的增长，结合旅游与文化、文化与商业的文旅融合样本。中青旅控股股份有限公司的一组数据可知乌镇戏剧节的溢出效应：2018 年，乌镇景区全年累计接待游客 915.03 万人次，全年营收超过 19 亿，在游客人数回调、门票价格下调的情况下实现营收同比增加 15.74%；2019 年，乌镇累计接待游客 918.26 万人次，同比增长 0.35%。其中，西栅接待游客 529.67 万人次，同比增长 3.04%。从 2013 年到 2019 年，七届

---

[1] Quinn，Bernadette，“Arts Festivals and the City”，*Urban Studies*，Vol.42，Nos 5/6，May 2005，pp.927-943.

[2] 乌镇戏剧节章程表明，乌镇戏剧节的宗旨是“以繁荣戏剧事业，培养戏剧创作人才，提升戏剧作品的艺术水准，拓展戏剧市场为目的，加强国际戏剧交流，强调戏剧创作的原创性、艺术性、探索性及严肃性”。参见乌镇戏剧节官网（http：//www.wuzhenfestival.com/index.php?m=Guanyuxijujie&a=xijujiezhangcheng）。

乌镇戏剧节演出近600场，吸引游客和观众达100多万人次。[1] 显然，在十月秋季举办的乌镇戏剧节对游客流量的吸引功不可没，也解决了十一黄金周之后淡季景区客流不足的难题。作为意象生产与地方营销的乌镇戏剧节，以高品质的艺术创造力、专业的国际策展理念及多样化的文化消费场景，开启了文旅融合背景下艺术与商业的平衡之路，这给诸多城市或地区管理者看到了地方形象快速塑造的解决方案，也让戏剧节组织与运营者对“节日旅游”的经济潜力充满期待。在文旅融合发展的大趋势下，三星堆丝绸之路戏剧季（2015—2017年）[2]、中国西昌·大凉山国际戏剧节（2019年）[3]、阿那亚戏剧节（2021年）[4] 应运而生，其中由民营资本运作的三星堆丝绸之路戏剧季止步于2017年。在国有资本的凉山文旅集团运营下，大凉山国际戏剧节从2019年诞生之初即已明确责任，意在“让世界看见大凉山”，以戏剧节带动凉山地区旅游业发展，助力乡村振兴。作为最年轻的戏剧节，由阿亚那地产主办的阿那亚戏剧节，在擅长“结合前卫与实

---

[1] 参见王金礼、程博《戏剧节：艺术正在融入城市生活》，《光明日报》2021年6月13日，第8版。

[2] 三星堆丝绸之路戏剧季2015年由上海大藏文化主办，成都艺桥文化发起、策划和总执行，戏剧导演臧宁贝担任艺术总监，举办地为四川德阳，被称“西部首个戏剧节”，旨在“打造一流的、有旺盛生命力的国际戏剧和跨界艺术盛会，力争通过三到五年时间，将德阳乃至四川打造成为国家‘一带一路’倡议里重要的国际文化交流与贸易平台，成为国际文化交流与输出的重要节点，推动‘文化德阳’和‘文化四川’加快走出国门，融入世界”。

[3] 大凉山国际戏剧节2019年由濮存昕、李亭、阿来、黄定山、李伯男、赵淼等23位中外艺术家共同发起，由凉山文旅集团全程运营，濮存昕担任艺术总监，是贯彻落实党中央、省、州对文旅融合发展和文艺工作指示精神的文旅创新品牌项目，是迄今为止唯一的中国西部戏剧节、世界冬季戏剧节。参见大凉山国际戏剧节官网（http://www.dlsfestival.com/special/detail/15）。

[4] 阿那亚戏剧节由阿那亚地产开发商主办，阿那亚创始人马寅担任戏剧节主席；导演孟京辉，演员章子怡，演员、导演陈明昊共同担任艺术总监。

验和商业追求”的孟京辉的运营下，于2021年6月甫一问世即获得颇高的市场关注度，再次凸显了作为意象生产与地方营销的戏剧节在特定空间营造中日益增长的影响。根据阿那亚官方提供的数据，在十一天戏剧节期间，有12万多名游客到访阿那亚社区。从偏重先锋实验性的剧目到价格居高不下的酒店民宿，阿那亚戏剧节被看作“为新北上中产阶级的审美趣味而定制”，投射的是新中产的文化需求，[1]但从商业开发的角度看，“仓促且稚嫩”的阿那亚戏剧节不啻为一个文旅融合最佳样本。

将戏剧节植入商圈或城市公共空间，这是表演艺术新天地（2016年）、思南城市空间艺术节（2017年）及武汉城市空间艺术节（2017年）等以公共空间艺术形式呈现的聚集性表演，以戏剧艺术介入提供消费者对文化产品的体验消费，重塑人们对特定地点/空间的意象、情感和归属意识，文化的商业价值被挖掘放大，用以强化特定空间意象，行使地方营销功能。戏剧节与城市公共空间的联姻虽然时间不长，但其作为经济催化剂已成为不争的现实：作为国内首个在商业空间举办的戏剧节，在2017年第二届举办的十天里，表演艺术新天地推动新天地商圈人流量和销售量同比增长47%，斩获“2017国际ICSC购物中心大奖”亚太区银奖；思南城市空间艺术节三天逾百场演出对公众免费开放，成功为街区“引流”，带动周边零售业创下销售新高。但值得警惕的是，戏剧节与商圈地产联姻，在制造经济收益与社会效应的同时，地方的独特性并没有获得提升，部分原因是组织者用公式化的方法复制已有的“成功”的戏剧节，全球复刻稀释了原创性和地方差异性，引发“无地方性”在戏剧节美学中的扩散，这

[1] Mia:《阿那亚戏剧节“荒诞一夜”：北方“文化乌托邦”的诞生》，微信公众号“娱乐独角兽”，2021年6月22日。

导致“现代节日成为一个超市，人们被劝说大量购买被加工的文化产品，这样的活动很快看起来一模一样”[1]。

六、小结：戏剧节作为方法

综上所述，戏剧节作为方法，在不同的文化政治逻辑下，从政治、美学、资本等多维度扮演不同的角色参与社会发展进程，在与社会、文化的碰撞互动中共同呈现“中国”的主体形象。从文化政治角度，戏剧节作为国家文化治理路径，为社会改造提供新的主体和策略，实现国家形象和民族理念的构建；从美学维度，从小剧场戏剧节到独立于主流戏剧的“边缘戏剧节”，戏剧节承载剧场美学的转变，以实验、革新为审美内涵对旧有创演观念和模式进行反判，对主流商业戏剧体系进行抵抗，重构观众与剧场、观众与社会的关系；从资本与市场营销角度，在全球创意文化经济思维下，戏剧节为城市或地区形象塑造提供快速解决方案，或担当地方经济发展的催化剂。在中国当代社会发展全景中，权力向资本的转移推动戏剧节的市场化转向，及其地理意象空间从国家向地方的转换，为当下文化的自我表达提供了多种可能性。

戏剧节在中国的演进及其文化再生产，实质指涉的是文艺与国家、与艺术本体、与市场的关系，以及如何重建文化主体性的问题。它在文化政治层面呈现出的不断扩大的包容性，在资本领域所彰显的文化生产创造力，以及在剧场中通过新旧更替、流动与重组交织而成的美学新风貌，正重新定义当下中国戏剧节的价值和内涵，建构现代中国自我表达的丰富性和多样性。

---

[1] Clark，A.High brow，low blows，Financial Times Magazine，19 June，2004，p.34.

从文化心理角度探体育影视发展

易文翔

广东省文艺研究所

体育是社会发展和人类进步的重要标志，是综合国力和社会文明程度的重要体现。体育影视艺术是将体育与影像艺术有机融合的一种综合艺术，以视听语言形式展示体育的魅力，它不仅仅是体育竞技的可视化呈现，还承载着人类对生命的感悟、对极限的追寻，同时也是一个族群包括体育观在内的文化价值观的一种表达路径。探析国产体育题材影视创作的文化价值观，可以从两个角度进入：一是通过体育影视创作发展历程的纵向梳理，分析作品所反映的包括体育观在内的文化观念的嬗变；二是通过横向对比，从不同国家、民族的作品所体现的文化差异，分析中国体育影视创作文化心理的独特性。经过纵向、横向的分析对比，或许可以找到体育影视发展的路径。

一、文化观念的嬗变

中国体育题材影视创作的发展与国人文化觉醒到文化观念转变的轨迹有着一致性。在电视尚未在中国普及之前，早期电影在摸索中前进，寻找具有本民族文化特点的电影表达。回望我们的历史，曾经积贫积弱的国家寄望体育强国，1917 年毛泽东发表的《体育之研究》一文，表达的便是通过发展体育，救国救民的“健身强国”体育思想。1918 年商务影戏部的《东方六大学运动会》《第五次远东运动会》《女子体育观》三部体育纪录片开启中国体育电影的拍摄，1928 年的《一脚踢出去》将体育竞技作为“奇观”叙事融入故事片，1934 年的《体育皇后》被视为真正的体育电影。在相当长的一段时间，体育是脆弱文化自信的一个支撑点，当年每一场体育比赛的胜利，不仅仅是一场比赛，更是提振国人赶上世界步伐的决心和信心。体育影像的传达亦呼应着这种诉求，《体育皇后》所表达的正是“体育救国”的思想。此后，体育影视创作开启宏大主题叙事，承载着刚刚打开国门、对外界缺乏了解、缺乏自信又极度自尊的国人“强国强种”、追求荣誉的渴望。创作的主旨主要围绕着体育是国家强大的标志、竞技是为了荣誉、国家荣誉至上等方面展开，如 20 世纪五六十年代的电影《水上春秋》表达通过体育成绩的突破洗刷旧中国所遭受的凌辱;《女篮 5 号》强调体育运动对国家建设、社会主义建设的意义;《女跳水队员》《冰上姐妹》中，运动员的动力来自祖国和人民，强调比赛是为了给祖国争取更大的荣誉。70 年代末掀起的改革开放对人性的解放令艺术创作的视角聚焦于“人”，80 年代的电影《沙鸥》在表现主人公为国争光和对荣誉的渴望的同时，开始注意到个人对梦想和冠军的追逐，较之此前几乎无视个人的创作观念，有所进步，但影片中沙鸥将银牌扔进大海的情节，仍流露出了

“金牌至上”的狭隘观念。90年代以后，体育题材影视创作的人物塑造、主题开始朝着多元化的方向发展，如电影《女帅男兵》刻画男篮球队女教练，《黑眼睛》以盲人运动员形象传递坚韧不拔的体育精神和对美好生活的向往，《赛龙夺锦》反映农村新生活；电视剧《没有终点的跑道》《步上云霄》《中国女足》等通过一个个拼搏奋斗的故事展现优秀运动员的成长，这些创作较之此前，生活辐射面有一定的拓宽，但弘扬民族主义、为国争光仍然是主导的创作方向。从“救亡图存”到“主旋律”文化表达，体育影视创作的功利主义和民族主义话语较为强烈。

进入21世纪，中国体育的“举国体制”和长久以来承担的凝聚民族精神的重任赋予了体育影视创作新的任务。影视剧创作开启有策划的应时而作。1999年中国女足获得世界杯亚军；2000年《女足九号》应运而生；2001年，中国男足历史性进入世界杯足球赛决赛圈，一部由真实人物原型改编的电视剧《中国足球》于2002年播出；2008年，为迎接北京奥运，献礼片《一个人的奥林匹克》《买买提的2008》、献礼剧《排球女将》面世……体育竞技与影视创作呼应，开创了一个欣欣向荣的局面。这些作品大多为写实型传记风格，在特殊节点作为宣传品出现，通过突出主人公的拼搏精神、先进事迹来增强民族自信心和自尊心。电影《一个人的奥林匹克》记录了短跑名将刘长春为中国敲开奥运大门的传奇经历。当中国电影人将这段历史堂堂正正地表现出来，说明国人已有底气正视卑微的过去，而刘长春的“死也不放弃”诠释了国人对体育强国的执念，其中流露出的悲壮，激励后人。在这一时期，也出现了一些作品在处理个人与集体这个问题上寻找到了新的方式，如电影《破冰》《飓风之舞》等，影片中的人物不再是简单的为了集体牺牲个人，而是将个人梦想融入奥运梦、国家梦之中，“小我”与“大我”共同成就。这昭示着体育影像呈现的价值观，开始从单一的价值观转向交融互通的价值观。影视创作改变过去过于注重宏观概念化表达、关注竞赛结果、忽略过程，转而将重点放在运动员拼搏努力的过程，比如影片《冰刀双人舞》主人公认识到滑冰本身带给她的美好远比金牌重要，《翻滚吧，阿信》《激战》等影片对于“英雄式”个人主义价值取向的表现和认同，这些说明关于体育竞技的价值取向开始重新定义。在叙事上，体育影视作品也不再只是还原具有标志性的体育事件，开始通过影视艺术独特的叙事方式和镜头语言，来体现体育精神，比如电影《破风》巧妙地选择了自行车比赛中“破风”这样一个关键词进行切入，展示激烈的竞争中，每个人面对友情与爱情、名利与牺牲、个人与团队等方面的抉择与考验。故事的寓意是在人生当中，若荣辱、功名、利益与心灵深处的初衷发生冲突时，当选择本真、纯净之心，放弃充斥着杂质的东西；电视剧《奋斗吧，少年！》特效技术与二次元元素相融合，既展现了竞技体育的热血与激情，也表现了轻松风趣的训练氛围。

近两年的作品更能清晰地看到这种转变。作品的主旨从以前的为国家、为集体付出和牺牲的集体主义价值取向转变为个人奋斗与为国争光并存的价值取向；从以金牌冠军定胜负转向肯定运动员的付出和拼搏；从为了赢不顾一切的功利价值观转向注重体育精神培养、体育文化熏陶、意志磨炼的体育教育价值观。比如电影《点点星光》在表现小运动员为追求梦想奋力拼搏之余，也描绘着他们享受跳绳运动带来的快乐；纪录片《棒！少年》没有渲染冠军时刻，更多的内容是通过记录训练中小运动员的成长；电影《超越》中的郝超越从坚信“除了赢，没有别的”到“那个奔跑的自己不是为了获得成功，而是为了告诉自己，自己才是人生这场故事里永远的终点”，吴添翼从为了偶像郝超越而奔跑，到“吴添翼的终点不是郝超越，吴添翼的终点仅仅也是吴添翼自己”的领悟，两人完成蜕变；电影《夺冠》中郎平对想成为自己的朱婷说“你不用成为别人，你只要成为你自己”，这部讲述几代女排人传奇故事的电影，表达了“让体育回归体育，让运动员回归人”的理念。2002 年的《中国足球》喊出了“在一代足球人的共同努力下，中国足球队终于走出亚洲，走向世界”，要赢的心声明明白白；2020 年的《夺冠》则说出了“等我们真正强大了，我们就不会把赢作为唯一的目的”，相隔十八年的两句台词，浓缩了国人在体育竞技上心态转变历程，见证着创作者和观众的成长，跨越世纪的体育影视作品呈现了文化心理的变迁，创作正在走向成熟。

二、文化认知的差异

体育影视作品的精神内核，一方面是表现体育运动的力与美所彰显的拼搏奋进、超越自我的精神，追求极限的壮美以及人本主义、英雄主义、公平竞争、团队精神等。另一方面则是折射国人和民族独特的精神气质，比如《洛奇》《追梦赤子心》《百万宝贝》等电影，突出荣耀、尊严对于个人的意义，反映美国人崇尚个人奋斗的生活态度；电影《争锋》《花滑女王》《绝杀慕尼黑》表现出俄罗斯战斗民族与生俱来的气质；动漫影视作品《灌篮高手》《足球小将》《棒球英豪》等体现日本的武士道精神和群体意识；等等。一个民族的精神气质由其核心价值观所决定，符号学理论指出“电影符号学可以既被看作一种关于直接意指的符号学，又可以看作一种关于含蓄意指的符号学”[1]，影视艺术追求意在言外的表现手法使得

[1] [法]克里斯丁・麦茨等：《电影与方法：符号学文选》，李幼蒸译，北京：生活・读书・新知三联书店 2002 年版，第 8 页。

影视作品所呈现的意义超越个体，融入了更多的大众意识，影视作品“把他的观众联结在一个集体的梦幻中，一个对他们自己的文化经验理想化的幻境当中”[1]，体育题材影视作品的“含蓄意指”则是包含了“集体无意识”或“民族记忆”的时代印记和文化价值观。在20世纪国产体育影视作品，这种时代印记的体现比较鲜明，如50年代的电影《女篮5号》将新旧中国对发展篮球事业的迥异态度进行对比，反映两代人的两种人生，寓意明确。80年代的电影《沙鸥》以独特的艺术构思揭示了“文化大革命”造成的精神创伤，概括了一代人悲壮的命运，表达了因“文化大革命”而壮志未酬的一代人的心声。

可以说，中国体育影视作品的时代印记较多地体现为对历史的自审，与民族记忆有着紧密关联。当我们将历史记忆作为一个对比指标时，会发现不同文化背景的影视表达有着较大的差异。在这里，不妨将中国电影《京都球侠》、美国电影《胜利大逃亡》、印度电影《印度往事》做一番比较。

影片名 对比项	《胜利大逃亡》	《京都球侠》	《印度往事》
上映年份	1981年	1987年	2001年
竞技项目	足球比赛	足球比赛	板球比赛
对抗双方	盟军战俘队与德军队	民间青龙队与西洋队	印度村民队与英军队
故事核心	为逃亡、为争取自由而参赛	为民族尊严而参赛	为三年免税政策而参赛
结局	战俘队胜，在观众的帮助下实现逃亡	青龙队胜，周天等队员被下令斩首	村民胜，英国人取消不合理的税收政策
风格	喜剧	悲喜剧	喜剧

《京都球侠》讲述清朝末年中国底层人民自发组织足球队与西洋球队

[1] ［法］克里斯丁·麦茨等:《电影与方法：符号学文选》，李幼蒸译，北京：生活·读书·新知三联书店2002年版，第8页。

展开决战，中国队取得了球赛的胜利，队员却被下令斩首的故事。《胜利大逃亡》讲述第二次世界大战末期，集中营的战俘利用足球赛实施逃亡计划，但在球赛当天改变计划，在球场上大败德军，最后在观众的帮助下胜利大逃亡的故事。《印度往事》讲述印度村民在青年拉凡的带领下赢得了与英国军队进行的板球比赛胜利，迫使英国人取消不合理的税收政策，英军撤出村庄的故事。三部影片在故事架构上有着相似之处，都设置了双层结构：在体育竞赛的表层故事下，包裹着矛盾与抗争的深层内蕴，将为民族的斗争、为自由的抗争寄寓于体育竞技框架之中，体育竞技被赋予更深层的含义；艺术表现上，都运用了喜剧元素。但是，三个故事所折射的文化心理大相径庭。

这里先对比两部80年代出品的关乎荣辱的足球赛的影片：《京都球侠》与《胜利大逃亡》。国产电影《京都球侠》中，由三教九流组合起来的民间球队，在朝廷献媚送分、洋人作弊使绊的劣势下，仍然依靠技术和完美的配合赢得比赛，球赛关乎尊严，表达着民族自尊诉求；赛场上获得了胜利，队员却被下令处死，令人愤懑的结局传达主旨：技巧固然重要，但与思想、文化相比，后者更决定国家民族的未来。影片以悲喜剧杂糅的方式对民族心理展开剖析、对传统文化进行批判。故事主人公周天，一个留洋学习法律归来的翰林院编修，无法用所学救国，组队赢得球赛胜利却要被砍头，文武双全之才无用武之地，悲剧收场，影片批判锋芒之利可见一斑，最后周天谢绝詹尼以“未婚夫”名义救他，毅然迈向刑场，也流露出了“我以我血荐轩辕”的悲壮。美国电影《胜利大逃亡》中的足球赛，本是盟军战俘借机逃出集中营的一个机会，但队员却临时改变主意，决定赢取比赛胜利，这场球赛更多的是展现体育精神。影片将自由与胜利之间的抉择、足球与越狱、精彩的球技与不屈的精神等进行融合，逃亡计划与赛场上的输赢构成了出色的戏剧张力，一场足球比赛不仅仅是荣誉之战，更像一场正邪交锋，酣畅淋漓的叙事以及喜剧元素的运用，令这部娱乐性体育电影获得成功。它没有悲鸣之声，留下的是欢快与愉悦。在两部影片的对比中，既可以看到两个民族历史负重的区别，更可以看到二者不同的文化心理认知，二战的胜利者美国人以胜利者的姿态在电影中通过体育赛事嘲讽纳粹德军；中国的电影人则是借一场足球赛反思当年屈辱的历史。

较之《胜利大逃亡》，对于民族屈辱历史的反思，印度电影《印度往事》与《京都球侠》更有相似的地方。《印度往事》的故事也是一段关于殖民历史的讲述，也是民间球队（村民组成的球队）与洋人球队的对抗，但不同的是，故事的精神内核，《京都球侠》的终极指向是针对封建制度的清朝政府，认为不推翻没落腐朽的封建王朝，民族没有希望，而《印度往事》的终极指向是印度人的信仰与宗教，信仰赐予主人公和村民敢于反抗并获得最后胜利的力量。在主旨的传达上，《印度往事》更符合西方文化价值观，饶有趣味的是，影片中有这样一段情节，在比赛双方出现争议和僵持不下的时候，英国裁判秉持了公正执法。这一细节从侧面反映即便印度电影有着洗刷历史屈辱、树立民族自信的强烈诉求，但又迫切地希望得到英美这些占据世界话语权的国家的认同。这部由好莱坞剧作家参与了剧本编写与修改的影片，荣获 2002 年奥斯卡金像奖最佳外语片提名，也是当年亚洲唯一的一部获得奥斯卡最佳外语片提名的影片，是印度历史上首次得到奥斯卡青睐的电影。这种认可，除了技术与艺术层面，更多的是文化心理层面的，是文化认知匹配的体现。

《京都球侠》也在国际上获得了不少的赞誉。1988 年荣获法国巴黎华语影视片雄狮奖，导演谢洪被评为“最受欢迎的导演”。但这并不代表影片深层的文化内核被理解、认同。根据谢洪的回忆，当年在法国导演协会召开的欢迎会上，协会领导人认为，在20年内中国电影令全世界必然感兴趣的有三件事，第一，辫子，第二，大烟，第三，妓女。坐在一旁的谢洪心里不是滋味儿："人家完全把你当糟粕看。"[1]《京都球侠》的经历无疑验证着萨义德在《东方学》中所指出的，在东方学的视角下，东方总是被描述为那些落后原始、少数民族话语、荒诞无稽、异国情调、神秘奇诡的他者形象。萨义德认为，所谓的"东方"是西方人发明的一个充满殖民主义集体记忆的地方。东方主义并非有关东方的真正话语，只是西方人自我主观性认识，是欲望的投射和权力的反映。在欧美的电影语言中，本民族的文化通常扮演着主体，而世界其他地区的民族与文化通常扮演"他者"。这种因文化认知差异而形成的隔阂一直存在，事实上，西方并"不愿意和中国分享核心价值"[2]，影视创作者应该对此有较为清醒的认识。这一点势必影响影视创作。

三、文化主体性的重构

影视创作的文化主体性基于作品所体现和传递的文化价值观。文化价值观"是一个民族、一个国家、一种文化所体现的关于生活方式、社会理想、精神信仰的基本取向，它决定着人们在政治、社会、伦理、艺术领域对于是非、善恶、正邪、美丑的基本判断"[3]；影视艺术的综合性又

[1] 《从〈京都球侠〉到〈抗日奇侠〉》，《中国周刊》2012年第10期。

[2] 《戴锦华：中国电影暴露中国文化中空问题》，2014年12月5日，腾讯文化（https://cul.qq.com/a/20141205/016891.htm）。

[3] 贾磊磊：《中国电影的文化价值观》，《人民日报》2013年11月1日。

是与大众传播和消费性紧密联系在一起的，呈现特有的大众文化品格及娱乐性。这二者之间并不是绝对冲突的，在某种意义上，后者甚至是前者有力的推手。娱乐产业学家哈罗德·L. 沃格尔从词源角度分析“娱乐”（entertainment）一词，指出它不仅仅是“消遣”（diversion），其真正含义在于拉丁词根“抓取”（tenare），触动人心。[1] 也就是说，娱乐的根本也是精神上的触动。因此，影视作品的文化价值观传递与娱乐性追求可以在精神层面实现调和。在这一点上，较之其他题材，体育题材的影视创作具有天然的优势。影视与体育结合，塑造光彩夺目的运动健儿形象，展现竞技魅力和精彩瞬间，彰显超越人类极限的体育精神，体育竞技与影像艺术的双重“刺激”，令感官娱乐与精神传递实现了统一，比如日本的励志体育电视剧《排球女将》《绿水英雄》《足球小将》等等，将运动技巧动漫化、魔幻化，以顽强拼搏的精神感动人，当年日本的排球、游泳、足球水平的大幅度提升，与这些影视剧的火热不无关系，影视剧的辐射力在一定程度上推动了国家体育事业的发展。

体育精神作为人文价值的一种，是体育影视作品独特的内涵，所展现的体育影像（或形象），其背后阐释的人文价值是影视创作主体性的体现。这一点在影视工业发达国家的影视创作中是非常明确的。比如“不停奔跑”的阿甘，是“在政治文化极端混乱的20世纪最后20年中，美国试图‘全面补充其民间传说及自我形象的典型’”[2]，“阿甘在漫长的、孤独的长跑中渐次长须、长发，具有了某种基督式的形象，这便使得他在影片中

---

[1] Vogel：《Enertainment industry economics：a guide finanical analysis》，北京：清华大学出版社 2002 年版。

[2] 戴锦华：《电影批评》，北京：北京大学出版社 2004 年版，第 199 页。

负载着救世主的寓意获得了具象化的表达”[1]。影片“及时出现在当代美国文化四分五裂并丧失了稳定的价值观念的时刻，为美国社会提供了一种社会融合和想象性拯救的力量”[2]。2021 年在香港上映的两部影片能看到《阿甘正传》的影子。一部是被称为“中国版《阿甘正传》”的《妈妈的神奇小子》，影片根据残奥会冠军苏桦伟真人真事改编，讲述苏桦伟如何在妈妈的鼓励和帮助下克服身体障碍，最终成为残奥冠军的励志故事，他与阿甘的相似点主要在于主人公弱智、跑步这两个点上，而在文化内核上的挖掘，两部影片相去甚远。另一部影片《二次人生》讲述一个工作上一事无成、感情中被动逃避，没有目标、没有追求的年轻人，在参与马拉松比赛中领会到拼搏的意义，开启第二次的人生。在文化价值传达上，这部影片有《阿甘正传》精神重塑的影子，但仅限于个体的变化。《阿甘正传》以传统美德和保守主义行为去解决资本主义制度固有矛盾所造成的种种社会危机和人类生存困境中的精神危机，实现各种文化冲突在多元语境下的融合，进而促进美国社会的和谐与发展。这部电影是美国意识形态输出的一个范本。《二次人生》对于当下香港人的种种困境也有所涉及，但创作者认知上的局限决定了影片无法像《阿甘正传》那样给出符合本国发展的解决方案，并将其价值观成功输向国外。

形成这种差距除了影视工业化程度高低之别，更重要的是文化心理上主体性认知的强弱。体育精神阐释的薄弱所反映出来的体育影视创作文化主体性的缺失。影视创作在体育精神阐释上邯郸学步、亦步亦趋的模仿，或许源于一个根源性问题：体育及体育精神的阐述源于西方。西方竞技体

[1] 戴锦华：《电影批评》，北京：北京大学出版社 2004 年版，第 207 页。

[2] 戴锦华：《电影批评》，北京：北京大学出版社 2004 年版，第 195 页。

育及其理念构成了现代人对体育的整体认知，这一点不可否认，但体育精神所体现的人文价值，是以生命个体为核心，通过对各种生命关系的全面把握而形成的以人文关怀为重要内容的文化精神，人文价值具有较强的时代性和地域性，可以真实地反映特定时代的特定地域内民众的思想结构和价值观念。同时，人文价值作为人类精神世界的核心内容，它又具有超时空性的共同认可的精神世界构成。也就是说，观念和理论源于西方，但精神的呈现和构建不必囿于西方概念。另一个原因则是由前一个原因导致的内在的后殖民性，即前文所述的本土影视创作在全球文化秩序中沦为东方奇观。这两点可视为同一问题的一体两面。

梳理国产体育影视创作历年作品，这种缺失从创作偏好和市场接受度也可发现端倪。国产体育影视受到市场欢迎的作品，比如电影《少林足球》《羞羞的铁拳》《飞驰人生》，主要因为喜剧内核，体育更像是一个外在的“壳”；电视剧《篮球火》《斗牛，要不要》《全职高手》得到追捧主要是其中的“偶像”元素，“偶像剧”成分发挥的作用更大于体育题材的作用。事实上，体育题材并不是国产影视剧的创作长板，长期以来大多是附着于其他题材，常见的是“武侠”（或“功夫”）与“青春偶像”，比如反映古代足球发展的电视剧《一脚定江山》，依赖精彩的动作戏；电视剧《功夫足球》中出现迷踪拳、轻功“踏雪无痕”、混元一体气功等功夫。篮球题材的《热血狂篮》《永不言弃》、击剑题材的《当四叶草碰上剑尖时》《进击吧，闪电！》、游泳题材的《浪花一朵朵》、冰上运动题材的《冰糖炖雪梨》、格斗题材的《甜蜜暴击》等，几乎是清一色的“偶像+爱情”的模式。即便是那些不以“爱情”为噱头的剧集，比如《旋风十一人》《我们的少年时代》等这些讲述中学生体育运动的故事，足球与棒球仍停留在工具性层面，其本质仍然是青春校园偶像剧。导致这种现象的出现，固然有技术层面的原因，受影视工业制作水平所限，难以在影像上复原真实比赛的精彩，于是依赖武侠、奇幻元素去弥补，而更重要的是，叙事的焦点往往聚集于人物情感与命运，体育精神的阐释却被轻视或忽略了。试以排球题材作品为例。1986 年中国女排实现历史性的五连冠后，顽强拼搏的女排精神被广为传颂，代代相传。这一题材的影视作品，有电影《排球之花》《沙鸥》，电视剧《中国姑娘》《阳光总在风雨后》《排球女将》等，这些作品除了《沙鸥》因为描写了曾经的伤痛在当时引发关注，其他基本上都没有太大的影响，有的甚至是失败的作品，究其原因，缺乏艺术的真诚，对女排精神阐释不到位是关键所在。直到 2020 年的电影《夺冠》，影片以三场赛事重现几代女排人历经浮沉却始终不屈不挠、不断拼搏的传奇经历，从历史的、时代的以及国际的三重视野诠释鼓舞全民斗志的“团结协作、顽强拼搏、永不言弃”的“女排精神”。这部影片在女排题材的影视创作上，呈现了观念的演进；在体育类型片上，实现了叙事结构的突破，它所取得的票房成绩也成为体育类型片的一个新的标杆。

综上所述，国产影视作品在大众文化传播的场域中显现魅力、扩大辐射影响力，必须重构文化主体性。即便当下话语权不对等，但“中国可以成为全球游戏规则的改变者”[1]，现代体育精神中的和平、和谐以及爱、美等人文理念与中国传统文化的整体观是相通的，集体主义的团结协作精神亦是传统价值取向的一种，体育影视完全可以在整体的文化主体性的系统性建构中发挥作用。套用现代奥林匹克之父顾拜旦的一句话“体育，是培养优秀公民最好的方式”，那么，体育影视作品可以是塑造优秀公民形象

[1] 曹秀华、李大巍：《约翰·奈斯比特：创新应成为中国的大趋势》，《中国新闻周刊》2015 年第 2 期。

最好的方式。体育，作为人类的五种沟通方式之一，能够跨越语言的障碍和种族的隔膜，在情感与思想交流上具有天然的优势。影视作为一种声音与图像结合的媒介手段，具有平面媒介所不具备的优势，同时作为一种能够传播和表达文化的渠道和工具，输出国家的文化内核与价值观，是重要的媒介文化载体。体育题材影视创作，经历几十年的发展，确定的价值取向和文化立场的文化身份认同、建构文化主体性应成为当下的目标。

塑造生命价值，叠高自然文明

——论傅菲自然文学的生态叙事特征

袁　演

江西省社会科学院文学与文化研究所

自然文学称谓的演变过程经历了三个阶段，从 20 世纪 80 年代的环境文学到后来的生态文学，再到当下更为精确、科学、全面的这一命名。自然文学把人类与非人类的自然物涵括其中，使人类更好地介入生物圈，摒弃“人类中心主义”，建构出人类与非人类之间的命运共同体观念，促使人们重新审视人与周围物质环境的关系。21 世纪全球环境危机加剧，而近年来新冠疫情的暴发，更加警醒人类进一步思考人与自然和谐相处的重要性和可行性，对自然文学的生态叙事分析属于文学批评的“物转向”研究方向之一，将为重塑人类与非人类、有生命与无生命、主体与客体之间的关系贡献学术智慧。

想要打造一部优秀的自然文学作品，作者至少需要具备以下四个条件：一是拥有一颗热爱自然的谦卑心灵，二是长期的野外观察、调查和体验，亲身去深度体验自然中的生活，三是储备了丰富的博物学知识，四是充溢着诗性的质朴语言表达。自然伦理探究者傅菲在他的《大地理想》（北岳文艺出版社2016年8月第1版）、《深山已晚》（广西师范大学出版社2020年4月第1版）、《鸟的盟约》（广西师范大学出版社2021年3月第1版）、《风过溪野》（百花文艺出版社2021年7月第1版）等系列自然文学作品中，将以上四点有机融合，以散文的方式把自然和日常生活融为一体，强调了人的自然属性、自然的生命属性、自然给生命的启示，以及自然亘古的法则和伦理。

对自然的特别关注与热爱，早在傅菲2009年出版的散文集《星空肖像》序言中就初露端倪："童年的经验对于一个作家来说，是极其重要的，它几乎是一个作家想象力的全部。我很感谢我在乡间度过的十六年，使我认识自然，融入自然，让我的文字布满植物的气息，有南方的氤氲和沉郁，有泥质的简约与拙朴。"的确如此，综观傅菲的20余部散文集，虽然涵盖了"饶北河系列、城市系列、身体系列和大自然系列"四个创作维度的写作，但其实每一种类型的作品都蕴含着乡土的气息和自然的味道。从小在乡村长大的孩子，拥有着敏感多思的心灵体验，怀揣着悲天悯人的创作情怀，秉持了深耕细作的创作态度，这些经历与特质赋予了他深厚扎实的创作底蕴和延绵不绝的创作动力，使得他的自然文学作品呈露出浓郁的地方色彩和辨识度很高的个性化表达，也使得他可以存有持久的续航能力。难能可贵的是傅菲不断探索的态度与精神，他的自然文学不是书斋中的引经据典和无病呻吟，而是亲身实践后的心血之作。2013年7月开始，傅菲山居两年，走遍武夷山山脉北部支脉中的荣华山国家森林公园，2015年，傅菲"转场"，以徒步的方式，考察鄱阳湖、五府山国家森林公园、武夷山国家级自然保护区、庐山国家自然保护区等具有生态多样性标志性的自然区域，并同时耗时三年，考察赣东郑坊盆地，观察四季流转、生态变迁。森林、草洲、山林、花草、星空、雨雪、鸟、虫、鱼、猴、蛇等各种自然物象悉数在他笔下“登场”。历时八年的野外考察之后，他的系列散文集相继横空出世，单篇作品“横扫”国内各大刊物，作品题材不断拓展，创作的广度与深度也随之渐次抵达，引起了国内评论家和生态学者的高度关注。2021 年《湖南文学》与《黄河文学》还分别为傅菲开设自然文学专栏，这在国内散文家中尚属首次，从一个侧面充分说明了傅菲在当下自然文学创作中的重要地位。

一、生态之境：以质朴白描多维度展现自然

傅菲善于运用人类学、社会学、博物学等多学科知识，用平易、朴素、自然、明晰的质朴白描方式，融合写实与写意等多种表现手法，以亲切而坦诚的语调，呈现了丰富斑斓的自然文学文本，一如大自然的丰富多元化。美国自然文学的代表作家约翰·巴勒斯是影响傅菲从事自然文学创作的精神导师，傅菲曾在多部作品中反复提到他的文学观和自然观。效仿约翰·巴勒斯，傅菲也有长期的野外观察和生活实践，他远离城市的喧嚣与侵扰，客居山中，仿佛是一个与时偕行的生态空间，他沉醉其中，贴近大地，乐享人生。他热爱的自然，通过质朴的语言和白描的短句来构建，散文的笔法，诗歌的意象，美术的意境，科学的视角，有机地融合在他笔下，为读者呈现出大自然的丰富多样、出其不意和恬淡宁静。

“生态人生的要义在于享受生态。”[1] 关于这一点，童心未泯的傅菲与200年前的英国浪漫主义诗人济慈可谓心意相通：他也是“毫不掩饰自己的价值取向，敢于并善于表达对自然事物的喜爱与欣赏”[2]。在《收拾一个院子》中，他描写与果鸽同桌进食、同屋共处的亲密感：“果鸽不畏惧人，有时我在吃饭，它也跳到桌上吃饭粒。我用筷子敲桌，它啪啪跳起，落下，继续吃。我的窗户在白天始终开着，方便鸟进出。伙房大嫂埋怨似的对我说：‘果鸽都会认人了，你在这里，它吃得很卖力，还在桌上拉污。’”与果鸽同吃同住，使得鸟儿对他无所畏惧，放松惬意。在《雨滴在大地上重逢》中，他专注于一粒稻谷是怎样变成一束稻穗的连续不断过程：“他耖田，我去看。他撒谷种，我也去看。我还跑到他家，看他育种……他灌水，我去看；他放水，我也去看。每天傍晚，我弯一截羊肠田埂路，去那块田里看看，再绕过田畴，去溪边散步……下雨了，我也去看田。秧苗浮在水里，雨打在苗叶上，苗也卷一下，又弹回来。”质朴的短句勾勒出傅菲的亲近自然行为，从事耕作活动的乡人很困惑，几次问他：“你到底在看什么？你真是一个少见的人，你是不是想学种田呢？”

傅菲对这一司空见惯的农事活动产生了浓厚的兴趣，这在乡人看来百思不得其解。而对于崇尚极简主义的傅菲眼中，对自然的认知就是对生命的认知。无论是与果鸽同桌进餐，还是悉心观察稻穗生长，要想乐在其中，都要有一双发现美的眼睛和丰盈的心灵。正如他在《山猪》中表达的自然观：“万物之神塑造一个物种，竭尽了自己的想象，尽其所美，尽其所能，尽其所长，让每个物种享其所养，乐其所供。万物之神才是全能神，

[1] 傅修延：《济慈诗歌与诗论的现代价值》，北京：北京大学出版社 2014 年版，第 207 页。

[2] 傅修延：《济慈诗歌与诗论的现代价值》，北京：北京大学出版社 2014 年版，第 207 页。

所有的物种在大自然中找到安身立命的地方，不亏待任何一个物种，也不恩宠任何一个物种。”这是以一种毫无遮蔽的平视的眼光在观看宇宙万物，正是以这份纯真的心灵来观看、倾听、分担与承受万物，个体生命才能发现自然的真实与美，并从中受到无尽的滋养和启迪。

傅菲偏爱那些日常的、普通的、弱小的生灵，在《灰胸竹鸡》一文中，他仔细观察各种鸡的叫声，并做出了细微的区分：“在很多年里，我误把灰胸竹鸡的鸣叫，当作是蓝翡翠在得意忘形地练声。我还以为，有溪涧的山垄是蓝翡翠的练歌房。灰胸竹鸡和蓝翡翠，啼声有相似之处，洪亮悠长，连接音柔滑。灰胸竹鸡是这样叫的：嘘叽叽，嘘叽叽，嘘叽叽。蓝翡翠是这样叫的：嘘叽叽咕噜，嘘叽叽咕噜，嘘叽叽咕噜。‘咕噜’是一个后缀音，向下滑走，尾音圆润。蓝翡翠鸣叫三分钟，便止歇了，而灰胸竹鸡可以鸣叫半个小时，声声长，气韵充沛，节奏不乱。久闻之后，我又责骂灰胸竹鸡：怎么这样笨呢？叫得这么凶，既不知道变变嗓音也不知道降降声调，嗓子叫坏了，谁给你换一副好嗓子呢？”这一段描写中，傅菲以灵动细腻的白描手法，将他对自然的观察和感悟书写下来，以札记式的片段呈现给读者，这些自然随笔式的文字既蕴含着丰富的文化内涵，也带给人独到的审美体验。读他的作品，犹如亲临现场，随着他的描写，鸟儿等自然物象一点点跃入眼帘，仿佛也跟着作者在大地上自由地奔跑，深入作者营构的自然之境。

在深山中的生活体验，让傅菲找到生命的意义：“荣华山让我彻底安静了下来。树是会说话的，草是会说话的，鸟鱼是会说话的。江水是会说话的，月色是会说话的，泥巴是会说话的。它们用色彩、声音、质感与温度，和我们说话，彼此会意。一个人，一生最难的事，是明白自己如何生。”[1] 与原野的对视，让他明白如何安静地自处：“我始终相信，当我远望或深入恬淡的原野，神会来到身边。我无数次地深入深山，无数次独坐河边，即使是一个人，也不会感到孤独。身边会有一个看不见的神，化作河水和山峦的模样，默默地看我。大地有水沸腾的气息，夹裹着泥土的腥气和树木的青味，进入我们心脏腾出来的空阔地带，让我们浩然。一个人，只有一个人，知道去一个无人的地方，和自己相处，兴味盎然，这个人，他（或她）的心脏，就是一座安静的教堂。”[2] 他以孩童般的纯真好奇心，深入深山，观鸟听瀑，见识草木枯荣，把自然和日常生活融合在一起书写，用质朴的白描短句表达人与自然的同频共振，展现出有情、有趣、有思、有灵、有美、有异的美学风格，描述了一个神秘、优雅、智慧、友爱的自然景观，在原始而不乏诗意的语言中提炼出朴素的哲学内涵。

自然的馈赠带给傅菲对人生更深入的思考，在《神性的相遇》中，他把岭南山脉比喻为一座巨大而古老的神庙，世外桃源般幽静而茂密的山林让人的性灵得到滋养，从而生发出充满哲思的喟叹：“很多时候就是这样，与一些人与一些美妙的地方会不期而遇，也会错肩而过。这样的不期而遇，我相信是神的安排，在某一个时间长度里，让苦涩的人生发生奇妙的变化，性随情动，境由心造。我们发现不了属于自己的风景，是神在觉得恰当的时候，安排我们和自己的风景在某一个瞬间相融。所以，每一次我独自走向山林或湖边，我都充满了宗教的神圣感。”[3] 傅菲以亲密而真切的语调，让读者领会大自然冥冥之中的安排，令读者感到所描述的景象历历

[1] 傅菲：《深山已晚》，桂林：广西师范大学出版社 2020 年版，第 262 页。

[2] 傅菲：《大地理想》，太原：北岳文艺出版社 2016 年版，第 53 页。

[3] 傅菲：《大地理想》，太原：北岳文艺出版社 2016 年版，第 245 页。

在目，犹如身临其境，与读者的心灵产生息息相通的感觉。这一段描写体现了傅菲出色的观察力和领悟力，他总是能从最普通的自然景象中提炼出人生哲理，他的眼里看到的是物象，心里悟出的是心象，物物相杂，人物相得，生生不息，水乳交融。

二、生态之思：以“聆听他者”来安放和治愈心灵

傅菲乐于动用听觉、嗅觉等多种感官，细密观察自然物种的声音、颜色、气味、形状等细节，给读者带来强烈的现场感，他在亲身体验自然的生活中提炼出朴素的自然哲学观，并以自然而然的方式散落在文本中，给读者带来共鸣与疗愈；傅菲是一个感受型的作家，因此，要读懂他的作品，读者需要带着感受，暂且抛开评判，将自己全然沉浸其中，才能体悟到散落在文字中的智慧哲思。

傅菲对鸟虫之鸣显示出特别的敏感，那些对于许多人来说充耳不闻或者千篇一律的鸟鸣声，在他耳中却呈现了千差万别的响动，他从这些细微不同的信号中捕捉到自然的奥秘，并受到无穷的启迪。在散文《关关四野》中写道：“在冬候鸟与夏候鸟交替换季时，我内心有抑制不住的蠢蠢欲动和狂热。这让我难以安睡。在城市里，我心绪不宁，进入不了生活中的角色，书也阅读不下去，我迫不及待地想返回乡间。即使在乡间，夜色深沉，在房间里，听见赤腹鹰‘叽叽叽哩，叽叽叽哩’的叫声，我也会马上激动起来。在白天，很难听到它清晰的啼叫。夜星低垂，旷野四合。我的内心草芽疯长，露水静静滴落。鸟一声一声地叫，我一声一声地听，听了一声，等着下一声。我甚至听出了灰树鹊啼叫的节奏：‘嘘——叽叽，

嘘——叽叽’。它高声啼叫五声，间歇两分半钟，又叫五声，周而复始，到了深夜两点，啼叫止歇了。我生出了奢望：我的屋舍若能建在高大的树林里，该有多好。”[1] 这一段，有对几种鸟的不同叫声描写，它们声音的细微差异，时间的长短不一，都需要用心感受才能写出，这些小生灵带给作者的体验，让他从躁动不安的情绪中逐渐释放出来，回归到宁静安详的内心世界。类似这样的描写，在傅菲的文中不计其数地出现，各种名称的鸟可能有百十种之多，生僻的字眼让读者大开眼界，犹如一部博物学的教科书。

从动植物的视角来体验人类对听觉的感受力，是傅菲写作的一个独特视角，在散文《苦雨》中有这样的描述：“曾思考过很长时间，植物、动物有幸福感吗？动物有情感思维感官，有痛感有兴奋感，肯定能体会幸福。植物能体会幸福吗？我觉得，能体会。比如，我们用刀砍一下树，树抖动一下，有的树还流下浓浓的树脂，如松树、漆树、杉树。树没有发声器官，喊不出痛，只有拼命战抖着身子，拼命地流身上的汁液。在山野，风吹来了，树叶沙沙响；雨落下来了，树枝淌着水珠。树在表达幸福。”[2] 傅菲的作品中，像这样的诗性描绘比比皆是，他以一种基于热爱甚至是膜拜的心理视角去聆听、注视、触摸，使笔下频繁出现的动植物具有了灵性，这是由“聆听他者”带来的感受。“聆听他者”，即“一种倾听的方式来欣赏、理解作为异类的动物，乃至以动物为镜，从中观看人类社会的实相”[3]。由于人类中心主义思想的主导地位，动物形象的书写与传播多成为

[1] 傅菲：《风过溪野》，天津：百花文艺出版社 2021 年版，第 74 页。

[2] 傅菲：《风过溪野》，天津：百花文艺出版社 2021 年版，第 190 页。

[3] 杨汤琛、王惠主编：《此日中流自在行》，广州：广东高等教育出版社 2020 年版，第 66 页。

人类道德诉求、情感需要的被动受体，这种长期以来的偏见与盲视，造成了动物书写的平面化与标签化。以傅菲等为代表的自然文学作家，从真诚的体验中，从谦卑的附身倾听中，使动物成为精神圆融的独立个体，成为与人类惺惺相惜、命运相互激荡的交流体，从动物他者那里，傅菲学会了欣赏与感恩，动物成为人格化的审美主体，获得了与人类同等地位的命运书写。

傅菲把鸟的鸣叫声称为天籁，依赖并爱上天籁之音，是因为长期生活在城市中带来的周期性烦躁症，他认为心灵的内环境需要一种什么东西来填充，而鸟鸣的旋律、山溪的呼应、森林的静谧等自然之声能够平复他的焦虑："站在河滩边，听河水轻吟，听羽翅在树梢颤动，鹪鹩翘着颤颤颤的短舌，发出连续的颤音，丢，丢，丢，丢，我一下子安静了。我被一种无法言说的东西，填满了空茫的内心。我不知道这种东西是什么，但让我内心澄明，活得无比自尊。"[1] 这是聆听他者得到的治愈，是面对自然获得的宁静。

三、生态之行：躬身其中地履行使命与责任

傅菲在创作谈《自然文学最大的特质是尊重生命》中提出："自然文学作品，看似很简单，其实非常难写，但野外考察、写作过程非常享受。写作自然文学，不但需要学养、体力、毅力，还需要知行合一的情怀。经

[1] 傅菲：《鸟的盟约》，桂林：广西师范大学出版社 2021 年版，第 153 页。

典自然文学作品出自于大地苦行僧。”[1] 他就是这样一位默默的践行者。

傅菲不仅描写了大自然的美好，呼吁了爱护自然的迫切性，还躬身向下，积极参与了保护自然的行动中，这是一个自然文学者的重要使命。他认为，“没有哪一个自然观察者，是通过一次或几次造访认识自然的，而是长期不懈地在考察、寻访、长居中，获得了生命的认知，才得以完成自己生命的完整性”[2]。他也是通过长时间地亲近自然，以外化的行动来实现对自然文学的普及和推崇。曾经一度，傅菲也面临着写作瓶颈期，渐渐地，他体会到，只有真正像原始人那样融入山林和自然，才有可能写得出来。傅菲说为上五府山国家森林公园的黄家尖体验生活，作了长达两个月的精心准备。这个准备不是物质的，而是情绪状态和精神状态。他觉得只有像一个山民，与山相处，才能获得淳朴、野性、丰沛的感知。如同2013—2014 年生活在荣华山，穿着黄牛皮鞋（适合野外徒步），背着帆布袋，以饱满的热情穿行在每一条山道，深入人迹罕至的林中，去观察和探究未知的森林世界。

能做到这一点，对傅菲来说，其实是不容易的，因为，他在文中多次提到自己是个胆小的人，不敢走夜路，又恐高，不敢爬很高的山，会眩晕……但是，他造访的这些山林，几乎都是没有被开发的原始森林，充满了危险气息。尽管如此，为了不惊动自然中的动物生活，他在观察的时候，尽量自己承担危险、吃苦受累：“为了不打扰乌鸫，我放弃了沿河滩走，转而爬上石灰渣垛，茅荪太滑，几次差点摔下来。”[3] 此外，对于破坏

---

[1] 傅菲：《自然文学最大的特质是尊重生命》，《创作评谭》2020 年第 6 期。

[2] 傅菲：《风过溪野》，天津：百花文艺出版社 2021 年版，第 54 页。

[3] 傅菲：《鸟的盟约》，桂林：广西师范大学出版社 2021 年版，第 189 页。

自然的人与事，傅菲也是毫不留情地断交、反对和阻断，以鲜明的态度和坚定的立场尽自己的绵薄之力。在散文《草洲鸟影》中，他发现他人设下捕鸟的机关，便立刻“摸出打火机，把麻线烧了”，断了坏人的后路。在《通往山顶也通往山下》中，作者写到有一次手术之后需要偏方配药，于是朋友汪师傅给他提来一截血淋淋的獾肚，他觉得想呕吐，立刻骂了朋友：“为这样的事，我已经和好几人翻脸了。我真是一个翻脸比翻书还快的人。一个朋友，提前半个月告诉我，他说得很神秘：‘我安排一次，请你来，有好东西。我已经托人了。’餐馆在很偏僻的林场里。我们坐上桌，他打开一个大砂钵，说：‘这可是好货，真材实料。’我说：‘乌黑黑的皮，还没见过。’他说：‘这是猴子。’我赶紧转身，站在他门口水池，打开水龙头，哗哗，放水洗嘴巴洗眼睛。洗完了，我说：‘你把我电话删除吧，当作我们没见过。’”[1]

当然，傅菲的这一自觉维护生态和自然的行为也不是天生的，他也曾因无知而犯错，但是他从不避讳这些过往，而是勇敢地剖析内心，并用实际行动来补救曾经的妄为。傅菲坦言：“我为自己吃过野生动物、吃过狗而自责过很长时间。这是我欠下的债，我无法偿还的债。这也许是一生中很大的过失。在我们的自然启蒙中，‘万物为人所有、万物为人所用’的实利主义，深深地影响了每一代人：只要可以吃的动物，皆入锅上桌；只要可以锯板的树木，都砍下山。人把自己凌驾于其他物种之上，主宰它们的生命。人没有把自己当作是其他物种的守护神，而是把自己当作它们的帝王。殊不知，我们只是自然界的物种之一，在生命面前，万物皆平等，人的智慧在于守护生命而非杀夺生命。过了不惑之年，我才慢慢懂得这个道

[1] 傅菲：《深山已晚》，桂林：广西师范大学出版社 2020 年版，第 97 页。

理，并在生活中去实践。我也深信，放下杀夺加害的妄念贪念，一切都还来得及。我也因此获得了生命的慈悲——万物在自然之中，共有共享共生共荣，我尽可能不去浪费，绝不去践踏。在每一种动物每一种植物的身上，我们都可以看到自己的过去、现在和将来，我们的命运与它们的相依存。无论我们的一生如何卑微，我们都需要神性，要敬重万物。在自然中，我们需要学会卑微地自处。”[1] 在多年的体验自然生活之后，同时在约翰·巴勒斯等自然文学作家的影响下，傅菲开始崇尚环保和极简主义的生活，不再杀生、不吃野生动物、不穿不购皮草，尽可能不用电，不用塑料袋，尽可能步行或坐公交车，自学植物学动物学，慢慢学会辨识身边的植物及其药用价值。

他还承担了一些社会活动，比如对鄱阳湖区周边多个县区的候鸟保护情况进行深入的实地调查，再比如，主动向当地的林业部门建言献策，提出科学规划，生态造林，以涵养水源，抗自然灾害，得到了主管部门的认可和赞赏。

四、结语

傅菲几乎在他的每部散文集后记中都阐述了创作自然文学的理念，笔者以为，他的自然文学作品的意义与价值，正是试图通过文字、思想和行动来逐渐恢复人类对大自然的敏感度，让广袤的大自然成为洗去尘世喧嚣的净土，他认为：“我们不要麻木地活着。麻木是一件可怕的事情，麻木让

[1] 傅菲：《风过溪野》，天津：百花文艺出版社 2021 年版，第 76 页。

我们不再敬畏生命，让我们失去对自然的敏锐直觉。这是我们获得知识却缺乏自然文明孕育的巨大损失。而经常到原野中去，沐浴自然的光辉，敏锐的直觉也会慢慢恢复——当大雁飞临我们的头顶，当细雨簌簌飘在眼际，当瀑布的哗哗之声从山谷远远传来，当山毛榉一夜枯黄下去，当秋虫暴死于霜露，当金盏花诉说着凋谢，当雏斑鸠第一次飞出鸟巢——见到这些的时候，我们心中会慢慢翻涌起原始情愫的白色浪花，会由衷发出'生命多么可贵'的感慨。我们会知道，我们所经历的挫折和倦怠，实际上是那么微不足道，我们由他者的生命历程感知到自己生命的宽阔。这就是自然给予我们的智慧的恩赐。"[1]

他所说的，也正是他在做的，和鹧鸪鸟儿同桌进食、用大玻璃罐子养一块冰，花半天的时间拾捡炒黑的茶叶和干瘪的黄豆……他已经习惯了烦琐的需要耐性的日常生活，知行合一是他作为一名自然文学写作者和自然伦理探索者的行动指南，"让文字从大地之下破土而生"是他的写作信条，有了这样的情怀、智慧、胆魄与耐力，他会继续创作出更为丰厚更为深邃的自然文学作品，相信在他的倡导和践行下，也会有越来越多的人重视我们的生存家园和生态环境。

无法想象仅存人类的地球会如何，但是我们已然看到，由于新冠疫情肆虐全球，世界多国多地曾经不得不处于"封城"状态。然而，由于人类暂时的退场，让动物们得以获益，它们重回城市，在街道上随心漫步、在运河里自由游动，重新得以畅快地呼吸：威尼斯的运河惊现海豚，意大利的野猪旁若无人地在街上游荡，日本奈良的鹿们在空荡的街道上自给自足地觅食……据报道，2020 年全球碳排放量可能同比下降 5%，这是自

[1] 傅菲：《风过溪野》，天津：百花文艺出版社 2021 年版，第 77 页。

第二次世界大战以来最大的下降。当人类在受苦受难的当下，自然却悄然焕发出新生。可悲可叹？可喜可畏？值得我们深思。鉴于人类“最珍贵的物”——地球正在遭到破坏，自然文学的写作意义不言自明，它用充满诗意的生态栖居画卷，为我们生动描摹出一幅“人类命运共同体”的美丽艺术世界，警示人类必须尊重自然、顺应自然、保护自然，并激励着人们朝着安全、健康和永续发展的目标努力前行。

综上，傅菲自然文学的生态叙事特征体现为：以质朴白描展现生态之境，以“聆听他者”的多种感官叙事引发生态之思，以躬身其中的姿态体现生态之行，其生态叙事特征体现了物我合一的中国“物”叙事传统，他在布道自然中引领人们热爱自然、融于自然、享受自然，给予大众自然启蒙、再度认识自然、确认万物的尊严、塑造万物的生命价值、呈现自然天籁之美、梳理人与自然的关系、构建人与自然的伦理、叠高自然文明，并借此引导我们的生命走向。

为何对“网络文学”另眼相待：网络文学“现实”的多重变异、未来性与现实内核

张春梅

江南大学人文学院

“现实主义”这个词，几乎和“文化”“自然”这些很难定于一格的词汇放到同一层面，可以在其中置入丰富的内涵，如此边界也就常被移动。但无论如何，“现实主义”还是有特殊情境和所指的，比如在文学史中谈到现实主义，势必会加入各种限定。像“批判现实主义”是指19世纪中叶首在绘画界被库尔贝提出，但在文学领域的19世纪30年代已经由司汤达尔、巴尔扎克等作家的书写实践确定下来的书写传统，也就是说，写实和批判性是“现实主义”一词能够享有盛誉并成为20世纪以来诸文学思潮、先锋、诸国文学确定导向的重要参考和标尺。因此，说“现实主义”，不提19世纪巴尔扎克、狄更斯、哈代、列夫·托尔斯泰、福楼拜、果

戈理等作家及其作品，是不合适的。也正是面对如是文学书写现状，恩格斯提出了他著名的关于现实主义的论断：除了现实的真实外，还要真实地再现典型环境中的典型人物。[1] 此定义，带着鲜明的直面现实的勇气和力图整体把握现实的气魄，辅以唯物主义、历史性和人的阶级属性，“底层”以前所未有的姿态进入文学圣殿。可以说，“批判现实主义”最革命的一面正是实现了“人物”的破圈，“小人物”“新人”替代神灵、国王、贵族、绅士成为文学世界的“新神”。也正是在这个气质层面上，“批判现实主义”与“社会主义现实主义”有着共同的趋向：打破阶级界限，呈现被阶级遮蔽的社会裂痕、命运遭际，写出不曾被审视和反思的“皮袍下的小来”。因此，说现实主义作品“沉重”是不为过的，当“人生”沉甸甸地压在人物肩头，他或她就不得不挑起生与死、欲望与理性、生存与艰难时世、战争与和平、平等与自由、贫穷与信仰等复杂的难题，随着解决的难度越来越大，裹挟的细微之处的“我”之主体困境越发凸显，关于“现实主义”的理解逐渐成为加洛蒂所谓“无边的现实主义”，或者变成了“革命现实主义”“魔幻现实主义”“审美现实主义”。

而今天，当我们提到要关注现实题材写作，提倡现实主义精神的作品之时，关于“现实主义”的“现实”依旧如多年前的“现实之轮”，在岁月流走、对象更换频仍之间，发生着内涵和外延的多维之变。而最大的“变化”却是以往之“文学现实”所不具备的，从书写者、读者到传播，人、世界、文本——这些最核心的决定文学之为文学的要素——均发生了质的变化，作为这种变化最直接的体现者——网络文学，毫无疑问地成

[1] ［德］恩格斯：《致玛·哈克奈斯的信》，载《马克思恩格斯选集（第4卷）》，纪怀民等编著，马克思主义文艺论著选讲，北京：中国人民大学出版社1985年版，第269页。

为今日重审“现实主义新面相”的现实之镜和文化界面。这要求从“人”的现实、“世界”的现实、“书写”的现实、“文本”的现实四维展开对以“网络文学”为介质的现实寻踪，所要回答的问题是网络文学的现实主义写作是否与“传统现实主义”在同一层面进行？假如事关“文学”核心要素发生了质变，则透过“网络文学”如何认识和把握今天的世界，我们又将怎样对待“网络文学的世界构想？”这些问题，将把“网络文学”推向社会现象和文化领域，或许，在这里定位网络文学更加合适，而不是将之与“传统文学”放在一起论优劣长短。

一、“人”的现实：从道成肉身到赛博格

人，被视为文学创作之所以产生和存在的至关重要的理由与基础。固有文学是人学，或者只要有人，就有文学的说法。一部世界文学史，可以说是“人”逐渐破出地表的历史。这个“人”，既具有物质的身体，同时有情感，有喜怒哀乐，有思考能力，或者能劳动，能表达。总之，关于美是什么，人是什么，文学是什么，这些本质性的问题彼此纠缠互为因果，而写什么样的人，人写了什么，人如何阅读和思考，也就成为围绕文学的理论与批评争论的焦点。

“人”进入文学史的历史，往往是通过特定文体呈现，这种文体进而成为认识世界、社会、历史和人的重要参照。神话是所有文体中最早反映人与世界关系的一类，它不同于铭文、祷词、祭文，后者因特殊场合的吟哦而具有原始诗体的性质。神话常常具有隐喻性质，一方面，人与世界的彼此认知都在起步阶段，另一方面，因其所呈现内容的想象性和未来性而

带有一定的母题特征，很多想象症候自神话阶段就成为言之不尽的主题和话题。其中，围绕着“认识你自己”的思考成为世界文明的切口。比如说，在古希腊神话中谈到普罗米修斯造人，尽管普罗米修斯已经抟土造人（世界上造人的方法往往来自大地，泥土），人也能直立行走于大地之上，但他仍然觉得不足，为什么？这些“被造之人”是没有灵魂的行尸走肉，换句话说，这些“人”不能认识到自己是与动物不同的造物，于是，雅典娜女神带来了智慧，当一口“灵魂之气”吹入无知无觉的“人心中”的时候，“真正的人”才出现了。这里的“人”，强调其思考力，或者说智慧心。没有智慧，没有思考和表达，则与动物无异，也就谈不上人。这一神话表达可以说是“人”从“自然”中脱颖而出的关键，随着生活和世界逐渐展开，关于“人是什么”的问题在文学书写中成为言之不尽的内容，延续至今。

从神话到史诗，到由个体创作的文本，是“人”从自然界、神、英雄到具象化的人生百态逐渐成为主体的过程。自然界能与人在很多方面相媲美的大凡为动物和植物，但动植物常常是以象喻的功能出现，其本体实则为人。如《荷马史诗》虽在叙事进程中时常出现神的身影，但发光发热的是“人”这个主体，没有阿喀琉斯和赫克托尔双雄，整个《伊利亚特》就失去了灵魂。“神”从文学史中隐没的过程，伴随着“人”占据言说主体位置的发生。而“人”的认知，由于社会化程度日深，国家逐渐确立，民族意识渐入人心，描写“社会化的人”成为书写重点，身份、地位、权力、性别、地域、民族、种族、国家成为形塑“整体人”的灯塔，将之连缀起来的是社会伦理道德，“善恶”成为联系“现实”与“美”“崇高”的引渡之桥。这样一个“人”从神界脱离而出、扎根于现实世界关系的过程，为“没有人就没有文学”奠定了基石。

让我们回到“人”这一前提。物质化的肉身匹之精神性的灵魂，二者缺一则很难称之为“人”，而要确定是这个而不是那个“人”，所强调的则是精神性的重要，其所关联情感、意志、记忆、体验越发被强调为判断人或物的关键。目前我们所讨论的问题恰在于此。如果连情感、意志、记忆、体验都能被模拟、被克隆、被存储，所谓精神性的东西一定意义上等于被物化，而物质化的肉体则伴随着科技、基因工程、医疗的发展，“人机合体”的赛博格早已不是《弗兰肯斯坦》时期的科幻想象，今日世界已将之变成日常所见。这种转变和诺伯特·维纳的控制论达到一种契合，第二次理性思潮下的控制论认为人类或者其他生物也可以被纳入控制论的程序体系内，这种控制论主导下的“人”被诠释为具有科技感的后人类，因此产生了人机关系和谐共处的这种形式。如《她》《人工智能》以及获得诺贝尔文学奖的石黑一雄的《克拉拉与太阳》，虽见之于文学写作，但后人类和人工智能和谐共处的场面很有可能是未来的图景。近日热议的元宇宙更将虚拟化的生活和分身化的个体近距离摆在眼前。因此，问题就成了，假如“人”是机器身体，机器能像“人”一般思考，则人与机器的界限或边界在哪里？

这一问题并非传统文学讨论的惯常理路，或者说，文学主部仍走在探索“认识自己”这条荆棘遍布的路上。而网络文学很重要的特征之一却是“基于现实可能的大众狂想”，并展示出未来世界的“无限可能”。这个“未来世界”，验证着唐娜·哈拉维的骇俗之言：我们都是赛博格。[1] 人的身体性能可以经由机械拓展进而超越人体的限制，这是“一个控制生物

[1] 参见［美］唐娜·哈拉维《赛博宣言：20 世纪 80 年代的科学、技术以及社会主义女性主义》，严泽胜译，开封：河南大学出版社 2018 年版，第 4 页。

体，一种机器和生物体的混合，一种社会现实的生物，也是一种科幻小说的人物”[1]。生物体＋机器＋科幻＋小说，这样的组合，在经由网络而生的网络文学得到了充分体现。网络文学开始发挥承载和透视当代文化现象的功能。

当将网络文学与传统精英文学放在一个层面上比较或者统而言之的时候，我们常常会得出“俗而低”的评价，但当目光转向数以亿计的以读者、大众、用户、受众等词语名之的群体之时，民间性就超出了文学审美判断的范畴而跨越到民间意识和民族心理的高度。从这个意义上，正视网络文学中关于人／机器、二次元社会、肉体／灵魂、AI时代、游戏现实的叙述，则关于“现实”的理解可能就会溢出传统“现实主义”的边界，其所指幻化为无穷的能指，穿过现实中的“人世界”，走向未知和“新现实”。玄幻文、修仙文中常有“夺舍”一说，与穿越略有不同的是，夺舍者有明确目的：一副完好的肉身可以支撑精神的持续生存，肉身成为灵魂寄居的场所。灵魂对肉身的选择权是这里最美妙的地方，这就好比人的精神、意志、记忆可以随意在不同空间留驻，从而达到“生”生不息的梦想。但同时，寄居者的灵魂会与所寄居者发生融合，或有你死我活的战斗，其结果是拥有肉体的灵魂可能不是原主的，也可能是自己记忆的残留品。这样一来，“我是谁”的现代性追问就变成无问东西的伪命题。

机甲类写作曾火爆一时，这是一种对人的肉身的现实不满，于是通过外在的钢铁机器强化自身，同时以电脑指数锻造肉身，从而达到“人如机器”的肉身理想。猫腻的《间客》、淮上的《不死者》、西子绪的《死亡万

[1] ［美］唐娜·哈拉维：《类人猿、赛博格和女人：自然的重塑》，陈静译，开封：河南大学出版社2016年版，第314页。

花筒》是此类写作中的佼佼者，以及具有克苏鲁文性质的《小蘑菇》《大王饶命》引起一波写作热潮的系统流类型文。这类作品看似是主角携带着某一类系统进入异世界，有鲜明的游戏闯关意味，以其为游戏也并不为过。关键在于，这里看似虚构的带有主角天上掉馅饼幻想的“系统”，约略等同于“网络百科”，无数知识被压缩进二进制的系统，从而任使用者选取，其机器人或人工智能的定制属性显而易见。而由于电脑和网络在生活中的无处不在，读者、用户或者游戏者并无多少违和感，“我们都是赛博格”的说法已经不那么惊世骇俗！

网络科幻文则将二次元世界继续推进，《小兵传奇》（玄雨）、《大宇宙时代》（zhttty）、《希灵帝国》（远瞳）、《末世危城》（熊猫快跑）、《星战文明》（李雪夜）、《末世最强系统》（三百米）、《机甲步兵》（云翼）等科幻文将科技之力充分发酵，从而“在身体存在于计算机仿真之间、人机关系结构与生物组织之间、机器人科技与人类目标之间，并没有本质的不同或者绝对的界限”[1]。问题在于，“后人类”是关于未来的一种畅想，还是，“它”可能就在人类的不远处散发着不明的幽光。

二、虚拟的“世界”现实：从空间想象到位面

人与世界的关系是文学史由来已久的主题。这里的“世界”经历了从脚踏实地到虚拟时空的跨越。哈罗德·伊尼斯在《传播的偏向》中进行了

[1] ［美］凯瑟琳·海勒：《我们何以成为后人类：文学、信息科学和控制论中的虚拟身体》，刘宇清译，北京：北京大学出版社 2017 年版，第 4 页。

传播的时间偏向和空间偏向区分，以交通来把握信息流通。[1] 时空经纬是习见的把握“世界”的两个维度，在可见的地理区隔中衍生出不同地域的人群、种族、民族和文化情感结构。文学叙述也总是在可见、可感的物理空间铺陈开来，进而探讨特定空间中的人、人的生活及与世界的关系。

比如河流成为编织起世界网络的流动之线。古埃及在尼罗河周边建立起人与世界关联的神统、图腾崇拜和对人的认知，在这片被沙漠和尼罗河汛期规约起来的人群中诞生出由莎草纸传递的文化体系。具象化的纸、裹着白布的木乃伊、高耸入云的法老金字塔、吟颂着《亡灵书》的祭司……这些文化符号将鲜活的“埃及世界”落到实处。两河流域的苏美尔人、古巴比伦人同样因着特定的地理创生出特定的文化。被刻在泥版上的《吉尔伽美什》在千年之后能被发现并阐发，与两河流域的文化地理是分不开的。被压得瓷实的风干泥版携带着干燥的风沙和戈壁，终将千年前的人群关于神灵、英雄、自然、生死的想象带到世人面前。被地中海、爱琴海环绕的古希腊人在易怒的海洋和温热的地中海式气候中锻造出敢于挑战、荣誉感强、直面当下、个性张扬的海洋民族人文气质。中华文化则带有鲜明的黄河母体和平原大川气质，很早就有的农业生产决定了农业文明和住居文化的发达，由于要“靠天吃饭”，关于“天人”关系的思考从上古神话时期就从未中断。正是由于文化地理和生产生活方式的不同，女娲、盘古、后裔、夸父、精卫等一系列神话英雄的精神内核在与自然的不断协商之下写出大大的“仁德”二字；古希腊的英雄却不会去管天下苍生如何，或者说“天下”并不是最重要的，个人之“光荣”才是行动的主要动力。

[1] 参见［加］哈罗德·伊尼斯《传播的偏向》，何道宽译，北京：中国人民大学出版社 2003 年版，第 77—95 页。

当然，四处劫掠的“海盗式生存”也助长了“争斗”意识。

在这些特定地理决定的文化形态中，文学的书写往往在此基础上展开。首当其冲的就是人与世界的关系，而尤其切近的是生死问题。关于“不死神药”的追索，从黄河到两河流域，从地中海到尼罗河，不同地域的族群给出了不同答案。彭祖、海上仙山以及引人喟叹不已的“嫦娥应悔偷灵药，碧海青天夜夜心”给出了中华民族“天人合一”的审美理想。苏美尔人吉尔伽美什为救活好友恩奇都，跨越万水千山，寻求“仙草”终成泡影，从而将“现实”引入人生。古埃及人以木乃伊的方式将肉体与魂灵分作两处，终有一天灵肉合一，则人之复生之日来临，强烈的宗教意味和来世期盼铸就了古埃及人的文化理想。古希腊神话带有强烈的人文气质，“潘多拉的盒子”所喻示的是作为独立于奥林匹斯重神的“人”在历史中出场，“人”的后知后觉、好色之心、好奇之心尽皆显现。当我们将文学景观描写为苦难世间生存之人的行为、思想、心理、情感的时候，关于“理想和希望”的种子始终不曾熄灭，这样一种文学精神和人类生存意志正是建立在对生存的地理现实的斗争、协商和把握基础上的。

然而，当这一可见、可感的现实不再能凭借人的双腿、眼睛落定之时，文学中所描写的“世界”是否就已变了模样？这样的“世界”因为“世界地理”的“时空变异”发生并重新铸造着“数字化生存”的“新世界”。美好与否，且难判定。显而易见的是，以时间和空间勾勒出的世界文化地理和民族国家地图在科学、交通、经济、信息革命不断推进的合力之下变得“近”了，“小”了，复杂化了。在这个意义上，我们谈“网络文学中的现实”与网络世界本身就自然具有一种张力，在文学的存在方式、世界的面向和人之存在的赛博格化之间，物化现实与虚拟化现实逐渐成为并存的“世界”。当“线上”可以虚拟化生活的诸多问题，当“人”

可以不必面对面交流，当电脑成为人的肢体、思想和行为的延伸，一种“新世界”就不再是奇情异想的天方夜谭。这与堂吉诃德将历史指针回拨不同，这种“世界构想”夹杂着复杂的脑科学、神经科学、AI技术，从而营造出极具现实性和未来性的AR世界。目前，虚拟现实（VR）和增强现实（AR）技术的应用，语音交互、体感交互、生物识别、视线交互、脑机互联，都在推动着现实空间向虚拟空间渗透。现实空间可以在技术加持下虚拟还原，而现实空间也可被虚拟空间化，从而成为加强版的“现实”。

学者陈志良指出，“虚拟使人类第一次真正拥有了两个世界：一个是现实世界，一个是虚拟世界；拥有了两个生存平台：一个是现实的自然平台，一个是虚拟的数字平台。现实世界和虚拟世界，自然平台与数字平台，相互交叉，相互包含，从而使人的存在方式发生了革命性的变革”[1]。网络文学在一定意义上承载了这一世界构想的书写者和表现者，从而在题材层面与精英文学构成鲜明的反差。精英文学所处理的“现实”立足在“我”，是一个思想和行动的现世主体；网络文学则在类型文体意义上呈现着“游戏人生”，这不是“人生如戏”，而是游戏、系统等网络名词已经内化为“世界”的一部分，从而在第三次元之外开拓出异度空间。当网络用户第一次在QQ上与陌生人建立联系并发生“亲密接触”的时候，尚觉得匪夷所思，如今在网文中则表现为“游戏就是人生”。正如王晓明先生所说：“事实上，今天已经出现了不少主要以网游作品而非文学经典为样板的文学、图像甚至建筑作品，各种文体和媒介类型的互相渗透，真是渗入肌理了。”[2] 蝴蝶蓝的网游小说《全职高手》在游戏竞技与现实之间穿梭，仿

[1] 陈志良：《虚拟：人类中介系统的革命》，《中国人民大学学报》2000年第4期。

[2] 王晓明：《“网络”or“纸面”：今天的文学阅读》，《新华文摘》2011年第22期。

如一个个神经漫游者在虚拟世界经历着“现实人生”，而所谓的现实世界则变成“位面”的一隅，因此，当我们说“现实”的时候，Z世代的孩子可能会说：世界大得很，“我”在不同世界位面上生存。此言一出，“世界”恍惚间已很难落脚在人们想当然的地球或者自然。这是网游小说。

“赛博空间”(cyberspace) 概念见于威廉·吉布森《神经漫游者》(*Neuromancer*)。作者在原文对该词进行了如下定义：“赛博空间是人类系统全部电脑数据抽象集合之后产生的图形表现，拥有人类无法想象的复杂程度，是排列在无限思维空间中的光线，是密集丛生的数据。”[1] 此后逐渐成为哲学与计算机领域的抽象概念，泛指以计算机技术、现代通讯技术以及虚拟现实技术为基础的虚拟空间。齐泽克认为，“赛博空间”具有本质层面的模糊特性，既可以当作对真实界加以排斥、没有障碍的想象空间的媒介，同时也能充当接近真实界的空间。[2]“赛博空间”打破了科幻小说与现实生活之间的边界，虚构化的文本形象与冲浪于数据流量的互联网用户都已成为与信息技术融合为一体的“赛博格”。跨媒介传播的交互过程逐渐赋予“赛博格”更加宏观的概念：从人类肌体与电子机械的融合系统，延展至已模糊了人类与技术之清晰界限的事物及现象。

玄幻文呢？架空、穿越是一种表现方式，而尤其重要的是关于“世界的构想”。“九州”想要开辟的“世界大陆的梦想”，既源自上古神话，也有对人与世界关系的重新设定。人、羽、河洛、夸父、鲛、魅六个族群将“人的世界”与“自然”划到同一层面，从而实现传统文化与当代意识的

[1] [美]威廉·吉布森：《神经漫游者》，Denovo 译，南京：江苏文艺出版社2013年版，第62页。

[2] 参见[斯洛文尼亚]斯拉沃热·齐泽克、[英]格里·戴里《与齐泽克对话》，孙晓坤译，南京：江苏人民出版社2005年版，第126页。

融合，其间强烈的与中国之外世界的对话意识和精英认知昭然。而有意思的是，于此同时，《仙剑奇侠传》在2003年发布的世界观体系，详细地叙述了五灵六界的设定，并且设定了人、兽、神、魔等的诞生。2006年2月，《佛本是道》开始连载，其中以混沌诞生生灵，鸿钧开讲，收盘古、女娲、太一三人。盘古破开混沌，精气化为十二祖巫，也就是上古神话中的神。之后洪荒流小说如《玄清天道》《清虚》《我师兄实在太稳健了》等的创世书写也大体沿用了这个框架。2010年《古剑奇谭》则以盘古开拓空间，烛龙开拓时间，盘古的精气化作众神。“我吃西红柿”的“鸿蒙三部曲”则显然借用《山海经》建构起自己的鸿蒙宇宙观，其位面+空间的设定观与前述诸“世界型”相互唱和，将始自“中华神话”的叙述建构为21世纪的“新神”。

这些设定将盘古、女娲、黄帝、炎帝、蚩尤、神农氏等上古众神纳入“世界之初”创世之力，与九州殊途同归地表达着“中国世界”的意志，玄幻文的热度不减与此文化亲近感和自豪感怕是关系不浅。看似与“物理现实”没有多大关系的世界构想和编排，可能正是当下强而有力的文化现实之一。它与街头校园游曳的“汉服”共同表征着今日大众的情感结构。奇妙的是，看似“玄奇”的想象当与“现实”接合，与游戏、动漫、互联网+生活彼此交汇，读者并无多少违和感，反而如机器人已经在饭店端盘子一样成为大众化的文化现实。换句话讲，当赛博格的人机合一形式已经在肉体上给与“人”新的理解，那么，“新世界”作为“人”活动于中的空间也自然获得新的面相，理应纳入“世界阐释”的组成部分。而且，“不同的世界可以在语义上相互冲突，不必构成一个统一体”[1]。

[1] [俄]列夫·马诺维奇:《新媒体的语言》，车琳译，贵阳：贵州人民出版社2020年版，第17页。

三、“书写”的现实：媒介的物质性让位于数据的可变性

对今天的文字书写者来说，纯手工的纸质写作很大程度上已经被“写屏”取代，麦克卢汉曾说，“媒介是对人的延伸”[1]，在以何媒介进行书写的意义上，电脑做到了对人的眼睛和手的延伸，若说21世纪是人类的“拇指纪”也不为过。美国哲学家唐·伊德通过技术现象学的理论体系推演了人类与世界之间的关系形式与活动状态，“具身关系”与“它异关系”[2]诠释了自然与文明的关联态势：以技术为媒介，前者展现了科学已参与到文明对世界的认知活动过程之中，后者侧重技术与人类的互动与拟态，进而体现自然与文明的交互关系。网络文学的书写显然是两种关系交融的体现，数字化生存的现实则昭示着技术已深度介入数十亿中国人的生活，而且，其深入程度正在以不可逆之势轰然向前。

由于屏幕的共享性，“书写”不再是单方面随意抹除和修改的自主行为，所有的修改和涂抹都会在机器中留下印记。写者与读者技能沉浸于类似传统虚构作品的想象性虚拟空间，又享有着网络所赋予的高效访问大量信息的权力。“用户”拆解了写与读的界限。屏幕双方的看者／写者身份处于互换状态，单纯的“写”被越来越频繁的“读写”取代，这意味着，传统意义上的“写作”被颠覆。若写作主体是一个程序化了的机器人，则颠覆的程度还要加码。在这一过程中，从Web1.0时代的“大众门户”传播模式到Web2.0时代的“个人门户”模式的转变，则使“万众为媒”成

[1] ［加］马歇尔·麦克卢汉：《理解媒介：论人的延伸》，何道宽译，江苏：译林出版社2011年版，第16页。

[2] ［美］唐·伊德：《让事物“说话”：后现象学与技术科学》，韩连庆译，北京：北京大学出版社2008年版，第555页。

为今日理解新媒介的事实和惯见。每一个用户成为传播链条中的一个节点，每一个节点同时具有信息消费者、信息提供者和通信等功能。由于赛博空间可以穿越物理空间的限制做到时空穿梭，它又由信息组成，则“具备参考信息能力的人在赛博空间又有巨大的权力：人机耦合的电子人在赛博空间获得永生”[1]。网络的二进制语言决定对各类数据进行采样和量化的可能，并赋予其在一定范围内保持类型化的可能。文本的类型化和未完成性折射出新媒介的编程性质，进而打破现实空间与虚拟空间的界限。

这意味着，在传统的文学写作四维关系：作家、读者、社会和作品之间，媒介作为必须单独提出来的维度已经不可小视。背靠网络已经足以占据一个世界，二次元的平行世界、游戏世界已经成为新一代日常生活中的重要部分，对他们来说，那不是虚拟，那就是真实生活。这就好像传统的麻将扑克牌一样有可能在人们业余生活中占据重要位置，但不同的是，而今游戏、动漫等网络娱乐形式不仅进入日常生活，而且建构着新人的世界。现实中的面对面对谈，变成了屏幕两边的互动，时空的限制被打破，写手与粉儿之间的关系成为交流与妥协或者协商，传统的批评家的声音显得格外遥远，晋江小粉红却在推动着“文”的方向。网络已经诞生了新的媒体人和发言人，他们正在占据越来越多的话语份额。“饭圈”也在不同移动媒体所连接的社会网络之间生发，并因社会网络中的关系不同成为影响网民行为和能力的重要因素。社群经济随之产生，“男频”“女频”的划分一定意义上成为划分圈层的文化符码。

于此，基于网络新媒介的“文”及其周边的特征凸显：互动性、写作的公共性、打破时空限制、资本和经济因素的全方位介入、游戏性和娱乐

[1] 冉聃：《赛博空间、离身性与具身性》，《哲学动态》2013 年第 6 期。

性、类型化。在《电子超文本文学理念初探》中，黄鸣奋先生认为，超文本的互动性主要体现在如下几个方面：一、高度统一的交互性，包括有意识交互与无意识交互；自向交互性与他向交互性；绝对交互性与相对交互性。二、高度发达的交叉性，包括文文交叉；图文交叉；视听交叉。三、高度自由的动态性，包括动态操控；动态时空；动态路径。[1] 围绕网络文学的同人新创意味着纸质文本的物质性一朝变为数据，则具有永久的开放性，其细节、语言、人物、空间轨迹、时空安排、节奏、情节发展、视点、特定元素的在场或缺席都可供读者 / 粉丝 / 用户（不同身份的集合）自由修改。弹幕、剧本杀带动的编写和表演热，保证着大众位置的迁移。大众不再是静默的观看者，也不满足于参与，他们在媒介提供的条件中寻找着“作为主角表演”的可能。这就像风靡世界的“自拍”一样，开始连缀为消弭现实和虚拟的“故事”。

在互动性方面，必须认识到，自从有了互联网之后，信息的广度与速度甚至深度都大大加强，是无网时代所不能比拟的，相应地，公众参与事件的能力与作用也在增强，读者与作者的关系也非以往可同日而语。其中，早在 2008 年的汶川大地震及引发的各种帖子、博客、事件和各方讨论，如“范跑跑”事件，将网民真正带入了中国人的日常生活和视野之中。聚焦网文的互动性，则主要表现在两个方面，一个是无限度的长，另一个是写者与看者关系的交叉跑动。“文”的长度，既与经济利益有关，不到 20 万阅读量是没有基本收入的，而“长”也与对读者期待的满足有关。这一过程中，网络文学中作者的“写”——作为劳动显然被突出了，

[1] 参见黄鸣奋《电子超文本文学理念初探》，载《超文本诗学》，福建：厦门大学出版社 2001 年版，第 129 页。

这与传统纸质作家写作有所不同。后者的劳动被涵化入作品之中，但网文写作者被要求每天“更文”——这已经成为必须的劳动和任务，凸显出生产需要和消费需要之间的关系。消费需要在不断生产的过程中几乎与之同步，也在不断被生产和再生产。或者，对写者和看者关系而言，互为生产者是更为准确的描述。于此，网文写作与阅读都是社会性活动，而不再只是私密的空间，私人空间被打破，这与文学、电影、电视都不同，反而与看戏的感觉结构相仿。所以，互联网是个时时在场的社会关系网。

写作的公共性，则表明网文写作不再是作者一个人的事情，它更是一种集体写作，写者和看者同样处在无数信息、社会网络和网络社会包围之中。这个集体当中也不排除人工智能参加的可能。越来越把网络作为生存依托的写手之路因此而变得狭窄，他们越来越多地考虑收入，考虑能否触电，考虑在全版权运营中的份额，不再具有第一代写手们的无多少挂碍的反叛气质。这既是功利，也是现实。进而言之，无论是看的人、写的人，当在互联网上劳动、交流、互动的时候，都已经是新媒体中的用户，是被“媒介化”的人。诚如彭兰教授所言，“新媒体所营造的时空，成为他们新的生存时空。他们以各种方式营造着自己的媒介化形态，为了在媒介时空中体现存在感，他们也可能会改变自己在现实时空的行为”[1]。

公共空间的存在，使“网文”处于共同创作的机制之中。而同时“在网”既是空间的，也是时间的，意识联动着体感参与其中。这不仅是电脑介质存在，还要求网络的存在。急速的网络流将写者和看者置于迅捷的、四通八达的电流之中，其流动性、可变性和高速度为网文的

[1] 彭兰：《新媒体用户研究：节点化、媒介化、赛博格化的人》，北京：中国人民大学出版社2020年版，第221页。

“长”“全”“编”提供了可能，而这些也成就了网文的特质。数据、算法将现实生存和网络生存链接起来，将“人”变成可量化、可计算的对象，“写与看”同样为网络提供数据支撑。这使得发展到今天的“网文”，已经是个综合系统，是网络社会中的一个环节。从网络文学到IP运营部门和衍生品发行，重心越发后移。网文的空间原本是打破了私人写作和阅读空间而形成合作和共享的环境，但当资本越来越被少数的“私人”所拥有的时候，在私人/公共之间所形成的张力将会把这种新媒介带往何处？而当媒体时间越来越多地占有现实时间份额，媒体所建构的共同体想象空间更多地承载起表征当下大众心理、情感结构、审美取向的功能，成为镌刻大众文化记忆的一种方式。正是在这个意义上，对网络文学“现实”的寻踪，实为透过文本和文化现象观审大众美学。这理应是网络文学批评的重要内容和维度。

四、“文本”的现实：通向大众美学的网络文学批评

史学的、美学的唯物主义批评观，是对网络文学“现实写作”进行甄别的必行之道。无论从人的现实、世界的现实还是书写的现实，处处透露出网络文学作为一种文化现象、一种新媒体表达方式、一种媒介人存在方式和网络社会的交流模式，所展现出的“新世界图景”。若无视数十亿网民的存在，则可能忽视以类型化文本符号化自身的网络文学大众性和民间性。对待网络文学，不能以纸质形式的精英写作视之，假如纸质文学是对口传文学“类写作”的突破，并最终将个体化的“人”作为秘境，网络文学却仿佛回到口传化、图文并茂的民间，将“人群”和集体意识以数字化

形式广泛传播。这在“人的发现”意义上，是一种进步，还是退步？返回到“文学的当下”，借种或者立足于“网络”的写作，是疏离文学传统还是以另一种方式建构起当下大众的集体化民族叙事？作为新媒体语言之一的网络文学文化逻辑如何，它提出了怎样的美学可能性？集聚于网络文学的诸种问题，恰恰反映出网络文学在当下中国文化中的重要性。

2021 年 7 月 28 日，对于网络文学的研究者来说，是破出信息茧房、直面现场的重要日子。中国作协网络文学评论高研班围绕“如何构建与新时代相匹配的文学批评体系”“批评者的责任感和自我革命精神”展开了为时三天的讨论。紧接着，中宣部等五部门联合印发《关于加强新时代文艺评论工作的指导意见》，要求加强文艺评论阵地建设，巩固传统文艺评论阵地，用好网络新媒体评论平台，重视网络文艺评论队伍建设。网络文学评论导向和体系建构，网络文学传播与当代中国关系等重大问题纷纷凸显，成为网络文学研究者不能不正视的理论现实。

网络文学作为互联网时代标志性的文化现象，链接着“网络 + 文学”的跨媒介结构，其媒介性、产业性和巨大的吸引力决定既不能单独以“文学”观审之，也不能脱离变动迅疾的生产机制。当我们面对“网络文学”时，已然进入了多方力量联合并举的行列。因此，谈网络文学，则必须回答缘何在不到 20 年的时间里，这样一种曾被视为“垃圾”“与文学无甚关系”、以网络为介质的写作，会成为今日大众、各种媒体以及高等院校的关注焦点？网络文学“出海”是否意味着中国文化的世界接受？归根结底，其“硬核”何在？这些问题离不开网络文学文本所呈现的多重“现实”。

其一，建构类型矩阵，重新找回失落的大众阅读兴趣。

经历了 20 世纪 80 年代对各种新方法、新思潮、新观念的实践之后，90 年代的文学图谱渐失光芒，在市场和所谓的纯文学博弈中，渐失阵地，或关张或印数大减或改弦易辙的文学刊物成为彼时文学所面对的残酷生存现实。其中，围绕读者的大量流失、大众文化强势来袭等问题展开的“文学出路何在”“文学想象力萎缩”“文学边缘论”“日常生活审美化”系列讨论，镌刻着弥漫文学周边的焦虑和无奈情绪。任凭“私人化写作”“口语化写作”“下半身写作”等不同名号翻飞，却都不如互联网上炮制的“艳照门”和圈粉无数的“超女”来得有劲。

当文学成为小圈子游戏几成既定事实的时候，兴起于21世纪初的网文，以毫无阻碍的门槛，引得无数敢写、能写、乱写、试水者纷至沓来，这意味着，当写作成为“人人参与”的活动，久已沉寂的“故事魅力”得以复活，随之，看文者或主动或被动地找到了心仪的书写类型，进而创造出各种类型的分众“粉丝部落”。而不知何时被添加上“传统文学”标签的纸媒写作，尤其是现当代文学，在这样一个互联网+时代，也开始有了改变，“生机”得以复苏。可以说，网络文学的融媒体传播衍生链条，同样带活了“传统文学”的热度。基于这样一个背景，我觉得在网民已达数亿的今天，网络文学的硬核恰恰体现在庞大的数字和这一基于信息革命的新传播地图之中。

这样一种类新文竞逐的态势决定网络文学批评必然要将如何优化题材结构、如何理解不同类型之间的结构关系等问题纳入问题域。

其二，以一种新文化形态展开与“传统文学”的对话并重构传统。

网文与传统文学的关系成为当下言说文学的新创关键词。以往，我们谈文学，或说古典文学、现代文学，说文化，会说传统文化，那是因为有个现代文化在那里，对象是清晰的。只有到了网文，将其与“传统文学”构成一个对子。这样做有个好处，以电脑屏幕为介质的创作、阅读、传播行为可以被放置一边，而用固有的文学理论体系和认知体系概括之，由网文引发的言说、评价就都有了稳固的去处。起初，这里的“传统文学”更多是指以当代文学为典范的经典写作，或者纯文学写作，将其与网文比较，后者的粗鄙、简单、媚俗、雷同以及诸如此类的形容词就顺畅地统领了网文，而“纯文学”则在对比当中再次树立起“精英”大旗。但网文的发展与以往文学不同，它不再是一个人的创作，众多媒介和以兴趣划分的各种粉丝部落推着它四面征战，终究确定下自己的风格：以电脑为介质、不断创新和拓展类型、打破写者和读者界限、建立不同的“世界型”想象。

在这一过程中，“传统文学”的界域不再限于当代文学，文学与文化的历史纵深为网文写作提供了不尽的源泉。不管是借力百度式的各种搜索引擎，还是在故纸堆中翻找各种历史资料，抑或像《临高启明》般发动众筹和集体写作，原本可能并不活跃的“微观历史”和礼仪制度、道德伦理开始复活于各种关于“过去”的描述。神话传说、鬼狐故事、家族世情、武侠世界等类型复苏，《红楼梦》、《西游记》、《金瓶梅》、鸳蝴派、《世说新语》、笔记体小说、传奇话本……铺就一条四通八达的“同人新创”之路。借着网文的传播势头，这些“古典”的文本不但没被埋没，反而因此进入大众视野，如今的“传统文化热”“汉文化热”与网文的衍生传播力应该是关系紧密的。

这样一种结构关系就把网络文学与传统文学、文化传统链在一处，所引出“文化传承”的现实议题、网络文学的海外传播亦在此问题之内。

其三，当代大众镜像的集束式表达。

“万民关注”网文为理解今日大众和文化现实提供了鲜活的文化镜像。就我的阅读经验和对网文的关注，我觉得起码有以下几点。

首先，对优美、尊严、知识、雅致生活的集体诉求和“感觉共同体”的形成。我们常常会将网文中各种玛丽苏、帝王形象、霸道总裁等等以脱离现实、肤浅、自欺欺人等词蔽之，但换个角度，联系如“双 11”的大众狂欢、菜鸟驿站的四处开花、无远弗届的互联之网、孩童教育的“精英”指向，就会发现，这些内容并非没有现实基础，它恰恰是现下生活的强烈“未来”期许。网文中的人物即便身在泥淖，也一定会想尽办法仰望星空。从人物形象、生活方式、琴棋书画、诗书礼仪种种，皆可看出写手和粉丝之间建立起坚实的生活关联。

其次，聚焦时代心理隐疾，如空心症、拖延症、升级恐惧症，描画出情感教育缺失的时代病症。对美好而有尊严的生活想象，往往建立在现实情境的不完美，或者说“有病”上。霸道总裁故事内核是“不再霸道”，为何霸道，冷面冷情；穿越者为何要“穿”，恐惧现实、边缘人生、生活中的 loser 是主因。类似丁墨、priest、袖侧等写手的作品往往聚焦城市病症，这些症候跨越城乡，牵连起复杂的心理世界和现实人生。网文为理解城市提供了新的维度和标尺。

再次，亲近传统文化和具有表演性质的日常生活实践，成为“时尚经济”的一部分。大开“金手指”曾经是网文遭人诟病的地方，这种情况今天依然很多，但从尘埃落定之后的网文盘点，可见力求叙事完整、细节清晰、符合生活规律的写作越来越占据主流。穿越文、异世流、拟古世情文，尤其种田文力求以白描复现其生活想象。再有如“甄嬛体”的流行，则指示着一条某些类型网文语言重回文言白话的路子，这在仙侠类、古言类、穿越类不为少数。书海沧生的《昭奚旧草》当为显证。这些文本大都改编成影视剧、广播剧，甚至话剧，显然，在读者和写手之间共建起大众心理倾向和接受谱系。西塘“汉服节”的“限额”很好地说明了大众对“传统”不失表演性质的亲近。

最后，对未来人工智能时代新世界的大胆想象和关于文明的思考。网文的基因几乎先天决定它更容易进入信息时代的未来构建，尤其是人工智能时代“人与其他人”“人与宇宙”“人与自然”的关系。这样的基因源于二进制的数据流、游戏世界、二次元的仿真生活和赛博文化的日趋生活实践。也就是说，像机甲类、无限流、克苏鲁神话、科幻未来这些类型文的写作并不仅仅是想象，其委实事出有因。这些文本打开了不同的位面世界，并向现实发问：假如人工智能具有意识、假如有朝一日机器人暴动、假如外太空与地球发生争端……人类将如何自处？这样写作的吸引力和思考的价值是不言而喻的。而且，也就是在这些不断涌出的开辟新领域的尝试，决定着网文连绵不断的活力和空间。

这些“文本现实”及其所牵引出的问题，共同昭示出网文的世俗和民间性质。对此，若将其简单化为通俗文学，在其实质上是对网文及其周边本身所构成现实的忽视。俗人、俗事，早在 19 世纪便已成为文学关注的和书写的重点，这在今天长篇小说盛行的文学格局中更见其强势。与“传统文学”一人书写一类或典型性的某事不同，接二连三的类型文以巨大的“群落”之力塑造出大众群像，如与其登仙不如恋恋红尘，成精化妖所求不过人间温暖，机甲之体旨在为国为民，穿越之魂执着于寻找一个说法，一种面对过去与现实遭际的理由。至于这一两年流行起来的无限流、快穿，则昭示着大众对不同生活的体验渴求，网文文本长度的改变之机或许也含蕴其中。

骨子里透着“俗气”的网文，勾勒出当代大众活泼生动的众生相，趣味，性情，家国观念，价值尺度，生活观念，尽在其中。面对如斯硬核，如此庞大的受众群体，频频爆新的数字轰炸，决定正视网文、阅读并解读网文、挖掘其正向功能就是写作者、批评者面对当下的强有力文化实践。几大“硬核”，指明作为网络文学研究者，“破圈”是必行之道，拓展网络文学批评疆界势在必行。但一味的“破”，而不能守住“网络+文学”的结构之本，在网络文学这一现象级的文化形态中与历史、现实、社会展开深刻对话，则很可能为网文而网文，过分沉溺“山中”而失去适当距离观审所保证的有效判断。在“万众皆媒”的时代，一如所有的文化呈现：“新媒体呈现也不可避免带有偏见。它们呈现或建构物质现实中的某些特征，以牺牲另一些特征为代价，它们凸显各种世界观中的某一种，在大量分类系统中选取一种可能。”[1] 网络文学成为互联网时代的万花筒，它与网络上的各种媒体形式杂融交互，日渐强势的“圈层化”提示着媒介霸权的渐次成行。以“文学”来限定的“网络”在内容层次和文化层面有可能突破计算机程序对用户与角色互动可能性的限制，显现出“我们”的所思和可变性。于此时刻，正视网络文学所裹挟的“人”的现实、“世界”的现实、“书写”的现实和“文本”现实，实为当下现实写作、体现现实精神的当行之举。

[1] [加]哈罗德·伊尼斯：《传播的偏向》，何道宽译，北京：中国人民大学出版社2003年版，第77—95页。

以有灵魂、有温度的文艺作品汇聚奋进新时代的精神力量

张　凡

石河子大学

毫无疑问，文学与艺术可以说是文化中极具感染力的构成成分，不仅能够通过塑造形象以反映生活中的真善美、揭示现实中的假丑恶，还可以借助语言材料的加工来使作家、艺术家们对社会、对生活、对世界的理性认知和情感体验具象化、个性化，不仅给人们以美的艺术享受，更能促使人们得到精神的愉悦和情操的陶冶。尤其是那些优秀文艺佳作，它们不仅仅是个人情感的表现，更是民族的、国家的甚至整个人类的情感的传达；它们不仅仅表现民众的心声，也会发出时代的最强音。进一步地说，优秀的文艺作品既参与到民族和国家的文化创造与文化创新的伟大活动之中，同时更能够充分展示中华民族国家整体的文化软实力之水平。2014 年 10 月 15 日，习近平总书记在文艺工作座谈会上强

调，“我国作家艺术家应该成为时代风气的先觉者、先行者、先倡者，通过更多有筋骨、有道德、有温度的文艺作品，书写和记录人民的伟大实践、时代的进步要求，彰显信仰之美、崇高之美，弘扬中国精神、凝聚中国力量，鼓舞全国各族人民朝气蓬勃迈向未来”[1]。毋庸赘言，引领时代风潮的优秀文艺作品，因其在思想与艺术等多个方面所达到的高度以及在弘扬中华优秀民族传统文化、传承中华民族美学精神时所具有的效能，而更能为我们这个社会与时代所认同、所提倡。

一、文艺与创新

“文变染乎世情，兴废系乎时序。”作为社会意识形态极为重要表征的文艺会随着时代的变化与世情的转变而呈现出发展的阶段性特征及其时代内涵。究其原因，不外乎两个层面的缘由：一方面文艺的茁壮成长要求它必须接受现实生活的“抚育”；另一方面文艺的发展受到现实物质世界与精神世界的束缚、制约。因此，文艺发展的阶段性特征及其时代内涵促使作家不断寻求突破与转变。中华民族历来就是一个富有创新意识和开拓精神的伟大民族，正如习近平总书记所强调的，“创新是一个民族进步的灵魂，是一个国家兴旺发达的不竭源泉，也是中华民族最鲜明的民族禀赋”[2]。更为深层次地去理解，创新意识已融入中华民族的骨血深处。不可

[1] 中共中央宣传部编：《习近平总书记在文艺工作座谈会上的重要讲话学习读本》，北京：学习出版社 2015 年版，第 7 页。

[2] 新华社摄影部制作，新华社第一工作室出品：《镜观·领航丨总书记心系航天事业》，2021 年年 6 月 24 日，http://www.xinhuanet.com/politics/2021-06/24/c_1127592473.htm。

否认的是，在如今激烈竞争的经济全球化大潮中，唯创新性作品方能富有朝气强劲的生命，冲破文艺的旧有樊笼；唯创新性作品方能动力十足自我更新，保障文艺的健康发展；唯创新性作品方能把握时代脉动，适应时代要求，引领文艺的时代潮流。因而，坚持与时俱进，紧跟时代步伐，发展创新业已成为文艺制胜的黄金守则。

需要指出的是，呼吁文艺作品进行创新以响应时代号召的同时，不能忽略当前一段时间内文艺作品的品质问题。为狠刹文艺市场上出现的一系列歪风邪气，习近平总书记在文艺工作座谈上也提到了文艺创作方面所存在的“有数量缺质量、有‘高原’缺‘高峰’的现象”，“抄袭模仿、千篇一律的问题”以及“机械化生产、快餐式消费的问题”。[1] 我们不难想象，凡此种种缺乏灵魂、缺乏气质、缺乏底线意识的作品不仅不能起到引领时代潮流的积极作用，反而会在时代潮流中逐渐迷失自我。不可否认的是，这些粗制滥造、败絮其内的作品不可能在思想深度与艺术成就等方面会有多大成色，即便一时蒙混过关、获取可观的“暴利”，但终将不会长久，必将被时代大潮荡涤。是故，新时代召唤的是文质兼美的文艺佳作——只因这些作品凝聚了中华优秀传统文化的精华、镌刻着中国精神的神圣烙印、展现着独特的民族气质、塑造了鲜明的中国形象，当然更蕴含着深刻的中国力量。只有无愧于我们这一伟大民族与伟大时代的优秀文艺作品方能撑起我们中华民族的文化脊梁，方能真正代表人民的意志，鼓舞人民的热情。

对于近年来的中国主旋律电影创作而言，可以说是发展形势渐入佳境。巨制佳作频繁上映、高票房好口碑比翼齐飞，有的更以近乎爆棚，继

[1] 中共中央宣传部编：《习近平总书记在文艺工作座谈会上的重要讲话学习读本》，北京：学习出版社 2015 年版，第 7、10 页。

而造就了中国电影史，甚至世界电影史上的一个又一个奇迹，尤其在2019年喜迎新中国成立七十周年的高光时刻，主旋律电影更是绽放异彩，备受世人瞩目。从2019年年初春节档上科幻巨制《流浪地球》的成功逆袭，到年中暑期档影片《烈火英雄》，虽无法与现象级的动漫大片《哪吒之魔童降世》相提并论，但整体表现可圈可点，票房位列暑期档第二，再到国庆档的硬核影片《我和我的祖国》《中国机长》《攀登者》“三驾马车”你追我赶、各放异彩，足见主旋律影片非比寻常的艳丽身姿和强劲势头。对于中国电影来说，2019年或许是百余年中国电影发展史上最为不平凡、却又满满当当的一年，尤其在福建厦门举行的第三十二届中国电影金鸡奖上，科幻巨制《流浪地球》荣膺最佳故事片奖，再次说明了国产主旋律影片近些年在主流影视圈的高认可度和极具时代感的艺术表达张力。

经由导演郭帆执导的科幻电影《流浪地球》，是以当代中国科幻小说第一人刘慈欣的中篇小说《流浪地球》改编而成的。自2019年大年初一正式上映后不足半个月，《流浪地球》就以足够爆表的好口碑以及近似炸裂的高票房宣告了国产科幻影视作品的特效技术硬件终于脱离了低劣的品质，加之主旨鲜明的表达内容，共同促使国产科幻影视制作从此迈向一个新高度、新水平。影片中，导演郭帆及制作团队竭力为观众们打造的被冰雪封冻的人类过往世界，不仅丝毫没有迪士尼童话故事里冰雪城的浪漫与柔美，反而是到处充斥着现实环境的冷酷与无情。整个银幕以特别骨感的方式近似而真实地还原了现实世界曾经存在或发生的种种，可以说正是精美绝伦的特效技术将观众们迅速带入剧情当中，那暗无天日、风雪交加的镜头之下极度险峻而恶劣的地表环境，越发凸显了影片中各色人物，甚至整个人类不得不直面的“生”的危机以及未来可能面临的巨大灾难——眼前的地表世界不仅没有生的希望，更多的是透着彻骨的绝望。可是，即便如此，那些向死而生的地球卫士们却偏偏不甘于这种被动接受的“宿命”，他们选择坚持战斗到濒临毁灭的最后那一刻，这中间所表现出的、足以代表整个人类永不言弃、不轻言失败之大无畏精神值得被人们高度颂扬。不得不说，硬核科幻《流浪地球》所凸显的并非单纯的特效炫技，其在模拟还原真实空间之下的虚拟世界里，亦步亦趋地呈现出影片自身所要表达的真内涵、真情意。与此同时，其在人物塑造上回避了模式化扁平化的倾向，塑造了一个立体感很强的英雄群像。纵观整部影片，正是《流浪地球》故事背后所承载的人类命运共同体意识与家国情怀以及这种人与人之间的小情大义让观众们为之感慨万千，从中可窥见国产科幻电影无论在技术特效的编辑上，抑或在主旨内涵表达上都双双做到了不负众望。

二、文艺与精神

大家都清楚，优秀的文艺作品市场广大、需求旺盛、影响也更加深远。那么什么样的作品堪称优秀呢？比较而言，优秀的文艺作品除了艺术上的精湛、制作上的精良外，其关键是拥有“精魂”之所在，而这一存在可以看成对崇高精神的颂扬、正确价值观的引导、时代精神的引领、审美能力的启迪等极富有导向意义、充满时代正能量的呈现与表达。

不言而喻，生活在现实世界里的人们难免会有这样或是那样的人生缺憾。该如何面对这些缺憾呢？古人有云，“乐而不淫，哀而不伤”“发乎情，止乎礼义”“文以载道”，或许可从这些曾被中国传统社会崇尚、“千古不朽”的原则与传承中汲取为人、处世以及为文的基本态度，自始至终胸怀一种对真、善、美的真诚诉求，在立足现实的同时讴歌美好的大自然、活色生香的现实生活、丰富多彩的人类社会以及比海洋还要深邃的心灵世界，传递充满活力、战胜艰难险阻的正能量，传递自强不息、迎难而上的价值观，给人以希望，给人以温暖。正如中国人民抗日战争暨世界反法西斯战争胜利七十周年之际出版的以抗战时期北方草原为背景而作的曹文轩长篇小说《火印》，其以童年视角来写一个叫坡娃的男孩与一匹叫雪儿的马的动人故事，谱写了一曲惊心动魄、至爱至纯的人性美的颂歌。这部长篇力作所特定的典型意义体现在，真正的优秀文艺作品“应该用现实主义精神和浪漫主义情怀观照现实生活，用光明驱散黑暗，用美善战胜丑恶，让人们看到美好、看到希望、看到梦想就在前方”。

众所周知，2020 年年初春湖北武汉发生新冠疫情，在党和国家的紧急号召之下，各地医学救援队紧急驰援湖北武汉，勾勒了“一方有难，八方支援”社会主义制度优越性的壮阔图画。基于这样的大背景，剧作家王安润创作了抗击疫情电影剧本《大爱无痕》[1]，借以致敬抗疫一线的白衣战士和默默奉献的幕后英雄。《大爱无痕》讲述的是新疆国家紧急医学救援队驰援湖北武汉抗疫一线、在方舱医院开展治病救人工作的感人故事，塑造了英勇无畏、敢于担当、既专业又敬业的抗疫英雄群像。在他们中间，有新婚前夕请求驰援武汉的呼吸科医生茹仙古丽，有坚持岗位而不顾个人治疗的杜可欣院长，有借一曲《黑走马》翩翩起舞、抚慰患者心灵的巴哈古丽，当然还有坚守后方做好一线保障的居来提处长，有负责后勤调配的普通人员，以及活跃在街头巷尾的开网约车的志愿者等等。他们虽岗位和分工各有不同，却共同奋战在抗击疫情的战斗中，以无比坚毅的精神践行着初心和使命，以勇往直前的行动诠释着对党和国家的忠诚、对人民无限的

[1] 王安润：《中国作家》2020 年第 9 期。

热爱之情。而发生在他们身上那些无私奉献的忠于职守，无不彰显出于危难处见勇敢、于平凡中见伟大、于寻常中见大义的中国精神和中华民族自古有之的高尚品格。

“有以无难而失守，有以多难而兴邦。”《大爱无痕》可以说是着眼当前人们最为关注的抗击新冠疫情，从大处立意，从小角度落笔，以新疆国家紧急医学救援队援鄂事迹为书写对象，塑造了一群舍生忘死、为民解难、敬业奉献的白衣战士群像。他们与时间赛跑，同病毒较量，心系平民百姓的生命安全与身体健康，负重前行，慎终如始。他们以行动绘就无私无畏、公而忘私的大无畏之精神，白衣为甲，其心赤诚。透过他们以及他们的行动，不仅见证了中国人民面对新冠疫情时上下齐心，抗击疫情，也体会到了中国力量、中国精神、中国效率，更为举国同心、命运与共、生命至上的伟大抗疫精神所深深震撼。他们身上所体现出的磅礴力量和高贵精神，正是新时代中国精神的集中表达，更是实现“两个一百年”奋斗目标之中华民族伟大复兴梦必不可少的道德力量和精神之源。

三、文艺与传承

西汉刘向在《说苑·政理》中有云：“夫耳闻之，不如目见之；目见之，不如足践之。”任何优秀文艺作品并非凭空想象而得，唯有将所有美好的期待落实到具体的创作实践中去，才能发挥它们所应具有的多重效能。更进一步地说，创作出更多顺应时代要求的优秀文艺作品的历史使命终将落在作家身上。虽身处知识、信息、科技迅猛发展的现时代，作家仍需要走进生活，体验生活，走进人民，贴近人民，有所谓“纸上得来终觉浅，绝知此事要躬行”。那种闭门造车、脱离现实、远离群众的作家只能写出徒有其表、表面花哨光鲜的作品，这些作品不仅不能起到反映社会现实、挖掘生活本质、为人民代言的效能，反而会把读者甚至作家自身引向心灵的荒漠。

当然，作家、艺术家们在具备了极其丰厚的生活体验与现实感悟的同时，更要努力从我国优秀的传统文化中去汲取丰富的养分。众所周知，中华优秀传统文化是经过历史检验的，其拥有强劲的生命力以适应新时代的要求：一方面，作为文艺创作的丰厚土壤与养分来源，优秀传统文化为他们提供写作的文学素材，而另一方面，作为文艺创作的动力源泉与精神支柱，优秀传统文化能为文学写作供应源源不断的文化自觉与文化自信。诚如作家贾平凹的《老生》以老生常谈的方式叙写了土生土长的中国故事，并以中国的方式记录了现代中国自 20 世纪初以来百年发展史。此外，不能忘记的是，作家艺术家对中华优秀传统文化的精髓、社会主义核心价值观核心层面——爱国主义的培育与践行、宣传与教育同样具有不可推卸的责任。富有爱国主义精神的文艺作品，因爱国主义所带来的强有力的凝聚力与向心力，总是具有强大的感召力与号召力。当前文艺的发展存在着一个无可回避的问题，即随着现代化进程的推进，文艺的发展受到欧美文化的影响日益加深，与世界文艺的联系越来越紧密。而这就需要作家艺术家们用辩证的眼光看待东西方文学与艺术，“取其精华，去其糟粕”“博采众长，为我所用”，学习借鉴他国优秀之处，坚持“兼容并蓄，洋为中用”的原则，推进我国文艺的繁荣昌盛。

1949 年 10 月 1 日，毛泽东主席在北京天安门城楼上向全世界那句神圣而庄严的宣告，从此开辟了中华民族发展的新的历史篇章。新中国成立至今，风雨兼程，中华民族在中国共产党的领导下，坚持自力更生、自强不息，走过了一个不断冲破封锁、不断创新发展、不断充实完善的中国特色社会主义的伟大复兴之路。70 多年来，从新中国成立之初的疮痍满目、一穷二白到如今的欣欣向荣、世界第二大经济体，我们的生活日新月异，我们的城乡旧貌换新颜，我们的国家发生了翻天覆地的变化。毫无疑问，电影《我和我的祖国》正是基于这样的历史与时代背景，紧紧围绕新中国成立 70 年发展过程中所经历的若干个重大事件，讲述了七个发生在新中国不同历史时期的感人肺腑的普通人的故事。尽管七位导演创作手法各异，每个故事侧重点各有不同，却始终将激发国人爱国热情、弘扬爱国主义精神这一宏大主题贯穿始终，影片中有序衔接、娓娓道来的七个故事既接地气，也攒人气，更富有新气，让现场的每位观众都能够感同身受——祖国的强大得来不易，美好的生活更加需要强大的国家予以保障——而这些都来自一代代中国人不懈的付出。在《相遇》这则故事中，为了摆脱新中国受人要挟的屈辱状态，大力提升新中国的国际地位，当年像高远这样的青年科研人员，他们听从国家的召唤，背负起国家使命，甘做无名英雄，几年甚至数十年隐姓埋名，一心扑在祖国急需的重大科研事业上，无私而默默奉献着，至死不渝，他们以实际行动，有的甚至献上宝贵的生命来践行“国家兴亡，匹夫有责”这句古话的真实内涵。

“家是最小国，国是千万家”这句话可谓家喻户晓，世人耳熟能详。家庭的前途命运同国家、同民族的前途命运紧密相连。更进一步地说，我们每个普通人的命运同样与国家、与民族的盛衰荣辱息息相关。而聚焦宏大历史背景下的《我和我的祖国》所呈现的七个故事，都是一个个普通人的故事相续而成的，而这些普通人既是成长在五星红旗下亿万中国人的一分子，也是代表，他们的故事不仅激起了亿万国人的情感共鸣，更是唤醒了全球华人关于中华人民共和国 70 年来的共同记忆。毫不夸张地说，影片中看似简单却极不寻常的七个故事，合在一起即可连成一条线，共同构成中华民族和平崛起的华美乐章。同样，它们又可以独立成篇，各自以饱满而温情的主题表达再现了伟大祖国70多年来和平发展的蹉跎历程，以及亿万中华儿女为中华民族伟大复兴而不懈奋斗的一个个历史性的美好时刻。更为关键的是，14亿国人的家国情怀在庚子年国庆档再次被点燃，一部聚焦新时代乡村发展和历史巨变的主旋律电影《我和我的家乡》让亿万国人为之动容、为之钦佩。影片紧扣当代国人的家国情怀，基于“小家”“大家”两个维度拓展开来，把当代中国人对家乡和伟大祖国的无比热爱融为一体，以平民化视角来推动影片情节的有序铺开。影片以五个故事单元来传达与呈现普通中国人在国家富强、乡村振兴的时代征程上付出的不懈努力及为之收获的欢欣与喜悦，运用悲喜剧相结合的艺术表现方式，把精准扶贫、乡村振兴等事关国计民生、人民福祉有机融入新时代发展的整体进程中去，使观众与各个故事中的平凡人物在情感上发生对于新时代的共振与共鸣，有欢乐、有感动，既接地气又生动感人，从中可见当代中国人深囿于心的炽热的家国情怀。

结　语

综合上述，不只是上文所提及的文艺佳作，特别是自习近平总书记2014年主持召开文艺工作座谈会以来，我国的文艺事业进入一个史无前例的丰沛时期，国家和民族的文化创作力和艺术水平整体提升，涌现出一大批叫好又卖座的文艺精品。一方面，艺术名家文学大师群峰并起，既有获得“人民艺术家”称号的作家王蒙、歌唱家郭兰英和演员秦怡，更有首获国际安徒生奖的曹文轩和雨果奖的刘慈欣，他们不断为当代及后世文艺创作提供典范样本。另一方面，文艺创作更是名家名作越发丰硕，每年都有大量作品竞相问世，这种盛况空前的繁荣所带来的琳琅满目和五彩缤纷，令人目不暇接。更何况，《琅琊榜》《人民的名义》《伪装者》《欢乐颂》等电视剧异军突起，收视夺冠，点播过亿；《战狼Ⅱ》《哪吒之魔童降世》等国产电影备受热捧，不论动作、科幻巨制还是动漫小清新，票房口碑俱佳，令人刮目；《人世间》《牵风记》《主角》《北上》《应物兄》等佳作越发璀璨夺目，老中青作家艺术家队伍齐整，成就中国文艺未来。鲁迅先生曾说过，“没有冲破一切传统思想和手法的闯将，中国是不会有真的新文艺的”[1]。不言而喻，新的文艺、新的文学不仅仅指的是手法、形式上的改进与更新，题材、体裁上的丰富与革新，更是指思想、内容上的突破与创新。新时代要求作家艺术家站在当代中国文艺大舞台上，秉持为人民书写与为人民放歌的初心，高举弘扬与培育中华优秀传统文化的伟大旗帜，在立足华夏、扎根民族沃土的同时，创作出更多无愧于时代的优秀文艺作品，为社会主义文化建设贡献一份可贵力量。

[1] 鲁迅：《坟》，北京：人民文学出版社 1973 年版，第 199 页。

论电视剧的文化特质与公共属性

赵　莹

中国传媒大学人文学院

电视剧自诞生之日起就得到了广大观众的喜爱。20 世纪 80 年代，电视剧成为最早实现“制播分离”的电视内容产品，电视剧的“商品属性”决定了电视剧创作过程中应遵循“商业规则”，否则无法实现其商业价值。而电视剧与一般商品不同，属于文化产品的一种，在电视台、网络等大众传媒平台播放，其文化特质和公共属性是其不容忽视的特性构成。但是，面对强大的市场影响力，电视剧的文化特质和公共属性一度被“商品属性”的“光芒”掩盖，当前，需要我们从文化角度对电视剧进行反思、思考，找到其“商品性”与“文化特质”“公共属性”良性融合的健康发展之路，坚持电视剧“为人民服务、为社会主义服务”的方向，让百花齐放、生机勃勃的电视剧艺术为实现中华民族伟大复兴的中国梦提供源源不断的精神能量。

一、电视剧的文化特质

电视剧是重要的文化产品之一，“文化”是其最为核心的特质。关于文化的定义很多，特里·伊格尔顿在《论文化》中说：“‘文化’是一个非常复杂的词，据说其复杂程度在英语中排两三名。但在其复杂含义中，有四种主要的含义更为突出：（1）大量的艺术性作品与知识性作品；（2）一个精神与智力发展的过程；（3）人们赖以生存的价值观、习俗、信仰以及象征实践；（4）一套完整的生活方式。”[1] 美国人类学家克利福德·格尔茨在其著作《文化的解释》中，对泰勒的“大杂烩”式的文化概念进行了重新的审视，也认为克拉克在《人类之镜》中用27页的篇幅论述文化的概念，力求全面而具有一定的内在关联，并将文化进行一种“界定”，但是“必须加以选择”，他主张的文化概念实质上是一个符号学的概念，“所谓文化就是这样一些由人自己编织的意义之网，因此，对文化的分析不是一种寻求规律的实验科学，而是一种探求意义的解释科学”[2]。笔者认为，文化的内涵博大而宽广，以内容概括文化难免疏漏，克利福德·格尔茨用符号学的概念方式另辟蹊径，以“本质”定义，强调文化的符号和意义功能，概括性较强，适用性广，特别是在研究电视剧与文化的关系方面，此种定义方式更为适用。

（一）电视剧属于大众文化的一种，文化特质不容忽视

正如克利福德·格尔茨“文化是意义之网”的观点，电视剧是用声

[1] ［英］特里·伊格尔顿：《论文化》，张舒语译，北京：中信出版社2018年版，第1页。

[2] ［美］克利福德·格尔茨：《文化的解释》，韩莉译，南京：译林出版社2014年版，第4页。

画语言编织出的“意义之网”，其中声画语言的符号学规律与价值自成体系，除了基本的叙事需要的“表情达意”的功能之外，传递思想、价值、观念、美感也是电视剧作为艺术的重要功能之一，这一功能就是电视剧的“文化传达”功能。正是这些独有的“文化传达”使得我国电视剧具有中国的独特审美，承载着中国特色的精神内核与价值追求，直接作用于人们的精神情怀，影响着人们的人生观、价值观与世界观。优秀的电视剧在文化与价值的传达上应该是积极向上、充满善意的，让人们对生活、对社会满含希望与责任，能够发自内心地对他人报以爱心与信任。这样的电视剧才是利于人们心灵健康与富足的精神食粮，才能够发挥聚人心、暖民心、强信心的作用。电视剧《山海情》是2020年播出的以“脱贫攻坚”为主题的电视剧，以福建对口支援山海固的发展脉络为主线，穿插涌泉村不同村民的命运变化，特写一个小山村展现中国脱贫攻坚战全面胜利的伟大画卷。题材宏大，但是视角接地气，家国同叙，迅速在全国范围内引发共鸣与好评。除了电视剧题材、故事、叙事技巧等艺术方面的成就外，在思想精神与价值观念等文化传达方面，该剧也颇有可圈可点之处。“见人、见事”是电视剧的文化传达的主要方式。《山海情》中的李水花集美丽、正直、善良、坚韧于一体，可以说是中国“完美”女性的“符号化”表达，虽然其不具备“偶像”的造型，也多有理想化的成分，但丝毫没有影响人们对她的喜爱和认可，赢得观众喜爱和认可的恰恰是蕴含在水花身上的中国传统美德和伦理道德。除了喜爱与认可，蕴藏在水花柔弱的外表之下的“筋骨”更让人们敬佩，心向往之，进而发挥优秀电视剧“滋养心灵”“倡导健康文化风尚”的独特作用。

在《山海情》中，故事的人物和事件无不体现着中国优秀精神价值的魅力，也同样赢得了很多青年观众的认同。《小欢喜》《三十而已》《以家人之名》等现实主义题材电视剧也是如此，赢得大家喜爱的重要前提是对电视剧传达的价值观的认同。孟子有云：“口之于味也，有同耆焉；耳之于声也，有同听焉；目之于色也，有同美焉。至于心，独无所同然乎？心之所同然者何也？谓理也，义也。圣人先得我心之所同然耳。故理义之悦我心，犹刍豢之悦我口。”[1]《礼记·乐记》也指出“乐者，通伦理者也”[2]“礼节民心，乐和民声”[3]“乐者为同，礼者为异类”[4]可以看出，人虽各异，但有着共同的感受，“口、耳、心”均有对美感、对义理的共同认识，而以“乐”为代表的文艺作品，则可以发挥“和民声”“聚民心”的重要作用。《礼记·乐记》中又有云：“乐也者，圣人之所乐也，而可以善民心，其感人深，其移风易俗”[5]“夫民有血气知之性，而无哀乐喜怒之常，应感起物而动，然后心术形焉。是故志微、噍杀之音作，而民思忧；啴谐、慢易、繁文、简节之音作，而民康乐；粗厉、猛起、奋末、广贲之音作，而民刚毅；廉直、劲正、庄诚之音作，而民肃敬；宽裕、肉好、顺成、和动之音作，而民慈爱；流辟、邪散、狄成、涤滥之音作，而民淫乱。”[6]电视剧作为当代重要的文艺类型，其作用于观众精神、价值、思想观念层面的文化功能，将为社会风尚的养成发挥重要的作用，是决定电视剧优劣的重要影响因素，这也是电视剧文化属性的重要体现。可以说，这些根植于精神价

[1] 方勇译注：《孟子》，北京：中华书局 2015 年版，第 220 页。

[2] 胡平生、张萌译注：《礼记》上册，北京：中华书局 2017 年版，第 716 页。

[3] 胡平生、张萌译注：《礼记》上册，北京：中华书局 2017 年版，第 719 页。

[4] 胡平生、张萌译注：《礼记》上册，北京：中华书局 2017 年版，第 720 页。

[5] 胡平生、张萌译注：《礼记》上册，北京：中华书局 2017 年版，第 730 页。

[6] 胡平生、张萌译注：《礼记》上册，北京：中华书局 2017 年版，第 731 页。

值层面的优秀文化，才是电视剧创作、创新的根本与源泉。

（二）电视剧中的“文化符号”，是电视剧文化特质的又一体现

在电视剧艺术中，民间民族服装服饰、纹样、礼仪、节庆等文化符号大量应用，除了参与叙事，也成为中国电视剧独特审美的“符号化”体现。历史题材电视剧中处处体现着中国传统“文化符号”，不足为奇，在现实题材电视剧中，“文化符号”可以说是电视剧温度、厚度、精度的重要体现。特色饮食，是电视剧中经常使用的文化符号。电视剧《以家人之名》中，美食成为故事讲述中不可缺少的组成部分。因为家庭矛盾，经常挨饿、吃泡面的凌霄，在李尖尖家的餐桌上，体会到家庭的温暖。自此，饭桌成为电视剧中重大事件发生、重要情感渲染的主要场景，而菜品成为电视剧情感传达的“符号”。肉末豆花、煎蛋、糖醋排骨面……这些富有中国特色的、充满人间烟火气的日常佳肴，在不同的场合、不同的场景下，成为情感的承载，家庭“温度”的体现。

电视剧《装台》自上映后，好评不断，这部叫好又叫座的电视剧改编自茅盾文学奖获得者、陕西作家陈彦同名小说。陕西风味十足的美食和方言是电视剧《装台》中两大原生特色，不仅是对现实生活的细致化再现，更是对“陕味”特色的地域文化元素的全景展示，引发了跨圈层观众情感共振。除了美食，雁塔、钟鼓楼、古城墙等极富地域特色的标志性建筑在电视剧中屡屡出现，将真实感、历史感、生活感充分展现，极大地增强了电视剧的文化厚度，也由此增加了电视剧的文化魅力。

文化符号的展现，还能够大大提升电视剧的“精度”，在这方面，我国电视剧还有较大的提升空间。电视剧作为叙事艺术，主创方往往更为重

视电视剧的故事精彩不精彩、曲折不曲折、传奇不传奇，而忽视了电视剧细节上的张力，从而导致很多电视剧缺乏精致之感。要弥补这一缺憾，文化符号的使用是较为有效的选择。英国电视剧、韩国电视剧都比较注重用文化的细节来提升电视剧的“高级感”。1987版《红楼梦》虽然画面质量、技术技巧上无法和当前电视剧相媲美，但是在文化细节的把握上确实十分用心，使得其在“精度”上依然是难以跨越的经典。当前，要创作出视听艺术的“代表作”，就要在文化上下足功夫，将中华优秀传统文化与当代审美追求密切结合，运用好新技术、新手法，将文化的温度、厚度、精度用心用力地表达好，“收百世之阙文，采千载之遗韵”，在当代电视剧创作的高原之上，铸就新的高峰。

电视剧“以文贯道”，以文培元、以文铸魂，用吸引人的故事、可亲可爱可敬的人物形象、向上向善的优良品格，勾勒出当代中国的真实图景，生动描绘有筋骨、有道德、有温度的人民大众，展现博大精深的中华文明，抒写自强自信的时代新风。中国特有的文化元素、文化符号则成为中华美学精神的外在体现，与当代视听艺术相结合，将中华美学精神焕发新的活力与生机，展现中华文化全新的生命力。正是因为电视剧有着鲜明的“文化特质”，以及电视剧艺术作为通俗文化而具有的广泛的公众影响力，其“公共属性”也应被注重。

二、电视剧的公共属性

这里的“公共属性”主要指共有、公开的特性，非政治意义上的“公共权力”。电视剧的公共属性主要体现在电视剧内容文化特质上的共有性、共享性和传播平台的公开性两个层面。电视剧在精神价值层面的重要性已在上文论述，且已成为业界、学界的共识，习近平总书记多次提到应注重文艺作品的价值引领作用，在中国文联十一大、中国作协十大开幕式上的讲话，更是明确提出文艺创作要“在培根铸魂上展现新担当，在守正创新上实现作为，在明德修身上焕发新风貌”，要“不断提升作品的精神能量、文化内涵、艺术价值”，对当代电视剧在文化价值传达上提出了更高的要求，呼吁当前文艺创作在塑造时代风尚，滋养人民的审美观、价值观上体现的更多的作为。从这一层面看，毋庸置疑，电视剧可以对社会生活秩序产生重要的影响，发挥其巨大的公共文化塑造价值。另外，从内容层面分析，电视剧在文化符号的使用上，是电视剧公共属性中共有性、共享性的具体表现。

（一）电视剧文化符号的“双重意指”

分析电视剧文化符号的公共属性，首先要认识电视剧文化符号的“双重意指”。在电视剧《大宅门》中，白景琦经常会唱起京剧《挑滑车》中高宠的一段念白：“你看那前面黑洞洞，定是那贼巢穴，待俺赶上前去，杀它个干干净净。”《挑滑车》取材于《说岳全传》第三十九回，描写宋金交战的激烈场面。京剧是中国的国粹，在电视剧《大宅门》中的应用，一方面表现了清末民初大户人家的日常文化生活，通过京剧符号的运用增加了电视剧的文化厚度，凸显了时代特征。同时，其唱词也映射出当时清末民初危机四伏的社会状况，以及商场上的激烈竞争。经白景琦之口唱出，又将白景琦敢作敢为、面对困难一马当先的性格特点表现得淋漓尽致。这段念白在剧中多次出现，不同场合也有着不同的指意。可以看出，电视剧中的文化元素有着鲜明的“符号”意指功能，除了文化符号本身的意义外，在电视剧中也有特指的意义表现，即电视剧中的“引申义”。也就是说，电视剧中的文化符号，具有“双重意指”的表现特征。

电视剧中文化符号的“双重意指”是电视剧文化属性的具体表现。其文化符号的本意与电视剧中的引申义是相互释义、相互观照的关系，类似于文学修辞中的“互文”。电视剧是通俗文化，其受众是广大的人民群众，电视剧中的文化符号一般是较为常见的、易于被大众理解的，如果过于偏冷、高深则会给观众的欣赏造成障碍。另外，电视剧中一般应用的是文化符号约定俗成或符合大多数观众认知的意义，一方面有助于观众理解文化符号的应用意义，另一方面也易于建立其文化符号本意与电视剧中含义的过渡与转换。在此基础之上，根据剧情发展和人物构建的需要，融入电视剧特有的意指，观众所感受的正是文化符号本意与电视剧引申义结合后的文化意涵，两者融合互洽，共同构成了电视剧的文化符号意指和内核，也由此构成了电视剧文化符号的“双重意指”特征。

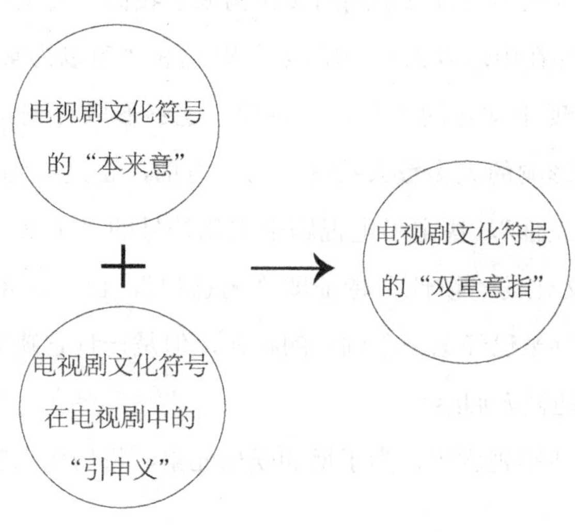

电视剧文化符号的双重意指

（二）电视剧文化符号本意的“公共属性”

电视剧在文化符号层面的“公共属性”，主要体现在文化符号本义上。通常情况下，观众对于文化符号引申义的理解，是建立在文化符号本义认知的基础之上。也只有建立在文化符号本义基础之上的引申义，才是真正的对“文化符号”的运用，才能够增加电视剧的文化底蕴，彰显电视剧的文化特征。

文化符号，特别是中华优秀传统文化、中华文明或历史文化是中华民族共有的财富，正是这些琳琅满目的文化符号构成了中华民族特有的精神气质，其“共有性”、全民的“可共享性”决定其“公共属性”。文化，是一种“社会无意识”，“大量的直觉、偏见、虔诚、情绪、尚未成熟的观点和自发性的假设，它们支撑着我们的日常生活，并且我们很少对其发问……这种社会无意识是我们所说的文化的一种含义……文化似乎既会比我们所做的大部分事情有更为强烈的意识，又能够指那些远没有日常行为有意识的活动。这些不能被意识到的文化构成了我们日常生活中看不见的色泽，我们日常存在中习以为常的质地”。[1]这种“习以为常”、这种“无意识”一方面体现出文化的“共有”特性，能够形成普遍认同的文化内涵，被这一文化影响的大多数人接受；另一方面，正是因为这种“共有”体现出的“公共属性”，决定了电视剧中文化符号的“本义”不应被颠覆性地“改变”。文化的“惯性”特征即“无意识”，已经印刻在日常生活中，常见的人们甚至已经意识不到它的存在，但是一旦它缺失或意义有所改变，便会迅速地被人们感受。

比如，在一些影视剧中，为了增加娱乐元素，将历史人物、神话人物

---

[1] ［英］特里·伊格尔顿：《论文化》，张舒语译，北京：中信出版社 2018 年版，第 52 页。

进行娱乐化处理，改变这些“文化符号”本义，虽有“创意”但可能带来不良的后果。一方面打破了文化“惯性”，改变习以为常的“无意识”状态，会给观众带来思想认知方面的冲突，进而带来审美障碍。另外，电视剧作品影响广泛，特别是对于青少年，在知识构建阶段接触到对传统文化改编过于离谱的影视剧，先入为主，会影响青少年对我国历史文化的认知及基本文化素养的培养。因此，在文化资源的创意转换过程中，针对优秀传统文化中已有定论或约定俗成的文化符号，不应进行“颠覆性”的改变。如果剧情需要，可进行全新的形象或符号塑造，也不应对具有确定性内涵的文化符号，进行违背本义的过度“创新”。习近平总书记在中国文联十一大、中国作协十大开幕式上的讲话中对此问题已作清晰的指示，“割断血脉、凭空虚造不能算创新。要把握传承与创新的关系，学古不泥古、破法不悖法，让中华优秀传统文化成为文艺创新的重要源泉”。电视剧中的文化符号是公共资源的一种，虽然不同于自然资源，但一样需我们进行保护，即使是“开发”，也要进行“保护性开发”，防止在创新转换过程中对优秀传统文化的“破坏”。

（三）处理好文化符号本义与引申义之间的关系

不同电视剧有着不同的文化符号引申方向和引申形式，方法多种多样，需要在创作过程中合理把握，以尊重电视剧文化在内容创作中的“公共属性”，保护好我国优秀文化的传承与创新发展。

第一，保证文化符号应用的正确与准确。正确与准确，是电视剧中文化符号运用的最基本要求。当前，电视剧创作中，常常邀请“文化学者”做顾问，这是非常必要的。即使经验丰富、学识渊博的编剧也会有知识盲区，提升电视剧的文化底蕴，在电视剧中植入更多的文化元素，运用更多的文化符号，“文化顾问”必不可少。特别是历史题材、宫廷题材电视剧，其中充斥的大量的文化符号，从衣食住行到化妆、道具，都应追求准确和完美，力争再现古人生活的较为真实的状态，以展现中国文化的风格与魅力。此外，古代生活美学是古装电视剧的重要审美内容之一，这些经验与感受集中体现在一些著作与随笔之中，如明代文震亨的《长物志》、唐代陆羽的《茶经》、宋代郭熙的《林泉高致》、明代张谦德、袁宏道的《瓶华谱瓶史》、明代计成的《园冶》等，在阅读这些著作的时候，仿佛走进了古人雅致、富有格调的生活，让人身心愉悦。在电视剧中，准确地通过视听语言再现古人中式审美的典雅生活、超然脱俗的美学追求，势必会大大提升电视剧的文化魅力和审美情趣。1987 版《红楼梦》可谓是再现古人生活美学的成功之作，无论在演员的举手投足，还是对道具、服饰的设计，以及对生活细节的展现，将清代贵族生活的规矩、习俗、日常状态进行了较为准确的表达。其顾问团队也是“阵容强大”，人数多达 20 人，包括周汝昌、王蒙、曹禺、周岭、沈从文等红学专家和文化学者。除此之外，演员也进行了专门培训和学习，这样的精品意识正是出于对中华文化经典的敬畏之心、责任之心，为中华文化经典负责任、对观众负责任的态度，值得电视剧从业者认真学习。当然，当时的创作环境、行业环境与现在有所不同，但是对于“中华文化经典”还是应该突破“市场”的指挥棒，进行“精品创作”，一方面，有益于对“中华经典”进行保护与传承。另一方面，也能够在影视圈中树立典型与标杆，引导电视剧创作的“精品意识”和责任意识。

第二，文化符合的本义与电视剧中的引申义在价值取向上应保持一致。“创意”“创新”在优秀文化的现代化转换中必不可少，正是因为“创意”和“创新”的力量，使得我国优秀的传统文化插上了崭新的翅膀，徜徉在当代文化和文艺的海洋中，得到观众的喜爱，进一步发扬与传承。电视剧《乔家大院》使以“乔家大院”为代表的山西民居、晋商文化在全国掀起热潮；《康熙王朝》《贞观之治》《汉武大帝》等历史题材电视剧，则激发了观众对我国历史的关注；电视剧《清平乐》则带领观众过了一把传统“节庆”的瘾；《知否知否，应是绿肥红瘦》展现了中国茶道、香道的独特魅力。这样的电视剧还有很多，让观众切身体验了中华优秀传统文化的审美品味。逐一分析可以看出，受到观众认可和喜爱的电视剧，其文化符号本义与电视剧引申义能够融洽和谐地“合二为一”。引申义一般都会尊重文化符号的本意，深挖其内涵与意义，且保持两者在价值取向和功能上一致的方向，将传统与现代形成自然的过渡，将传统的文化符号（外形）与当代的审美意指和内涵意义进行恰到好处的链接，既保持了文化的传承，也进行了创新的转换。与此同时，也有一些电视剧，在“创意”或“创新”过程中将文化符号的本义进行颠覆性的“创新”或者过度娱乐化的转换，改变文化符号在人们心目中的固有观念（比如对一些神话人物或历史人物在外在形象或价值取向上的过激改变），这种文化符号本义与电视剧引申义“相冲突”的现象，会带给观众“不适”感受，甚至是“反感”，这样的“创新”是不可取的，应引起主创的关注。

第三，秉持责任意识，创造真正有“趣味”的电视剧作品。电视剧是文化产品，与其他日常使用的商品不同，直接作用于人的情绪、精神、观念，对人的审美、文化素养、价值观会产生一定的影响。电视剧中运用的文化符号则是中华民族几千年智慧的结晶和经典的流传，应倾注更多的敬畏之心和责任之心进行现代化产品转换。将中华优秀文化的独特魅力、高雅气质配以精品化的电视剧创作，而不能一味为了提升“趣味性”，将优秀文化元素过度“娱乐化”“消遣化”。“趣味”是电视剧追求的审美感受之一，但是并非“娱乐化”才能凸显电视剧的“趣味”。关于“趣味”，梁启超先生非常关注，甚至提出了“趣味主义”，他说：“假如有人问我：‘你信仰的审美主义？’我便答道：‘我信仰的是趣味主义，’有人问我：‘你的人生拿什么做根柢？’我便答道：‘拿趣味做根柢。’”[1] 但是，梁启超先生也明确提出“趣味的性质不见得都是好的……所谓好不好，并不必拿严格的道德做标准。既已主张趣味，便要求趣味的贯彻。倘若以有趣始以没趣终，那么趣味主义的精神算完全崩落了……凡一种趣味事项，倘或是要瞒人的，或是拿别人的苦痛换自己的快乐，或是快乐和烦恼相间相续的。这等统名为下等趣味。严格说起来，他就根本不能做趣味的主体”[2]。如何评价趣味的好与不好？梁启超认为，趣味应是一以贯之的，如果开始时“有趣”，后面“败兴”或是有趣没趣一起来，此等也不能称之为趣味。电视剧中的过度“娱乐化”，通过“调侃”“曲解”文化符号实现电视剧的“趣味”，结果可能带来人们审美过程中的“不适”，可能会造成对文化传承的不利影响，或者给青少年带来认知上的误区，那么这些“结果”可以说是没有把“趣味”贯彻到底，“有趣”“败兴”一齐来，就不是真正的“趣味主义”了。从这一点上看，创作真正有趣味的电视剧，是要从起点到终点，从情绪上的“趣味”到审美、精神和价值观层面的“趣味”，才是完满的、高级的趣味所在。

（四）电视剧播出平台的“公共属性”

除了内容层面，电视剧文化的“公共属性”还表现在其播出平台的“公开性”。电视剧一般在电视台播出，电视台本身是公开播出平台。也有一部分电视剧是通过网络播出，其公开面向全民的特性不变，其“公共”属性依然存在。在网络平台上，观众不但能够自由选择观看电视剧，还能

[1] 梁启超：《梁启超论教育》，北京：商务印书馆 2017 年版，第 185 页。

[2] 梁启超：《梁启超论教育》，北京：商务印书馆 2017 年版，第 187 页。

够通过“弹幕”进行实时的交流、互动，形成“对话”，对剧情、人物进行评判、讨论，可以说，在这样空间里，形成了一个围绕电视剧的“公共领域”，在这里“作为私人的人们来到一起……可以自由地集合和组合，可以表达和公开他们的意见”[1]。在此情况下可能会形成和电视剧剧情有关的“公共意见”，这些“公共意见”可能涉及对电视剧的“批评或控制功能”[2]，对电视剧的收视产生一定影响，也有可能通过建立在电视剧观看之上的更加激烈、深入的讨论影响观众的认知和价值导向。无论是哪种可能，都会对电视剧本身或社会环境产生一定影响。

要获得公众对电视剧的认可、喜爱，电视剧除了满足艺术表现精良、故事精彩有趣、人物真实可爱等方面的要求外，还要在“理”——也就是价值层面得到观众的认可，激发人们的同情共感。叶燮在《原诗》中说“惟理、事、情三语……三者得则胸中通达无阻，出而敷为辞，则夫子所云‘辞达’。达者，通也，通乎理、通乎事、通乎情之谓”[3]。这个“理”既包括了草木星河的自然规律之理，也包括了兵刑礼乐的社会政经之理，更包括了饮食男女的人伦道德之理。冯梦龙在《警世通言·叙》中，分析了“通俗演义”的重要作用，即“理著而世不皆切磋之彦，事述而世不皆博雅之儒。于是乎村夫稚子、里妇估儿，以甲是乙非为喜怒，以前因后果为劝惩，以道听途说为学问，而通俗演义一种遂足以佐经书史传之穷……事真而理不赝，即事赝而理亦真，不害于风化，不谬于圣贤，不戾于诗书

[1] 尤根·哈贝马斯：《公共领域》，载汪晖、陈燕谷主编《文化与公共性》，北京：生活·读书·新知三联书店2005年版，第125页。

[2] 尤根·哈贝马斯：《公共领域》，载汪晖、陈燕谷主编《文化与公共性》，北京：生活·读书·新知三联书店2005年版，第126页。

[3] 叶燮著，蒋寅笺注：《原诗笺注》，上海：上海古籍出版社2014年版，第125页。

经史……说孝而孝，说忠而忠，说节义而节义，触性性通，导情情出”[1]。可以看出，自然规律、社会政经之理可以通过经书史传获得，但受限于人们的教育基础，但是电视剧作为“大众文化”“通俗文化”却能够“佐经书史传之穷”，还能够引发情感、思想共鸣，发挥“触性性通，导情情出”的重要作用。当代电视剧创作，应传达人民大众认可的、符合中国道德伦理规范的“理”，正如习近平总书记在十一次文代会上的讲话要求的“要把自己的思想倾向和情感同人民融为一体，把心、情、思沉到人民之中”，传达符合中国人伦理道德的“公理”，才能与人民同心同行，才能赢得最广泛的人民群众的喜爱，获得更多的公众支持。

从其传播效果而言，电视台的公共文化服务性质和一直以来的媒体形象，决定其具有一定的“权威”性，网络视频平台的播出也代表着平台对电视剧作品在内容和艺术方面的认可。基于此，观众对电视剧中呈现的文化符号信任度较高，电视剧中文化符号价值影响力和文化构建意义也较为强大。任何社会都有其特色突出的“社会性格”。“社会性格”是精神能量的一种特殊结构，它可在任何一个既定社会塑造，目的是对这个既定社会的功能有所助益。每个普通人想做和应该做的工作保持一致，这样社会就得以利用人的能量按其目的正常运作。社会性格是这样一种形式，它塑造人的能量，使之在社会进程中作为一种生产力发挥作用。社会性格通过该社会一切可动用的影响手段来不断强化，这些手段包括了教育系统、宗教、文学、歌曲、玩笑、习俗等[2]。在上述诸多手段中，电视剧也是重要的

[1] 冯梦龙编著：《警世通言・叙》，长沙：岳麓书社 2019 年版，第 1 页。

[2] [美] 艾里希・弗洛姆：《论不服从》，叶安宁译，上海：上海译文出版社 2017 年版，第 28 页。

手段之一。“社会性格”“精神能量”其实是社会文化和价值的一种体现，电视剧中的文化传播会对直接现实社会的文化形成发挥着不容忽视的影响力。

三、结语

作为商品，电视剧要考虑观众喜好和市场需求。但作为文化内容产品，电视剧的“文化特质”又要求电视剧秉持社会责任意识，尊重文化的公共属性，以敬畏之心和高度的责任感，用“精品意识”进行电视剧的创作。看似初衷不同，其实两者并不矛盾，如何处理好两者关系，可以说是电视剧创作者必然面临的课题。

事实证明，大量“叫好又叫座”的“精品”电视剧大量存在。《北平无战事》《欢乐颂》《父母爱情》《琅琊榜》《平凡的世界》《幕府风云》等，以上都曾荣获“飞天奖”，这些电视剧无论从故事内容、艺术表现、文化内涵还是价值取向等方面都可以称得上“精品”，同时也得到了观众的喜爱和认可。当前，观众审美素养越来越高，对于电视剧质量的要求越来越高，人们对于“真”“善”“美”的追求已经潜移默化在日常生活的各个方面，相对于简单快乐、有名无实的“低级趣味”，对更“美”、更具艺术品味、更有文化气息的电视剧会更受偏爱，这也是对观众自我价值的一种实现和认可。作为电视剧从业者应怀揣“文化人”的追求与责任，创造出一部部独具中华文化魅力和精神品格的电视剧精品，不但为国人带来精神盛宴，也为国际影视艺术贡献独有的东方色彩，力争创造新时代的文艺高峰！

粤港澳大湾区导演当代新疆题材电影里的“共同体美学”研究

周文萍

广州大学人文学院

2021年年初，因部分西方团体对新疆棉花的无理指责，新疆被推到的聚光灯下，成为全国瞩目的焦点。在对事实真相的澄清及对新疆的了解之中，人们惊异地发现：新疆早已是全球重要的棉花产地。作为全球第一大棉花生产国和全球第一大纺织品服装出口国，中国接近90%的棉花生产和种植都在新疆，新疆棉花在中国纺织工业中具有不可替代的重要地位，生产模式也已由劳动密集型转向机械化、自动化，目前北疆机械化采收水平达到90%以上，南疆也达到了70%。

与新疆繁荣发展的现实不相适应的是，以现实主义手法讲述当代新疆故事的电影作品还很稀少。除了《冰山上的来客》《买买提外传》等早期经典之作，近年为人所熟知的当代现实题材新疆作品只有《第一次的别离》寥寥几部。在此背景下，近年由粤港澳大湾区的导演李亚威、张万一等拍摄的《鹰笛·雪莲》(2015)、

《水滴之梦》(2016)、《左手右手》(2018)、《这个冬天不太冷》(2019)、《云在地上》(2021)等一批以现实主义手法讲述当代新疆故事的影片就格外引人注目。这些新疆题材电影显示了中华民族强大鲜明的“共同体意识”,建构了多维立体的“共同体叙事”,以多种方式完成了与观众共鸣共情的“共同体美学”。

一、概念的梳理与问题的提出

在讨论粤港澳大湾区导演的新疆题材电影之前,需要厘清与之密切相关的“新疆电影”“新疆题材电影”“民族电影”“少数民族电影”“少数民族题材电影”等概念。因一些概念的内涵在学界尚有争论,在此仅界定本文所使用的含义。

“新疆电影”属于地域电影的概念,是指由位于新疆地域范围内的机构出品的影片,包含由新疆影视机构与其他地区影视机构联合出品的影片。

“新疆题材电影”是根据内容进行界定的概念,指以新疆地区的人或事为创作题材的电影。其创作者包括新疆人,也包括非新疆人。本文所讨论粤港澳大湾区导演的当代新疆题材电影就包含在其中,其导演为长居于粤港澳大湾区的非新疆本土导演。

“民族电影”的概念使用则较为多样,一方面,它具有“国家电影”的含义,另一方面,它往往代指“少数民族电影”。国内学者关于中国电影的讨论中,“民族电影”一般即指“少数民族电影”。有人界定为是“除汉族以外的少数民族为主要表现对象和内容的电影”[1]。但此一界定对于创作者的身份语焉不详，使用上容易造成混乱。有学者又提出了“判断一部影片是否为少数民族电影的一个更为重要的保证依据，应当是主创人员，即导演与编剧必须具备少数民族身份。而且，这种身份不光是血统上的少数民族身份，而更是指少数民族文化的身份”[2]。此种界定强调了创作者的身份，但由于“少数民族文化身份”的判断缺乏明确标准，也容易引起争议。如饶曙光即认为在题材、作者、文化这三个原则中，“题材原则很好理解，而作者原则是以作者出身论少数民族电影，同时这个概念更强调文化原则。这个理论看似完整、实则缺乏现实的适用性，且具有极强的排外性”[3]。

本文中，若非特别说明，“民族电影”即指“少数民族电影”，界定的标准有二：一是以汉族以外的少数民族为主要表现内容；二是主创人员的少数民族身份，此身份以其民族血统为准，不涉及其民族文化身份。对于“除汉族以外的少数民族为主要表现对象和内容的电影”，本文将使用“少数民族题材电影”这一包容性更广的概念，此概念的界定标准只与影片题材有关，与创作者民族身份无关。

以上概念的界定显示，“新疆电影”和“民族电影”（含“少数民族电影”，以下同）并非同一层面的概念。“新疆电影”是地域电影概念，“民

[1] 李淼：《云南少数民族题材电影研究：边疆想象、民族认同与文化建构》，昆明：云南大学出版社 2016 年版，第 10 页。转引自李彬《新疆电影：民族身份还是地域文化？》，《当代电影》2019 年第 12 期。

[2] 王志敏：《少数民族电影的概念界定问题》，载中国电影家协会编《论中国少数民族电影——第五届中国金鸡百花电影节学术讨论会文集》，北京：中国电影出版社 1997 年版，第 166 页。转引自李彬《新疆电影：民族身份还是地域文化？》，《当代电影》2019 年第 12 期。

[3] 饶曙光、李道新、赵卫防、胡谱忠：《地域电影、民族题材电影与“共同体美学”》，《当代电影》2019 年第 12 期。

族电影”则关乎题材和身份，两者所包含的影片范围或有相交，但绝不相等。同样，“新疆题材电影”和“少数民族题材电影”虽同样以题材为划分依据，但彼此也是相交而不相等的两个概念。“新疆题材电影”中包含“少数民族题材电影”和非少数民族题材电影，而少数民族题材电影中也包含新疆题材与非新疆题材电影。

笔者不厌其烦地厘清“新疆电影”“民族电影”“新疆题材电影”等概念并非无因。因新疆属于多民族地区，不少人心目中的“新疆题材电影”往往跟偏重少数民族题材与身份的“民族电影”联系在一起，这不仅遮蔽了非少数民族题材的新疆电影，同样遮蔽了非新疆本地人员创作的新疆题材电影。而这些电影同样是新疆人民的生产生活及文化的反映，对人们认识新疆、了解新疆必不可少。本文所研究的粤港澳大湾区导演当代新疆题材电影即属此列。

既是非新疆本地导演创作的新疆题材电影，本文在研究粤港澳大湾区导演当代新疆题材电影时所提的第一个问题便是“为什么粤港澳大湾区导演会拍摄新疆题材的电影？”而要回答此问题，近年学界热议的电影“共同体美学”便自然浮上了台面。

“人类命运共同体”是2012年11月中国共产党第十八次全国代表大会提出的历史命题。2019年，习近平在党的第十九大报告中又再次强调了“坚持和平发展道路，推动构建人类命运共同体”。它是对当今国际社会“你中有我、我中有你”形势的准确判断与认识，体现了中国对人类社会发展的观念与担当。

中国电影的“共同体美学”理论由饶曙光率先提出。2018年11月14日，在《当代电影》杂志举办的饶曙光、张卫、李彬三人的一场学术座谈中，他提出：“电影语言的现代化和电影理论的现代化，其实就是要在当下构建一个创作者与观众的共同体，这个共同体美学并不完全否定作者，它只是在一个更高的层面上实现作者的个人表达，通过这种互动的方式和更先进的技术手段，实现一个更高层面的‘共同体美学’。”[1] 他之后对“共同体美学”进行了更为深入的探讨与建构，认为“电影与观众是一种从竞争到合作的关系，并且通过良性互动与契约形成‘共同体美学’……建构有效的对话渠道、对话方式、对话空间，形成共情、共鸣，形成良性互动，最终建立起共同体美学”[2]。

“共同体美学”理论的提出在电影学界得到了积极响应，不少学者撰文从理论源流、体系建构和个案分析等各层面进行探讨。如张经武探讨了电影“共同体美学”与中国传统文化的联系，将其要义概括为：“尚同”“存异”“崇和”“共美”[3]。李建强探讨了“共同体美学”中的主客体建构，认为电影“共同体美学”主客体的新型关系是在“妥协”又“共谋”的基础上所达成的共通，“追求的是电影创作主体和受众群体对于电影文化和美学表达的相容性和认同感”[4]。蒙丽静对共同体美学进行了理论溯源，指出“其中包含了民族自觉、文化认同、区域共享、审美共通等多层次内容”[5]。

诸多探讨中，“共同体美学”于民族电影研究的价值得到了学界的高度认同。蒙丽静通过对“共同体美学”的理论溯源指出，“将共同体理论

[1] 饶曙光、张卫、李彬：《构建“共同体美学”——关于电影语言、电影理论现代化与再现代化》，《当代电影》2019 年第 1 期。

[2] 饶曙光：《构建中国电影“共同体美学”》，《甘肃日报》2019 年 10 月 23 日，第 10 版。

[3] 张经武：《电影共同体美学的要义及其与中国文化传统的联系》，《当代电影》2021 年第 6 期。

[4] 李建强：《电影共同体美学的主客体建构》，《当代电影》2020 年第 6 期。

[5] 蒙丽静：《电影理论中的共同体美学渊源》，《当代电影》2020 年第 6 期。

引入到电影研究中，首先是关涉民族电影的探讨……中国的电影学者首先在民族认同上接受了这一理论，认为电影中蕴含着表达民族共同体的特性，作为地域、血缘和信仰相同的民族精神是艺术的文化之根，不论是民族共同体还是‘想象的共同体’，都是人类的精神世界建构，而电影则是表现人文精神的文化艺术。因此，民族认同、家国意识等共同体精神是渗透在电影骨血之中的审美追求”[1]。饶曙光也格外注重民族电影的“共同体美学”，强调“少数民族电影则要自觉铸牢中华民族共同体意识，促进民族团结，保障国家统一”[2]。

“民族认同、家国意识”[3]“中华民族共同体意识”正是粤港澳大湾区电影导演创作拍摄新疆题材电影的原因。

中国是个多民族国家，中华民族具有费孝通所说的“多元一体格局”。“这个实体的格局是包含着多元的统一体，所以中华民族还包含着 50 多个民族。虽则中华民族和它所包含的 50 多个民族都称为‘民族’，但在层次上是不同的。”[4] 也可以说，“在中华民族的 56 个民族实体中，56 个民族是基层，中华民族是高层。对中华民族的认同是高一层次的认同，‘不同层次可以并存不悖，甚至在不同层次的认同基础上可以各自发展原有的特点，形成多语言、多文化的整体’。”[5] 在各民族认同基础上对中华民族的统一认同正是中华民族共同体意识的体现。

---

[1] 蒙丽静：《电影理论中的共同体美学渊源》，《当代电影》2020 年第 6 期。

[2] 饶曙光：《少数民族电影与共同体美学》，《中国艺术报》2020 年 12 月 21 日，第 3 版。

[3] 本文的“民族认同”指对中华民族的统一认同。

[4] 费孝通：《中华民族的多元一体格局》，载《中华民族多元一体格局》（修订版），北京：中央民族大学出版社 1999 年版，第 36 页。

[5] 饶曙光：《少数民族电影与共同体美学》，《中国艺术报》2020 年 12 月 21 日，第 3 版。

张万一导演曾对笔者说过他对新疆的感受:“新疆这个地方，到了以后，只一两天的工夫，你内心里是情不自禁、自发的涌出来爱国的情绪，它大、特别大，人民特别热情，给人感觉是回到了真正的故乡，所有的人都没有给你设防，都是大大咧咧的那种热情，非常热情……开车在外，视线里没有多少车辆，两边是一望无际的戈壁滩，就感觉我们国家好大……这么好的地方必须是中国的，你就对中国有了强烈的爱，政府好有凝聚力。”[1]

张万一的感受体现的正是中国人国家和民族的共同体意识，正是因为这种共同体意识，大湾区导演虽与新疆相隔遥远，但他们对新疆并无隔阂感，他们从未将新疆看作与外界隔绝的“他者”，而是将其视为祖国不可分割的一部分，由衷地关心它、热爱它，以电影的方式表现它。他们的创作本身便体现了中国人的国家认同和中华民族的共同体意识，为其作品“共同体美学”的建构奠定了根基。

创作者内在的共同体意识显示出关于粤港澳导演当代新疆题材电影的“共同体美学”研究需要探讨的首要问题：它们在中华民族共同体意识下如何以民族认同与家国意识为核心进行“共同体叙事”？这是创作者创作此类影片的初衷，也是中国观众接收此类影片的基础，更是所有新疆题材电影都需面对的问题。在此基础上，尚需进一步探讨的问题是它们对以创作者与观众的共鸣共情为核心的电影审美共同体的建构，这也是电影“共同体美学”需要研究的基本问题。下文将对此两方面进行深入研究。

[1] 引自笔者对张万一导演的采访录音，深圳，2021 年 9 月 29 日。

二、多维立体的“共同体叙事”

在国家和民族的“共同体意识”指引下，张万一、李亚威等粤港澳大湾区导演的当代新疆题材电影具有明显的“共同体叙事”的特征。

2019年，饶曙光、李道新、赵卫防、胡谱忠等学者在关于“地域电影、民族题材电影与‘共同体美学’”的学术谈话中提出了民族题材电影和区域电影的“共同体叙事”。指出此类作品以中华民族共同体意识为基础，展现中国现代国家和中华民族的多元一体的共同体命运和影像，对于建构和弘扬国家民族的共同体意识具有积极意义。如“十七年”的少数民族电影就以解放叙事和边疆叙事的方式展现了中华民族共同体与现代民族国家的建构过程，“参与建构了中华民族共同体”[1]。饶曙光后来更明确提出少数民族电影应以“‘共同体叙事’达成‘共同体美学’”，以“自觉铸牢中华民族共同体意识，促进民族团结，保障国家统一”[2]。大湾区导演的当代新疆题材电影虽然并非少数民族题材电影，但由于新疆是多民族地区，对少数民族的表现必不可少，以“共同体叙事”建构以民族认同和家国意识为核心的“共同体美学”也就成了创作的题中之义。

相比“十七年”时期的少数民族电影的边疆叙事与解放叙事，当今粤港澳大湾区导演在新的历史语境下从政治、经济、文化等方面建构了多维立体的“共同体叙事”。主要有以下方面：

[1] 饶曙光、李道新、赵卫防、胡谱忠：《地域电影、民族题材电影与“共同体美学”》，《当代电影》2019年第12期。

[2] 饶曙光：《少数民族电影与共同体美学》，《中国艺术报》2020年12月21日，第3版。

（一）回溯兵团历史，展现国家共同体的建立与稳定

解放叙事是新疆题材电影的经典模式，它以对新中国成立初期新疆解放故事的讲述展现了现代中国国家共同体的建构过程，《冰山上的来客》即属此类。张万一导演的故事片《这个冬天不太冷》重述了新疆题材电影的解放叙事，通过对新疆生产建设兵团平叛历史的回溯反映了兵团在现代国家共同体建立与稳定中发挥的巨大作用。

新疆的稳定发展离不开新疆生产建设兵团的的巨大贡献。新中国成立之初，中国人民解放军西北野战军第一兵团奔赴新疆，从平定叛乱到铸剑为犁屯田戍边，几代人数十年如一日无私奉献，维护了新疆的和平安定，也造就了新疆的繁荣昌盛。《这个冬天不太冷》以两个普通的兵团战士数十年悲欢离合的命运为线索，讲述了1949年解放军某团为平定和田叛乱徒步穿越塔克拉玛干大沙漠的艰难历程和此后兵团战士在新疆数十年如一日的辛苦建设为新疆带来的巨大变化。

影片重点展现了解放军西北野战军在进驻阿克苏的第二天启程徒步急行军横穿塔克拉玛干沙漠，进军南疆重镇和田平叛的史实。塔克玛干沙漠是中国最大的沙漠，又被称作“死亡之海”，历代以来鲜有大部队穿越成功。影片表现了解放军穿越中的重重困难。天气变幻莫测，铺天盖地的黑沙暴说来就来，不仅惊跑了大批驮运水和物资的马匹骆驼，更造成了战士的伤亡。沙漠炎热干旱，水和物资极度缺乏，甚至计划中能够补给的水源地也已干涸。部队不得不在缺水的状态下行军，战士们一个接一个因脱水倒在了路上。此外，沙漠里还有凶残彪悍的叛匪，增派的医疗队遇到袭击，整队的战士倒在了屠刀之下。

但是，战士们并没有在艰苦与危险面前退缩。他们不畏艰险、彼此关爱、朝着目标勇往直前，以顽强的意志和坚持创造了一千八百名指战

员 18 天行程一千六百里、成功穿越塔克拉玛干沙漠的奇迹，使部队赢得了先机，赢得了解放和田的胜利，为中国国家共同体的建立和稳定做出了贡献。

（二）刻画全国在疆劳动者形象，展现经济共同体的建设

作为国家经济共同体的一部分，新疆在全国具有重要的经济地位。这里是我国最重要的商品棉、啤酒花、番茄酱等的生产基地及全国重要的畜产品和甜菜糖生产基地。工业上形成了以石油天然气开采、石油化工、钢铁、煤炭、纺织、建材、食品等资源工业为主体的现代工业体系。当然，新疆的经济成就并非一蹴而就，而是当地各族民众、兵团战士及来自全国各地的劳动者多年来在此共同努力与奋斗的成果。张万一导演的《水滴之梦》《左手右手》《这个冬天不太冷》《云在地上》等影片就讲述了来自全国各地的普通劳动者在新疆劳动生活，与当地各族人民团结一心、艰苦奋斗，共同建设新疆的动人事迹。

《水滴之梦》的主人公是两个到新疆打工的四川人，为得到一份只招“夫妻工”的工作，两人只好假冒夫妻进入同一个水井房。故事带有喜剧性，反映的却是新疆建设的艰难。新疆有着世界最长的流动沙漠等级公路——塔里木沙漠公路：北起轮南，南至民丰，全长 522 千米，穿越了茫茫的塔克拉玛干沙漠。这条公路是新疆石油建设的生命线，为塔里木油田的建设和国家西气东输工程的建设提供了保障。但作为一条建在沙丘上的沙漠公路，公路的修建和维护都并非易事。为避免流沙侵害公路，人们在公路沿线种了上百万棵树，为了保证这些树的生长，国家发改委和中石油天然气集团公司又投资“在沙漠公路东侧打出 108 口水井，每隔 4 公里一口，引进安装了以色列的滴灌设备，在树丛中铺起带小孔的细水管，一个

小孔对准一棵树，水泵一开，抽出的井水就从小孔慢慢滴出来，渗进树根里”[1]。从此，这里就有了108个需要人长年守护的水井房。看守水井房的工作既枯燥又繁重。以004号水井房为例，4千米路有16万多棵树，每天的工作除了定时开关电机为树浇水，还要查看每一个滴头避免堵塞——16万棵树就有16万个滴头。如此繁重枯燥的工作，单身人士都不愿在此久干，只有“夫妻工”才有可能长期做下去。四川人在此奉献，是为新疆建设做贡献，更是为祖国建设做贡献。

《云在地上》讲述了来自全国各地的劳动者及兵团人对新疆棉花生产的贡献。从新中国成立初期起，每到摘棉花的季节，大批妇女就从全国各地赶来与新疆人民一起摘棉花。她们在此付出了劳动，也付出了感情，有些人更从此成了新疆人。影片的女主人公相飞及其闺密红玉就是由河南到新疆摘棉花的两个女青年，她们爱上了兵团青年，从此在新疆安家落户、深深地扎下了根。而他们的后辈长大之后，不仅继续致力于新疆棉花的生产与发展，更将新的年轻人带到了这片土地上。在一代代劳动者的奉献下，“从上世纪90年代开始，中国便常年占据着世界最大棉花生产量最大国和消费国的地位，而新疆棉花的产量更是连续20多年常占中国第一”[2]。新疆棉花就像地上的云一样，在给人们带来温暖的同时，也成为国家经济共同体的重要组成。

《这个冬天不太冷》在回顾兵团穿越沙漠平定叛乱的历史外，也讲述了他们后来铸剑为犁、屯垦戍边，数十年如一日在新疆辛苦建设，为新疆

---

[1] 李迪：《004号水井房》（报告文学），见中国作家网（http://www.chinawriter.com.cn/2012/2012-11-13/146365.html）。《水滴之梦》据此文创作。

[2] 出自影片对白。

带来巨大变化的杰出贡献。《左手右手》则反映了来自深圳的知识分子和专业技术管理人员在新疆油田建设中的积极作用。

（三）以兄弟民族的爱情、友情与亲情抒写中华民族的共同体情谊

中华民族是多元一体的格局，组成中华民族的 56 个民族在各民族认同的基础上统一认同中华民族，形成了坚固的民族共同体。与之相应，56 个民族都是中华民族共同体的组成部分，是中华民族大家庭中的一员，彼此之间是团结和谐的兄弟关系，有着相亲相爱的民族情谊。新疆属多数民族聚居地区，除汉族外，还有维吾尔族、哈萨克族、回族、柯尔克孜族、蒙古族、锡伯族等 46 个民族。现实题材的新疆故事必然会涉及汉族与各少数民族间的关系。在大湾区导演新疆题材影片中，就描述了汉族与各少数民族间水乳交融的友情、爱情与亲情，抒写了浓厚的中华民族共同体情谊。

友情是最为真挚的民族情谊。在《鹰笛·雪莲》里，从深圳到新疆参加夏令营的少年林阿泉与塔吉克族小姑娘古丽娜热、库力恰克等小伙伴从陌生到熟悉，一起学习、游戏和冒险，彼此结下了纯真的情谊。爱情是最为浓烈的民族情谊。《这个冬天不太冷》中，维吾尔姑娘果海尔爱上汉族战士崔喜邦，双方喜结良缘。

亲情一般是指具有血缘关系的亲属间的情感，而在粤港澳大湾区导演的新疆题材电影里，新疆各兄弟民族间的亲情经由爱情和友情转化而来，不一定具有血缘关系，但却凝聚了最为深厚的民族情谊。如《鹰笛·雪莲》里塔吉克老人阿米尔与汉族战士林企山两家人。阿米尔年轻时曾被林企山所救，两人结下了深厚的兄弟情义。林企山牺牲后，阿米尔收养了其子林佳木。两家人的感情早已由友情转化成为亲情。《这个冬天不太冷》中，维吾尔姑娘果海尔不仅与汉族战士成婚，还收养了一对汉族夫妻留下的

女婴，把她当作自己的女儿来抚养。从友情、爱情到亲情，中华民族大家庭里的各兄弟民族具有不可分割的共同体情谊。正如《鹰笛·雪莲》所强调：鹰笛必须以鹰的双翅作成，兄弟民族的情谊也如鹰的双翅一般不可分割。

三、以代际叙事表达共同体意识的传承

大湾区导演的新疆题材电影的非常注重共同体意识的传承，他们的电影里多有明显的代际叙事，老一辈的追求、奉献及情谊在父与子、爷与孙之间薪火相继、代代相传。《鹰笛·雪莲》《云在地上》均为其中的代表。

《鹰笛·雪莲》表现了民族共同体意识的传承。林阿泉住在塔吉克爷爷阿米尔的家里，爷爷小时候曾被阿泉的爷爷林企山所救，两人结下了深厚的兄弟情义。后来，他收养了企山的儿子林佳木，又将他送到深圳，佳木长大后又把自己的孩子阿泉送回到他身边。两家人、两个民族的情谊在爷爷、儿子、孙子间传承。

《云在地上》体现的则是兵团后代对于前辈建设兵团精神的传承。来自河南的相飞和兵团战士陈京川两人因摘棉花而相识相爱，他们的儿子陈疆豫长大后进入大学学习棉花知识，掌握了机械化生产棉花的技术。他们继承了老一辈艰苦奋斗的精神，又比老一辈更懂得科学生产。他们未来对国家经济共同体的建设必将做出更大贡献。

如上所述，在兵团历史的回溯中表现国家共同体的建立与稳定过程，以普通在疆劳动者形象展现经济共同体的建设，以兄弟民族的爱情、友情与亲情抒写中华民族的共同体情谊，以代际叙事表达共同体意识的传承，粤港澳大湾区导演当代新疆题材电影显示及强化了中华民族共同体意识，

有利于促进民族团结、维护国家统一。这是它们与观众最大的共情点，也是其“共同体美学”建构的核心。

四、与观众共情的审美表达

“共同体美学”注重影片与观众的关系，强调观众与影片的共情、共鸣。“共通的审美心理、共通的价值判断、共通的精神追求，乃至共通的形式样态、内容喜好、情感倾向等等，一句话，就是由电影生发‘美学’归属和认同。”[1] 要实现“共通”，就离不开创作者与观众从观念到审美上的“共谋”。在粤港澳大湾区导演的新疆题材电影里，引发观众共情的除了多维立体的“共同体叙事”，还有多种多样的审美表达。

一是对“大美新疆”景象的表现。如前文所述，张万一导演拍摄新疆题材电影的初衷在于由“大美新疆”所激发的爱国之情。这其实也是许多观众对新疆的感受。饶曙光就曾说：“真正有机会实地去了新疆，仍然被新疆大美的景色震撼，无以言表；所有的语言、所有的形容词在新疆大美的景色面前都黯然失色、黯然失语。人们都说，不到新疆不知道中国之大。更进一步说，不亲自到新疆就不知道新疆的战略地位之重要，不知道国家的统一、人民的团结、国内各民族的团结之重要。我们看新疆题材的电影，不仅要看大美新疆的景色、新疆景色的风情万种，更要看新疆的人

[1] 李建强：《电影共同体美学的主客体建构》，《当代电影》2020 年第 6 期。

文，新疆各民族人民对共同的精神家园、情感家园的建设和追求。”[1] 正因为对“大美新疆”的共同感受，大湾区导演的新疆题材电影里有许多对新疆之美的表现。这里有自然之美：苍茫的大漠、千年不朽的胡杨林、巍峨的雪山、高飞的雄鹰；有民俗之美：能歌善舞的姑娘，策马扬鞭的小伙；有人性之美：民众纯朴善良、各民族相亲相爱；更有发展之美：高耸的石油钻井、一望无际的棉田。种种美的表现引发起观众对新疆之美的共情，激发起强烈的爱国之情。

二是对时代话题的探讨。新疆是多民族聚居的地区，大湾区导演拍摄的新疆题材电影里不乏对各少数民族民俗的呈现，但他们并不局限于展现民族特色，更不以此为标榜，相反，这些影片更多呈现的是全国人民共同关心的时代话题：经济建设与发展。《水滴之梦》《左手右手》《云在地上》都是体现新疆经济建设的作品。《左手右手》尤为突出，影片以西北石化 8 号油区外包业务招标为核心，讲述了民营企业家杜亚新带领企业积极参与建设的故事，阐明了国企民企就像左手右手，应该共同发展、一起繁荣的道理。影片还突出了现代科技对新疆石油产业发展的提升，如“数字油田信息平台”的建设。同样表现新疆产业现代化发展的还有《云在地上》。解放初期，新疆的棉花产业是人工劳动，采摘季节需要 80 万拾花工前往采摘，河南、河北、安徽、甘肃、四川等地每年都会有大量人员前往，相飞及其闺密红玉就在其中。如今新疆棉花大部分实现了机械化采摘，应用无人机进行浇肥、除草，大大促进了产业发展。这些内容反映的是全国人民关心的时代话题，与全国经济发展的节奏相一致，能引起全国

[1] 饶曙光、李道新、赵卫防、胡谱忠：《地域电影、民族题材电影与“共同体美学”》，《当代电影》2019 年第 12 期。

人民的共鸣。

三是表现真挚动人的爱情故事。爱情是电影永恒的主题，也是最能引起观众共情的元素。张万一导演的影片非常注重对爱情的表现，他的几部新疆题材电影都贯穿了真挚动人的爱情故事，在主人公的悲欢离合的经历中反映出新中国成立至今新疆解放与建设的丰富内容，情感真挚而情节多变，非常吸引观众。如《这个冬天不太冷》里，战士崔喜邦和田翠萍的爱情就非常动人。他们在穿越塔克拉玛干的战斗中失散，此后虽数十年不曾见面，彼此却从未忘记对方的身影，也都保留着两人当初的信物。50年后两人于兵团纪念碑前再度重逢，强烈的感情感染了银幕前的观众。《云在地上》里，前往新疆摘棉花的河南姑娘相飞爱上了兵团青年陈京川，为能够与心上人在一起。她拒绝了即将提拔的农技员曹大山的追求，在父母的反对声中坚持离开家乡、到新疆安了家。而她的儿子陈疆豫长大后进入大学，爱上的女友恰恰是曹大山的女儿。两代人的爱情真挚而富于戏剧性，令人动容又引人入胜。此外，《水滴之梦》里王大水与封小沙之间由假夫妻到真爱人的情感经历真实而带有喜剧性，《左手右手》里国企与民企的共同发展的故事也伴随着周安娜在李明旭与杜亚新之间的徘徊与选择，都能够引起观众共鸣。

四是运用国民IP引起共鸣。将观众熟悉的元素运用在电影里以引发共鸣是电影常用的创作方式，《鹰笛·雪莲》中就将影片《冰山上的来客》引入了故事之中。作为表现新疆题材经典影片，《冰山上的来客》曾经风靡全国，其插曲《花儿为什么这样红》传唱至今，堪称国民IP。《鹰笛·雪莲》中，爷爷阿米尔不仅与《冰山上的来客》的男主同名，还曾在片中出演过角色。基于这段经历，爷爷特地建立了“男十号义工服务站”，其含义就是《冰山上的来客》的男十号。义工站不仅是爷爷为民众提供帮助与服务的地方，也是他讲述自身经历、宣扬兄弟民族共同体情谊的地方。

结 语

有惊心动魄横跨沙漠平叛到铸剑为犁、戍边垦荒的兵团史；有从手工摘花到机械化发展，代代相传、一代比一代先进的新疆棉花发展史；有默默忍受大漠艰苦，长年看守水房的普通劳动者，也有经历过战争、牢记战友与士兵的领导；有维吾尔姑娘与汉族青年的爱情，有一起患难的各族长者，也有相亲相爱的各族儿童，粤港澳大湾区导演的新疆题材电影的对当代新疆的表现丰富多元，广泛深入。这些影片以“民族认同、家国意识”“中华民族共同体意识”为核心和指引，从政治、经济、文化多方面建构了多维立体的“共同体叙事”：回溯国家共同体的建立与稳定、表现经济共同体的建设与繁荣、抒写民族共同体情谊，描绘代际间共同体意识的传承等。影片显示及强化了中华民族共同体意识，有利于促进民族团结及国家统一。这也是影片与观众最大的共情点，是其“共同体美学”建构的核心。与此同时，影片还通过大美新疆的表现、时代话题的探讨、爱情故事的讲述、国民 IP 的运用等多种方式激发观众的共鸣，得到了观众认可，完成了与观众共情的“共同体美学”。

粤港澳大湾区导演的新疆题材电影的“共同体美学”对民族电影的创作也具有启示意义。

中国的民族电影和民族题材电影近年来日渐繁荣，出现了以万玛才旦作品为代表的藏族电影、以《清水里的刀子》为代表的回族题材电影等，深受业界及观众关注。民族题材电影需要处理的一个问题是展现少数民族的族群特征。面对此问题，一些影片将展现民族特征当成了对少数民族风俗的猎奇式展现，执着于传统民俗，表现民族原生态生活，而忽略了各民族在新时代背景下的发展与变化。这种倾向是对民族电影和民族题材电影的自我限制和封闭，它不仅不利于展现新时代背景下各民族的实际生活状态与文化变革，也不利于民族电影和民族题材电影走出族群内部、在更广泛的领域内与全国民众产生共鸣。粤港澳大湾区导演的新疆题材电影的“共同体美学”提醒人们，民族电影及民族题材电影的创作不仅要注重对少数民族族群的独特性，也要注重他们与国家和民族的共通性。正如习近平总书记在中央民族工作会议上的讲话所强调：“铸牢中华民族共同体意识，就是要引导各族人民牢固树立休戚与共、荣辱与共、生死与共、命运与共的共同体理念。”民族电影要将少数民族作为“中华民族共同体”中的一分子，在展现其特有民俗文化的同时也要展示他们在政治、经济、文化等多方面与全国各族人民同频共振、共同发展的步伐与情感，以多维立体的“共同体叙事”铸牢中华民族的共同体意识，促进兄弟民族间的对话与交流，才能更好地得到各族人民的认可，建构起与全国观众共情的“共同体美学”。

浮桥上的风景

——西元近期小说论

邹 赞

新疆大学中国语言文学学院

在当下中国军旅文学的整体图景中，西元是一个备受瞩目又颇具个性的独特存在。批评界常常将西元的创作放置在军旅题材小说的序列中加以考量，但是在笔者看来，“新锐军旅小说家”[1]的指称虽然在一定程度上有助于将作家归类定派，符合文学史书写的习惯，但与此同时极易遮蔽作家创作的丰富性及未来发展的可

[1] 2017年，北岳文艺出版社策划出版了“向前——新锐军旅小说家丛书”，特邀军旅文学评论家朱向前担任主编，丛书收录了11位新生代军旅小说家的代表作，包括裴指海的《白月梅与白毛女》、卢一萍的《父亲的荒原》、李骏的《待风吹》、王凯的《塞上曲》、曾剑的《冰排上的哨所》、魏远峰的《万里奔袭》、西元的《死亡重奏》、朱旻鸢的《红炉一点雪》、王甜的《雾天的行军》、王棵的《营门望》、曾皓的《追赶影子的将军》。朱向前主编在“序言”中指出：“‘新生代’作家的迅速成长缓解了21世纪军旅文学出现的‘孤岛现象’，他们的创作成果大多体现在中短篇小说领域，数量可观，并在质量上葆有较高的艺术水准。”尤其值得一提的是，朱向前主编对11位入选新生代军旅小说家的创作特点作了精准概括。参见西元《死亡重奏》，太原：北岳文艺出版社2017年版，第1—6页。

能性。文学创作是展开文学批评与文化阐释的基石，只要稍加盘点西元的创作状况，就能发现其创作呈现出以军旅题材为主，同时尝试跨越军旅文学的文类疆界，借助自主能动的先锋叙事实验，探寻现代世界的意义之网，揭橥不同群体的精神困境。

作为“新生代”军旅作家的代表人物之一，西元出生于 20 世纪 70 年代中期，在八九十年代度过了童年和青少年时光，亲历了中国社会急剧转型、市场经济飞速发展、地缘政治位置日益重要的特定时期。如果说，这些宏大历史层面的坐标奠定了西元文学创作的社会文化底色，那么，就个体角度而言，西元出身军人家庭，原生家庭的教育熏陶，再加上长达二十余年的部队生活体验，为其创作准备了鲜活丰富的军营素材和真挚深厚的军人情结。此外，西元接受过系统的新闻写作与文艺批评教育，曾在北京大学中文系获得中国现当代文学专业博士学位，拥有扎实的理论功底，这些突出的优势赋予其在创作和批评领域的强大动能，也使得他可以跃过相对长久的沉寂期，在文坛初露头角即受到关注。2013 年，西元的长篇历史题材小说《秦武卒》荣膺第十二届解放军文艺优秀作品奖，随后又陆续发表了系列较有影响的中短篇小说，部分作品被《小说选刊》和《新华文摘》等权威刊物转载，并分批收录在《界碑》《死亡重奏》《疯园》几部集子里。2017 年至今，西元相继荣获第二届茅盾文学新人奖、第三届华语青年作家奖，进一步奠定了其在军旅文学圈的“重量级拳击手”[1] 地位。

同为“新生代”军旅作家群的翘楚人物，如果说，魏远峰执着于黄河之滨的乡土军旅写作，王棵热衷于再现南沙群岛的守礁生活，卢一萍侧重

[1] 朱向前这样评价西元：“就像一个拳手的组合拳，出拳不多却打得漂亮，爆发力强，且击中要害。”参见朱向前、西元、徐艺嘉《军旅文坛“拳击手”——西元小说创作三人谈》，《解放军艺术学院学报》2015 年第 2 期。

书写西部边疆的历史记忆，那么西元则另辟蹊径，不苦心孤诣营造宏大场景，也不一味追求重大事件的轰动效应，更注重观照大历史背景下的个体经验，通过客观冷静又极富思辨力的笔触提升小说叙事的哲学蕴含，在新世纪之初为“边缘化的军旅题材写作注入了新鲜活力”[1]。

一、“虚妄”与“希望”的辩证法

20世纪上半叶，海明威的短篇小说《桥边的老人》塑造了“浮桥”这一经典场景。战火纷飞前夕，汹涌而至的避难人潮纷纷拥过“浮桥”，竭尽全力逃离即将到来的残酷战争，奔向“浮桥”对岸的希望之门。唯有一位孤身老人怀着强烈的恋土情结，不忍告别故土家园，静静坐在桥边，打量着“浮桥”上行色匆匆的人群，那双锐利的目光仿佛能够穿透“浮桥”上的风景，捕捉到残酷战争场面导致的虚妄与战后重建的希望之所在。由此，“浮桥”成为文本中鲜活的象喻，犹如一个意义敞开增殖的时空体，为文化阐释提供了丰富的可能性。“浮桥”在时间维度上扮演着连接过去、现在及将来的介质，在空间维度则提供了不同场域间相互流动的物质载体，在意义维度隐喻着从“虚妄”到“希望”的幻化旅程。“浮桥”上流动的风景，宛若一组组色彩斑斓的密码箱，召唤着芸芸大众积极参与解码和阐释，唯有破解箱中的秘密，才有可能蹚过虚妄之境，在虚妄的意义世界中突围而出。西元笔下的文本世界也是如此，文本中的人物与

[1] 朱向前：《新松千尺待来日　初心一寸看从头》，载西元《死亡重奏》，太原：北岳文艺出版社2017年版，第1页。

事件，正是“浮桥”上影影绰绰、变动无常的风景，这些风景中的元素被不断拼贴重组，以寓言（准寓言）的方式图绘当下世界的文化地形，编织别样的意义网络。在西元看来，“虚妄就是希望”[1]，二者之间是一种辩证关系。与一地鸡毛的日常生活相比，虚妄绝非虚无，虚妄本身就是一个意义生产的场域，当个体借助社会之镜对虚妄加以透视分析，或能冲破现实世界中森严矗立的重重壁垒，触摸到生命的意义与愿景。“虚妄”与“希望”这组命题，形塑了西元近期小说创作的基本底色。

除了作家本人在“创作谈”中明确解释“何为虚妄”以外，创作者还通过小说中人物的独白或心理活动进一步阐发“虚妄”的丰富哲理。一般来说，这种由文本代言人发出的声音更加契合具体微观的社会历史情境，有助于读者理解和把握小说的主题思想。西元的短篇小说《Z日》即为一例。小说的故事时间虚构为2041年深秋某日，叙述人称“我”在一对父子之间变换，有的章节以父亲为第一人称讲述，有的章节换作儿子为第一人称讲述。故事开端处，父亲在寒冷冬日回忆往事，儿子王大心在偏僻荒凉的战区司令部某基地工作，这段时间刚好回家度假。“代沟”似乎是文学书写中父子关系的永恒母题，王大心和父亲之间同样存在着难以弥合的情感裂痕。父亲是曾经浴血沙场的老军人，既作为榜样的力量给予了儿子关于部队和战争的启蒙教育，又因为过于严苛的家庭管束给儿子带来严重的心理创伤。这种创伤体验引发的消极情绪挥之不去，成为阻碍父子沟通的一堵无形墙壁。父亲和王大心之间常常相对无言，彼此在疑惑与猜度中尝试走进对方的内心世界，寻求和解的可能。从整体上看，这是一篇经典

[1] 西元：《世界在虚妄处重生（创作谈）》，载《死亡重奏》，太原：北岳文艺出版社2017年版，第228页。

意义上的间谍小说，作为重要叙事线索的“陌生花香”和“金色小花”很容易唤起读者关于“一双绣花鞋”“梅花档案”之类的反特故事记忆。小说的独特之处或许在于，作者并没有浓墨重彩勾描谍战／反谍战场面的波云诡谲，而是通过叙述视角的交替变化，一方面讲述王大心如何因为受到有预谋的日本女间谍英子的诱惑一步步陷入情感陷阱，最终导致基地攻击系统的开启密码被敌军截获，无线作战系统遭受攻击，基地指挥中心被毁；另一方面借助父亲的旁观视角，透露谍战剧情的发展进展，比如父亲在初次见到英子时的警觉，“我又嗅到了一丝危险，因为这香气实在是太诡异了”[1]。当王大心在突如其来的恋情中越陷越深时，父亲依旧是清醒的旁观者，他不断反思家庭教育的失败，同时为儿子的处境感到忧心忡忡，“大心是否意识到自己的危险处境？他不是普通军人，他的岗位是如此重要”[2]。经历一场事先预谋的车祸之后，女间谍英子如愿以偿住进了王大心家中，并成功诱惑王大心染上放射性物质，这也成为敌军精确打击我方军事基地的导引工具。王大心返回部队后，父亲与英子独处，他语重心长点破英子的企图，“英子你要明白，最深沉的情感也有个底线，你说你深爱着对方，却又在置对方于死地，这是不可思议的，你说的不过是邪恶”[3]。相比父亲所处的全知全能叙述视角，小说对王大心的人物塑造更多凸显哲理思考维度，比如多处采用大段评论干预质询战争的意义。作为互联网时代的漫游者，王大心深谙新形势下战争的残酷后果。小说以外在环境描写和人物心理活动相结合的手法，渲染出战争爆发前夕的狂躁情绪，而隐含

[1] 西元：《死亡重奏》，太原：北岳文艺出版社 2017 年版，第 9 页。

[2] 西元：《死亡重奏》，太原：北岳文艺出版社 2017 年版，第 13 页。

[3] 西元：《死亡重奏》，太原：北岳文艺出版社 2017 年版，第 22 页。

在狂躁之后的就是虚妄。究竟何为虚妄？小说借女间谍英子之口发表议论："虚妄其实意味着自卑、自怜、感伤、恐惧和绝望，意味着不惜一切代价实现不可能实现的目标，意味着没有任何底线，没有对与错，意味着最终毁灭。"[1]

故事的结尾，英子自杀，王大心因为泄露军事机密被判处十年有期徒刑，并且在关键时期接受特殊使命到海上服务。如果说，小说的主体部分侧重于追问信息技术时代新型战争的意义与后果，思考战争与理性、战争与道德伦理、文明与野蛮之间的哲学关联，那么，小说的结局则笼罩和沉浸在希望的氛围中，一如王大心对美国中尉查尔斯的谈话中所指出的，"我们的民族将浴火重生"。这是一个不难读懂的故事，但绝不是对反特/间谍叙事的简单因袭，它试图借助文本叙述的张力，以未来为时间基点，重新图绘互联网时代的社会历史情境，既避免重蹈后冷战年代借中日关系这一敏感题材鼓吹民族主义情绪的叙事滥套，也令人信服地阐释了"虚妄"的丰富内涵，并且立足虚妄的积极层面迎接希望的曙光。

西元曾提道："虚妄并不仅仅具有消极的一面，还有更为积极的一面。它就像浓硫酸，能将任何遮在眼前的雾障吹散，能将任何不切实际的想法洗去，能将人性当中丑恶的顽疾拔除。"[2] 带着这种执念，西元特别强调在文本中叩问"重建英雄主义是否必要""重建英雄主义是否可能"等深度命题。在一个现代性弥散和消费文化蔓延的时代，集体主义、英雄主义叙事在文本中渐趋消融，个体身份和私人话语被过分凸显放大，形形色色关于"解构崇高"的美学话语游戏甚嚣尘上，历史虚无主义的幽灵徘徊

[1] 西元：《死亡重奏》，太原：北岳文艺出版社 2017 年版，第 22 页。

[2] 西元：《死亡重奏》，太原：北岳文艺出版社 2017 年版，第 228 页。

肆虐，文学愈益成为脱离现实生活的“能指狂欢”。由此，呼唤“捍卫历史”“重建英雄主义话语”成为文艺学和文化研究领域的热门话题[1]。纵观西元近期小说创作序列，可以比较清晰地发现文本中反复出现“王大心”等叙事人物，有意打破时间顺序，启动倒叙、插叙甚至借鉴跨媒介叙述等叙事装置，将抗日战争、朝鲜战争等中国现当代史上的战争事件纳入叙事图景，旨在唤起大众对战争年代的历史记忆，为当下语境中重构英雄叙事和崇高美学提供有益的尝试。

《死亡重奏》就是此类小说的代表。《死亡重奏》以朝鲜战场惨烈的战斗场面为序曲，分别讲述魏大骡子、二斗伢子、上官富贵、王尽美、王大心等志愿军战士洒血疆场的英雄事迹，以一种类似交叉蒙太奇的方式形成若干叙述框架，每个叙述框架既勾连着高地保卫战这一核心事件，又借助回忆视角书写志愿军战士的个体生命史。小说结构缜密，首尾呼应，开篇以震撼人心的细节描述呈现战壕里的悲壮场面，二斗伢子“捡起一面沾满血水，此时已经冻成铁一般的红旗，插在弹药箱上，打开手雷的保险拉环，闭上眼睛，等待美国人的军用皮靴踩在眼前的雪地上”[2]。小说结尾处，二斗伢子作为高地保卫战唯一幸存者在暮年接受采访，深切缅怀战友壮烈牺牲在异国土地上的战争往事。《死亡重奏》是一个关于“无名连”的英雄主义叙事，战争群英谱上可能没有载录这些战士们的英名，但他们的事迹深深铭刻在人们的记忆清单中，他们的故事，犹如那张由战友王尽

[1] 刘大先的鲁迅文学奖获奖作品《必须保卫历史》堪称典范，文章指出：“文学书写之中，无论是历史主义还是功利主义，都游离在有效的历史书写之外，前者舍本逐末，后者泛滥无涯。因此我们必须保卫历史，保卫它的完整性、总体性和目的性，不要让它被历史主义所窄化，也不要被功利主义所虚化。”参见刘大先《必须保卫历史》，《文艺报》2017 年 4 月 5 日。

[2] 西元：《死亡重奏》，太原：北岳文艺出版社 2017 年版，第 116 页。

美珍藏的照片，虽历经岁月磨砺，依旧在风中摇曳招展，勾起人们对于朝鲜战争的无尽记忆。《死亡重奏》对战士个体生命史的勾描无不洋溢着浓厚的革命理想主义和英雄主义情怀。上官富贵入伍前曾在大灾荒逃难中经历九死一生，见证了兵荒马乱年代饥荒农民对土地的坚守，父亲到死手中都紧紧拽着地契，这份父辈对土地的依恋也在很大程度上形塑着上官富贵的世界观。因此他在参与高地保卫战过程中，秉承“有地就有命，没地就没命”的朴素信念，牢牢坚持“守土尽责”，以生命作防线，拼死挡住敌军越过那条划定的界线。王尽美自小耳濡目染中华优秀传统文化，在父亲的教育熏陶下领悟中华民族的风骨与气节，他经历过惨绝人寰的南京大屠杀，切身感受国破家亡之痛，他在战斗中英勇杀敌，誓死保卫高地，“高地就是一切，也在一切一切之中画出了一条界线，没有什么道理可言”[1]。王大心身受重伤，自愿放弃求救的机会，慨然选择留在战壕与战友们一道长眠在异国他乡。尽管战士们的人生际遇各不相同，但他们在残酷的战斗中形成了一个具有钢铁般意志的命运共同体。在战场上，姓名成为一个个失效的能指，人们用“不长眼、铁钉子、大脑袋、小东西、穿错鞋”代替战士们的真实名字。这个无名的英雄群体前赴后继，用热血和青春诠释了老兵精神，回答了关于生与死，关于苦难与新生，关于战争意义的哲学思考。创作者以评论干预的形式升华小说主题：“他们之所以值得我们怀念，是因为他们在这个民族的每一次历史选择前面，没有退缩，没有吝惜自己的生命，而是赴汤蹈火去实现它。”[2]

西元擅长将宏大壮阔的战争场景与细腻的微观叙事结合起来，在紧张

---

[1] 西元：《死亡重奏》，太原：北岳文艺出版社 2017 年版，第 142 页。

[2] 西元：《死亡重奏》，太原：北岳文艺出版社 2017 年版，第 156 页。

的叙事节奏中穿插评论干预，强化小说的哲思色彩。这种大气磅礴的战争叙事尽管不是西元近期小说创作的主流样式，但它已经凝成一种军魂或民族灵魂之类的价值内涵，以碎片化的段落出现在《遭遇一九五零年的无名连》等小说文本中，成为创作者演绎“虚妄”与“希望”辩证关系的精神纽带。

二、废墟美学与疾病书写

西元的文学叙事富有哲理意味，但这种哲学思辨不是建立在故作深沉的说教之上，而是尝试突破军旅题材小说的宏大叙事惯例，一方面将书写视域延伸到社会转型时期的边缘群体，甚至探索魔幻现实主义写作，另一方面竭力在“军歌嘹亮”的宏大题材中融入微观叙事。西元围绕“虚妄”和“希望”两个关键词精心营造独具个性的文学世界，其中对废墟意象、垃圾美学和疾病隐喻的文本呈现尤其值得关注。

西元的荒诞题材小说《十方世界来的女人》是对废墟美学的集中展演。故事情节在“地洞”“炼钢厂”“污水处理厂”“炸掉的楼”“地铁隧道”“屠宰场”等多重空间的幻境中穿梭，建构起关于“人的世界”/“鬼的世界”、现实世界/透明世界、自我世界/他者世界等空间关联。小说对于“地下世界”“垃圾美学”和工业文明遗存的聚焦特写，既可以在文本层面搭建起思考“虚妄”主题的叙述框架，也容易唤起读者对于世界文学长廊中“废墟意象”的阅读记忆。那是曾经在19世纪欧洲浪漫主义小说，在波德莱尔诗歌中的巴黎城市景观，在“游荡者”本雅明的“拱廊计划”，在厄普顿·辛克莱的《屠场》，在唐·德里罗的《地下世界》等经典文本中反复再现的文化意象。如果将这些意象进行互文观照，就容易在读者的期待视野中形成诸如此类命题：对现代性后果和发展主义的反思，对城市化无限扩张与蔓延的批判，对后工业时代人际关系的重估，对后人道主义话语的谱系清理，对风景诗学与生态美学的价值发掘，等等。

《十方世界来的女人》的叙述者“我”居住在“幽暗、寂静”的地下空间，与流光溢彩的都市地上空间形成鲜明对比。“我”代表着一个被遮蔽的、不可见的隐形群体，当“我从地洞般的地下室钻出来时”[1]，叙述人以来自“地下世界”的他者身份注视人类生活的世界。这种“俯—仰”空间关系的设置，既传达出文本对于人类中心主义的批判意图，又恰到好处将叙述人及叙述人的生存空间作为一面反思人类存在状况的镜像。小说中有多处涉及废墟意象和垃圾美学的特写，比如叙述者眼中的城市街道，“街道上湿漉漉、滑溜溜，有一层厚厚的半凝固油脂。脚踏上去，可以随处踩到动物的内脏、皮毛，或者带淋巴的肉。街两侧的人如同两股黑烟组成的涌流，无比的瘦弱、矮小，且神色都惊恐万状”[2]。街道两旁眼眶腐烂的中年女人、铅块、砒霜、绿色燃料画成的菜叶、烤肠里躺着的病死母猪和溃烂的墨绿色鸡，这些令人触目惊心的物质杂陈并置，构成一幅光怪陆离的后现代垃圾美学景观。此外还有对炼钢厂和污水处理厂的深描。作为工业文明的典型空间，炼钢厂在信息技术时代逐渐由中心场域退居边缘，日益显得落寞凋零，小说里的“炼钢厂”充斥着倒塌的红砖围墙、剥落的防锈漆、荒草、锈迹斑斑的机器和尸体。小说对污水处理厂的描写更加使人惊疑震动，“河底的淤泥里藏着各式各样稀奇古怪的东西。有废弃的建

[1] 西元：《疯园》，广州：广东人民出版社 2018 年版，第 126 页。

[2] 西元：《疯园》，广州：广东人民出版社 2018 年版，第 136 页。

筑材料，有生满红锈的自行车，有肿胀的布娃娃，有铁皮罐头盒，有鸟、鱼、猫、狗的尸骨”[1]。《十方世界来的女人》以废墟意象构筑起一个个极具荒诞意味的叙境，但这些看似陌生化的意象并非完全出自虚构，有的是对社会新闻事件的互文再现，有的则是对现实情境中环境恶化、工具理性与科层制泛滥、消费主义意识形态蔓延等客观问题的批判式微缩，表现出创作者强烈的介入意识和深切的人文关怀。

作为西元近期小说创作的重要特色之一，这种对废墟意象和垃圾美学的关注在其他短篇小说中也有精彩呈现。比如《黑镜子》开篇构建的荒诞梦境，梦境中惊现原子弹爆炸的场景，“这里是火海、巨响，惨叫，是焦土、尸体、残垣，是炭黑色、焦红色、死绿色”[2]。梦境里的废墟场景犹如一曲回响在荒凉戈壁深处的合奏，交织着“干涸的河床”“被熔铸的钢架桥”“烧焦的大树”“焦黑色骨骼”“家畜脆黑的尸体”等意象，与现实世界军人们绝对服从国家安排，甘愿忍受戈壁滩上的极端环境隐姓埋名攻克原子弹技术的奉献精神，形成了相互映衬的关系，提升了小说的情感张力和主题表达。在西元对农民工等边缘人群的底层叙事中，废墟意象成为描述城乡接合部和废弃厂房的标配。《色·魔》是一个关于警察办案的故事，小说采用警察这一特定叙述视角来观察世界和探询人们的精神世界。为了查找案件真相，叙述人尝试走进几位受害女性的日常生活，小说以警察的旁观视角呈现边缘人群的生存空间：在城乡接合部，一簇簇密集的简易楼房怪诞地耸立，打工的人群灰头土脸，为了生计忙于奔波。在废弃的郊区服装厂，“整个院子里空无一人，塑料袋、枯树叶、碎布条在冷硬的大

[1] 西元：《疯园》，广州：广东人民出版社 2018 年版，第 148 页。

[2] 西元：《疯园》，广州：广东人民出版社 2018 年版，第 181 页。

风中翻滚，一条黄色的瘦野狗在路中央看了我们一眼，就扭身飞快地逃掉了”[1]。文本捕捉到的上述意象颇具典型性，真实反映了经济飞速发展背景下当代中国前现代、现代与后现代复杂交织的社会景观，在拓展文本纵深感的同时，彰显出创作者的社会批判立场和知识分子品格。

疾病是文学创作的重要母题之一，古往今来的中外文学莫不如此，我们甚至可以沿着“文学与疾病”这一主线梳理出某种文学史。西元的《疯园》就是疾病书写的典型个案。小说采用第一人称叙述，叙述人“我”出身农村，通过努力学习考到城市读大学，并因机缘巧合应聘到某研究院财务部门工作，“我”平步青云当上了研究院的处长，迷醉在“城市核心地段住房”“各种奢华饭局”“天花乱坠的吹捧”等名利场中。然而正义从来不会缺席，当“我”得知多年追随的老领导被双规以后，开始变得战战兢兢，害怕与人交流，担心东窗事发，在自欺欺人的精神恍惚状态下滑进恐惧的深渊。为了逃避现实秩序，“我”借身患抑郁症之名住进了精神病院。精神病院是一个具有明显症候意味的空间，在这里叙述人将会在自我拯救抑或自我毁灭中作出选择，一如医生的告诫，“每个来这里的人，最终要做的并不是治好病，而是重建自己的世界”[2]。鉴于精神疾病需要被隔离治疗，因此精神病院也是一个与绝大多数人的日常生活相隔离的场所。“一旦被隔离，病人就进入了一个有着特殊规则的双重世界。”[3] 精神病患者从日常生活中隔离出来，进入一种幻觉的场域，在这个幻觉场域中，他们既是窥视的主体也是被窥视的客体。经过医生的诊断，“我”的病属于“心

[1] 西元：《界碑》，北京：中国言实出版社 2016 年版，第 212 页。

[2] 西元：《疯园》，广州：广东人民出版社 2018 年版，第 7 页。

[3] ［美］苏珊·桑塔格：《疾病的隐喻》，程巍译，上海：上海译文出版社 2014 年版，第 48 页。

理障碍”，因为理性尚且健全，“他们”的病属于“精神分裂症”，因为已经完全丧失了理性和逻辑。“疯癫与非疯癫、理性与非理性难解难分地纠缠在一起：它们不可分割的时候，正是它们尚不存在的时刻。它们是相互依存的，存在于交流之中，而交流使它们区分开。”[1] 在精神病院这个小世界里，叙述人“我”与其他精神病患者同病相怜，彼此温暖。“我”在来到精神病院之前，对精神病人怀有心理上的优越感；来到这个环境之后，“我”与“遭受家暴陷入幻觉的中年女人”、北漂小伙、高中生病人形成暂时性的联盟，彼此追求心理上的认同。小说里的“老人”是精神病院资历最深的病人，已入院 30 年，对将近 200 多名精神病人的情况了如指掌。“老人”扮演着预言家角色和“我”的倾诉对象，以至于叙述人分不清他到底是病人还是智者。比如“老人”对恐惧的理解：“恐惧并不可怕，它是一个谜，如果你能从它身上赢得一星半点东西，你就是个新人。”[2] 如果说，“老人”通过交谈指引叙述人设法将不堪回首的过往统统遗忘，那么，“我”在精神病院的室友，一位同样违纪违法的公务员，则不时唤起“我”对官场生涯的记忆和作为违纪官员同伙的恐惧。此外，“我”在精神病院与曾经发生过不当交易的“女人”重逢，她沦落风尘，是诱惑和欲望的代名词，也是恐惧之源，“当我看到那个女人时，感到一种活生生的恐惧，从掩盖着的时间深处被带回来”[3]。“女人”充当“我”在恐惧与焦虑状态下不断审视自我的镜像，由此观照自身走向堕落的历程。

尚需指出的是，西元尝试在《疯园》中探讨“恐惧”的哲学本质，进

[1] ［法］米歇尔·福柯：《疯癫与文明》“前言”，刘北成、杨远婴译，北京：生活·读书·新知三联书店 2007 年版，第 2 页。

[2] 西元：《疯园》，广州：广东人民出版社 2018 年版，第 22 页。

[3] 西元：《疯园》，广州：广东人民出版社 2018 年版，第 14 页。

一步发掘恐惧、虚妄与希望之间的内在关联。从形而上的意义上说，恐惧是存在的与生俱来的状态，它融入日常生活的每个角落；在形而下的意义上说，现代世界早已被恐惧吞噬，现代人共同面临的困境就是恐惧的具体表征。小说中“我”是理性尚存的心理障碍患者，因此竭尽全力脱网而出，不至于因为恐惧陷入虚妄的泥潭。“疾病的不幸能够擦亮人的眼睛，使他看清一生中的种种自欺欺人和人格的失败。”[1] 小说的结尾，“我”重新返回现实世界，因为自首取得组织上的宽大处理，被调整到一个闲职度日。“我”在饭局上与精神病院的“女人”重逢，在过街天桥上与从精神病院逃离的高中生邂逅。有人彻底沦陷在精神病院的幻觉世界里，有人却冲破重重障碍浴火重生，不管在现实世界的生存状态如何，至少他们始终在虚妄的恐惧和焦虑中迎接希望，一如叙述人的心理独白：“我宁愿忍受那些习惯性的负面情绪，而不是硬生生地把它清除掉，甚至爆发出另一些更狂躁的情绪。因为，这些负面情绪固然是提醒着，我们自己和这个世界正在被不正义、不公平、不善良、不友好，正在被暴躁、贪婪、丑陋、健忘所困扰，但另一方面，它却预示着还有希望存在。”[2]

三、隐喻机制与叙事游戏

西元无疑是一位具有高度文体自觉和娴熟叙事技巧的创作者，这在他近期出版的三部小说集《疯园》《界碑》《死亡重奏》均有充分体现。西

[1] ［美］苏珊·桑塔格：《疾病的隐喻》，程巍译，上海：上海译文出版社 2014 年版，第 59 页。

[2] 西元：《疯园》，广州：广东人民出版社 2018 年版，第 66—67 页。

元近期小说追求叙事的精雕细琢，对环境、人物和事件的处理显得游刃有余，其中隐喻机制的运用、荒诞情景的营构、叙述策略的选择、人物语言的锤炼打磨，无不显现出创作者深厚的审美素养和严谨的写作态度。对读者而言，阅读这些小说文本不仅是一次文本阐释的挑战，更是一次对当代文学批评理论的生动检阅。读者进入文本内部，既能寻觅到存在主义式空间设置的踪迹，也能领略意识流小说、荒诞派戏剧、魔幻现实主义文学等现代派、后现代派文学叙述手法的灵活运用。

小说文本运用了通感、夸张、隐喻等修辞格，通过对语言进行陌生化处理，旨在增强语言的表意传情功能。比如《疯园》里的通感修辞，“一团团可怕的黑暗从缝隙中洇渗出来，墨汁似的，把世界染上一层令人隐隐不安的颜色”[1]。《界碑》中为了描述营房的整洁，采用形象生动的夸张修辞，“眼前的路面镜子一样光洁，光洁的如同一张超现实主义的画，哪怕蚂蚁在上面吐了口痰，你都会觉得刺眼”[2]。更具特点的是隐喻修辞的运用。《界碑》的题名本身就是一种隐喻，指向“老一辈革命家留下的精神财富”。 这篇小说还巧妙设置了空间隐喻：在回顾指导员王大心的个人成长经历时出现“铁栅栏”这一重要空间标识，王大心在戈壁深处的军事试验基地长大，一道铁栅栏将基地和沙漠分隔开，前者是现代生活空间，后者则是亘古沙漠。以“铁栅栏”为区隔的内外空间有助于表达老一辈革命军人积极响应国家号召，为了革命事业“献了青春献子孙”的崇高精神。在小说叙述的当下层面，“围墙根的缺口”成为区隔营区与外界的一道标志，军营里弥漫着浓郁的革命英雄主义和理想主义氛围，与军营外面变化

[1] 西元：《疯园》，广州：广东人民出版社 2018 年版，第 1 页。

[2] 西元：《界碑》，北京：中国言实出版社 2016 年版，第 1 页。

无常、五光十色的世界形成鲜明对比。此外还有存在主义式的孤独封闭空间，比如《遭遇一九五零年的无名连》将故事空间设置在大漠深处的荒废小站，“小站只有一溜红砖平房，蒙着尘土，一大半玻璃都碎了，没有站牌，孤零零有几根歪斜的电线杆子，但上面没有电线”[1]。废弃小站孤独伫立在铁路尽头，周围是枯死的灌木，外面是茫无涯际的戈壁滩。这个无水无电无火的孤僻空间隐喻着一个独特的“小社会”，勾连起王大心对爷爷1950年参加抗美援朝的战争记忆，向那个在冬夜里冻死在异国土地上的“无名连”致敬，“无名连”的革命牺牲精神铸就了钢铁军魂，也成为和平年代建设者苦中作乐、坚守奉献的精神支撑。

《黑镜子》是一个关于“镜”的隐喻世界，以一面祖传的铜镜为线索展开倒叙，回忆如烟往事。叙述人“我”从国外学成归来，履行特殊使命到戈壁深处钻研原子弹技术。当时正处于冷战情境下孤立无援的国际情势，时势迫使国家耗费巨大财力物力研制原子弹。“我”作为理论计算组专家参与了这个庞大的军事工程。理论计算组设计了七套运算方案，实际上也是七种理解微观世界的眼光。“我”的人生命运跌宕起伏，每一次转折都能通过铜镜得以映射，“黑镜子，照见我幽暗的灵魂”[2]。那面铜镜是祖父留传下来的，虽历经千年沧桑，却依旧能够照见“如水的时光”。镜的表面有划痕，隐喻着人生遭际的种种艰难。“我”希望基地上的老钳工能够修复划痕，这种心理状态透露出叙述人期望重返童年时代的纯真时光。在诡谲动荡的政治风波里，“我”从能量守恒定律出发撰写了《论亩产万斤粮食的可能性》，该文经《人民日报》刊发后，成为一大轰动事件。

[1] 西元：《界碑》，北京：中国言实出版社2016年版，第60页。

[2] 西元：《疯园》，广州：广东人民出版社2018年版，第180页。

“我”从钳工处拿回镜子，经过修复后的铜镜虽表面整洁光洁如初，但对叙述人“我”而言却显得陌生又刺眼，折射出叙述人内心世界的焦虑不安：“我”只看到科学研究层面的可能性，却忽视了科学研究的约束机制及其现有条件的局限性，这种脱离实际的浮夸学风让叙述人羞愧不已。“我”总是尝试在孤寂封闭的空间中激活记忆，开启镜子里浓缩的时光与秘密，“在漆黑的夜里，我摸出铜镜子，对准自己的脸，什么也看不到”[1]。“我”在孤寂时刻对镜奇思异想，形成“镜中之我”与“镜外之我”的双重主体。经历过第七次大规模运算阶段之后，“我”的身体状况越发糟糕，当任务最终完成时，“我”在绝望的创伤情绪中深刻反思，尝试重建自我世界：“对于我，这个淡紫色世界越来越成为一个真实的世界，尤其是随着岁岁年年时光的流逝，这种真实就愈加完美，没有裂隙，没有空白，它就是我的全部。”[2]

从叙述策略和叙述方式的角度上看，西元近期小说别具匠心地运用荒诞叙事、梦境叙事、跨媒介叙事，在叙述视角、评论干预、叙述时间方面也多有创新尝试。《十方世界来的女人》堪称荒诞叙事的典范文本，小说塑造了若干具有超自然魔力的空间与人物，虚构了一个由垃圾、杂物、碎片、动物内脏等组成的荒诞世界。荒诞叙述比比皆是，比如对婴儿身体的描写，“两个婴儿的身体没有变化，但面容却在迅速地衰老，只一小会儿，就成了个小老头，还长出一条肉色尾巴”[3]。《疯园》为了凸显人物焦躁不安的内心世界，采用梦境叙事营造“虚妄”之境，许多在现实世界中被压抑

---

[1] 西元：《疯园》，广州：广东人民出版社 2018 年版，第 197 页。

[2] 西元：《疯园》，广州：广东人民出版社 2018 年版，第 219 页。

[3] 西元：《疯园》，广州：广东人民出版社 2018 年版，第 152 页。

的隐秘想法在梦境中得以显现，与现实情境产生明显对照并在某种程度上传递叙述者的批判立场。《死亡重奏》在对高地保卫战的描写中运用了跨媒介叙事，借鉴电影叙事的“特写镜头 + 长镜头”手法，表现敌我双方装备悬殊下的殊死战斗。《色·魔》也借鉴了电影叙事的蒙太奇手法，小说情节在黄某某和受害人之间来回切换，形成一种框架式叙述样态。

此外，西元特别重视对叙述视角的选择，比如以特殊职业身份作为叙述视角，通过叙述人的在场 / 见证叙事，构筑起反映不同群体生存状态的“小世界”，成为书写大历史的关键注脚。《壁下录》以“秘书”为叙述视角，首长被纪委带走接受调查，秘书也接受组织询唤，撰写书面材料配合组织审查，由此形成两条叙事脉络：一条是叙述人回忆自身的成长经历，将个体放置在社会历史的宏大背景中进行自查，反省自己为什么会选择这样的道路；另一条线索则是交代“某某某”（首长）走向腐化堕落的历程。《色·魔》则采用“警察”的叙述视角，“做警察这种职业，你会从另一面来观察这个世界，会遇到许多常人遇不到的事情，你会看到人性当中最黑暗的一面，你也会比其他人付出更多心血，来重建自己的精神世界”[1]。“警察”倾听并记录受害人的讲述，情节在警察与不同受害人（情绪化严重的文化传媒公司女老板，歇斯底里的乡村小学女教师，刚从舞蹈学校毕业不久的女生，等等）的谈话中展开，浓缩了当代中国社会转型对于不同人群的影响，借助评论干预，形成以“走出精神困境，重建精神世界”为主旨的多重叙事面向。尚需提及的是小说文本中的“人物 / 事件互见法”，比如《死亡重奏》里的高地保卫战在《遭遇一九五零年的无名连》中复现，成为支撑特种工程兵完成艰辛任务的精神支柱。

---

[1] 西元：《界碑》，北京：中国言实出版社 2016 年版，第 184 页。

结 语

作为一位厚积薄发的新生代军旅作家，西元的创作是一个现在进行时，更是一个一般将来时。纵观其近期出版的小说选集，不难看出创作者对时代特质的精准把握，对人性的深刻洞察，对边缘人群的人文关怀，对微观世界的真诚关注。西元以繁复精致的叙述手法观照历史与当下，追问意义的深度模式，融诗性与哲理于一体，在搭建的叙事迷宫中彰显人文学科的想象力，他始终关注“探究个人在社会中，在他存在并具有自身特质的一定时代，他的社会与历史意义何在”[1]。一如浮桥上变幻不居、斑斓多姿的风景，我们也期待西元在延长线上的创作能够带来更大的惊喜。

[1] [美]C. 赖特·米尔斯:《社会学的想象力》，陈强、张永强译，北京：生活·读书·新知三联书店 2005 年版，第 6 页。